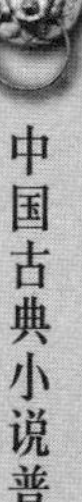

西游记

岳麓书社·长沙

出版说明

《西游记》为四大名著之一，是中国古典神话小说的代表作，是古代长篇小说浪漫主义的高峰，在世界文学史上，它也是浪漫主义的杰作。小说讲述唐朝法师玄奘前往西天取经，路上先后收了孙悟空、猪八戒、沙和尚三个徒弟，并历经九九八十一难，终于取到了真经东归的故事。唐僧玄奘取经是历史上一件真实的事。他这次西天取经，前后十九年，行程几万里，是一次传奇式的长征，轰动一时。后来玄奘口述西行见闻，由弟子辩机辑录成《大唐西域记》十二卷。但这部书主要讲述路上所见各国的历史、地理及交通，没有什么故事。直到其弟子慧立、彦琮撰写的《大唐大慈恩寺三藏法师传》，则为玄奘的经历增添了许多神话色彩。从此，唐僧取经的故事便开始在民间广为流传。南宋有《大唐三藏取经诗话》，金代院本有《唐三藏》《蟠桃会》等，元杂剧有吴昌龄的《唐三藏西天取经》、无名氏的《二郎神锁齐天大圣》等，这些都为《西游记》的创作奠定了基础。吴承恩也正是在民间传说和话本、戏曲的基础上，经过艰苦的再创造，终于完成了这部令中华民族为之骄傲的伟大文学巨著。

我社出版《中国古典小说普及文库》收入的《西游记》，文字是以明末清初的汪象旭、黄太鸿编的《新镌全像古本西游证道书》为底本，参校《李卓吾先生批评西游记》以及通行的明代金陵世德堂刊本等版本，进行标点、整理，以满足广大读者的需要。

目　　录

第一回　灵根孕育源流出　心性修持大道生

诗曰:混沌未分天地眩,茫茫渺渺无人见。自从盘古破鸿蒙,开辟从兹清浊辨。覆载群生仰至仁,发明万物皆成善。欲知造化会元功,须看《西游释厄传》。

盖闻天地之数,有十二万九千六百岁为一元。将一元分为十二会,乃子、丑、寅、卯、辰、巳、午、未、申、酉、戌、亥之十二支也。每会该一万八百岁。且就一日而论:子时得阳气而丑则鸡鸣;寅不通光而卯则日出;辰时食后而巳则挨排;日午天中而未则西蹉;申时晡而日落酉;戌黄昏而人定亥。譬于大数,若到戌会之终,则天地昏曚而万物否矣。再去五千四百岁,交亥会之初,则当黑暗,而两间人物俱无矣,故曰混沌。又五千四百岁,亥会将终,贞下起元,近子之会,而复逐渐开明。邵康节曰:"冬至子之半,天心无改移。一阳初动处,万物未生时。"到此,天始有根。再五千四百岁,正当子会,轻清上腾,有日,有月,有星,有辰。日、月、星、辰,谓之四象。故曰天开于子。又经五千四百岁,子会将终,近丑之会,而逐渐坚实。《易》曰:"大哉乾元!至哉坤元!万物资生,乃顺承天。"至此,地始凝结。再五千四百岁,正当丑会,重浊下凝,有水、有火、有山、有石、有土。水、火、山、石、土,谓之五形。故曰地辟于丑。又经五千四百岁,丑会终而寅会之初,发生万物。历曰:"天气下降,地气上升;天地交合,群物皆生。"至此,天清地爽,阴阳交合。再五千四百岁,正当寅会,生人,生兽,生禽,是谓天地人,三才定位。故曰人生于寅。

感盘古开辟,三皇治世,五帝定伦,世界之间,遂分为四大部洲:曰东胜神洲,曰西牛贺洲,曰南赡部洲,曰北俱芦洲。这部书单表东胜神洲。海外有一国,名曰傲来国。国近大海,海中有一座名山,唤为花果山。此山乃十洲之祖脉,三岛之来龙。

那山顶上有一块仙石。其石有三丈六尺五寸高,按周天三百六十五度;有二丈四尺围圆,按政历二十四气;上有九窍八孔,按九宫八卦。自开辟以来,每受天真地秀,日精月华,感之既久,遂有灵通之意。内育仙胎,一日迸裂,产一石卵,似圆球样大。因见风,化作一个石猴。五官俱备,四肢皆全。便就学爬学走,拜了四方,目运两道金光。射冲斗府,惊动高天上圣玉皇大帝,驾座金阙云宫灵霄宝殿,聚集仙卿,见有金光焰焰,即命千里眼、顺风耳开南天门观看。二将须臾回报道:“金光之处,乃东胜神洲傲来国花果山,山上有一仙石,石产一卵,见风化一石猴,在那里拜四方,眼运金光,射冲斗府。如今服饵水食,金光将潜息矣。”玉帝垂恩曰:“下方之物,乃天地精华所生,不足为异。”

那猴在山中却会行走跳跃,食草木,饮涧泉,采山花,觅树果,与狼虫为伴,麋鹿为群,夜宿石崖,朝游峰洞。真是“山中无甲子,寒尽不知年”。一朝天气炎热,与群猴避暑,都在松阴之下,顽耍了一会,却去那山涧中洗澡,见那股涧水奔流,真个似滚瓜涌溅。众猴都道:“这股水不知是那里的水。我们今日趁闲,顺涧边往上溜头,寻看源流耍子去耶!”喊一声,众猴一齐跑来,顺涧爬山,直至源流之处,乃是一股瀑布飞泉。众猴拍手称扬道:“好水!好水!那一个有本事的,钻进去寻个源头,出来不伤身体者,我等即拜他为王。”连呼了三声,忽见丛杂中跳出一个石猴,应声高叫道:“我进去!我进去!”

好猴!你看他瞑目蹲身,将身一纵,径跳入瀑布泉中,忽睁睛抬头观看,那里边却无水无波,明明朗朗的一座铁板桥。桥下之水,冲贯于石窍之间,倒挂流出去,遮闭了桥门。又上桥头再看,却似人家住处一般,好个所在。看罢多时,跳过桥左右观看,只见正当中有一石碣。碣上镌着“花果山福地,水帘洞洞天”。石猿喜不自胜,急抽身往外便走,复瞑目蹲身,跳出水外,打了两个呵呵道:“大造化!大造化!”众猴围住问道:“里面怎么样?水有多深?”石猴道:“没水!没水!原来是一座铁板桥。桥那边是一座天造地设的家当。”众猴道:“怎见得是个家当?”石猴笑道:“这股水乃是桥下冲贯石窍,倒挂下来,遮闭门户的。桥边有花有树,是一座石房。房内有石锅石灶、石盆碗、石床凳。中间一块石碣,镌着‘花果山水帘洞’。真个是我们安身之处。我们都进去住，也省得受老天之气。”

众猴听得，个个欢喜，都道：“你还先走，带我们进去！”石猴却又瞑目蹲身，往里一跳，众猴随后也都进去了。跳过桥头，一个个抢盆夺碗，占灶争床，正是猴性顽劣，再无一个宁时，只搬得力倦神疲方止。石猿端坐上面道：“列位呵，人而无信，不知其可。你们才说有本事进得来、出得去，不伤身体者，就拜他为王。我如今寻了这一个洞天与列位安眠稳睡，各享成家之福，何不拜我为王？”众猴即拱伏礼拜，都称“千岁大王”。自此石猿高登王位，将石字儿隐了，遂称美猴王。诗曰：三阳交泰产群生，仙石胞含日月精。借卵化猴完大道，假他名姓配丹成。内观不识因无相，外合明知作有形。历代人人皆属此，称王称圣任纵横。

美猴王领一群猿猴、猕猴、马猴等，分派了君臣佐使，朝游花果山，暮宿水帘洞，不入飞鸟之丛，不从走兽之类，独自为王，享乐天真，何止二三百载。一日，与群猴喜宴，忽然堕下泪来，众猴慌忙罗拜道：“大王何为烦恼？我等日日在仙山福地，古洞神洲，无人拘束，自由自在，乃无量之福，为何忧虑？”猴王道：“今日虽不归人王法律，不惧禽兽威服，将来年老血衰，暗中有阎王老子管着，一旦身亡，可不枉生世界之中，不得久驻天人之内？”众猴闻言，一个个掩面悲啼，俱以无常为虑。

只见那班部中跳出一个通臂猿猴，厉声高叫道：“大王如此远虑，真所谓道心开发也！如今五虫之内，惟有三等名色不伏阎王老子所管。乃是佛与仙与神圣三者，躲过轮回，不生不灭，与天地齐寿。”猴王道：“此三者居于何所？”猿猴道：“他只在阎浮世界之中，古洞仙山之内。”猴王闻之，满心欢喜道：“我明日就辞汝等下山，云游海角，远涉天涯，务必访此三者，学一个不老长生，躲过阎君之难。”噫！这句话，顿教跳出轮回网，致使齐天大圣成。众猴鼓掌称扬，都道：“善哉！善哉！我等明日越岭登山，广寻些果品，大设筵宴送大王也。”次日，众猴果去采仙桃，摘异果，刨山药，劚黄精，齐齐整整，摆开石凳石桌，排列仙酒仙肴。尊美猴王上坐，一个个轮流奉酒，痛饮了一日。

次日，美猴王早起，折些枯松，编作筏子，取个竹竿作篙，独自登筏，尽力撑开，飘飘荡荡，径向大海波中，趁天风来渡南赡部洲地界。也是他运至时来，自登木筏之后，连日东南风紧，将他送到西北岸前，乃是南赡部洲地界。弃了筏子，跳上岸来，只见海边上有人捕鱼打雁，挖蛤淘盐。他走近前，弄个把戏，妆个䴇虎，吓得那些人四散奔跑，将那跑不动的拿住一个，剥了他的衣裳，也学人穿在身上，摇摇摆摆，穿州过府，在于市廛中学人礼学人话，朝食夜宿，一心里访问佛仙神圣之道，觅个长生不老之方。见世人都是为名为利之徒，更无一个为身命者，正是那：争名夺利几时休？早起迟眠不自由！骑着驴骡思骏马，官居宰相望王侯。只愁衣食耽劳碌，何怕阎君就取勾？继子荫孙图富贵，更无一个肯回头！

猴王在南赡部洲，不觉八九年余。忽行至西洋大海，他想着海外必有神仙，独自个依前作筏，又飘过西海，直至西牛贺洲地界。登岸遍访多时，忽见一座高山秀丽，林麓幽深。他也不怕狼虫虎豹，直登山顶。正观看间，忽闻得林深处有人言语，急忙穿入林中，侧耳而听，原来是歌唱之声，歌曰："观棋柯烂，伐木丁丁，云边谷口徐行。卖薪沽酒，狂笑自陶情。苍径秋高，对月枕松根，一觉天明。认旧林，登崖过岭，持斧断枯藤。收来成一担，行歌市上，易米三升。更无些子争竞，时价平平。不会机谋巧算，没荣辱恬淡延生。相逢处，非仙即道，静坐讲《黄庭》。"美猴王听得满心欢喜道："神仙原来藏在这里！"即忙跳入里面看时，乃是一个樵子，在那里举斧砍柴。猴王近前叫道："老神仙！弟子起手。"那樵汉慌忙丢了斧，转身答礼道："不当人！不当人！我拙汉衣食不全，怎敢当神仙二字？"猴王道："你不是神仙，如何说出神仙的话来？"樵夫道："我说甚么神仙话？"猴王道："我才听的你说：'非仙即道，静坐讲《黄庭》。'《黄庭》乃道德《真言》，非神仙而何？"樵夫笑道："实不瞒你说，这个词名做《满庭芳》，乃一神仙教我的。那神仙与我舍下相邻，他教我遇烦恼时，即把这词儿念念，散心解困。我才有些不足处，故此念念，不期被你听了。"猴王道："你家既与神仙相邻，何不从他修行，学得个不老之方？"樵夫道："我一生命苦，不幸父丧，母亲居孀。只得斫两束柴薪，挑向市廛卖钱，籴米供养母亲，所以不能修行。"猴王道："据你说起来，乃是一个行孝的君子。但求你指与我那神仙住处,却好拜访去也。”樵夫道:“不远不远。此山叫做灵台方寸山。山中有座斜月三星洞。那洞中有一个神仙,称名须菩提祖师。那祖师出去的徒弟,也不计其数,见今还有三四十人从他修行。你顺那条小路儿向南行,不远即是他家了。”

猴王听说,辞谢樵夫,出林找路,径过山坡,约有七八里远,果然望见一座洞府。挺身观看,真好去处。只见那洞门紧闭,静悄悄杳无人迹。忽回头,见崖边立一大石碑,上有十个大字,乃是“灵台方寸山,斜月三星洞”。美猴王十分欢喜,看勾多时,不敢敲门。少顷,只听得呀的一声,洞门开处,里面走出一个仙童,高叫道:“甚么人在此搔扰?”猴王上前躬身道:“我是个访道学仙之弟子,更不敢在此搔扰。”仙童笑道:“你是个访道的么?”猴王道:“是。”童子道:“我家师父正才登坛讲道,还未说出原由,就教我出来开门,说外面有个修行的来了,可去接待。想必就是你了?”猴王道:“是我是我。”童子道:“你跟我进来。”

这猴王整衣端肃,随童子径入洞天深处:一层层深阁琼楼,珠宫贝阙,说不尽那静室幽居。直至瑶台之下,见那菩提祖师端坐在台上,两边有三十个小仙侍立台下,果然是:大觉金仙没垢姿,西方妙相祖菩提。不生不灭三三行,全气全神万万慈。空寂自然随变化,真如本性任为之。与天同寿庄严体,历劫明心大法师。美猴王一见,倒身下拜,磕头不计其数,口中只道:“师父!师父!我弟子志心朝礼!志心朝礼!”祖师道:“你是那方人氏?且说个乡贯姓名。”猴王道:“弟子乃东胜神洲傲来国花果山水帘洞人氏。”祖师喝令:“赶出去!他本是个撒诈捣虚之徒,那里修甚么道果!”猴王慌忙磕头不住道:“弟子是老实之言,决无虚诈。”祖师道:“你既老实,怎么说东胜神洲?那去处到我这里,隔两重大海,一座南赡部洲,如何就得到此?”猴王叩头道:“弟子飘洋过海,登界游方,有十数个年头,方才访到此处。”祖师道:“既是逐渐行来的也罢。你姓甚么?”猴王又道:“我无性,人若骂我,我也不恼;若打我,我也不嗔。一生无性。”祖师道:“不是这个性。你父母原来姓甚么?”猴王道:“我也无父母。”祖师道:“既无父母,想是树上生的?”猴王道:“我虽不是树上生,却是石里长的。我只记得花果山上有一块仙石,其年石破,我便生也。”祖师暗喜道:“这等说,却是个天地生成的,你起来走走我看。”猴王纵身跳起,走了两遍。祖师笑道:“你身躯虽是鄙陋,却像个食松果的猢狲。我与你就身上取个姓氏,意思教你姓‘猢’。猢字去了个兽傍,乃是个古月。古者老也,月者阴也,老阴不能化育。教你姓‘狲’。狲字去了兽旁,乃是个子系。子者男儿也,系者婴细也,正合婴儿之本论,教你姓‘孙’罢。”猴王听说,满心欢喜,叩头道:“好!好!好!今日方知姓也。万望师父慈悲,既然有姓,再乞赐个名字,却好呼唤。”祖师道:“我门中有十二个字,分派起名,乃广、大、智、慧、真、如、性、海、颖、悟、圆、觉十二字。排到你,正当‘悟’字。与你起个法名,叫做‘孙悟空’,好么?”猴王道:“好!好!好!自今就叫做孙悟空也!”正是鸿蒙初辟原无姓,打破顽空须悟空。毕竟不知向后修些甚么道果,且听下回分解。

第二回　悟彻菩提真妙理　断魔归本合元神

话表美猴王得了姓名，欢然踊跃，对菩提前作礼启谢。那祖师即命大众引孙悟空出二门外，教他洒扫应对、进退周旋。悟空又拜了大众师兄，就于廊庑之间，安排寝处。次早，与众师兄讲经论道，习字焚香。闲时扫地锄园，养花修树。在洞中不觉倏六七年。一日，祖师登坛高坐，唤集诸仙，开讲大道，真个是：妙演三乘教，精微万法全。说一会道，讲一会禅，三家配合本如然。开明一字皈诚理，指引无生了性玄。孙悟空在旁闻讲，喜得他抓耳挠腮，眉花眼笑，忍不住手舞足蹈。祖师看见，叫孙悟空道："你在班中，怎么颠狂跃舞？"悟空道："弟子听到老师父妙音，喜不自胜，不觉踊跃，望师父恕罪。"祖师道："你既识妙音，我且问你，你到洞中多少时了？"悟空道："弟子不知多少时节。只记得常去山后打柴，见一山好桃树，我在那里吃了七次饱桃矣。"祖师道："那山唤名烂桃山，你既吃七次，想是七年了。你今要从我学些甚么道？"悟空道："但凭尊师教诲，只是有些道气儿，弟子就学了。"祖师道："道字门中有三百六十傍门，傍门皆有正果。不知你学那一门？"悟空道："凭尊师意思。"

祖师道："我教你个术字门中之道如何？"悟空道："术门之道怎么说？"祖师道："术字门中，乃是些请仙扶鸾，问卜揲蓍，能知趋吉避凶。"悟空道："似这般可得长生么？"祖师道："不能不能。"悟空道："不学不学！"

祖师又道："教你流字门中之道如何？"悟空又问："流字门中是甚义理？"祖师道："流字门中，乃是儒家、释家、道家、阴阳家、墨家、医家，或看经念佛，并朝真降圣之类。"悟空道："是这般可得长生么？"祖师道："若要长生，也似壁里安柱。"悟空道："师父，我是个老实人，不晓得打市语。怎么谓之壁里安柱？"祖师道："人家盖房，将墙壁之间立一顶柱，有日大厦将颓，他必朽矣。"悟空道："据此说也不长久，不学不学！”

祖师道：“教你静字门中之道如何？”悟空道：“静字门中是甚正果？”祖师道：“此是休粮守谷，清静无为，参禅打坐，戒语持斋，或睡功，或立功，并入定坐关之类。”悟空道：“这般也能长生么？”祖师道：“也似窑头土坯。”悟空笑道：“怎么谓之窑头土坯？”祖师道：“就如那窑头上造成砖瓦之坯，虽已成形，尚未经水火锻炼，一朝大雨滂沱，他必滥矣。”悟空道：“也不长远，不学不学！”

祖师道：“教你动字门中之道如何？”悟空道：“动门之道却又怎么？”祖师道：“此是有为有作，采阴补阳，攀弓踏弩，摩脐过气，烧茅打鼎，进红铅，炼秋石，并服妇乳之类。”悟空道：“似这等也得长生么？”祖师道：“此欲长生，亦如水中捞月。”悟空道：“师父又来了！怎么叫做水中捞月？”祖师道：“月在长空，水中有影，虽然看见，只是无捞摸处，到底成空耳。”悟空道：“也不学不学！”

祖师闻言，咄的一声，跳下高台，手持戒尺，指定悟空道：“你这猢狲，这般不学，那般不学，却待怎么？”走上前，将悟空头上打了三下，倒背着手，走入里面，将中门关了，撇下大众而去。唬得那一班听讲的，人人惊惧，皆怨恶他，悟空一些儿也不恼，只是满脸陪笑。原来那猴王已打破盘中之谜，暗暗在心。祖师打他三下者，教他三更时分存心；倒背着手走入里面，将中门关上者，教他从后门进步，秘处传他道也。

当日悟空巴不得到晚。黄昏时，却与众就寝，假合眼，定息存神。约到子时前后，轻轻的起来，穿了衣服，偷开前门，走至后门外，只见那门儿半开半掩，悟空即侧身进得门里，直走到祖师寝榻之下。见祖师朝里睡着了，悟空不敢惊动，即跪在榻前。那祖师不多时觉来，舒开两足，口中自吟道：“难！难！难！道最玄，莫把金丹作等闲。不遇至人传妙诀，空言口困舌头干！”悟空应声叫道：“师父，弟子跪候多时。”祖师知是悟空，即起披衣盘坐，喝道：“这猢狲！你不在前边去睡，却来我这后边作甚？”悟空道：“师父昨日坛前，教弟子三更时候，从后门里传我道法，故此大胆，径拜榻下。”祖师听说，暗自寻思道：“这厮果然是个天地生成的，就打破我盘中之暗谜也？”悟空道：

"此间更无六耳，止只弟子一人，望师父大舍慈悲，传我长生之道，永不忘恩！"祖师道："你今有缘，我亦喜说。你近前来，仔细听之。"悟空叩头谢了，洗耳用心，跪于榻下。祖师云："显密圆通真妙诀，惜修性命无他说。都来总是精炁神，谨固牢藏休漏泄。休漏泄，体中藏，汝受吾传道自昌。口诀记来多有益，屏除邪欲得清凉。得清凉，光皎洁，好向丹台赏明月。月藏玉兔日藏乌，自有龟蛇相盘结。相盘结，性命坚，却能火里种金莲。攒簇五行颠倒用，功完随作佛和仙。"此时说破根源，悟空心灵福至，切切记了口诀，对祖师拜谢，即依旧转到前门，坐在原寝之处，当日起来，暗暗维持，子前午后，自己调息。

却早过了三年，祖师复登宝座，与众说法。谈的是公案比语，论的是外像包皮。忽问："悟空何在？"悟空近前跪下："弟子有。"祖师道："你这一向修些甚么道来？"悟空道："弟子近来法性颇通，根源日渐坚固矣。"祖师道："你既通法性，会得根源，却只是防备着三灾利害。"悟空听说，沉吟良久道："师父。我尝闻道高德隆，与天同寿，水火既济，百病不生，却怎么有个三灾利害？"祖师道："此乃非常之道，夺天地之造化，侵日月之玄机，丹成之后，鬼神难容。虽驻颜益寿，但到了五百年后，天降雷灾打你，须要见性明心，预先躲避。躲得过，寿与天齐；躲不过，就此绝命。再五百年后，天降火灾烧你。这火不是天火，亦不是凡火，唤做阴火。自本身涌泉穴下烧起，直透泥垣宫，五脏成灰，四肢皆朽，把千年苦行，俱为虚幻。再五百年，又降风灾吹你。这风不是东南西北风，不是和熏金朔风，唤作赑风。自囟门中吹入六腑，过丹田，穿九窍，骨肉消疏，其身自解。所以都要躲过。"悟空闻说，毛骨悚然，叩头礼拜道："万望师父垂怜，传我躲避三灾之法，到底不敢忘恩。"祖师道："此亦无难，有一般天罡数，该三十六般变化；有一般地煞数，该七十二般变化。你要学哪一般？"悟空道："弟子愿多里捞摸，学一个地煞变化罢。"祖师道："既如此，上前来传与你口诀。"遂附耳低言，不知说了些甚么妙法。这猴王也是一窍通时百窍通，当时习了口诀，自修自炼，将七十二般变化都学成了。

一日，祖师与众门人在三星洞前戏玩晚景。祖师道："悟空，事成了未曾？"悟空道："多蒙师父海恩，弟子功果完备，已能霞举飞升也。”祖师道：“你试飞举我看。”悟空弄本事，将身一耸，打了个连扯跟头，跳离地有五六丈，踏云霞去勾有顿饭之时，返复不上三里远近，落在面前，扠手道：“师父，这就是飞举腾云了。”祖师笑道：“这个算不得腾云，只算得爬云而已。自古道神仙朝游北海暮苍梧，凡腾云之辈，早晨起自北海，游过东海、西海，复转苍梧，将四海之外，一日都游遍，方算得腾云哩。”悟空道：“这个却难！”祖师道：“世上无难事，只怕有心人。”悟空闻得此言，叩头拜求。祖师道：“凡诸仙腾云，皆跌足而起，你却不是这般。我才见你去，连扯跳上，只就你这个势，传你个觔斗云罢。”悟空又礼拜恳求，祖师却又传个口诀道：“这朵云，捻着诀，念动《真言》，将身一抖，跳将起来，一觔斗就有十万八千里路！”师徒们天昏各归洞府。这一夜，悟空即运神炼法，会了觔斗云。逐日家无拘无束，自在逍遥。

一日，大众都在松树下会讲。大众道：“悟空，你是那世修来的缘法？前日老师父传与你的变化之法，可都会么？”悟空笑道：“不瞒诸道长说，一则是师父传授，二来也是我昼夜殷勤，那几般儿都会了。”大众道：“你试演与我等看看。”悟空道：“众师兄请出个题目，要我变化甚么？”大众道：“就变棵松树罢。”悟空捻着诀，念动咒语，摇身一变，就变做一棵松树。大众见了，鼓掌大笑。不觉惊动了祖师，祖师急拽杖出门来问道：“是何人在此喧哗？”大众慌忙整衣向前。悟空也现了本相，杂在丛中道：“启上尊师，我等在此会讲，不敢喧哗。”祖师怒喝道：“你等大呼小叫，全不像个修行的体段！修行的人，口开神气散，舌动是非生，如何在此嚷笑？”大众道：“不敢瞒师父，适才孙悟空演变化耍子。教他变棵松树，弟子们俱称扬喝采，故高声惊冒尊师，望乞恕罪。”祖师道：“你等起去。”叫：“悟空过来！我问你弄甚么精神，变甚么松树？这个工夫，敢在人前卖弄？假如有人求你，你若畏祸，只得传他；若不传他，必然加害，你的性命难保。”悟空叩头道：“只望师父恕罪！”祖师道：“我也不罪你，但只是你去罢。”悟空满眼堕泪道：“师父，教我往那里去？”祖师道：“你从那里来，便从那里去。”悟空顿然醒悟道：“我自东胜神洲傲来国花果山水帘洞来的。”祖师道：“你快回去，全你性命，若在此间，断然不容！”悟空只得领罪拜辞，与众相别。祖师道："你这去，定生不良。凭你怎么惹祸行凶，却不许说是我的徒弟。你说出半个字来，我就知之，把你剥皮锉骨，将神魂贬在九幽之处，教你万劫不能番身！"悟空道："不敢不敢，只说是我自家会的便罢。"

悟空即抽身捻诀，纵起觔斗云，径回东海。那里消一个时辰，早看见花果山水帘洞，美猴王自知快乐，暗暗的自称道："去时凡骨凡胎重，得道身轻体亦轻。举世无人肯立志，立志修玄玄自明。"悟空按下云头，直至花果山。忽听得鹤唳猿啼，即开口叫道："孩儿们，我来了也！"那崖下、坎边、草中、树里，若大若小之猴，跳出千千万万，把个美猴王围在当中，叩头叫道："大王，怎么一去许久？把我们闪在这里，望你诚如饥渴！近来被一妖魔强要占我们水帘洞府，我等舍死与他争斗。被那厮捉了许多子侄。大王若再不来，我等连山洞尽属他人矣！"悟空闻说，大怒道："是甚么妖魔，辄敢无状！待我寻他报仇。"众猴道："那厮自称混世魔王，住居在直北上。"悟空道："此间到他那里，有多少路程？"众猴道："他来时风，去时雾，不知有多少路。"悟空道："既如此，等我寻他去来！"

猴王将身一纵，跳起去，一个觔斗，至直北下观看，见一座高山，十分险峻。美猴王正然观看景致，只听得有人言语，即下山寻觅，原来是那水脏洞。门外有几个小妖跳舞，见了悟空就走。悟空道："休走！我乃正南方花果山水帘洞洞主。你家甚么混世鸟魔，屡次欺我儿孙，我特来与他见个上下！"

小妖听说，疾忙跑入洞里报道："大王！祸事了！洞外有一个猴头，称为花果山水帘洞洞主。他说屡次欺他儿孙，特来寻你见个上下哩。"魔王笑道："我常闻得那些猴精说他有个大王，出家修行去，想是今番来了。你们见他怎生打扮，有甚兵器？"小妖道："他也没甚么器械，光着个头，穿一领红色衣，勒一条黄绦，足下踏一对乌靴，不僧不俗，又不像道士，赤手空拳，在门外叫哩。"魔王闻说，即穿了甲胄，绰刀在手，与众妖出门，高声叫道："那个是水帘洞洞主？"悟空喝道："这泼妖这般眼大，看不见老孙！"魔王见了，笑道："你身不满四尺，年不过三旬，手内又无兵器，怎么大胆猖狂，要寻我见甚么上下？"悟空骂道："你这泼魔，原来没眼！你量我小，要大却也不难。你量我无兵器，我两只手勾着天边月哩！你不要怕，只吃老孙一拳！"纵一纵跳上去，劈脸就打。那魔王伸手架住道："你矮我长，你使拳，我使刀，就杀了你，也吃人笑，待我放下刀，与你使路拳看。"那魔王丢开架子便打，这悟空钻进去相迎。他两个一冲一撞。原来长拳空大，短簇坚牢，那魔王被悟空打重了。他闪过，拿起那板大的钢刀，望悟空劈头就砍。悟空急撤身，他砍了一个空。悟空见即使身外身法，拔一把毫毛，丢在口中嚼碎，望空喷去，叫一声："变！"即变做三二百个小猴，周围攒簇。

原来这猴王自从了道之后，身上有八万四千毛羽，根根能变，应物随心，那些小猴，眼乖会跳，刀来砍不着，枪去不能伤。你看他前踊后跃，钻上去把个魔王围绕，抱的抱，扯的扯，捋毛抠眼，直打做一个攒盘。悟空才去夺得他的刀来，分开小猴，照顶门一下，砍为两段。杀进洞中，将那大小妖精，尽皆剿灭。却把毫毛一抖，收上身来，又见那收不上身者，却是那魔王在水帘洞擒去的小猴，约有三五十个，悟空道："你们都出去。"随即洞里放起火来，把那水脏洞烧得枯干，尽归了一体。对众道："汝等跟我回去。都合了眼，休怕！"

猴王念声咒语，驾阵狂风，云头落下，叫孩儿们睁眼。众猴脚踹实地，认得是家乡，个个欢喜，都奔洞门旧路。那在洞众猴，一齐簇拥同入，礼拜猴王，安排酒果，接风贺喜。启问降魔之事，悟空备细言了一遍，众猴称扬不尽。悟空又道："我当年别汝等，飘过东洋大海，径至南赡部洲，学成人像，着此衣，穿此履，摆摆摇摇，云游了八九年余，更不曾有道；又渡西洋大海，到西牛贺洲地界，访问多时，幸遇一老祖，传了我与天同寿的真功果，不死长生的大法门。"众猴称贺，都道："万劫难逢也！"悟空又笑道："小的们，又喜我这一门皆有姓氏。"众猴道："大王姓甚？"悟空道："我今姓孙，法名悟空。"众猴闻说，鼓掌忻然道："大王是老孙，我们都是二孙、三孙、细孙、小孙、一家孙、一国孙、一窝孙矣！"都来奉承老孙，大盆小碗的椰子酒、葡萄酒、仙花仙果，真个是合家欢乐！毕竟不知居此界终始如何，且听下回分解。

第三回　四海千山皆拱伏　九幽十类尽除名

却说美猴王自剿了混世魔王，夺了一口大刀，逐日操演武艺，教小猴砍竹为标，削木为刀，安营下寨，顽耍多时。忽然想道："我等在此恐作耍成真，或惊动人王，或有禽王、兽王，我们操兵造反，兴师前来相杀，此等竹竿木刀，如何对敌？须得锋利剑戟方可。如今奈何？"众猴闻说，个个惊恐。正说间，转上四个老猴，两个是赤尻马猴，两个是通背猿猴，走在面前道："大王，若要锋利器械，甚易。我们这山，向东去有二百里水面，那厢乃傲来国界。城中军民无数，必有铜铁匠作。大王若去那里，或买或造些兵器，教演我等，守护山场，诚所谓长久之计也。"

悟空闻说，满心欢喜。即纵觔斗云，霎时间过了二百里水面。果见有座城池，六街三市，人来人往。悟空心中想道："这里定有现成的兵器，我待下去买他几件，不如使个神通，觅他几件倒好。"他就捻诀念咒向巽地上吸一口气，吹将去，便是一阵狂风，飞沙走石，风起处惊散了那傲来国君王，街市都关门闭户，无人敢走。悟空按下云头，径闯入朝门里武库中，打开门扇看时，那里面十八般兵器，件件俱备。一见甚喜道："我一人能拿几何？还使个分身法搬将去罢。"即拔一把毫毛，嚼烂喷去，念咒，叫声："变！"变做千百个小猴，都乱搬乱抢，搬个罄净。径踏云头，弄个摄法，带领小猴，俱回本处。

猴王按落云头，将身一抖，收了毫毛，兵器都乱堆在山前，叫道："小的们！都来领兵器！"众猴都去抢刀夺枪，扯弓扳弩，耍了一日。次日，依旧排营。悟空会聚群猴，计有四万七千余口。早惊动满山怪兽，各样妖王，共有七十二洞，都来参拜猴王为尊。每年献贡，四时点卯。随班操演，随节征粮，齐齐整整，把一座花果山造得似铁桶金城。日逐家习舞兴师。

美猴王对众说道："汝等弓弩熟谙，兵器精通，奈我这口刀着实狼犺，不遂我意，奈何？”四老猴启奏道：“大王乃是仙圣，凡兵是不堪用，但不知大王水里可能去得？”悟空道：“我有七十二般变化，觔斗云有莫大的神通，那些儿去不得？”四猴道：“大王既有此神通，我们这铁板桥下，水通东海龙宫。大王若肯下去，寻着老龙王，问他要件兵器，却不趁心？”悟空闻言甚喜，即跳至桥头，使一个闭水法，捻着诀，扑的钻入波中，分开水路，径入东洋海底。

正行间，忽见一个巡海的夜叉，挡住问道：“那推水来的，是何神圣？说个明白，好通报迎接。”悟空道：“吾乃花果山天生圣人孙悟空，是你老龙王的紧邻，为何不识？”那夜叉听说，急转水晶宫传报道：“大王，外面有个花果山天生圣人孙悟空，口称是大王紧邻，将到宫也。”东海龙王敖广即忙出宫迎道：“上仙请进。”直至宫里相见，上坐献茶毕，问道：“上仙几时得道，授何仙术？”悟空道：“我自生身之后，出家修行，得一个无生无灭之体。近因教演儿孙，守护山洞，奈何没件兵器。久闻贤邻享乐瑶宫贝阙，必有多余神器，特来告求一件。”龙王见说，不好推辞，即着鳜都司取出一把大杆刀奉上。悟空道：“老孙不会使刀，乞另赐一件。”龙王又着鲌大尉、鳝力士抬出一杆九股叉来。悟空跳下来，接在手中，使了一路，放下道：“轻！轻！轻！不趁手，再乞另赐一件。”龙王笑道：“上仙，你不曾看这叉，有三千六百斤重哩！”悟空道：“不趁手！不趁手！”龙王心中恐惧，又着鳊提督、鲤总兵抬出一柄画杆方天戟，那戟有七千二百斤重。悟空接在手中，丢几个架子，撒两个解数，插在中间道：“也还轻！轻！轻！”老龙王一发害怕道：“上仙，我宫中只有这根戟重，再没甚么兵器了。”悟空笑道：“古人云，愁海龙王没宝哩！你再去寻寻看。若有可意的，一一奉价。”龙王道：“委的再无。”

正说处，后面闪过龙婆、龙女道：“大王，观看此圣，决非小可。我们这海藏中那一块天河定底的神珍铁，这几日霞光艳艳，瑞气腾腾，敢莫是该出现遇此圣也？”龙王道：“那是大禹治水之时，定江海浅深的一个定子，是一块神铁，能中何用？”龙婆道：“莫管他用不用，且送与他，凭他怎么改造，送出宫门便了。”老龙王依言，向悟空说了。悟空道：“拿来我看。”龙王摇手道：“扛不动！抬不动！须上仙亲自去看。”悟空道：“你引我去。”龙王果引至海藏中间，忽见金光万道。龙王指定道：“那放光的便是。”悟空撩衣上前，摸了一把，乃是一根铁柱子，约有斗来粗，二丈有余长。他尽力两手挝过道：“忒粗忒长些！再短细些方可用。”说毕，那宝贝就短了几尺，细了一围。悟空又颠一颠道：“再细些更好！”那宝贝真个又细了几分。悟空十分欢喜，拿出海藏看时，原来两头是两个金箍，中间乃一段乌铁，紧挨箍镌着的一行字，唤做“如意金箍棒，重一万三千五百斤”。心中暗喜道：“想必这宝贝如人意！”一边走，一边心思口念，手颠着道：“再短细些更妙！”拿出外面，只有丈二长短，碗口粗细。

你看他弄神通，丢开解数，打转水晶宫里，唬得老龙王胆战心惊，小龙子魂飞魄散，龟鳖鼋鼍皆缩颈，鱼虾鳌蟹尽藏头。悟空将宝贝执在手中，坐在殿上，对龙王笑道：“多谢贤邻厚意。还有一说。当时若无此铁，倒也罢了。如今手中既拿着他，身上更无衣甲，你若有，送我一副，一总奉谢。”龙王道：“这个却是没有。”悟空道：“一客不犯二主，若没有，我也定不出此门。”龙王道：“烦上仙再转一海，或者有之。”悟空又道：“走三家不如坐一家，千万告求一件。”龙王道：“委的没有，如有即当奉承。”悟空道：“真个没有，就和你试试此铁！”龙王慌了道：“上仙，切莫动手！待我看舍弟处可有，当送一副。”悟空道：“令弟何在？”龙王道：“舍弟乃南海龙王敖钦、北海龙王敖顺、西海龙王敖闰是也。”悟空道：“我老孙不去！不去！俗语谓赊三不敌见二，只望你随高就低的送一副便了。”老龙道：“不须上仙去。我这里有一面铁鼓，一口金钟，凡有紧急事，擂得鼓响，撞得钟鸣，舍弟们就顷刻而至。”悟空道：“既是如此，快去擂鼓撞钟！”真个霎时间钟鼓响处，惊动那三海龙王，须臾一齐来到。

敖钦道：“大哥有甚紧事，擂鼓撞钟？”老龙道：“贤弟，不好说，有一个花果山甚么天生圣人，早间来认我做邻居，后要求一件兵器，献钢叉嫌小，奉画戟嫌轻，将一块天河定底神珍铁自己拿出，丢了些解数。如今坐在宫中，又要索甚么披挂。我处无有，故响钟鸣鼓，请贤弟来。你们可有甚么披挂，送他一副，打发他出门去罢了。”敖钦闻言大怒道：“我们点起兵拿他不是！”老龙道：“莫说拿！莫说拿！那块铁，挽着些儿就死，磕着些儿就亡！”敖闰说：“二哥不可与他动手，且只凑副披挂与他，打发他出了门，启表奏上上天，天自诛也。”敖顺道：“说的是。我这里有一双藕丝步云履哩。”敖闰道：“我带得一副锁子黄金甲哩。”敖钦道：“我有一顶凤翅紫金冠哩。”老龙大喜，引入水晶宫相见了，以此奉上。悟空将金冠、金甲、云履穿戴停当，使动如意棒，一路打出去，对众龙道：“聒噪！聒噪！”四海龙王甚是不平，一边商议进表上奏不题。

这猴王分开水道，径回铁板桥头，撺将上去，只见众猴都在桥边等候。忽然见悟空跳出波外，身上更无一点水湿，金灿灿的走上桥来，唬得众猴一齐跪下道：“大王，好华彩耶！”悟空满面春风，高登宝座，将铁棒竖在当中。这些猴不知好歹，都来拿那宝贝，却便似蜻蜓撼石柱，分毫不能动，一个个咬指伸舌道：“爷爷呀！这般重，亏你怎的拿来也！”悟空近前，舒开手一把挝起，对众笑道：“物各有主。这宝贝在海藏中，也不知几千百年，可可的今岁放光。龙王只认做是块黑铁，又唤做天河镇底神珍。那厮每都扛抬不动，请我亲去拿之。那时此宝有二丈多长，斗来粗细；我意思嫌大，他就小了许多；再教小些，他又小了许多。上有一行字，乃‘如意金箍棒，一万三千五百斤’。你都站开，等我再叫他变一变看。”他将那宝贝颠在手中，叫：“小！小！小！”即时就小做一个绣花针儿相似，可以摁在耳朵里面藏下。众猴骇然叫道：“大王！还拿出来耍耍！”猴王又去耳朵里拿出，托放掌上叫：“大！大！大！”即又大做斗来粗细，二丈长短。他弄到欢喜处，跳出洞外，将宝贝揝在手中，使一个法天像地的神通，把腰一躬，叫声：“长！”他就长的高万丈，头如泰山，腰如峻岭，眼如闪电，口似城门，牙如剑戟，手中那棒上抵三十三天，下至十八层地狱，把七十二洞妖王，都唬得磕头礼拜，站战兢兢。霎时收了法像，将宝贝还变做个绣花针儿，藏在耳内。复归洞府，慌得那各洞妖王，都来参贺。

此时大开旗鼓，依前教演。猴王将那四个老猴封为健将，将两个赤尻马猴唤做马、流二元帅，两个通背猿猴唤做崩、芭二将军。将那安营下寨、赏罚诸事，都付与四健将维持。他放下心，日逐腾云驾雾，遨游四海，广交贤友。此时又会了个七弟兄，乃牛魔王、蛟魔王、鹏魔王、狮狔王、猕猴王、狨狨王，连自家美猴王七个。日逐讲文论武，走斝传觞，朝去暮回，无限快乐。

一日，在本洞安排筵宴。请六王赴饮，吃得酩酊大醉。送六王出去，赦在铁板桥边松阴之下，霎时间睡着。四健将领众围护，不敢高声。那美猴王睡里只见两人拿一张批文，上有“孙悟空”三字，走近身不容分说，套上绳，就把美猴王的魂灵儿索了去，踉踉跄跄，直带到一座城边。猴王渐觉酒醒，忽抬头观看，那城上有一铁牌，牌上“幽冥界”三个大字。猴王顿然醒悟道：“幽冥界乃阎王所居，何为到此？”那两人道：“你今阳寿该终，我两人领批，勾你来也。”猴王道：“我老孙超出三界之外，不在五行之中，已不伏他管辖，怎么朦胧，又敢来勾我？”那两个勾死人只管扯扯拉拉，定要拖他进去。猴王恼起性来，耳朵中掣出宝贝，幌一幌，碗来粗细，略举手把两个勾死人打为肉酱，自解其索，轮着棒，打入城中。唬得那牛头鬼东躲西藏，马面鬼南奔北走，众鬼卒奔上森罗殿，报着：“大王！祸事！祸事！外面一个毛脸雷公打将来了！”

慌得那十代冥王急整衣来看，见他凶恶，即排班高叫道：“上仙留名！上仙留名！”猴王道：“你既认不得我，怎么差人来勾我，我本是花果山水帘洞天生圣人孙悟空。你等是什么官位？快报名来，免打！”十王道：“我等是秦广王、楚江王、宋帝王、忤官王、阎罗王、平等王、泰山王、都市王、卞城王、转轮王。”悟空道：“汝等既登王位，为何不知好歹？我老孙修仙了道，与天齐寿，超升三界，跳出五行，为何着人拘我？”十王道：“上仙息怒。普天下同名同姓者多，敢是那勾死人错了？”悟空道：“胡说！常言道，官差吏差，来人不差。你快取生死簿子来看！”

十王闻言，即请悟空登森罗殿，南面坐下。命掌案的判官取出文簿来。逐一查看。赢虫、毛虫、羽虫、昆虫、鳞介之属，俱无他名。又看到猴属之类，原来这猴似人相，不入人名。似走兽，不伏麒麟管；似飞禽，不受凤凰辖。另有个簿子。悟空亲自检阅，直到那魂字一千三百五十号上，方注着孙悟空名字，乃天产石猴，该寿三百四十二岁，善终。悟空道:"我也不记寿数几何,且只消了名字便罢!取笔过来!"把猴属之类但有名者一概勾之。捽下簿子道:"了帐!了帐!今番不伏你管了!"一路棒打出幽冥界。那十王不敢相近,都去翠云宫,同拜地藏王菩萨,商量启表,奏闻上天,不在话下。

这猴王打出城中,忽然绊着一个草纥繨,跌了个踜踵,猛醒来,乃是南柯一梦。四健将与众猴高叫道:"大王,吃了多少酒,睡这一夜还不醒来?"悟空道:"醒还小可,我梦见两个人来此勾我到幽冥界。是我显神通,直嚷到森罗殿,与那十王争吵,将生死簿子看了,但有我等名号,俱是我勾了,都不伏那厮所辖也。"众猴磕头礼谢。自此,山猴多有不老者,以阴司无名故也。美猴王每日欢喜聚乐不题。

却说玉皇上帝一日驾坐灵霄宝殿,聚集文武仙卿早朝之际,忽有丘弘济真人启奏道:"万岁,通明殿外,有东海龙王敖广进表,听天尊宣诏。"玉皇传旨着宣来。敖广宣至殿下,礼拜毕。引奏仙童接上表文。表曰:"水元下界东胜神洲东海小龙臣敖广谨奏大天圣主玄穹高上帝君:近因花果山水帘洞妖仙孙悟空者,欺虐小龙,强坐水宅,索兵器,要披挂。臣敖广等献神珍之铁棒,凤翅之金冠,与那锁子甲、步云履,以礼送出。他仍弄武艺,显神通,施法施威,逞凶逞势,甚为难制。伏望圣裁。恳乞天兵,收此妖孽!庶使海岳清宁,下元安泰。谨奏。"圣帝览毕,传旨:"着龙神回海,朕即遣将擒拿。"老龙王顿首谢去。又有葛仙翁天师启奏道:"万岁,有冥司秦广王赍奉幽冥教主地藏王菩萨表文进上。"传言玉女接上表文,表曰:"幽冥境界,乃地之阴司。天有神而地有鬼,阴阳轮转;禽有生而兽有死,反复雌雄。此自然之数。今有花果山水帘洞天产妖猴孙悟空,逞恶行凶,不服拘唤。弄神通,打绝九幽鬼使;恃势力,惊伤十代慈王。大闹森罗,强销名号。致使猴属之类无拘,猕猴之畜多寿;寂灭轮回,各无生死。贫僧具表,冒渎天威。伏乞调遣神兵,收降此妖,整理阴阳,永安地府。谨奏。"玉皇览毕,传旨:"着冥君回归地府,朕即遣将擒拿。"秦广王亦顿首谢去。

大天尊宣众文武仙卿,问曰:"这妖猴是何时产育,何代出身,却就这般有道?"班中闪出千里眼、顺风耳道:"这猴乃三百年前天产石猴。当时不以为然，不知这几年在何方修炼成仙，降龙伏虎，强销死籍也。”玉帝道：“那路神将下界收伏？”言未已，班中闪出太白长庚星，俯伏启奏道：“上圣三界中，凡有九窍者，皆可修仙。此猴乃天地育成之体，日月孕就之身，他既修成仙道，有降龙伏虎之能，与人何以异？臣启陛下，可念生化之慈恩，降一道招安圣旨，把他宣来上界，授他一个大小官职，拘束此间。若受天命，后再升赏；若违天命，就此擒拿。一则不动众劳师，二则收仙有道也。”玉帝甚喜，道：“依卿所奏。”即着文曲星官修诏，着太白金星招安。

金星领了旨，出南天门外，按下祥云，直至花果山水帘洞，对众小猴道：“我乃天差天使，有圣旨在此，请你大王上界。快快报知！”洞外小猴，一层层传至洞天深处，道：“大王，外面有一老人，背着一角文书，言是上天差来的天使，有圣旨请你也。”美猴王听得大喜道：“我这两日，正思量要上天走走，却就有天使来请。”叫：“快请进来！”猴王急整衣冠，门外迎接。金星径入当中，面南立定道：“我是西方太白金星，奉玉帝招安圣旨下界，请你上天，拜受仙箓。”悟空笑道：“多感老星降临。教小的们！安排筵宴款待。”金星道：“圣旨在身，不敢久留，就请同往。”悟空即唤四健将，分付：“谨慎教演儿孙，待我上天去看看，却好带你们上去也。”四健将领诺。这猴王与金星纵起云头，升在空霄之上。毕竟不知授个甚么官爵，且听下回分解。

第四回 官封弼马心何足 名注齐天意未宁

那太白金星与美猴王一齐驾云而起。原来悟空觔斗云十分快疾，把个金星撇在脑后，先至南天门外。正欲收云前进，被增长天王领着庞、刘、苟、毕、邓、辛、张、陶，一路大力天丁，挡住天门，不肯放进。猴王道："这个金星老儿，乃奸诈之徒！既请老孙，如何教人动刀动枪，阻塞门路?"正嚷间，金星倏到，悟空就觌面发狠道："你这老儿，怎么哄我？说奉玉帝旨意来请，却怎么教这些人阻住，不放老孙进去?"金星笑道："大王息怒。你自来未曾到此天堂，众天丁又与你素不相识，他怎肯放你擅入？等如今见了天尊，授了仙箓、官名，向后便随你出入也。"悟空道："这等说也罢，我不进去了。"金星扯住道："你还同我进去。"高叫："天门将吏，放开大路。"猴王方同金星缓步入里观看。真个是：祥光万道滚红霓，瑞气千条喷紫雾。金阙银銮并紫府，琪花瑶草与琼葩。太白金星领着美猴王，到于灵霄殿外。不等宣诏，直至御前，朝上礼拜。悟空挺身在旁，且不朝礼，但侧耳以听金星启奏。金星奏道："臣领圣旨，已宣妖仙到了。"玉帝垂帘问曰："那个是妖仙?"悟空却才躬身答应道："老孙便是。"仙卿们都大惊失色道："这个野猴！怎么不拜伏参见，辄敢这般答应道'老孙便是'，却该死了！该死了！"玉帝传旨道："那孙悟空乃下界妖仙，初得人身，不知朝礼，且姑恕罪。"众仙卿叫声："谢恩！"猴王却才朝上唱个大喏。玉帝宣文选武选仙卿，看那处少甚官职，着孙悟空去除授。武曲星君启奏道："天宫里各处都不少官，只是御马监缺个正堂管事。"玉帝传旨道："就除授他做个弼马温罢。"众臣叫谢恩，他也只朝上唱个大喏。玉帝又差木德星官送他去御马监到任。

当时猴王欢欢喜喜，与木德星官径去到任。事毕，星官回宫。他在监里会聚了大小官员人等，查明本监事务，止有天马千匹。猴王查看了文簿，点明了马数。本监中典簿管征备草料，力士官管刷洗喂养，监丞、监副辅佐催办。弼马昼夜不睡，滋养马匹。那些天马见了他，泯耳攒蹄，都养得肉肥膘满。

不觉半月有余。一朝闲暇，众监官都安排酒席，一则与他接风，二则与他贺喜。正在欢饮之间，猴王忽停杯问曰："我这弼马温是个甚么官衔？"众曰："官名就是此了。"又问："此官是个几品？"众道："没有品从。"猴王道："没品，想是大之极也。"众道："不大不大，只唤做未入流。"猴王道："怎么叫做未入流？"众道："这样官儿，最低最小，只可与他看马。似堂尊到任之后，这等殷勤，喂得马肥，只落得道声好字；如稍有些尪羸，还要见责；再十分伤损，还要罚赎问罪。"猴王闻此，不觉心头火起，咬牙大怒道："这般藐视老孙！老孙在花果山，称王称祖，怎么哄我来替他养马？养马乃下贱之役，岂是待我的？不做他！不做他！我去也！"嗯喇的一声，把公案推倒，耳中取出宝贝，幌一幌，碗来粗细，一路直打出御马监，径至南天门。众天丁知他受了仙箓，乃是个弼马温，不敢阻当，让他打出天门去了。

须臾按落云头，回至花果山上，只见那四健将与各洞妖王，在那里操演兵卒，猴王厉声高叫道："小的们！老孙来了！"群猴都来叩头，迎接进洞，请猴王高登宝位，一壁厢办酒接风，都道："恭喜大王，上界去十数年，想必得意荣归也？"猴王道："我才半月有余，那里有十数年？"众猴道："大王，你在天上不觉时辰。天上一日，就是下界一年哩。请问大王，官居何职？"猴王摇手道："不好说！不好说！活活的羞杀人！那玉帝不会用人，封我做个甚么弼马温，原来是与他养马，不入流品之类。我初到任时不知，只今日问我同僚，始知是这等卑贱。老孙心中大恼，因此走下来了。"众猴道："大王在这福地洞天为王，多少尊重快乐，怎么去与他做马夫？教小的们快办酒来，与大王释闷。"

正饮酒欢会间，有人来报道："门外有个独角鬼王求见。"猴王道："教他进来。"那鬼王整衣跑入洞中，倒身下拜道："久闻大王招贤，无由得见，今见大王授了天箓，得意荣归，特献赭黄袍一件，与大王称庆。若肯收纳，愿效犬马之劳。"猴王大喜，将赭黄袍穿起，即将鬼王封为前部总督先锋。鬼王谢恩毕，复启道："大王在天许久，所授何职?”猴王道:“玉帝轻贤,封我做个甚么弼马温!”鬼王道:“大王有此神通,如何与他养马?就做个齐天大圣,有何不可?”猴王闻说,欢喜不胜,连道几个“好!好!好”,教四健将:“就替我快置个旌旗,旗上写‘齐天大圣’四大字,立竿张挂。自此以后,只称我为齐天大圣,不许再称大王。”不在话下。

却说那玉帝次日设朝,只见张天师引御马监监丞、监副在丹墀下拜奏道:“万岁,新任弼马温孙悟空,因嫌官小,昨日反下天宫去了。”又见南天门外增长天王领众天丁,亦奏道:“弼马温不知何故,走出天门去了。”玉帝闻言,即传旨:“着两路神元,各归本职,朕遣天兵,擒拿此怪。”班部中闪上托塔李天王与哪吒三太子,奏道:“微臣不才,请旨降此妖怪。”玉帝大喜,即封托塔天王李靖为降魔大元帅,哪吒三太子为三坛海会大神,即刻兴师下界。

天王与哪吒辞回本宫,点起三军,帅领巨灵神、鱼肚、药叉诸将,一霎时出南天门外,径来到花果山安营,传令教巨灵神挑战。巨灵神得令,结束整齐,轮着宣花斧,到了水帘洞外。只见那洞门外许多妖魔,轮枪舞剑,在那里跳斗。巨灵神喝道:“那业畜快早去报与弼马温知道,吾乃上天大将,奉玉帝旨意,到此收伏,教他早早出来受降,免致汝等皆伤残也。”那些怪奔报洞中道:“祸事了!祸事了!门外有一员天将,口称大圣官衔,道奉玉帝圣旨,来此收伏,教早早出去受降,免伤我等性命。”猴王听说,教取我披挂来!就顶冠贯甲,手执如意金箍棒,领众出门,摆开阵势。

巨灵神厉声高叫道:“那泼猴!你认得我么?”大圣道:“你是那路毛神?老孙不曾会你,你快报名来。”巨灵神道:“我把你那欺心的猢狲!你是认不得我!我乃高上神霄托塔天王部下先锋巨灵天将!今奉玉帝圣旨,到此收降你。你快卸了装束,归顺天恩,免得遭诛。若道半个不字,教你顷刻化为齑粉!”猴王听说,大怒道:“泼毛神,休夸大口,我本待一棒打死你,恐无人去报信,且留你性命,快早回天,对玉皇说他甚不用贤!老孙有无穷的本事,为何教我替他养马?你看我这旌旗上字号,若依此字号升官,我就不动刀兵,天地清泰;如若不依时,就打上灵霄宝殿,教他龙床定坐不成!”这巨灵神闻此言,急睁睛观看，果见门外高竿上有旗一面，上写着“齐天大圣”四大字。巨灵神冷笑道：“这泼猴这等无状，你要做齐天大圣！好好的吃吾一斧！”劈头就砍将去。那猴王将金箍棒应手相迎。巨灵神抵敌他不住，被猴王劈头一棒，把个斧柄打做两截，急撤身逃生。猴王笑道：“脓包！脓包！我已饶了你，你快去报信！”

巨灵神回至营门，径见托塔天王，忙哈哈跪下道：“弼马温果是神通广大！末将战他不过，败阵回来请罪。”李天王发怒道：“这厮锉我锐气，推出斩之！”旁边闪出哪吒太子，拜告：“父王息怒，且恕巨灵之罪，待孩儿出师一遭，便知深浅。”天王听谏，且教回营待罪。

这哪吒太子，甲胄齐整，跳出营盘，撞至水帘洞外。那悟空正来收兵，见哪吒来的勇猛。悟空问道：“你是谁家小哥？闯近吾门，有何事干？”哪吒喝道：“泼妖猴！我乃托塔父王三太子哪吒是也。今奉玉帝钦差，至此捉你。”悟空笑道：“小太子，你的奶牙尚未退，胎毛尚未干，怎敢说这般大话？我且留你的性命回去。你只看我旌旗上是甚么字号，拜上玉帝，是这般官衔，再也不须动众，我自皈依，若是不遂我心，定要打上灵霄宝殿。”哪吒抬头看处，乃“齐天大圣”四字。哪吒道：“这妖猴能有多大神通，就敢称此名号！不要怕，吃吾一剑！”悟空道：“我只站下不动，任你砍几剑罢。”哪吒奋怒，大喝一声，叫：“变！”即变做三头六臂，恶狠狠手持着六般兵器，乃是斩妖剑、砍妖刀、缚妖索、降妖杵、绣球儿、火轮儿，丫丫叉叉，扑面来打。悟空见了，心惊道：“这小哥倒也会弄些手段！莫无礼，看我神通！”好大圣，喝声：“变！”也变做三头六臂，把金箍棒幌一幌，也变作三条，六只手拿着三条棒架住。这场斗真个是地动山摇，两个各骋神威，斗了个三十回合。那太子六般兵器，变做千千万万，悟空金箍棒变作万万千千。半空中似雨点流星，不分胜负。原来悟空手疾眼快，正在那混乱之时，他拔下一根毫毛，叫声：“变！”就变做他的本相，手挺着棒，演着哪吒；他的真身，却一纵，赶至哪吒脑后，着左膊上一棒打来。哪吒急躲不迭，着了一下，负痛逃走，收了法，败阵而回。

天王大惊失色道：“这厮恁的神通，如何取胜？”太子道：“他洞门外竖一竿旗，上写‘齐天大圣’四字，亲口夸称，教玉帝就封他做齐天大圣,万事俱休;若还不然,定要打上灵霄宝殿哩!”天王道:“既然如此,不要与他相持,且去上界回奏,再多遣天兵围捉这厮,未为迟也。”太子随同天王回天启奏不题。

却说猴王得胜归山,那七十二洞妖王与那六弟兄俱来贺喜,在洞中饮乐。他却对六弟兄说:“小弟既称齐天大圣,你们亦可以大圣称之。”内有牛魔王忽然高叫道:“贤弟言之有理,我即称做个平天大圣。”蛟魔王道:“我称做覆海大圣。”鹏魔王道:“我称混天大圣。”狮狔王道:“我称移山大圣。”猕猴王道:“我称通风大圣。”㺄狨王道:“我称驱神大圣。”此时七大圣自作自为,自称自号,耍乐一日散讫。

却说李天王与三太子直至灵霄宝殿,启奏道:“臣等奉圣旨出师收伏妖仙孙悟空,不期他神通广大,不能取胜,仍望万岁添兵剿除。”玉帝道:“谅一妖猴,有多少本事,还要添兵?”太子又奏道:“望万岁赦臣死罪!那妖猴使一条铁棒,先败了巨灵神,又打伤臣臂膊。洞门外立一竿旗,上书‘齐天大圣’四字,道是封他这官职,即便休兵;若不是此官,还要打上灵霄宝殿也。”玉帝闻言,惊讶道:“何敢这般狂妄!着众将即刻诛之。”正说间,班部中又闪出太白金星,奏道:“那妖猴出言,不知大小。欲加兵与他争斗,恐一时不能收伏,反又劳师。不若万岁大舍恩慈,还降招安旨意,就教他做个齐天大圣。只加他个空衔,有官无禄便了。”玉帝道:“何为有官无禄?”金星道:“名是齐天大圣,只不与他事管,不与他俸禄,且养在天宫之间,收他的邪心,使不生狂妄,庶乾坤安靖,海宇得清宁也。”玉帝闻言道:“依卿所奏。”即命降了诏书,仍着金星领去。

金星复出南天门,直至花果山水帘洞外观看,这番比前不同,威风凛凛,杀气森森,各样妖精,一个个都执剑拈枪,拿刀弄杖,在那里咆哮跳跃。一见金星,皆上前动手,金星道:“你等去报与大圣知之。吾乃上帝遣来天使,有圣旨在此请他。”众妖即跑入通报。悟空道:“来得好!来得好!想是前番来的那太白金星。那次请我上界,虽是官爵不堪,却也天上走了一次。今番又来,定有好意。”教众头目大开旗鼓,大圣顶冠贯甲出洞,躬身施礼,高叫道:“老星请进。”

金星径入洞内,面南立着道:“今告大圣,前者因大圣嫌恶官小,躲离御马监，玉帝知道，说：‘凡官职皆由卑而尊，为何嫌小？’昨李天王领哪吒下界取战。回天奏道：‘大圣立一竿旗，要做齐天大圣。’众武将还要支吾，是老汉力为大圣冒罪奏闻，免兴师旅，请大王授箓。玉帝准奏，因此来请。”悟空笑道：“前番动劳，今又蒙爱，多谢多谢！但不知上天可有此齐天大圣之官衔也？”金星道：“老汉以此衔奏准，方敢领旨而来，岂敢相欺。”

悟空大喜，恳留饮宴不肯，遂与金星纵着祥云，到南天门外。此番那些天丁天将，都拱手相迎，径入灵霄殿下，金星拜奏道：“臣奉诏宣弼马温孙悟空已到。”玉帝道：“那孙悟空过来，今宣你做个齐天大圣，官品极矣，但切不可妄为。”这猴亦止朝上唱个喏，道声谢恩。玉帝即命工干官张、鲁二班，在蟠桃园右首，起一座齐天大圣府，府内设个二司：一名安静司，一名宁神司。司俱有皂吏，左右扶持。又差五斗星君送悟空去到任，外赐御酒二瓶，金花十朵，着他安心定志，再勿妄为。那猴王信受奉行，即日与五斗星君到府，打开酒瓶，同众尽饮。送星官回转本宫，他才遂心满意，在于天宫快乐，无挂无碍。正是：仙名永注长生箓，不堕轮回万古传。毕竟不知向后如何，且听下回分解。

第五回 乱蟠桃大圣偷丹 反天宫诸神捉怪

话表齐天大圣到底是个妖猴，更不知官衔品从，但只注名便了。那齐天府下二司仙吏，早晚伏侍，只知日食三餐，夜眠一榻，无事牵萦，自由自在。闲时节会友游宫，交朋结义。见三清称个"老"字，逢四帝道个"陛下"。与那九曜星、五方将、二十八宿、四大天王、十二元辰、五方五老、普天星相、河汉群神，俱只以弟兄相待，彼此称呼。今日东游，明日西荡，云去云来，行踪不定。

一日，玉帝早朝，班部中闪出许旌阳真人启奏道："今有齐天大圣，日日无事闲游，恐后来闲中生事，不若与他一件事管了，庶免别生事端。"玉帝闻言，即时宣诏。那猴王欣欣然而至道："陛下，诏老孙有何升赏?"玉帝道："朕见你身闲无事，与你一件执事。你且权管那蟠桃园，早晚好生在意。"大圣欢喜谢恩，朝上唱喏而退。

他即入蟠桃园内查勘。本园中有个土地，拦住问道："大圣何往?"大圣道："吾奉玉帝点差代管蟠桃园，今来查勘也。"那土地连忙施礼，即呼那一班力士都来见大圣磕头，引他进去。但见那：夭夭灼灼桃盈树，历历累累果压枝。不是玄都凡俗种，瑶池王母自栽培。大圣看玩多时，问土地道："此树有多少株数?"土地道："有三千六百株：前面一千二百株，花微果小，三千年一熟，人吃了成仙了道，体健身轻。中间一千二百株，层花甘实，六千年一熟，人吃了霞举飞升，长生不老。后面一千二百株，紫纹缃核，九千年一熟，人吃了与天地齐寿，日月同庚。"大圣闻言欢喜无任，当日查点回府。自此后三五日一次赏玩，也不交友，也不他游。

一日，见那老树枝头，桃熟大半，他心里要吃个尝新，奈何本园土地、力士并齐天府仙吏紧随不便，忽设一计道："汝等且出门外伺候，让我在这亭上少憩片时。"那众仙果退。只见那猴王脱了冠服，爬上大树，拣那熟透的大桃，摘了许多，就在树枝上自在受用。吃了一饱，却才跳下树来，簪冠着服，唤众等仪从回府。迟三二日，又去设法偷桃，尽他享用。

一朝，王母娘娘设宴，大开宝阁瑶池，做蟠桃胜会，即着那红、绿、青、黄、紫、皂、素七衣仙女，各顶花篮，去蟠桃园摘桃建会。七衣仙女直至园门首，只见蟠桃园土地、力士同齐天府二司仙吏，都在那里把门。仙女道："我等奉王母懿旨，到此摘桃设宴。"土地道："仙娥且住。今岁不比往年了，玉帝点差齐天大圣在此督理，须是报大圣得知，方敢开园。"仙女道："大圣何在？"土地道："大圣在园内亭子上睡哩。"仙女道："既如此，寻他去来，不可迟误。"土地即与同至花亭，只有衣冠在亭，不知何往，四下里都没寻处。原来大圣吃了几个桃子，变做三寸长的个人儿，在那大树梢头浓叶之下睡着了。仙女道："我等奉旨前来，寻不见大圣，怎敢空回？"仙使道："仙娥不必迟疑。我大圣闲游惯了，想是出园会友去了。汝等且去摘桃，我们替你回话便是。"那仙女依言，入树林之下摘桃。先在前树摘了二篮，又在中树摘了三篮；到后树上摘取，只见那树上花果稀疏，止有几个毛蒂青皮的，原来熟的都是猴王吃了。七仙女张望东西，只见向南枝上止有一个半红半白的桃子。青衣女用手扯下枝来，红衣女摘了，却将枝子望上一放。原来那大圣变化了，正睡在此枝，被他惊醒。大圣即现本相，耳朵里掣出金箍棒，咄的一声道："你是那方怪物，敢大胆偷摘我桃！"慌得那七仙女一齐跪下道："大圣息怒。我等不是妖怪，乃王母娘娘差来的七衣仙女，摘取仙桃，做蟠桃胜会。适至此间，先见了本园土地等神，寻大圣不见。我等恐迟了王母懿旨，故先在此摘桃。万望恕罪。"大圣闻言，回嗔作喜道："仙娥请起。王母开宴，请的是谁？"仙女道："上会自有旧规，请的是西天佛老、菩萨、圣僧、罗汉，南方南极观音，东方崇恩圣帝、十洲三岛仙翁，北方北极玄灵，中央黄极黄角大仙，这个是五方五老。还有五斗星君，上八洞三清、四帝，太乙天仙等众，中八洞玉皇九垒，海岳神仙；下八洞幽冥教主，住世地仙。各宫各殿大小尊神，俱一齐赴蟠桃嘉会。"大圣笑道："可请我么？"仙女道："不曾听得说。"大圣道："我乃齐天大圣，就请我老孙做个席尊，有何不可？"仙女道："此是上会旧规，今会不知如何。"大圣道：

"此言也是,难怪汝等。你且立下,待老孙先去打听个消息看。"大圣捻着诀,念声咒语,对众仙女道:"住!住!住!"原来是个定身法,把那七衣仙女,一个个睖睖睁睁,白着眼,都站在桃树之下。

大圣纵朵祥云,跳出园内,竟奔瑶池路上而去。正行时,觌面撞见一尊仙长,名为赤脚大仙。大圣低头定计,赚哄真仙,他要暗去赴会,却问:"老道何往?"大仙道:"蒙王母见招,去赴蟠桃嘉会。"大圣道:"老道不知:玉帝因老孙觔斗云疾,着老孙五路邀请列位,先至通明殿下,演礼后方去赴宴。"大仙是个光明正大之人,就以他的诳语作真,拨转祥云,径往通明殿去了。大圣驾着云,念声咒语,摇身一变,就变做赤脚大仙模样,前奔瑶池。不多时直至宝阁,按住云头,轻轻移步,走入里面,只见那里:琼香缭绕,瑞霭缤纷。上排着九凤丹霞扆,八宝紫霓墩。桌上有龙肝、凤髓,熊掌、猩唇,珍馐百味,铺设得齐齐整整,却还未有仙来。这大圣点看不尽,忽闻得一阵酒香扑鼻,急转头,见右壁厢长廊之下,有几瓮玉液琼浆,香醪佳酿。止不住口角流涎,就要去吃,奈何那些管酒的都在那里,他就弄个神通,把毫毛拔下几根,丢入口中嚼碎喷去,念咒叫:"变!"即变做几个瞌睡虫,奔在众人脸上。你看那伙人手软头低,垂眉合眼,都去盹睡。大圣却拿了些八珍佳肴,走入长廊里面,就着缸,挨着瓮,放量痛饮一番。不觉酕醄醉了。自揣道:"不好!不好!再过会请的客来,却不怪我?一时拿住,怎生是好?不如早回府中睡去也。"

遂摇摇摆摆,信步乱撞,一会把路差了,不是齐天府,却是兜率天宫。一见了顿然醒悟道:"兜率宫是三十三天之上太上老君之处,如何错到此间?也罢!也罢!一向要来望此老,不曾得来,今趁此残步,就望他一望也好。"即整衣进去。不见一人。原来那老君与燃灯古佛在三层高阁朱陵丹台上讲道,众仙童与官吏都侍立左右听讲。大圣直至丹房里面,寻访不遇,但见丹灶之旁,安放着五个葫芦,葫芦里都是炼就的金丹。大圣喜道:"此物乃仙家至宝。老孙自了道以来,识破了内外相同之理,也要炼些金丹济人,不期到家无暇;今日有缘,却又撞着此物,趁老子不在,等我吃他几丸尝新。"就把那葫芦倾出来都吃了,如吃炒豆相似。一时间丹满酒醒,又自揣道:"不好!

不好！这场祸比天还大，若惊动玉帝，性命难存。走！走！走！不如下界为王去也！”

他就跑出兜率宫，不行旧路，从西天门使个隐身法逃去，即按云头，回至花果山界。高叫道：“小的们！我来也！”众怪跪倒道：“大圣好宽心！丢下我等许久，不来相顾！”大圣道：“没多时！没多时！”且说且行，径入洞天深处。四健将叩头礼拜毕，俱道：“大圣在天这百十年，实受何职？”大圣笑道：“我记得才半年光景，怎么就说百十年话？”健将道：“在天一日，即在下方一年也。”大圣道：“且喜这番玉帝相爱，果封我做齐天大圣，起一座齐天府，设仙吏侍卫，向后见我无事，着我去管蟠桃园。近因王母设蟠桃大会，未曾请我，是我不待他请，先赴瑶池，把他那仙品、仙酒都偷吃了。走出瑶池，误入老君宫阙，又把他葫芦金丹也偷吃了。恐玉帝见罪，方才走出天门来也。”

众怪闻言大喜，即安排酒果接风，将椰酒满斟一碗奉上。大圣呷了一口，即咨牙倈嘴道：“不好吃！不好吃！我今早在瑶池中受用时，见那长廊之下，有许多玉液琼浆，你们都不曾尝着。待我再去偷他几瓶回来，你们各饮半杯，一个个也长生不老。”众猴欢喜不胜。大圣即出洞门，又翻一觔斗，使个隐身法，径至蟠桃会上。进瑶池宫阙，只见那些人还鼾睡未醒。他拣大瓮，从左右胁下挟了两个，两手提了两个，即拨转云头，回到洞中，就做个仙酒会，与众快乐不题。

却说那七衣仙女自受了大圣的定身法，一周天方能解脱，各提花篮，回奏王母。王母问道：“汝等摘了多少蟠桃？”仙女道：“只有两篮小桃，三篮中桃。至后面，大桃半个也无，想都是大圣偷吃了。正寻间，不期大圣走将出来，行凶要打，又问设宴请谁。我等把上会事说了一遍，他就使法定住我等，直到如今，才得醒解回来。”王母闻言，即去见玉帝，备陈前事。说不了，又见那管酒的一班人，同仙官等来奏：“不知甚么人，搅乱了蟠桃大会，偷吃了玉液琼浆，其八珍百味，亦俱偷吃了。”又有四个大天师来奏上：“太上道祖来了。”玉帝即同王母出迎。老君朝礼毕道：“老道宫中，炼了些九转金丹，伺候陛下做丹元大会，不期被贼偷去，特启陛下知之。”玉帝见奏悚惧。少时，又有齐天府仙吏叩头道：“大圣不守执事，自昨日出游，至今未转，不知去向。”玉帝又添疑思，只见那赤脚大仙又奏道：“臣蒙王母诏昨日赴会，遇着齐天大圣，对臣言万岁有旨，着臣等先赴通明殿演礼，方去赴会。臣即返至通明殿外，不见万岁龙车凤辇，又急来此俟候。”玉帝越发大惊道：“这厮假传旨意，赚哄贤卿，快着纠察灵官缉访这厮踪迹！”

灵官领旨，即出殿遍访，尽得其详，回奏道：“搅乱天宫者，乃齐天大圣也。”又将前事尽诉一番。玉帝大恼，即差四大天王，协同李天王并哪吒太子，点二十八宿、九曜星官、十二元辰、五方揭谛、四值功曹、东西星斗、南北二神、五岳四渎、普天星相，共十万天兵，下界去花果山围困，捉获那厮处治。

众神即时兴师，离了天宫。李天王传了令，着众天兵扎了营，把那花果山围得水泄不通。上下布了十八架天罗地网，先差九曜恶星出战。九曜提兵径至洞外，厉声高叫道：“那大圣在那里？我等乃上界差调的天神，到此收你。快快归降，若道半个不字，教汝等一概遭诛！”那小妖慌忙传入道：“大圣，外面有九个凶神，口称上界差来的天神，收降大圣。”那大圣正与妖王、健将饮酒，一闻此报，公然不理道：“今朝有酒今朝醉，莫管门前是与非。”说不了，一起小妖又跳来道：“那九个凶神，恶言泼语，在门前骂战哩！”大圣笑道：“莫睬他，诗酒且图今日乐，功名休问几时成。”说犹未了，又一起小妖来报：“爷爷！那九个凶神已把门打破，杀进来也！”大圣大怒，命独角鬼王领帅七十二洞妖王出阵，老孙领四健将随后。

那鬼王疾帅妖兵，出门迎敌，却被九曜恶星一齐掩杀，抵住在铁板桥头，莫能得出。正嚷间，大圣到了，叫一声：“开路！”掣开铁棒，丢开架子，打将出来。九曜星一齐打退。立住阵势道：“你这不知死活的弼马温！你犯了十恶之罪，先偷桃，后偷酒，搅乱了蟠桃大会，又窃了老君仙丹，又将御酒偷来此处享乐，你罪上加罪，岂不知之？”大圣笑道：“这几桩事，实有实有，你如今待要怎么？”九曜星道：“吾奉玉帝金旨，到此收你，快早皈依，免教这些生灵纳命。”大圣大怒道：“量你这些毛神，有何法力，敢出浪言！请吃老孙一棒！”这九曜星一齐踊跃。那猴王轮起金箍棒，把那九曜星战得觔疲力软，一个个倒拖器械，败阵而走，急入中军帐下，对托塔天王道："那猴王果十分骁勇，我等战他不过，败阵来了。"

李天王即调四大天王与二十八宿，一路出师来斗。大圣也公然不惧，调出独角鬼王、七十二洞妖王与四健将，就于洞门外列成阵势。你看这场混战，自辰时杀到日落西山。那独角鬼王与七十二洞妖怪，尽被众天神捉拿去了，止走了四健将与那群猴，深藏在水帘洞底，这大圣一条棒，抵住了四大天神与李托塔、哪吒太子，在半空中杀勾多时。大圣见天色将晚，即拔毫毛一把，丢在口中，嚼碎了喷去，叫声："变！"就变了千百个大圣，都使的是金箍棒，打退了哪吒太子，战败了五个天王。

大圣得胜，收了毫毛，转身回洞，早又见铁板桥头，四个健将领众叩迎，哽哽咽咽大哭三声，又唏唏哈哈大笑三声。大圣道："汝等见了我又哭又笑，何也？"健将道："今早交战，把七十二洞妖王与独角鬼王，尽被众神捉了，我等逃生，故此该哭。今见大圣得胜回来，未曾伤损，故此该笑。"大圣道："胜负乃兵家之常。何须烦恼？我等且紧紧防守，饱餐安睡，养养精神。天明看我使个大神通，拿这些天将，与众报仇。"众猴遂安心睡觉不题。

那四大天王收兵罢战，众各报功：拿住虎豹狼虫无数，更不曾捉着一个猴精。当时赏犒得功之将，分付了天罗地网之兵，各各提铃喝号，围困了花果山，专待明早大战。毕竟天晓如何处治，且听下回分解。

第六回 观音赴会问原因 小圣施威降大圣

且不言天神围绕,大圣安歇。却说南海普陀落伽山观世音菩萨,自王母请赴蟠桃大会,与大徒弟惠岸行者同登宝阁瑶池,见那席面残乱,虽有几位天仙,俱不就席,都在那里乱纷纷讲论。菩萨与众仙相见毕,众仙备言前事。菩萨道:"既无盛会,汝等可跟贫僧去见玉帝。"众仙随往。至通明殿前,早有四大天师、赤脚大仙等众迎着。菩萨道:"我要见见玉帝,烦为转奏。"天师丘弘济即入灵霄宝殿,启知宣入。时有太上老君在上,王母娘娘在后。菩萨引众同入与玉帝礼毕,又与老君、王母相见,各坐下,便问蟠桃盛会如何。玉帝道:"每年请会,喜喜欢欢,今年被妖猴作乱,朕心甚是烦恼,故调十万天兵,下界收伏。这一日不见回报,不知胜负如何。"

菩萨闻言,即命惠岸:"速下天宫,到花果山打探军情如何。如遇相敌,可就相助一功。"惠岸整整衣裙,执一条铁棍,驾云离阙,径至山前。见那天罗地网,密密层层。惠岸立住,叫把营门的天丁传报:"我乃李天王二太子木叉,南海观音大徒弟惠岸,特来打探军情。"李天王发下令旗,教放进来。见四大天王与李天王下拜讫,天王道:"孩儿自那厢来?"惠岸道:"愚男随菩萨赴蟠桃会,菩萨见胜会荒凉,引众仙去见玉帝。玉帝备言父王等下界收伏妖猴,胜负未知,菩萨因命男到此打听虚实。"天王就言昨日交战之事。说犹未了,只见辕门外有人来报道:"那大圣引一群猴精,在外面叫战。"天王正议出兵,木叉道:"父王,愚男蒙菩萨分付下来打探,就着助战。今不才愿往,看他怎么个大圣!"天王道:"孩儿,你须好生在意。"

太子手轮铁棍,跳出辕门,高叫:"那个是齐天大圣?"大圣应声道:"老孙便是。你是甚人,辄敢问我?"木叉道:"吾乃李天王太子木叉、观音菩萨徒弟惠岸是也。"大圣道:"你不在南海修行,却来此做甚?"木叉道:"我蒙师父差来,见你这般猖獗,特来擒你!"大圣道:

"你敢说那等大话！且吃老孙一棒！"木叉使铁棒劈手相迎。他两个在那半山中，辕门外，战经五六十合，惠岸不能迎敌，败阵而走。大圣也收了猴兵，安扎在洞门之外。木叉径入辕门，对天王气哈哈的喘息道："好大圣！着实神通广大！孩儿战不过，又败阵而来也！"

天王见了心惊，即命写表求助，便差大力鬼王与木叉太子上天启奏玉帝，呈上表章。玉帝拆开，见有求助之言，笑道："叵耐这个猴精，能有多大手段，就敢敌过十万天兵！李天王又来求助，却将那路神兵助之？"言未毕，观音合掌启奏："陛下宽心，贫僧举一神可擒这猴。"玉帝道："所举者何神？"菩萨道："乃陛下令甥显圣二郎真君，见居灌洲灌江口。他昔日曾力诛六怪，又有梅山兄弟与帐前一千二百草头神，神通广大。奈他只是听调不听宣，陛下可降一道调兵旨意，着他助力，便可擒也。"玉帝闻言，即传调兵的旨意，就差大力鬼王赍调。

那鬼王领了旨，驾云径至灌江口，不消半个时辰，直至真君之庙。早有把门的鬼判入内传报，二郎即与众弟兄出门迎接旨意，焚香开读。旨意云："花果山妖猴齐天大圣作乱。搅乱蟠桃大会，见着十万天兵，围山收伏，未曾得胜。今特调贤甥同义兄弟即赴花果山助力剿除。成功之后，高升重赏。"真君道："天使请回，吾就去相助也。"鬼王回奏不题。

这真君即唤梅山六兄弟，乃康、张、姚、李四太尉，郭申、直健二将军，聚集同去。众兄弟俱忻然愿往。即点本部神兵，驾鹰牵犬，搭弩张弓，纵狂风，霎时过了东洋大海，径至花果山。见那天罗地网，密密层层，不能前进，因叫道："吾乃二郎显圣真君，蒙玉帝调来擒拿妖猴者，快开营门。"一时各神一层层传入，四大天王与李天王俱出辕门迎接。相见毕，问及胜败之事，天王将上项事备陈一遍，真君笑道："小圣来此，必须与他斗个变化。列公将天罗地网不要幔了顶上，只四周紧密，待我赌斗。请托塔天王使个照妖镜住立空中。恐他一时败阵，逃窜他方，切须与我照耀明白，勿教走了。"天王等即依言排列去讫。

这真君领着四太尉、二将军，连本身七兄弟出营挑战，众将紧守营盘,收拴鹰犬。真君直到那水帘洞外,见那一群猴齐齐整整,排作个蟠龙阵势;中军里立一竿旗,上书“齐天大圣”四字。真君道:“那泼猴怎么称得起齐天之职?”小猴见了真君,急去报知。那猴王即掣金箍棒,整顿衣甲冠履,腾出营门,睁睛观看,那真君的相貌果是清奇,打扮得又秀气。大圣见了,笑嘻嘻的将金箍棒掣起,高叫道:“你是何方小将,敢大胆到此挑战?”真君喝道:“你这厮有眼无珠,认不得我么!我乃玉帝外甥,敕封昭惠灵显王二郎是也。今蒙上命,到此擒你,你还不知死活!”大圣道:“我记得当年玉帝妹子思凡下界,配合杨君,生一男子,曾使斧劈桃山的是你么?你这郎君小辈,我不打你,可急急回去,唤你四大天王出来。”真君闻言,大怒道:“泼猴休得无礼!吃吾一刀!”大圣举金箍棒劈手相迎。他两个斗经三百余合,不分胜负。真君抖搜神威,摇身一变,变得身高万丈,两只手举着三尖两刃神锋,好便似华山顶上之峰,青脸獠牙,朱红头发,恶狠狠望大圣着头就砍。这大圣也使神通,变得与二郎身躯一样,嘴脸一般,举一条如意金箍棒,却就是昆仑顶上擎天之柱,抵住二郎神。唬得那马流元帅战兢兢摇不得旌旗,崩芭二将虚怯怯使不得刀剑。这阵上,康、张、姚、李、郭申、直健传号令撒放草头神,向他那水帘洞外,纵着鹰犬,搭弩张弓,一齐掩杀。可怜那些猴,抛戈弃甲,撇剑丢枪;跑的跑,喊的喊;上山的上山,归洞的归洞。

大圣正与真君斗时,忽见本营中妖猴惊散,自觉心慌,收了法像,掣棒抽身就走。真君大步赶上道:“那里走!趁早归降,饶你性命!”大圣不恋战,只情跑起。将近洞口,正撞着康、张、姚、李、郭申、直健,一齐挡住道:“泼猴!那里走!”大圣慌了手脚,就把金箍棒捏做绣花针,藏在耳内,摇身一变,变作个麻雀儿,飞在树梢头钉住。那六兄弟慌慌张张,前后寻觅不见,一齐吆喝道:“走了这猴精也!走了这猴精也!”正嚷间,真君到了,问兄弟们赶到那厢不见了。众神道:“才在这里围住,就不见了。”二郎圆睁凤目观看,见大圣变了麻雀儿,钉在树上,就收了法像,撇了神锋,卸下弹弓,摇身一变,变作个鹞鹰,抖开翅飞将去扑打。大圣见了,搜的一翅飞起去,变作一只大鹚老,冲天而去。二郎见了,急抖翎毛,摇身一变,变作一只大海鹤,钻上云霄来嗛。大圣又将身按下，入涧中变作一个鱼儿，淬入水内。二郎赶至涧边，不见踪迹，心中暗想道："这猢狲必然下水去也，定变作鱼虾之类。等我再变变拿他。"果一变变作个鱼鹰儿，飘荡在下溜头波面上。等待片时，那大圣变鱼儿顺水正游，忽见一只飞禽，似青鹞毛片不青；似鹭鸶顶上无缨；似老鹳腿又不红。"想是二郎变化了等我哩！"急转头，打个花就走。二郎看见道："打花的鱼儿，似鲤鱼尾巴不红；似鳜鱼花鳞不见；似黑鱼头上无星；似鲂鱼鳃上无针。他怎么见了我就回去了？必然是那猴变的。"赶上来，刷的啄一嘴。那大圣就撺出水中，一变变作一条水蛇，游近岸钻入草中。二郎因嗛他不着，他见水中一蛇撺出去，认得是大圣，急转身，又变做着一只朱绣顶的灰鹤，伸着一个长嘴，与一把尖头铁钳子相似，径来吃这水蛇。水蛇跳一跳，又变做一只花鸨，木木樗樗的立在蓼汀之上。二郎见他变得低贱，花鸨乃鸟中至贱至淫之物，不拘鸾、凤、鹰、鸦，都与交群，故此不去拢傍，即现原身，走将去取过弹弓拽满，一弹子把他打个躘踵。

那大圣趁着机会，滚下山崖，伏在那里又变，变了一座土地庙儿，大张着口似个庙门，牙齿变做门扇，舌头变做菩萨，眼睛变做窗棂。只有尾巴不好收拾，竖在后面，变做一根旗竿。真君赶到崖下，不见打倒的鸨鸟，只有一间小庙，急睁眼细看，见旗竿立在后面，笑道："是这猴狲了！他今又在那里哄我。我也尝见庙宇，何曾见一旗竿竖在后面的。断是这畜生弄喧！他若哄我进去，他便一口咬住。我怎肯进去？等我掣拳先捣窗棂，后踢门扇！"大圣听得，心惊道："好狠好狠！门扇是我牙齿，窗棂是我眼睛。若打了牙，捣了眼，却怎么是好？"扑的一个虎跳，又冒在空中不见。

真君前前后后乱赶，只见四太尉、二将军一齐拥至道："兄长，拿住大圣了么？"真君笑道："那猴儿才自变座土地庙哄我，我正要捣他窗棂，踢他门扇，他就纵一纵，又渺无踪迹。可怪！可怪！"众皆愕然，四望更无形影。真君道："兄弟们在此看守巡逻，等我上去寻他。"急纵身起在半空，见李天王高擎照妖镜与哪吒住立云端，真君道："天王，曾见那猴王么？"天王道："不曾上来。我这里照着他哩。"真君把那赌变化、拿群猴一事说毕，却道他变庙宇，正打处，就走了。

李天王闻言，又把照妖镜四方一照，呵呵的笑道："真君快去快去，那猴使了个隐身法，走出营围，往你那灌江口去也。"二郎听说，即取神锋，回灌江口来赶。

却说那大圣已至灌江口，摇身一变，变作二郎的模样，径入庙里，鬼判不能相认，一个个磕头迎接。他坐中间，点查香火：见李虎拜还的三牲，张龙许下的保福，赵甲求子的文书，钱丙告病的良愿。正看处，有人报又一个爷爷来了。众鬼判急急观看，无不惊心。真君却道："有个甚么齐天大圣，才来这里否？"众鬼判道："不曾见甚么大圣，只有一个爷爷在里面查点哩。"真君撞进门，大圣见了，现出本相道："郎君不消嚷，庙宇已姓孙了。"这真君即举三尖两刃神锋，劈脸就砍。猴王让过神锋，掣出那绣花针儿，幌一幌碗来粗细，赶到前对面相还。两个打出庙门，半雾半云，且行且战，复打到花果山，慌得那四大天王等众，提防愈紧。这康、张太尉等合心努力，把大圣围绕不题。

话表大力鬼王既调了真君兄弟提兵擒魔去后，却上界回奏。玉帝与观音、王母并众仙卿，正在灵霄殿讲话，道："既是二郎已去赴战，这一日还不见回报。"观音合掌道："贫僧请陛下同道祖出南天门外，亲去看看虚实如何？"玉帝道："言之有理。"即摆驾同至南天门，开门遥观，只见众天丁布罗网围住四面，李天王与哪吒擎照妖镜立在空中，真君把大圣围绕中间，纷纷赌斗哩。菩萨对老君说："贫僧所举二郎神如何？果有神通，已把那大圣围困，只是未得擒拿。我如今助他一功，决拿住他也。"老君道："菩萨将甚助他？"菩萨道："我将那净瓶杨柳抛下去，打那猴头；即不能打死，也打个一跌，教二郎小圣好去拿他。"老君道："你这瓶是个瓷器，得打着他头便好，如打不着他的头，或撞着他的铁棒，却不打碎了？你且莫动手，等我老道助他一功。"菩萨道："你有甚么兵器？"老君道："有，有，有。"捋起衣袖，左膊上取下一个圈子，说道："这件兵器，乃锟钢抟炼的，被我将还丹点成，养就一身灵气，善能变化，水火不侵，又能套诸物；一名金钢琢，又名金钢套。当年过函关，化胡为佛，甚是亏他。等我丢下去打他一下。"话毕，自天门上往下一掼，滴流流，正着猴王头上一下。猴王只顾苦战七圣，却不知天上坠下这兵器，打中了天灵，立不稳脚，跌了一交，爬将起来就跑，被二郎的细犬赶上，照腿肚子上一口，又扯了一跌。他睡倒在地，骂道："这个亡人！你不去妨家长，却来咬老孙！"急翻身爬不起来，被七圣一拥按住，即将绳索捆绑，使勾刀穿了琵琶骨，再不能变化。

那老君收了金钢琢，请玉帝同观音、王母、众仙等，俱回灵霄殿。这下面四大天王与李天王诸神，俱收兵拔寨，近前向小圣贺喜，都道："此小圣之功也！"小圣道："此乃天尊洪福，众神威权，我何功之有？"康、张、姚、李道："兄长且押这厮去上界，请旨发落去也。"真君道："贤弟，汝等未受天箓，不得面见玉帝。教六甲神兵押着，我同天王等上界回旨。你们在此搜山，搜净之后，仍回灌口。待我请了赏功，回来同乐。"六神依言领诺。这真君与众即驾云头，唱凯歌，得胜朝天。不多时，到通明殿外，天师启奏道："四大天王等众已捉了妖猴齐天大圣，来此听宣。"玉帝传旨，即命大力鬼王与天丁等众，押至斩妖台，将这厮碎剐其尸。毕竟不知那猴王性命何如，且听下回分解。

第七回　八卦炉中逃大圣　五行山下定心猿

话表齐天大圣被众天兵押去斩妖台下，绑在降妖柱上，刀斧枪剑莫想伤及其身。南斗星奋令火部众神，放火煨烧，亦不能烧着。又着雷部众神，以雷屑钉打，越发不能伤损一毫。那大力鬼王与众启奏道："万岁，这大圣不知是何处学得这护身之法，臣等用刀砍斧剁，雷打火烧，一毫不能伤损，却如之何？"玉帝闻言道："这厮这等妖力如何处治？"太上老君奏道："那猴吃了蟠桃，饮了御酒，又盗了仙丹。我那五壶丹有生有熟，被他都吃在肚里，运用三昧火，煅成一块，所以浑做金钢之躯，急不能伤，不若与老道领去，放在八卦炉中，以文武火煅炼，炼出我的丹来，他身自为灰烬矣。"玉帝闻言，即教六丁、六甲，将他解下，付与老君。老君领旨去讫，一壁厢宣二郎显圣，赏赐金花百朵，御酒百瓶，还丹百粒，异宝明珠，锦绣等件，教与义兄弟分享。真君谢恩，回灌江口不题。

那老君到兜率宫，将大圣解去绳索，放开琵琶骨，推入八卦炉中，命道人架火煅炼。原来那炉是乾、坎、艮、震、巽、离、坤、兑八卦。他即将身钻在"巽宫"位下。巽乃风也，有风则无火，只是风搅得烟来，把一双眼煼红了，弄做个老害眼，故此后来唤作火眼金睛。

光阴迅速，不觉七七四十九日，老君的火候俱全，忽一日，开炉取丹。那大圣双手侮着眼，正自揉搓流涕，只听得炉头声响，猛睁睛看见光明，他就忍不住将身一纵，跳出丹炉，唿喇的一声，蹬倒八卦炉往外就走。慌得那架火、看炉与丁甲一班人来扯，被他一个个都放倒，好似癫痫的白额虎，风狂的独角龙。老君赶上抓一把，被他一捽，捽了个倒栽葱，脱身走了。即去耳中掣出如意棒，迎风幌一幌碗来粗细，拿在手中，不分好歹，却又大乱天宫，打得那九曜星闭门闭户，四天王无影无形。好猴精！诗曰：混元体正合先天，万劫千番只自然。渺渺无为浑太乙，如如不动号初玄。炉中久炼非铅汞，物外长生是本仙。变化无穷还变化，三皈五戒总休言。又诗曰：猿猴道体配人心，心即猿猴意思深。马猿合作心和意，紧缚牢拴莫外寻。

这一番，那猴王使铁棒东打西攻，更无一人可挡。直打到通明殿里灵霄殿外。幸有佑圣真君的佐使王灵官执殿，他见大圣纵横，掣金鞭近前挡住道："泼猴何往！有吾在此，切莫猖狂！"这大圣不由分说，举棒就打，那灵官急起相迎。两个在灵霄殿前斗在一处，胜败未分。早有佑圣真君，又差将佐到雷府，调三十六员雷将齐来，把大圣围在垓心，各骋威鏖战。那大圣全无一毫惧色，见那众将的刀枪剑戟，来的甚紧，他即摇身一变，变做三头六臂，把如意棒幌一幌，变作三条，六只手使开三条棒，好似纺车儿一般，滴流流在那垓心里飞舞。众雷神莫能相近。真个是：圆陀陀，光灼灼，亘古常存人怎学？入火不能焚，入水何曾溺？光明一颗摩尼珠，剑戟刀枪伤不着。也能善，也能恶，眼前善恶凭他作。善时成佛与成仙，恶处披毛并带角。无穷变化闹天宫，雷将神兵难按捉。当时众神把大圣攒在一处，却不能近身，乱嚷乱斗，早惊动玉帝。遂传旨着游奕灵官同翊圣真君，上西方请佛老降伏。

二圣得了旨，径到灵山胜境雷音宝刹之前，对四金刚、八菩萨礼毕，即烦转达。众神随至宝莲台下，启知如来，请二圣礼佛三匝，侍立台下，如来问："玉帝何事，烦二圣下临？"二圣将大圣前后的事，细说一遍道："如今事在紧急，玉帝特请佛祖救驾。"如来闻说，即对众菩萨道："汝等在此稳坐法堂，待我炼魔救驾去来。"

又唤阿难、迦叶二尊者相随，离了雷音，径至灵霄门外。忽听得杀声震耳，乃三十六雷将围困着大圣哩。佛祖传法旨："教雷将停息干戈，放开营盘，叫那大圣出来，等我问他。"众将果退，大圣也收了法像，现出原身近前，怒气昂昂，厉声高叫道："你是那方善士，敢来止住刀兵问我？"如来笑道："我是西方极乐世界释迦牟尼尊者，南无阿弥陀佛。今闻你猖狂村野，屡反天宫，不知是何方生长，何年得道，为何这等暴横？"大圣道："我本天地生成灵混仙，花果山中一老猿。水帘洞里为家业，拜友寻师悟太玄。炼就长生多少法，学来变化广无边。因在凡间嫌地窄，立心端要住瑶天。灵霄宝殿非他久，历代人王有分传。强者为尊该让我，英雄只此敢争先。”佛祖听言，呵呵冷笑道：“你那厮乃是个猴子成精，怎敢欺心，要夺玉皇上帝尊位？他自幼修持，苦历过一千七百五十劫，每劫该十二万九千六百年。你算他该多少年数，方能享受此无极大道。你那个初世为人的畜生，如何出此大言！不当人子！不当人子！折了你的寿算！趁早皈依，切莫妄说！但恐遭了毒手，性命顷刻而休，可惜了你的本来面目！”大圣道：“他虽年劫修长，也不应久住在此。常言道，交椅轮流坐，明年是我尊。只教他搬出去，将天宫让与我便罢了；如若不然，定要搅乱，不得清平！”佛祖道：“你除了长生变化之法，再有何能，敢占天宫胜境？”大圣道：“我的手段多哩！我有七十二般变化，万劫不老长生。会驾觔斗云，一纵十万八千里。如何坐不得天位？”佛祖道：“我与你打个赌赛：你若有本事，一觔斗打出我这右手掌中，算你赢，再不用动刀兵苦争战，就请玉帝到西方居住，把天宫让你；若不能打出手掌，你还下界为妖，再修几劫，却来争炒。”

那大圣闻言，暗笑道：“你如来十分好呆！我老孙一觔斗去十万八千里。他那手掌，方圆不满一尺，如何跳不出去？”急发声道：“既如此说，你可做得主张？”佛祖道：“做得！做得！”伸开右手，却似个荷叶大小。那大圣收了如意棒，抖擞神威，将身一纵，站在佛祖手心里，却道声：“我去也！”你看他一路云光，无影无形去了。佛祖慧眼观看，见那猴王风车子一般相似，不住只管前进。大圣行时，忽见有五根肉红柱子，撑着一股青气。他道：“此间乃尽头路了。这番回去，如来作证，灵霄宫定是我坐也。”又思量说：“且住！等我留下些记号，方好与如来说话。”拔下一根毫毛，吹口仙气，叫：“变！”变作一管浓墨双毫笔，在那中间柱子上写一行大字云：“齐天大圣到此一游。”写毕，收了毫毛，又不妆村，却在第一根柱子根下撒了一泡猴尿。翻转觔斗云，径回本处，站在如来掌内道：“我已去过来了。你教玉帝让天宫与我。”

佛祖骂道：“我把你这个尿精猴子！你正好不曾离了我掌哩！”大圣道：“你是不知，我去到天尽头，见五根肉红柱，撑着一股青气，我留个记在那里，你敢和我同去看么！”如来道：“不消去，你只自低头看看。”那大圣睁圆火眼金睛，低头看时，原来佛祖右手中指写着“齐天大圣到此一游”，大指丫里还有些猴尿臊气。大圣吃了一惊道：“有这等事！有这等事！我将此字写在撑天柱子上，如何却在他手指上？莫非有个未卜先知的法术？我决不信！不信！等我再去来！”好大圣，急纵身又要跳出，被佛祖翻掌一扑，把这猴王推出西天门外，将五指化作金木水火土五座联山，唤名五行山，轻轻的把他压住。众雷神与阿难、迦叶一个个合掌称扬道：“善哉！善哉！当年卵化学为人，立志修行果道真。恶贯满盈今有报，不知何日得翻身。”

如来佛祖殄灭了妖猴，即唤阿难、迦叶同转西方。时有天蓬、天佑急出灵霄宝殿道：“请如来少待，我主大驾来也。”佛祖闻言，回首瞻仰。须臾，果见八景鸾舆，九光宝盖；声奏玄歌妙乐，咏哦无量神章；散宝花，喷真香，直至佛前谢曰：“多蒙大法收殄妖邪，望如来少停一日，请诸仙做一会筵奉谢。”如来不敢违悖，合掌谢道：“老僧承大天尊宣命来此，有何法力？还是天尊与众神洪福，敢劳致谢。”玉帝传旨，即着雷部众神，分头请三清、四御、五老、六司、七元、八极、九曜、十都、千真、万圣，来此赴会，同谢佛恩。又命四大天师、九天仙女，大开玉京金阙、太玄宝宫、洞阳玉馆，请如来高坐七宝灵台，调设各班坐位，安排龙肝凤髓、玉液蟠桃。

不一时，那玉清元始天尊、上清灵宝天尊、太清道德天尊、五炁真君、五斗星君、三官四圣、九曜真君、左辅、右弼、天王、哪吒、玄虚一应灵通，对对旌旗，双双幡盖，都捧着明珠异宝，寿果奇花，向佛前拜献曰：“感如来无量法力，收伏妖猴。蒙大天尊设宴呼唤，我等皆来陈谢。请如来将此会立一名，如何？”如来曰：“可名为安天大会。”各仙老异口同声，俱道：“好个安天大会！”言讫，各坐座位，走斝传觞，簪花鼓瑟，果好会也。会中众皆畅然，只见王母娘娘引一班仙娥、美姬，飘飘荡荡，舞向佛前施礼曰：“前被妖猴搅乱蟠桃嘉会，今蒙如来大法，链锁顽猴，喜庆安天大会，无物可谢，今是我净手亲摘大株蟠桃数颗奉献。”佛祖合掌向王母谢讫。王母又着仙姬、仙子唱的唱，舞的舞，觥筹交错。不多时，忽又闻得一阵异香，南极寿星又到。见玉帝礼毕，又见如来申谢曰：“始闻那妖猴被老君引至兜率宫煅炼，以为必致平安，不期他又反出。幸如来善伏此怪，设宴奉谢，故此闻风而来。更无他物可献，特具紫芝瑶草、碧藕金丹奉上。”诗曰：如来万寿若恒沙。康泰长生九品花。无相门中真法主，色空天上是仙家。如来忻然领谢。寿星就座。只见赤脚大仙来至，向玉帝前頫囱礼毕，又对佛祖谢道：“深感法力，降伏妖猴。无物可以表敬，特具交梨二颗，火枣数枚奉献。”如来又称谢了，叫阿难、伽叶，将各仙所献之物一一收起，方向玉帝前谢宴。众各酩酊。

只见个巡视灵官来报道：“那大圣伸出头来了。”佛祖道：“不妨，不妨。”袖中只取出一张帖子，上有六个金字：“唵、嘛、呢、叭、咪、吽。”递与阿难，叫贴在那山顶上。尊者即领帖子，到那五行山顶上，紧紧的贴在一块四方石上。那座山即生根合缝，随人呼吸，手可爬出，身不能摇挣。阿难回报，如来即辞了玉帝众神，与二尊者出天门之外，见了五行山，又发一个慈悲，念动《真言》咒语，召一尊土地神祇，会同五方揭谛，居住此山监押。但他饥时，与他铁丸子吃；渴时，与他溶化的铜汁饮。待他灾愆满日，自有人救他。毕竟不知向后何时方满灾殃，且听下回分解。

第八回　我佛造经传极乐　观音奉旨上长安

"试问禅关，参求无数，往往到头虚老。磨砖作镜，积雪为粮，迷了几多年少？毛吞大海，芥纳须弥，金色头陀微笑。悟时超十地三乘，凝滞了四生六道。谁听得绝想崖前，无阴树下，杜宇一声春晓？曹溪路险，鹫岭云深，此处故人音杳。千丈冰崖，五叶莲开，古殿帘垂香袅。那时节，识破源流，便见龙王三宝。"这一篇词名《苏武慢》。话表我佛如来，辞别了玉帝，回至雷音宝刹，但见那三千诸佛、五百阿罗、八大金刚、无边菩萨，一个个都执着幢幡宝盖，异宝仙花，摆列在灵山仙境，娑罗双林之下接迎。如来驾住祥云，对众道："我以甚深般若，遍观三界。根本性原，毕竟寂灭。同虚空相，一无所有。殄伏乖猴，是事莫识。名生死始，法相如是。"说罢，放舍利之光，满空有白虹四十二道，南北通连。大众见了，皈身礼拜。少顷间，聚庆云彩雾，登上品莲台，端然坐下。那诸佛、菩萨合掌近前礼毕，问曰："闹天宫搅乱蟠桃者，谁也？"如来道："那厮乃花果山产的一妖猴，罪恶滔天，不可名状，概天神将，俱莫能降伏。我去时，正在雷将中间，扬威耀武，卖弄精神，被我止住兵戈，问他来历，他言有神通变化，能驾觔斗云，一去十万八千里。我与他打了个赌赛，他出不得我手，却将他一把抓住，指化五行山，封压他在那里。玉帝大开金阙瑶宫，立安天大会谢我，却方辞驾而回。"大众听言喜悦，极口称扬。各分班而退，共乐天真。果然是：瑞霭漫天竺，虹光拥世尊。西方称第一，无相法王门。

佛祖一日唤聚诸佛、阿罗、揭谛、菩萨、金刚等众曰："自伏乖猿安天之后，我处不知年月，料凡间有半千年矣。今值孟秋望日，我有一宝盆，盆中具设百样奇花、千般异果等物，与汝等享此盂兰盆会，如何？"概众一个个合掌，礼佛三匝。如来却将宝盆中花果品物，着阿难捧定，着迦叶布散。大众感激，因请如来明示根本，指解源流。那如来微开善口，敷演大法，宣扬正果，讲的是三乘妙典，五蕴楞严。但见那天龙围绕，花雨缤纷。正是：禅心朗照千江月，真性清涵万里天。

如来讲罢，对众言曰："我观四大部洲，众生善恶，各方不一：东胜神洲者，敬天敬地，心爽气平；北俱芦洲者，虽好杀生，只因糊口，性拙情疏，无多作践；我西牛贺洲者，不贪不杀，养气潜灵，虽无上真，人人固寿；但那南赡部洲者，贪淫乐祸，多杀多争，正所谓口舌凶场，是非恶海。我今有《三藏真经》，可以劝人为善。"诸菩萨闻言，合掌问曰："如来有那《三藏真经》?"如来曰："我有法一藏，谈天；论一藏，说地；经一藏，度鬼。三藏共计三十五部，该一万五千一百四十四卷，乃是修真之经，正善之门。我待要送上东土，颇耐那众生愚蠢，毁谤《真言》，不识我法门之旨要，怠慢了瑜迦之正宗。怎么得一个有法力的，去东土寻一个善信，交他苦历千山，远经万水，到我处求取真经，永传东土，劝化众生，却乃是个山大的福缘，海深的善庆。谁肯去走一遭来?"当有观音菩萨，行近莲台，礼佛三匝道："弟子不才，愿上东土寻一个取经人来也。"

如来见了，心中大喜道："别个是也去不得，须是观音尊者，神通广大，方可去得。"菩萨道："弟子此去东土，有甚言语分付?"如来道："这一去，要踏看路道，不许在霄汉中行，须是要半云半雾，目过山水，谨记程途远近之数，叮咛那取经人。但恐善信难行，我与你五件宝贝。"即命阿难、迦叶，取出锦襕袈裟一领，九环锡杖一根，对菩萨言曰："这袈裟、锡杖，可与那取经人亲用。若肯坚心来此，穿我的袈裟，免堕轮回；持我的锡杖，不遭毒害。"这菩萨皈依拜领。如来又取出三个箍儿，递与菩萨道："此宝唤做紧箍儿；虽是一样三个，但只是用各不同，我有金、紧、禁的咒语三篇。假若路上撞见神通广大的妖魔，你须是劝他学好，跟那取经人做个徒弟。他若不伏使唤，可将此箍儿与他戴在头上，自然见肉生根。各依所用的咒语念一念，眼胀头痛，脑门皆裂，管交他入我门来。"菩萨闻言，踊跃作礼而退。即唤惠岸行者随行。那惠岸使一条浑铁棍，重有千斤，只在菩萨左右，作一个降魔力士。菩萨遂将锦襕袈裟，作一个包裹，令他背了。将金箍藏了，执了锡杖，径下灵山。这一去，有分交：佛子还来归本愿，金蝉长老裹栴檀。

那菩萨到山脚下，有玉真观金顶大仙在观门首接住，请菩萨献茶。菩萨道："今领如来法旨，上东土寻取经人去。"大仙道："取经人几时方到？"菩萨道："未定，约摸二三年间，或可至此。"遂辞了大仙，半云半雾，约记程途。

师徒二人正走间，忽然见弱水三千，乃是流沙河界。菩萨道："徒弟呀，此处却是难行。取经人浊骨凡胎，如何得渡？"菩萨正停云看时，只见那河中泼喇一声响亮，水波里跳出一个妖魔来，生得十分丑恶。他手执一根宝杖，走上岸就捉菩萨，却被惠岸掣浑铁棒挡住，喝声："休走！"那怪物就持宝杖来迎。两个在流沙河边，来来往往，战上数十合，不分胜负。那怪物架住了铁棒道："你是那里和尚，敢来与我抵敌？"木叉道："我是托塔天王二太子木叉惠岸行者。今你是何怪，敢大胆阻路？"那怪方才醒悟道："我记得你跟南海观音在紫竹林中修行，为何来此？"木叉道："那岸上不是我师父？"怪物闻言，连声喏喏，收了宝杖，让木叉揪了，去见观音，纳头下拜，告道："菩萨恕我之罪，待我诉告。我不是妖邪，我是灵霄殿下侍銮舆的卷帘大将。只因在蟠桃会上，失手打碎了玻璃盏，玉帝把我打了八百，贬下界来，变得这般模样。又教七日一次，将飞剑来穿我胸胁，故此这般苦恼。没奈何饥寒难忍，三二日间，出波涛寻一个行人食用；不期今日冲撞了大慈菩萨。"菩萨道："你在天有罪，既贬下来，今又这等伤生，正所谓罪上加罪。我今领了佛旨，上东土寻取经人。你何不入我门来，皈依善果，跟那取经人做个徒弟，上西天拜佛求经？我叫飞剑不来穿你。那时节功成免罪，复你本职，心下如何？"那怪道："我愿皈正果。"又道："菩萨，我在此间吃人无数，向来有几次取经人来，都被我吃了。凡吃的人头，抛落流沙，竟沉水底。这个水鹅毛也不能浮，惟有九个取经人的骷髅，浮在水面，再不能沉。我以为异物，将索儿穿在一处，闲时拿来顽耍。这去但恐取经人不得到此，却不是反误了我的前程也？"菩萨曰："岂有不到之理？你可将骷髅儿挂在头项下，等候取经人，自有用处。"怪物道："既然如此，愿领教诲。"菩萨即与他摩顶受戒，指沙为姓，起个法名，叫做个沙悟净。当时入了沙门，送菩萨过了河,他洗心涤虑,再不伤生,专等取经人。

菩萨同木叉径奔东土。行了多时,又见一座高山,山上有恶气遮漫,不能步上。正欲驾云过山,不觉狂风起处,又闪上一个妖魔。他生得又甚凶险,手执一柄钉钯,不分好歹,望菩萨举钯就筑。被木叉挡住,大喝一声道:“那泼怪休得无礼!看棒!”妖魔舞钯相迎。两个在山底下一冲一撞,赌斗输赢。正杀到好处,观世音在半空中抛下莲花,隔开钯杖。怪物见了心惊,便问:“你是那里和尚,敢弄甚么眼前花哄我?”木叉道:“我把你这泼物!我是南海菩萨的徒弟。这是我师父抛来的莲花,你也不认得哩!”那怪道:“南海菩萨,可是扫三灾救八难的观世音么?”木叉道:“不是他是谁?”怪物撇了钉钯,纳头下礼道:“老兄,菩萨在那里?累烦你引见引见。”木叉仰面指道:“那不是。”怪物朝上磕头,厉声高叫道:“菩萨,恕罪!恕罪!”观音按下云头,前来问道:“你是那里成精的野豖,作怪的老彘,敢在此间挡我?”那怪道:“我不是野豖,亦不是老彘,我本是天河里天蓬元帅。只因带酒戏弄嫦娥,玉帝把我打了二千锤,贬下尘凡。一灵真性,竟来夺舍投胎,不期错了道路,投在个母猪胎里,变得这般模样。是我咬杀母猪,可死群彘,在此处占了山场,吃人度日。不期撞着菩萨,万望拔救拔救。”菩萨道:“此山叫做甚么山?”怪物道:“叫做福陵山。山中有一洞,叫做云栈洞。洞里原有个卯二姐,他见我有些武艺,招我做个家长,又唤做倒踏门。不上一年,他死了,一洞的家当尽归我受用。在此日久年深,没有赡身的勾当,只是依本等吃人度日。万望菩萨恕罪。”菩萨道:“古人云,若要有前程,莫做没前程。你既上界违法,今又伤生造孽,却不是二罪俱罚?”那怪道:“前程,前程,若依你,教我嗑风!常言道,依着官法打杀,依着佛法饿杀。去也!去也!还不如捉个行人,肥腻腻的吃他家娘!管甚么二罪,三罪,千罪,万罪!”菩萨道:“人有善愿,天必从之。汝若肯归依正果,自有养身之处。世有五谷,尽能济饥,为何吃人度日?”怪物闻言,似梦方觉,向菩萨道:“我欲从正,奈何获罪于天,无所祷也!”菩萨道:“我领了佛旨,上东土寻取经人。你可跟他做个徒弟,往西天走一遭来,将功折罪,管教你脱离灾瘴。”那怪满口道:“愿随!愿随!”菩萨才与他摩顶受戒,指身为姓，就姓了猪，起个法名叫做猪悟能。遂此持斋把素，断绝了五荤三厌，专候那取经人。

菩萨却与木叉半兴云雾前来。正走处，只见空中有一条玉龙叫唤，菩萨近前问曰："你是何龙，在此受罪？"那龙道："我是西海龙王敖闰之子，因纵火烧了殿上明珠，我父王表奏天庭，告了忤逆。玉帝把我吊在空中，打了三百，不日遭诛。望菩萨搭救，搭救。"观音闻言，即与木叉撞上南天门里，烦丘、张二天师引见玉帝道："贫僧领佛旨上东土寻取经人，路遇孽龙悬吊，特来启奏，饶他性命，赐与贫僧，与取经人做个脚力。"玉帝闻言，即传旨差天将解放，送与菩萨，菩萨谢恩而出。这小龙叩头谢活命之恩，菩萨把他送在深涧之中，只等取经人来，变做白马，上西方立功。小龙领命潜身不题。

菩萨带引木叉行者过了此山，又奔东土。行不多时，忽见金光万道，瑞气千条，木叉道："师父，那放光之处，乃是五行山了，见有如来的压帖在那里。此是那大闹天宫的齐天大圣，压在此也。"师徒俱上山来，观看帖子，乃是"唵、嘛、呢、叭、咪、吽"六字《真言》。菩萨看罢，叹惜不已，作诗一首曰："堪叹妖猴不奉公，当年狂妄逞英雄。自遭我佛如来困，何日舒伸再显功？"

师徒们正说话间，早惊动了那大圣。大圣在山根下高叫道："是那个在山上吟诗，揭我的短哩？"菩萨闻言，径下山来寻看，只见那石崖之下，有土地山神，监押天将，都来拜接了菩萨，引至那大圣面前看时，他原来压于石匣之中，口能言，身不能动。菩萨道："姓孙的，你认得我么？"大圣睁开火眼金睛，点着头儿高叫道："我怎么不认得你，你好是那南海普陀落伽山救苦救难大慈大悲南无观世音菩萨。承看顾！承看顾！我在此度日如年，更无一个相知来看我一看。你从那里来也？"菩萨道："我奉佛旨，上东土寻取经人去，从此经过，特留残步看你。"大圣道："如来哄了我，把我压在此山，五百余年了，不能展挣。万望菩萨方便一二，救我老孙一救！"菩萨道："你罪业弥天，救你出来，恐你又生祸害，反为不美。"大圣道："我已知悔了，但愿大慈悲指条门路，情愿修行。"那菩萨闻得此言，满心欢喜，对大圣道："人心生一念，天地尽皆知。你既有此心，待我到了东土大唐国寻一个取经的人来,教他救你。你可跟他做个徒弟,入我佛门,再修正果如何?"大圣声声道:"愿去!愿去!"菩萨道:"既有善果,我与你起个法名。"大圣道:"我已有名了,叫做孙悟空。"菩萨又喜道:"我前面也有二人归降,正是悟字排行。你今也是悟字,却与他相合,甚好,甚好。这等也不消叮嘱,我去也。"那大圣见性明心归佛教,这菩萨留情在意访神僧。

他与木叉离了此处,一直东来,不一日就到了长安大唐国。敛雾收云,师徒们变作两个疥癞游僧,入长安城里,不觉天晚。行至大市街旁,见一座土地神祠,二人径入,唬得那土地心慌,鬼兵胆战,知是菩萨,叩头接入。那土地又急报与城隍、社令,及长安各庙神祇,都来参见告道:"菩萨恕众接迟之罪。"菩萨道:"汝等切不可走漏一毫消息,我奉佛旨,特来此处寻访取经人。借你庙宇,权住几日,待访着真僧即回。"众神各归本处,把个土地赶在城隍庙里暂住,他师徒们隐遁真形。毕竟不知寻出那个取经人来,且听下回分解。

第九回　陈光蕊赴任逢灾　江流僧复仇报本

话表陕西大国长安城，乃历代帝王建都之地。自周、秦、汉以来，三州花似锦，八水绕城流，真个是名胜之邦。方今却是大唐太宗皇帝登基，改元贞观，已登极十三年，岁在己巳，天下太平，八方进贡，四海称臣。忽一日，太宗登位，聚集文武众官，朝拜礼毕，有魏征丞相出班奏道："方今天下太平，八方宁静，武将纷纷，文官少有，微臣欲依古法，开立选场，招取贤士，擢用人材，伏乞圣鉴。"太宗道："贤卿所奏有理。"就出一道招贤文榜，颁布天下：各府州县不拘军民人等，但有读书儒流，立志向上，文义明畅，三场精通者，前赴长安应试。考取贤才授官。

此榜行至海州地方，那海州弘农县聚贤庄有一人，姓陈名萼，表字光蕊，一日入城见了此榜，即时回家，对母张氏道："唐王颁下黄榜，诏开南省，考取贤才，孩儿意欲前去应试。倘求得一官半职，封妻荫子，光耀门闾，乃儿之志也。特此禀告母亲前去。"张氏道："我儿你去赴举，路上须要小心，得了官，早早回来。"光蕊便分付家僮收拾行李，即日拜辞母亲上路。不则一日，已到了长安，正值大开选场，光蕊就同众举子进场应考。及廷试三策，唐王御笔亲赐状元，跨马游街三日。

不期游到丞相殷开山门首，有丞相所生一女，名唤温娇，又名满堂娇，未曾匹配与人，高结彩楼，抛打绣球。适值陈光蕊在楼下经过，小姐一见光蕊人材出众，况是新科状元，心内十分欢喜，就在绣楼上将绣球抛下，正打着光蕊的乌纱帽。只听得一派笙箫细乐，十数个婢妾走下楼来，把光蕊马头挽住，迎状元入了相府。即请丞相和夫人出堂，唤宾人赞礼，小姐就与光蕊拜了天地，夫妻交拜毕，又拜了岳丈岳母。丞相分付安排酒席，欢饮一宵。二人同携素手，共入兰房。

次日五更三点，太宗驾坐金銮宝殿，文武众臣趋朝。太宗问道：

“新科状元陈光蕊应授何官?”魏征丞相奏道:“臣查所属州郡,止有江州缺官。乞我主授他此职。”太宗就命光蕊为江州州主,即收拾起身,勿误限期。光蕊谢恩出朝,回到相府,与妻商议,拜辞岳丈岳母,同妻前赴江州之任。

离了长安登途,正是暮春天气,和风吹柳绿,细雨点花红。光蕊便道回家,同妻交拜母亲张氏。张氏道:“恭喜我儿,且又娶亲回来。”光蕊道:“孩儿叨赖母亲福庇,忝中状元,唐王赐儿游街,路往殷丞相门前经过,丞相即将小姐招孩儿为婿。朝廷敕爆孩儿衣锦回家,除孩儿为江州州主,径来接取母亲,同去赴任。”张氏大喜,收拾行程。在路数日,前至万花店刘小二家安下,张氏身觉不快,与光蕊道:“且在店中安歇两日再去。”次日早晨,只见店门前有一人把着个金色鲤鱼叫卖,光蕊即将一贯钱买了欲待烹与母亲吃,只见鲤鱼闪闪晰眼,光蕊道:“怪哉!闻说鱼蛇晰眼,决不是等闲之物!”遂问渔人道:“这鱼那里打来的?”渔人道:“离府十五里洪江内打来的。”光蕊就把鱼送在洪江里去了。回店对母亲道知此事,张氏道:“我儿,你将去放生甚好。”光蕊道:“此店已住三日了,孩儿们明日起身也。”张氏道:“我身子不快,此时路上炎热,恐生疾病。你可这里赁间房屋,与我住。付些盘缠在此,你两口儿先上任去,候秋凉却来接我。”光蕊与妻商议,就租了屋宇,付了盘缠与母亲,同妻拜辞前去。

途路艰苦,甚不可言,晓行夜宿,不觉已到洪江渡口。只见稍水刘洪、李彪二人,撑船到岸迎接。也是光蕊前生合当有此灾难,正撞遇这冤家。光蕊令家僮将行李搬上船去,夫妻正齐齐上船,刘洪睁眼看时只见殷小姐面如满月,眼似秋波,樱桃小口,绿柳蛮腰,真个有沉鱼落雁之容,闭月羞花之貌,刘洪陡起狼心,私自与李彪设计,将船撑至没人烟处,候至夜静三更,先将家僮杀死,次将光蕊打死,把尸首都推在水里去了。小姐见他打死了丈夫,也便将身赴水。刘洪一把抱住道:“你若从我,万事皆休!若不从时,一刀两段!”那小姐没奈何,只得权时应承,顺了刘洪。那贼把船渡到南岸,将船付与李彪自管,他就穿了光蕊衣冠,带了官凭,同小姐往江州上任去了。

却说刘洪杀死的家僮尸首,顺水流去,惟有陈光蕊的尸首,沉在水底不动。有洪江口巡海夜叉见了，星飞报入龙宫，正值龙王升殿，夜叉报道："今洪江口不知甚人，把一个读书士子打死，将尸撇在水底。"龙王叫将尸抬来，放在面前，仔细一看道："此人正是救我的恩人，如何被人谋死？常言道，恩将恩报。我今日须索救他性命，以报日前之恩。"即写下牒文一道，差夜叉径往洪州城隍土地处投下，要取秀才魂魄来，救他的性命。城隍土地遂唤小鬼把陈光蕊的魂魄交付与夜叉去，夜叉到水晶宫，禀复了龙王。就将秀才魂魄放在那死尸上。霎时间，只见他返魂转来。龙王问道："你这秀才，姓甚名谁？何方人氏？因甚到此被人打死？"光蕊躬身施礼道："上告龙君，小生陈萼，表字光蕊，系海州弘农县人。忝中新科状元，叨授江州州主，同妻赴任，行至江边上船，不料稍子刘洪，贪谋我妻，将我打死抛尸，乞大王救我一救！没世不忘也。"龙王闻言道："原来如此，先生，你前者所放金色鲤鱼，乃是我也，你是我的大恩人，你今有难，吾当救之。"就把光蕊尸身放在一壁，口内含一颗定颜珠，休教损坏了，日后好待他报仇。龙王道："汝今权且在我水府中做个都领。"光蕊叩头拜谢，龙王设宴相待不题。

却说殷小姐痛恨刘贼，恨不食肉寝皮，只因身怀有孕，未知男女，万不得已，权且勉强相从，再做区处。转盼之间，不觉已到江州。吏书门皂，俱来迎接。所属官员，公堂设宴相叙。刘洪道："学生到此，全赖诸公大力匡持。"属官答道："堂尊至此，视民如子，讼简刑清。我等合属有光，何必如此过谦？"公宴已罢，众人各散。

光阴迅速。一日，刘洪公事远出，小姐在衙思念亲夫，正在花亭上感叹，忽然身体困倦，腹内疼痛，晕闷在地，不觉生下一子。耳边有人嘱曰："满堂娇，听吾叮嘱。吾乃南极星君，奉观音菩萨法旨，特送此子与你，异日声名远大，非比等闲。刘贼若回，必害此子，汝可用心保护。汝夫已得龙王相救，日后夫妻相会，子母团圆，取冤报仇，定有日也。谨记吾言，快醒快醒！"言讫而去。小姐醒来，句句记得，将子抱定，无计可施。忽然刘洪回来，一见此子，便要淹杀，小姐再三哀求："今日天色已晚，容待明日抛去江中。"

幸喜次早刘洪又有公事远出。小姐将此子藏在身边，哺乳已及一月。小姐自思:“此番贼人回来,此子性命休矣!不如及早抛弃江中,听其生死。倘或皇天见怜,有人收养此子,他日相逢,何以识认?”于是咬破手指,写下血书一纸,将父母姓名、跟脚缘由,备细开载;又将此子左脚上一个小指,用口咬下,以为记验。取贴身汗衫一件,包裹此子,抱出衙门。幸喜官衙离江不远,小姐到了江边,大哭一场。正欲将此子抛弃,忽见江岸岸侧飘起一片木板,小姐大喜,莫非天意要救此子,即朝天拜祷,将此子安在板上,用带缚住,血书系在胸前,推放江中,听其所之。小姐仍大哭回衙不题。

却说此子在木板上,顺水流去,一直流到金山寺脚下停住。那金山寺长老叫做法明和尚,修真悟道,已得无生妙诀。当日打坐参禅,忽闻得小儿啼哭之声,一时心动,急到江边观看,只见一片木板上,睡着一个婴儿,长老道:“善哉!善哉!不知是何人家所弃?出家人慈悲为本,救人一命,胜造浮图。”即将此子取起,见了怀中血书,方知来历,将此子取个乳名,叫做江流,托人抚养,血书紧紧收藏。光阴似箭,日月如梭,不觉其子年长一十八岁。长老就叫他削发修行,取法名为玄奘,摩顶受戒,坚心修道。

一日暮春天气,众人同在松阴之下讲经参禅,谈说奥妙。那酒肉和尚恰被玄奘难倒,和尚大怒,骂道:“没爷娘的杂种,我是个前辈,吃盐多似饭,何事不晓?!你这业畜,姓名也不知,父母也不识,还在此捣甚么鬼!”玄奘被他骂出这般言语,入寺跪告师父,眼泪双流道:“人生于天地之间,禀阴阳而资五行,尽由父生母养,岂有为人在世而无父母者乎?”再三哀告,求问父母姓名。长老道:“你真个要寻父母,可随我到方丈里来。”玄奘就跟着师父,直到方丈。长老到重梁之上,取下一个小匣儿,打开来取出血书一纸,汗衫一件,付与玄奘。玄奘将血书拆开读之,才备细晓得父母姓名,并冤仇事迹。玄奘读罢,不觉哭倒在地道:“父母之仇,不能报复,何以为人?十八年来,不识生身父母,至今日方知有母亲。此身若非师父抚养成人,亦安得有今日?待弟子去寻见母亲,然后头顶香盆,重建殿宇,报答师父之深恩也!”师父道:“你要去寻母,可带这血书与汗衫前去,只做化缘,径往江州私衙,才得你母亲相见。”

玄奘领了师父言语，就装做化缘的和尚，径至江州。适值刘洪有事出外，也是天教他母子相会，玄奘就直至私衙门口抄化。那殷小姐正在衙内思想，夜来得了一梦，梦见月缺再圆，小姐自思："我丈夫被这贼谋杀，我的儿子抛在江中，若有人收养，屈指算来，今已有十八年矣，或今日天教相会，亦未可知。"正沉吟间，忽听得私衙前有人念经，连叫"抄化"，小姐便出来问道："你是何处来的？"玄奘答道："贫僧乃是金山寺法明长老的徒弟。"小姐道："你既是金山寺长老的徒弟，且请坐下。"便将斋饭与玄奘吃，仔细看他举止言谈，好似我丈夫一般，小姐见四壁无人，私自问道："你这小师父，还是自幼出家，还是中年出家，姓甚名谁？可有父母否？"玄奘答道："我也不是自幼出家，也不是中年出家，我说起来，冤有天来大，仇有海样深！我父被人谋死，我母却被贼人占了。我师法明长老教我在江州衙内寻我母亲。"小姐问道："你母姓甚？"玄奘道："我母姓殷，名唤温娇，我父姓陈，名光蕊，我小名叫做江流，法名取为玄奘。"小姐道："温娇就是我。但你今有何凭据？"玄奘听说是他母亲，双膝跪下，哀哀大哭："我娘若不信，见有血书、汗衫为证！"温娇接过一看，果然是真，母子相抱而哭，就叫："我儿快去！"玄奘道："十八年不识生身父母，今朝才见母亲，教孩儿如何割舍？"小姐道："我儿，你火速抽身前去！刘贼若回，他必害你性命！我明日假装一病，只说先年曾许舍百双僧鞋，来你寺中还愿。那时节我有话与你说。"玄奘依言拜别。

却说小姐自见儿子之后，心内一忧一喜，忽一日推病，茶饭不吃，卧于床上。刘洪归衙，问其缘故，小姐道："我幼时曾许下一愿，许舍僧鞋一百双。昨五日之前，梦见个和尚，手执利刃，要索僧鞋，便觉身子不快。"刘洪道："这些小事，何不早说？"随升堂分付王左衙、李右衙：江州城内百姓，每家要办僧鞋一双，暑袜一双，限五日内完纳。百姓俱依限完纳讫。小姐对刘洪道："即僧鞋做完，这里有甚么寺院，好去还愿？"刘洪道："这江州有个金山寺、焦山寺，听你在那个寺里去。"小姐道："久闻金山寺好个寺院，我就往金山寺去。"刘洪即唤王、李二衙办下船只。小姐带一个心腹人同上了船，稍水将船撑开，就投金山寺去。

却说玄奘回寺,见法明长老,把前项说了一遍,长老甚喜。次日,只见一个丫鬟先到,说夫人来寺还愿,众僧都出寺迎接。小姐径进寺门,参了菩萨,大设斋衬,唤丫鬟将僧鞋暑袜,托于盘内。来到法堂,小姐复拈心香礼拜,就教法明长老分俵与众僧去讫。玄奘见众僧散了,法堂上更无一人,他却近前跪下。小姐叫他脱了鞋袜看时,那左脚上果然少了一个小指头。当时两个又抱住而哭,双双拜谢长老养育之恩。法明道:“汝今母子相会,恐奸贼知之,可速速抽身回去,庶免其祸。”小姐道:“我儿,我与你一只香环,你径到洪州西北地方,约有一千五百里之程,那里有个万花店,当时留下婆婆张氏在那里,是你父亲生身之母。我再写一封书与你,径到唐王皇城之内,金殿左边,殷开山丞相是你外公。你将我的书递与外公,叫外公奏上唐王,统领人马,擒杀此贼,与父报仇,那时才救得老娘的身子出来。我今不敢久停,诚恐贼汉怪我归迟。”玄奘悲啼,甚难割舍。小姐临行,又嘱道:“我儿紧记我的言语,火速起身,勿得担误。”小姐便出寺登舟而去。

玄奘哭回寺中,告过师父,即时拜别,径往洪州。来到万花店,问那店主刘小二道:“昔年有陈客官寄下一个婆婆在你店中,如今好么?”刘小二道:“他原在我店中,后来昏了眼,三四年并无店租还我,如今在南门头一个破瓦窑里,每日上街叫化度日。那客官一去许久,到如今竟无消息,不知为何。”玄奘听罢,即时问到南门头破瓦窑,寻着婆婆。婆婆道:“你声音好似我儿陈光蕊。”玄奘道:“我不是陈光蕊,我是陈光蕊的儿子。温娇小姐是我的娘。”婆婆道:“你爹娘怎么不来?”玄奘道:“我爹爹被强盗打死了,我娘被强盗霸占为妻。”婆婆道:“你怎么晓得来寻我?”玄奘道:“是我娘着我来寻婆婆。我娘有书在此,又有香环一只。”那婆婆接了书并香环,放声痛哭道:“我儿为功名到此,我只道他背义忘恩,那知他被人谋死!且喜得皇天怜念,不绝我儿之后,今日还有孙子来见我。”玄奘问:“婆婆的眼,如何都昏了?”婆婆道:“我因思量你父亲,终日悬望,不见他来,因此上哭得两眼都昏了。”玄奘出了窑门,向天祷告道:“念玄奘一十八岁,父母之仇不能报复。今日领母命来寻婆婆,天若怜鉴弟子诚意,保我婆婆双眼复明!”玄奘祝罢,就进窑中,将舌尖与婆婆啄眼。须臾之间,将双眼啄开,仍复如初。婆婆觑了小和尚道:“你果是我的孙子!恰和我儿子光蕊形容无二!”婆婆又喜又悲。玄奘就领婆婆出了窑门,还到刘小二店内,将些房钱赁屋一间与婆婆栖身,又将盘缠与婆婆道:“我此去只月余就回。”

随即辞了婆婆,径往京城。寻到皇城东街殷丞相府上,玄奘与门上人道:“小僧是亲眷,来探相公。”门上人禀知丞相,丞相道:“我与和尚并无亲戚。”夫人道:“我昨夜梦见我女儿满堂娇来家,莫不是女婿有书信回来也。”丞相便教请小和尚来到厅上。小和尚见了丞相与夫人,哭拜在地,就怀中取出一封书来,递与丞相。丞相拆开,从头读罢,放声痛哭。夫人问道:“相公,有何事故?”丞相道:“这和尚是我与你的外甥。女婿陈光蕊被贼谋死,满堂娇被贼强占为妻。”夫人听罢,亦痛哭不止。丞相道:“夫人休得烦恼,来朝奏知主上,亲自统兵,定要与女婿报仇。”

次日丞相入朝,启奏唐王曰:“今有臣婿状元陈光蕊,带领家小往江州赴任,被稍水刘洪打死,占女为妻,假冒臣婿,为官多年,事属异变。乞陛下立发人马,剿除贼寇。”唐王见奏大怒,就发御林军六万,着殷丞相押兵前去。丞相领旨出朝,即到教场内点了兵,径往江州进发。晓行夜宿,星落鸟飞,不觉已到江州。殷丞相兵马俱在北岸下了营寨。星夜令金牌下户唤到江州同知、州判二人,丞相对他说知此事,叫他提兵相助,一同过江而去。天尚未明,就把刘洪衙门围了。刘洪正在梦中,听得火炮一响,金鼓齐鸣,众兵杀进私衙,刘洪措手不及,早被擒住。丞相传下军令,将刘洪一干人犯,绑赴法场,令众军俱在城外安营去了。

丞相直入衙内正厅坐下,请小姐出来相见。小姐欲待要出,又羞见父亲,就将绳索自缢。玄奘闻知,忙进宅内,急急将母解救,双膝跪下,对母道:“儿与外公统兵至此,与父报仇。今日贼已擒捉,母亲何故反要寻死?母亲若死,孩儿岂能存乎?”丞相亦进衙劝解。小姐道:“吾闻妇人从一而终。痛夫已被贼人所杀,岂可靦颜从贼?止因遗腹在身,只得忍耻偷生。今幸儿已长大,又见老父提兵报仇,为女儿者,有何面目相见!惟有一死以报丈夫耳!”丞相道:“此非我儿以盛衰改节,皆因出乎不得已,何得为耻!”父子相抱而哭,玄奘亦哀哀不止。丞相拭泪道:“你二人且休烦恼,我今已擒捉仇贼,且去发落去来。”即起身到法场,恰好江州同知亦差哨兵拿获水贼李彪解到。丞相大喜,就令军牢押过刘洪、李彪,每人痛打一百大棍,取了供状,招了先年不合谋死陈光蕊情由,先将李彪钉在木驴上,推去市曹,剐了千刀,枭首示众讫。把刘洪拿到洪江渡口,先年原打死陈光蕊处。丞相与小姐、玄奘,三人亲到江边,望空祭奠,活剜取刘洪心肝,祭了光蕊,烧了祭文一道。

三人望江痛哭,早已惊动水府。有巡海夜叉将祭文呈与龙王。龙王看罢,就差鳖元帅去请光蕊来到,道:“先生,恭喜!恭喜!今有先生的夫人、公子同岳丈俱在江边祭你,我今送你还魂去也。再有如意珠一颗,走盘珠二颗,绞绡十端,明珠玉带一条奉送。你今日便可夫妻父子相会也。”光蕊再三拜谢。龙王就令夜叉将光蕊送出江口还魂,夜叉领命而去。

却说殷小姐哭奠丈夫一番,又欲将身赴水而死,慌得玄奘拚命扯住。正在仓皇之际,忽见水面上一个死尸浮来,靠近江岸之旁。小姐忙向前认看,认得是丈夫的尸首,一发嚎啕大哭不已。众人俱来观看,只见光蕊舒拳伸脚,身子渐渐展动,忽地爬将起来坐下,众人不胜惊骇。光蕊睁开眼,早见殷小姐与丈人殷丞相同着小和尚俱在身边啼哭。光蕊道:“你们为何在此?”小姐道:“因汝被贼人打死,后来妾身生下此子,幸遇金山寺长老抚养。此子火来寻我。我教他去寻外公,父亲得知,奏闻主上,统兵到此,拿住贼人。适才生取心肝,望空祭奠我夫,不知我夫怎生又得还魂。”光蕊道:“皆因我与你昔年在万花店时,买放了那尾金色鲤鱼,谁知那鲤鱼就是此处龙王。后来逆贼把我推在水中,全亏得他救我,方才又赐我还魂,送我宝物,俱在身上。更不想你生下这儿子,又得岳丈为我报仇。真是苦尽甘来,莫大之喜!”

众官闻知,都来贺喜。丞相就令安排酒席,答谢所属官员,即日军马起程。不觉来到万花店,丞相传令众人安营。光蕊便同玄奘到刘家店来寻婆婆。那婆婆当夜得一梦，梦见枯木开花，屋后喜鹊频频喧噪，婆婆想道："莫不是我孙儿来也？"说犹未了，只见店门外光蕊父子齐到。小和尚指道："这不是俺婆婆？"光蕊见了老母，连忙拜倒。母子抱头痛哭一场，把上项事说了一遍。算还了小二店钱，回见丞相。丞相即令起程，将软车护送婆婆与小姐，一同到了京城。丞相进府，光蕊同小姐与婆婆、玄奘都来见了夫人。夫人不胜之喜，分付家僮，大排筵宴庆贺。丞相道："今日此宴可取名为团圆会。"真正合家欢乐。

次日早朝，唐王登殿，殷丞相出班叩首，将前后事情，备细启奏一本，并荐光蕊才可大用。唐王准奏，即命升陈萼为学士之职，随朝理政。玄奘立意安禅，送在洪福寺内修行。后来殷小姐毕竟从容自尽。玄奘自到金山寺中报答法明长老。不知后来事体若何，且听下回分解。

第十回　老龙王拙计犯天条　魏丞相遗书托冥吏

且不题光蕊尽职，玄奘修行。却说长安城外泾河岸边，有两个贤人：一个是渔翁，名唤张稍；一个是樵子，名唤李定。他两个是不登科的进士，能识字的山人。一日在长安城里，卖了肩上柴，货了篮中鲤，同入酒馆之中，吃了半酣，顺泾河岸边，徐步而回。张稍道："李兄，我想那争名的，因名丧体；夺利的，为利亡身；受爵的，抱虎而眠；承恩的，袖蛇而走。算起来，还不如我们水秀山清，逍遥自在，甘淡薄，随缘而过。"李定道："张兄说得有理。"两人且说且行，行到那分路去处，举手作别。张稍道："李兄呵，途中保重！上山仔细看虎。假若有些差池，正是明日街头少故人！"李定闻言，大怒道："你这厮惫懒！常言道：好朋友替得生死，你怎么咒我？我若遇虎遭害，你必遇浪翻江！"张稍道："我永世也不得翻江。"李定道："天有不测风云，人有暂时祸福。你怎么就保得无事？"张稍道："李兄，你虽这等说，你不知我的生意极有捉摸，定不遭此等事。"李定道："你那水面上营生，极凶极险，有甚么捉摸？"张稍道："你是不晓得。这长安城里，西门街上，有一个卖卦的先生。我每日送他一尾金色鲤，他就与我袖一课，依方位百下百着。今日我又去买卦，他教我在泾河湾头东边下网，西岸抛钓，定获满载鱼虾而归。明日上城来卖钱沽酒，再与老兄相叙。"二人从此叙别。

这正是路上说话，草里有人。原来这泾河水府有一个巡水的夜叉，听见了"百下百着"之言，急转水晶宫，慌忙报与龙王道："祸事了！祸事了！"龙王问有甚祸事？夜叉道："臣巡水去到河边，只听得两个渔樵攀话。相别时言语甚是利害。那渔翁说：长安城里西门街上，有个卖卦先生算得最准。他每日送他鲤鱼一尾，他就占一课，教他百下百着。若依此等算准，却不将水族尽行打去，何以壮观水府，辅助大王威力？"龙王甚怒，急提了剑就要上长安城，诛灭这卖卦的。

旁边闪过龙子龙孙、虾臣蟹士、鲥军师、鳜少卿、鲤太宰，一齐奏道："大王且息怒。常言道，过耳之言，不可听信。大王此去，必有云从雨助，恐惊了长安黎庶，上天见责。大王变化无方，但只变一秀士，到长安城内访问一番。果有此事，容加诛灭不迟；若无此事，何必介怀？"

龙王依奏，遂弃宝剑，也不兴云雨，登岸摇身一变，变作一个白衣秀士。径到长安城西门大街上。只见一簇人挤杂闹哄，内有高谈阔论的道："属龙的本命，属虎的相冲。寅辰巳亥，虽称合局，但只怕的是日犯岁君。"龙王闻言，情知是那卖卜之处，走上前分开众人，望里观看，此人是谁？原来是当朝钦天监台正先生袁天罡的叔父袁守诚是也。那先生果然相貌希奇，仪容秀丽。龙王入门来，与先生相见礼毕，请坐献茶。先生曰："公问何事？"龙王曰："请卜天上阴晴事如何。"先生即袖占一课，断曰："云迷山顶，雾罩林梢。若占雨泽，准在明朝。"龙王曰："明日甚时下雨？雨有多少尺寸？"先生道："明日辰时布云，巳时发雷，午时下雨，未时雨足，共得水三尺三寸零四十八点。"龙王笑曰："此言不可作戏。如若明日有雨，依你断的时辰数目，我送课金五十两奉谢。若无雨，或不按时辰数目，我与你实说，定要打坏你的门面，扯碎你招牌，即时赶出长安，不许在此惑众！"先生忻然而答："这个一定任你。请了，请了。"

龙王辞回水府。大小水神接着，问曰："大王访那卖卦的如何？"龙王道："有，有，有！但是一个掉口嘴讨春的先生。我问他几时下雨，他就说明日下雨；问他甚么时辰，雨数，他就说辰时布云，巳时发雷，午时下雨，未时雨足，得水三尺三寸零四十八点。我与他打了个赌赛：若果如他言，送他谢金五十两；如略差些，就打破他门面，赶他起身，不许在长安惑众。"众水族笑曰："大王是八河都总管，司雨大龙神，有雨无雨，惟大王知之，他怎敢这等胡言？那卖卦的定是输了！"正尔笑谈未毕，只听得半空中叫泾河龙王接旨。众抬头上看，是一个金衣力士，手擎玉帝敕旨，径投水府而来。慌得龙王整衣端肃，焚香接了旨。力士回空而去。龙王拆封看时，上写着："敕命八河总，驱雷掣电行；明朝施雨泽，普济长安城。"旨意上时辰数目，与那先生判断者毫发不差。唬得那龙王魂飞魄散,对众水族曰:“尘世上有此灵人!真个是能通天彻地,却不输与他呵!”鲥军师奏云:哉军师。“大王放心,要赢他有何难?臣有小计,管教灭那厮的口嘴。”龙王问计,军师道:“行雨差了时辰,少些点数,就是那厮断卦不准,怕不赢他?”

龙王便依他所奏。至次日点札风伯、雷公、云童、电母,直至长安城九霄空上。他挨到那巳时方布云,午时发雷,未时下雨,申时雨止,却只得三尺零四十点,改了他一个时辰,克了他三寸八点雨。发放众将已毕,他又按落云头,还变作白衣秀士,到袁守诚卦铺,不容分说,就把他招牌、笔、砚等一齐摔碎。那先生坐在椅上,公然不动。这龙王又轮起门板乱打,骂道:“这妄言祸福,煽惑众心的妖人。你卦又不灵,言又狂谬,说今日下雨的时辰点数俱不相对,你还危然高坐,趁早去,饶你死罪!”守诚不惧分毫,仰面朝天冷笑道:“我不怕!我不怕!我无死罪,只怕你倒有个死罪哩!别人好瞒,只是难瞒我。我认得你,你不是秀士,乃是泾河龙王。你违了玉帝敕旨,改了时辰,克了点数,犯了天条。你在那剐龙台上,恐难免一刀,你还在此骂我?”

龙王见说,心惊胆战,毛骨悚然,急丢了门板,向先生跪下道:“先生休怪。前言戏之耳,岂知弄假成真,果然违犯天条,望先生救我一救!不然,我死也不放你。”守诚曰:“我救你不得,只是指条生路与你投生便了。”龙曰:“愿求指教。”先生曰:“你明日午时三刻,该赴人曹官魏征处听斩。你须急去告当今皇帝。那魏征是唐王驾下的丞相,若是讨他人情,方保无事。”龙王闻言,拜辞而去。不觉红日西沉,太阴星上,正是那:蝴蝶梦中人不见,月移花影上栏杆。这河泾龙王也不回水府,只在空中,等到子时前后,收了云头,径来皇宫门首。此时唐王正梦出宫门外,步月花阴,忽然龙王变作人相,上前跪拜。口叫:“陛下,救我!救我!”太宗云:“你是何人?”龙王云:“陛下是真龙,臣是业龙。臣因犯了天条,该陛下贤臣魏征处斩,故来拜求,望陛下救我一救!”太宗曰:“既是魏征处斩,朕可以救你。你放心前去。”龙王欢喜叩谢而去。

却说那太宗梦醒后,念念在心。早已至五更三点,太宗设朝,聚集文武众官。朝贺已毕,各各分班。唐王闪凤目龙睛,一一从头观看,只见那文官内是房玄龄、杜如晦、徐世勣、许敬宗等,武官内是殷开山、程咬金、胡敬德、秦叔宝等,一个个威仪端肃,却不见魏征丞相。唐王召徐世勣上殿道:"朕夜间得一怪梦,梦见一人迎面拜谒,口称是泾河龙王,犯了天条,该魏征处斩,拜告寡人救他,朕已许诺。今日班前独不见魏征,何也?"世勣对曰:"此梦告许,须唤魏征来朝,陛下不要放他出门。过此一日,可救梦中之龙。"唐王大喜,即传旨宣魏征入朝。

却说魏征丞相在府,夜观乾象,正爇宝香,只闻得鹤唳九霄,却是天差仙使,捧玉帝金旨一道,着他午时三刻,梦斩泾河老龙。这丞相谢了天恩,斋戒沐浴,在府中试慧剑,运元神,故此不曾入朝。一见当驾官赍旨来宣,惶惧无任,又不敢违迟君命,只得急急整衣束带入朝,在御前叩头请罪。唐王道:"赦卿无罪。"即命诸臣卷帘散朝,独留魏征入便殿,先议论安邦定国之谋。将近巳末午初时候,却命宫人取过棋来,"朕与贤卿对弈一局"。众嫔妃随取棋枰,铺设御案。魏征谢了恩,君臣二人摆开阵势,一递一着。正下到午时三刻,一盘残局未终,魏征忽然俯伏案边,鼾鼾盹睡。太宗任他睡着,更不呼唤,不多时,魏征醒来,俯伏在地道:"臣该万死!适才困倦,不知所为,望陛下赦臣慢君之罪。"太宗道:"卿有何罪?且起来,拂退残棋,与卿从新更着。"魏征谢了恩,却才拈子在手,只听得朝门外大呼小叫。原来是秦叔宝、徐茂功等,将着一个血淋的龙头,掷于帝前,启奏道:"陛下,海浅河枯曾有见,这般异事却无闻。"太宗道:"此物何来?"叔宝、茂功道:"千步廊南,十字街头,云端里落下这颗龙头,微臣不敢不奏。"唐王惊问魏征:"此是何说?"魏征转身叩头道:"是臣才一梦斩的。"唐王大惊道:"贤卿盹睡之时,又不曾见动身动手,又无刀剑,如何却斩此龙?"魏征奏道:"臣启陛下,臣夜来奉上帝敕旨,命臣今日午时斩此罪龙。适蒙陛下召臣对弈,臣身不能离,故此梦中出神,到剐龙台上,挥剑斩之,所以龙头从空落下也。"太宗闻言,心中一喜一悲。喜者夸奖魏征好臣,朝中有此豪杰;悲者谓梦中曾许救龙,不料毕竟遭诛。只得强打精神,传旨着叔宝将龙头悬挂市曹,晓谕长安黎庶,一壁厢赏了魏征,众官散讫。

当晚回宫,心中只是忧闷,渐觉神魂倦怠,身体不安。到二更时,忽听得宫门外有号泣之声,太宗愈加惊恐。朦胧之间,只见那泾河龙王,手提着一颗血淋淋的首级,高叫:“唐王,还我命来!还我命来!你昨夜满口许诺救我,怎么反宣人曹官来斩我?你出来!我与你到阎君处折辩折辩!”他扯住太宗,再三嚷闹不放,太宗钳口难言,只挣得汗流遍体。正在那难分难解之时,只见正南上香云缭绕,彩雾飘飘,有一个女真人上前,将杨柳枝用手一摆,那没头的龙,悲悲啼啼,径往西北而去。原来这是观音菩萨,住在土地庙里,夜闻鬼泣神号,特来喝退业龙,救脱皇帝。那龙径到阴司地狱具告不题。

却说太宗苏醒回来,只叫:“有鬼!有鬼!”慌得那三宫六院后妃,与近侍太监,战兢兢一夜无眠。不觉五更三点,那满朝文武多官,都在朝门外候朝。等到天明,不见临朝。及日上三竿,方有旨意道:“朕心不快,众官免朝。”不觉倏五七日,众官忧惶,都要见驾问安,只见太后有旨,召医官入宫用药,众人在朝门外候信。少时,医官出来,众问何疾。医官道:“皇上脉气不正,虚而又数,狂言见鬼,又诊得十动一代,五脏无气,恐不讳只在七日之内矣。”众官闻言大惊。

正怆惶间,又听得太后有旨宣徐茂功、护国公、尉迟公见驾。三公奉旨,急入到分宫楼下。拜毕,太宗正色强言道:“贤卿,寡人十九岁领兵,南征北伐,东挡西除,更不曾见半点邪祟,今日却反见鬼!”尉迟公道:“创立江山,杀人无数,何怕鬼乎?”太宗曰:“卿是不信。朕这寝宫门外,入夜就抛砖弄瓦,鬼魅呼号。白日犹可,昏夜难禁。”叔宝道:“陛下宽心,今晚臣与敬德把守宫门,看有甚么鬼祟。”太宗准奏,茂功谢恩而出。当日天晚,各取披挂,他两个介胄整齐,执金瓜钺斧,在宫门外把守。好将军侍立门旁,一夜天晓,更不曾见一点邪祟。是夜太宗在宫,安寝无事,晓来宣二将军,重重赏劳:“朕自得疾,数日不能得睡,今夜仗二将军威势甚安。卿且请出安息,待晚间再一护卫。”二将谢恩而去。遂此二三夜把守俱安。太宗不忍二将辛苦,又宣诸臣入宫,分付道:“这两日朕虽得安,却只难为秦、胡二将军彻夜辛苦。朕欲召巧手丹青,传二将军真容,贴于门上,免得劳他，如何？”众臣即依旨，选两个会写真的，着胡、秦二公依前披挂，照样画了，贴在门上，夜间也即无事。

如此二三日，又听得后宰门乒乓乒乓，砖瓦乱响，晓来宣众臣曰：“连日前门幸喜无事，今夜后门又响，却不又惊杀寡人也！”茂功奏道：“前门不安，是敬德、叔宝护卫；后门不安，该着魏征护卫。”太宗准奏，又宣魏征今夜把守后门。征领旨，当夜结束整齐，提着那诛龙的宝剑，侍立在后宰门前，真个的好英雄也！一夜通明，也无鬼魅。

虽是前后门无事，只是病体渐重。一日，太后传旨，召众臣商议后事。太宗又宣徐茂功分付国家大事。言毕，沐浴更衣，待时而已。旁边闪过魏征，手扯龙衣，奏道：“陛下宽心，臣有一策，管保陛下长生。”太宗道：“病势已入膏肓，如何保得？”征云：“臣有书一封，进与陛下，捎去到阴司，付酆都判官崔珏。”太宗道：“崔珏是谁？”征云：“崔珏乃是太上先皇帝驾前之臣，先授磁州令，后升礼部侍郎。在日与臣八拜为交，相知甚厚。他如今已死，现在阴司做掌生死文簿的酆都判官，梦中常与臣相会。此去若将此书付与他，他念微臣薄分，必然放陛下回来。”太宗闻言，接在手中，笼入袖里，遂瞑目而亡。那三宫六院、皇后嫔妃、侍长储君、两班文武，俱举哀戴孝，如法殡殓已毕且在白虎殿上停着梓宫。毕竟不知太宗得回生否，且听下回分解。

第十一回　游地府太宗还魂　进瓜果刘全续配

却说太宗渺渺茫茫，魂灵径出五凤楼前，只见那御林军马，请大驾出朝采猎。太宗欣然从之而去。行了多时，人马俱无。独自一个散步荒郊草野之间。正惊惶难寻道路，只见那边有人高叫道："大唐皇帝，往这里来！"太宗闻言，抬头观看，只见一个人：头顶乌纱，腰围犀角，手擎牙笏，身着罗袍，跪拜路旁，口称："陛下，赦臣失迎之罪！"太宗近前问曰："你是何人？"那人道："微臣存日，在阳曹先君驾前为磁州令，后拜礼部侍郎，姓崔名珏。今在阴司，得受酆都掌案判官。前见泾河鬼龙一事，知陛下今日到此，特来候接，乞恕迟误之罪。"太宗大喜，御手忙搀道："先生远劳。朕驾前魏征，正有书一封，寄与先生，却好相遇。"即向袖中取出递与崔珏。珏拜接了，拆封而看。其书曰："辱爱弟魏征，顿首书拜大都案契兄崔老先生台下：忆昔交游，音容如在。倏尔数载，不闻清教。屡承不弃，梦中临示，始知兄长高迁。奈何阴阳各天，不能面觌。今因我主倏然人冥，料是对案三曹，必然得与兄长相会。万祈俯念交情，设法放我主回阳，殊为爱也。容再修谢。不尽。"那判官看了书，满心欢喜道："魏人曹前日梦斩老龙一事，臣已早知。又蒙他早晚看顾臣的子孙，今日既有书来，陛下宽心，微臣管送陛下还阳，重登玉阙。"太宗称谢了。

二人正说间，只见那边有一对青衣童子，执幢幡宝盖，叫道："阎王有请。"太宗遂与崔判官并二童子举步前进。忽见一座城，城门上挂着一面大牌，上写着"幽冥地府鬼门关"七个大金字。那青衣将幢幡摇动，引太宗径入城中，顺街而走。只见那街旁边有先主李渊，先兄建成，故弟元吉，上前道："世民来了！世民来了！"那建成、元吉就来揪打索命。太宗躲闪不及，被他扯住。幸有崔判官喝退了建成、元吉，太宗方得脱身而去。行不数里，见一座碧瓦楼台，真个壮丽。

太宗正在外面观看，只见那壁厢环佩叮当，仙香奇异，前有两对提烛，后面却是十代阎王降阶而至，躬身迎迓太宗。太宗谦下，不敢前行，十王道："陛下是阳间人王，我等是阴间鬼王，分所当然，何须过让？"太宗道："朕得罪麾下，岂敢论阴阳人鬼之道？"逊之不已。太宗前行，径入森罗殿上，与十王礼毕，分宾主坐定。约有片时，秦广王拱手言曰："泾河鬼龙告陛下许救而反杀之，何也？"太宗道："朕曾梦老龙求救，实是允他无事，不期他犯罪当刑，该我那人曹官魏征处斩。朕宣魏征在殿着棋，不知他一梦而斩。这是那人曹官出没神机，又是那龙王犯罪当死，岂是朕之过也？"十王闻言，伏礼道："自那龙未生之前，南斗星死簿上已注定该遭杀于人曹之手，我等早已知之。但只是他在此折辩，定要陛下来此，三曹对案，是我等将他送入轮藏，转生去了。今又有劳陛下降临，望乞恕我催促之罪。"言毕，命掌生死簿判官急取簿子来看，陛下阳寿天禄该有几何？崔判官急转司房，将天下万国国王天禄总簿，先逐一简阅，只见南赡部洲大唐太宗皇帝注定贞观一十三年。崔判官吃了一惊，急取浓墨大笔，将"一"字上添了两画，却将簿子呈上。十王从头看时，见太宗名下注定三十三年，阎王惊问："陛下登基多少年了？"太宗道："朕即位，今一十三年了。"阎王道："陛下宽心勿虑，还有二十年阳寿。此一来已是对案明白，请返本还阳。"太宗闻言，躬身称谢。十王差崔判官、朱太尉二人，送太宗还魂。太宗出森罗殿，又起手问十王道："朕宫中老少安否如何？"十王道："俱安，但恐御妹寿似不永。"太宗又再拜启谢："朕回阳世，无物可酬谢，惟答瓜果而已。"十王喜曰："我处颇有东瓜、西瓜，只少南瓜。"太宗道："朕回去即送来。"从此遂相揖而别。

那太尉执一首引魂幡，在前引路，崔判官随后保着太宗，径出幽司。太宗举目而看，不是旧路，问判官曰："此路差矣？"判官道："不差。阴司里是这般，有去路，无来路。如今送陛下自转轮藏出身，一则请陛下游观地府，一则教陛下转托超生。"太宗只得随他两个，前行数里，忽见一座高山，阴云垂地，黑雾迷空。太宗道："崔先生，那厢是甚么山？"判官道："乃幽冥背阴山。"太宗悚惧道："朕如何去得？"判官道："陛下宽心，有臣等引领。"太宗战战兢兢，相随二人，过了阴山。前进，又历了许多衙门，一处处俱是悲声震耳，恶怪惊心。

太宗又道："此是何处?"判官道："此是阴山背后一十八层地狱。"太宗道："是那十八层?"判官道："你听我说：吊觔狱、幽枉狱、火坑狱，尽皆是生前作下千般业，死后通来受罪名。酆都狱、拔舌狱、剥皮狱，只因不忠不孝伤天理，佛口蛇心堕此门。磨摧狱、碓捣狱、车崩狱，乃是瞒心昧己不公道，巧语花言暗损人。寒冰狱、脱壳狱、抽肠狱，都是大斗小秤欺痴蠢，致使灾迍累自身。油锅狱、黑暗狱、刀山狱，皆因强暴欺良善，藏头缩颈战兢兢。血池狱、阿鼻狱、秤杆狱，也只为谋财害命阴机重，宰畜屠生罪业深。堕落千年难解释，沉沦永世不翻身。叫地叫天无救应，愁眉皱面苦伶仃。正是人生切莫把心欺，神鬼昭彰放过谁? 善恶到头终有报，只争来早与来迟。"太宗听说，心中惊惨。

进前又走不多时，见一起鬼卒，各执幢幡，路旁跪下道："桥梁使者来接。"判官喝令起去，上前引着太宗，从金桥而过。太宗又见那一边有一座银桥，桥上行几个忠孝贤良之辈，公平正大之人，亦有幢幡接引；那壁厢又有一桥，寒风滚滚，血浪滔滔，号泣之声不绝。太宗问道："那座桥是何名色?"判官道："陛下，那叫做奈何桥。若到阳间，切须传记，那桥长可数里，阔只三揸，高有百尺，深却千重。上无扶手栏杆，下有抢人恶怪。你看那桥边神将甚凶顽，河内孽魂真苦恼，铜蛇铁狗任争餐，永堕奈何无出路。诗曰：'时闻鬼哭与神号，血水浑波万丈高。无数牛头并马面，狰狞把守奈何桥。'"正说间，那几个桥梁使者早已回去了。太宗心又惊惶，随着判官、太尉，过了奈何恶水，血盆苦界。前又到枉死城，只听哄哄人嚷，分明说："李世民来了！李世民来了!"太宗听叫，心惊胆战。见一伙拖腰折臂、有足无头的鬼魅，上前拦住，都叫道："还我命来！还我命来!"慌得那太宗无处藏躲，只叫："崔先生救我！崔先生救我!"判官道："陛下，那些人都是那六十四处烟尘，七十二处草寇，枉死的冤魂，无收无管，不得超生，又无钱钞盘缠，陛下得些钱钞与他，我才救得你。"太宗道："寡人空身到此，却那里得有钱钞?"判官道："陛下，阳间有一人，金银若干，在我这阴司里寄放。陛下可出名立一约，小判可作保，且借他一库，给散这些饿鬼，方得过去。"太宗问曰："此人是谁?"判官道："他是河南开封府人氏，姓相名良，他有十三库金银在此。陛下若借用过他的，到阳间还他便了。”太宗甚喜，情愿出名借用。遂立了文书与判官，借他金银一库，着太尉给散众鬼。判官复分付道：“这些金银，汝等可均分用度，放你大唐爷爷过去，他的阳寿还早哩。我教他到阳间做一个水陆大会，超度汝等，再休生事。”众鬼得了金银，唯唯而退。判官令太尉摇动引魂幡，领太宗出了枉死城中，奔上平阳大路。

飘飘前进多时，却来到“六道轮回”之所，又见那腾云的身披霞帔，受箓的腰挂金鱼，僧尼道俗，走兽飞禽，魑魅魍魉，滔滔都奔走那轮回之下，各进其道。唐王问曰：“此意何如？”判官道：“陛下明心见性，是必记了，传与阳间人知。这唤做六道轮回：行善的升化仙道，尽忠的超生贵道，行孝的再生福道，公平的还生人道，积德的转生富道，恶毒的沉沦鬼道。”唐王听说，点头叹曰：“善哉真善哉！作善果无灾！休言不报应，神鬼有安排。”判官送唐王直至那超生贵道门，拜呼唐王道：“陛下呵，此间乃出头之处，小判告回，着朱太尉再送一程。”唐王谢道：“有劳先生远涉。”判官道：“陛下到阳间，千万做个水陆大会，超度那无主的冤魂，切勿忘了。若是阴司里无怨恨之声，阳世间方得享太平之庆。凡百不善之处，俱可一一改过，普谕世人为善，管教你后代绵长，江山永固。”唐王一一谨记，辞了崔判官，随着朱太尉，同入门来。那太尉见门里有一匹海骝马，鞍韂齐备，急请唐王上马。马行如箭，早到了渭水河边，只见那水面上有一对金色鲤鱼在河里翻波跳斗。唐王兜马贪看不舍，太尉道：“陛下趱动些，趁早赶时辰进城去也。”那唐王只管贪看，被太尉撮着脚，高呼道：“还不走，等甚！”扑的一声，望那渭河推下马去，却就脱了阴司，径回阳世。

却说那唐朝驾下有两班文武，俱保着那东宫太子与后妃宫娥，都在那白虎殿上举哀，一壁厢议传哀诏，晓谕天下，欲扶太子登基。时有魏征在旁道：“列位且住，再候一日，我王必还魂也。”下边闪上许敬宗道：“魏丞相言之甚谬。自古云泼水难收，人逝不返，你怎么还说这等的虚言。”魏征道：“不瞒许先生说，下官自幼得授仙术，推算最明，管取陛下不死。”正讲处，只听得棺中连声大叫道：“淹杀我耶！”唬得个文官武将心慌，皇后嫔妃胆战。那个敢近灵扶柩。多亏了正直的徐茂功，理烈的魏丞相，有胆量的秦琼，忒猛撞的敬德，上前来扶着棺材,叫道:“陛下有甚放心不下处,说与我等,不要弄鬼,惊骇眷属。”魏征道:“不是弄鬼,此乃陛下还魂也。快取器械来!”打开棺盖,果见太宗坐在里面,还叫:“淹死我了!是谁救捞?”茂功等上前扶起道:“陛下苏醒莫怕,臣等都在此护驾哩。”唐王方才开眼道:“朕适才好苦,躲过阴司恶鬼难,又遭水面丧身灾。”众臣道:“陛下有甚水灾来?”唐王道:“朕骑着马,正行至渭水河边,见双头鱼戏,被朱太尉欺心,将朕推落河中,几乎淬死。”魏征道:“陛下鬼气尚未解。”急着太医院进安神定魄汤药,又安排粥膳。连服一二次,方才反本还原,知得人事。计唐王死去,已三昼夜,复回阳间为君。当日天色已晚,众臣请王归寝,各各散讫。次早,脱却孝衣,换了彩服,一个个红袍乌帽,紫绶金章,在那朝门外等候宣召。

却说太宗一夜稳睡,保养精神,直至天明方起,抖擞威仪,上金銮宝殿,聚集两班文武,山呼已毕,依品分班。只听得传旨道:“有事出班来奏,无事退朝。”那东厢闪过徐茂功、魏征等,西厢闪过殷开山、胡敬德等,一齐上前俯伏启奏道:“陛下前朝一梦,如何许久方觉?”太宗将地府还魂前后之事,备细说了一遍。又道:“朕与十王作别,允了送他瓜果谢恩。自出森罗殿,见那阴司里不忠不孝、非礼非义、作践五谷、明欺暗骗、大斗小秤、奸盗诈伪、淫邪欺罔之徒,受那些磨烧舂锉之苦,煎熬吊剥之刑,有千千万万,看之不足。又过枉死城中,有无数的冤魂,挡住朕之来路。幸亏崔判官作保,借得河南相老儿的金银一库,买转鬼魂,方得前行。崔判官教朕回阳世,千万作一场水陆大会,超度那无主的孤魂也。”众臣闻此言,无不称贺,遂传报天下,各官员上表称庆不题。

却说太宗又传旨赦天下罪人,查狱中重犯,绞斩罪人,有四百余名,太宗尽放赦回家,拜辞父母兄弟,明年今日赴曹,仍领应得之罪。众犯谢恩而退。又出恤孤榜文,查宫中彩女共有三千六百人,出旨配军。自此内外俱善。太宗又出御制榜文,遍传天下。榜曰:“乾坤浩大,日月照鉴分明;宇宙宽洪,天地不容奸党。使心用术,果报只在今生;善布浅求,获福休言后世。千般巧计,不如本分为人;万种强徒,争似随缘节俭。心行慈善,何须努力看经?意欲损人,空读如来一藏!”

自此之时,盖天下无一人不行善者。一壁厢又出招贤榜,招人进瓜果到阴司里去;一壁厢将宝藏库金银一库,差鄂国公胡敬德上河南开封府,访相良还债。榜张数日,有一赴命进瓜果的贤者,本是均州人,姓刘名全,家有万贯之资。只因妻李翠莲在门首拔金钗斋僧,刘全骂了他几句,说他不遵妇道,擅出闺门。李氏忍气不过,自缢而死。撇下一双儿女年幼,昼夜悲啼。刘全又不忍见,遂舍了性命,情愿以死进瓜,将皇榜揭了,来见唐王。王传旨意,教他去金亭馆里,头顶一对南瓜,袖带黄钱,口噙药物。那刘全果服毒而死,一点魂灵,顶着瓜果,早到鬼门关上。对把关的鬼使说了,那鬼使欣然接引。刘全径至森罗宝殿,见了阎王,将瓜果进上道:“奉唐王旨意,远进瓜果,以谢十王之恩。”阎王大喜道:“好一个有信有德的皇帝!”遂收了瓜果。问那进瓜的人姓名,那方人氏,刘全道:“小人是均州城民籍,姓刘名全。因妻李氏缢死,撇下儿女,小人情愿舍家弃子,特与我王进贡瓜果。”十王闻言,即命速查李氏。取来与刘全夫妻相会。却检生死簿子看时,他夫妻们都有登仙之寿,急差鬼使送回。鬼使启上道:“李翠莲归阴日久,尸首无存,魂将何附?”阎王道:“唐御妹李玉英,今该促死;你可借他尸首,教他还魂去也。”鬼使领命,即将刘全夫妻二人同出阴司而去。毕竟不知二人如何还魂,且听下回分解。

第十二回 唐主选僧修大会 观音显像化金蝉

却说那鬼使同刘全夫妻二人,出了阴司,径到了长安大国,将刘全的魂灵推入金亭馆里。将翠莲的灵魂带进皇宫内院,只见那玉英公主,正在花阴下徐步绿苔而行,被鬼使扑个满怀,推倒在地,活捉了他魂,却将翠莲的魂灵推入玉英身内。鬼使回转阴司不题。

却说宫院中的大小侍婢,见玉英跌死,急报与三宫皇后道:“公主娘娘跌死也!”皇后大惊,随报太宗,太宗闻言点头叹曰:“此事信有之也。朕曾问十代阎君,他道:‘恐御妹寿促。’果中其言。”合宫人都来悲切,尽到花阴下看时,只见那公主微微有气。唐王道:“莫哭!莫哭!休惊了他。”遂上前将御手扶起头来,叫道:“御妹,苏醒,苏醒。”那公主忽的翻身,叫:“丈夫慢行,等我一等!”太宗道:“御妹,是我等在此。”公主抬头睁眼观看道:“你是谁人,敢来扯我?”太宗道:“是你皇兄、皇嫂。”公主道:“我那里得个甚么皇兄、皇嫂!我娘家姓李,我的乳名唤做李翠莲,我丈夫姓刘名全,两口儿都是均州人氏。因为我三个月前在门首斋僧,我丈夫怪我擅出内门,骂了我几句,是我将白绫带缢死。今因我丈夫被唐王钦差阴司进瓜果,阎王怜悯,放我夫妻回来。他在前走,因我行迟,赶不上他,我绊了一跌。你等无礼!不知姓名,怎敢扯我!”太宗与众宫人道:“想是御妹跌昏了,胡说哩。”传旨教太医院进汤药,将玉英扶入宫中。

唐王当殿,忽有当驾官奏道:“万岁,今有进瓜果人刘全还魂,在朝门外等旨。”唐王大惊,急传旨将刘全召进,问瓜果之事。刘全道:“臣顶瓜果,径至森罗殿,见了那十代阎君,将瓜果奉上。阎君甚喜,多多拜上我王。又问臣乡贯、姓名。知臣妻缢死之事,他急差鬼使,引臣妻相会,又检看死生文簿,说臣夫妻都有登仙之寿,便差鬼使送回。臣在前走,我妻后行,幸得还魂。但不知妻投何所。”唐王惊问道:“那阎王可曾说你妻甚么?”刘全道:“阎王不曾说甚么,只听得鬼使说：'李翠莲归阴日久，尸首无存。'阎王道：'唐御妹李玉英今该促死，教翠莲即借玉英尸还魂去罢。'臣不知唐御妹是甚人，家居何处，还未曾得去寻哩。"

唐王闻奏，满心欢喜，当对多官道："朕别阎君，曾问宫中之事，他言恐御妹寿促。却才御妹玉英花阴下跌死，须臾苏醒，他说的话，与刘全一般。"魏征奏道："借尸还魂，此事也有，可请公主出来，看他有甚话说。"唐王道："朕才命太医院去进药，不知何如。"便教妃嫔入宫去请。那公主在里面乱嚷道："我吃甚么药？这里那是我家！我家是清凉瓦屋，不像这个害黄病的房子，花狸狐哨的门扇！放我出去！放我出去！"正嚷间，只见四五个女官，太监，扶着他直至殿上。到白玉阶前，见了刘全一把扯住道："丈夫，你往那里去，就不等我一等！我跌了一跤，被这些蓦生的人围住我嚷，是怎的说？"那刘全听他说的话是妻之言，观其人非妻之面，不敢相认。唐王道："这正是山崩地裂有人见，捉生替死却难逢！"好一个有道的君王，即将御妹的妆奁、衣物、首饰，尽赏赐了刘全，就如陪嫁一般，又赐与他永免差徭的御旨，着他带领御妹回去。他夫妻两个，便在阶前谢了恩，欢欢喜喜还乡。径来均州城里，见旧家业儿女俱好，两口儿宣扬善果不题。

却说那尉迟公将金银一库，上河南开封府访看相良，原来卖水为活，同妻张氏在门首贩卖乌盆瓦器营生，但撰得些钱儿，除了盘缠之外，尽数斋僧布施，买金银纸锭焚烧，故有此善果，今世间是一条好善的穷汉，那世里却是个积玉堆金的长者。尉迟公将金银送上他门，又兼有本府官员，茅舍外车马骈集，唬得那相公、相婆如痴如哑，跪在地下，只是磕头礼拜。尉迟公道："老人家请起。我虽是个钦差官，却赍着我王的金银送来还你。"他战兢兢的答道："小的没有甚么金银放债，如何敢受这不明之财？"尉迟公道："我也访得你是个穷汉，只是你斋僧布施，阴司里有你积下的钱钞。是我主死去还魂，曾在阴司里借了你一库金银，有崔判官作保，今照数还与你。你可收下，等我好去回旨。"那相良两口儿只是朝天礼拜，那里敢受，道："小的若受了这些金银，就死得快了。虽然是烧纸记库，此乃冥冥之事，万岁爷爷那里借了金银,有何凭据?就死也是不敢受的。"

尉迟公见他苦苦推辞,只得具本启奏。太宗见了本道:"此诚为善良长者!"即传旨教胡敬德将金银与他修理寺院,起盖生祠,请僧作善,就当还他一般。旨意到日,敬德遂将金银买到城里无碍的地基一段,周围有五十亩宽阔,在上兴工,起盖寺院,名"敕建相国寺"。左有相公相婆的生祠,镌碑刻石,上写着"尉迟公监造",即今大相国寺是也。

工完回奏,太宗甚喜。却又出榜招僧,修建水陆大会,超度冥府孤魂。榜行天下,着各处官员推选有道的高僧,上长安做会。那消个月之期,天下多僧俱到。唐王传旨,着太史丞傅奕选举高僧,修建佛事。傅奕即上疏谏止,表曰:"西域之法,无君臣父子,以三途六道,蒙诱愚蠢,口诵梵言,以图偷免。且生死寿夭,本诸自然;刑德威福,系之人主。今俗徒矫托,皆云由佛。自五帝三王,未有佛法,君明臣忠,年祚长久。至汉明帝始立胡神,然惟西域桑门,自传其教,不足为信。"太宗将此表掷付群臣议之。时有宰相萧瑀,出班奏曰:"佛法兴自屡朝,弘善遏恶,冥助国家,理无废弃。佛,圣人也。非圣者无法,请寘严刑。"傅奕与萧瑀论辩,言礼本于事亲事君,而佛背亲出家,以匹夫抗天子,以继体悖所亲,萧瑀不生于空桑,乃遵无父之教,正所谓非孝者无亲。萧瑀但合掌曰:"地狱之设,正为是人。"太宗召太仆卿张道源、中书令张士衡,问佛事营福,其应何如。二臣对曰:"佛在清净仁恕,果正佛空。周武帝以三教分次。大慧禅师有赞幽远,历众供养而无不显;五祖投胎,达摩现象。自古以来,皆云三教至尊而不可废。伏乞圣裁。"太宗甚喜道:"卿之言合理。再有所陈者,罪之。"遂着魏征与萧瑀、张道源邀请诸佛,选举一名有大德行者作坛主,设建道场,众皆顿首谢恩而退。

次日,三位朝臣,聚众僧,在山川坛里逐一查选,内中选得洪福寺内一名有德行的高僧。你道他是谁?却正是那西方金蝉长老转世,小字江流和尚,法名玄奘禅师。查得他根源又好,德行又高。千经万典,无所不通;佛号仙音,无所不会。当时三位引至御前,扬尘舞蹈,拜罢奏曰:"臣瑀等奉圣旨选得高僧一名陈玄奘。"太宗沉思良久道:

"可是学士陈光蕊之儿否?"玄奘叩头曰:"臣正是。"太宗喜道:"果然举之不错。朕赐你天下大阐都僧纲之职。"玄奘顿首谢恩。又赐五彩织金袈裟一件,毗卢帽一顶。教他前赴化生寺,择定吉日良时,开演经法。

玄奘领旨而出,遂到化生寺里,聚集大小明僧,共计一千二百名,分派上中下三堂。一切佛事,件件皆齐。选定日期,乃是贞观十三年,岁次己巳,九月甲戌,初三日癸卯也。其日系黄道良辰,开坛做七七四十九日水陆大会,演说诸品妙经。玄奘具表申奏,请唐王到期赴会拈香。到了初三那日,太宗早朝完毕,帅文武多官,乘凤辇龙车,出离金銮宝殿,径来到化生寺前。分付住了音乐响器,下了车辇,引着多官,拜佛拈香。三匝已毕,又见那大阐都纲陈玄奘法师,引众僧罗拜唐王。礼毕,分班各安禅位,法师献上济孤榜文与太宗看,榜曰:"至德渺茫,禅宗寂灭。周流三界,统摄阴阳。观彼孤魂,深宜哀愍。兹奉至尊圣命:选集诸僧,参禅讲法。大开方便门庭,广运慈悲舟楫,普济苦海群生,脱免沉疴六趣。引归真路,普接鸿蒙;仗此良因,脱离地狱,早登极乐任逍遥,来往西方随自在。太宗看了满心欢喜,对众僧道:"汝等切休怠慢。待功成完备,朕当重赏,决不空劳。"众僧一齐顿首称谢。当日三斋已毕,唐王驾回。次早,法师又升坐聚众诵经不题。

却说南海普陀山观世音菩萨自领了佛旨,在长安城访察取经的善人,日久未逢。忽闻得太宗选举高僧,开建大会,主坛法师乃是江流和尚,正是极乐中降来的佛子,又是他原引送投胎的长老,菩萨十分欢喜,就将佛赐的锦襕袈裟、九环锡杖二件,捧上长街,与木叉货卖。长安城里,有那选不中的愚僧,倒有几贯村钞。见菩萨疥癞形容,身穿破衲,赤脚光头,将袈裟捧定,艳艳生光,上前问道:"那癞和尚,你的袈裟要卖多少价钱?"菩萨道:"袈裟价值五千两,锡杖价值二千两。"那愚僧笑道:"这两个癞和尚是疯子!是傻子!这两件东西就卖得七千两银子?除非穿上身长生不老,就会成佛作祖,也值不得这许多!拿了去!卖不成!"那菩萨更不争吵,与木叉往前又走。行的多时,来到东华门前,正撞着宰相萧瑀散朝而回,众头踏喝开街道。那菩萨公然不避,当街上拿着袈裟,径迎着宰相。宰相勒马观看,见袈裟艳艳生光,着手下人问那卖袈裟的要价几何。菩萨道:"袈裟要五千两,锡杖要二千两。"萧瑀道:"有何好处,值这般高价?"菩萨道:"袈裟有好处,有不好处;有要钱处,有不要钱处。"萧瑀道:"何为好?何为不好?"菩萨道:"着了我袈裟,不入沉沦,不堕地狱,不遭恶毒,不遇虎狼,便是好处;若贪淫乐祸,不斋不戒的,毁经谤佛的愚僧,难见我袈裟之面,这便是不好处。"又问道:"何为要钱,不要钱?"菩萨道:"不遵佛法,不敬三宝,强买袈裟、锡杖,定要卖他七千两,这便是要钱;若敬重三宝,见善随喜,皈依我佛,我这袈裟、锡杖,情愿送他,结个善缘,这便是不要钱。"萧瑀闻言,倍添春色,知他是个好人,即便下马相见,口称:"大法长老,恕我萧瑀之罪。我大唐皇帝十分好善,即今起建水陆大会,这袈裟正好与玄奘法师穿用。我和你入朝见驾去来。"

菩萨欣然从之,径进东华门里。黄门官转奏,蒙旨宣至宝殿。见萧瑀引着两个疥癞僧人,立于阶下,唐王问所奏何事,萧瑀备述前情。太宗大喜,便问那袈裟价值几何。菩萨与木叉侍立阶下,更不行礼,答道:"袈裟五千两,锡杖二千两。"太宗道:"那袈裟有何好处,就值许多?"菩萨道:"这袈裟乃是:仙娥织就,神女机成。重重嵌就西番莲,灼灼悬珠星斗象。四角上有夜明珠,攒顶间一颗祖母绿。上边有如意珠、摩尼珠、辟尘珠、定风珠;又有那红玛瑙、紫珊瑚、夜明珠、舍利子。沿边两道销金锁,叩领连环白玉琮。诗曰:三宝巍巍道可尊,四生六道尽评论。明心解养人天法,见性能传智慧灯。护体庄严金世界,身心清净玉壶冰。自从佛制袈裟后,万劫谁能敢断僧?"

唐王闻言,十分欢喜,又问:"锡杖有甚好处?"菩萨道:"我这锡杖,是那铜镶铁造九连环,九节仙藤永驻颜。入手厌看青竹瘦,下山轻带白云还。摩呵五祖游天阙,罗卜寻娘破地关。不染红尘些子秽,喜随大德上灵山。"唐王闻言,即命展开袈裟,从头细看,果然是件好物,道:"大法长老,实不瞒你,朕今大开善教,见在那化生寺敷演经法。内中有一个大德行者,法名玄奘。朕买你这两件宝物赐他。你端的要价几何?"菩萨闻言,与木叉合掌道:"阿弥陀佛,既有德行,贫僧情愿送他，决不要钱。”说罢，抽身便走。唐王急着萧瑀扯住，欠身问曰：“你原说袈裟五千两，锡杖二千两，你见朕要买，就不要钱，敢是说朕恃君位，强要你的物件？更无此理。朕照你原价奉偿，却不可推避。”菩萨起手道：“贫僧有愿在前，今见陛下明德止善，敬我佛门，况又高僧有德有行，宣扬大法，理当奉上，决不要钱。”唐王见他这等真恳，随命光禄寺大排素宴酬谢。菩萨又坚辞不受而去，依旧望土地庙中隐避不题。

却说太宗设午朝，宣玄奘入朝见驾。太宗道：“有劳法师，无物酬谢。早间萧瑀迎着二僧，愿送锦襴袈裟一件，九环锡杖一条。今特召法师领去受用。”玄奘叩头谢恩。太宗道：“法师可穿上与朕看看。”长老遂将袈裟抖开，披在身上，手持锡杖，侍立阶前。威仪济济，瑞采纷纷。文武见了，齐声喝采，太宗喜之不胜，即着法师穿了袈裟，持了宝杖，又赐两队仪从，多官送出朝门，教他由大街往寺里去，就如状元游街的一般。那长安城里，大男小女，无不争看夸奖，俱道：“好个法师！真是个罗汉下降，活菩萨临凡。”寺里僧人出迎。一见玄奘，都道是地藏王来了。玄奘上殿，炷香礼佛已毕，各归禅座不题。

光阴拈指，却当七日正会，玄奘又具表请唐王拈香。此时善声遍满天下。太宗即排驾，率文武多官、后妃国戚，无论大小人民，俱诣寺听讲。当有菩萨与木叉道：“今日是水陆正会，我和你杂在众人丛中，一则看他那会何如，二则看金蝉子可有福穿我的宝贝，三则也听他讲的是那一门经法。”两人随投寺里。正是有缘得遇旧相识，般若还归本道场。入寺观看，只闻得那一派仙音响亮，佛号喧哗。这菩萨直至多宝台边，果然是明智金蝉之相。那法师在台上，念一会《受生度亡经》，谈一会《安邦天宝篆》，又宣一会《劝修功卷》。这菩萨近前来，拍着宝台厉声高叫道：“那和尚，你只会谈小乘教法，可会谈大乘教法么？”玄奘闻言，心中大喜，翻身跳下台来，对菩萨起手道：“老师父，弟子失瞻，多罪。见前的盖众僧人，都讲的是小乘教法，却不知大乘教法如何。”菩萨道：“你这小乘教法，度不得亡者超升，只可浑俗和光而已。我有大乘佛法三藏，能超亡者升天，能度难人脱苦，能修无量寿身。”

正讲处,有那司香巡堂官急奏唐王道:"法师正讲谈妙法,被两个疥癞游僧,扯下来说混话。"王令擒来,只见许多人将二僧推拥进后法堂。见了太宗,那僧人手也不起,拜也不拜,仰面道:"陛下问我何事?"唐王却认得他,道:"你是前日送袈裟的和尚?"菩萨道:"正是。"太宗道:"你既来此处听讲,只该吃些斋便了,为何与我法师乱讲,扰乱经堂?"菩萨道:"你那法师讲的是小乘教法,度不得亡者升天。我有大乘佛法三藏,可以度亡脱苦,寿身无坏。"太宗正色喜问道:"你那大乘佛法,在于何处?"菩萨道:"在大西天天竺国大雷音寺我佛如来处,能解百冤之结,能消无妄之灾。"太宗道:"你可记得么?"菩萨道:"我记得。"太宗大喜道:"教法师引去,请上台开讲。"

那菩萨带了木叉飞上台,遂踏祥云,直至九霄,现出救苦原身,托了净瓶杨柳。左边是木叉惠岸,执着棍,抖擞精神。喜的个唐太宗忘了江山,爱的那文武官失却朝礼,一齐朝天礼拜,跪地焚香,满寺中僧尼道俗,无一人不拜倒道:"好菩萨!好菩萨!"齐声都念"南无观世音菩萨"。太宗即传旨:教巧手丹青吴道子展开妙笔,图写真形。那菩萨祥云渐远,霎时间不见了金光。只见那半空中滴溜溜落下一张简帖,上有几句颂子道:"礼上大唐君,西方有妙文。程途十万八,大乘进殷勤。此经回上国,能超鬼出群。若有肯去者,求正果金身。"太宗见了颂子,即命众僧且收胜会,待朕差人取得大乘经来,再秉丹诚,从修善果。当时在寺中问曰:"谁肯领朕旨意,上西天拜佛求经?"问不了,旁边闪过法师,向前施礼道:"贫僧不才,愿效犬马之劳,与陛下求取真经,祈保我王江山永固。"唐王大喜,上前将御手扶起道:"法师果能尽此忠贤,朕情愿与你拜为兄弟。"就去佛前,与玄奘拜了四拜,口称"御弟圣僧"。玄奘感谢不尽道:"陛下,贫僧有何德何能,敢蒙天恩看顾如此?我这一去,定要捐躯努力,直至西天。如不到西天,不得真经,誓不回国,永堕沉沦地狱。"随在佛前拈香为誓。唐王甚喜,即命回銮,待选吉日良辰,发牒出行。

玄奘亦回洪福寺里。那寺僧与几个徒弟,早闻取经之事,都来相见道:"师父呵,尝闻人言,西天路远,更多虎豹妖魔。只怕有去无回,难保身命。"玄奘道:"我已发了誓愿,不取真经,永堕地狱。我此去真是渺渺茫茫，吉凶难定。大抵是受王恩宠，不得不尽忠以报国。徒弟们，我去之后，或三二年，或五七年，但看那山门里松枝头向东，我即回来；不然，断不回矣。”众徒将此言切切而记。

次早，太宗设朝，聚集文武，写了取经文牒，用了通行宝印。有钦天监奏曰：“今日是人专吉星，堪宜出行。”又见黄门官奏道：“御弟法师朝门外候旨。”太宗大喜，随即宣上宝殿道：“御弟，今日是出行吉日。这是通关文牒。朕又有一个紫金钵盂，送你途中化斋而用。再选两个长行的从者，白马一匹，送为远行脚力。你可就此行程。”玄奘谢了恩，唐王排驾，与多官同送至关外，只见那洪福寺僧徒，将玄奘的冬夏衣服，俱送在关外相等。唐王先教收拾行囊，马匹俱备，然后着官人执壶酌酒。太宗举爵问曰：“御弟雅号甚称？”玄奘道：“贫僧出家人，未敢称号。”太宗道：“当时菩萨说，西天有经三藏。御弟可即号作三藏何如？”玄奘又谢恩，接了御酒道：“陛下，酒乃僧家头一戒，贫僧自不饮。”太宗道：“今日比他事不同。此乃素酒，只饮此一杯，以尽朕奉饯之意。”三藏方待要饮，只见太宗低头，将御指拾一撮尘土，弹入酒中。三藏不解其意，太宗笑道：“御弟呵，这一去，几时可回？”三藏道：“只在三年。”太宗道：“日久年深，山遥路远，御弟饮此酒：宁恋本乡一捻土，莫爱他乡万两金。”三藏方悟捻土之意，复谢恩饮尽，辞谢出关而去。唐王驾回。毕竟不知此去何如，且听下回分解。

第十三回　陷虎穴金星解厄　双叉岭伯钦留僧

却说三藏自贞观十三年九月望前三日,蒙唐王与多官送出长安关外。马不停蹄,早至法门寺。本寺住持带领众僧有五百人接至里面,相见,献茶进斋。不觉天晚,众僧们灯下议论西天取经之事。有的说水远山高难走,有的说毒魔恶怪难降。三藏钳口不言,但以手指自心,点头几度。众僧们请问其故。三藏答曰:"心生,种种魔生;心灭,种种魔灭。我弟子曾在化生寺对佛说下誓愿,不由我不尽此心。这一去定要到西天,见佛求经,愿使法轮回转,皇图永固。"众僧闻言,人人称羡。

到次日,早斋已罢,玄奘穿了袈裟,上正殿佛前礼拜道:"弟子陈玄奘,前往西天取经,但肉眼愚迷,不识活佛真形。今立誓随路遇佛拜佛,遇塔扫塔。但愿我佛慈悲,早现丈六金身,赐真经留传东土。"祝罢,那二从者整顿鞍马,促趱行程。三藏出了山门,辞别众僧,直西前进。正是那季秋天气。

行了数日,到了巩州城。早有巩州官吏人等,迎接入城。安歇一夜,次早出城前去。饥餐渴饮,夜住晓行,三日又至河州卫。此乃是大唐的山河边界。早有镇边的总兵与本处僧道,接至里面供给,请往福原寺安歇。及鸡方鸣,随唤从者,备马而行,出离边界。

这长老心忙,太起早了。原来此时秋深时节,鸡鸣得早,只好有四更天气。迎着清霜,看着明月,行有数十里远近,见一山岭,只得拨草寻路,说不尽崎岖难走,正疑思之间,忽然失足,三人连马都跌落坑坎之中。三藏却才悚惧,又闻得里面哮吼高呼,叫"拿将来"。只见狂风滚滚,拥出五六十个妖邪,将三藏、从者揪了上去。这法师战战兢兢的,偷眼观看,上面坐的那魔王,十分凶恶,唬得个三藏魂飞魄散,二从者骨软觔麻。魔王喝令绑了,众妖将三人用绳索绑缚。正要安排吞食,只听得外面喧哗,报道:"熊山君与特处士二位来也。"三藏闻言,抬头观看,前走的是一条黑汉,后边来的是一条胖汉,未尝不可唉牛,此胖处士我替他甚担干系。这两个摇摇摆摆,走入里面,那魔王忙出迎接。叙罢寒温,各坐谈笑。

只见那从者绑得痛切悲啼。黑汉道:“寅将军,此三者何来?”魔王道:“自送上门来者。”处士笑云:“可能待客否?”魔王道:“奉承!奉承!”山君道:“不可尽用,食其二,留其一可也。”魔王即呼左右,将二从者剖腹剜心,剁碎其尸,将首级与心肝献客,将四肢自食,其余骨肉,分给各妖。只听得嘓啅之声,真似虎啖羊羔,霎时食尽。把个长老,几乎唬死。这才是初出长安第一场苦难。

正怆慌之间,渐渐的东方发白,那二怪至天晓方散。三藏昏昏沉沉,正在那不得命处,忽然见一老叟,手持拄杖而来。走上前,用手一拂,绳索皆断,对面吹了一口气,三藏方苏,跪拜于地道:“多谢老公公搭救贫僧性命!”老叟答礼道:“你起来。你可曾疏失了甚么东西?”三藏道:“贫僧的两个从人,已是被怪吃了,只不知行李、马匹在于何处?”老叟用杖指道:“那厢不是一匹马、两个包袱?”三藏回头看时,果是他的物件。问老叟曰:“老公公,此处是甚所在?那三个妖魔果是何物?”老叟道:“此是双叉岭,乃虎狼巢穴处。处士者是个野牛精,山君者是个熊罴精,寅将军是个老虎精。左右妖邪,尽都是山精怪兽。只因你的本性元明,所以吃不得你。你跟我来,引你上路。”三藏不胜感激,将包袱稍在马上,牵着缰绳,相随老叟出了坑坎,走上大路。却将马拴在道旁,转身拜谢老叟。只见那老叟化作一阵清风,跨一只白鹤,腾空而去。风飘下一张简帖,上书四句颂子曰:“吾乃西天太白星,特来拯救汝生灵。前行自有神徒助,莫为艰难怨佛经。”

三藏看了,又对天礼拜。拜毕,牵了马匹,独自个孤孤凄凄,往前苦进。舍身拚命,上了峻岭。行经半日,更不见个人烟村舍。一则腹中饥了,二则路又不平,正在危急之际,只见前面有两只猛虎咆哮,后边有几条长蛇盘绕。左有毒虫,右有怪兽,三藏孤身无策,只得放下身心,听天所命。又无奈那马腰软蹄弯,即便跪下,伏倒在地,扯又扯不起,牵又牵不动。苦得个法师衬身无地,万分凄惶,自分必死,莫可奈何。忽然间毒虫奔走,妖兽飞逃;猛虎潜踪,长蛇隐迹。三藏抬头看时,只见一人,手执钢叉,腰悬弓箭,自那山坡前转出,果然是一条好汉。三藏见他来得渐近,跪在路旁,合掌高叫道:“大王救命!”那条汉到跟前,放下钢叉,用手搀起道:“长老休怕。我是这山中的猎户,姓刘名伯钦,绰号镇山太保。我才自来,要寻两只山虫食用,不期遇着你,多有冲撞。”三藏道:“贫僧是大唐驾下钦差往西天拜佛求经的。适间来到此处,遇着些狼虎蛇虫,四边围绕,不能前进。忽见太保来,众兽皆走,救了贫僧性命,多谢!多谢!”伯钦道:“我在这里住的人,专靠打些狼虎,捉些蛇虫过活,故此众兽怕我走了。你既是唐朝来的,与我都是乡里。此间还是大唐的地界,我和你同是一国之人。你休怕,跟我来,到我舍下歇马,明朝我送你上路。”三藏闻言,满心欢喜,谢了伯钦,牵马随行。

过了山坡,又听得呼呼风响。伯钦道:“风响处,是个山猫来了。长老且坐在此间,等我拿他家去管待你。”三藏见说,又胆战心惊,那太保执了钢叉,拽开步迎将上去。只见一只斑斓虎,他看见伯钦,回头就走。这太保霹雳一声,咄道:“业畜!那里走!”那虎见赶得急,转身轮爪扑来。这太保三股叉举手迎敌,唬得个三藏软瘫在草地。他生来何曾见这样凶险勾当?太保与那虎在那山坡下斗了有一个时辰。只见那虎爪慢腰松,被太保举叉平胸刺倒,霎时间血流满地。揪着耳朵拖上路来。面不改色,对三藏道:“造化!造化!这只山猫勾长老食用几日。”三藏夸赞不尽道:“太保真山神也!”伯钦道:“何劳过奖?”他一手执叉,一手拖虎,在前引路。三藏牵着马,随后而行。

行过山坡,忽见一座山庄。伯钦到了门首,将死虎掷下,叫小的们把只虎扛将进去。分付教剥了皮,安排待客。复回身迎接三藏进内。彼此相见罢,伯钦又令母妻出见道:“母亲呵,这位长老是唐王驾下差往西天见佛求经者。孩儿请他来家歇马,明日送他上路。”老妪欢喜道:“好!好!明日你父亲周忌,就浼长老做些好事,念卷经文,到后日送他去罢。”这伯钦虽是一个杀虎卤夫,却有孝顺之心,闻得母言,就要安排香纸,留住三藏。不觉的天色将晚。小的们排开桌凳,拿几盘烂熟虎肉,热腾腾的放在上面。伯钦请三藏权用,再另办饭。三藏合掌当胸道："善哉！贫僧不瞒太保说，自出娘胎做和尚，更不晓得吃荤。"伯钦闻得此说，沉吟了半晌道："长老，寒家历代以来，却从不晓得吃素。这等奈何？反是请长老的不是。"伯钦的母亲闻说，叫道："孩儿不要闲讲，我自有素物，可以管待。"叫媳妇煮些黄粮米饭，安排素菜，拿出来铺在桌上。三藏坐下，又念了一卷揭斋之咒，才举筯吃斋。伯钦自将虎肉相陪。吃罢，各各安歇。

次早，那合家老小都起来，又整素斋，管待长老，请开启念经。这长老净了手，同太保家堂前拈了香，拜了家堂。方敲响木鱼，先念了《净口业真言》《净身心神咒》，又写《荐亡疏》一道，再开诵各样经典及谈苾蒭洗业的故事，早又天晚。佛事已毕，然后安寝。伯钦夫妻同宿。

到次早太阳东上，伯钦的娘子说："太保，我夜里梦见公公来家说，在阴司苦难难脱，日久不得超生。今幸得圣僧念了经卷，消了罪业，阎王差人送他上中华富地长者人家托生去了。教我们好生谢那长老，不得怠慢。醒来却是一梦。"伯钦道："我也梦见如此，与你一般。我们起去对母亲说去。"他两个走到母亲床前，与母亲说了。谁知那老母也是这等一梦。三口儿呵呵大笑。遂叫一家大小起来，安排谢意，替他收拾马匹，都至前拜谢道："多谢长老超荐我亡父脱难超生，报答不尽！"三藏道："贫僧有何能处，敢劳致谢！"伯钦把三口儿的梦对三藏陈说一遍，三藏也喜。早供了素斋，又具白银为谢。三藏分文不受。但道："太保肯发慈悲，送我一程，足感至爱。"伯钦便叫妻子急做了些烧饼干粮，唤两三个家僮，各带器械，同上大路。

行经半日，只见对面处一座大山，真个是高接青霄，崔巍险峻。正走到半山之中，伯钦回身，立于路下道："长老，你自前进，我却告回。"三藏闻言，滚鞍下马道："千万敢劳太保再送一程！"伯钦道："长老不知，此山唤做两界山，东半边属我大唐所管，西半边乃是鞑靼的地界。那厢狼虎，不伏我降，我却也不能过界，故此告回，你自去罢。"三藏心惊，轮开手，牵衣执袂，滴泪难分。正在那凄惶苦切之处，只听得山脚下叫喊如雷道："我师父来也！我师父来也！"唬得个三藏痴呆，伯钦打挣。毕竟不知是甚人叫喊，且听下回分解。

第十四回 心猿归正 六贼无踪

佛即心兮心即佛，心佛从来皆要物。若知无物又无心，便是真如法身佛。法身佛，没模样，一颗圆光涵万象。无体之体即真体，无相之相即实相。非色非空非不空，不来不向不回向。内外灵光到处同，一佛国在一沙中。一粒沙含大千界，一个身心万法同。知之须会无心诀，不染不滞为净业。善恶千端无所为，便是南无释迦佛。

却说那伯钦与三藏惊惊慌慌，又闻得叫声"师父来也"。众家僮道："这叫的必是那山脚下石匣中老猿。"太保道："是他！是他！"三藏问是甚么老猴，太保道："这山旧名五行山，今改名两界山。先年间曾闻得老人家说：'王莽篡汉之时，天降此山，下压着一个神猴，不怕寒暑，不吃饮食，自有土神监押，教他饥餐铁丸，渴饮铜汁。至今冻饿不死。'这叫的必定是他。长老莫怕，我每下山去看来。"三藏依从，牵马下山。行不数里，只见那石匣之间，果有一猴，露着头，伸着手，乱招手道："师父，你怎么此时才来？来得好！来得好！救我出来，我保你上西天去也！"这长老近前细看，只见他：尖嘴缩腮，金睛火眼。头上堆苔藓，耳中生薜萝。鬓边少发多青草，颔下无须有绿莎。

刘太保诚然胆大，走上前来，与他拔去了鬓边草，颔下莎，问道："你有甚么话说？"那猴道："我没话说，教那个师父上来，我问他一问。"三藏道："你问我甚么？"那猴道："你可是东土唐王差往西天取经去的么？"三藏道："我正是，你问怎么？"那猴道："我是五百年前大闹天宫的齐天大圣，只因犯了诳上之罪，被佛祖压于此处。前者观音菩萨领佛旨意，上东土寻取经人。我教他救我一救，他劝我归依佛法，殷勤保护取经人，往西方拜佛，功成后自有好处。故此昼夜提心，只等师父来救我脱身。我愿保你取经，与你做个徒弟。"三藏闻言，满心欢喜道："你虽有此善心，只是我又没斧凿，如何救得你出？"那猴道："不用斧凿，你但肯救我，这山顶上有我佛如来的金字压帖。你只上山去将帖儿揭起，我就出来了。"三藏依言，回头央浼刘伯钦，复上高山，扳藤附葛，直行到那极巅之处，果然见金光万道，瑞气千条，有块四方大石，石上贴着一封皮，却是"唵、嘛、呢、叭、㗎、吽"六个金字。三藏近前拜祝道："弟子陈玄奘奉旨意求经，若果有徒弟之分，揭得金字，救出神猴，同证灵山。若此辈是个凶顽怪物，哄赚弟子，不成吉庆，便揭不得起。"祝罢又拜。拜毕，上前将六个金字轻轻揭下。只闻得一阵香风，把压帖儿刮在空中，叫道："吾乃监押大圣者。今日他的难满，吾等回见如来，缴此封皮去也。"吓得个三藏与伯钦一行人望空礼拜。下山又至石匣边，对那猴道："揭了压帖矣，你出来么。"那猴欢喜道："师父，你请走开些，我好出来，莫惊了你。"伯钦听说，领着三藏，回东即走。走了五七里远近，又听得那猴高叫道："再走！再走！"三藏又行了许远，下了山，只闻得一声响亮，真个是地裂山崩。众人尽皆悚惧。

只见那猴早到了三藏的马前，赤淋淋跪下，道声："师父，我出来也！"对三藏拜了四拜，急起身，与伯钦唱个大喏道："有劳大哥送我师父，又承大哥替我脸上薅草。"谢毕，就去收拾行李，扣背马匹。那马见了他，腰软蹄矬，战兢兢的立站不住。盖因那猴原是弼马温，在天上看养龙马的，有些法则，故此凡马见他害怕。三藏见他意思，实有好心，真个像沙门中人物，便叫："徒弟啊，你姓甚么？"猴王道："我姓孙。"三藏道："我与你起个法名，却好呼唤。"猴王道："我原有个法名，叫做孙悟空。"三藏欢喜道："也正合我们的宗派。你这个模样，就像那小头陀一般，我再与你起个混名，称为行者，好么？"悟空道："好！好！好！"自此又称为孙行者。那伯钦见孙行者一心收拾要行，却转身对三藏唱个喏道："长老，你幸此间收得个好徒，甚喜，甚喜。此人果然去得。我却告回。"三藏躬身作谢，遂此两下分别。

行者请三藏上马，他在前边，背着行李，赤条条，拐步而行。不多时，过了两界山。忽然见一只猛虎，咆哮剪尾而来，三藏在马上惊心。行者欢喜道："师父莫怕他，他是送衣服与我的。"放下行李，耳朵里拔出一个针儿，迎着风，幌一幌，原来是个碗来粗细一条铁棒。他拿在手中,笑道:“这宝贝,五百余年不曾用着他,今日拿出来挣件衣服儿穿穿。”你看他拽开步,迎着猛虎,道声:“业畜! 那里去!”那只虎伏在尘埃,动也不敢动动。却被他照头一棒,就打的脑浆迸流,牙齿碎绽。唬得那三藏滚鞍落马,咬指道:“天那! 天那! 前日刘太保打那只虎,还与他斗了半日;今日孙悟空不用争持,把这虎一棒打得稀烂,正是强中更有强中手!”行者拖将虎来道:“师父略坐一坐,等我脱下他的衣服来,穿了走路。”好猴王,把毫毛拔下一根,吹口仙气,叫:“变!”变作一把牛耳尖刀,将虎皮剥下,剁去了头爪,割成四方一块,又裁为两幅。收起一幅,把一幅围在腰间,揪了一条葛藤,紧紧束定,遮了下体道:“师父,且去! 到了人家,借些针线再缝不迟。”他把条铁棒捻一捻,依旧像个针儿,收在耳里,背着行李,请师父上马前去。长老问道:“悟空,你才打虎的铁棒,如何不见?”行者笑道:“师父,你不晓得。我这棍本是东洋大海龙宫里得来的,唤做天河镇底神珍铁,又唤做如意金箍棒。当年大反天宫,甚是亏他。随身变化,要大就大,要小就小。刚才变做一个绣花针儿模样,收在耳内矣。但用时方可取出。”三藏闻言暗喜。又问道:“方才那只虎见了你,怎么就不动动?”悟空道:“不瞒师父说,我老孙,颇有降龙伏虎的手段,翻江搅海的神通,打这只虎,何为稀罕?”三藏闻言,愈加放怀无虑,策马前行。

不觉得半岭太阳收返照,一勾新月破黄昏。行者道:“天色晚了。那壁厢树木森森,想必是人家庄院,我们赶早投宿去来。”三藏策马,径奔人家,到了庄院前下马。行者撇了行李,走上前叫声:“开门! 开门!”那里面有一老者,扶筇而出,开了门,看见行者这般恶相,腰系着一块虎皮,好似雷公模样,唬得脚软身麻,口出谵语道:“鬼来了! 鬼来了!”三藏近前搀住,叫道:“老施主休怕。他是我贫僧的徒弟,不是鬼怪。”老者抬头,见了三藏的面貌清奇,方才立定,问道:“你是那寺里来的和尚,带这恶人上我门来?”三藏道:“我贫僧是唐朝来的,往西天拜佛求经,路过此间,特造檀府借宿一宵,明早不犯天光就行。万望方便。”老者道:“你虽是个唐人,那个恶的却非唐人。”悟空厉声高呼道:“你这个老儿全没眼色! 唐人是我师父,我是他徒弟！我也不是甚糖人、蜜人，我是齐天大圣。原在这两界山石匣中的。你再认认看。"老者方才省悟道："你倒有些像他，但你怎么得出来的？"悟空将上项事说了一遍。老者方才下拜，将唐僧请到里面待茶。问悟空道："大圣啊，你也有年纪了？"悟空道："你今年几岁了？"老者道："我痴长一百三十岁了。"行者道："还是我重子重孙哩！我那生身的年纪，却不记得是几时，但只在这山脚下，已五百余年了。"老者道："是有，是有。"这老儿颇贤，即令安排斋饭相待。行者道："老儿，左右打搅你家。我有五百多年不洗澡了，你可去烧些汤来，与我师徒们洗浴洗浴，一发临行谢你。"老儿即令烧汤，与师徒洗浴。行者又问老儿借了针线，将师父脱下一件白布小直裰披在身上，却将那虎皮解下，缝成一条裙子，围在腰间，走到师父面前道："老孙今日这等打扮，比昨日如何？"三藏道："好！好！好！这等样才像个行者。那件直裰儿，你就穿了罢。"行者谢了，又去喂了马。各各事毕归寝。

次早，师徒起来，老者又具斋。吃罢方才起身。三藏上马，行者引路，夜宿晓行。不觉又值初冬时候，师徒们正走之时，忽见路旁唿哨一声，闯出六个人来，各执枪剑弓刀，大叱一声："那和尚！那里走！赶早放下行李，饶你性命过去！"唬得那三藏魂飞魄散，跌下马来，行者用手扶起道："师父放心，没些儿事，这都是送衣服送盘缠与我们的。"三藏道："悟空，你想有些耳闭？他说教我们留马匹、行李，你倒问他要甚么衣服、盘缠？"行者道："你管守着行李、马匹，待老孙与他争持一场，看是何如。"

他即走上前，叉手对那六个人施礼道："列位有甚么缘故，阻我贫僧的去路？"那人道："我等是剪径的大王，行好心的山主，大名久播。你早早的留下东西，放你过去。"行者道："我也是祖传的大王，积年的山主，却不曾闻得列位大名。"那人道："你是不知，我说与你听：一个唤做眼看喜，一个唤做耳听怒，一个唤做鼻嗅爱，一个唤做舌尝思，一个唤做意见欲，一个唤做身本忧。"悟空笑道："原来是六个毛贼！你却不认得我这出家人是你的主人公，你倒来挡路。把那打劫的珍宝拿出来，我与你作七分儿均分，饶了你罢！"那贼闻言，喜的喜,怒的怒,爱的爱,思的思,忧的忧,欲的欲,一齐上前乱嚷道:“这和尚无礼!你的东西没有,转要来和我等要分东西!”他轮枪舞剑,一拥前来,照行者劈头乱砍,砍有七八十下。悟空停立中间,只当不知。那贼道:“好和尚!真个的头硬!”行者笑道:“将就看得过罢了!你们也打得手困了,却该老孙取出个针儿来耍耍。”那贼道:“这和尚是一个行针灸的郎中变的。我们又无病症,说甚么动针的话!”

行者伸手去耳朵里拔出一根绣花针儿,迎风一幌,却是一条铁棒,足有碗来粗细,拿在手中道:“不要走!也让老孙打一棍儿试试手!”唬得这六个贼四散逃走,被他拽开步,团团赶上,一个个尽皆打死。剥了他的衣服,夺了他的盘缠,笑吟吟走将来道:“师父请行,那贼已被老孙剿了。”三藏道:“你十分撞祸!他虽是剪径的强徒,也不该死罪。你纵有手段,只可退他去便了,怎么就都打死?这却是无故伤人的性命,如何做得和尚?”悟空道:“师父,我若不打死他,他却要打死你哩。”三藏道:“我出家人,宁死决不敢行凶。此事若告到官,就是你老子做官,也说不过去。”行者道:“不瞒师父说,我老孙五百年前,称王为怪的时节,也不知打死多少人。假似你说这般到官,倒也得好些状告哩。”三藏道:“只因你欺天诳上,才受这五百年之难。今既入了沙门,若是还像当时行凶,去不得西天,做不得和尚!忒恶!忒恶!”原来这猴子一生受不得人气,他见三藏只管絮絮叨叨,按不住心头火发,道:“你既是这等说,我做不得和尚,上不得西天,不必恁般絮叨,我回去便了!”那三藏却不曾答应,他就使性子,将身一耸,说一声:“老孙去也!”三藏急抬头,早已不见,只闻得呼的一声回东而去。撇得那长老孤孤零零,点头悲叹道:“这厮这等不受教诲!我但说他几句,他怎么就无形无影的径回去了?罢!罢!罢!也是我命里不该招徒弟,去来!去来!”正是舍身拚命归西去,莫倚旁人自主张。

那长老收拾行李,捎在马上,也不骑马,一只手拄着锡杖,一只手揪着缰绳,凄凄凉凉,往西前进。行不多时,只见山前有一个老母,捧一件绵衣,绵衣上有一顶花帽。三藏见他来得至近,慌忙牵马,立于右侧让行。那老母问道:“你是那里来的长老,独行于此?”三藏道:

"弟子乃东土大唐奉圣旨往西天拜佛求真经者。"老母道:"西方佛乃大雷音寺天竺国界,此去有十万八千里路。你这等单人独马,又无个徒弟,你如何去得!"三藏道:"弟子日前收得一个徒弟,他性泼凶顽,是我说了他几句,他不受教,遂渺然而去也。"老母道:"我有这一领绵布直裰,一顶嵌金花帽,原是我儿子用的。他只做了三日和尚,不幸身亡。我才去寺里,哭了一场,将这两件衣帽拿来,做个忆念。长老啊,你既有徒弟,我把这衣帽送了你罢。"三藏道:"承老母盛赐,但只是我徒弟已走了,不敢领受。"老母道:"他那厢去了?"三藏道:"我听得呼的一声,他回东去了。"老母道:"东边不远,就是我家,想必往我家去了。我还有一篇咒儿,唤做《定心真言》,又名做《紧箍儿咒》。你可暗暗的念熟,牢记心头。我去赶上他,叫他还来跟你,你却将此衣帽与他穿戴。他若不服你使唤,你就默念此咒,他再不敢行凶,也再不敢去了。"三藏闻言,低头拜谢。那老母化一道金光,回东而去。三藏情知是观音菩萨,急忙撮土焚香,望东礼拜。拜罢,收了衣帽,藏在包袱中间,却坐于路旁,诵习那《定心真言》。念得烂熟,牢记心胸不题。

却说那悟空别了师父,一觔斗云,径到东洋大海龙王宫里。龙王道:"近闻得大圣难满,想必是重整仙山,复归古洞矣。"悟空道:"我也有此心性,只是又做了和尚了。"龙王道:"做甚和尚?"行者道:"我亏了南海菩萨劝善,教我随东土唐僧,上西方拜佛,皈依沙门,又唤为行者了。"龙王道:"这等真是可贺!可贺!这才叫做改邪归正。既如此,怎么不西去,复东回何也?"行者笑道:"是唐僧不识人性。有几个毛贼剪径,是我将他打死,唐僧就说了我若干的不是,你想老孙可是受得闷气的?是我撇了他,欲回本山,故此先来望你一望,借钟茶吃。"龙王即命捧香茶来献。行者回头一看,见后壁挂着一幅画儿。行者问是甚么故事,龙王道:"大王在先,此事在后,故你不认得。这叫做圯桥三进履。此仙乃是黄石公,此子乃是汉世张良。石公坐在圯桥上,忽然失履于桥下,遂唤张良取来。此子即忙取来,跪献于前。如此三度,张良略无一毫倨傲怠慢之意,石公遂授他天书,着他扶汉。后来果然做了汉朝第一功臣。太平后弃职归山,从赤松子游，成了仙道。大圣，你若不保唐僧，不尽勤劳，到底是个妖仙，休想得成正果。”悟空闻言，沉吟半晌。龙王道：“大圣自当裁处，不可图自在误了前程。”悟空道：“莫多话，老孙还去保他便了。”急耸身出离海藏，别了龙王。驾着云正走，却遇着南海菩萨道：“孙悟空，你怎么不受教诲，不保唐僧，来此处何干？”慌得个行者忙忙施礼道：“向蒙菩萨善言，果有唐僧揭了压帖，救了我命，跟他做了徒弟。他却怪我凶顽，我才闪了他一闪，如今就去保他也。”菩萨道：“赶早去，莫错过了念头。”言毕各回。

这行者须臾间看见唐僧在路旁闷坐。他上前道：“师父！怎么不走路？还在此做甚？”三藏抬头道：“你往那里去来？教我不敢行动，只管在此等你。”行者道：“我往东海老龙王家讨茶吃吃。”三藏道：“徒弟啊，出家人不要说谎。你离得我一个时辰，就说到龙王家吃茶？”行者笑道：“不瞒师父说，我会驾觔斗云，一个觔斗有十万八千里路，故此即去即来。”三藏道：“我略略的言语重了些儿，你就使性子丢了我去。像你这有本事的讨得茶吃，我这去不得的只管在此忍饿，你也过意不去呀！”行者道：“师父，你若饿了，我便去化斋你吃。”三藏道：“不用化斋。我那包袱里还有些干粮，你去拿钵盂寻些水来，等我吃些儿走路罢。”

行者去解开包袱，见有几个粗面点心，拿出来递与师父。又见那光艳艳的一领绵布直裰，一顶嵌金花帽，行者道：“这衣帽是东土带来的？”三藏就顺口儿答应道：“是我小时穿戴的。这帽子若戴了，不用教经，就会念经；这衣服若穿了，不用演礼，就会行礼。”行者道：“好师父，把与我穿戴上罢。”三藏道：“使得。”行者遂将直裰穿上，把帽儿戴上。三藏见他戴上帽子，就不吃干粮，却默默的念那紧箍咒一遍。行者叫道：“头痛！头痛！”那师父不住的又念了几遍，把个行者痛得打滚，抓破了嵌金的花帽。三藏又恐怕扯断金箍，住了口不念。不念时，他就不痛了。伸手去头上摸摸，似一条金线儿模样，紧紧的勒在上面，取不下，揪不断，已此生根了。他就耳里取出针儿来，插入箍里，往外乱捎。三藏又恐怕他捎断了，口中又念起来，他依旧生疼，疼得竖蜻蜓，翻觔斗，耳红面赤，眼胀身麻。那师父见他这等，又不忍不住口，他的头又不痛了。行者道："我这头，原来是师父咒我的。"三藏道："我念的是《紧箍经》，何曾咒你？"行者道："你再念念看。"三藏真个又念，行者真个又疼，只教："莫念！莫念！念动我就疼了！这是怎么说？"三藏道："你今番可听我教诲了？"行者道："听教了！""你可再无礼了？"行者道："不敢了！"他口里虽然答应，心上还怀不善，把那针儿幌一幌碗来粗细，望唐僧就欲下手，慌得长老又念了两三遍，这猴子跌倒在地，丢了铁棒，不能举手，只教："师父！我晓得了！再莫念！再莫念！"三藏道："你怎么欺心，就敢打我？"行者道："不敢，不敢，我问师父，你这法儿是谁教你的？"三藏道："是适间一个老母传授我的。"行者大怒道："不消讲了！这个老母，坐定是那个观世音！他怎么那等害我！等我上南海打他去！"三藏道："此法既是他授与我，他必然先晓得了。你若寻他，他念起来，你却不是死了？"行者见说得有理，真个不敢动身，只得跪下哀告道："师父！这是他奈何我的法儿，教我随你西去。我也不去惹他，你也莫当尝言只管念诵。我愿保你，再无退悔之意了。"三藏道："既如此，伏侍我上马去也。"那行者才死心塌地，抖擞精神，束一束绵布直裰，扣背马匹，收拾行李，奔西而进。毕竟这一去后面又有甚话说，且听下回分解。

第十五回　蛇盘山诸神暗佑　鹰愁涧意马收缰

却说行者伏侍唐僧西进,行经数日,正是那腊月寒天,朔风凛凛,滑冻凌凌,去的是些悬崖峭壁崎岖路,叠岭层峦险峻山。三藏在马上,遥闻水声聒耳,回头叫:"悟空,是那里水响?"行者道:"我记得此处叫做蛇盘山鹰愁涧,想必是涧里水响。"说不了,马到涧边,三藏正勒缰观看,只见那涧当中嗯喇响一声,钻出一条龙来,推波掀浪,撺出崖上就抢长老。慌得个行者丢了行李,把师父抱下马来,回头便走。那条龙就赶不上,把他的白马连鞍辔一口吞下肚去,依然伏水潜踪。行者把师父送在那高阜上坐了,却来牵马挑担,止存得一担行李,不见了马匹。他将行李送到师父面前道:"师父,那业龙不见踪影,只是惊走我的马了,等我去看来。"他打个嗯哨,跳在空中,火眼金睛,用手搭凉篷四下里观看,更不见马的踪迹。按落云头报道:"师父,我们的马断乎是那龙吃了,四下里再看不见。"三藏道:"那厮能有多大口,却将那匹大马连鞍辔都吃了?想是惊走在那山凹之中,你再仔细看看。"行者道:"你不知我这双眼,白日里常看一千里路的吉凶。相那千里之内,蜻蜓儿展翅我也看见,何况那匹大马?"三藏道:"既是他吃了,我如何前进!可怜啊!这万水千山,怎生走得!"说着话,泪如雨落。行者见他哭将起来,他就忍不住,暴躁发喊道:"师父,莫要这等脓包形么!你且坐着!等老孙去寻着那厮,教他还我马匹便了。"三藏却又扯住道:"徒弟啊,你去寻他,只怕他暗地里撺将出来,连我都害了,那时节人马两亡,怎生是好!"行者闻得这话,越发叫喊如雷道:"你忒不济!不济!又要马骑,又不放我去,似这般看着行李坐到老罢!"

正狠狠的吆喝,只听得空中有人叫道:"孙大圣莫恼,唐御弟休哭。我等是观音菩萨差来的一路神祇,特来暗中保取经者。"那长老闻言,慌忙礼拜。行者道:"你等是那几个?可报名来,我好点卯。"

众神道："我等是六丁六甲、四值功曹、护驾伽蓝，各各轮流值日听候。"行者道："如今且留下六丁神将，四值功曹保守着我师父。等老孙寻着业龙，教他还我马来。"众神遵令。三藏才放下心坐在石崖之上，那猴王抖擞精神，半云半雾的，在那水面上高叫道："泼泥鳅，还我马来！还我马来！"

却说那龙吃了三藏的白马，伏在那涧底，潜灵养性。只听得有人叫骂，他按不住心中火发，急纵身跃浪翻波，跳将上来道："是那个敢在那里海口伤吾？"行者见了他，大咤一声："休走！还我马来！"轮着棍劈头就打。那条龙张牙舞爪来抓。他两个在涧边来来往往，争斗多时，那条龙力软觔麻，不能抵敌，打一个转身，又撺于水内，深潜涧底，再不出头，被猴王恶言骂詈，他也只推耳聋。

行者没计奈何，只得回三藏。三藏道："你前日曾说有降龙伏虎的手段，这条龙如何便不能降他？"原来那猴子吃不得人急他，见三藏抢白了他这一句，他就发起神威道："不要说！不要说！等我与他再见个上下！"

这猴王拽开步，跳到涧边，使出那翻江搅海的神通，把一条鹰愁涧彻底澄清的水，搅得似那九曲黄河。那业龙在水底坐卧不宁，咬着牙跳将出去，骂道："你是那里来的泼魔，这等欺我！"行者道："你莫管我那里不那里，你只还了马，我就饶你性命！"那龙道："你的马已是我吞下肚去，不还你便待怎的？"行者道："不还马时，只打杀你，偿了我马的性命便罢！"他两个又在那山崖下苦斗。斗不数合，小龙委实难搪，将身一幌，变作一条水蛇儿，钻入草窠中去了。

猴王拿着棍，拨草寻蛇，并无踪影。急得他三尸神咋，七窍烟生，念了一声"唵"字咒语，即唤出当坊土地、本处山神，一跪下来见。行者道："伸过孤拐来，先打五棍见面，与老孙散散心！"二神叩头哀告道："望大圣方便，大圣一向久困，小圣不知几时出来，所以不曾接得，万望恕罪。"行者道："我且不打你。我问你：这涧里是那方来的怪龙？他怎么抢了我师父的马吃了？"二神道："大圣自来是个不伏天不伏地混元上真，几时有甚么师父来？"行者道："你等是也不知。我只因观音菩萨劝善，跟唐僧做了徒弟，往西天去拜佛求经。路过此处，被这业龙吃了我师父的马。”二神道：“原来如此。这涧中自来无邪，只是深陡宽阔，彻底澄清，鸦鹊飞过，照见自己的形影，每每认做同群之鸟，将身误投水内，故名鹰愁陡涧。向年观音菩萨因为寻取经人去，救了一条业龙，送他在此，教他等候那取经人，不许为非作歹，不知他今日怎么冲撞了大圣。”行者道：“他方才变做一条水蛇，钻在草里。为何寻他不见？”土地道：“这条涧千万个孔窍相通，想是他钻下孔里去也。大圣不须发怒，要擒此物，只消请将观世音来，自然伏了。”行者见说，唤山神、土地同见三藏，具言前事。三藏道：“若要去请菩萨，几时才得回来？我贫僧饥寒怎忍！”说不了，只听得空中有金头揭谛叫道：“大圣不须动身，小神去请菩萨来也。”行者大喜。

那揭谛一驾云，到了南海，直至落伽山紫竹林中，见了菩萨，备述前因。菩萨即降莲台，与揭谛驾着祥光，过海而来。不多时到了蛇盘山。低头观看。只见孙行者正在涧边叫骂。菩萨着揭谛唤他来。行者闻得，急纵云跳到空中，对他大叫道：“你这个七佛之师，慈悲的教主！你怎么生方法儿害我！”菩萨道：“你这大胆的马流，我倒再三尽意，度得个取经人来救你，你怎么不来谢我活命之恩，反来与我嚷闹？”行者道：“你弄得我好哩！你既放我出来，教我尽心竭力伏侍唐僧便罢了。你怎么送他一顶花帽，哄我戴着，把这个箍子长在老孙头上，又教他念甚么《紧箍儿咒》，教我这头上疼了又疼，这不是你害我也？”菩萨笑道：“你这猴子！不遵教令，不受正果，若不如此拘系你，你又诳上欺天，再似从前撞出祸来，有谁收管？须是得这个魔头，你才肯入我瑜伽之门路哩！”行者说：“这桩事，作做是我的魔头罢，你怎么又把那业龙送在此处成精，教他吃了我师父的马匹？此又是纵放歹人为恶也。”菩萨道：“那条龙，是我亲奏玉帝，讨他在此，专为取经人做个脚力。你想那东土凡马，怎历得万水千山，到得灵山佛地？须是得这个龙马，方才去得。”行者道：“像他这般潜躲不出，如之奈何？”菩萨叫揭谛道：“你去涧边叫一声玉龙三太子，有南海菩萨在此，他就出来了。”那揭谛果去涧边叫了两遍。那小龙翻波跳浪，跳出水来，变作一个人相，到空中对菩萨礼拜道：“向蒙菩萨活命之恩，在此久等，更不闻取经人的音信。”菩萨指着行者道：“这不是取经人的大徒弟?”小龙道:“菩萨,这是我的对头。我昨日腹中饥馁,果然吃了他的马匹。他恃强打骂,更不曾提着一个取经的字样。”行者道:“你又不曾问我姓名,我怎么就说?”小龙道:“我不曾问你是那里来的泼魔?你嚷道:‘管甚么那里不那里,只还我马来!’何曾说出半个唐字!”菩萨道:“那猴头专倚自强,那肯称赞别人?今番前去,还有归顺的哩,若问时,先提起取经的字来,却也不用劳心,自然拱伏。”行者欢喜领教。菩萨上前,把那小龙的项下明珠摘了,将杨柳枝蘸出甘露,往他身上一拂,吹口仙气叫:“变!”即变做他原来的马匹毛片,又分付道:“你须用心了还业障,功成后超越凡龙,还你个金身正果。”那小龙心心领诺。菩萨教悟空领他去见三藏,“我回去也”。行者扯住菩萨道:“我不去了!西方路这等崎岖,保这个凡僧,几时得到?似这等多磨多折,老孙的性命也难全,如何成得甚么正果!”菩萨道:“你当年未成人道,且肯尽心修悟;你今日脱了天灾,怎么倒生懒惰?我门中以寂灭成真,须是要信心正果。万一到了那伤身苦磨之处,许你叫天天应,叫地地灵。你过来,我再赠你一般本事。”菩萨将杨柳叶儿摘下三叶,放在行者的脑后,喝声:“变!”即变做三根救命的毫毛,教他:“若到那无济无主的时节,可以随机应变,救得你危急之灾。”

行者闻了这许多好言,才谢了菩萨。按落云头,揪着龙马,来见三藏。三藏大喜道:“这马怎么比前反肥盛了些?在何处寻着的?”行者道:“师父,你还做梦哩!却才是金头揭谛请了菩萨来,把那涧里的龙化作此马。着老孙揪将来也。”三藏即撮土焚香,望南拜罢,与行者收拾前进。行者发放了诸神,请师父跨了划马。自己挑着行囊,到了涧边。正要骑马下水,只见那上溜头一个渔翁,撑着一个枯木筏子,顺流而下。行者连忙用手招呼。渔翁即使撑拢。行者请师父上了筏子,安了行李、马匹。那渔翁撑开筏子,如风似箭,不觉的过了鹰愁陡涧,上了西岸。三藏教行者取钱送他。渔翁不要。向中流渺渺茫茫而去。三藏只管合掌称谢。行者道:“师父。你不认得他?他是此涧中水神。理宜接应,怎敢要钱!”三藏便跨马上路,奔西而去。这正是:广大真如登彼岸,诚心了性上灵山。不觉的红日沉西,天光渐晚,但见:孤鸟去时苍渚阔,落霞明处远山低。远望见路旁一座庙宇。

三藏到门下马,只见那门上有三个大字,乃里社祠,遂入门里。有一个老者,顶挂数珠,合掌来迎,教声"师父请坐"。三藏慌忙答礼,问道:"此庙何为里社?"老者道:"敝处系西番哈咇国界,此祠乃一方里地所奉土谷之神也。敢问师父仙乡是何处?"三藏道:"贫僧是东土大唐国,奉旨上西天拜佛求经者。路过宝坊,告宿一宵,天光即行。"那老者即办斋相待。斋罢,出门闲步。老者看见门首系着一匹好马,却无鞍辔,问其缘由,行者备细说了。老者便道:"恰好,恰好,我老汉倒有一副现成鞍辔,明日取来奉送。"到次早起身,只见那老儿果擎着一副鞍辔和衬屉缰笼之类,一切全备,送与三藏。三藏欢喜领谢,教行者鞴在马上,就似量着做的一般。三藏出门,攀鞍上马。那老儿又在袖中取出一根香藤柄,虎觔结的鞭儿奉送。三藏在马上接了道:"多承布施!"行不数步,回头看时,却早不见了那老儿,连那社祠也是一片光地。只听得半空中有人言语道:"圣僧,多简慢你。我是落伽山山神、土地,蒙菩萨差送鞍辔与你的。你可努力西行,却莫怠惰。"慌得个三藏滚鞍下马,望空礼拜,拜罢,才策马投西而去。

行有两个月太平之路,相遇的都是些猡猡、回回,狼虫虎豹。光阴迅速,又值早春时候,但见山林铺翠色,草木发青芽;梅英落尽,柳眼初开。师徒们行玩春光,又见太阳西坠。三藏勒马遥观,山凹里有楼台影影,殿阁沉沉。叫行者道:"你看那里是甚么去处?"行者抬头看了道:"不是殿宇,定是寺院。我们那里借宿去。"三藏欣然放开龙马,径奔前来。毕竟不知甚么去处,且听下回分解。

第十六回　观音院僧谋宝贝　黑风山怪窃袈裟

却说他师徒两个前来，果然见一座寺院。长老下马进门，只见那门里走出一众僧来。三藏见了，侍立问讯，那和尚连忙答礼，问了三藏来历，便道："请进，请进。"三藏方唤行者牵马进去。那和尚猛见行者，便问："那牵马的是个甚么东西?"三藏道："师父低声，他的性急，若听见你说是甚么东西，他就恼了。他是我的徒弟。"那和尚咬指道："有这般一个丑徒弟?"三藏道："师父不知，丑自丑，甚是有用。"那和尚同三藏、行者进了山门。又见那正殿上书四个大字，是观音禅院。三藏大喜，即登殿望金像叩头。那和尚便去打鼓，行者就去撞钟。三藏拜罢，和尚住了鼓，行者还只管撞钟不歇，和尚道："拜已毕了，还撞怎么?"行者笑道："你那里晓得，我是做一日和尚撞一日钟的。"此时却惊动那合寺僧众，听得钟声乱响，一齐拥出道："那个野人在这里乱敲钟鼓?"行者跳将出来，咄的一声道："是你孙外公撞了耍子的！"那些和尚见了，唬得跌跌滚滚，都爬在地下道："雷公爷爷！"行者道："雷公是我的重孙儿哩！起来起来，不要怕，我们是东土大唐来的老爷。"众僧见了三藏，都才放心礼拜。内有本寺院主请到方丈中奉茶。献斋已毕，只见后面两个小童，搀着一个老僧出来。众僧道："师祖来了。"三藏躬身施礼。那老僧还了礼道："适间闻说东土唐朝来的老爷，我才出来奉见。敢问老爷东土到此，有多少路程?"三藏道："出长安边界有五千余里；过了两界山，经历西番哈咇国界，又有五六千里，才到了贵处。"老僧道："也有万里之遥了。我弟子虚度一生，诚所谓坐井观天之辈。"三藏问："老院主高寿几何?"老僧道："痴长二百七十岁了。"行者在旁道："这还是我万代孙儿哩！"三藏瞅了他一眼，行者便不则声。须臾，有一个小行童，拿出一个羊脂玉的盘儿，三个法蓝镶金茶钟；又一童提一把白铜壶儿，斟了三杯香茶。三藏见了夸奖不尽道："好物件！"那老僧道："污眼污眼！这般器具,何足过奖？老爷自上邦来,可有甚么宝贝借与弟子一观?”三藏道:“可怜我那东土无甚宝贝,就有也不能带来。”

行者道:“师父,我前日见包袱里那领袈裟,可不是件宝贝？拿与他看看如何?”众僧听说袈裟,一个个冷笑。行者道:“你笑怎的?”院主道:“老爷才说袈裟是件宝贝。若说袈裟,似我等身边,不止二三十件;若我师祖,足足有七八百件!”叫拿出来看看。那老和尚也是他一时卖弄,叫道人就抬出十二柜,放在天井中,两边设下衣架绳子,将袈裟一件件抖开挂起,请三藏观看。果然是满堂绮绣,四壁绫罗！都是些穿花纳锦,刺绣销金之物,行者看罢,笑道:“好,好,好,请收起！把我们的也取出来看看。”三藏把行者扯住,悄悄的道:“徒弟,莫要与人斗富。你我是单身在外,只恐有错。古人云珍奇玩好之物,不可使见贪婪奸骗之人。一经入目,必动其心;既动其心,必生其计。诚恐有意外之祸。”行者道:“放心放心！都在老孙身上!”你看他不由分说,急急去取来,尚有两层油纸裹定,早有霞光迸射。及去了纸,取出袈裟抖开时,红光满室,彩气盈庭。众僧见了,无一个不惊心吐舌。

那老和尚见了这般宝贝,果然动了奸心,上前对三藏跪下,眼中垂泪道:“我弟子真是没缘!”三藏搀起道:“老院主有何话说?”他道:“老爷这件宝贝,方才展开,天色晚了,奈何眼目昏花,看不明白,岂不是无缘！老爷若是宽恩,容弟子拿到后房,细细的看一夜,明早送还,不知尊意何如?”三藏听说,吃了一惊,埋怨行者道:“都是你！都是你!”行者笑道:“怕他怎的？等他拿去。但有疏虞,尽是老孙包管。”他即把袈裟递与老僧,老僧喜喜欢欢,拿了进去,分付众僧,将前面禅堂扫净,请二位老爷安歇。师徒们关门睡下不题。

却说那和尚把袈裟拿在后房灯下,对袈裟号啕痛哭,众僧上前问故。老僧道:“我哭无缘,看不得唐僧宝贝!”众僧道:“他的袈裟,现在你面前,你只管解开看不是。”老僧道:“看的不长久。我今年二百七十岁,空挣了几百件袈裟,怎么得有他这一件？若教我穿得一日儿,就死也闭眼。”众僧道:“你要穿他的,有何难处？我们留他住一日,你就穿一日,留他住十日,你就穿他十日便罢了。何苦这般痛哭?”老僧道:“纵然留他住了年把,他要去时,只得与他去,怎得长远?”

正说话处,有一个小和尚,名唤广智,出头道:“公公,要长远也容易。”老僧闻言,就欢喜起来道:“我儿,你有甚么高见?”广智道:“那唐僧两个是走路辛苦的人,如今已睡熟了。我们着几个拿了枪刀,打开禅堂,将他杀了,又谋了他的白马、行囊,却把那袈裟留下,岂非子孙长久之计耶?”老和尚见说,满心欢喜,却才揩了眼泪道:“好!好!好!此计绝妙!”即便收拾枪刀。

内中又有一个小和尚,名唤广谋,上前道:“此计不妙。若要杀他,须要看看动静。那个白脸的似易,那个毛脸的似难。万一杀他不得,却不反招己祸?我有一个不动刀枪之法,如今唤聚东山大小房头,每人要干柴一束,舍了那三间禅堂,放起火来,连人连马一火焚之。就是外面人家看见,只说是他自不小心,走了火,将我禅堂都烧了。袈裟岂不是我们传家之宝?”那些和尚闻言都道:“强!强!强!此计更妙!更妙!”遂教各房头搬柴来。安排放火不题。

却说三藏师徒,安歇已定。那行者却是个灵猴,虽然睡下,只是存神炼气。忽听得外面揸揸的柴响风生,他心中疑惑,就一骨鲁跳起,恐怕开门醒师父。你看他摇身一变,变做一个蜜蜂儿,从窗楞中钻出,看得分明。原来那些和尚们正围住禅堂放火哩。行者暗笑道:“果中我师父之言,他要谋我的袈裟,故起这等毒心。我待要打他啊,可怜又一顿棍都打死了,师父又怪我行凶。罢,罢,罢!与他个顺手牵羊,将计就计罢!”好行者,一觔斗径跳上南天门里,唬得个庞、刘、苟、毕躬身,马、赵、温、关控背,都道:“不好了!不好了!那闹天宫的主子又来了!”行者摇着手道:“列位休惊,我来寻广目天王的。”说不了,却遇天王蚤到,迎着行者施礼,行者道:“且休叙阔。唐僧路遇歹人,放火烧他,事在万分紧急,特来寻你借辟火罩儿救他一救。即刻返上。”天王道:“歹人放火,只该借水救他,如何要辟火罩?”行者道:“你那里晓得就里。借水救之,却烧不起来,倒便应了他;只是借此罩护住了唐僧,其余尽他烧去,快些快些!莫误我事!”天王笑道:“这猴子还是这等心肠,只顾了自家,就不管别人。”遂将罩儿递与行者。

行者拿了，按着云头，径到禅堂房脊上，罩住了唐僧与白马、行李，他却去那后面老和尚的方丈房上头坐着，保护袈裟。眼看着那些人放起火来，他转捻诀念咒，望巽地上吸一口气吹将去，一阵风起，把那火转刮得烘烘乱着。正是星星之火，能烧万顷之田。须臾间风狂火盛，把一座观音院处处通红。你看那众和尚搬箱抬笼，抢桌端锅，满院里叫苦连天。

其时火光四射，不期惊动了一兽怪。这观音院正南有个黑风洞，洞中有个妖精，正在睡醒翻身，只见那窗间透亮。起来看时，却是正北下的火光，妖精大诧道："呀！这必是观音院里失了火！我与他救一救来。"他纵起云头，径至烟火之下，只见那后房无火，房脊上有一人呼风。急入里面看时，见那方丈中间案上，有一个青毡包袱，无数霞光瑞彩。他解开一看，见是一领锦襕袈裟，乃佛门之异宝。正是财动人心，他也不救火，拿着那袈裟，趁哄打劫，径转山洞而去。那场火只烧到五更天明，方才灭息。你看那众僧们都啼啼哭哭，叫冤叫苦不题。

却说行者取了辟火罩，一觔斗送上南天门，交与广目天王。又见那太阳星上，径来到禅堂前，仍旧变做个蜜蜂儿飞将进去，现了本相，唤醒师父起来。三藏穿衣服开门看时，只见些倒壁红墙，不见了楼台殿宇，大惊道："呀！这是怎的？"行者道："你还做梦哩！今夜走了火的。"三藏道："我怎不知？"行者道："是老孙护了禅堂，不曾惊动师父。"三藏道："你有本事护了禅堂，如何就不救别房之火？"行者笑道："好教师父得知，果然依你昨日之言，他爱上我们的袈裟，算计要烧杀我们。若不是老孙知觉，到如今皆成灰烬矣！老孙见他心毒，不曾与他救火，只与他略略助些风的。"三藏道："火起时，只该助水，怎转助风？"行者道："古人云，人无害虎心，虎无伤人意。他不弄火，我怎肯弄风？"三藏道："袈裟敢莫也烧坏了？"行者道："没事！没事！烧不坏！那放袈裟的方丈无火。我们快去寻他讨来。"三藏就牵着马，行者挑了担，出了禅堂，径往后方丈去。

那些和尚正悲切间，忽的看见他师徒走来，唬得一个个魂飞魄散道："冤魂索命来了！"一齐跪倒叩头道："爷爷呀！冤有冤家，债有债主。不干我们事，都是广谋与老和尚设计害你的，莫问我们讨命。"行者咄的一声道："你这些该死的畜生！那个问你讨甚么命！快拿袈裟来还我走路！"其间有两个胆大的和尚道："老爷，你们在禅堂里已烧死了，如今又来讨袈裟，端的还是人是鬼？"行者笑道："那里有甚么火来？你去前面看看。"众僧们爬起来往前观看，那禅堂的门窗槅扇，更不曾燎灼了半分。众人悚惧，才认得三藏是位神僧，行者是尊护法，一齐抢入方丈里叫道："公公！唐僧乃是神人，未曾烧死，如今反送了自己家当！趁早拿出袈裟，还他去也。"

原来这老和尚寻不见袈裟，又烧了本寺的房屋，正在万分恼恨之处，一闻此言，怎敢答应？寻思进退无门，拽开步，往那墙上着实撞了一头，只撞得脑破血流，咽喉气断！诗曰：堪嗟老衲性愚蒙，计夺袈裟用火攻。广智广谋成甚用？损人利己一场空　众僧哭道："师公已撞杀了，又不见袈裟，怎生是好？"行者道："想是汝等盗藏起也！"便将合寺大小僧众，一一从头搜检，又将那各房头搬抢出去的箱笼物件，逐一细搜，那有袈裟踪迹。三藏心中烦恼，懊恨行者不尽，却坐在上面念动《紧箍儿咒》。行者扑的跌倒在地，抱着头只教："莫念！莫念！管寻还了袈裟！"那众僧一齐跪下劝解，三藏才住了口。行者一骨都跳起来，掣出铁棒，要打那些和尚，三藏喝住道："这猴头！你头疼不怕，还要无礼？休动手伤人！再与我审问一问！"众僧磕头哀告道："老爷饶命！我等委实的不曾看见。这都是那老死鬼的不是。他昨晚设计要烧杀老爷。自火起之后，各人只顾救火搬抢物件，更不知袈裟去向。"

行者大怒，走进方丈，把那尸首选剥了细看，浑身更无那件宝贝，就把个方丈掘地三尺，也无踪影。行者忖量半晌，问道："你这里可有甚么妖怪成精么？"院主道："我这里正南有座黑风山黑风洞，洞里有一个黑大王。我这老死鬼常与他讲道，只他便是个妖精。"行者道："那山离此多远？"院主道："只有二十里，那望见山头的就是。"行者笑道："师父，不消讲了，一定是那黑怪偷去无疑。等老孙去寻他一寻。"即唤众和尚分付道："汝等好好伏侍我师父，看守我白马！"假有一毫儿差了,我打个样棍与你们看看!”他掣出棍子,照那火烧的砖墙扑的一下,就打倒了有七八层墙。众僧见了,个个骨软身麻。行者急纵觔斗云,径上黑风山。毕竟此去如何,且听下回分解。

第十七回　孙行者大闹黑风山　观世音收伏熊罴怪

话说孙行者一觔斗跳将起去，唬得那观音院大小僧众一个个朝天礼拜道："爷爷呀！原来是腾云驾雾的神圣下界，怪道火不能伤！恨我那个不识人的老剥皮，使心用心，今日反害了自己！"三藏道："列位请起，不须恨了。这去寻着袈裟，万事皆休。但恐找寻不着，我那徒弟性子有些不好，汝等性命不知如何也。"众僧闻言，一个个告天许愿，只愿寻得袈裟不题。

却说大圣到空中，把腰儿扭了一扭，早来到黑风山上。住了云头细看，果然是座好山。况正值春光时节，但见：万壑争流，千崖竞秀。鸟啼人不见，花落树犹香。行者正观山景，忽听得芳草坡前有人言语。他闪在那石崖之下，偷睛观看。原来是三个妖魔，席地而坐，上首的是一条黑汉，左首下是一个道人，右首下是一个白衣秀士，都讲的是立鼎安炉，抟砂炼汞，白雪黄芽，傍门外道。正说中间，那黑汉笑道："后日是我母难之日，二公可光顾光顾？"白衣秀士道："年年与大王上寿，今年岂有不来之理？"黑汉道："我夜来得了一件宝贝，名唤锦襕佛衣，诚然是件好物。我明日就大开筵宴，庆贺佛衣，就称为佛衣会如何？"道人笑道："妙！妙！我明日先来拜寿，后日再来赴宴。"行者闻得，就忍不住跳出石崖，举棒高叫道："好贼怪！你偷了我的袈裟，要做甚么佛衣会！趁早儿将来还我！"喝声："休走！"轮棒就打。慌得那黑汉化风而逃，道人驾云而走，只把个白衣秀士一棒打死，却是一条白花蛇怪。

行者径入山寻那黑汉。转过尖峰峻岭，又见那壁陡崖前耸出一座洞府，两扇石门紧闭，门上有一横石板，明书着"黑风山黑风洞"，即便轮棒高叫道："作死的业畜！快送袈裟出来！"小妖急报黑汉道："大王！佛衣会做不成了！门外有一个毛脸雷公嘴的和尚，来讨袈裟哩！"那黑汉教取披挂！结束了，绰一杆黑缨枪，走出门来高叫道：

“你是那寺里和尚,你的袈裟在那里失落了,敢来我这里索取?”行者道:“我的袈裟在观音院后方丈里放着。只因那院里失了火,你这厮,趁哄盗来,要做佛衣会庆寿,怎敢抵赖?快快还我,饶你性命!”那怪闻言,呵呵冷笑道:“你这个泼物!原来昨夜那火就是你放的!你在那屋上行凶呼风,是我把一件袈裟拿来了,你待怎么!你姓甚名谁?有多大手段,敢那等海口浪言!”行者道:“是你也认不得你老外公哩!你老外公乃大唐御弟三藏法师之徒弟孙行者。若问老孙的手段,说出来教你魂飞魄散!”那怪道:“你试说来我听。”行者笑道:“我儿子站稳着,仔细听着!我自小神通手段高,随风变化逞英豪。花果山前为帅首,水帘洞里挂黄袍。玉皇大帝传宣诏,封我齐天极品僚。几番大闹灵霄殿,三十三天打一遭。五行山压五百载,今保唐僧不惮劳。你去乾坤四海问一问,我是历代驰名第一妖!”

那怪闻言笑道:“你原来是那闹天宫的弼马温么?”行者最恼的是“弼马温”三字,心中大怒,轮起棒劈头就打。那黑汉缠长枪劈手来迎。两家斗了十数回合,不分胜负。渐渐红日当午,那黑汉举枪架住铁棒道:“孙行者,且等我进了膳来,再与你赌斗。”虚幌一枪,翻身入洞,关了石门,且安排筵宴,写帖邀请各魔庆会。

行者攻门不开,也只得回观音院。见了三藏。将黑汉之事说了一遍。那院主早又整治素供,请孙老爷吃斋。行者吃了些须,复驾云又到山上。正行间,只见一个小怪,左胁下夹着一个花梨木匣儿,从大路而来。行者举起棒,劈头一下,就打得似个肉饼一般,拖在路旁,揭开匣儿观看,果然是一封请帖。帖上写着:“侍生熊罴顿首拜,启上大阐金池老上人丹房:屡承佳惠,感激渊深。夜观回禄之难,有失救护,谅仙机必无他害。生偶得佛衣一件,欲作雅会,谨具花酌,奉扳清赏。至期千乞仙驾过临一叙是荷。先二日具。”行者见了,呵呵大笑道:“这斯名唤熊罴,必定是个黑熊成精。那个老剥皮,死得他一毫儿也不亏!他原来与妖精结友!怪道他也活了二百七十岁。想是传得些甚么服气的小法儿,故有此寿。等我就变做他模样,到洞里走走。倘或看见袈裟,趁便拿回,岂不省力。”

好大圣,念动咒语,迎风一变,果然就像那老和尚一般,径来洞口叫门。那小妖开门见了,急转身报道:“大王,金池长老来了。”那怪沉吟道:“刚才差了小的去,如何来得这等迅速?莫非孙行者叫他来讨袈裟的。管事的,可把佛衣藏了,莫教他看见。”行者进了洞门,但见那天井中松篁交翠,桃李争妍,却也是个洞天之处。那二门上有一联对子,写着:静隐深山无俗虑,幽居仙洞乐天真。行者暗道:“这厮也是个脱垢离尘的怪物。”进到三层门里,都是些画栋雕梁,明窗彩户。那黑汉子见行者进来,整顿衣巾,降阶迎接道:“老师连日少候。适有小简奉邀后日一叙,何期今日就下顾也?”行者道:“正来进拜,不期路遇华翰,见有佛衣雅会,故此急急奔来,愿求见见。”

正讲处,只见有一个巡山的小妖来报道:“大王!下请书的小校,被孙行者打死,他绰着经儿,变化做金池长老来骗佛衣也!”那怪闻言,急纵身拿枪就刺行者。行者急掣出棍,现了本相,架住枪尖,就在天井中,斗到洞口,从洞口打上山头,自山头杀在云外,只斗到红日沉西,不分胜败。那怪道:“姓孙的,你且住了手。今日天色已晚,待明早来与你定个死活。”随即又化阵清风回洞,紧闭石门不出。

行者无计奈何,只得也回观音院里,见了师父。又将上项事说了一遍,晚间且在禅堂安歇。待到窗外透白,行者一骨鲁跳将起来,分付众僧:“好好伏侍我师父,老孙去也。”三藏下床扯住道:“你往那里去?”行者道:“我想这桩事都是观音菩萨没理,他有个禅院在此,受了这里人家香火,又容那妖精邻住。我去南海寻他,与他讲一讲,教他亲来问妖精讨袈裟还我。”三藏道:“你这去,几时回来?”行者道:“少则饭罢,多则晌午,定见成功。”道罢,说声“去也”,早已无踪。

须臾间,到了南海,停云观看,但见那:水势汪洋,山峰高耸,中间有千般瑞草,百样奇花。绿杨影里语鹦哥,紫竹林中啼孔雀。这行者观不尽那异景非常,径到紫竹林中。宝莲台下,拜见了菩萨。菩萨道:“你来何干?”行者道:“都是你有一个甚么禅院,在西方路上,你受了人间香火,容一个黑熊精在那里邻住,着他偷了我师父袈裟,屡次取讨不与,今特来问你要的。”菩萨道:“这泼猴说话无状!既是熊精偷了你的袈裟,你怎来问我取讨?都是你这个业猴大胆,将宝贝卖弄,与小人看见,你却又行凶,唤风发火,烧了我的留云下院,反来我处放刁!”行者见菩萨说出根脚,慌忙礼拜道:“菩萨,乞恕弟子之罪,果是这般这等。但恨那怪物不肯与我袈裟,师父又要念那话儿咒,老孙忍不得头疼,故此来拜烦菩萨。望菩萨慈悲慈悲。”菩萨道:“也罢,我看唐僧面上,和你去走一遭。”遂同驾祥云,早到黑风山上,按落云头。

正行处,只见那山坡前一个道人,手拿着一个玻璃盘儿,盘内安着两粒仙丹,往前正走,被行者撞个满怀,掣出棒,就照头一下打死。菩萨大惊道:“你这个泼猴,他又不曾偷你袈裟,你怎么平白就将他打死?”行者道:“菩萨不知。他就是那熊精的朋友。后日是此精的生日,请他们来庆佛衣会。今日他先来拜寿也。”说罢,把那道人提起来看,原来是一只苍狼。那个盘儿底下却刻着四个字,是“凌虚子制”。行者见了,笑道:“造化!造化!老孙倒有一计,不知菩萨可肯依我?”菩萨道:“你说。”行者道:“这盘上刻着凌虚子制,想这道人就叫做凌虚子。菩萨,你若依我时,可就变做这个道人,他这盘里两粒仙丹,我将他吃了,另变上一粒,你就捧了这个盘去,与那妖上寿,把这丹与他吃了下肚,老孙便于中取事,他若不肯献出佛衣,老孙将他板肠就也织将一件出来。”

菩萨笑笑儿,便也点头依从。尔时以心会意,以意会身,恍惚之间,已变作凌虚仙子。但见:鹤氅仙风飒,飘飘欲步虚。苍颜松柏老,秀色古今无。去去还无住,如如自有殊。总来归一法,只是隔邪躯。行者看道:“妙阿!妙阿!还是妖精菩萨,还是菩萨妖精?”菩萨笑道:“悟空,菩萨、妖精,总是一念。若论本来,皆属无有。”行者心下顿悟,转身却就变做一粒仙丹。正是:无定盘中走,圆明未有方。三三勾漏合,六六玉炉藏。瓦铄黄金焰,牟尼白昼光。外边铅与汞,未许漫商量。菩萨捧了那个玻璃盘儿,径到妖洞门口看时,果然是丹崖碧涧,翠柏苍松。菩萨看了,心中暗喜道:“这业畜占了这座山洞,却是也有些道分。”因此心中已有个慈悲之念。

走到洞口,只见小妖都道:“凌虚仙长来了。”忙入传报。那妖便将菩萨迎入,坐定道:“凌虚,有劳仙驾珍顾,蓬荜有光。”菩萨道:“小道敬献一粒仙丹,与大王称寿。”即将丹盘捧上道:“愿大王千岁!”那妖竟不推辞，拈入口中，才待要咽，那颗丹丸蚤一直滚下。行者在肚里现了本相，理起四平，乱打乱踢，那妖滚倒在地。连声哀告，乞饶性命。菩萨亦现了本相道："业畜若要性命，快将袈裟出来。"那妖便忙叫小妖取出。行者蚤已从鼻孔中出去，取了袈裟在手。

菩萨又怕那妖无礼，却把一个箍儿丢在他头上。那妖爬得起来，提枪就要刺行者。菩萨起在空中，将《真言》念起。那怪却又头疼，丢了枪满地乱滚。菩萨道："业畜！你如今可皈依么？"那怪满口道："情愿皈依，只望饶命！"行者意欲打死，菩萨止住道："休伤他命，我有用他处哩。"行者道："何处用他？"菩萨道："我那落伽山后，无人看管，我要带他去做个守山大神。"行者笑道："诚然是个救苦慈尊，一灵不损。"那怪苏醒过来，朝着菩萨只顾磕头礼拜，愿皈正果。菩萨方坠落祥光，又与他摩顶受戒，教他执了长枪，跟随左右。那黑熊方才是一片野心今日定，无穷顽性此时收。菩萨分付："悟空，拿了袈裟回去，好生伏侍唐僧，以后再休卖弄惹事。"行者便捧着袈裟，叩头而别。菩萨亦带了熊罴，径回南海。要知向后事情，且听下回分解。

第十八回 观音院唐僧脱难 高老庄行者降魔

却说行者得了袈裟驾祥云回到观音院见了三藏,将菩萨收妖之事说了一遍。三藏大喜,望空拜谢。众僧亦皆欢喜放心。大家还愿散福,整顿美斋,盛款唐僧师徒。次蚤方收拾马匹、行囊出门,众僧远送方回,行者引路而去。

正是那春融时节,师徒们行了五七日荒路,忽一日天色将晚,远望见一村人家。三藏道:"悟空,那壁厢有座山庄,我们好去告宿。"行者定睛观看,真个是:竹篱密密,茅屋重重。绿树绕门,清溪映户。食饱鸡豚眠屋角,醉酣邻叟唱歌来。行者道:"师父,果是一村好人家。"那长老催动白马,早到街口。只见一个少年,持伞背包,敛裩扎裤,脚踏着草鞋,雄赳赳的出街忙走。行者顺手一把扯住道:"那里去?我问你,此间是甚么地方?"那个人只管苦挣,嚷道:"我庄上没人,只是我好问信?"行者陪着笑道:"施主莫恼,与人方便,自己方便。你就与我说说地名何害?我也可解得你的烦恼。"那人挣不脱手,气得乱跳道:"蹭蹬!家长的屈气受不了,又撞着这个光头,受他的清气!"行者道:"你有本事,劈开我的手,你就去了也罢。"那人左扭右扭,那里扭得动,气得他丢了包伞,两只手雨点般来抓行者。行者愈加不放,急得爆燥如雷。三藏道:"悟空,那里不有人来了?你再问那个罢,只管扯住他怎的?"行者笑道:"师父,若是问了别人没趣,须是问他,才有买卖。"那人被行者扯不过,只得说道:"此处乃是乌斯藏国界之地,叫做高老庄。你放我去罢。"行者道:"你这样行装,不是个走近路的。你实对我说,要往那里去,干甚么事,我才放你。"这人无奈,只得又实告道:"我是高太公的家人,名叫高才。我那太公有一个女儿,年方二十岁,不曾配人,三年前被一个妖精占了。整做了这三年女婿,我太公不悦,一向要退这妖精。那妖精转把女儿关在后宅,将有半年,再不放出与家内人相见。我太公与了我几两银子，教我寻访法师，拿那妖怪。我这些时不曾住脚，前前后后，请了有三四个人，都是不济的和尚，脓包的道士，降不得那妖精。刚才骂了我一场，说我不会干事，又教我再去请好法师降他。不期撞着你这个格喇星扯住，误了我走路，故此里外受气，我无奈才与你说此实情。你放我去罢。”行者闻言，呵呵笑道：“你好造化，造化，这才是凑四合六的勾当。你也不须远行，花费银子。我们不是那不济的和尚，脓包的道士，其实有些手段，惯会拿妖。这正是一来照顾郎中，二来医得眼好。烦你回去上复你那家主，说我们是东土驾下差来的御弟圣僧，往西天拜佛求经者，善能降妖缚怪。”高才道：“你莫哄我。我是一肚子气的人，你若没手段拿那妖精，却不又带累我受气？”行者道：“管教不误你事。你引我到你家去来。”那人也无计奈何，真个转步回家，领他师徒到于门首，自己径进中堂。

可可撞见高太公。太公骂道：“你那个蛮皮畜生，怎么不去寻人，又回来做甚？”高才道：“上告主人公得知，小人才行出街口，忽撞见两个和尚道是东土来的御弟圣僧，前往西天拜佛求经的。我被他扯住不放，没奈何遂将主人的事情与他说知。他却十分欢喜，要与我们拿那妖怪。如今现在门首哩。”太公道：“既是远来的和尚，怕不真有些手段。”即忙走出大门，笑语相迎，便叫：“二位长老，作揖了。”三藏急急还礼，行者却站着不动。那老者见他相貌凶丑，有几分害怕，叫高才道：“你这小厮却不弄杀我也？家里现有一个丑头怪脑的女婿打发不开，怎么又引这个雷公来害我？”行者道：“老高，你空长了许大年纪，还不省事！我老孙丑自丑，却有些本事，替你家擒了妖精，还了你女儿，便是好事，何必谆谆以相貌为言！”

高老见说，只得强打精神，请进坐定。问道：“适间小价说，二位长老是东土来的？”三藏道：“便是。贫僧奉朝命往西天拜佛求经，因过宝庄，特借一宿，明早便行。”高老道：“二位原是借宿的，怎么说会拿怪？”行者道：“因是借宿，顺便拿几个妖怪儿耍耍的。动问府上有多少妖怪？”高老道：“天哪！还吃得有多少哩！只这一个怪女婿，也被他磨慌了！”行者道：“你把那妖怪始末，说来我听。”高老道：“老拙不幸，不曾有子，止生三个女儿，长名香兰，次名玉兰，三名翠兰。那两个从小儿配与本庄人家，止有小的要招个养老女婿。不期三年前，有一个汉子，模样儿倒也精致，他说是福陵山上人家，姓猪，愿与人家做个女婿。我老拙就招了他。一进门时，倒也勤谨，谁知他会变嘴脸。”行者道：“怎么样变？”高老道：“初来时，是一条黑胖汉，后来就变做一个长嘴大耳朵的呆子，脑后又有一溜鬃毛，就像个猪的模样。食肠却又甚大，喜得还吃斋素，若再吃荤酒，老拙这些家产儿时早已罄净！”三藏道：“只因他做得，所以吃得。”高老道：“吃还是件小事，他如今又会弄风，云来雾去，走石飞砂，唬得我一家邻舍俱不得安生。又把那小女关在后宅子里，半年也不得见面，更不知死活如何。因此知他是个妖怪，要请个法师退他。”行者道：“这个何难？老儿你请放心，今夜管情与你拿住，教他离了你们如何？”高老道：“但得拿住他，就求与我除了根罢。”行者道：“容易，容易！”老儿十分欢喜，即教摆列斋供。斋罢将晚。行者道：“老高，你去请几个年高有德的老儿，陪我师父清叙，我好把那妖精拿来，对众取供，替你除了。”老儿一一如命。

行者却揝着铁棒，扯着高老，引他到后宅门首。那扇门却锁着。行者走上前一摸，原来是铜汁灌的锁。狠得他将金箍棒一捣，捣开门扇，里面却黑洞洞的。行者道：“老高，你叫你女儿一声，看他可在里面。”那老儿硬着胆叫声：“三姐姐！”只听得里边少气无力的应了一声道：“爹爹，我在这里哩。”行者闪金睛，向黑影里仔细看时，只见那女子云鬓蓬松，花容憔悴。他走来扯住高老，抱头大哭。行者道：“且莫哭！我问你，妖怪那里去了？”女子道：“他云来雾去，不知踪迹。这些时晓得父亲要祛退他，他常常防备，故此昏来朝去。”行者道：“不消说了，老儿，你带令爱往前边慢慢叙阔，让老孙在此等他。”那老高欢欢喜喜，把女儿带去。

行者却弄神通，摇身一变，变得就和那女子一般，独自个坐在房里等那妖精。不多时，一阵风来，真个是走石飞砂。风过处，只见半空里来了一个妖精，果然生得丑陋，黑脸短毛，长喙大耳。行者暗笑道：“原来是这个买卖！”他且睡在床上推病，口里哼哼的不绝。那怪不识真假，走进房，一把搂住就要亲嘴。行者即使个拿法，托着那怪的长嘴，漫头一料，扑的掼下床来。那怪爬起来，扶着床边道："姐姐，你怎么今日有些怪我？想是我来得迟了？"行者道："不怪！不怪！我因今日有些不自在，你可脱了衣服睡罢。"那怪不解其意，真个就去脱衣。行者跳起来坐在净桶上。那怪解衣上床。行者忽然叹口气，道声："造化低了！"那怪道："你恼怎的！造化怎么得低的？我自到你家，虽是吃了些茶饭，却我也曾替你家耕田耙地，创家立业。如今你身上穿戴的，四时花果，八节蔬菜，都是我挣来的，你还有那些儿不趁心处，这般短叹长吁，说甚么造化低了？"行者道："不是这等说。今日我的爹娘，隔着墙丢砖料瓦的，甚么样打我骂我哩。说我和你做了夫妻，你是他门下一个女婿，全没些儿礼体。这样个丑嘴脸的人，又会不得亲戚，又不知你端的是那里人家，姓甚名谁，败坏他清德，玷辱他门风，故此将我打骂，所以烦恼。"那怪道："我虽是有些儿丑陋，若要俊却也不难。我一来时曾与他讲过，他愿意方才招我，今日又说起这话！我家住在福陵山云栈洞。我以相貌为姓，故姓猪，官名叫做猪刚鬣。他若再来问你，你就以此话与他说便了。"

行者道："他要请法师来拿你哩。"那怪道："莫睬他！我有天罡的变化，九齿钉钯，怕甚么法师。就是你老子有虔心，请下九天荡魔祖师下界，我也曾与他做过相识，他也不敢怎的我。"行者道："他说请一个五百年前大闹天宫姓孙的齐天大圣来拿你哩。"那怪闻得这个名头，就有三分害怕，道："既是这等说，我去了罢，两口子做不成了。"行者道："你怎的就去？"那怪道："你不知道，那闹天宫的弼马温有些本事，只恐我弄他不过，低了名头，不像模样。"他套上衣服，开了门，往外就走，被行者一把扯住，将自己脸上一抹，现出原身，喝道："好妖怪，那里走！你看看我是那个？"那怪转过眼来，看见行者模样，就是个活雷公相似，慌得他手麻脚软，划喇的一声，挣破了衣服，脱身而走。行者急上前拿他，那怪化万道火光，径转本山而去。行者驾云随后紧紧追赶，喝声："那里走！你若上天，我就赶到斗牛宫！你若入地，我就追至酆都狱！"这正是假眷属非真眷属，好姻缘是恶姻缘。毕竟不知这一去赶至何方，且听下回分解。

第十九回　云栈洞悟空收八戒　浮屠山玄奘受心经

却说那怪的火光前走，这大圣的彩霞随跟。正行处，忽见一座高山，那怪把红光结聚，现了本相，撞入洞内，取出一柄九齿钉钯来战。行者喝一声道："泼怪！你是那里来的邪魔？怎知道我老孙的名号？你有甚么本事，实实供来，饶你性命！"那怪道："是你也不知我的手段！上前来，我说与你听：我自小生来心性拙，贪闲爱懒无休歇。不曾养性与修真，混沌迷心熬日月。忽朝缘到遇真仙，就把《丹经》坐下说。劝我回心莫堕凡，指示天关并地阙。得传九转大还丹，工夫昼夜无时辍。上至顶门泥丸宫，下至脚板涌泉穴。周流肾水入华池，丹田补得温温热。婴儿姹女配阴阳，铅汞相投分日月。离龙坎虎用调和，灵龟吸尽金乌血。三花聚顶得归根，五气朝元通透彻。功圆行满却飞升，身轻体健朝金阙。玉皇设宴会群仙，各分品级排班列。敕封元帅管天河，总督水兵称符节。只因王母会蟠桃，开宴瑶池邀众客。那时醉入广寒宫，风流仙子来相接。见他容貌挟人魂，旧日凡心难得灭。全无上下失尊卑，扯住嫦娥要陪歇。色胆如天叫似雷，险些震倒天关阙。纠察灵官奏玉皇，那日吾当命运拙。广寒围困不通风，诸神拿住怎得脱。押赴灵霄见玉皇，依律问成该处决。幸遇金星救我生，锤责二千皮骨折。放生遭贬出天关，福陵山下图家业。我因夺舍错投胎，俗名唤做猪刚鬣。"行者闻言道："你这厮原来是天蓬水神下界，怪道知我老孙名号。"那怪哏一声道："你这诳上的弼马温，当年撞那祸时，不知带累我等多少，今日又来此欺人！不要无礼，吃我一钯！"行者怎肯容情，举起棒，当头就打。他两个在那半山之中，黑夜里好杀。二更时分直战到东方发白。那怪不能迎敌，依然又化狂风回洞，把门紧闭，再不出头。行者看那洞门外有一座石碣，上书"云栈洞"三字。

时天光大亮，行者恐师父盼望，且回到高老庄。见了三藏与诸老,将上项事说了一遍。又叫老高道:“那妖也不是凡间的邪祟。他是天蓬元帅临凡,只因错投了胎,嘴脸像一个野猪模样,其实灵性尚存。据他说,虽吃了你些茶饭,却与你们家做活。挣了许多家赀。又未曾伤害你女儿。问你祛他怎的?我想这等一个女婿,当真的留他也罢。”老高道:“长老,虽是不伤风化,但名声不好。动不动人就说,高家招了一个妖怪女婿!这句话儿教人怎当?”三藏道:“悟空,你既是与他做了一场,索性做个决绝,才见始终。”行者道:“是,是,我此去一定拿来与你们看。”

说声去,就无形无影的,跳到他那山上,来到洞口,一顿棍,把两扇门打得粉碎,口里骂道:“那馕糠的夯货,快出来与老孙打么!”那怪正喘嘘嘘的睡在洞里,听见行者骂他,恼怒难禁,只得拖着钯,抖擞精神,跑将出来,骂道:“你这弼马温,与你有甚相干,你把我大门打破?你且去看看律条,打进大门而入,该个杂犯死罪哩!”行者笑道:“这个呆子!我虽打了大门,不像你强占人家闺女,该问个真犯斩罪哩!”那怪道:“且休闲讲,看钯!”行者道:“你这钯可是与高老家做筑地种菜的,有何好处?”那怪道:“你错认了!这钯岂是凡间之物?你听我道:此是煅炼神水铁,老君手制钤锤别,名为上宝沁金钯,进与玉皇镇丹阙。因我受赐封天蓬,钦赐钉钯为御节。随身变化可心怀,任意翻腾依口诀。下海掀翻龙子宫,上山搅碎虎狼穴。何怕你铜头铁脑一身钢,钯到魂消神气泄!”行者闻言道:“呆子不要说嘴!老孙把这头伸在这里,你且筑一下儿,看可能魂消气泄?”那怪真个举起钯尽力筑将来,扑的一下,迸起钯的火光焰焰,更不曾筑动一些儿头皮。唬得他手麻脚软,道声:“好头!好头!你这猴子,我记得你闹天宫时,家住在东胜神洲水帘洞里,到如今久不闻名,你怎么来到这里,上门欺我?莫是我丈人去请你来的?”行者道:“你丈人不曾去请我。因是老孙改邪归正,保护一个东土三藏法师,往西天拜佛求经,路过高庄借宿,那老儿说起,就请我救他女儿,拿你这馕糠的夯货!”

那怪一闻此言,丢了钉钯,唱个大喏道:“那取经人在那里?累烦你引见引见。”行者道:“你要见他怎的?”那怪道:“我久蒙观音菩萨劝善,受戒持斋,教我跟随那取经人往西天拜佛求经,等了这几年不闻消息。你今既做他徒弟，何不早说取经之事，只倚强上门打我?”行者道:“你莫诡诈欺心。果然是要跟唐僧，你可朝天发誓，我才带你去见我师父。”那怪扑的望空跪下，磕头如捣蒜道:“阿弥陀佛，我若不是真心实意，还教我犯了天条，劈尸万段!”行者方才信了，又叫他搬些芦苇荆棘，塞在洞里，点起一把火，将一个云栈洞烧得像个破瓦窑，那怪对行者道:“我今已无挂碍了，你却引我去罢。”行者又拿着他的钉钯，揪着耳朵，驾起云头，径转高家庄来。诗曰:金性刚强能克木，心猿降得木龙归。金从木顺皆为一，木恋金仁总发挥。一主一宾无间隔，三交三合有玄微。性情并喜贞元聚，同证西方事不违。

那三藏与高老众人正坐在堂上，忽见行者把那怪揪来，一个个忻然迎接，只见那怪走上前，朝着三藏跪下叩头，高叫道:“师父，弟子失迎。蚤知是师父住在我丈人家，我就来拜接，怎么又费许多周折?”三藏道:“悟空，你怎么降得他来拜我?”行者喝道:“呆子！你说么!”那怪把菩萨劝善事情，细陈了一遍。三藏大喜，便叫高太公取过香案来。三藏净了手焚香，望南礼拜道:“多蒙菩萨圣恩!”那怪从新礼拜三藏，又与行者拜了，称为师兄。三藏道:“既要做徒弟，我与你起个法名。”他道:“师父，我已是菩萨起了法名，叫做猪悟能也。”三藏笑道:“好！好！正和你师兄悟空同派。”悟能道:“师父，我受了菩萨戒行，久断了五荤三厌，今日见了师父，我开了斋罢。”三藏道:“不可！不可！你既是不吃五荤三厌，我再与你起个别名，唤为八戒。”那呆子甚喜。因此又叫做猪八戒。

高老见这等去邪归正，更十分喜悦，遂命家僮大排筵宴，酬谢唐僧。八戒上前扯住老高道:“爷，请我拙荆出来，拜见公公、伯伯，如何?”行者笑道:“贤弟，你既做了和尚，从今后再莫提起那拙荆的话。世间只有个火居道士，那里有个火居的和尚？我们且来吃了斋饭，赶早儿往西天走路。”高老请三藏上坐，行者与八戒坐于左右两旁，诸亲下坐相陪。三藏用斋，行者、八戒亦吃些素酒。

少顷斋罢，老高将一红盘，捧出二百两散碎金银奉献。三藏道:“我们是行脚僧，怎敢受金银财帛?”行者近前抓了一把，叫:“高才，昨日累你引我师父，今日招了一个徒弟，无物谢你，把这些金银权作带领钱。以后但有妖精，多作成我几个，还有谢你处哩。”高才叩头谢赏。老高又备了一件青锦袈裟，两双新鞋，送与八戒。八戒摇摇摆摆，对高老唱个喏道：“上复丈母、姨娘和诸亲眷：我今日去做和尚了，不及面辞。丈人啊，你还好生看待我浑家，只怕我们取经不成时，还来照旧与你做女婿过活。”行者喝道：“夯货，莫乱说！我们赶早走路。”遂此收拾了一担行李，八戒挑了，三藏骑着马，行者肩着棒，一行三众，辞别高老众人，投西而去。

路途有个月平稳。行过了乌斯藏界，猛抬头见一座高山。三藏勒马道：“徒弟，前面山高，须索仔细。”八戒道：“没事。这山唤做浮屠山，山中有一个乌巢禅师，在此修行，老猪也曾会他。”不多时到了山上。三藏在马上遥观。见香桧树上有一柴草窝。四面有麋鹿衔花，猿猴献果。青鸾彩凤齐鸣，白鹤锦鸡咸集。八戒指道：“那不是乌巢禅师！”三藏纵马加鞭，直至树下。

那禅师见他三众前来，亦便离了巢穴，跳下树来。三藏下马叩拜，禅师用手搀道：“圣僧请起，失迎，失迎。”八戒道：“老禅师，作揖了。”禅师惊问道：“你是猪刚鬣，怎么有此大缘，得与圣僧同行？”八戒道：“前蒙观音菩萨劝善，愿随我师做个徒弟。”禅师道：“好，好，好！”又指定行者问道：“此位是谁？”行者笑道：“这老禅怎么认得他，倒不认得我？”三藏道：“他是弟子的大徒弟孙悟空。”禅师陪笑道：“欠礼，欠礼。”三藏再拜，请问西天还在那里。禅师道：“远哩！远哩！虽然路途遥远，终须有到之日，却只是魔瘴难消。我有《多心经》一卷，共计二百七十字。若遇魔障之处，但念此经，自无伤害。”三藏拜求传授，那禅师遂口诵云：《摩诃般若波罗蜜多心经》：观自在菩萨，行深般若波罗蜜多，时照见五蕴皆空，度一切苦厄。舍利子，色不异空，空不异色；色即是空，空即是色。受想行识，亦复如是。舍利子，是诸法空相，不生不灭，不垢不净，不增不减。是故空中无色，无受想行识，无眼耳鼻舌身意，无色声香味触法，无眼界，乃至无意识界，无无明，亦无无明尽，乃至无老死，亦无老死尽。无苦寂灭道，无智亦无得。以无所得故，菩提萨埵。依般若波罗蜜多故，心无挂碍，无挂碍故,无有恐怖。远离颠倒梦想,究竟涅槃,三世诸佛,依般若波罗蜜多故,得阿耨多罗三藐三菩提。故知般若波罗蜜多,是大神咒,是大明咒,是无上咒,是无等等咒,能除一切苦,真实不虚。故说般若波罗蜜多咒,即说咒曰:'揭谛!揭谛!波罗揭谛!波罗僧揭谛!菩提萨婆诃!'"三藏本有根源,当时耳闻此经一遍,即能记忆,至今传世。此乃修真之总经,作佛之会门也。

那禅师传了经文,踏云光要上乌巢而去,三藏又扯住,定要求问个西去的路程端的。禅师笑云:"道路不难行,试听我分付:千山千水程,多障多魔处。若遇凶险时,安心休恐怖。精灵满国城,魔主盈山住。老虎坐琴堂,苍狼为主簿。狮象尽称王,虎豹皆作御。野猪挑担子,水怪前头遇。多年老石猴,那里怀嗔怒。你问那相识,他知西去路。"行者闻言,冷笑道:"我们去,不必问他,问我便了。"那禅师化作金光,径上乌巢而去。长老往上拜谢,行者心中大怒,举铁棒望上乱捣,只见莲花万朵,祥雾千层。总莫能伤损一毫。三藏扯住行者道:"悟空,这样一个菩萨,你捣他窝巢怎的?"行者道:"他骂了我兄弟两个一场去了。"他说:"野猪挑担子,是骂的八戒;多年老石猴,是骂老孙。你怎么解得此意?"八戒道:"师兄,这禅师颇晓得过去未来之事,但看他水怪前头遇这句话,不知验否,我们去罢。"行者才请师父上马,下山往西而去。毕竟不知前程端的如何,且听下回分解。

第二十回　黄风岭唐僧有难　半山中八戒争先

法本从心生,还是从心灭。生灭尽由谁,请君自辨别。既然皆己心,何用别人说?只须下苦功,扭出铁中血。绒绳着鼻穿,挽定虚空结。拴在无为树,不使他颠劣。莫认贼为子,心法都忘绝。休教他瞒我,一拳先打彻。现心亦无心,现法法也辍。人牛不见时,碧天光皎洁。秋月一般圆,彼此难分别。这一篇偈子,乃是说三藏悟彻了《多心经》,打开了门户,那长老常念常存,一点灵光自透。

且说他三众在路,餐风宿水,戴月披星,早又至夏景炎天。那日正行时,忽然天晚,又见山路旁边,有一村舍。三藏道:"悟空,我们且借宿一宵,明日再走。"八戒道:"说得是,我老猪也有些饿了,且到人家化些斋吃,有力气好挑行李。"行者道:"你个恋家鬼!你离了家几日,就生报怨!"三藏道:"悟能,你若是在家心重时,不是个出家的了,你还回去罢。"那呆子慌得跪下道:"师父呵,我受了菩萨的戒行,又承师父怜悯,情愿要伏侍师父往西天去,誓无退悔,这叫做恨苦修行,怎的说不是出家的话!"三藏道:"既是如此,你且起来。"

那呆子便纵身跳起,挑着担子前来。早到了人家门首,三藏下马,先奔门前。只见一老者斜倚竹床之上,口里嘤嘤的念佛。三藏慢慢的叫一声:"施主,问讯了。"那老者忙敛衣还礼道:"长老,失迎。你自那方来的?到我寒门何故?"三藏道:"贫僧是东土大唐和尚,奉圣旨上雷音寺拜佛求经。适至宝方天晚,意投檀府告借一宵,万祈方便。"那老儿摆手摇头道:"去不得,西天难取经。要取经,往东天去罢。"三藏口中不语,意下沉吟:"菩萨指道西去,怎么此老说往东行?东边那得有经?"行者就忍不住,上前高叫道:"那老儿,你这般大年纪,全不晓事。我出家人远来借宿,就把这厌钝的话虎唬我。十分你家没处睡时,我们在树底下好道也坐一夜。"那老者扯住三藏道:"师父,你倒不言语,你那个徒弟,那般一个痨病鬼，怎么反冲撞我这年老之人！”行者笑道：“你这个老儿，忒没眼色！我老孙小自小，颇结实，皮裹一团觔哩。”那老者道：“你想必有些手段。”行者道：“不敢欺，也将就看得过。我自小儿学做妖怪，凭本事挣了一个齐天大圣。只因大反天宫，惹了一场灾愆。如今转拜沙门，保我师父上西天拜佛，怕甚么山高路险。我老孙降魔捉怪，伏虎擒龙，略略也都去得。”

那老儿听得哈哈笑道：“你既有这样手段，西方果然也还去得，去得。你一行几众？请至茅舍里安宿。”三藏道：“多谢老施主了，我一行三众。”老者道：“那一众在那里？”行者指着道：“那绿荫下站的不是？”老儿抬头细看，一见八戒这般嘴脸，就唬得一步一跌，往屋里乱跑，只叫：“关门！关门！妖怪来了！”行者赶上扯住道：“老儿莫怕，他不是妖怪，是我师弟。”那一家大男小女不知是甚来历，都一拥出来动问。八戒调过头来，把耳朵摆了几摆，长嘴伸了一伸，吓得那些人东倒西歪。慌得那三藏满口招呼道：“莫怕！莫怕！我们不是歹人，我们是取经的和尚。”那老儿才定了性，请他师徒进去。三藏着实埋怨，他两人粗蠢生事，行者笑道：“呆子，你便把那丑也收拾起些儿么。”三藏道：“相貌是生成的，你教他怎么收拾？”行者道：“把那个粑子嘴揣在怀里，莫拿出来；把那蒲扇耳贴在后面，不要摇动，这就是收拾了。”那八戒真个把嘴揣了，把耳贴了，拱着头立于左右。行者将行李、白马安顿了。

那老儿才分付献茶办斋，请三众凉处坐下。三藏方问道：“老施主始初说西天经难取者，何也？”老者道：“经非难取，只是道中艰涩难行。我们这向西去三十里远近，有一座山，叫做八百里黄风岭，那山中多有妖怪。故此难行。据方才这位小长老说有许多手段，却也去得。”正说处，又见儿子拿饭摆在桌上，道声“请斋”。三藏就合掌讽起斋经，八戒早已吞了一碗。长老的经还未了，那呆子又吃勾三碗。行者道：“这个馕糠！好道撞着饿鬼了！”那老儿倒也知趣，见他吃得快，道：“这个长老，想着实饿了，快添饭来。”那呆子真个食肠大，看他不抬头，一连就吃有十数碗。老儿道：“仓卒无肴，三位长老请再进一筯。”三藏、行者俱道勾了。八戒道：“老儿滴答甚么，谁和你发课，说甚么五爻六爻！有饭只管添将来就是。”呆子一顿，把他一家子饭都吃得罄尽，还只说才得半饱。却才收了家伙，在那门楼下安排床板铺睡下。

次日天晓，辞别西行。不上半日，果逢一座高山，十分险峻。正行处，忽然一阵旋风大作，三藏在马上心惊道：“悟空，风起了！”行者道：“风却怕他怎的！等我抓一把来闻闻看。”八戒笑道：“师兄，风又好抓得过来闻的？”行者道：“兄弟，你不知道老孙有个抓风之法。”那大圣闻了一闻，有些腥气，道：“果然不是好风！这风不是虎风，定是怪风。”

说不了，只见山坡下，剪尾跑蹄，跳出一只斑斓猛虎，慌得那三藏跌下马来，斜倚路旁。八戒丢了行李，掣钉钯上前，大喝一声道：“业畜！那里走！”赶将去劈头就筑。那只虎直挺挺站将起来，把前爪轮起，抠住胸膛，往下一抓，唿喇的一声，把个皮剥将下来，站立道旁喊道：“慢来！慢来！我乃黄风大王部下的前路虎先锋是也。今奉命巡山，要拿几个凡夫去做案酒。你是那里来的和尚，敢擅动兵器伤我？”八戒骂道：“业畜！我等不是那过路的凡夫，乃东土大唐圣僧上西方拜佛求经者。你早早的让开大路，休惊了我师父，饶你性命。”

那妖精那容分说，急近步丢个架子，望八戒劈脸一抓，回身就走。八戒随后赶来。那怪到了山坡下乱石丛中，取出两口赤铜刀，急轮起转身来迎。两个在这坡前一往一来的赌斗。那行者搀起唐僧道：“师父莫怕，等老孙去助助八戒，打倒那怪好走。”三藏坐将起来，战兢兢的口里念《多心经》。那行者掣棒上前，喝声叫：“拿了！”八戒愈加奋勇，那怪败下阵去。他两个赶下山来。

那怪慌了手脚，使个金蝉脱壳计，打个滚现了原身，依然是一只猛虎。却又抠着胸膛，剥下皮来，苫盖在那卧虎石上，脱身化一阵狂风，径回路口。那师父正念经，被他一把拿住，擒来洞口，按住狂风，双手捧着唐僧献上洞主道：“大王，小将山上巡逻，遇着一个东土唐僧，上西方拜佛求经者，擒来奉上，聊具一馔。”那洞主闻言，吃了一惊道：“我闻得前者有人传说，三藏法师乃大唐圣僧，他手下有一个徒弟孙行者，神通广大，你怎么能勾捉得他来？”先锋道：“他有两个徒弟：先来的使钯，后来的使棒。正赶着小将争持，被小将使一个金蝉脱壳计，把这和尚拿来也。”洞主道：“且莫吃哩，只恐怕他徒弟上门炒闹。且把他绑在后园定风桩上，待他不来搅扰，然后慢慢受用不迟。”即令小妖将唐僧拿去，绑在后园，那唐僧苦痛悲切不题。

却说行者、八戒赶那虎下山坡，只见那虎伏在崖前。行者举棒尽力一下，转震得自己手疼。八戒复筑了一钯，亦将钯齿迸起，原来是一张虎皮，盖着一块青石。行者大惊道：“不好！不好！中了他金蝉脱壳之计。我们且回去看看师父。”两个急急转来，早已不见了三藏。行者大叫如雷道：“怎的好！师父已被他擒去了。横竖想来，只在此山，我们快寻去来。”他两个急奔入山中，穿冈越岭，行勾多时，只见那石崖之下，耸出一座洞府，果然凶险。行者教八戒将行李、马匹歇在藏风山凹之间，他整一整直裰，束一束虎裙，掣棒撞至门前，只见那门上有六个大字，乃“黄风岭黄风洞”，即便执棒高叫道：“妖怪！趁早儿送我师父出来，省得掀翻你的窝巢。”

那小怪忙跑入里面报道：“大王！门外一个雷公嘴毛脸的和尚，手持着一根许粗的铁棒，要他师父哩！”那洞主心下慌张。虎先锋道：“大王放心，待小将出去，把那甚么孙行者索性拿来凑吃。”他即点起小妖，擂鼓摇旗，拈两口赤铜刀，出门厉声高叫道：“你是那里来的猴和尚，敢在此间大呼小叫？”行者骂道：“你这个剥皮的畜生！你弄甚么脱壳法儿，把我师父摄了来，还不趁早送出。休走！看棍！”那先锋急轮刀相迎。他两个战了数合，那虎怪抵架不住，回头就走。行者执棒赶来，却赶到那藏风山凹之间。八戒正在那里放马。忽听得呼呼的声喊，回头观看，乃是行者赶败的虎怪。他就丢了马，举起钯着头一筑，就筑得九个窟窿鲜血齐冒。诗曰：三二年前归正宗，持斋把素悟真空。诚心要保唐三藏，初秉沙门立此功。

行者见了大喜。八戒道：“你可知师父的下落么？”行者道：“这怪把师父拿在洞里，要与他甚么鸟大王做下饭。是老孙就与他斗将这里来，却被你杀了。兄弟啊，这个功劳算你的，你可还守着马匹、行李，等我再到洞口索战。须是拿得那老妖，方才救得师父。”八戒道：“哥哥你去，你去，若是打败了老妖，还赶将这里来，等老猪截住杀他。”好行者，一只手提着铁棒，一只手拖着死虎，径至他洞口。正是：法师有难逢妖怪，情性相和伏乱魔。毕竟不知此去可降得妖怪，且听下回分解。

第二十一回 护法设庄留大圣 须弥灵吉定风魔

却说那黄风洞把门的小妖，看见行者到来，忙进洞报道："大王，虎先锋被那毛脸和尚打杀了，拖在门口骂战哩。"那老妖闻言，心中大恼道："这厮却也无知！我倒不曾吃他师父，他转打杀我先锋，可恨！可恨！我也只闻得讲甚么孙行者，等我出去，看是个甚么九头八尾的和尚，拿他进来与我虎先锋对命。"他急急披挂齐整，绰一杆三股钢叉，帅群妖跳出本洞。那大圣停立门外，见那怪走将出来，着实骁勇。他厉声高叫道："那个是孙行者？"这行者脚踊着虎怪的皮囊，手执着如意的铁棒，答道："你孙外公在此，快送出我师父来！"那怪仔细观看，见行者身躯鄙猥，面容羸瘦，不满四尺，笑道："可怜！可怜！我只道是怎么样扳翻不倒的好汉，原来是这般一个骷髅病鬼！"行者笑道："你这个儿子忒没眼力！你外公虽是小小的，你若肯照头打一叉柄，就长六尺。"那怪果打一下来，他把腰躬一躬，足长了六尺，有一丈长短，慌得那妖把钢叉按住，喝道："孙行者，你怎么把这个演样法儿拿来我门前使？莫弄虚头！走上来，我与你见见手段！"那怪拈转钢叉，当胸就刺。这大圣正是会家不忙，理开铁棒，使一个乌龙掠地势，照头便打。他二人斗经三十回合，不分胜败。这行者急要见功，使一个身外身的手段，把毫毛揪下一把，用口嚼碎，望上一喷，叫声："变！"即变百十个行者，各执一根铁棒，把那怪围在空中。那怪害怕，也使一般本事，急回头，望着巽地上，把口张了三张，嘑的一口气吹将出去，忽然间一阵黄风从空刮起。好利害，就把孙大圣毫毛变的小行者刮在那半空中，却似纺车儿一般乱转，莫想拢得身。慌得行者将毫毛一抖，收上身来，独自个举着铁棒上前，又被那怪劈脸喷了一口黄风，把两只火眼金睛刮得紧紧闭合，莫能睁开，因此败下阵来。那妖收风回洞不题。

却说猪八戒见那黄风大作，天地无光，伏在山凹之间，也不敢睁眼抬头。正在疑思之时,却早风定天晴,忽听得孙大圣从西边吆喝而来,他才欠身迎着道:"哥哥,好大风啊！你从那里走来?"行者摆手道:"利害！利害！我老孙自为人,不曾见这大风。那老妖使一柄钢叉,与老孙战有三十余合,是老孙使一个身外身的本事,把他围打,他着了急,故弄出这阵风来,刮得我站立不住,冒风而逃。老孙也会呼风唤雨,不似这妖精的风恶！"八戒道:"似这般怎生救得师父?"行者道:"救师且再处,我被那怪一口风,喷得我眼珠酸痛,这会子冷泪常流。不知这里可有眼科先生,且教把我眼医治医治。"八戒道:"哥哥,这半山中,天色又晚,且莫说要甚么眼科,连宿处也没有了！"行者道:"要宿处不难。我料着那妖精还不敢伤我师父,我们且找上大路,寻个人家住过一宵,明日再来降怪罢。"

八戒遂牵马挑担,同出山凹,行上路口。只听得山坡下有犬吠之声。二人停身观看,乃是一家庄院,灯火微明。他两个漫草而行,直至那家门首,叫一声:"开门,开门!"那里边有一老者问道:"甚么人?"行者道:"我们是东土大唐圣僧的徒弟,因往西方拜佛求经,路过此山,被黄风大王拿了我师父去。天色已晚,特来府上告借一宵,万望方便。"那老者道:"原来二位长老。快请进,请进。"他兄弟们径至里边,拴马歇担,与庄老拜见叙坐。苍头献了茶,又捧出几碗胡麻饭。饭毕,命设铺就寝,行者道:"不睡还可,敢问善人,贵地可有卖眼药的?"老者道:"是那位长老害眼?"行者道:"不瞒你老人家说,我们出家人自来不晓得害眼。只因今日在黄风洞口救我师父,不期被那怪将一口风喷来,吹得我眼珠酸痛。眼泪汪汪,故此要寻眼药。"那老者道:"善哉！善哉！那黄风大王风最利害。他那风比不得甚么春秋风、松竹风与那东西南北风。"八戒道:"想必是夹脑风、羊癫风、大麻风、偏正头风?"长者道:"不是,不是。他叫做三昧神风。"行者道:"怎见得?"老者道:"那风,能吹天地暗,善刮鬼神愁,裂石崩崖恶,吹人命即休。你们若遇着他那风吹了时,还想得活哩！只除是神仙,方可无事。"行者道:"果然！果然！我们虽不是神仙,神仙还是我们晚辈哩,这条命急切难休,却是吹得我眼珠酸痛!"那老者道:"既如此说,也是个有来头的人。我这敝处却无卖眼药的,老汉也有些迎风冷泪,曾遇异人传了一方,名唤三花九子膏,能治一切风眼。”行者闻言,低头唱喏道:“愿求些儿试试。”那老者应承,即取药与行者点上,教他不得睁开,宁心睡觉,明蚤就好。八戒随展开铺盖,请行者安置。行者闭着眼乱摸,八戒笑道:“先生,你的明杖儿呢?”行者道:“你这个馕糠的呆子!你照顾我做瞎子哩!”那呆子暗笑而睡。行者坐在铺上,转运神功,直到三更后方才睡下。

不觉五更将晓,行者抹抹脸,睁开眼道:“果然好药!比常时更有百分光明!”却转头后边望望,呀!那里得甚房舍窗门,但只见些老槐高柳,兄弟们都睡在那绿莎茵上。那八戒也醒来了,忽抬头,见没了人家,慌得一毂辘爬将起来道:“我的马呢?”行者道:“树上拴的不是?”“行李呢?”行者道:“你头边放的不是?”八戒道:“这家子惫懒也。他搬了,怎么就不叫我们一声?想是躲门户的,恐怕里长晓得,却就连夜搬了。噫!我们也忒睡得死!怎么他家拆房子,响也不听见响响?”行者笑道:“呆子,不要乱嚷,你看那树上是个甚么纸帖儿。”八戒走上前,用手揭了,原来是四句颂子云:“庄居非是俗人居,护法伽蓝点化庐。妙药与君医眼病,尽心降怪莫踌躇。”

行者道:“这伙毛神,自换了龙马,一向不曾点他,他又来弄虚头!”八戒道:“哥哥莫扯架子,他怎么伏你点札?”行者道:“兄弟,你还不知。这护教伽蓝和丁甲、揭谛、功曹,他们都是奉菩萨的法旨暗保我师父者。自那日蛇盘山报了名,只为这一向有了你,再不曾用他们,故不曾点札罢了。”八戒道:“哥哥,他既奉法旨暗保师父,所以不能现身明显。昨日也亏他与你点眼,你莫怪他,我们且去救师父来。”行者道:“此处到那黄风洞不远。你且只在林子里看马守担,等老孙去洞里打听打听,看师父下落如何,再与他争战。”

说罢,他将身一纵,径到洞口,见门尚关着。他即捻诀念咒语,摇身一变,变做一个花脚蚊虫,飞入洞里。那老妖尚未出来。行者又飞过厅堂后面。却见一层门,关得甚紧,行者从门缝儿钻将进去,原来是个大空园子,那壁厢定风桩上绑着唐僧哩。那师父纷纷泪落,心心只念着悟空、悟能。行者停翅,叮在他光头上,叫声“师父”。那长老认得声音道:“悟空啊,想杀我也!你在那里叫我?”行者道:“师父,我在你头上哩。你莫要心焦,我们今日务必拿住妖精,救你性命。我去呀。”

说罢,又嘤嘤的飞到前面,只见那老妖已坐在厅上,正点札各路头目。又见一个掮旗的小妖,撞上厅来报道:“大王,小的才去巡山,见一个长嘴大耳朵的和尚坐在林里,若不是我跑得快些,几乎被他捉住。却不见昨日那个毛脸和尚。”老妖道:“孙行者不在,想必是风吹死也,再不便去那里求救兵去了!”众妖道:“大王,若果吹杀了他,是我们的造化,只恐吹不死他,他去请些神兵来,却怎生是好?”老妖道:“怕他甚么神兵!若还定得我的风势,只除非灵吉菩萨来是,其余何足惧也!”

行者在屋梁上听得他这一句,不胜欢喜,即忙飞出,现本相来至林中,叫声:“兄弟!”八戒道:“哥,你打听得如何?刚才一个打旗的妖精,被我赶了去也。”行者即将洞中之事与八戒说了一遍。八戒道:“他既然自家供出灵吉菩萨来,但不知灵吉住在何处?”正商议间,只见大路旁走出一个老公公来。八戒望见道:“师兄,常言道,要知山下路,须问过来人。你上前问他一声何如?”真个大圣藏了铁棒,上前叫道:“老公公,问讯了。我们是取经的圣僧,昨日在此失了师父,特动问公公一声,灵吉菩萨在那里住?”老者道:“灵吉在正南上,此处到那里还有二千里路。有一山名为小须弥山。山中有个场,乃是菩萨讲经禅院。汝等是取他的经去了?”行者道:“不是取他的经,我有一事烦他,不知从那条路去。”老者用手向南指道:“这条羊肠路就是了。”哄得那大圣回头,那公公化作清风,寂然不见,只是路旁边下一张简帖,上有四句颂子云:“上复齐天大圣听,老人乃是李长庚。须弥山有飞龙杖,灵吉当年受佛兵。”行者执帖儿转身。八戒道:“哥啊,我们连日造化低了。专惯日里见鬼!那个化风去的老儿是谁?”行者把帖儿递与八戒念了一遍道:“李长庚是那个?”行者道:“太白金星的名字。”八戒慌得望空下拜道:“恩人!恩人!老猪若不亏他奏准玉帝时,性命也不知化作甚的了!”行者道:“兄弟莫要出头,只藏在这树林深处看守行李、马匹,等老孙请菩萨去耶。”八戒道:“晓得!你只管前去!老猪学得个乌龟法,得缩头时且缩头。”

孙大圣跳在空中,纵觔斗云径往正南上去,须臾见一座高山,半中间祥云出现,瑞霭纷纷,山凹里果有一座禅院,只闻见钟磬悠扬,香烟缥缈。大圣直至门前,见一道人念佛。行者近前作揖道:“这可是灵吉菩萨的禅院么?”道人答礼道:“此间正是,有何话说?”行者道:“相烦与我传达,我是东土大唐驾下御弟三藏法师的徒弟,齐天大圣孙悟空行者。今有一事,要见菩萨。”道人笑道:“老爷字多话多,我不能全记。”行者道:“你只说是唐僧徒弟孙悟空来见罢。”道人依言传报。那菩萨即整衣迎接。这大圣入门观看,只见那:满堂锦绣,一屋威严。辉煌烛焰射虹霓;馥郁香烟飞彩雾。正是那讲罢心闲方入定,白云片片绕松梢。静收慧剑魔头绝,般若波罗善会高。两下相见坐定,菩萨随命看茶。行者道:“茶倒不劳赐,只因我师父在黄风山有难,特求菩萨降怪救师。”菩萨道:“我受了如来法令,在此镇押黄风怪。如来赐了我一颗定风丹,一柄飞龙宝杖。当时被我拿住,饶他的性命,放他去隐性归山,不知他今日欲害令师,我之罪也。”随取了飞龙杖,与大圣一齐驾云。

不多时至黄风山上。菩萨道:“大圣,我只在云端里住定,你下去与他索战,诱他出来,我好施法力。”行者依言,按落云头,掣棒把洞门打破。慌得那把门小妖急忙传报。那怪道:“这泼猴着实无礼!再不伏善,这一出去,使阵神风,定要把他吹死!”即手绰钢叉,走出门来,见了行者,拈叉当胸就刺。大圣举棒,对面相还。战不数合,那怪吊回头,望巽地上才待要张口呼风,只见那半空里灵吉菩萨将飞龙宝杖丢将下来,化作一条八爪金龙,拨喇的轮开两爪,一把抓住妖精,提着头,两三捽,捽在山石崖边,现了本相,却是一个黄毛貂鼠。行者赶上,举棒就打,菩萨拦住道:“大圣,莫伤他命,他本是灵山脚下的得道老鼠,因为偷了琉璃盏内的清油,灯火昏暗,恐怕金刚拿他,故走到此处成精作怪。我还拿他见如来处置去。”行者闻言,却谢了菩萨。菩萨西归不题。

却说猪八戒在那林内,正盼望间,忽见了行者来到,问道:“哥哥怎的干事来?”行者道:“灵吉菩萨已拿住妖精,原来是个黄毛貂鼠。他如今拿去见如来去了。我和你洞里去救师父。”那呆子喜之不胜。

二人撞入洞里，把群妖尽情打死，却往后园拜救师父。行者将灵吉降妖的事情，陈了一遍，师父谢之不尽。他兄弟们就在洞中安排些茶饭吃了，方才出门，找大路向西而去。毕竟不知向后如何，且听下回分解。

第二十二回　八戒大战流沙河　木叉奉法收悟净

话说唐僧师徒三众，脱难前来，不一日行过了黄风岭，进西却是一派平阳之地。光阴迅速，历夏经秋，见了些寒蝉鸣败柳，大火向西流。正行处，只见一道大水狂澜，翻波涌浪。三藏在马上忙呼道："徒弟，你看那前边水势宽阔，怎不见船只来往，我们从那里过去？"行者即跳在空中，用手搭凉篷而看，下来道："师父啊，果是十分难渡。三藏道："端的有多少宽阔？"行者道："径过有八百里远近。"八戒道："哥哥怎的定得？"行者道："老孙这双眼，白日里常看得千里路上的吉凶。却才在空中看此河上下不知多远，但只见径过有八百里。"长老忧嗟烦恼，兜回马，忽见岸上有一通石碑。三众齐来看时，见上有三个篆字，乃流沙河，又有四行小真字云："八百流沙界，三千弱水深。鹅毛飘不起，芦花定底沉。"师徒们正看碑文，只听得浪涌如山，河当中唿喇的钻出一个妖精，十分凶丑，他项下挂着九个骷髅，手中拿着一根宝杖。一个旋风奔上岸来，径抢唐僧，慌得行者把师父抱住，急登高岸走脱。那八戒放下担子，掣出钯，望妖精便筑，那怪使宝杖架住。他两个在流沙河岸，各逞英雄。战经二十回合，不分胜负。

那大圣护了唐僧，见八戒与那怪交战，擦掌磨拳，忍不住掣出棒来道："师父，你坐着，莫怕。等老孙和他耍耍儿来。"即跳到前边，轮起铁棒，望那怪着头一下，那怪急转身躲过，径钻入流沙河里。气得个八戒乱跳道："哥呵！谁着你来的！那怪渐渐手慢，难架我钯，再不上三五合，我就擒住他了！他见你凶险，败阵而逃，怎生是好！"行者笑道："兄弟，实不瞒你说，自从降了黄风怪，这个把月不曾耍棍，我见你和他战的甜美，忍不住跳将来耍耍。那知那怪不识耍，就走了。"

他两个转回见了唐僧。唐僧道："可曾捉得妖怪？"行者道："那妖怪不耐战，败回钻入水去也。”三藏道：“徒弟，这怪久住于此，他必然知道水性。”行者道：“正是。我们若拿住他，且不要打杀，只教他送师父过河，再做理会。但只水里勾当，老孙不大十分熟。”八戒道：“老猪当年总督天河水兵，倒颇知些水性，却只怕那水里有甚么眷族老小都来，我就弄他不过，怎处？”行者道：“你若到水中与他交战，却不要恋战，许败不许胜，把他引将出来，等老孙下手就是。”八戒道：“说得是。”就脱了直裰和鞋，双手舞钯，分开水路，撞将进去，径至水底。

却说那怪败了阵回，方才喘定，又听得有人推得水响，忽起身观看，原来是八戒。那怪举杖挡住道：“那和尚那里走！仔细看打！”八戒使钯架住道：“你是个甚么妖精，敢在此间挡路？”那妖道：“你是也不认得我。我不是那妖魔鬼怪，也不是少姓无名。你听我道来：我自小生来神气壮，乾坤万里曾游荡。皆因学道访天涯，每日心神不可放。一朝缘到遇真人，引开大道金光亮。先把婴儿姹女收，后将木母金公放。明堂肾水入华池，重楼肝火投心脏。三千功满拜天颜，志心朝礼明回向。玉皇大帝便加升，亲口封为卷帘将。腰间悬挂虎头牌，手中执定降妖杖。往来护驾我当先，出入随朝吾在上。只因王母降蟠桃，设宴瑶池邀众将。失手打破玉玻璃，天神个个魂俱丧。玉皇发怒付刑曹，将身推赴法场上。多亏赤脚大天仙，越班启奏将吾放。免死还遭八百鞭，贬落流沙多业障。饱时困卧此山中，饥去翻波寻食饷。来来往往吃人多，项下骷髅是榜样。你敢行凶到我门，今日肚皮有所望。莫言粗糙不堪尝，拿住消停剁鲊酱！”八戒闻言，大怒道：“你这泼物，全没眼力！我老猪还掐出水儿来哩，你怎敢说我粗糙，要剁鲊酱！你把我认做个老走硝哩。休得无礼！吃你祖宗这一钯！”那怪使个凤点头躲过。两个在水中打出水面。这一场赌斗有两个时辰，不分胜败。这才是铜盆逢铁帚，两下一般同。

那大圣立在岸上，眼巴巴的望着他两个在水上争持。只见那八戒虚幌一钯，回头往东岸上走。那怪随后赶来，将近岸边，这行者忍耐不住，掣铁棒跳到河边，望妖精劈头就打。那怪不敢相迎，飕的又钻入河内。八戒嚷道：“你这个急猴子！你便再缓着些儿，等我哄他到了高处，你却挡住河边，却不拿住他也！他这进去，几时又肯出来？”行者笑道：“呆子莫嚷！我们且去见师父来。”

即同到高岸上，见了三藏。将交战之事说了一遍。三藏道：“如此怎生奈何？”行者道：“师父且莫焦恼。如今天色将晚，且坐在这里，待老孙去化些斋来，你吃了睡去，待明日再处。”随即纵云跳起，直到正北下人家，化了一钵素斋，回献师父。师父看他来得甚快，便叫：“悟空，我们去化斋的人家，求问他一个过河之策，不强似与这怪争持？”行者笑道：“这家子远得狠哩！相去有五七千里之路。他那里得知？”八戒道：“哥哥，五七千里路，你怎么这等来得快？”行者道：“你那里晓得，老孙的觔斗云，一纵有十万八千里。这五七千里，只消把头点两点，把腰躬一躬，就是个往回，有何难哉！”八戒道：“哥啊，既是这般容易，你把师父背着，只消点点头，躬躬腰，过去罢了，何必苦苦的与这怪厮战？”行者道：“你也会驾云？你何不把师父驮过去？”师父乃凡胎骨肉，我这驾云的怎能得起？自古道，遣泰山轻如芥子，携凡夫难脱红尘。且莫说驾云，就是移山法、缩地法，老孙件件皆知。但只是师父要穷历异邦，不能勾超脱苦海，所以寸步难行也。我和你只保护得他身命，替不得他的苦恼，就是先去见了佛，那佛也不肯把经传与你我。正叫做若将容易得，便作等闲看。”那呆子闻言，喏喏听受。遂吃了些素食，师徒们歇在流沙河东岸之上。

次早，三藏道：“悟空，今日怎生区处？”行者道：“没甚区处，还须八戒下水。”遂唤八戒道：“这番我再不性急了，只待你引他上来，我拦住河边，务要将他擒了。”八戒抹抹脸，抖擞精神，双手拿钯，到河沿分开水路，依然又下至窝巢。那怪见八戒来到，他即跳起来，当头阻住，喝道：“慢来！慢来！看杖！”八戒道：“你是个甚么哭丧杖，叫你祖宗看杖！”那怪道：“你这厮不晓得！我这宝杖原来名誉大，本是月里梭罗派。吴刚伐下一枝来，鲁班制造工夫快。名称宝杖善降妖，永镇灵霄能伏怪。只因官拜大将军，玉皇赐我随身带。值殿曾经众圣参，卷帘曾见诸仙拜。养成灵性一神兵，不是人间凡器械。自从遭贬不离身，天下枪刀难比赛。看你那个锈钉钯，只好锄田与筑菜！”八戒笑道：“少打的泼物！且莫管甚么筑菜，只怕盪了一下儿，交你九个眼子一齐流血!”那怪也不理,丢开架子,在那水底下,与八戒依然打出水面。这正是:言语不通非眷属,只因木母克刀圭。这一场,斗经三十回合,不见强弱。八戒又使个佯输计,拖了钯走。那怪随后又赶来,翻波涌浪,赶至崖边。八戒骂道:“泼怪!你上来!这高处脚踏实地好打!”那妖道:“你这厮哄我上去,又交那帮手来哩。你敢下来,还在水里相斗。”原来那妖乖了,再不肯上岸,只在河边与八戒闹炒。却说行者见他不肯上岸,急得他心焦性爆。想道:“等我与他个饿鹰雕食罢。”他纵觔斗跳在半空,刷的落下来要抓那怪。那妖正与八戒嚷闹,忽听得风响,急回头见是行者落下云来,却又收了宝杖,一头淬下水,隐迹潜踪,渺然不见。行者伫立岸上,对八戒说:“兄弟呀,这妖也弄得滑了。他再不肯上岸,如之奈何?”八戒道:“难!难!难!战他不倒,就把吃奶的气力使尽了,也只绷得个手平。”

二人又到高岸,回覆了师父。长老攒眉道:“似此艰难,怎生得渡!”行者道:“师父莫要烦恼。八戒,你只在此保守师父,再莫与他厮斗,等老孙往南海去寻寻观音菩萨来。”八戒道:“正是,正是。师兄,你去时千万与我上复一声:向日多承指教。”三藏道:“悟空,要去可快去。”

行者即纵觔斗云径上南海。只消半个时辰,早看见普陀山境。须臾坠下觔斗,到紫竹林外,烦值日诸天通报。菩萨正与捧珠龙女在宝莲池畔扶栏看花,闻报,即转云岩,开门唤入。大圣参见毕,菩萨问其来意。行者启上道:“菩萨,我师父前在高老庄又收了一个徒弟,唤名猪悟能。才行过黄风岭,今至八百里流沙河,乃是弱水三千,师父已是难渡。河中又有个妖怪,悟能与他大战三次,不能取胜。因此特告菩萨,望垂怜悯济渡。”菩萨道:“你这猴子,又逞自强,不肯说出取经的话来么?”行者道:“我们只是要拿住他,教他送我师父过河。水里边都是悟能寻他斗的,想是不曾说出取经的勾当。”菩萨道:“那怪乃是卷帘大将临凡,也是我劝化的善信,教他保护唐僧的。你若肯说出取经人来,他已早早归顺矣。”即唤惠岸近前,袖中取出一个红葫芦儿,分付道:“你可将此葫芦,同孙悟空到流沙河水面上,只叫悟净,他就出来了。先引他归依了唐僧,然后把他那九个骷髅穿在一处，按九宫布列，却把这葫芦安在当中，就是法船一只，能渡唐僧过流沙河界。”惠岸遵命，即与大圣捧葫芦而行。诗曰：五行匹配合天真，认得从前旧主人。炼已立基为妙用，辨明邪正见原因。金来归性还同类，木去求情亦等伦。二土全功成寂寞，调和水火没纤尘。

不多时，早来到流沙河岸。猪八戒认得是木叉行者，引师父上前迎接。木叉与三藏礼毕，又与八戒相见。八戒向尊者再三致谢。行者道：“且莫叙阔，我们叫唤那厮去来。”三藏道：“叫谁？”行者将菩萨的言语说了一遍，三藏顶礼不尽。那木叉捧定葫芦，半云半雾，径到了流沙河水面上，厉声高叫道：“悟净！悟净！取经人在此久矣，你怎么还不归顺！”却说那怪正潜伏水底，忽听得叫他法名，又闻得说“取经人在此”，他急翻波出来，认得是木叉行者。你看他笑盈盈，上前作礼道：“尊者失迎，菩萨今在何处？”木叉道：“我师未来，先差我来分付你早跟唐僧做个徒弟。叫把你项下挂的骷髅与这个葫芦，按九宫结做一个法船，渡他过此弱水。”悟净道：“取经人却在那里？”木叉指道：“那东岸上坐的不是？”悟净看见，即收了宝杖，整一整黄锦直裰，跳上岸来，对唐僧双膝跪下道：“师父，弟子有眼无珠，不认得师父的尊容，多有冲撞，万望恕罪。”三藏道：“你果肯诚心皈依吾教么？”悟净道：“弟子向蒙菩萨教化，指河为姓，与我起了法名，唤做沙悟净，岂有不从师父之理！”三藏道：“既如此，甚好。”即叫悟空取戒刀来，与他落了发。然后拜了三藏，又拜了行者与八戒，分了大小。三藏见他行礼，真像个和尚家风，故又叫他做沙和尚。

木叉道：“既秉了迦持，不必担搁，早早作起法船来。”那悟净不敢怠慢，即将颈项下挂的骷髅取下，用索子结作九宫，把菩萨的葫芦安在当中，请师父下岸。三藏遂登法船，坐于上面，果然稳似轻舟。左有八戒扶持，右有悟净捧托，孙行者在后面牵了龙马，半云半雾相跟，头上又有木叉拥护，那三藏才飘然稳渡流沙界，浪静风平过弱河。真个是如飞似箭，不多时身登彼岸，得脱洪波，又不拖泥带水，幸喜脚干手燥，清净无为，师徒们脚踏实地。那木叉按祥云，收了葫芦，又只见那些骷髅一时解化作九股阴风，寂然不见。三藏拜谢了木叉，顶礼了菩萨。师徒四众同心，上马投西而去。毕竟如何成功，且听下回分解。

第二十三回　三藏不忘本　四圣试禅心

奉法西来道路赊，秋风淅淅落霜花。乖猿牢锁绳休解，劣马勤鞭路莫斜。木母金公原自合，黄婆赤子本无差。咬开铁弹真消息，般若波罗到彼家。这回书，盖言取经之道，不离了一身务本之道也。却说师徒四众，自跳出性海流沙，浑无挂碍，竟投大路西来。历遍了青山绿水，看不尽野草闲花。光阴迅速，又值九秋。正走处不觉天晚。三藏道："徒弟，天色又晚，却往那里安歇？"行者道："师父，出家人餐风宿水，随处是家。何必问那里安歇？"八戒道："哥啊，你走路轻省，那知道别人累坠？似这般重担行李，难为老猪一个，逐日家担着走，偏你跟师父做徒弟，拿我做长工！我晓得你的尊性高傲，你是定不肯挑。但师父骑的马，那般高大肥盛，只驮着老和尚一个，教他带几件儿也好。"行者道："你说他是马哩！他本是西海龙王三太子，只因身犯天条，多亏观音菩萨救了他的性命，将他变做这匹马，愿驮师父往西天拜佛。这是各人的功果，你莫攀他。"正说之间，远望见一簇松阴，几间房舍。长老道："徒弟啊，那壁厢有一座庄院，我们却好借宿去也。"行者举目观看，只见那半空中庆云笼罩，瑞霭遮漫，情知是佛仙点化，他却不敢泄漏天机，只道："好！好！好！我们借宿去来。"

长老连忙下马，见一座门楼，乃是垂莲象鼻，画栋雕梁。八戒道："这个人家，定是个富实之家。"行者就要进去，三藏道："不可，你我出家人，各避嫌疑。且等他有人出来，以礼求宿方可。"遂俱坐在台基边。久无人出，行者性急，跳起身入门里看处：原来是向南的三间大厅，帘栊高控。厅中间挂一轴寿山福海的横披画，画前安一张退光黑漆的香几，几上放一个古铜兽炉。两边金漆柱上，贴着一对大红纸的春联，上写着：风飘弱柳平池晚，雪点疏梅小院春。厅上又摆着六张交椅，两山头挂着四季吊屏。行者正看处，忽听得厅后有脚步之声，走出一个中年妇人来，娇声问道："是甚么人，擅入我寡妇之门？"

慌得个大圣连声道："小僧是东土大唐来的，奉旨向西方拜佛求经。一行四众，路过宝庄，天色已晚，特叩老菩萨檀府，告借一宵。"那妇人笑语相迎道："长老，那三位在那里？一总请来。"行者高声叫道："师父，请进来耶。"三藏才与八戒、沙僧牵马挑担而入，妇人便出厅迎接。八戒色眼偷看，只见那妇人：云鬓半偏飞凤翅，耳环双坠宝珠排。脂粉不施原自美，风流还似少年才。那妇人见了他三众，更加欣喜，邀入厅堂，一一相见，礼毕叙坐。那屏风后走出一个丫髻垂丝的女童，托着黄金盘、白玉盏，香茶喷异味，珍果散幽芳。那妇人露春笋，擎玉盏。对他们一一奉茶毕，又分付办斋。三藏启手道："老菩萨高姓？贵地是甚地名？"那妇人转莺声，吐燕语，答道："此间乃西牛东印度之地。小妇人娘家姓贾，夫家姓莫。幼年不幸，公姑早亡，与丈夫守承祖业，有家资万贯，良田千顷。夫妻命里无子，止生了三个女儿，前年大不幸，又丧了丈夫，小妇居孀，今岁服满。空遗下田产家业，再无个眷属亲人，只是我娘女们承领。欲嫁他人，又难舍家业。适承长老下降，是师徒四众。小妇娘女四人，意欲坐山招夫，四位恰好，不知尊意如何。"三藏闻言，推聋妆哑，瞑目宁心，寂然不答。

那妇人道："舍下有水田三百余顷，旱田三百余顷，山场果木三百余顷，牛马成群，猪羊无数。庄堡草场，共有六七十处。家下有八九年用不着的米谷，十来年穿不着的绫罗。一生有使不着的金银，胜似那锦帐藏春，说甚么金钗两路。你师徒们若肯招赘在寒家，自自在在，享用荣华，却不强如往西劳碌？"那三藏也只默默无言。

那妇人道："我是丁亥年三月初三日酉时生。我今年三十六岁。大女儿名真真，今年二十岁；次女名爱爱，今年十八岁；三小女名怜怜，今年十六岁，俱不曾许配人家。虽是小妇人丑陋，却幸小女俱有几分颜色，女红针指，无所不会。因是先夫无子，即把他们当儿子看养，小时也曾教他读些儒书，都晓得些吟诗作对。虽然居住山庄，也不是那十分粗俗之辈，料想也配得过列位长老，若肯长发留头，与舍下做个家长，穿绫着锦，煞强如那瓦钵缁衣，芒鞋云笠！"

三藏坐在上面，好便似雷惊的孩子，雨淋的虾蟆，只是呆呆挣挣，翻白眼儿打仰。那八戒闻得这般富贵，这般美色，他却心痒难挠，坐在那椅子上，一似针戳屁股，左扭右扭的忍耐不住，走上前，扯了师父一把道："师父！这娘子告诵你话，你怎么佯佯不睬？好道也做个理会是。"那师父猛抬头，咄的一声，喝退了八戒道："你这个业畜！我们出家人岂以富贵动心，美色留意。"那妇人笑道："可怜！可怜！出家人有何好处？"三藏道："女菩萨，你不知我出家的人好处哩。有诗为证：出家立志本非常，推倒从前恩爱堂。外物不生闲口舌，身中自有好阴阳。功完行满朝金阙，见性明心返故乡。胜似在家贪血食，老来坠落臭皮囊。"那妇人闻言大怒道："这泼和尚无礼！我若不看你东土远来，就该叱出。我倒是个真心实意，要把家园招赘汝等，你倒反将言语伤我。你就是受了戒，发了愿，永不还俗，好道你手下人我家也招得一个。你怎么这般执法？"三藏见他发怒，只得者者谦谦叫道："悟空，你在这里罢。"行者道："我从小儿不晓得干那般事，教八戒在这里罢。"八戒道："哥啊，不要栽人么。大家从长计较。"三藏道："你两人不肯，便教悟净在这里罢。"沙僧道："你看师父说的话。弟子蒙菩萨劝化，受了戒行，跟随师父。怎敢贪图富贵！宁死也要往西天去，决不干此欺心之事。"那妇人见他们推辞不肯，急抽身转进屏风，扑的把腰门关上。将师徒们撇在外面，茶饭全无，再没人出。

八戒心中焦燥，埋怨唐僧道："师父忒不会干事，把话都说杀了。你好道还活着些脚儿，只含糊答应，哄他些斋饭吃了，今晚落得一宵快活，明日肯与不肯，在乎你我了。似这般关门不出，我们这一夜怎过！"悟净道："二哥，你在他家做个女婿罢。"八戒道："兄弟，不要栽人。从长计较。"行者道："计较甚的？你要肯，便就教师父与那妇人做个亲家，你就做个倒踏门的女婿。他家这等有财有宝，一定倒陪妆奁，整治个会亲的筵席，我们也落些受用。你在此间还俗，却不是两全其美？"八戒道："话便也是这等说，却只是我脱俗又还俗，停妻再娶妻了。"沙僧道："二哥原来是有嫂子的？"行者道："你还不知他哩，他本是乌斯藏高太公的女婿。因被老孙降了，他也曾受菩萨戒行，没奈何，所以弃了前妻，随师父往西拜佛。他想是离别的久了，适才听见这些话，断然又有此心。呆子，你与这家子做了女婿罢，只是多拜老孙几拜，我不检举你就是了。"那呆子道："乱说！乱说！大家都有此心，独拿老猪出丑。常言道：和尚是色中饿鬼。那个不要如此？都这们扭扭捏捏拿班儿，把好事都弄裂了。致如今茶水不见，灯火俱无，虽熬了这一夜，但那匹马明日又要驮人，又要走路，再若饿上这一夜，只好剥皮罢了。你们坐着，等老猪去放放马来。”那呆子虎急急的，解了缰绳，拉出马去。行者道：“沙僧，你且陪师父坐这里，等老孙跟他去，看他往那里放马。”这大圣走出厅房，摇身一变，变作个红蜻蜓儿，飞出前门，赶上八戒。

那呆子拉着马，有草处且不教吃草，嗒嗒嗤嗤的赶着马，转到后门首去，只见那妇人带了三个女子，在后门站着，看菊花儿要子。看见八戒来时，三个女儿闪将进去，那妇人伫立门首道：“小长老那里去？”这呆子丢了缰绳，上前唱个喏，道声：“娘！我来放马的。”那妇人道：“你师父忒弄精细，在我家招了女婿，却不强似做挂搭僧，往西跄路？”八戒笑道：“他们是奉了唐王的旨意，不敢有违君命，不肯干这件事。刚才都在前厅上栽我，我又有些碍上碍下的，只恐娘嫌我嘴长耳大。”那妇人道：“我也不嫌，家下无个家长，招一个倒也罢了，但恐小女儿有些儿嫌丑。”八戒道：“娘，你上复令爱，不要这等拣汉。想我那唐僧人才虽俊，却不中用。我丑自丑，有几句口号儿。”妇人道：“你怎的说么？”八戒道：“我虽然人物丑，勤紧有些功。若言千顷地，不用使牛耕。只消一顿钯，布种及时生。没雨能求雨，无风会唤风。房舍若嫌矮，起上二三层。家长里短诸般事，踢天弄井我皆能。”那妇人道：“既然干得家事，你再去与你师父商量商量看，十分不尴尬，便招了你罢。”八戒道：“不用商量！他又不是我的生身父母，干与不干，都在于我。”妇人道：“也罢，也罢，等我与小女说看。”他闪进去，扑的掩上后门。八戒也不放马，将马拉向前来。怎知孙大圣已一一尽知，他转翅飞来，现了本相，先见唐僧道：“师父，八戒牵马来了。”长老道：“马若不牵，恐怕撒欢走了。”行者笑将起来，把那妇人与八戒说的勾当，从头说了一遍。

少时间，见呆子拉将马来拴下，长老道：“你马放了？”八戒道：“无甚好草，没处放马。”行者道：“没处放马，可有处牵马么？”呆子闻得此言，情知走了消息，也就垂头努嘴，半晌不言。又听得呀的一声，腰门开了，有两对红灯，一对提炉，香云靄靄，环佩叮叮，那妇人带着三个女儿，走将出来，叫真真、爱爱、怜怜，过来拜见取经的人物。那女子排立厅中，朝上礼拜。果然生得标致非凡 但见他：一个个蛾眉横翠，粉面生春。妖娆倾国色，窈窕动人心。半含笑处樱桃绽，缓步行时兰麝喷。真个是九天仙女从天降，月里嫦娥下彩云！那三藏合掌低头，孙大圣佯佯不睬，这沙僧转背回身。你看那猪八戒，眼不转睛，淫心紊乱，色胆纵横，扭捏出悄语低声道："有劳仙子下降。娘，请姐姐们去耶。"那三个女子，转入屏风，将一对纱灯留下。妇人道："四位长老，可肯留心，着那个配我小女么？"悟净道："我们已商议了，着那个姓猪的招赘门下。"八戒道："兄弟，不要栽我，还从众计较。"行者道："还计较甚么？你已是在后门首说合的停停当当，如今师父做个男亲家，这大娘做个女亲家，等老孙做个保亲，沙僧做个媒人。也不必看通书，今朝是个天恩上吉日，你来拜了师父，进去做了女婿罢。"八戒道："弄不成！弄不成！那里好干这个勾当！"行者道："呆子，不要者嚣，你那口里娘也不知叫了多少，又是甚么弄不成？快快的进去，携带我们吃些喜酒也好。"他一只手揪着八戒，一只手扯住妇人道："亲家母，带你女婿进去。"那呆子脚儿趄趄的要往里面走，妇人即唤童子："铺排晚斋，管待三位亲家。我领姑夫房里去也。"一壁厢分付庖丁排筵设宴，明晨会亲。他三众吃了斋，急急开铺，都在客座里安歇不题。

却说那八戒跟着丈母，行入里面，一层层也不知多少房舍，磕磕撞撞，尽都是门槛绊脚。呆子道："娘，慢些儿走，我这里边路生，你带我带儿。"那妇人道："这都是仓房、库房、碾房各房，还不曾到那厨房边哩。"八戒道："好大人家！"转弯抹角，又走了半会，才是内堂房屋。那妇人道："女婿，你师兄说今朝是天恩上吉日，就教你招进来了。却只是仓卒间不曾请得个阴阳，拜堂撒帐，你可朝上拜八拜儿罢。"八戒道："娘，娘说得是，你请上坐，等我也拜几拜，就当拜堂，就当谢亲，却不省事？"妇人笑道："也罢，也罢。"

你看那满堂中银烛辉煌，这呆子朝上礼拜，拜毕道："娘，你把那个姐姐配我哩？"他丈母道："正是这些儿疑难：我要把大女儿配你，恐二女怪；要把二女配你，恐三女怪；欲将三女配你，又恐大女怪，所以踌躇未定。”八戒道：“娘，既怕相争，都与我罢，省得闹闹炒炒，乱了家法。”妇人道：“岂有此理！你一人就占我三个女儿不成！我这里有一方手帕，你顶在头上，遮了脸，撞个天婚，教我女儿从你跟前走过，你伸开手扯倒那个，就把那个配了你罢。”呆子依言，接了手帕，顶在头上。诗曰：痴愚不识本原由，色剑伤身暗自休。从来但信周公礼，今日新郎顶盖头。那呆子顶裹停当道：“娘，请姐姐们出来么。”那妇人叫：“真真、爱爱、怜怜，都来撞天婚，配与你女婿。”只听得环佩响亮，兰麝馨香，似有多少女子来往，那呆子真个伸手去捞人。左右乱捞，莫想捞着一个。两头跑晕了，立站不稳，只是打跌。东扑触着柱科，西摸撞着板壁，前来蹬着门扇，后去汤着砖墙，磕磕撞撞，跌得嘴肿头青，坐在地下，气喘嘘嘘的道：“娘啊，你女儿这等乖滑得紧，捞不着一个，奈何！奈何！”那妇人与他揭了盖头道：“女婿，不是我女儿乖滑，他们大家谦让，不肯招你。”八戒道：“娘啊，既是他们不肯招我啊，你招了我罢。”妇人道：“好女婿呀！这等没大没小的，连丈母也都要了！我这三个女儿，心性最巧，他一人结了一个珍珠篏锦汗衫儿。你若穿得那个的，就教那个招你罢了。”八戒道：“好！好！好！把三件儿都拿来我穿看。若都穿得，就教都招了罢。”那妇人转进房里，止取出一件来递与八戒。那呆子脱下青锦布直裰，理过衫儿，就穿在身上，还未曾系上带子，扑的一跤，跌倒在地，原来是几条绳紧紧绷住。那呆子头疼叫喊，这些人早已不见了。

却说三藏三众一觉睡醒，不觉的东方发白。忽睁睛抬头观看，那里得看那大厦高堂，雕梁画栋，一个个都睡在松柏林中。慌得那长老跳起来，忙呼行者。沙僧道：“哥哥，罢了！罢了！我们遇着鬼了！”孙大圣心中明白，微微笑道：“这松林下落得快活，但不知那呆子在那里受罪哩。”长老道：“如何受罪？”行者笑道：“昨日这家子娘女们，不知是那里菩萨，在此显化我等，想是半夜里去了，只苦了猪八戒受罪。”三藏闻言，合掌顶礼，又只见那后边古柏树上，飘着一张简帖儿。沙僧急去取来与师父看时，却是八句颂子云：“黎山老母不思凡，南海菩萨请下山。普贤文殊皆是客，化成美女在林间。圣僧淡漠禅机定，八戒贪淫劣性顽。从此洗心须改过，若生怠慢路途难！”那长老三人正然唱念此颂，只听得林深处高声叫道：“师父啊，救我一救！下次再不敢了！”三藏道：“那叫唤的可是悟能么？”沙僧道：“正是。”行者道：“兄弟，莫睬他，我们去罢。”三藏道：“那呆子虽是心性愚顽，还看当日菩萨之念，救了他同去罢。”那沙和尚却收拾了担子；孙大圣解缰牵马，引唐僧入林寻看。咦！这正是：从正修持须谨慎，扫除爱欲自归真。毕竟不知那呆子凶吉如何，且听下回分解。

第二十四回 万寿山大仙留故友 五庄观行者窃人参

却说那三人穿林入里,只见那呆子绷在树上,声声叫喊,痛苦难禁。行者上前笑道:"好女婿呀! 这早晚还不起来谢亲,又不到师父处报喜,还在这里卖解儿耍子哩! 咄! 你娘呢? 你老婆呢? 好个绷巴吊拷的女婿呀!"那呆子见他抢白,咬着牙,忍着疼,不敢叫喊。沙僧见了,老大不忍,上前解了绳索救下。呆子对他们羞耻难当,有《西江月》为证:色乃伤身之剑,贪之必定遭殃。佳人二八好容妆,更比夜叉凶壮。只有一宗原本,再无微利添囊。好将资本谨收藏,坚守休教放荡。那八戒撮土焚香,望空礼拜。行者道:"你可认得那些菩萨么?"八戒道:"我已此晕倒昏迷,那认得是谁?"行者把那简帖儿递与八戒,八戒见了,更加惭愧。沙僧笑道:"二哥有这般好处哩,感得四位菩萨来与你做亲!"八戒道:"兄弟再莫提起了,从今后再也不敢妄为。只是摩肩压担,随师父西域去也。"三藏道:"如此才是。"

行者遂领师父上了大路。在路餐风宿水,行罢多时,忽见一座高山,只见那:花开花谢崖前景,云去云来岭上峰。三藏在马上欢喜道:"徒弟,我一向西来,经历许多山水,更不似此山好景,若是相近雷音不远路,我们好整肃端严见世尊。"行者道:"早哩!"沙僧道:"师兄,我们到雷音有多少远?"行者道:"十万八千里,十停中还不曾走了一停哩。"八戒道:"哥哥呵,要走几年才得到?"行者道:"这些路,若论二位贤弟,便十来日也可到;若论我走,一日也好走五十遭,还见日色。若论师父走,莫想! 莫想!"唐僧道:"悟空,依你说几时方可到?"行者道:"你自小时走到老,老了再小,老小千番也还难。只要你见性志诚,回首处即是灵山。"沙僧道:"师兄,此间虽不是雷音,观此景致,必有个好人居止。"行者道:"此言却当。这里一定是个圣境仙乡,我们游玩慢行。"不题。

却说这座山名唤万寿山,山中有个五庄观,观里有一尊仙,道号镇元子,混名与世同君。那观里出一般异宝,乃是混沌初分,天地未开之际,产成这颗灵根。盖天下四大部洲,惟西方五庄观出此,唤名草还丹,又名人参果。三千年开花,三千年结果,三千年成熟,短头一万年,才只结得三十个果子。其形就如三朝未满的小孩相似,四肢俱全,五官咸备。人若有缘,得闻了一闻,就活了三百六十岁;吃一个,就活了四万七千年。当日镇元大仙因元始天尊邀他到上清天上弥罗宫中讲混元道果,当日带领众仙弟子上界听讲,止留两个绝小的看家:一名清风,一名明月。两个都有一千二三百岁。大仙临行,分付二童道:"我去后不日有个故人从此经过,他名为唐三藏,原是如来佛第二个徒弟。道号金蝉子,五百年前,我与他在兰盆会上相识,他如今奉东土唐王旨意,往西天拜佛求经,却不可怠慢了他,可将人参果打两个与他吃,须防他手下人罗唣,不可惊动他知。"二童领命讫。

却说唐僧四众,在山游玩,忽抬头,见那松篁一簇,楼阁数层。不一时,来到门首,果然是福地灵区,名山古洞。清虚人事少,寂静道心生。三藏离鞍下马,又见那山门左边有一通碑,碑上有十个大字,乃是"万寿山福地,五庄观洞天"。长老道:"徒弟,真个是一座观宇。我们进去看看。"行者道:"说得是。"遂都一齐进去,又见那二门上有一对春联,写道:长生不老神仙府,与天同寿道人家。行者笑道:"这道士说大话唬人。老孙常在那太上老君门首,也不曾见有此话说。"

及至二层门里,只见那里面急急忙忙走出两个小童儿来。看他骨清神爽,丰采异常,正是那清风明月二个。他控背躬身,出来迎接道:"老师父,失迎,请坐。"长老欢喜,遂与二童上了正殿。看那壁中间挂着五彩妆成的"天地"二大字,设一张朱红香几,几上有一副黄金炉瓶,唐僧上前拈香,拜毕,回头道:"仙童,你五庄观真是西方仙界,何不供养三清、四帝、罗天诸宰,只将'天地'二字侍奉香火?"童子笑道:"不瞒老师父,这两个字上头的礼上还当,下边的还受不得我们的香火。是家师父谄佞出来的。"三藏道:"何为谄佞?"童子道:"三清是家师的朋友,四帝是家师的故人,九曜、元辰都是家师的晚辈。"那行者闻言,就笑得打跌。三藏道:"令师何在?"童子道:"家师是元始天尊请到上清天弥罗宫讲道去了。"行者闻言,又忍不住大笑。三藏分付他三人："且去看马，搬行李，借锅做饭，不必在此。"他三个便都去了。

二童奉了茶，才又问道："老师可是大唐往西天取经的唐三藏？"长老道："贫僧就是，仙童为何知我贱名？"童子道："我师临行，曾分付弟子们来。老师请坐，待弟子取粗果来奉献。"二童别了三藏，同到房中，一个拿了金击子，一个拿了丹盘，又多将丝帕垫着盘底，径到人参园内。那清风爬上树去，使金击子敲果；明月在树下，以丹盘等接。须臾，敲下两个果来，接在盘中，径至前殿奉献道："唐师父，我五庄观土僻山荒，无物可奉，土宜素果二枚，权为解渴。"那长老见了，战战兢兢，远离三尺道："善哉！善哉！今岁倒也年丰时稔，怎么这观里作荒吃人？这个是三朝未满的孩童，如何与我解渴？"清风暗道："这和尚肉眼凡胎，不识我仙家异宝。"明月上前道："老师，此物叫做人参果，实是树上结的。"长老道："乱谈！乱谈！树上又会结出人来？拿过去，不当人子！"那两童见千推万阻不吃，只得拿转本房。那果子却也跷蹊，久放不得，若放多时即僵了，不中吃。二人到于房中，一家一个，坐在床边上只情吃起。

原来他那道房，与那厨房紧紧的间壁，这边悄悄的言语，那边即便听见。八戒正在厨房里做饭，先前听见说取金击子，拿丹盘，他已在心。又听见说唐僧不认得是人参果，拿在房里自吃，口里忍不住流涎道："怎得一个儿尝新！"自家身子又狼犺，只等行者来计较。不多时，见行者牵马来拴在树上，径往后走。那呆子用手乱招道："这里来！"行者转身到厨房中道："呆子，你嚷甚的？"八戒道："这观里有一件宝贝，你可晓得？"行者道："甚么宝贝？"八戒道："是人参果，你曾见么？"行者惊道："这个真不曾见。但只闻得人说，人参果乃是草还丹，人吃极能延寿。如今那里有得？"八戒道："他这里有。那童子拿两个与师父吃，老和尚不认得，道是三朝未满的孩儿，不曾敢吃。那童子老大惫懒，师父既不吃，便该让我们，他瞒着我们，才自在这隔壁房里一家一个吃了。我们怎么得一个儿尝新？我想你还溜撒，去偷他几个来尝尝如何？"行者道："这个容易，老孙去，手到擒来。"急抽身往前就走，八戒扯住道："哥啊，我听得他在这房里说，要拿甚么金击子去打哩。须是干得停当。”行者道：“我晓得。”随即使一个隐身法，闪进道房看时，那两个道童却不在房里。行者四下里观看，只见窗棂上挂着一条赤金：有二尺长短，指头粗，底下是一个蒜头子，上边系着一根绿绒绳儿。他想：此物就叫做击子。取下来，出了道房，径入后边去，推开两扇门，抬头观看，呀！却是一座花园！走过花园，又是一座菜园。走过菜园，却又见一层门。推开看处，只见那正中间有一株大树，真个是青枝馥郁，绿叶阴森，那叶儿却似芭蕉模样，直上去有千尺余高，根下有七八丈围圆。那行者倚在树下，往上一看，只见向南的枝上，露出一个人参果，真个像孩儿一般。原来尾上是个扢蒂，看他丁在枝头，手脚乱动，点头幌脑，风过处似乎有声。行者欢喜不尽，道：“好东西呀！果然罕见！”

他倚着树，搜的一声，撺将上去。把金击子敲了一下，那果子扑的落将下来。他随跳下来跟寻，寂然不见，四下里草中找寻，更无踪迹。行者道：“跷蹊！想是有脚的会走，就走也跳不出去。我知道了，想是花园中土地不许老孙偷他果子，他收了去也。”他捻着诀，念一句“唵”字咒，拘得那花园土地前来，对行者施礼道：“大圣呼唤小神，有何分付？”行者道：“你岂不知老孙是盖天下有名的贼头。我当年偷蟠桃、盗御酒、窃灵丹，也不曾有人敢与我分用。怎么今日偷他一个果子，你就抽了我的头去了！这果子是树上结的，空中过鸟也该有分，老孙就吃他一个，有何大害？怎么你就捞了去？”土地道：“大圣错怪了小神也。这宝贝乃是地仙之物，小神是个鬼仙，怎么敢拿去？就是闻也无福闻闻。”行者道：“你既不曾拿去，如何刚打下来就不见了？”土地道：“大圣只知这宝贝延寿，更不知他与五行相畏。”行者道：“怎么相畏？”土地道：“这果子遇金而落，遇木而枯，遇水而化，遇火而焦，遇土而入。敲时必用金器，方得下来。打下来，却将盘儿用丝帕衬垫方可；若受些木气，就枯了，就吃也不得延寿。吃他须用瓷器，清水化开食用，遇火即焦而无用。遇土而入者，大圣方才打落地下，他即钻下土去了。这个土有四万七千年，就是钢钻也钻他不动，比生铁也还硬三四分，人吃了他所以长生。”行者不信，即掣金箍棒筑了一下，响一声迸起棒来，土上更无痕迹。行者道：“果然！果然！这等说，我却错怪了你了，你回去罢。”那土地即回去讫。

大圣却有算计，爬上树，一只手使击子，一只手将布直裰襟儿扯起来做个兜子，他却串枝分叶，敲了三个果，兜在襟中，跳下树，一直前来，径到厨房里。与八戒看道：“这不是老孙的手到擒来？这个果子也莫背了沙僧，可叫他一声。”八戒即招手叫沙僧进厨房。行者放开衣兜道：“兄弟，你看这个是甚东西？”沙僧道：“是人参果。”行者道：“好啊！你倒认得，你曾在那里吃过的？”沙僧道：“小弟虽不曾吃，但旧时做卷帘大将，尝见海外诸仙将此果与玉皇上寿。见便曾见，却未曾吃。哥哥，可与我些儿尝尝？”行者道：“不消讲，兄弟们一家一个。”他三人将三个果各各受用。那八戒食肠大，口又大，拿过来，张开口，不觉毂辘的吞咽下肚，却问行者、沙僧道：“你两个吃的是甚么滋味？”行者道：“你倒先吃了，又来问谁？”八戒道：“吃的忙了些，也不知有核无核，就吞下去了。哥啊，为人为彻。你再去弄个儿来，老猪细细的吃吃。”行者道：“兄弟，你好不知止足。这个东西，我们吃他这一个，也是大有缘法，非同小可。罢罢罢！勾了！”他起身把一个金击子瞒窗眼儿丢进道房里，竟不睬他。

那呆子只管絮絮叨叨的唧哝。不期那两个道童复进房来，只听得八戒还嚷甚么人参果再得一个儿吃吃才好。清风听见心疑道：“明月，你听那长嘴和尚讲人参果还要个吃吃。师父别时叮咛，教防他手下人罗唣，莫是他偷了我们宝贝么？”明月回头道：“哥耶，不好了！金击子如何落在地下？我们去园里看看来！”他两个急急忙忙的走去，只见花园开了，菜园门也开了。忙入人参园里，倚在树下，望上查数，颠倒来往，只得二十二个。明月道：“果子原是三十个。师父开园，分吃了两个，适才打两个与唐僧吃，还有二十六个。如今止剩得二十二个，却不少了四个？不消讲，不消讲，是那伙恶人偷了，我们只骂唐僧去。”

两个出了园门，径来殿上，指着唐僧秃前秃后，秽语污言，不绝口的乱骂。唐僧听不过道：“仙童啊，你闹的是甚么？”清风说：“你的耳聋？你偷吃了人参果，怎么不容我说。”唐僧道：“人参果怎么模样？”明月道：“才拿来与你吃，你说像孩童的不是？”唐僧道：“阿弥陀佛！

那东西一见，我就心惊胆战，还敢偷他吃哩，不要错怪了人。"清风道："你虽不吃，还有手下人要偷吃的哩。"三藏道："这也说得是，你且莫嚷，等我问他们看。果若是偷了，教他赔你个礼罢了。"便叫声："徒弟都来。"沙僧听见道："不好了！一定是人参果的事发了。"行者道："活羞杀人！这个不过是饮食之类。若说出来就是我们偷嘴了，只是莫认罢。"八戒道："正是，正是。"他三人只得走上殿去。毕竟不知怎么与他抵赖，且听下回分解。

第二十五回　镇元仙赶捉取经僧　孙行者大闹五庄观

却说他兄弟三众,到了殿上。三藏道:“徒弟,他这观里,有甚么人参果,你们是那一个偷他的吃了?”八戒道:“我不晓得。”清风指着行者道:“笑的就是他!笑的就是他!”行者喝道:“我老孙生的是这个笑容儿,莫成为你不见了甚么果子,就不容我笑?”三藏道:“徒弟,我们出家人,休打诳语,莫吃昧心食,果然吃了他的,赔他个礼罢,何苦这般抵赖?”行者见师父说得有理,他就实说道:“师父,不干我事,是八戒听见那两个道童吃,他想一个儿尝新,着老孙去打了三个,我兄弟各人吃了一个。如今待要怎么?”明月道:“偷了我四个,这和尚还说不是贼哩!”八戒道:“阿弥陀佛!既是偷了四个,怎么只拿出三个来分,预先就打起一个偏手?”那呆子倒转乱嚷。

二仙童问得是实,越加毁骂。就很得个大圣钢牙咬响,火眼睁圆,想道:“这童子这样可恶,等我送他一个绝后计,教他大家都吃不成!”他即把毫毛拔了一根,变做个假行者,陪着八戒、沙僧,他的真身纵云头跳将起去,径到人参园里,掣金箍棒往树上乒乓一下,又使个推山移岭的神力,把树一推推倒。可怜叶落枒开根出土,道人断绝草还丹!那大圣在树枝上寻果子,那里得有半个?原来这宝贝遇金而落,他的棒两头是金裹的,况铁又是五金之类,所以敲着就震下来,既下来又遇土而入,因此上边再没一个果子。他道:“好!好!好!大家散火!”径往前来,收了毫毛,依旧站立。那些人那里认得。

却说那两童骂勾多时转身,清风道:“明月,这些和尚也受得气哩,我们骂了这半会,他通没个招声,莫非他不曾偷吃。倘或树高叶密,数得不明,不要诳骂了他!我和你再去查查。”明月道:“也说得是。”他两个又到园中,只见那树倒枒开,果空叶落,唬得两个魂飞魄散,倒在尘埃,只叫:“怎么好!怎么好!断绝了我仙家的丹头!师父来家,我两个怎的回话?”明月道:“师兄莫嚷,这个没有别人,定是那个毛脸和尚做的事。若是与他分说，定要与他争斗，你想我们两个怎么敌得过他四个？且不如去哄他一哄，转与他赔个不是。他们饭已熟了，我们再贴他些儿小菜。等他吃饭时，扑的把门关倒锁住，不要放他，待师父来家，凭他怎的处置就是。”清风道：“有理！有理！”

他两个勉生欢喜，径来殿上，对唐僧谢罪道：“师父，适间言语冲撞，莫怪，莫怪。”三藏问道：“怎么说？”清风道：“果子不少，只因树高叶密，不曾看得明白。才然又去查查，还是原数。”三藏道：“既如此，盛将饭来，我们吃了去罢。”那八戒便去盛饭，二童忙取小菜，又提一壶好茶，伺候左右。那师徒四众，却才拿起碗来，这童儿一边一个，扑的把门关上，插上一把两镄铜锁。八戒笑道：“这童子差了。你这里风俗却怎的关了门吃饭？”明月道：“正是，正是，好歹吃了饭儿开门。”清风骂道：“我把你这个害馋痨、偷嘴的秃贼！你偷吃了我的仙果，已该一个擅食田园瓜果之罪，却又把我的仙树推倒，坏了我五庄观的仙根，你还要说嘴哩！若能勾到得西方参佛面，只除是转背摇车再托生！”三藏闻言，丢下饭碗，把块石头放在心上。那童子将那三层门都上了锁，却又来正殿门首恶语恶言，只骂到天晚才去。

唐僧埋怨行者道：“你这个猴头，番番撞祸！你偷吃了他的果子，就让他骂几句便也罢了。怎么又推倒他的树？若论这般情由，告起状来，就是你老子做官，也说不通。”行者道：“师父莫闹，那童儿都去了，只等他睡着了，我们连夜起身。”沙僧道：“哥啊，几层门都上了锁，如何走么？”行者笑道：“莫管！莫管！老孙自有法儿。”八戒道：“愁你没有法儿哩！你一变，变甚么虫蛭儿，瞒格子眼里就飞将出去，只苦了我们不会变的，在此顶缸受罪哩！”唐僧道：“他若不同你我出去啊，我就念起旧话儿经来，看他怎生消受！”八戒闻言道：“师父，我从不曾听见个甚么旧话儿经啊。”行者道：“兄弟，你不知道，我顶上戴的这个箍儿，是观音菩萨赐与我师父的。师父哄我戴了，就生了根，叫做《紧箍儿咒》。他旧话儿经即此是也。但若念动了，我就头疼，故有这个法儿难我。师父你莫念，管情大家一齐出去。”

说话之间，不觉东方月上。行者道：“此时正好走了。”把金箍棒捻在手中，使一个解锁法，往门上一指，只听得突的一声响，几层门双鐄俱落，嗯喇的开了门扇。请师父出了门，上了马，八戒挑担，沙僧拢马，径投西路而去。行者道："你们且慢行，等老孙去照顾那两个童儿睡一个月。"复进去，到那童儿睡的房门外。他腰里有带得有瞌睡虫儿，原在东天门与增长天王猜枚要子赢的。他摸出两个来，瞒窗眼儿弹将进去，径奔到那童子脸上，鼾鼾沉睡，再莫想得醒。他才赶上唐僧，顺大路一直西奔。

这一夜马不停蹄，行到天晓，三藏道："这个猴头弄杀我也！你因为嘴，带累我一夜无眠！"行者道："不要埋怨。天色明了，你且在这路旁边树林中将就歇歇，养养精神再走。"那长老只得下马，倚松根权作禅床坐下，八戒、沙僧俱各打盹睡觉。孙大圣偏有心肠，你看他跳树扳枝顽要。四众歇息不题。

却说那大仙自元始宫散会，领众弟子径回观中。看时，只见观门大开，殿上香火全无，人踪俱寂。到二童房门首看处，只见关着门，鼾鼾沉睡。任外边打门乱叫。就撬开门，扯下床来，也只是不醒。大仙笑道："好仙童啊！成仙的人，神满再不思睡，却怎么这般困倦？莫不是有人捉弄了他也？快取水来。"大仙念动咒语，噀一口水，喷在脸上，随即解了睡魔。

二人方醒，忽睁睛看见仙师和仙兄等众，慌得那清风顿首、明月叩头道："师父啊！你那故人，东来的和尚，原来是一伙强盗，十分凶狠！"大仙笑道："如何？"两童将上项事细说了一遍，止不住伤心落泪。大仙更不恼怒，道："莫哭！莫哭！你不知那姓孙的，也是个太乙散仙，也曾大闹天宫，神通广大。既然打倒了宝树，你可认得那些和尚？"清风道："都认得。"大仙道："既认得，跟我来。众徒弟们收拾下刑具，等我回来打他。"众仙领命。

大仙与两童纵起云头来，赶三藏，顷刻间就看见他四众。清风指道："那路旁树下坐的是唐僧。"大仙按落云头，摇身一变，变作个行脚全真。手摇麈尾，径到树下，对唐僧高叫道："长老，贫道稽首了，"那长老忙忙答礼道："失瞻失瞻"，大仙问："长老是那方来的？"三藏道："贫僧乃东土大唐差往西天取经者。"大仙道："长老东来，可曾荒山经过？"长老道："不知仙宫是何宝山？"大仙道："万寿山五庄观便是。"行者忙答道:"不曾!不曾!我们是打上路来的。"那大仙指定笑道:"我把你这个泼猴!你瞒谁哩?你倒在我观里把我人参果树打倒,连夜走在此间,还遮饰甚么?不要走!趁早去还我树来!"行者闻言,心中恼怒,掣铁棒不容分说,望大仙劈头就打。大仙侧身躲过,踏祥光,径到空中,现了本相。那行者没高没低的棍子乱打。大仙把玉麈左遮右挡,忽地使一个袖里乾坤的手段,在云端里把袍袖迎风轻轻的一展,把四僧连马一袖子笼住。

径回观中坐下,叫徒弟拿绳来。众小仙一一伺候。你看他从袖子里,却像撮傀儡一般,把他四众逐个取出,每一根柱子绑了一个。将马拴在庭中,行李抛在廊下。又叫徒弟取出皮鞭来,"且将这些和尚打一顿,与我人参果出气!"众仙即忙取出一条龙皮做的七星鞭,是着水浸的。一个小仙把鞭执定道:"师父,先打那个?"大仙道:"唐三藏做大不尊,先打他。"行者闻言道:"先生差了。偷果子是我,吃果子是我,推倒树也是我,怎么不先打我,打他做甚?"大仙笑道:"这泼猴倒言语膂烈。这等便先打他。"小仙问:"打多少?"大仙道:"照依果数,打三十鞭。"那小仙轮鞭就打。行者恐仙家法大,睁眼看打那里。原来打腿,行者就把腰扭一扭,变作两条熟铁腿,任他打。打了三十,天早晌午了。大仙又道:"还该打三藏训教不严,纵放顽徒撒泼。"那仙又轮鞭来打,行者道:"先生又差了。偷果子时我师父不知,是我兄弟们做的勾当。纵是师父有罪,我为弟子的也当替打,再打我罢。"大仙道:"这泼猴虽是狡猾奸顽,却倒也有些孝意。既这等,还打他罢。"小仙又打了三十。行者低头看看,两只腿似明镜一般,通打亮了,更不知些疼痒。此时天色将晚,大仙道:"且把鞭子浸在水里,待明朝再打。"遂各各归房。安寝不题。

那长老泪眼双垂,怨他三个徒弟道:"你等撞出祸来,却带累我在此受罪,这是怎的起?"行者道:"且莫要嚷,再停会儿走路。"正话处,早已万籁无声。行者把身子小一小,脱下索来道:"师父去呀!"他即解下三众,收拾了行李、马匹,一齐出了观门。又教八戒把柳树伐四棵来,将枝梢折了,复进去将原绳照旧绑在柱上。大圣念动咒语,咬破舌尖,将血喷在树上,叫:"变!"即变做他四众一般相貌,也会说话应名。他两个却才放开步,赶上师父。这一夜依旧马不停蹄,走到天明,那长老在马上打盹,行者见了道:"师父不济!且在山坡下歇歇再走。"

不说他师徒在路暂住。且说那大仙天明起来,吃了早斋,出在殿上,教拿鞭来:"今日却该打唐三藏了。"那小仙轮着鞭,望唐僧道:"打你哩。"那柳树也应道:"打么。"乒乓打了三十。轮过鞭来,将八戒、沙僧都打了,却又打到行者。那行者在路,忽然打个寒噤道:"不好!"我将四棵柳树变作我师徒四众,我只说他昨日打了我两顿,今日想不打了。却又打我的化身,所以我真身打噤,收了法罢。"那行者慌忙念咒收法。

你看那些道童丢了皮鞭,报道:"师父啊,适才打的都是柳树之根!"大仙呵呵冷笑道:"孙行者,真是一个好猴王!你走了也罢,却怎么绑些柳树在此,冒名顶替?决莫饶他,赶去来!"那大仙说声赶,纵起云头,往西一望,只见他四众挑包策马,正然走路。大仙低下云头,叫声:"孙行者!往那里走!还我人参树来!"八戒听见道:"罢了!对头又来了!"行者道:"师父,且把善字儿包起,让我们一发结果了他,脱身去罢。"唐僧闻言,战战兢兢,未曾答应,他兄弟三众各举神兵,一齐上前,把大仙围住在空中,乱打乱筑。那大仙只把蝇帚儿演架。那消半晌工夫,他将袍袖一展,依然将四僧一马并行李一袖笼去,返云头又到观里,坐于殿上,却又在袖儿里一个个搬出,喝令众仙都捆绑了。叫抬出一口大锅支在阶下。架起干柴烈火,把清油倒上一锅,大仙分付:"把锅烧滚了,将孙行者下油锅扎他一扎,与我人参树报仇!"行者闻言暗喜道:"正可老孙之意。这一向不曾洗澡,有些儿皮肤燥痒,好歹盪盪,足感盛情。"顷刻间,那油锅将滚。大圣却又恐他仙法难参,急回头四顾,只见那台下西边有一个石狮子。行者将身滚到西边,咬破舌尖,把石狮子喷了一口,叫声:"变!"变作他本身模样,也这般捆作一团,他却出了元神,起在云端里,低头看着道士。

只见那小仙报道:"师父,油锅滚透了。"大仙教"把孙行者抬下去",四个仙童抬不动,八个来也抬不动,又加四个也抬不动。众仙道:"这猴子恋土难移,小自小,倒也结实。"却教二十个小仙扛将起来,往锅里一掼,烹的响了一声,溅起好些滚油点子,把那小道士们脸上溢了几个燎浆大泡!只听得烧火的道:"锅漏了!锅漏了!"说不了油漏得罄尽,锅底打破,原来是一个石狮子放在里面。

大仙大怒道:"这个泼猴,着然无礼!被他当面做了手脚!你走了便罢,怎么又捣了我的灶?这泼猴枉自也拿他不住,罢!罢!罢!饶他去罢。且另换新锅,把唐三藏扎一扎,与人参树报报仇罢。"行者在半空里听得,即忙按落云头,叉手上前道:"莫要扎我师父,还等我来下油锅。"大仙骂道:"你这猴狲!怎么弄手段捣了我的灶?"行者笑道:"你遇着我就该倒灶,干我甚事?我才自也要领你些油汤油水之爱,但只是大小便急了,若在锅里开风,恐怕污了你的熟油,不好调菜吃,如今通干净了,不要扎我师父,还来扎我。"那大仙闻言,呵呵冷笑,走出殿来,一把扯住。毕竟不知有何话说,且听下回分解。

第二十六回 孙悟空三岛求方 观世音甘泉活树

处世须存心上刃,修身切记寸边而。刚强更有刚强辈,自古饶人不是痴。却说那镇元大仙用手搀着行者道:“我也知道你的本事,只是你今番越礼欺心,纵有腾那,脱不得我手。我就和你同到西天,见了你那佛祖,也少不得还我人参果树。你莫弄神通!”行者笑道:“你这先生,好小家子样!若要树活,有甚疑难!早说这话,可不省了一场争竞?”大仙道:“不争竞,我肯善自饶你?”行者道:“你解了我师父,我还你一棵活树如何?”大仙道:“你若医得树活,我情愿与你八拜为交,结为兄弟。”行者道:“不打紧,放了他们,老孙管教还你活树。”大仙谅他走不脱,即命解放了三藏、八戒、沙僧。三藏道:“你往何处去求方?”行者道:“古人云,方从海上来。我今要上东洋大海,遍游三岛十洲,访问仙翁圣老,求一个起死回生之法,管教医得他树活。”三藏道:“此去几时可回?”行者道:“只消三日。”三藏道:“既如此说,就与你三日之限。三日里来便罢,若三日之外不来,我就念那话儿经了。”行者道:“遵命,遵命。”

你看他急纵觔斗云,径上东洋大海。早到蓬莱仙境。那行者看不尽仙景,正走处,见白云洞外,松阴之下,有三个老儿围棋:观局者是寿星,对局者是福星、禄星。行者上前叫道:“老弟们,作揖了。”那三星见了,拂退棋枰,回礼道:“大圣何来?”行者道:“特来寻你们耍子。”寿星道:“我闻大圣弃道从释,保唐僧往西天取经,怎么得闲来耍子?”行者道:“实不瞒列位说,老孙因往西方,半路有些儿阻滞,特来小事相干,不知肯否?”福星道:“是甚地方阻滞?”行者道:“是万寿山五庄观。”三老道:“五庄观是镇元大仙的仙宫。你莫不是把他人参果偷吃了?”行者笑道:“偷吃了能值甚么?”三老道:“你这猴子,不知好歹。那果子叫做万寿草还丹。我们的道,不及他多矣!他得之甚易,就可与天齐寿;我们还要养精、炼炁、存神,调和龙虎,捉坎填离，不知费多少工夫。你怎么说他的能值甚么，天下只有此种灵根！”行者道：“灵根！灵根！我已弄了他个断根哩！”三老惊道：“怎的断根？”行者便把偷果推树之事说了一遍，又道：“我此特来求三位老弟，有甚医树的方儿，传我一个，好救唐僧脱身。”

三老沉吟道：“若是大圣打杀了走兽飞禽，蜾虫鳞介，只用我等黍米之丹，可以救活。那人参果乃仙种灵根，如何医治？没方，没方。”那行者见说无方，却就眉峰双锁。福星道：“大圣，此处无方，他处或有，怎么就生烦恼？”行者道：“无方别访，果然容易，只是我那唐长老法严量窄，止与了我三日期限。三日已外不到，他就要念那《紧箍儿咒》哩。”寿星道：“大圣不须烦恼。那大仙虽称上辈，却也与我等有识。一则久别不曾拜望；二来是大圣的人情。如今我三人同去望他一望，就与你道知此情，教你师父莫念《紧箍儿咒》，休说三日五日，只等你求得方来，我们才别。”行者道：“感激！感激！就请三位老弟行行，我去也。”大圣辞别三星。

这三星驾起祥光，即往五庄观而来。那观中合众人等，忽听得长天鹤唳，原来是三老光临。仙童看见，即忙报道：“师父，海上三星来了。”镇元子正与唐僧们闲叙，闻报即降阶奉迎。那八戒见了寿星，扯住笑道：“你这肉头老儿，许久不见，还是这般脱洒，帽儿也不带个来。”三藏喝退了八戒，急整衣拜了三星。那三星以晚辈之礼见了大仙，方才坐下。禄星道：“我们一向久阔尊颜，有失恭敬，适间因孙大圣到敝山，他说伤了大仙的丹树，来我处求方医治，我辈无方，他又到别处求访，但恐违了圣僧三日之限，要念《紧箍儿咒》。我辈一来奉拜，二来讨个宽限。”三藏闻言，连声应道：“不敢念，不敢念。”

且不题群仙聚会。却表行者离了蓬莱，又早到方丈仙山。按落云头，无心玩景，正行处，只闻得香风馥馥，玄鹤声鸣，那壁厢有个神仙走来，却是东华大帝君。行者觌面相迎，叫声：“帝君，起手了。”那帝君慌忙问礼道：“大圣，失迎。请荒居奉茶。”遂与行者搀手而入。果然是贝阙仙宫，瑶池琼阁。方才坐定，只见屏后转出一个童儿。他：身披道服霞光烁，头戴纶巾蹑芒屦。炼元真，脱本壳，功行成时遂意乐。识破原流精气神，主人认得无虚错。逃名今喜寿无疆，王母蟠桃三度摸。缥缈香云出翠屏,小仙乃是东方朔。行者见了,笑道:“这个小贼在这里哩!帝君处没有桃子你偷吃!”东方朔朝上进礼,答道:“老贼,你来这里怎的?我师父没有仙丹你偷吃。”帝君叫道:“曼倩休乱言,看茶来也。”茶到饮讫,行者道:“老孙此来,有一事奉干,未知允否?”帝君道:“何事?”行者又将上项事说了。帝君道:“我有一粒九转太乙还丹,但能治世间生灵,却不能医树。若是凡间的果木还可。这人参果又是天开地辟之灵根,如何可治?无方!无方!”

行者道:“既然无方,老孙告别。”遂驾云至瀛洲海岛。只见那丹崖朱树之下,有几个童颜鹤鬓之仙,在那里着棋饮酒,谈笑讴歌。正然洒落,这行者厉声高叫道:“带我耍耍儿便怎的!”众仙见了,急忙趋步相迎。行者笑道:“老兄弟们自在哩!”九老道:“大圣当年若守正不闹天宫,比我们还自在哩。如今好了,闻你归真向西拜佛,如何得暇至此?”行者将那医树求方之事,具陈了一遍。九老也大惊道:“你也忒惹祸!惹祸!我等实是无方。”行者道:“既是无方,我且奉别。”九老又留他饮琼浆,食碧藕。行者立饮了他一杯浆,吃了一块藕,急急离了瀛洲,径转东洋大海。早望见落伽山不远,遂落下云头,直到普陀岩上,见观音菩萨在紫竹林中与诸天大神讲经说法。

那菩萨早已看见行者来到,即命守山大神去迎。那大神出林来,叫声:“孙悟空,那里去?”行者抬头喝道:“你这个熊罴!悟空是你叫的?当初不是老孙饶了你,你已此做了黑风山的尸鬼矣。今日跟了菩萨,受了善果,叫不得我一声老爷?”那大神只得陪笑道:“大圣,古人云,君子不念旧恶,只管提他怎的!菩萨着我来迎你哩。”这行者就与大神到了紫竹林里,参拜菩萨。菩萨问其来意。行者又将前情备陈了一遍。菩萨道:“你怎么不早来见我,却到岛上去寻访?”行者闻言,心中暗喜,上前恳求,菩萨道:“我这净瓶底的甘露水,善治得仙树灵苗。”行者道:“可曾经验过么?”菩萨道:“当年太上老君曾与我赌胜,他把我的杨柳枝拔了去,放在炼丹炉里,炙得焦干,送来还我。我插在瓶中,一昼夜仍复得青枝绿叶,与旧相同。”行者笑道:“造化!造化!烘焦了的尚能医治,况此推倒的有何难哉!”菩萨分付大众:“看守林中,我去去来。”遂手托净瓶,白鹦哥前边巧啭,孙大圣随后相从。

却说那观里大仙与三老正然清话，忽见孙大圣按落云头，叫道："菩萨来了！"慌得那众人一齐迎出宝殿。菩萨住了祥云，先与镇元子陪了话，后与三星作礼。那阶前，行者引唐僧、八戒、沙僧都拜了。观中诸仙也来拜见。行者道："大仙不必迟疑，趁早儿请菩萨替你医治那树去。"大仙即命打扫后园，设具香案，请菩萨先行，众人随后。都到园内观看时，那棵树倒在地下，土开根现，叶落枝枯。菩萨叫悟空伸手来。行者将左手伸开。菩萨将杨柳枝蘸出瓶中甘露，把行者手心里画了一道起死回生的符，教他放在树根之下，但看水出为度。那行者捏着拳头，往那树根底下揣着，须臾有清泉一汪。菩萨道："那个水不许犯五行之器，须用玉瓢舀出，扶起树来，从头浇下，自然回生。"大仙即命小童取出有三五十个玉杯玉盏，却将那根下清泉舀出。行者、八戒、沙僧，扛起树来，扶得周正，拥上土，将玉器内甘泉，一瓯瓯捧与菩萨。菩萨将杨柳枝细细洒上，口中又念着经咒。不多时，洒净那舀出之水，只见那树果然依旧青枝绿叶，浓郁阴森，上有二十三个人参果。清风、明月二童子道："前日不见了果子时，颠倒只数得二十二个，今日回生，怎么又多了一个？"行者道："日久见人心。前日老孙只偷了三个，那一个落下地来，土地说这宝遇土而入，八戒只疑我打了偏手，到如今，才见明白。"菩萨道："我方才不用五行之器者，知道此物与五行相畏故耳。"那大仙十分欢喜，急令取金击子来，把果子敲下十个，请菩萨与三老复回宝殿，一则谢劳，二来做个人参果会。众小仙遂调开桌椅，请菩萨坐了上面正席，三老左席，唐僧右席，镇元子前席相陪，此时菩萨与三老各吃了一个。唐僧始知是仙家宝贝，也吃了一个，悟空三人亦各吃一个，镇元子陪了一个，本观仙众分吃了一个。行者才谢了菩萨回上普陀岩，送三星径转蓬莱岛。镇元子却又安排蔬酒，与行者结为兄弟。这才是：不打不成相识，两家合了一家。师徒四众，喜喜欢欢，天晚歇了。毕竟不知何时作别，且听下回分解。

第二十七回　尸魔三戏唐长老　圣僧恨逐美猴王

却说三藏师徒，次日天明，收拾前进。镇元子决不肯放，又留住了五六日。然后相别登程。

那长老自服了草还丹，真是脱胎换骨，神爽体健。正行之间，早又见一座高山。三藏叫徒弟仔细。行者道："师父放心，我等理会得。"好猴王，他在那马前横担着棒，剖开山路，上了高崖，正行到嵯峨之处，三藏道："悟空，我这一日，肚中饥了，你去那里化些斋我吃？"行者将身一纵，跳上云端，手搭凉篷，四下观看。可怜西方路甚是荒凉，正是多逢树木、少见人烟去处。看多时，只见正南上有一座高山，那山向阳处有一片鲜红的点子。行者按下云头道："师父，这里没人家化饭，那南山有一片红的，想必是熟透了的山桃，我去摘几个来你充饥。"三藏喜道："出家人若有桃子吃，就为上分了，快去！"行者取了钵盂，纵起祥光，你看他一路觔斗，径奔南山摘桃不题。

却说自古道："山高必有怪，岭峻却生精。"果然这山上有一个妖怪，他在云端里，踏着阴风，看见长老坐在地下，就不胜欢喜道："造化！造化！几年家人都讲东土的唐和尚取大乘，他本是金蝉子化身，十世修行的原体。有人吃他一块肉，延寿长生。真个今日到了。"那妖精上前就要拿他，只见长老左右有八戒、沙僧护持，不敢拢身。妖精说："等我且戏他一戏，看是怎么。"

好妖精，停下阴风，在那山凹里摇身一变，变做个月貌花容的女儿，左手提着一个青砂罐儿，右手提着一个绿瓷瓶儿，从西向东而来。三藏见了，叫八戒，沙僧："悟空才说这里旷野无人，你看那里不走出一个人来了？"八戒道："等老猪去看看来。"那呆子放下钉钯，摆摆摇摇，充作个斯文气象，一直迎着那女子。真个是：柳眉舒翠黛，杏眼闪银星。月样容仪俏，天然性格清。体似燕藏柳，声如莺啭林。半放海棠笼晓日，才开芍药弄春晴。那八戒一见，就动了凡心，叫道："女菩萨，往那里去？手里提着是甚么东西？”那女子连声答应道：“长老，我这青罐里是香米饭，绿瓶里是炒面觔，特来此处无他故，因还誓愿要斋僧。”八戒闻言，满心欢喜，急抽身就跑了个猪癫风，报与三藏道：“师父！吉人自有天相！师父教师兄去化斋，那猴子不知那里摘桃儿耍子去了。桃子吃多了，有些嘈人。你看那不是个斋僧的来了？”唐僧道：“我们走了这向，好人也不曾遇着一个，斋僧的从何而来！”八戒道：“师父，这不到了？”三藏一见，连忙起身合掌道：“女菩萨，你府上何处？有甚愿心，来此斋僧？”那妖精道：“师父，此山叫做蛇回兽怕的白虎岭，正西下面是我家。我父母看经好善，丈夫更是个善人，一生好修桥补路，供佛斋僧。今幸有缘，遇着师父，敢将此饭奉上，权当一斋。”三藏也还在踌躇，怎当八戒馋虫拱动，他把个罐子提过来，正要动口。

只见那行者一觔斗点将回来，睁火眼金睛观看，认得那女子是个妖精，放下钵盂，掣铁棒当头就打。唬得个长老扯住道：“悟空！你走来打谁？”行者道：“师父，你面前这个女子，莫当做个好人。他是个妖精，要来骗你哩。”三藏道：“你这猴头，这女菩萨有此善心，将这饭要斋我等，你怎么说他是个妖精？”行者笑道：“师父，你那里认得！老孙在水帘洞里做妖魔时，若想人肉吃，便是这等变化迷人。我若来迟，你定遭他毒手！”唐僧那里肯信，只说是个好人。行者道：“师父，我知道你见他那等容貌，必然动了凡心。若果有此意，就在这里搭个窝铺，你与他圆房成事，我们大家散火，却不是好？何必又取甚经去！”那长老原是个软善的人，那里吃得他这句言语，羞得满面通红。

行者又发起性来，掣铁棒望妖精劈头一下。那怪物有些手段，使个解尸法，真身预先走了，把一个假尸首打死在地下。唬得个长老战战兢兢，口中作念道：“这猴着然无礼！无故伤人性命！”行者道：“师父，你且来看看这罐子里是甚东西。”长老近前一看，那里是甚香米饭和面觔，却是一罐子长尾蛆，几个癞虾蟆满地乱跳。长老却有三分儿信了，怎禁猪八戒气不忿，在旁唆嘴道：“这个女子是此间农妇，却怎么栽他是个妖怪？哥哥把他打杀了，怕你念甚么《紧箍儿咒》，故意的使个障眼法儿，变做这等样东西，演幌你眼哩。”

三藏自此一言,就是晦气到了,果然信那呆子撺掇,手中捻诀,口里念咒,行者就叫:“头疼!头疼!莫念!莫念!有话便说。”唐僧道:“有甚话说!出家人时时要行方便,念念不离善心,你怎么无故打死平人,取将经来何用?你回去罢!”行者道:“师父,你教我回那里去?”唐僧道:“我不要你做徒弟。”行者道:“你不要我做徒弟,只怕你西天路去不成。”唐僧道:“我命在天,终不然你救得我大限?你快回去!”行者道:“师父,我回去便也罢了,只是不曾报得你的恩哩。”唐僧道:“我与你有甚恩?”那大圣闻言,连忙跪下叩头道:“老孙因大闹天宫,致下了伤身之难,被我佛压在两界山,幸观音菩萨与我受戒,幸师父救脱吾身,若不与你同上西天,显得我知恩不报非君子,万古千秋作骂名。”原来这唐僧是个慈悯的圣僧,他见行者哀告,却也回心转意道:“既如此说,且饶你这一次,再休无礼。如若仍前作恶,这咒语颠倒就念二十遍!”行者却才伏侍唐僧上马,又将摘来桃子奉上。唐僧在马上也吃了几个,权且充饥。

却说那妖精脱命升空。他在那云端里咬牙切齿,暗恨行者道:“几年只闻得讲他手段,今日果然话不虚传。那唐僧已是不认得我,将要吃饭。若低头闻一闻儿,我就一把捞住,却不是我的人了?不期被他走来,弄破我这勾当,又几乎被他打了一棒。怎么放得他过,等我还下去戏他一戏。”好妖精,按落阴云,在那前山坡下摇身一变,变作个老妇人,年满八旬,手拄着一根弯头竹杖,一步一声的哭着走来。八戒见了道:“师父!不好了!师兄打杀的定是他女儿,这个是他娘寻将来了!”行者道:“兄弟莫要胡说!那女子十八岁,这婆子倒有八十岁,难道六十多岁还生产?断乎是个假的,等老孙去看来。”

行者拽开步,近前观看,认得他是妖精,更不理论,举棒照头便打。那怪见棍子起时,依然出了元神去了,把个假尸首又撇在路旁。唐僧一见,惊下马来,睡在路旁,更无别话,只是把《紧箍儿咒》足足念了二十遍。可怜把个行者头勒得似个亚腰葫芦,十分疼痛难忍,滚将来哀告道:“师父莫念了!有甚话说了罢!”唐僧道:“有甚话说!我这般劝化你,你怎么只是行凶?把平人打死一个又一个,此是何故?”行者道:“他是妖怪。”唐僧道:“这个猴子乱说!就有许多妖怪!

你是个有意作恶之人，你去罢！”行者道：“师父又教我去，回去便也回去了，只是一件不相应。”唐僧道：“你有甚么不相应？”行者道：“实不瞒师父说，老孙五百年前，居花果山水帘洞大展英雄之际，着实也曾为人。自从跟你做了徒弟，把这个金箍儿勒在我头上，若回去却也难见故乡人。师父果若不要我，把个《松箍儿咒》念一念，退下这个箍子交还你，我就快活相应了，也是跟你一场。莫不成这些人意儿也没有了？”唐僧大惊道：“我当时只是菩萨暗受一卷《紧箍儿咒》，却没有甚么《松箍儿咒》。”行者道：“若无《松箍儿咒》，你还带我去走走罢。”长老又没奈何道：“你且起来，我再饶你这一次，却不可再行凶了。”行者道：“再不敢了。”又伏侍师父上马，剖路前进。

却说那妖精又不曾被行者打杀，他在半空中夸奖不尽道：“好个猴王，着然有眼！我那般变了去，他也还认得我。这些和尚去得快，若过此山，西下四十里，就不伏我所管了。我还下去戏他一戏。”好妖怪，又在山坡下摇身一变，变成一个老公公，手掐着数珠念经。唐僧在马上见了，喜道：“阿弥陀佛！西方真是福地！那公公路也走不上来，逼法的还念经哩。”八戒道：“师父，你且莫要夸奖，那个是祸的根哩。”唐僧道：“怎么是祸根？”八戒道：“行者打杀他的女儿，又打杀他的婆子，这个正是他的老儿寻将来了。我们若撞在他的怀里时，师父可不要偿命么？”

行者道：“这呆根乱说，等老孙再去看看。”他把棍藏在身边，走上前，迎着怪物，叫声：“老官儿，往那里行？怎么又走路，又念经？”你瞒不过我！我认得你是个妖精！”那妖精唬得顿口无言。行者掣铁棒，想道：“这怪物两番被他走了，若这番再如此，岂不老而无功，等我送他一个绝后计，若是师父怪我时，凭着我嘴伶舌便，哄他一哄，好道也罢了。”好大圣，念动咒语，叫当方土地、本处山神道：“这妖精三番来戏弄我师父，这一番却要打杀他。你与我在半空中把住，不许走了。”众神听令，都在云端里照应。那大圣棍起处打倒妖魔，才断绝了灵光。

那唐僧在马上又唬得战战兢兢，口不能言。八戒旁边又笑道：“好行者！风发了！只行了半日路，倒打死三个人！”唐僧正要念咒，行者急到马前,叫道:“师父,莫念!莫念!你且来看看他的模样。”却是一堆粉骷髅在那里。唐僧大惊道:“悟空,这个人才死了,怎么就化作一堆骷髅?”行者道:“他是个潜灵作怪的僵尸,在此迷人败本,被我打杀,现了本相。他那脊梁上有一行字,叫做白骨夫人。”唐僧闻说,倒也信了,怎禁那八戒旁边唆嘴道:“师父,他明明把人打死,只怕你念那话儿,故意变化这个模样,掩你的眼目哩!”唐僧果然耳软,又信了他,随复念起。行者禁不得疼痛,跪于路旁,只叫:“莫念!莫念!有话快说了罢!”唐僧道:“猴头!还有甚话说!行善之人,如春园之草,不见其长,日有所增;行恶之人,如磨刀之石,不见其损,日有所亏。你今日一连打死三个平人,如此凶性不改,我岂还可容你?你快快回去罢!”行者道:“师父,这分明是个妖魔,他有心害你。我替你除了害,你倒信了那呆子谗言冷语,屡次逐我。常言道,事不过三。我若不去,真是个下流无耻之徒。我去,我去。去便去了,只是你手下无人。”唐僧发怒道:“这泼猴越发无礼!看起来只你是人,那悟能、悟净就不是人?”

那大圣止不住伤情凄惨,对唐僧道声:“苦啊!你那时出长安,到两界山,救我出来,投拜你为师,我曾穿古洞,入深林,擒魔捉怪,收八戒,得沙僧,吃尽千辛万苦。今日昧着惺惺使糊涂,只教我回去:这才是鸟尽弓藏,兔死狗烹!罢罢罢!但只是多了那《紧箍儿咒》。”唐僧道:“我再不念了。”行者道:“这个难说。若到那毒魔苦难处,八戒、沙僧救不得你,那时节想起我来,忍不住又念诵起来,就是十万里路,我的头也是疼的;假如再来见你,不如不作此意。”

唐僧见他言言语语,越添恼怒,滚鞍下马来,叫沙僧包袱内取出纸笔,即于涧下取水,石上磨墨,写了一纸贬书,递于行者道:“猴头!执此为照,再不要你做徒弟了!你如不信,我再发个大誓!”行者接了贬书道:“师父,不消发誓,老孙去罢。我也是跟你一场,今日半途而废,不曾成得功果,你请坐,受我一拜,我也去得放心。”唐僧转回身不睬道:“我是个好和尚,不受你歹人的礼!”大圣便使个身外法,把毫毛拔了三根,吹气叫:“变!”即变了三个行者,连本身四个,四面围住师父下拜。那长老左右躲不脱,好道也受他一拜。大圣跳起来,把身一抖，收上毫毛，却又分付沙僧道："贤弟，你是个好人，却只要留心防着八戒诂言诂语，途中更要仔细。倘一时有妖精拿住师父，你就说老孙是他大徒弟。西方毛怪闻我的手段，不敢伤我师父。"唐僧道："我是个好和尚，不题你这歹人的名字，你去了罢。"那大圣见长老三番两复，不肯转意回心，没奈何才去。

你看他别了师父，纵觔斗云，径回花果山水帘洞去。独自个凄凄惨惨，忽闻得水声聒耳，大圣在那半空里看时，原来是东洋大海。一见了又想起唐僧，止不住腮边泪坠，停云住步，良久方去。毕竟不知此去反复何如，且听下回分解。

第二十八回 花果山群猴聚义 黑松林三藏逢魔

却说那大圣虽被唐僧逐赶，然犹感念不已，早到了东洋大海，道："我不走此路者，已五百年矣！"他将身一纵，跳过了大海，早至花果山。按落云头，睁睛观看，那山上花草俱无，烟霞尽绝；峰岩倒塌，林树焦枯。你道怎么这等？只因他拿上界去，此山被显圣二郎神、梅山七弟兄，放火烧坏了。这大圣好不凄惨。

正当悲切之处，只听得那芳草坡前响一声，跳出七八个小猴，一拥上前，围住叩头，高叫道："大圣爷爷！今日来家了？"大圣道："你们因何潜踪隐迹？我来多时了，不见你们形影，何也？"群猴听说，一个个垂泪告道："自大圣擒拿上界，我们被猎人之苦，着实难捱！怎禁他硬弩强弓，黄鹰劣犬，将我们打死的打死，抢去的抢去，故此不敢出头顽耍，只是深潜洞府。却才听得大圣爷爷声音，特来接见。"那大圣闻得此言，愈加凄惨，便问："那些打猎的，他抢你们去何干？"群猴道："说起这猎户，十分可恶！他把我们死的拿去，当做下饭食用。活的拿去，教他跳圈做戏，当街上筛锣擂鼓，无所不为的顽耍。"

大圣闻言，更十分恼怒道："洞中有甚么人执事？"群妖道："还有马、流二元帅，崩芭二将军哩。"大圣道："你们去报他知道，说我来了。"那马流、崩芭闻报，忙出门叩迎进洞。大圣坐在中间，群猴罗拜于前道："大圣爷爷，近闻得你得了性命，保唐僧往西天取经，如何却回本山？"大圣道："小的们不知道，那唐三藏不识贤愚。我为他一路上捉怪擒魔，使尽了平生的手段，几番家打杀妖精，他说我行凶作恶，把我逐赶回来，永不用我了。"众猴道："造化！造化！做甚么和尚，且家来带携我们耍子几年罢！"叫："快安排椰子酒来，与爷爷接风。"大圣道："且莫饮酒，我问你，那打猎的人，几时来我山上一度？"马流道："他逐日在这里缠扰。今日看待来耶。"大圣分付众猴把那山上的碎石头搬起来堆着，教："小的们都往洞内藏躲，让老孙作法。"

那大圣上山看处，只见那南半边鼓响锣鸣，闪上有千余人马，都架着鹰犬，持着刀枪，奔上他的山来。大圣心中大怒，即捻诀念咒，往那巽地上一口气吹将去，便是一阵狂风。那碎石乘风乱飞乱舞，可怜把那些人马，一个个打得血染尸横。大圣鼓掌大笑道："快活，快活！我自从归顺唐僧，他每每劝我道：千日行善，善犹不足；一日行恶，恶自有余。此言果然不差。我跟着他打杀几个妖精，他就怪我行凶，今日来家，却结果了这许多性命。"遂叫众猴出来，把那死人衣服剥来穿着，马皮剥来做靴，弓箭枪刀拿来操演武艺。将那杂色旗号拆洗，总斗做一面彩旗，上写着"重修花果山，复整水帘洞，齐天大圣"十四字，竖起旗杆，逐日招魔聚兽，积草屯粮。他的人情又大，便去四海龙王借些甘霖仙水，把山洗青了。仍栽花种树。逍遥自在，乐业安居不题。

却说唐僧听信狡性，纵放心猿，攀鞍上马，行过了白虎岭，忽见一带林丘，真个是藤攀葛绕，柏翠松青。三藏叫道："徒弟呀，山路崎岖，切须仔细。"你看那呆子，抖搜精神，使钉钯开路，领唐僧径入松林之内。正行处，那长老兜住马道："八戒，我这一日其实饥了，那里寻些斋饭我吃？"八戒道："师父请下马，在此等老猪去寻。"长老下了马，沙僧歇了担，取钵盂递与八戒。八戒出了松林，往西行径十余里，更不曾撞着一个人家，真是有狼虎无人烟的去处。那呆子走得辛苦，想道："当年行者在日，老和尚要的就有，今日轮到我的身上，诚所谓当家才知柴米价，养子方晓父娘恩，公道没化斋处。"他又瞌睡上来，看见路旁有个草窠，呆子就把头拱在草内，且只管齁齁熟睡。

却说长老在那林间，耳热眼跳，身心不安，急叫沙僧道："悟能去化斋，怎么这早晚还不回？万一天色晚来，此间不是个住处，须要寻个下处方好哩。"沙僧道："不打紧，等我去寻他来。"三藏道："正是。"沙僧绰了宝杖，径出松林来找八戒。长老独坐林中，十分闷倦，只得强打精神，跳将起来，徐步幽林，权为散闷。原来那林子内都是些草深路杂的去处，只因他情思紊乱，错了路头。他本来要往西行，不期却转向南边去了。出得松林，忽抬头，见那壁厢金光闪烁，彩气腾腾，仔细看处，原来是一座宝塔，那西落的日色映着那金顶放亮。他道：

“我弟子却没缘法哩！自离东土，发愿逢庙烧香遇塔扫塔。那放光的不是一座黄金宝塔？怎么就不曾走那条路？塔下必有寺院僧家，且等我走走。这行李、白马，料此处无人行走，却也无事。那里若有方便处，待徒弟们来，一同借歇。”

噫！长老一时晦气到了。你看他拽开步，径望塔边而来，进了大门，来到塔门之下，只见一个斑竹帘儿挂在里面。他破步入门，揭起来，往内就进，猛抬头，见那石床上，侧睡着一个青脸獠牙的妖魔。

三藏见了，唬了一个倒媸，即忙的抽身便走。那妖魔早惊觉了，问：“小的们，是甚么人！”小妖道：“是个白皮细肉的和尚。”那妖呵呵笑道：“这叫做个蛇头上苍蝇，自来的衣食。你们疾忙与我拿来！”那些小妖一窝蜂赶上。把个长老平抬将去，直推到老妖面前。三藏只得双手合着，与他见个礼，那妖道：“你是那里和尚？从那里来？到那里去？快快说明！”三藏道：“我本是唐朝僧人，奉大唐皇帝敕命，前往西方求经，偶过贵山，特来塔下谒圣，不期惊动威严，望乞恕罪。待往西方取得经回东土，永注高名也。”那妖闻言，又呵呵大笑道：“我说像个上邦人物，果然是你。正要吃你哩！”叫小妖把他绳缠索绑，缚在那定魂桩上。老妖持刀又问道：“和尚，你一行有几人？终不然一人敢上西天？”三藏就实说道：“大王，我有两个徒弟，叫做猪八戒、沙和尚，都出松林化斋去了。还有一担行李，一匹白马，都在松林里放着哩。”老妖道：“又造化了！你师徒三个，连马四个，勾吃一顿了！”叫：“小的门，把前门关了。他两个化斋来，寻师父不着，一定寻到我门上。常言道，上门的买卖好做，且等他来捉他。”小妖把前门闭了。

且不言三藏逢灾。却说那沙僧出林找八戒，真有十余里不曾见个庄村。他站在岗上正然观看，只听得草中有人言语，急使杖拨开看时，原来是呆子在里面说梦话哩。被沙僧揪着耳朵叫醒了，道：“好呆子啊！师父教你化斋，许你在此睡觉的？”那呆子冒冒失失的醒来道：“兄弟，有甚时候了？”沙僧道：“快起来！师父说有斋没斋也罢，教你我那里寻下住处去哩。”呆子懵懵懂懂的，与沙僧径直回来，到林中看时，不见了师父。沙僧埋怨道：“都是你呆子化斋不来，必有妖精拿师父也。”八戒笑道：“兄弟，莫乱说。那林内是个清雅的去处，决然没有妖精。想是老和尚坐不住，往那里观风去了。我们寻他去来。”

二人牵马挑担，出松林寻找师父。寻了一会不见。忽见那正南下有金光闪灼，八戒道：“兄弟啊，师父往那里去了，你看那放光的是座宝塔，一定是个寺院，定留他在那里吃斋。我们也赶上去吃些儿。”沙僧道：“哥啊，定不得吉凶哩。我们且去看来。”二人雄赳赳的到了门前，呀！闭着门哩。只见那门上横安了一块白玉石板，上镌着六个大字：“碗子山波月洞。”沙僧道：“哥啊，这不是甚么寺院，是一座妖精洞府也。我师父在这里也见不得哩。”八戒道：“兄弟，且等我问问看。”呆子举着钯，上前高叫：“开门！”那洞里小妖开了门，忽见他两个模样，急跑入报道：“大王！买卖来了！”老妖道：“甚么买卖？”小妖道：“洞门外有一个长嘴大耳的和尚，与一个晦气色的和尚来叫门了！”老妖大喜道：“是猪八戒与沙和尚寻将来也！既然嘴脸凶顽，却莫要怠慢了他。”叫取披挂结束了，绰刀在手，径出门来。

那八戒、沙僧在门首正等，只见妖魔来得凶猛。你道他叫甚名字，原来叫做黄袍怪。他出门来高叫道：“你是那方和尚，在我门首吆喝？”八戒道：“我儿子，你不认得我？我是大唐差往西天去的！我师父是那御弟三藏。若在你家，趁早送出来，省得我钉钯筑进去！”那妖笑道：“是，是，是有一个唐僧在我家。我也不曾怠慢他，安排些人肉包儿与他吃哩。你们也进去吃一个儿何如？”这呆子认真就要进去，沙僧一把扯住道：“哥啊，他哄你哩，你几时又吃人肉的？”呆子却才省悟，掣钉钯望妖怪劈脸就筑。那怪物使钢刀急架相迎。两个都显神通，纵云头，跳在空中厮杀。沙僧撇了行李、白马，举宝杖急急帮攻。此时两个狠和尚，一个泼妖魔，在半空中往往来来，战经数十回合，不知胜负如何，且听下回分解。

第二十九回 脱难江流来国土 承恩八戒转山林

妄想不宜强灭，真如何必希求？本原自性佛前修，迷悟岂居前后？悟即刹那成正，迷而万劫沉流。若能一念合真修，灭尽恒沙罪垢。

却说那八戒、沙僧与怪斗经个三十回合，不分胜负。你道他两个手段怎么敌得过那妖精？只为唐僧命不该死，暗中有那护法神祇、丁甲、揭谛、功曹、伽蓝相助，故此不分胜负。

且不言他三人战斗，却说那长老在洞里悲啼烦恼，忽见洞内走出一个妇人来，扶着定魂桩叫道："那长老你从何来？为何被他缚在此处？"长老闻言，泪眼偷看，那妇人约有三十年纪，遂道："女菩萨，我已是该死的，走进你家门来也。要吃就吃了罢，又问怎的？"那妇人道："我不是吃人的。我家离此西下，有三百余里。那里有座城，叫做宝象国。我是那国王的第三个公主，乳名叫做百花羞。只因十三年前，八月十五日夜玩月中间，被这妖魔一阵狂风摄将来，与他做了十三年夫妻。在此生儿育女，杳无音信回朝，思量我那父母，不能相见。你从何来，被他拿住？"唐僧道："贫僧乃是差往西天取经者，不期闲步，误撞在此。如今要拿住我两个徒弟，一齐蒸吃哩。"那公主笑道："长老宽心，你既是取经的，我救得你。那宝象国是你西方去的大路，你与我捎一封书去，拜上我那父母，我就教他饶了你罢。"三藏点头道："女菩萨，若还救得贫僧命，愿做捎书寄信人。"

那公主急转后面，修了一纸家书，封固停当，到桩前解放了唐僧，将书付与。唐僧捧书在手道："女菩萨，多谢你活命之恩。贫僧这一去，过贵地，定送国王处。只恐日久年深，你父母不肯相认，切莫怪我贫僧打了诳语。"公主道："不妨，我父王无子，止生我三个姊妹，若见此书，必然相念。"三藏袖了家书，谢了公主，就往外走，公主扯住道："前门里你出不去！那妖精正在门首与你徒弟厮杀哩。你往后门里去等着，待我与他说了方便。你徒弟寻着你一同好走。”三藏闻言，磕头辞别公主，躲离后门之外，藏在荆棘丛中。

那公主心生巧计，急往前门外来。只听得叮叮当当，兵刃乱响，原来是八戒、沙僧与那怪在半空里厮杀哩。这公主厉声高叫道：“黄袍郎！”那妖王听得，即丢了八戒、沙僧，按落云头道：“浑家，有甚话说？”公主道：“郎君啊，我才睡在罗帏之内，梦中忽见个金甲神人。”妖魔道：“那个金甲神？上我门怎的？”公主道：“是我幼时，在宫内许下一桩心愿：若得招个贤郎驸马，上名山斋僧布施。自从配了你，夫妻们欢会，到今不曾提。那金甲神人来讨誓愿，喝我醒来，却是一梦。因此急来郎君处诉知，不期那桩上绑着一个僧人，万望郎君慈悯，看我薄面，饶了那个和尚，只当与我斋僧还愿罢，不知郎君肯否？”那怪道：“浑家，你却多心呐！甚么打紧之事。我要吃人，那里不捞几个吃吃？这个把和尚，到得那里，要放就放他往后面去了罢。”公主欢喜而入。那怪遂绰了钢刀高叫道：“那猪八戒，你过来。我不是怕你，不与你战，看我浑家的分上，饶了你师父也。趁早去后门首寻着他罢。若再来犯我，断乎不饶！”

那八戒与沙僧闻言，就如鬼门关上放回来的一般，即忙牵马挑担，转过洞后，叫声：“师父！”那长老在荆棘口答应。沙僧就剖开草径，搀着师父慌忙上马。出了松林，上了大路。他两个只顾哜哜嘈嘈，埋埋怨怨，三藏只是解和。晓行夜宿，一程一程，不觉的走了三百里。猛抬头，只见一座好城，就是宝象国。真好个处所。看不尽那国中的景致。师徒三众，收拾行李、马匹，安歇金亭馆驿中。

唐僧步行至朝门外，对阁门大使道：“有唐朝僧人，特来面驾，倒换文牒，乞为转奏。”那黄门官，连忙至白玉阶前奏过。那国王闻知是唐朝大国方上圣僧，心中甚喜，即时叫宣进来。把三藏宣至金阶，舞蹈山呼礼毕。两边文武多官，无不叹道：“上邦人物，礼乐雍容如此！”那国王道：“长老，你到我国中何事？”三藏道：“小僧是唐朝释子，承我天子敕旨，前往西方取经。原领有文牒，到陛下上国，理合倒换。故此惊动龙颜。”国王道：“既有唐天子文牒，取上来看。”三藏双手捧上去，展开放在御案上。牒云：“南赡部洲大唐国奉天承运唐天子牒行:切惟朕以凉德,嗣续丕基,事神治民,朝夕兢惕。前者溘游地府,感冥君放送回生,为此广陈善会,修建道场。复蒙观音金身出现,指示西方有佛有经,可度幽亡,超脱孤魂。特命法师玄奘,远历千山,询求经偈。倘到西邦诸国,不灭善缘,照牒放行。须至牒者。大唐贞观一十三年秋吉日,御前文牒。”(上有宝印九颗)

国王见了,取本国御宝,用了花押,递与三藏。三藏谢了恩,收了文牒,又奏道:“贫僧一来倒换文牒,二来与陛下寄有家书。”国王大喜道:“有甚书?”三藏道:“陛下第三位公主娘娘,被碗子山波月洞黄袍怪摄将去,贫僧偶尔相遇,故寄书来也。”国王闻言,满眼垂泪道:“自十三年前,不见了公主,至今更无下落。怎知道是妖怪摄了去!”三藏袖中取书献上。国王接了,见有“平安”二字,一发手软,拆不开书,传旨宣翰林学士上殿读书。殿后后妃宫女,俱侧耳听书。学士拆开朗诵,上写着:“不孝女百花羞顿首百拜上大德父王万岁殿前,暨三宫母后宫下,举朝文武贤卿台次:拙女幸托坤宫,感激劬劳,不能竭力尽孝。乃于十三年前八月十五日,蒙父王恩旨,着各宫排宴,赏玩月华。正欢娱之间,不觉一阵狂风,闪出个金睛蓝面魔王,将女擒住,驾云摄至至深山无人之处,难分难解,被妖强占为妻。勉捱了一十三年,产下两儿,尽是妖种。论此真是败坏人伦,有伤风化,不当传书玷辱;但恐女死之后,不见分明。正含怨思忆父母,适遇唐朝圣僧,亦被魔王擒住。是女设计放脱,特托寄此片楮,以表寸心。伏望父王垂悯,速遣上将至碗子山波月洞捉获黄袍怪,救女回朝,深为恩念。草草欠恭,泣陈不一。”那学士读罢家书,国王大哭,三宫、百官无不伤悲。

国王哭了许久,便问两班文武:“那个敢兴兵领将,与寡人捉获妖魔,救我公主?”连问数声,更无一人敢答,真是木雕成的武将,泥塑就的文官。那国王愈加烦恼,泪若涌泉。只见那多官齐俯伏奏道:“陛下且休烦恼,公主失去一十三载无音,偶遇唐朝圣僧寄书来此,未知的否。臣等俱是凡人凡马,习学兵书武略,止可布阵安营,保守国家。那妖精乃云来雾去之辈,不得与他见面,何以征救?想东土取经者乃上邦圣僧,道高德重,必有降妖之术。自古道,来说是非者,就是是非人。可就请这长老降妖邪，救公主，庶为万全之策。”

那国王闻言，急回头便请三藏道：“长老若有法力，捉了妖魔，救我孩儿回朝，也不须上西方拜佛，朕与你结为兄弟，同坐龙床，共享富贵如何？”三藏慌忙启上道：“贫僧粗知念佛，其实不会降妖。”国王道：“你既不会降妖，怎么敢上西天拜佛？”那长老瞒不过，说道：“陛下，贫僧还有两个徒弟，保护贫僧到此。”国王便叫宣来。三藏道：“贫僧那徒弟丑陋，恐惊了陛下的龙体，所以不敢擅领入朝。”国王道：“你既说过了，寡人怕他怎的？”随即着金牌至馆驿相请。

两个各带随身兵器入朝。到白玉阶前，左右立下，朝上唱个喏，再也不动。那国王见他两人模样，果然惊骇不已，停一会定了性，才开口问：“两位长老，是那一位善于降妖？”那呆子便应道：“老猪会降。”国王道：“怎么样降？”八戒道：“我乃是天蓬元帅，因罪犯天条，堕落下世，幸今皈正为僧。自从东土来此，第一会降妖的是我。”国王道：“既是天将临凡，必然善能变化。”八戒道：“不敢，不敢，也将就晓得些儿。”国王道：“你请变一个我看看。”八戒道：“请出题目，照依样子好变。”国王道：“变一个大的罢。”那八戒也有三十六般变化，就在阶前卖弄手段，捻诀念咒，喝一声叫：“长！”把腰一躬，就有八九丈长，却似个开路神一般。吓得那两班文武，战战兢兢。时有镇殿将军问道：“长老，似这等长得快，必定长到甚么去处才住？”那呆子又说出呆话来道：“看风，东风犹可，西风也将就；若是南风起，把青天也拱个大窟窿！”那国王大惊道：“收了神通罢，晓得是这般变化了。”八戒把身一矬，依旧现了本相。

国王大喜。即命妃子将御酒取来，满斟一爵，奉与八戒道：“长老，这杯酒，聊当送行之意。待捉得妖魔，救回小女，自有大宴相酬，千金重谢。”那呆子接杯在手，一饮而干。国王又斟一爵，递与沙僧接了。八戒便足下生云，直上空里，国王见了道：“猪长老又会腾云！”呆子去了，沙僧将酒饮干，也纵云赶将起去。那国王慌扯住唐僧道：“长老，你且陪寡人坐坐，也莫腾云了。”唐僧道：“可怜可怜！我半步儿也去不得！”此时二人在殿上叙话不题。

却说八戒、沙僧两个不多时到了洞口，按落云头。八戒掣钯，往那波月洞的门上,尽力一筑,把那石门筑了斗大的个窟窿。那把门的小妖看见,急跑进去报道:“大王,不好了！那长嘴大耳的和尚,与那晦气色脸的和尚,又来把门都打破了!”那怪甚是惊异,急整束披挂,绰了钢刀,走出来问道:“那和尚,我既饶了你师父,你怎么又敢来打上我门?”八戒道:“你这泼怪干得好事儿！你把宝象国三公主骗来洞内,强占为妻一十三载。我奉国王旨意,特来擒你。你快快伏降,免得老猪动手!”那老怪闻言,十分发怒。你看他咬响钢牙,睁圆环眼,举起刀拦头便砍。八戒使钉钯劈面相迎,随后沙僧举宝杖上前。这一场赌斗,比前不同,真个是:言差语错招人恼,意毒情伤怒气生。算来只为捎书故,致使僧魔两不宁。

他们在那山坡前战经八九个回合,八戒渐渐钉钯难举,气力不加。你道此番如何这等不济？盖因当时有那护法诸神,为唐僧在洞,暗助八戒、沙僧,故仅得个手平。此时诸神都在宝象国护定唐僧,所以二人难敌。那呆子道:“沙僧,你且与他斗着,让老猪出恭来。”他就顾不得沙僧,一溜往那蒿草藤萝里,不分好歹钻进,一毂辘睡倒,再不出来,只留半边耳朵,听着梆声。那怪见八戒走了,就奔沙僧。沙僧措手不及,被怪一把抓住,捉进洞去,将他四马攒蹄捆住。毕竟不知性命如何,且听下回分解。

第三十回　邪魔侵正法　意马忆心猿

却说那怪把沙僧捆住，也不来杀他，心中暗想道："唐僧乃上邦人物，必知礼义，终不然我饶了他性命，又着他徒弟拿我不成？噫！这多是我浑家有甚么书信到他那国里，走了风讯了！"即时陡起凶性，要杀公主。

那公主不知，梳妆方毕，移步前来，只见那怪怒目咬牙。咄的一声骂道："你这狗心贱妇，全没恩情！我当初带你到此，更无半点儿说话。你穿的锦，戴的金，缺少东西我去寻，四时受用，每日情深。你怎么只想你父母，更无一点夫妇心？"那公主闻说，吓得跪倒在地，道："郎君啊，你怎么今日说起这分离的话？"那怪道："不知是我分离，是你分离哩！我把那唐僧拿来，算计要吃他，你怎么放了他？原来是你暗地里修了书信，教他替你传寄。不然，怎么这两个和尚又来打上我门，要你回去？这不是你干的事？"公主道："郎君，你错怪我了，我没有甚书去。"老怪道："你还强嘴哩！现拿住一个证见在此。"公主道："是谁？"老妖道："是唐僧第二个徒弟沙和尚。"公主道："郎君且息怒，我和你去问他一声。果然有书，就打死了我也甘心。假若无书，却不枉杀了奴家也？"那怪闻言，不容分说，轮开手，抓住那公主青丝细发，揪到沙僧面前，捽在地下，执着钢刀，咄的一声道："沙和尚！你两个辄敢打上我门来，可是这女子有书去，那国王教你们来的？"

沙僧捆在那里，见妖精凶恶，要杀公主。他遂昂然喝道："那妖怪不要无礼！他有甚么书来，只因你把我师父捉在洞中，我师父曾看见公主的模样。及至宝象国，那国王将公主画影图形，前后访问。因问我师父沿途可曾看见，我师父遂将公主说起，故此他教我们来拿你，要他公主还宫。此情是实，何尝有甚书信？你要杀就杀了我老沙，不可枉害平人！"那妖见沙僧说得雄壮，遂丢了刀，双手抱起公主道:“我一时粗卤,多有冲撞,莫怪莫怪。”遂与他挽了青丝,扶上宝髻,撮哄着他进去了,又请上坐陪礼,那公主又劝他把沙僧解了绳子,锁在那里。沙僧心中暗喜道:“古人云,与人方便,自己方便。我若不方便了他,他怎肯教把我松放?”

那妖又教安排酒席,与公主赔礼压惊。吃到半酣,老妖心头一转,忽的又换了一件鲜明的衣服,取了一口宝刀,佩在腰里,抚着公主道:“浑家,你且在家看着两个孩儿,不要放了沙和尚。趁那唐僧在那国里,我赶早儿去认认亲也。”公主道:“你认甚亲?”老妖道:“你父王是我丈人,我是他驸马,怎么不去认认?”公主道:“你去不得。我父王自幼登基,城门也不曾远出,没有见你这等嘴脸相貌,恐怕吓了他,反为不美,不如不去认的还好。”老妖道:“既如此说,我就变个俊的儿去如何?”好怪物,他在那席间摇身一变,就变做一个俊俏郎君。公主见了,十分欢喜道:“变得好!变得好!你这一进朝啊,我父王是亲不灭,一定着各官留你饮宴。倘吃酒中间,千万仔细,却莫要现出原嘴脸来。”老妖道:“我自有道理。”

你看他纵云头早到了宝象国,按落云头,行至朝门之外,对黄门官道:“三驸马特来见驾,乞为转奏。”黄门官急入朝奏上。那国王正与唐僧叙话,忽听得三驸马,便问多官道:“寡人只有两个驸马,怎么又有个三驸马?”多官道:“三驸马,必定是妖怪来了。”国王道:“可好宣他进来?”那长老心惊道:“陛下,妖精啊,不精者不灵。他能腾云驾雾,宣他也进来,不宣他也进来,倒不如宣他进来,还省些口面。”

国王准奏叫宣,那怪直至金阶,他一般也舞蹈山呼的行礼。那君臣们肉眼愚眉,见他人物俊雅。那个敢道他是妖精,还以为济世之梁栋,国王便问:“驸马,你家在那里住?几时得我公主配合?怎么今日才来认亲?”那怪叩头道:“主公,臣是城东碗子山波月庄人家。离此有三百里。”国王道:“三百里路,我公主如何得到那里,与你匹配?”那妖精巧语花言答道:“主公,微臣自幼儿好习弓马,采猎为生。那十三年前,正在山间打猎,忽见一只斑斓猛虎,驮着一个女子,往山坡下走。是微臣兜弓一箭,射倒猛虎,将女子带上本庄,把温汤灌醒,救了他性命。因问他是那里人家,他更不曾提‘公主’二字。早说是万岁的三公主，怎敢欺心擅自配合？当得进上金殿，大小讨一个官职荣身。只因他说是民家之女，微臣才留在庄所，女貌郎才，两相情愿，故配合至此多年。当时配合之后，欲将那虎宰了，邀请诸亲，却是公主娘娘教且莫杀。有几句言词，道得甚好，说道：托天托地成夫妇，无媒无证配婚姻。前世赤绳曾系足，今将老虎做媒人。臣因此言，故将虎解了索子，饶了他性命。那虎带着箭伤，跑蹄剪尾而去。不知他得了性命，在那山中修了这几年，炼体成精，专一迷人害人。臣闻得昔年也有几次取经的，都说是大唐来的唐僧，想是这虎害了唐僧，得了他文引，变作那取经的模样，今在朝中哄骗主公。主公啊，那绣墩上坐的，正是那十三年前驮公主的猛虎，不是真正取经之人！"

国王便道："贤驸马，你怎的认得这和尚是驮公主的老虎？"那妖道："主公，臣在山中，吃的是老虎，穿的也是老虎，与他同眠同起，怎么不认得？"国王道："你既认得，可教他现出本相来看。"怪物道："借半盏净水，臣就教他现了本相。"国王命官取水来，那怪接水在手，走上前，使个黑眼定身法，将一口水望唐僧喷去，叫声："变！"那长老的真身隐在殿上，真个变作一只斑斓猛虎。国王一见，魄散魂飞，唬得那多官尽皆躲避。有几个大胆的武将，领着将军、校尉一拥上前，使各项兵器乱砍，这一番，不是唐僧该有命不死，就是一百个也打为肉酱。只因护教诸神，暗在半空中护佑，所以那些兵器皆不能伤。众臣嚷到天晚，才把那虎活捉住，用铁绳锁在铁笼里，收于朝房之内。

那国王却传旨，教光禄寺大排筵宴，谢驸马救拔之恩，不然险被那和尚害了。当晚众臣朝散，那妖魔进了银安殿。又选十八个宫娥彩女，吹弹歌舞，劝酒作乐。那怪独坐上席，左右排列的都是那艳质娇姿，你看他受用饮酒至二更时分，醉将上来，忍不住跳起身大笑一声，现了本相，伸开簸箕大手，把一个弹琵琶的女子抓将过来，扢咋的把头咬下一口。吓得那十七个宫娥，没命的前后乱跑乱躲，正似那：雨打芙蓉惊夜雨，风吹芍药舞春风。那些女子又不敢声张，夜深了又不敢惊驾，都躲在那短墙檐下，战战兢兢不题。

却说那怪物坐在上面，自斟自酌。呷一盏，扳过人来，血淋淋的啃上两口。他在里面受用，外面人尽传道："唐僧是个虎精！"乱传乱嚷,嚷到金亭馆驿。此时驿里无人,止有白马在槽上吃草吃料。他本是西海小龙王变的,忽闻人讲唐僧是个虎精,他心如刀割,暗想道:“我师父分明是个好人,必然被怪把他变做虎精,害了师父。怎的好!怎的好?大师兄去得久了,八戒、沙僧又无音信!我今若不救唐僧,这功果休矣!休矣!”捱到二更时分,他忍不住跳将起来,顿绝缰绳,抖松鞍辔,急纵身,依然化作龙,驾起乌云,直上九霄空里观看。诗曰:三藏西来拜世尊,途中偏有恶妖氛。今宵化虎灾难脱,白马抛缰救主人。小龙在半空里,只见银安殿内灯烛辉煌,原来那八个满堂红上点着八根蜡烛。按下云头,仔细看处,那妖魔独自个在上面,逼法的饮酒吃人肉哩。小龙笑道:“这厮不济!在此处吃人,可是个长进的!我且下去戏他一戏,若得拿住妖精,再救师父不迟。”好龙王,他就摇身一变,也变做个宫娥,真个身体轻盈,仪容娇媚,忙移步走入里面,对妖魔道声万福:“驸马啊,你莫伤我性命,我来替你把盏。”那妖道:“斟酒来。”小龙接过壶来,将酒斟在他盏中,酒比钟高出三五分来,更不满出,这是小龙使的逼水法。那怪见了喜道:“你有这般手段!可还斟得高么?”小龙道:“还斟得。”他举着壶,只情斟,那酒尖尖堆起,就如十三层宝塔一般。那怪大喜,伸过嘴来,呷了一钟,扳着死人,吃了一口道:“你会唱么?”小龙便依腔韵唱了一个小曲,又奉了一钟。那怪道:“你会舞么?”小龙道:“也略晓得些儿,但只是素手,舞得不好看。”那怪揭起衣服,解下腰间所佩宝剑,掣出鞘来,递与小龙。小龙接了刀,就留心在那酒席前,上三下四、左五右六,丢开了花刀法。那怪看得眼咤,小龙趁空儿望妖精劈一刀来。那怪侧身躲过,忙举起一根满堂红,架住宝刀。那满堂红原是铁打的,连柄有八九十斤。两个出了银安殿,小龙现了本相,驾起云头,与那妖魔在那半空中黑地里战勾八九回合,小龙的力软觔疲,抵敌不住,飞起刀去砍那怪,那怪一只手接了宝刀,一只手抛下满堂红便打,小龙措手不及,被他后腿上打了一下,急慌慌按落云头,多亏御水河救了性命。小龙一头钻下水去,那怪赶来寻他不见,回上银安殿,照旧吃酒睡觉不题。

那小龙潜于水底,半个时辰听不见声息,方才跳将起去,踏着乌云，径转馆驿，还依旧变作马匹，伏于槽下。可怜浑身是水，腿有伤痕，那时节：意马心猿都失散，金公木母尽凋零。黄婆伤损浑无主，道义消疏怎得成！

却说那猪八戒，自离了沙僧，一头藏在草科里，拱了一个猪浑塘。这一觉只睡到半夜才醒。醒来时，见那星移斗转，约莫有三更时分，心中想道："沙僧料必被妖怪擒了，我不如且进城去罢。"

于是急纵云头，径回城里，半霎时到了馆驿。此时人静月明，两廊下寻不见师父，只见白马睡在那厢。八戒看了一看，失惊道："双晦气了！这亡人又不曾走路，怎么身上有汗，腿有青痕？想是歹人打劫师父，把马打坏了。"那白马认得是八戒，忽然口吐人言，叫声："师兄！"这呆子吓了一跌，扒起来要走，被那马一口咬住皂衣道："哥呵，你莫怕我。"八戒战兢兢的道："兄弟，你怎么今日说起话来了？必然有大不祥之事。"小龙道："你知师父有难么！"八戒道："我不知。"小龙道："你是不知。"便将上项事与他备细说了一遍。八戒闻言道："真个有这样事？怎的好？怎的好！你可挣得动么？"小龙道："我挣得动便怎的？"八戒道："你挣得动，便挣下海去罢。把行李等老猪挑去高老庄上，回炉做女婿去呀。"小龙闻说，一口咬住他直裰子那里肯放，止不住眼中滴泪道："师兄啊！你千万休生懒惰！"八戒道："不懒惰便怎么？沙兄弟已被他拿住，我是战不过他，不趁此散火，还等甚么？"

小龙又滴泪道："师兄啊，莫说散火的话，若要救得师父，你只去请个人来。"八戒道："教我请谁么？"小龙道："你趁早儿驾云上花果山，请大师兄孙行者来。他还有降妖的大法力，管教救了师父，也与你我报得这败阵之仇。"八戒道："兄弟，另请一个儿便罢了，那猴子与我有些不睦。前者在白虎岭上，老和尚把他赶回去，他不知怎么样的恼我，他也决不肯来。倘或言语不对，他那哭丧棒又重，万一把我捞上几下，我怎的活得成么？"小龙道："他决不打你，他是个有仁有义的猴王。你见了他，且莫说师父有难，只说师父想他，把他哄来到此，见这样个情节，他必然不忿，断乎要与那妖精比并，管情拿得妖精，救得师父。"八戒道："也罢也罢，你倒这等尽心，我若不去，显得我不如人了。”

真个那呆子跳起来，踏着云，径往东来。这一回也是唐僧有命，那呆子正遇顺风，撑起两个耳朵，好便似风蓬一般，早过了东洋大海，按落云头。不觉的太阳星上，他却入山寻路。正行之际，忽闻得有人言语。八戒仔细看时，原来是行者在山凹里，坐在一块石头崖上，面前有千把多猴子，分序排班，口称：“万岁大圣爷爷！”八戒道：“且是好受用！如今既到这里，必定要见他。”那呆子又不敢明明的见他，却往草崖边溜阿溜的，溜在那些猴子当中，也跟着磕头。

那大圣早看见了，便问：“那班部中乱拜的是个野人，拿上来！”那些小猴一窝风把个八戒推将上来，按倒在地。行者道：“你是那里来的野人？”八戒低着头道：“不是野人，是熟人，熟人。”行者道：“我这里那有你这个人来！”八戒低着头，拱着嘴道：“不羞，我和你兄弟也做了几年，又推托认不得，说是甚么野人！”行者道：“抬起头来我看。”那呆子把嘴往上一伸道：“你看么！你认不得我，好道认得嘴耶！”行者忍不住笑道：“猪八戒。”他听见一声叫，就一毂辘跳将起来道：“正是！正是！我是猪八戒！”行者道：“你不跟唐僧取经去，却来这里怎的？想是你冲撞了师父，师父也贬你回来了？有甚贬书，拿来我看。”八戒道：“不曾冲撞他，他也没甚么贬书赶我。”行者道：“既无贬书赶你，你来我这里怎的？”八戒道：“师父想你，着我来请你的。”行者道：“他那日对天发誓，亲笔写了贬书，怎么又肯想我，又着你远来请我？”八戒道：“委是想你！那日师父在马上正行，叫声徒弟，我不曾听见，沙僧又推耳聋。师父就想起你来，说我们不济，说你还是个聪明伶俐之人，常时声叫声应，。因此专专教我来请你的，万望你去走走。”行者闻言，跳下崖来，用手搀住八戒道：“贤弟，累你远来，且要耍儿去。”八戒道：“这所在路远，恐师父盼望，我不耍子了。”行者道：“你也是到此一场，看看我的山景何如？”那呆子不敢苦辞，只得随他走走。二人携手相搀，上那花果山极巅之处。好山！自从大圣回家，收拾得复旧如新，八戒观之不尽，满心欢喜道：“哥阿，好去处！果然是天下第一名山！”二人下了山，只见路旁有几个小猴，捧着许多葡萄，梨枣，枇杷，杨梅，跪在路旁叫道：“大圣爷爷，请进蚤膳。”行者笑道:“我猪弟食肠大,却不是以果子作膳的。将就吃个儿当点心罢。”

其时渐渐日高。那呆子只管催促道:“哥哥,师父在那里盼望哩。望你和我早早儿去罢。”行者道:“贤弟,请你往水帘洞里去耍耍。”八戒坚辞不劳进洞。行者道:“既如此,不敢久留,请就此处奉别。”八戒道:“哥哥,你不去了?”行者道:“我往那里去?我这里天不收,地不管,自由自在,倒不好耍子,去做甚么和尚?你与我上复唐僧:既赶退了,再莫想我。”呆子闻言,不敢苦逼,只得喏喏告辞而去。

行者见他去了,即差两个溜撒的小猴,跟着八戒,听他说些甚么。真个那呆子下了山,回头指着行者骂道:“这个猴狲,不做和尚,倒做妖怪!我好意来请他,他却不去!你不去便罢!”走几步,又骂几声。那几个小猴,急跑回来报了。行者大怒,叫拿将来。那众猴如飞赶上,把个八戒扛翻倒了,抓鬃扯耳,捉将回去,毕竟不知怎么处治,且听下回分解。

第三十一回 猪八戒义激猴王 孙行者智降妖怪

义结孔怀，法归本性。金顺木驯成正果，心猿木母合丹元。共登极乐世界，同来不二法门。经乃修行之总径，佛配自己之元神。兄和弟会成三契，妖与魔色应五行。剪除六门趣，即赴大雷音。

却说那呆子被一窝猴子捉住了，扛抬扯拉，把一件直裰子揪破，口里念诵道："罢了！罢了！这一去有个打杀的情了！"不时到洞口。那大圣坐在石崖之上，骂道："你这馕糠的夯货！你去便罢了，怎么骂我？"八戒跪在地下道："哥呵，我不曾骂你，若骂你就嚼了舌头根。"行者道："你怎瞒得过我？我这左耳往上一扯，晓得三十三天人说话；我这右耳往下一扯，晓得十代阎王与判官算帐。你骂我，我岂不听见？"叫："小的们，选大棍来！先打二十个见面孤拐，再打二十个背花，然后等我使铁棒与他送行！"八戒慌得磕头道："哥哥，千万看师父面上，饶了我罢！"行者道："我想那师父好仁义儿哩！"八戒又道："哥哥，不看师父呵，请看海上菩萨之面，饶了我罢！"

行者见说起菩萨，却有二分儿转意，道："兄弟，既这等说，我且不打你，你却老实说。那唐僧在那里有难，你却来此哄我？"八戒道："哥呵，没甚难处，实是想你。"行者骂道："这个好打的夯货！你怎么还要瞒我？我老孙身回水帘洞，心逐取经僧。那师父步步有难，处处当灾，你趁早儿告诵我，免打！"八戒闻言，叩头上告道："哥呵，分明要瞒着你请你去的，不期你这等样灵。饶我打，放我起来说罢。"行者道："也罢，起来说。"众猴撒开手，那呆子跳得起来，便把黄袍怪的事，备细告诉一遍，又道："亏了小龙好心，是他教我来请师兄的，说道：'师兄是个有仁有义的君子，君子不念旧恶，一定肯来救师父的。'万望哥哥念往为师，千万救他一救！"

行者道："你这个呆子！我临别之时，曾叮咛道：'若有妖魔捉住师父，你就说老孙是他大徒弟。'怎么却不说我？"八戒又想道："请将不如激将，等我激他一激。”道：“哥啊，不说你还好哩，只为说了你，他一发无状！”行者道：“怎么说？”八戒道：“我说：‘妖精，你不要无礼，莫害我师父！我还有个大师兄，叫做孙行者。他神通广大，善能降妖。他来时教你死无葬身之地！’那怪闻言，越加忿怒，骂道：‘是个甚么孙行者，他敢来惹我？他若来，我剥了他皮，抽了他觔，啃了他骨，吃了他心！饶他猴子瘦，我也把他剁鲊着油烹！’”行者闻言，气得抓耳挠腮，暴躁乱跳道：“是那个敢这等骂我！”八戒道：“哥哥息怒，是那黄袍怪这等骂来，我故学与你听也。”行者道：“贤弟，我本不欲去的，既是妖精敢骂我，我就和你同去。把他拿住，碎尸万段，以报骂我之仇！报毕我即回来。”八戒道：“哥哥，正是。”

那猴才跳下崖，入洞脱了妖衣，整一整锦直裰，束一束虎皮裙，执了铁棒，径出门来。辞别众猴，独同八戒携手驾云而行。过了东洋大海，至西岸，住云光叫道：“兄弟且慢行，等我下海去净净身子。我自从回来，这几日弄得身上有些妖精气了。师父是个爱干净的，恐怕嫌我。”八戒始识得行者是片真心，更无他意。

须臾洗毕，复驾云西进，只见那金塔放光，八戒指道：“那不是黄袍怪家？沙僧还在他家里。”行者道：“等我下去看看，好与妖精见阵。”八戒道：“妖精不在家。”行者道：“我晓得。”好猴王，按落祥光，径至洞门外观看，只见有两个小孩子在那里要子哩。一个有十来岁，一个有八九岁了。正戏处，被行者上前，一把抓着顶搭子，提将过来。那孩子乱哭乱嚷，洞口小妖急入报与公主。原来那两个孩子是公主与那怪生的。公主闻言，忙忙走出洞门，高叫道：“那汉子，怎么把我儿子拿去？他老子利害，有些差错，决不与你干休！”行者笑道：“你不认得我？我是那唐僧的大徒弟孙悟空行者。我有个师弟沙和尚在你洞里，你去放他出来，我把这两个孩儿还你。”那公主闻言，急往里面，喝退小妖，亲自动手把沙僧解了。沙僧道：“公主，你莫解我，恐你那怪来家，问你要人，带累你受气。”公主道：“长老啊，你是我的恩人，你替我折辩了家书，救了我一命，我也留心放你。不期如今洞门外，你有个大师兄孙行者来了，叫我放你哩。”

那沙僧一闻孙行者三个字，好便似醍醐灌顶，甘露滋心。你看他一天喜气，走出门来，对行者施礼道："哥哥，你真是从天而降也！万乞救我一救！"行者笑道："你这个沙尼！师父念《紧箍儿咒》，可肯替我方便一声？大家都弄嘴施展，要保师父，如何不走西方路，却在这里蹲甚么？"沙僧道："哥哥，君子既往不咎。不必说了。"又与八戒相见了，细说昨日之事。行者道："呆子，且休叙阔，把这两个孩子，你两人抱着，先进那宝象城去激那怪来，等我在这里打他。"沙僧道："怎么样激他？"行者道："你两个驾起云，站在那金銮殿上，把那孩子往那白玉阶前一掼。有人问你，你便说是黄袍妖精的儿子，被我两个拿将来也。那怪听见，管寻回来，我却不须进城与他战斗。免致惊扰那城中君民不安。"他两个唯唯听命，将孩子拿去。

行者即跳下石崖，到他塔门之下，那公主道："你这和尚，全无信义！你说放你师弟，就与我孩儿，怎么你师弟放去，又不把孩儿还我？"行者陪笑道："公主休怪，你来的日子已久，带你令郎去认他外公去哩。"公主道："和尚莫无礼，我那黄袍郎比众不同。你若唬了我的孩儿，他肯和你干休？"行者笑道："公主，你如此夫妻儿女情重，你身从何来？怎么就再不想念你的父母？"公主道："长老，我岂不想念父母？只因这妖精将我摄骗在此，他的法令又谨，我的步履又难，路远山遥，无人可传音信。欲要自尽，又恐父母疑我逃走，事终不明。故没奈何苟延残喘，指望有日还乡！"说罢，泪如泉涌。行者道："公主不必伤悲。猪八戒曾对我说，你有一封书，曾救了我师父一命，你书上也有思念父母之意。待老孙来与你拿了妖精，带你回朝，别寻个佳偶，侍奉双亲到老，你意如何？"公主道："和尚呵，你莫要寻死。昨日你两个师弟，那样好汉，也不曾打得过他。你这般一个瘦鬼，有甚本事，敢说拿他？"行者笑道："我的手段，你是也不曾看见，我极会降妖伏怪。"公主道："你既会降妖伏怪，如今却怎样拿他？"行者说："你且回避回避，莫在我这眼前，待他来时打倒他，才好和你回朝见驾。"那公主便依命而去。也是姻缘该尽，故遇着大圣来临。那猴王把公主藏过，他却摇身一变，就变做公主一般模样，在洞中专候那怪。

却说八戒、沙僧把两个孩子拿到宝象国中，往那白玉阶前摔下，可怜都掼做个肉饼相似。慌得那满朝多官报道："不好了！不好了！

天上掼下两个人来了!”八戒厉声高叫道:“那孩子是黄袍妖精的儿子,被老猪与沙弟拿将来也!”

那怪还在银安殿,宿酒未醒。睡梦间听得有人叫他名字,他急翻身,抬头观看,只见那云端里是猪八戒、沙和尚二人吆喝。妖怪心中想道:“猪八戒便也罢了,沙和尚是我绑在家里,他怎么得出来?我的孩儿怎么得到他手?且等我回家看看,再与他说话不迟。”你看他也不辞王见驾,径转山林。此时朝中晓得夜来之事,已都知他是个妖怪了,那国王即着多官看守着假老虎不题。

却说那怪径回洞口。行者变了公主。见他来时,把眼挤了一挤,扑簌簌泪如雨下,儿天儿地的跌脚捶胸,嚎啕痛哭。那怪那里认得?去前搂住道:“浑家,你有何事,这般烦恼?”那大圣泪汪汪的道:“郎君啊!你昨日进朝认亲,怎不回来?今早被猪八戒劫了沙和尚,又把我两个孩儿抢去,是我苦告,更不肯饶。他说拿去朝中认认外公,这半日不见孩儿,不知存亡如何,你又不见来家,教我怎生割舍?故此止不住伤心痛哭。”那怪闻言,大怒道:“真个是我的儿子?”行者道:“正是,被猪八戒抢去的。”

那怪气得乱跳道:“罢了!罢了!我儿已被他掼杀了!只好拿那和尚来与我儿子偿命报仇罢!浑家,你且莫哭,你如今心里觉道怎么?”行者道:“我不怎的,只是舍不得孩儿,哭得我有些心疼。”妖魔道:“不打紧,你请起来,我这里有件宝贝,只在那疼处摸一摸儿,就不疼了。却休使大指儿弹着,若弹着啊,就看出我本相来了。”行者闻言,心中暗喜。那怪携着行者,一直行到洞里深密之处。却从口中吐出一件宝贝,有鸡子大小,是一颗舍利子玲珑内丹。行者暗喜道:“好东西耶!这件物不知打了多少坐功,炼了几年磨难,配了几转雌雄,炼成这颗内丹舍利。今日大有缘法,遇着老孙。”他拿将过来,假意放在心头摸了一摸,一指头弹将去。那怪慌了,劈手来抢,这猴王好不溜撒,把那宝贝一口吸在肚里。那妖攥着拳头就打,被行者一手隔住,把脸抹了一抹,现出本相道:“妖怪!不要无礼!你且认认看我是谁?”

那妖怪见了,大惊道:“呀!浑家,你怎么拿出这一副嘴脸来耶?”行者骂道:“我把你这个泼妖!谁是你浑家?连你祖宗也不认得哩?”那怪忽然省悟道:“我像有些认得你哩。一时间却想不起姓名。你果是谁,从那里来的?无故到我家中哄骗我的宝贝?着实无礼可恶!”行者道:“你是也不认得我。我是唐僧的大徒弟,叫做孙悟空行者。我是你五百年前的旧祖宗哩!”那怪道:“没这话!没这话!我拿住唐僧时止知他有两个徒弟,叫做猪八戒、沙和尚,何曾见说个姓孙的。你不知是那里来的个怪物,到此骗我!”行者道:“我不曾同他们来,是我师父因老孙惯打妖怪,杀伤甚多,将我逐回,故不曾同他一路行走。你是不知你祖宗名姓。”那怪道:“你好不丈夫呵!既受了师父赶逐,却有甚么嘴脸又来见人!”行者道:“你这个泼怪,岂知一日为师,终身为父。你如今伤害我师父,我怎么不来救他?你害他便也罢,怎么又在背后骂我?”妖怪道:“我何尝骂你?”行者道:“是猪八戒说的。”那怪道:“那个猪八戒,尖着嘴,有些会学老婆舌头,你怎听他?”行者道:“且不必讲此闲话,只说老孙今日到你家里,你好怠慢了远客。虽无酒馔款待,头却是有的,快快将头伸过来,等老孙打一棍儿当茶!”那怪闻得说,呵呵大笑道:“孙行者,你差了!你既说要打,不该跟我进来。我这里无数群妖,饶你满身是手,也打不出我的门去。”

那怪急传号令,点齐群妖,把那三四层门,密密拦阻不放。行者见了,满心欢喜,双手理棍,喝声:“变!”变的三头六臂,把金箍棒变做三根。你看他六只手,使着三根棒,一路打将去,把那些小妖打个尽绝。止剩得一个老妖,赶出门来骂道:“你这泼猴好惫懒!怎么上门来欺负人!”怒叫叫举宝刀就砍,行者掣铁棒觌面相迎。这一场在那山顶上,半云半雾的战有五六十合,不分胜负。行者心中暗喜道:“这个泼怪,他那口刀倒也抵得住老孙的棒。等老孙丢个破绽与他,看他可认得。”好猴王,双手举棍,使一个高探马的势子。那怪不识是计,舞着宝刀,径奔下三路砍,被行者急转个大中平,挑开他那口刀,又使个叶底偷桃势,望妖精头顶一棍,就打得他无影无踪。急收棍子看时,已不见了妖精,行者料道他是走了,急纵身跳在云端里看处,四边更无动静。行者道:“我晓得了。那怪说认得我,想必不是凡间的怪,多是天上来的。等我上天去查查看。"

那大圣一觔斗,直跳到南天门。径至通明殿下。早有四大天师问道:"大圣何来?"行者道:"因保唐僧至宝象国,有一妖魔,欺骗国女,伤害吾师,老孙与他赌斗。正斗间,不见了这怪。想那怪多是天上之精,特来查看那一路走了甚么妖神。"天师闻言,即进灵霄殿上启奏,蒙差查勘普天神圣,都在天上,更无一个敢离方位。又查那斗牛宫外二十八宿,颠倒只有二十七位,内独少了奎星。天师回奏道:"奎木狼下界了。"玉帝道:"多少时了?"天师道:"四卯不到。三日点卯一次,今已十三日了。"玉帝道:"天上十三日,下界已是十三年。"即命本部收他上界。本部领旨而去。

你道那奎星藏在那里?他原来是孙大圣大闹天宫时打怕了的神将,闪在那山涧里潜灾,被水气隐住妖云,所以不得看见。听得本部星员念咒,方敢出头,随众上界。被大圣拦住要打,幸亏众星劝住,押见玉帝。他腰间取出金牌,在殿下叩头纳罪,玉帝道:"奎木狼,上界有无边的胜景,你却私走下方,何也?"奎宿叩头奏道:"万岁,赦臣死罪。那宝象国王公主,本是披香殿侍香的玉女,因欲与臣私通,臣恐点污了天宫胜境,他思凡先下界去,托生于皇宫内院,是臣不负前期,变作妖魔,占了名山,摄他到洞府,与他配了一十三年夫妻。一饮一啄,莫非前定,今被孙大圣到此成功。甘罪无辞。"玉帝闻言,收了金牌,贬他去兜率宫与太上老君烧火,有功复职,无功加罪。

行者见玉帝如此发放,心中欢喜,朝上唱个大喏,又谢了众神,即按落祥光,径转碗子山波月洞,寻出公主。正说那收妖之事,恰好八戒、沙僧都到,行者使个缩地法,把公主霎时间引入城中。径带到金銮殿上,那公主参拜了父王、母后,各官俱来拜见。公主才启奏道:"多亏孙长老法力无边,降了黄袍怪,救奴回国。"那国王问曰:"那黄袍是个甚么怪?"行者道:"陛下的驸马,是上界的奎星,令爱乃侍香的玉女,因思凡降落人间,都因前缘,该为姻眷。那怪被老孙上天宫启奏玉帝,已收他上界去了,老孙却救得令爱来也。"那国王谢了行者的恩德,便教看你师父去来。

众官到朝房里,抬出假虎,解了铁索。别人看他是虎,独行者看他是人。原来那师父被妖术魇住,心上明白,只是口眼难开。行者笑道:“师父啊,你是个好和尚,你怪我行凶作恶,赶我回去,你怎么一旦弄出这个恶模样来耶?”八戒道:“哥呵,救他救儿罢,不要只管揭挑他了。”行者道:“你凡事撺唆,是他个得意的好徒弟,你不救他,又寻老孙怎的?我原与你说来,待降了妖精,报了骂我之仇,就回去的。”沙僧跪下道:“哥呵,古人云,不看僧面看佛面。兄长既是到此,万望救他一救。若是我们能救,也不敢许远的来奉请也。”行者挽起道:“我岂有安心不救之理?快取水来。”行者拿水在手,望那虎劈头一喷,即时退了妖术。长老现了原身,定性睁睛,才认得是行者,一把搀住道:“悟空!你从那里来也?”沙僧把上项事备陈了一遍。三藏谢之不尽道:“贤徒,亏了你也!这一去早诣西方,径回东土奏唐王,你的功劳第一。”行者笑道:“莫说莫说!但不念那话儿,足感盛情也。”国王又谢了他四众,整治素筵,大开东阁。将重礼奉酬。他师徒分毫不受,辞王西去。国王又率多官远送。毕竟不知此去又有甚事,且听下回分解。

第三十二回　平顶山功曹传信　莲花洞木母逢灾

话说唐僧复得了孙行者，师徒们一心同体，共诣西方。离了宝象国，夜住晓行。却又值三春景候，正行间，又见一山挡路。唐僧道："徒弟们仔细。"行者道："师父，出家人莫说在家话。你可记得那乌巢和尚《心经》云心无挂碍，方无恐怖，但只是扫除心上垢，洗净耳边尘。你莫生忧虑，都在老孙身上。"长老勒住马道："当年奉旨出长安，只望西来拜佛颜。历遍人间山共水。几时方得此身闲？"行者闻说，笑呵呵道："师父要身闲，有何难事？若功成之后，万缘都罢，诸法皆空。那时节自然而然，却不是身闲也？"长老闻言，只得放开怀抱，上得山来，十分险峻。正在难行之处，只见那绿莎坡上，伫立着一个樵夫，对长老厉声高叫道："那西进的长老！暂停片时。我有一言奉告：此山有一伙毒魔狠怪，专吃那东来西去的人哩。"长老闻言，魂飞魄散，急回头忙呼徒弟道："你听那樵夫所言，谁去细问他一问？"行者道："师父放心，等老孙去问他。"

行者拽步上山，对樵子叫声"大哥"，道个问讯。樵夫答礼道："长老啊，你们有甚事来此？"行者道："不瞒大哥说，我们是东土差来西天取经的，适蒙见教，说有甚么毒魔狠怪，故此我来奉问一声：那魔是几年之魔，怪是几年之怪？烦大哥老实说说，我好着山神土地递解他起身。"樵子闻言，仰天大笑道："你原来是个风和尚。想是在方上云游，学了些法术，只可驱邪缚鬼，还不曾撞见这等狠毒的怪哩。我对你说，此山径过有六百里，名唤平顶山。山中有一洞，名唤莲花洞。洞里有两个魔头，他画影图形，要吃唐僧。你若别处来的还好，但犯了一个唐字儿，莫想去得！"行者道："我们正是唐朝来的。"樵子道："他正要吃你们哩。那妖怪随身有五件宝贝，神通广大。就是擎天的玉柱，架海的金梁，若保得唐朝和尚去，也须要发发昏哩。"行者道："发几个昏么？"樵子道："要发三四个昏是。"行者道："不打紧，不打紧。我们一年常发七八百个昏儿,这三四个昏儿易得发,发发儿就过去了。”那大圣,摔脱樵夫,拽步径转到马头前道:“师父,没甚大事。有便有个把妖精儿,只是这里人胆小,放他在心上。有我哩,怕他怎的?走路!走路!”长老只得放怀随行。正行处,早不见了那樵夫。大圣睁开火眼金睛,抬头往云端里一看,看见是日值功曹,他就纵云赶上,骂几声“毛鬼”道:“你怎么有话不来直说,却那般变化了演样老孙?”慌得那功曹施礼道:“大圣,勿罪,勿罪。那怪果然神通广大,变化多端。全仗你腾那乖巧,运动神机,仔细保你师父过去。”行者闻言,把功曹叱退,心中暗想:“我若把此言实告师父,师父一定害怕;若不与他实说,倘或被妖魔捞去,却不又要老孙费心?且等我照顾八戒一照顾,先着他出头与那怪打一仗看。若是打得过,就算他一功;若是没手段,被怪拿去,等老孙再去救他,却好显我本事。只恐八戒躲懒,不肯出头,师父又有些护短,等老孙且羁勒他羁勒。”

你看他弄个虚头,把眼揉出些泪来,迎着师父径走。八戒看见,连忙叫沙和尚歇下担子,“我们分了行李散火罢。”长老听见道:“这个夯货!正走路,怎么又乱说了?”八戒道:“你儿子便乱说!你不看见孙行者那里哭将来了?他是个钻天入地的好汉,如今戴了个愁帽儿,泪汪汪的哭来,必是那妖怪凶狠。似我们这样软弱的人儿,怎么去得?”长老道:“你且休乱谈,待我问他一声,看是怎么。”便问:“悟空有甚话,你怎么这般样个哭包脸,是唬唬我也!”行者道:“师父啊,刚才那个报信的是日值功曹。他说妖精凶狠,此处难行,果然不能前进,改日再去罢。”长老闻言恐惧道:“徒弟呀,我们三停路已走了停半,因何说退悔之言?”行者道:“我没个不尽心的,但只恐魔多力弱,行势孤单。总然是块铁,下炉能打得几根钉?”长老道:“你也说得是,果然一个人也难。我这里还有八戒、沙僧,凭你调度使用,协力同心,保我过山,却不都成正果?”

那行者才揾了泪道:“师父啊,若要过此山,须是猪八戒依得我两件事儿,才有三分去得;假若不依我言,半分儿也莫想过去。”八戒道:“师兄,不去就散火罢,不要攀我。且问你教我做甚事?”行者道:“第一件是看师父,第二件是去巡山。”八戒道:“看师父是怎样,巡山是怎样，你先与我讲讲，等我拣个相应些的去干罢。”行者道：“看师父啊，师父去出恭，你伺候；师父要走路，你扶持；师父要吃斋，你化斋。若他饿了些儿，你该打；黄瘦了些儿，你该打。”八戒道：“这个难！难！难！”行者道：“巡山去罢。”八戒道：“巡山便怎么样？”行者道：“就入此山，打听有多少妖怪，是甚么山，甚么洞，我们好过去。”八戒道：“这个小可，老猪去巡山罢。”那呆子就撒起衣裙，挺着钉钯，雄赳赳径入深山。行者忍不住嘻嘻冷笑。长老骂道：“你这个泼猴！兄弟们全无爱怜之意，常怀嫉妒之心。你做出这样獐智，撮弄他去甚么巡山，却又在这里笑他！”行者道：“不是笑他，你看猪八戒这一去，决不巡山，也不敢见妖怪，不知往那里去躲闪半会，捏一个谎来哄我们也。”长老道：“你怎么就晓得他？”行者道：“我估出他是这等，不信，等我跟他去看看。”

他即在山坡下，摇身一变，变作个蟭蟟虫儿。嘤的一声飞将去，赶上八戒，钉在他耳朵后面鬃根下。那呆子只管走路，怎知道身上有人，行有七八里路，把钉钯撇下，吊转头来，望着东边，指手画脚的骂道：“你罢软的老和尚，捉掐的弼马温，面弱的沙和尚！他都在那里自在，捉弄我老猪来锵路！大家取经，都要望成正果，偏是教我来巡甚么山！哈哈哈！晓得有妖怪，躲着些儿走。还不勾一半，却教我去寻他，这等晦气哩！我往那里睡一觉回去，含含糊糊的答应他，只说是巡了山，就了其帐也。”那呆子又走几步。只见山凹里一弯红草坡，他一头钻得进去，毂辘的睡下，把腰伸了一伸，道声：“快活！就是那弼马温，也不得像我这般自在！”原来行者在他耳根后，句句儿听着，忍不住飞将起来。又摇身一变，变作个啄木虫儿，红铜嘴，黑铁脚，刷的一翅飞下来，照那八戒嘴唇上扢揸的一下。那呆子慌得爬将起来，乱嚷道：“有妖怪！有妖怪！把我戳了一枪去了！嘴上好不疼呀！”伸手摸摸，流出血来了，他道：“蹭蹬呵！我又没甚喜事，怎么嘴上挂了红耶？”他看着这血手，口里絮絮叨叨的，两边乱看，却不见动静。忽抬头往上看时，原来是个啄木虫，在半空中飞哩。呆子咬牙骂道：“这个亡人！弼马温欺负我罢了，你也来欺负我！我晓得了，他一定不认我是个人，只把我嘴当一段朽烂的树，到里面寻虫儿吃的，将我啄了这一下也，等我把嘴揣在怀里睡罢。”那呆子毂辘的依然睡倒，行者又飞来，着耳根后又啄了一下。呆子慌得爬起来道：“这个亡人，想必这里是他的窠巢，怕我占了，故此这般打搅。罢！罢！罢！不睡他了！”搴着钯，径出红草坡，找路又走。

可不笑倒个孙行者，随即还变做个蟭蟟虫，叮在他耳后。那呆子入深山，又行有四五里，只见山凹中有一块桌面大的青石头。呆子放下钯，对石头唱个喏。行者暗笑：“看这呆子做甚勾当。”原来那呆子把石头当着唐僧、沙僧、行者三人，朝着他演习哩。他道：“我这回去，见了师父，若问有妖怪，就说有妖怪。他问甚么山，我若说是泥捏的，锡打的，面蒸的，纸糊的，他们见说我呆哩，若讲这话，一发说呆了，我只说是石头山。他问甚么洞，也只说是石头洞。他问甚么门，却说是钉钉的铁叶门。他问里边有多远，只说入内有三层。十分再问门上钉子多少，只说老猪心忙记不真。此间编造停当，哄那弼马温去！”

那呆子拖着钯径回本路。行者即腾两翅先回来，现原身见了师父。将他那编谎的话预先说了。不多时，呆子已到，又怕忘了那谎，低着头口里温习。被行者喝一声道：“呆子！念甚么？”八戒掀起耳朵来看看道：“我到了地头了！”长老道：“可有妖怪么？”八戒道：“有妖怪！有妖怪！”长老道：“怎么打发你来？”八戒说：“他叫我做猪祖宗，猪外公，安排些粉汤素食，教我吃了一顿，说道摆旗鼓送我们过山哩。”行者道：“想是在草里睡着了，说的是梦话？”呆子闻言，就吓得矮了二寸道：“爷爷！我睡他怎么晓得？”行者上前，一把揪住道：“你过来，等我问你。”呆子又慌了。行者道：“是甚么山？”八戒道：“是石头山。”“甚么洞？”道：“是石头洞。”“甚么门？”道：“钉钉铁叶门。”行者道：“你不消说了，后半截我记得。我替你说了罢。”八戒道：“嘴脸！你又不曾去，你那里晓得？”行者笑道：“他问里边有多远，只说入内有三层。门上钉子有多少，只说老猪心忙记不真。可是么？”那呆子即慌忙跪倒。行者道：“朝着石头唱喏，当做我三人，一问一答，可是么？又说，等我编得谎儿停当，哄那弼马温去！可是么？”那呆子连忙只是磕头道：“师兄，我去巡山，你莫成跟我去听的？”行者骂道："我把你个馕糠的夯货！这般要紧的所在，教你去巡山，你却去睡觉！不是啄木虫叮你醒来，你还在那里睡哩。及醒来，又编这样大谎，可不误了大事？你快伸过孤拐来，打五棍记心！"八戒慌了道："那个哭丧棒重，若打五下，就是死了！"行者道："你怕打，却怎么扯谎？"八戒道："只是这一遭儿，以后再不敢了。"行者道："一遭便打三棍罢。"八戒道："爷爷呀，半棍儿也禁不得！"呆子没奈何，扯住师父，求说方便。长老道："悟空说你编谎，我还不信。今果如此，其实该打。但如今过山少人使唤，悟空，你且饶他，待过了山再打罢。"行者道："既然师父说了，我且饶你。你再去与我巡山，若再说谎误事，一定不饶！"

那呆子只得爬起来，奔上山路又去。你看他疑心生暗鬼，步步只疑是行者变化了跟住他。走有七八里，见一只老虎，从山坡上跑过，他也不怕，举着钉钯道："师兄来听说谎的，这遭不编了。"又走处，那山风来得甚猛，呼的一声，把棵枯木刮倒，滚至面前，他又跌脚捶胸的道："哥啊！这是怎的起！一行说不敢编谎罢了，又变甚么树来打人！"又走向前，只见一个白颈老鸦，当头喳喳的连叫几声，他又道："哥哥，不羞！不羞！我说不编就不编了，只管又变着老鸦来听怎么？"原来这一番行者却不曾跟他去，他那里却自惊自怪，乱疑乱猜不题。

却说那平顶山莲花洞里两个妖魔：一唤金角大王，一唤银角大王。金角正坐，对银角说："兄弟，我们多少时不巡山了？"银角道："有半个月了。"金角道："兄弟，你今日与我去巡巡。近闻得东土唐朝差个御弟唐僧往西方拜佛，一行四众，叫做孙行者、猪八戒、沙和尚，连马五口。你看他在那处，与我拿来。"银角道："我们要吃人，那里不捞几个？这和尚到得那里，让他去罢。"金角道："你不晓得。我当年出天界，闻得人言，唐僧乃金蝉长老临凡，十世修行的好人，一点元阳未泄，有人吃他肉，延寿长生哩。"银角道："若是吃了他肉就可以延寿长生，我们炼甚么龙虎，配甚么雌雄？只该吃他去了。等我拿他来。"金角道："兄弟，你且莫忙着。你若不管好歹，但是和尚就拿将来，假如不是唐僧，却也无益。我曾将他师徒画了一个图形，你可拿去。但遇着和尚,以此照验照验。”银角领会,即出洞,点起三十名小怪,便来山上巡逻。

却说八戒运拙,正行处,可可的撞见群魔,挡住道:“那来的甚么人?”呆子才抬头来看,见是些妖魔,他就慌了,想道:“我若说是取经的和尚,他就捞了去,只是说走路的。”小妖回报道:“大王,是走路的。”那小怪中间有的道:“大王,这个和尚,像这图中猪八戒模样。”叫挂起影神图来,八戒看见,大惊道:“怪道这些时没精神哩!原来是他把我的影神传将来也!”小妖用枪挑着,银角指道:“这骑白马的是唐僧,这毛脸的是孙行者。”八戒听见道:“城隍,但愿没我罢了,少不得猪头三牲,清醮二十四分。”口里劳叨,只管许愿。那怪又道:“这黑长的是沙和尚,这长嘴大耳的是猪八戒。”呆子听说,慌得把个嘴揣在怀里藏了。那怪叫和尚伸出嘴来!八戒道:“胎里病,伸不出来。”那怪喝小妖使钩子钩出来。八戒慌得把个嘴伸出。那怪认得是八戒,掣刀上前就砍。这呆子急举钉钯相迎。一往一来,斗有二十回合,不分胜负。那怪招呼小怪,一齐动手。八戒遮架不住,回头就跑。原来道路不平,忽被藤萝绊倒。被一群小妖赶上按住,抓鬃毛,揪耳朵,扛扛抬抬,擒进洞去。毕竟不知性命如何,且听下回分解。

第三十三回　外道迷真性　元神助本心

却说那怪将八戒拿进洞去,道:“哥哥啊,拿将一个来了。”老魔看了道:“兄弟,错拿了,这个和尚没用。”八戒就绰经说道:“大王,没用的和尚,放他出去罢,不当人子。”二魔道:“哥哥,不要放他,虽然没用,也是唐僧一起的,叫做猪八戒。把他且浸在后边净水池中,过两日腌了下酒。”八戒听言道:“蹭蹬啊!撞着个贩腌腊的妖怪了!”那小妖把八戒抬进去,抛在水里不题。

却说三藏坐在坡前,耳热眼跳,身体不安,叫声:“悟空!怎么悟能这番巡山,去久不来?”行者道:“师父且请上马。我们赶上他一同去罢。”真个唐僧上马入山。

却说那老怪唤二魔道:“兄弟,你既拿了八戒,断然就有唐僧。再去巡巡山来,切莫放过他去。”二魔复点起五十名小妖,上山巡逻。正走处,只见祥云缥缈,瑞气盘旋,二魔道:“唐僧来了。”众妖道:“唐僧在那里?”二魔道:“好人头上祥云罩顶。那唐僧原是金蝉长老临凡,十世修行的好人,所以有这祥云缥缈。”众怪都不看见,二魔用手指道:“那不是?”那三藏就在马上打了一个寒噤,一连指了三指,他就一连打了三个寒噤,心神不宁道:“徒弟啊,我怎么打寒噤么?”行者道:“师父走着这深山峻岭,必然小心虚惊。莫怕!莫怕!等老孙把棒打一路与你看看。”好行者,理开棒,在马前丢几个解数,上三下四,左五右六,使起神通。剖开路一直前行,险些儿不唬倒那怪物。他在山顶上看见,忽失声道:“几年间闻说孙行者,今日才知话不虚传果是真。”众怪上前道:“大王,你夸谁哩?”二魔道:“孙行者神通广大,那唐僧吃他不成。”众妖道:“这等说,唐僧吃不成,却不把猪八戒错拿了?如今送还他罢。”二魔道:“拿便也不曾错拿,送便也不好轻送。唐僧终是要吃,但只可善图,不可恶取。我自有个神通变化,可以拿他。”

遂遣众妖散去，他独跳下山来，望那路旁摇身一变，变做个年老的道士，妆做个跌折腿的，脚上血淋津，口里哼哼的只叫："救人！"这三藏正行处，忽听得叫"救人"，三藏道："善哉！善哉！这旷野山中，是甚么人叫？想必是虎豹狼虫唬倒的。"这长老兜住马，叫道："那有难者是甚人？可出来。"这怪从草科里爬出，对长老马前只情磕头。三藏见他是个道者，却又年纪高大，甚不过意，连忙下马搀起。那怪道："疼！疼！疼！"丢了手看处，只见他脚上流血，三藏惊问道："先生啊，你从那里来？因甚伤了尊足？"那怪道："师父啊，此山西去，有一座清幽观宇，我是那观里的道士。因前日同小徒往山南施主家，禳星散福来晚，忽遇着一只猛虎，将我徒弟衔去，贫道舍命奔走，一交跌在乱石坡上，伤了腿足，不知回路。今日天缘，得遇师父，万望大发慈悲，救我一命。若得到观中，一定重谢深恩。"三藏闻言，认为真实，道："先生啊，你我都是出家人，岂有不救你之理。救便救你，你却走不得路哩。"那怪道："立也立不起来，怎生走路？"三藏道："也罢，也罢。我还走得路，将马让与你骑罢。"那怪道："师父，感蒙厚情，只是腿胯跌伤，不能骑马。"三藏道："如此。"叫沙和尚："你把行李捎在我马上，你驮他一程罢。"

那怪急回头，抹了他一眼道："师父啊，我被那猛虎唬怕了，见这晦气色脸的师父，愈加惊怕，不敢要他驮。"三藏叫道："悟空，你驮罢。"行者连声应道："我驮我驮！"那妖就认定了行者，顺顺的要他驮。行者笑道："你这个泼魔，怎么敢来哄我？我认得你是这山中的怪物，想是要吃我师父哩。我师父非等闲之辈，你要吃他，也须是分多一半与老孙是。"那魔道："师父，我是好人家儿孙，做了道士。今日不幸，遇着虎狼之厄，我不是妖怪。"行者道："你既怕虎狼，怎么不念《北斗经》？"三藏闻得骂道："这个泼猴！救人一命，胜造七级浮屠。你驮他驮儿便罢了，且讲甚么《北斗经》《南斗经》！"行者才拉将起来，背在身上，同长老、沙僧奔大路西行。

行不上三五里路，师父与沙僧下了山凹之中，行者却望不见，正算计要掼杀那怪，原来那怪已知道了，他且晓得遣山之术，就在行者背上捻诀念咒，把一座须弥山遣在空中，劈头来压行者。这大圣慌的把头偏一偏，压在左肩背上，笑道："我的儿，你使甚么重身法来压老孙哩？这个到也不怕。"那魔见一座山压他不住，却又念咒语，把一座峨眉山遣在空中来压。行者又把头偏一偏，压在右肩背上。看他挑着两座大山，飞星来赶师父！那魔头就吓得浑身是汗，道："他却会担山！"又整性情，把《真言》念动，将一座泰山遣在空中，劈头压下。那大圣遭他这泰山下顶之法，直压得三尸神咋，七窍喷红。

好妖魔，使神通压倒行者，疾忙去赶三藏，就于云端里伸下手来，马上挝人。慌得个沙僧丢了行李，举降妖仗当头挡住。那妖魔举一口七星剑对面来迎。流星的解数滚来，把个沙僧战败，回头要走，早被他逼住宝杖，轮开大手，把沙僧挟在左胁下，将右手去马上拿了三藏，使起摄法，一阵风都拿到莲花洞里，厉声高叫道："哥哥！这和尚都拿来了！"

老魔看了道："贤弟呀，又错拿了。"二魔道："你说拿唐僧的。"老魔道："是便是唐僧，只是还不曾拿住那有手段的孙行者。须是拿住他，才好吃唐僧哩。"二魔笑道："那孙行者已被我遣三座大山压在山下，寸步不能举移，如今不消我们动身，只教两个小妖，拿两件宝贝，把他装将来罢。"老魔道："拿甚么宝贝去？"二魔道："拿我的紫金红葫芦，你的羊脂玉净瓶。"老魔将宝贝取出，唤精细鬼、伶俐虫二妖，分付道："你两个拿着这宝贝，径至高山绝顶，将底儿朝天，口儿朝地，叫一声孙行者！他若应了，就已装在里面，随即贴上太上老君急急如律令奉敕的帖儿，他一时三刻化为脓了。"二小妖将宝贝领出，一面去拿行者。这洞里二魔一面将唐僧三众捆缚，高吊两廊不题。

却说那大圣被魔压住在山下，思念三藏，痛苦伤情，厉声叫道："师父阿！想当时你到两界山，救了老孙，秉教沙门，我和你同证同修。怎想到了此处，遭逢魔障，又被他遣山压了。可怜！可怜！你死该当，只难为沙僧、八戒与那小龙化马一场！这正是树大招风风撼树，人为名高名丧人！"叹罢，泪下如雨。

早惊动山神、土地与五方揭谛，道："这山是谁的？"土地道："是我们的。""你山下压的是谁？"土地道："不知是谁。"揭谛道："你等原来不知。这压的是齐天大圣孙悟空，如今皈依正果，跟唐僧做了徒弟。你怎么把山借与妖魔压他？他若有一日脱身出来，他肯饶你！”土地、山神恐惧，与揭谛商议了，念动《真言》咒语，把山仍遣归本位，放起行者。行者跳起来，耳后掣出棒来，叫山神、土地：“都伸过孤拐来，每人先打两下，与老孙散闷！”众神大惊求免。行者道：“好土地！好山神！你倒不怕老孙，却怕妖怪！”土地道：“那魔神通广大，法术高强，念动《真言》咒语，拘唤我等在他洞里，一日一个轮流当值哩！”行者听见“当值”二字，却也心惊，仰面高叫道：“苍天！苍天！既生老孙，怎么又生此辈？”

大圣正感叹间，又见山凹里霞光焰焰而来，行者道：“山神、土地，你既在这洞中当值，那放光的是甚物件？”土地道：“那是妖魔的宝贝放光，想是有妖精拿宝贝来降你。”行者道：“这个却好要子。我且问你，他洞中有甚人与他相往？”土地道：“他爱的是烧丹炼药，喜的是全真道人。”行者道：“既如此，你们都且记打，去罢，等老孙自家拿他。”于是众神俱散。

这大圣摇身一变，变做个老全真。不多时，那两个小妖到了。行者将金箍棒伸开，那妖绊着脚，扑的一跌。爬起来看见行者，嚷道：“你怎么绊我这一跌？”行者道：“小道童，见我这老道人，要跌一跌儿做见面钱。”那妖道：“我大王见面钱只要几两银子，你怎么跌一跌儿做见面钱？你别是一乡风，决不是我这里道士。”行者道：“我当真不是，我是蓬莱山来的。”那妖道：“蓬莱山是海岛神仙境界。”行者道：“我不是神仙，谁是神仙？”那妖却回嗔作喜，上前道：“老神仙！我等肉眼凡胎，语言冲撞，莫怪，莫怪。”行者道：“我不怪你，我今日到你山上，要度一个成仙了道的好人。那个肯跟我去？”两妖都道：“师父，我跟你去。”

行者问道：“你二位从那里来的？”那怪道：“莲花洞来的。”“要往那里去？”那怪道：“奉我大王之命，教拿孙行者去的。”行者道：“可是跟唐僧取经的那个孙行者么？”那妖道：“正是，正是。你也认得他？”行者道：“那猴子有些无礼。我认得他，我也有些恼他，我与你同拿他去，就当与你助功。”那怪道：“师父，不须你助功，我二大王遣了三座大山把他压在山下，教我两个拿宝贝来装他的。”行者道：“是甚宝贝，怎样装他？”精细鬼道：“我的是红葫芦，他的是玉净瓶。把这宝贝的底儿朝天，口儿朝地，叫他一声，他若应了，就装在里面，贴上一张太上老君的帖子，他就一时三刻化为脓了。”行者见说，心中暗惊，却笑道：“二位，你把宝贝借我看看。”那小妖那知甚么诀窍，就于袖中取出两件宝贝，递与行者。行者心中暗喜道：“好东西！好东西！我若搜的跳起走了，只当是送老孙。却是坏了老孙的名头，这叫做白日抢夺了。”复递与他道：“你还不曾见我的宝贝哩。”那妖道：“师父有甚宝贝？也借与我凡人看看。”行者伸下手把尾上毫毛拔了一根，即变做一个一尺七寸长的紫金红葫芦，自腰里拿将出来道：“你看我的葫芦么？”那伶俐虫接在手，看了道：“师父，你这葫芦长大，有样范，好看，却只是不中用。”行者道：“怎的不中用？”那怪道：“我这两件宝贝，每一个可装千人哩。”行者道：“你这装人的何足稀罕？我这葫芦，连天都装在里面哩！”那怪道：“可真么？”行者道：“当真的。”那怪道：“既是真，你就装与我们看看。”行者道：“天若恼着我，一月之间常装他七八遭；不恼着我，就半年也不装他一次。”伶俐虫道：“哥哥，装天的宝贝，与他换了罢。”精细鬼道：“他装天的，怎肯与我装人的相换？”伶俐虫道：“若不肯啊，贴他这个净瓶也罢。”行者心中暗喜，即扯住那伶俐虫道：“装天可换么？”那怪道：“但装天就换，不换，我是你的儿子！”行者道：“也罢，也罢，我装与你们看看。”

好大圣，低头捻诀，念个咒语，叫那日夜游神、五方揭谛：“即去与我奏上玉帝，说老孙保唐僧去西天取经，要取妖魔宝贝，千万将天借与老孙，装闭半个时辰，以助成功。若道半声不肯，即上灵霄殿，动起刀兵！”那诸神径至灵霄殿下，启奏玉帝。玉帝道：“这泼猴，出言无状，大胆欲借天装，天可装乎？”才说装不得，那班中闪出哪吒三太子奏道：“万岁，天也装得。”玉帝道：“天怎样装？”哪吒道：“请降旨意，往北天门问真武借皂雕旗，在南天门上一展，把那日月星辰闭了。对面不见人，哄那怪只说装了天，可以助行者成功。”玉帝依奏。那太子即如言而行。

早有游神急降大圣耳边报知。行者却对小妖道：“装天罢。”那小妖即都睁眼而看。这行者将一个假葫芦儿抛将上去。那南天门上,哪吒太子把皂旗拨喇喇展开,把日月星辰俱遮闭了,真是乾坤墨染就,宇宙靛妆成。二小妖大惊道:“才说话时,只好晌午,这怎么就黄昏了?”行者道:“天既装了,不辨时候,怎不黄昏!”“如何又这等样黑?”行者道:“日月星辰都装在里面,外面无光,怎么不黑!”小妖道:“师父,你在那厢说话哩?”行者道:“我在你面前不是?”小妖道:“此间是甚么去处?”行者道:“不要动脚,此间乃是渤海岸上,若塌了脚落下去啊,七八日还不得到底哩!”小妖大惊道:“罢!罢!罢!放了天罢。我们晓得是这样装了。不要落下海去。”

行者见他认了真实,又念咒语,惊动太子,把旗卷起,却早见日光正午。小妖笑道:“妙啊!妙啊!这样好宝贝,若不换阿,诚为不是养家的儿子!”那精细鬼交了葫芦,即叫伶俐虫拿出净瓶,一齐递与行者,行者却将假葫芦儿递与他。即将身一纵,伫立霄汉之间,观看那个小妖。毕竟不知怎生区处,且听下回分解。

第三十四回　魔头巧算困心猿　大圣腾那骗宝贝

却说那两个小妖，将假葫芦拿在手中，争看一会，忽抬头不见了行者。伶俐虫道："哥呵，神仙也会打诳语，他说换了宝贝，度我等成仙，怎么不辞就去了？"精细鬼道："我们便宜的多哩，他敢去得成？拿过葫芦来，等我也装装天，试演试演看。"把葫芦往上一抛，扑的就落将下来，慌得个伶俐虫道："怎么不装！不装！莫是孙行者假变神仙，将假葫芦换了我们的真的去耶？"精细鬼道："不要乱说！孙行者是那三座山压住了，怎生得出？拿过来，等我念他那几句咒儿装了看。"这妖也把葫芦儿望空丢起，口中念道："若有半声不肯，就上灵霄殿上动起刀兵！"念不了，扑的又落将下来。两妖道："不装不装！一定是个假的。"

正嚷处，大圣在半空里将身一抖，把毫毛收上身来，弄得那两妖四手皆空。精细鬼道："兄弟，拿葫芦来。"伶俐虫道："你拿着的。天呀！怎么不见了？"都去地下乱摸，草里乱寻，那里得有？二妖吓得呆呆挣挣，道："怎的好！怎的好！当时大王将宝贝付与我们，教拿孙行者，今行者既不曾拿得，连宝贝都不见了。我们怎敢去回话？这一顿直直的打死了也！"伶俐虫道："我们走了罢。"精细鬼道："不要走，还回去。二大王平日看你甚好，我推一句儿在你身上。他若肯将就，留得性命，说不过，就打死，还在此间，莫弄得两头不着！"那怪商议了，转步回山。

行者在半空中见他回去，又摇身一变，变作苍蝇儿，飞下去跟着小妖。你道他既变了苍蝇，那宝贝却放在何处？原来他那宝贝与他金箍棒相同，叫做如意佛宝，随身变化，可大可小，故苍蝇身上亦可容得。"嘤"的一声飞下，跟定那怪，到了洞里。只见那两个魔头坐在那里饮酒。小妖朝上跪下，二老魔即停杯道："你们来了？拿着孙行者否？"小妖叩头，不敢声言。老魔又问，又不敢应，只是叩头。问之再三,小妖俯伏在地道:“赦小的万千死罪!我等执着宝贝,走到半山之中,忽遇着蓬莱山一个神仙。他也有个葫芦,善能装天。我们也是妄想之心,养家之意。他的装天,我的装人,与他换了罢。原说葫芦换葫芦,伶俐虫又贴他个净瓶。谁想他仙家之物,经不得凡人之手,正试演处,就连人都不见了。万望饶小的们死罪!”老魔听说,暴躁如雷道:“罢了!罢了!这就是孙行者假妆神仙骗哄去了!那猴头神通广大,处处人熟,不知那个毛神放他出来,骗去宝贝!”

二魔道:“叵耐那猴头着然无礼。既有手段,便走了也罢,怎么又骗宝贝?我若没本事拿他,永不在西方路上为怪!”老魔道:“怎生拿他?”二魔道:“我们有五件宝贝,去了两件,还有三件,七星剑与芭蕉扇现在我身边,那一条幌金绳在压龙山压龙洞老母亲那里收着哩。如今差两个小妖去请母亲来吃唐僧肉,就教他带幌金绳来拿孙行者。”老魔道:“差那个去?”二魔道:“不差这样废物去!”将精细鬼、伶俐虫一声喝起。叫那常随的伴当巴山虎、倚海龙来。分付去请老奶奶来吃唐僧肉。就带了幌金绳来。”

二怪领命疾走,怎知那行者在旁,一一听得明白。他展开翅,飞将去,赶上巴山虎,钉在他身上。行经二三里,就要打杀他两个。又思道:“打死他有何难?但他奶奶不知住在何处,等我且问他一问再打。”好行者,“嘤”的一声,躲离小妖,让他先行,却又摇身一变,也变做个小妖儿赶上同行。行了半日,行者道:“还有多远?”倚海龙用手指道:“乌林子里就是。”行者抬头见一带黑林不远,即取出铁棒,把两个小妖掗做一团肉饼,却拖在路旁深草科里。即拔下一根毫毛变做巴山虎,自身却变做倚海龙。三五步跳到林子里。只见有两扇石门,半开半掩,把门的一个女妖问道:“你是那里来的?”行者道:“我是平顶山莲花洞差来请老奶奶的。”那女怪道:“进去。”到了三层门里,只见那正当中高坐着一个老妈妈儿。孙大圣见了不觉得伤心流泪起来,你道他哭怎的?他想到:“我为人做了一场好汉,止拜了三个人:西天拜佛祖,南海拜观音,两界山师父救了我,我拜了他四拜。今日见了此怪,若不跪拜,必定走了风讯。苦呵!算来只为师父有难,故使我受辱于人!到此际也没奈何,只得撞将进去。”朝上跪下道:"奶奶磕头。"那妖道:"我儿,起来。"你是那里来的?"行者道:"莲花洞二位大王差来,请奶奶去吃唐僧肉,教带幌金绳要拿孙行者哩。"老怪大喜道:"好孝顺的儿子!"就叫抬出轿来。即有两个女怪,抬出一顶香藤轿,放在门外,挂上青绢纬幔。老怪起身出洞,坐在轿里,两个轿夫抬着。

行了五六里远近,轿夫把轿子歇下坐坐。被行者掣出棒,着头一磨,俱已了帐。那老怪轿子里伸出头来看时,亦被行者劈头一棍打死。拖出轿来看处,原是个九尾狐狸。行者把他那幌金绳搜出来,笼在袖里,欢喜道:"那泼魔纵有手段,已此三件儿宝贝姓孙了!"却又拔两根毫毛变做个巴山虎、倚海龙,又拔两根变做两个抬轿的,他却变做老奶奶,坐在轿里。将轿子抬起,径回本路。

不多时,到了莲花洞口,那把门的小妖即忙进去通报,两个魔头即命排香案来接。行者听得,暗喜道:"造化!也轮到我为人了!他即下了轿子,径自进去。只见大小群妖,都来跪接,鼓乐响喨,炉霭香烟。他到正厅上南面坐下,两个魔头双膝跪倒,朝上叩头,叫道:"母亲,孩儿拜见。"行者道:"我儿起来。"

却说猪八戒吊在梁上,哈哈的笑了一声。沙僧道:"二哥好啊!吊出笑来也!"八戒道:"兄弟,我笑中有故。我们只怕是奶奶来了,就要蒸吃;原来不是奶奶,是那话儿来了。"沙僧道:"甚么那话儿?"八戒笑道:"弼马温。"沙僧道:"你怎么认得是他?"八戒道:"他弯倒腰还礼,那后面就掬起猴尾耙子。我比你吊得高,所以看得明也。"沙僧道:"且不要言语,听他说甚么话。"只见那大圣坐在中间,问道:"我儿,请我来有何事干?"魔头道:"母亲啊,儿等久不曾孝顺得。今早拿得东土唐僧,不敢擅吃,请母亲来献献生,好蒸与母亲吃了延寿。"行者道:"我儿,唐僧的肉我倒不吃,听见有个猪八戒的耳朵甚好,可割将下来整治整治我下酒。"那八戒听见慌了,道:"遭瘟的!你来为割我耳朵的!我喊出来不好听啊!"正说之间。只见几个巡山的小怪撞将进来,报道:"大王,祸事了!孙行者打杀奶奶,他妆将来耶!"魔头闻言,即掣七星宝剑,望行者劈脸砍来。大圣将身一捥,只见满洞红光,早已走了。正是那聚则成形,散则成气。唬得个老魔头魂飞魄散，道："兄弟，把唐僧三众与白马、行李都送还那孙行者，闭了是非之门罢。"二魔道："哥哥，你说那里话？我不知费了多少辛勤，将那和尚摄将来。岂可容易送还？你且请坐勿惧。我闻你说孙行者神通广大，虽与他相会一场，却不曾与他比试。取披挂来，等我寻他交战三合。假若他胜我不过，唐僧还是我们之食；如我不能胜他，那时再送唐僧还他未迟。"

随即结束齐整，执宝剑出门外高叫道："孙行者，快还我宝贝与我母亲，我饶你唐僧取经去！"大圣骂道："这泼怪物错认了你孙外公！赶早儿送还我师父、师弟，免得你外公动手。"二魔急纵云跳在空中，轮宝剑来刺，行者掣铁棒劈手相迎。他两个在半空中战了有三十回合，不分胜负。行者想道："这泼怪倒也架得住老孙的铁棒！我已得了他三件宝贝，却这般与他苦杀，可不耽误了工夫？不若拿葫芦或净瓶装他去，多少是好。"又想道："不好！不好！倘若叫他不答应，却又不误了事？且使幌金绳扣头罢。"即一只手把那绳抛起，刷喇的扣了魔头。原来那魔头有个《紧绳咒》，有个《松绳咒》。若扣住别人，就念《紧绳咒》；若扣住自家人，就念《松绳咒》。他认的是自家的宝贝，即念《松绳咒》，把绳脱出来，反望行者抛将去，却早扣住了大圣。大圣正要变化脱身，却被那魔念动《紧绳咒》，紧紧扣住，怎能得脱？褪至颈项之下，原是一个金圈子套住。那怪将绳一扯，扯将下来，照光头上砍了七八宝剑，行者头皮儿也不曾红了一红。那魔把他牵着，带至洞里道："兄长，拿将孙行者来了。"老魔一见，满面欢喜笑道："是他！是他！且把他拴在柱科上耍子！"二魔又将他身上细搜，把葫芦、净瓶都搜出来。两个魔头，却进后面饮酒。

那大圣在柱根下爬踏，呆子吊在梁上，哈哈的笑道："哥哥呵，耳朵吃不成了！"行者道："呆子，休讲闲话，我如今就出去，管情救了你们。"一会价，他见面前无人，就弄神通，顺出棒来，即变做一个纯钢的锉儿，扳过那颈项的圈子，三五锉锉做两段；扳开锉口脱将出来，拔根毫毛变做一个假身拴在那里，真身却幌一幌变做个小妖，立在跟前要偷他宝贝，真个甚有见识，走上前对那怪道："大王，你看那孙行者拴在柱上，左右爬蹉，磨坏那根金绳，得一根粗壮些的绳子换将下来才好。”老魔道：“说得是。”即将腰间的狮蛮带解下，递与行者。行者接了带，把假行者拴住，换下那条绳子，一窝儿笼在袖内，又拔一根毫毛，变作一根假幌金绳，双手送与那怪。那怪那曾细看，就便收下。

大圣得了这件宝贝，急转身跳出门外，现了原身，高叫：“妖怪！”小怪问道：“你是甚人，在此呼喝？”行者道：“你快早进去报与你那泼魔，说者行孙来了。”那小妖如言报告，老魔大惊道：“拿住孙行者，又怎么有个者行孙？”二魔道：“哥哥，怕他怎的？宝贝都在我手中，等我拿那葫芦出去把他装将来。”随即拿了葫芦，走出洞门，问道：“你是那里来的？”行者道：“是孙行者的兄弟，闻说你拿了我家兄，却来与你寻事的。”二魔道：“你来寻事，必要索战。我也不与你交兵，我且叫你一声，你敢应我么？”行者道：“可怕你叫上千声，我就答应你万声！”那魔执了宝贝，跳在空中，把底儿朝天，口儿朝地，叫声“者行孙”。行者却不敢答应。那魔又叫一声，行者想道：“我真名字叫做孙行者，起的鬼名字叫做者行孙。真名字可以装得，鬼名字好道装不得。”却就忍不住应了他一声，搜的被他吸进葫芦去，贴上了帖儿。原来那宝贝，那管甚么名字真假，但绰个应的气儿，就装了去也。

大圣到他葫芦里，浑然乌黑，把头往上一顶，那里顶得动，且是塞得甚紧，却就心中焦躁道：“那两个小妖说，不拘葫芦、净瓶，把人装在里面，只消一时三刻就化为脓了，敢莫化了我么？”又想道：“没事！老孙五百年前，被太上老君放在八卦炉中炼成铜头铁背，火眼金睛，那里就化得我？”

二魔拿入里面道：“哥哥，者行孙，是我装在葫芦里也。”老魔欢喜道：“贤弟，不要动，只等摇得响再揭帖儿。”行者听得道：“我这般一个身子，怎么便摇得响？只除化成稀汁，才摇得响是。”谁知那怪贪酒不摇。大圣要哄他来摇，忽然叫道：“天呀！孤拐都化了！”那魔也不摇。大圣又叫道：“娘啊！连腰截骨都化了！”老魔道：“化至腰时，都化尽矣，揭起帖儿看看。”那大圣闻言，就拔根毫毛，变作个半截的身子在葫芦底上，真身却变做个蟭蟟虫儿，叮在那葫芦口边。那二魔揭起帖子看时，大圣早已飞出，打个滚又变做个小妖，站在旁边。那老魔扳着葫芦口张了一张，见是半截身子，他也不认真假，慌忙叫兄弟:“盖上! 盖上! 还不曾化得了哩!”二魔依旧贴上。

那老魔拿了壶,满满的斟了一杯酒,近前双手递与二魔道:“贤弟,如此功劳,该与你多递几钟。”二魔见哥哥恭敬,却把葫芦递与小妖,双手去接杯,不知那小妖是孙行者变的。二魔接酒吃了,也要回奉老魔一杯,行者顶着葫芦,眼不转睛,看他两个左右传杯,全无防闲,他就把个葫芦揌入衣袖,拔根毫毛变个假葫芦捧在手中。那魔递了一会酒,一把接过葫芦,各上席依然饮酒。孙大圣得了宝贝,撤身走过,心中暗喜道:“饶君手段千般狠,毕竟葫芦还姓孙。”毕竟不知向后怎样施为,且听下回分解。

第三十五回　外道施威欺正性　心猿获宝伏邪魔

本性圆明道自通，翻身跳出网罗中。修成变化非容易，炼就长生岂俗同？清浊几番随运转，贞元数劫任西东。逍遥万亿年无计，一点神光永注空。此诗暗合孙大圣的道妙。他自得了那魔真宝，溜出门外，现了本相，厉声叫门。小妖道："你又是甚人？"行者道："快报与你那老泼魔，吾乃行者孙来也。"那小妖急入里报知。老魔大惊道："贤弟，不好了，惹动他一窝风！想是他几个兄弟都来了。"二魔道："兄长放心，我这葫芦装下一千人哩。我才装了者行孙一个，又怕那甚么行者孙！等我出去，一发装来。"

你看他拿着个假葫芦，还像前番，雄赳赳走出门高呼道："你是何人，敢在此间吆喝？你且过来，我不与你相打，但我叫你一声，你敢应么？"行者笑道："你叫我，我就应了；我若叫你，你可应么？"那魔道："我叫你，是我有个宝贝葫芦，可以装人；你叫我，却有何物？"行者道："我也有个葫芦儿。"那魔道："既有，拿出来我看。"行者就于袖中取出葫芦道："泼魔，你看！"那魔见了大惊道："他葫芦怎么就与我的一般无二？"便道："行者孙，你那葫芦是那里来的？"行者委的不知来历，接过口来就问道："你那葫芦是那里来的？"那魔道："我这葫芦是混沌初分，天开地辟，有一位太上老祖，解化女娲之名，炼石补天，补到乾宫夬地，见一座昆仑山脚下，有一缕仙藤，上结着这个紫金红葫芦，却便是老君留下到如今者。"大圣闻言，就道："我的葫芦，也是那里来的。"魔头道："怎见得？"大圣道："自清浊初开，天不满西北，地不满东南，太上道祖解化女娲，补完天缺，行至昆仑山下，有根仙藤，结有两个葫芦。我得一个是雄的，你那个却是雌的。"那怪道："莫说雌雄，但只装得人的，就是好宝贝。"大圣道："说得是，我就让你先装。"那怪甚喜，急纵身跳将起去，到空中执着葫芦，叫一声"行者孙"。大圣听得，却就不歇气连应了八九声，只是不能装去。那魔坠将下来,跌脚捶胸道:“天那!只说世情不改变哩!这样个宝贝也怕老公,雌见了雄,就不敢装了!”行者笑道:“你且收起,轮到老孙该叫你哩。”急纵觔斗,跳起去,将葫芦底儿朝天,口儿朝地,照定妖魔,叫声“银角大王”。那怪只得应了一声,倏的装在里面,被行者贴上“太上老君急急如律令奉敕”的帖子,心中暗喜道:“我的儿,你今日也来试试新了。”他按落云头,拿着葫芦,径往莲花洞口而来。那山路不平,他又拐呀拐的走着,摇的那葫芦里漷漷索索,响声不绝。不觉的到了洞口,把那葫芦摇摇,一发响了,他道:“这个像发课的筒子响,等老孙发一课,看师父几时才得出门。”你看他手里不住的摇,口里不住的念道:“周易文王、孔子圣人、桃花女先生、鬼谷子先生。”

那洞里小妖看见道:“大王,祸事了,行者孙把二大王装在葫芦里发课哩!”那老魔闻言,唬得魂飞魄散,跌倒在地,放声大哭道:“贤弟呀!我和你私离上界,转托尘凡,指望同享荣华,永为山洞之主。怎知为这和尚伤了你的性命,断吾手足之情。”满洞群妖,一齐痛哭。猪八戒吊在梁上,忍不住叫道:“妖精,你莫哭,你令弟已是死了,哭他无益,快些儿刷净锅灶,办些斋供、蔬菜,请我师徒们下来,与你令弟念卷《受生经》。”那老魔闻言,心中大怒,正要先将猪八戒蒸吃,只见小妖报道:“行者孙又骂上门来了!”老魔大惊,叫小的们查一查还有几件宝贝。小妖道:“还有七星剑、芭蕉扇与净瓶。”老魔道:“那瓶子不中用,原是装人的,倒把自家兄弟装去了。快将剑与扇子拿来。”

老魔将芭蕉扇插在领后,七星剑提在手中,跳出门来骂道:“你这猴子!害我兄弟,伤我手足,十分可恨!”行者骂道:“你这讨死的怪物!快快的送我师父出来,饶你狗命!”那怪不容分说,举宝剑劈头就砍,这大圣使铁棒举手相迎。这一场战经二十回合,不分胜负。他把那剑梢一指,叫声小妖一齐拥上,把行者围在垓心。大圣即使个身外身法,将毫毛拔一把,喷去叫:“变!”一根根都变做行者。把那小妖打得星落云散,齐声喊道:“大王啊,事不谐矣!难矣乎哉!满地盈山皆是孙行者了!”那魔慌了,将左手擎着宝剑,右手取出芭蕉扇子,望南方丙丁位正对离宫,唿喇的一扇子搧将下来,只见就地上火光焰焰。原来这宝贝平白地搧出火来。那火不是天上火，不是炉中火。乃是五行中自然取出的一点灵光火。那怪一连搧了七八扇子，只见烈焰飞腾，熯天炽地。大圣见此恶火，却也心惊，急将身一抖，将毫毛收上身来，只将一根变作假身子，避火逃灾，他的真身纵觔斗跳将起去，径奔莲花洞口，将小妖尽情打绝，撞入洞里，要解师父。又见那内中有火光焰焰，仔细看时，原来不是火光，却是一道金光。往里视之，乃羊脂玉净瓶放光，他取了这瓶子，急抽身往外走。才出门，只见那妖魔提着宝剑，从南而来。大圣回避不及，老魔举剑劈头就砍。大圣急纵觔斗云，跳起去无影无踪。

那怪到得门口，但见尸横满地，止不住放声大哭，悲切凄惨。独自个坐在洞中，蹋伏石案之上，昏昏默默睡着了。那大圣拨转觔斗云，伫立山前，把净瓶牢扣腰间，径来洞口打探。见那门开两扇，静悄悄的，随即潜入里边，只见那魔呼呼睡着，芭蕉扇褪出肩后，七星剑还斜倚案边。他轻轻上前拔了扇子，回头就走，早惊醒了那魔。急忙执剑来赶。那大圣早已跳出门前，将扇子撒在腰间，与那魔抵敌。这一场好杀，只见：宝剑来，铁棒去，两家更不留仁义。盖为取经僧，灵山参佛位，致令金火不相投，五行错乱伤和气。扬威耀武显神通，魔头力怯应回避。那老魔与大圣战经三四十合，抵敌不住，败下阵来，径往西南上投奔压龙洞而去。这大圣才闯入莲花洞里，解下唐僧与八戒、沙和尚来。师徒们喜喜欢欢，就在洞中安排些素斋，饱餐安寝一夜，早又天晓。

却说那老魔径投压龙山，会聚了大小女怪，到山后寻着他母亲之弟，名唤狐阿七大王，帅领本洞妖兵，老魔尽点女妖，合同一处，径投东北而来。这大圣听得风声，走出门看，乃是一伙妖兵，自西南上来。行者忙呼八戒道："兄弟，妖精又请救兵来也。"即把他那几件宝贝，都紧藏在身边，双手轮棒，教沙和尚保守师父，着八戒同出迎敌。

那怪物摆开阵势，只见当头的是阿七大王。他生的玉面长髯，钢眉刀耳，手执方天戟，高声骂道："我把你个大胆的泼猴！怎敢这等欺人！赶早儿引颈受死，雪我姐家之仇！"行者骂道："你这伙作死的毛团，不识你孙外公的手段！不要走！领吾一棒！"那怪物使方天戟劈面相迎。两个在山头战经三四回合，那怪力怯败阵回走。行者赶来，却被老魔接住，又斗了三合，只见那狐阿七复转来攻。这壁厢八戒见了，急掣钯挡住。战经多时，不分胜败，那老魔喝了一声，众妖兵一齐围上。正值沙僧举着宝杖出来，一顿打退群妖。阿七见势不利，回头就走，被八戒赶上，照背后一钯筑死。拖来看处，原来也是个狐狸。

那老魔见伤了他老舅，丢了行者，提宝剑就劈八戒，八戒使钯架住。正赌斗间，沙僧近前举杖便打，那妖抵敌不住，纵风往南逃走，八戒、沙僧紧紧赶来。大圣急纵云跳在空中，解下净瓶，罩定老魔，叫声"金角大王"。那怪只道是自家败残的小妖呼叫，就回头应了一声，搜的装将进去，被行者贴上帖子。只见那七星剑坠下尘埃，也归了行者。当时通扫净诸邪，回至洞里，与三藏报喜道："山已净，妖已无矣，请师父上马走路。"三藏喜不自胜。师徒们吃了早斋，奔西找路。

正行处，猛见路旁闪出一个瞽者，扯住三藏马，道："和尚，那里去？还我宝贝来！"行者仔细观看，原来是太上李老君，慌忙施礼道："老官儿，那里去？"那老祖急升玉局宝座，九霄空里伫立，叫："孙行者，还我宝贝。"大圣起到空中道："甚么宝贝？"老君道："葫芦是我盛丹的，净瓶是我盛水的，宝剑是我炼魔的，扇子是我搧火的，绳子是我一根勒袍的带。那两个怪：一个是我看金炉的童子，一个是我看银炉的童子。他偷了我的宝贝，走下界来，正无觅处，不期被你拿住。"大圣道："你这老官儿，纵放家奴为害，该问个钤束不严的罪名。"老君道："不干我事，此是你师徒应有魔难，非此不成正果也。"大圣心中了然，便道："既是老官儿亲来，我还你去罢。"那老君收得五件宝贝，揭开葫芦、净瓶盖口，倒出两股仙气，用手一指，仍化为金、银二童子，相随左右。只见那霞光万道。正是：缥缈同归兜率院，逍遥直上大罗天。毕竟不知此后又有甚事，且听下回分解。

第三十六回　心猿正处诸缘伏　劈破傍门见月明

却说孙行者按落云头，对师父备言老君之事。三藏称谢，虔诚前进。行罢多时，前又一山阻路。三藏叫徒弟："你看山势崔巍，须是提防魔障。"行者道："师父休得邪思乱想，只要定性存神，自然无事。"三藏道："徒弟呀，西天怎么这等难行？我记得离了长安城，在路上有四五个年头，怎么还不得到？"行者呵呵笑道："早哩！早哩！还不曾出大门哩！师父不必挂念，且自放心前进，还你个功到自然成也。"师徒们信步行时，早不觉红轮西坠，只见那山凹里有楼台叠叠，殿阁重重。却是一座寺院。

长老放马前来，径到了山门之外看时，上有五个大字，乃是敕赐宝林寺。行者道："师父，这寺里谁进去借宿？"三藏道："我进去。"那长老却丢了锡杖，斗篷，整衣径入山门，只见两边坐着一对金刚，又到二层山门内，见四大天王之相，乃是持国、多闻、增长、广目，按东北西南风调雨顺之意。进了大雄宝殿，那长老合掌下拜。转过佛台后面，又见有倒座观音普度南海之相。长老点头叹道："鳞甲众生都拜佛，为人何不肯修行！"正赞叹间，又见三门里走出一个道人。三藏道："弟子是东土大唐差上西天拜佛求经的，今到宝方天晚，告借一宿。"那道人道："师父，我做不得主。里面还有个管家的老师父，待我进去禀他看。"那道人急到方丈报知。僧官即起身开门迎接，见了三藏。大怒道："道人少打！你岂不知我是僧官，但只有士夫降香，我方出来迎接。这等个和尚，你怎么报我接他？看他那嘴脸，多是云游方上僧，天晚要借宿的。我们方丈中岂容他打搅！教他往前廊下蹲罢了，报我怎么！"抽身转去。长老闻言，满眼垂泪道："可怜！可怜！这才是人离乡贱！我弟子从小儿出家做和尚，又不曾拜谶吃荤生歹意，看经怀怒坏禅心。不知是那世里触伤天地，教我今生常遇不良人！"遂忍气吞声，急走出来。行者见师父满面怒容，问道："寺里和尚打骂你来么？你这般苦恼怎的?”三藏道:“他这里不方便住宿。”行者道:“岂有此理,且等我进去看看。”行者执着铁棒,径到大雄宝殿,只见一个道人点了几枝香,来佛前炉里插,被行者咄的一声,唬了一跌,爬起来看见脸,又是一跌,吓得滚滚蹡蹡,跑入方丈里报道:“老爷！外面有个和尚来了!”那僧官道:“你这伙道人都少打！一行说教他往前廊下去蹲,又报甚么!”道人说:“老爷,这个和尚,比那个不同,生得满面毛,雷公嘴。手执一根棍子,恨恨的要寻人打哩。”僧官急开门看时,只见行者撞进来了,真个生得丑陋。那老和尚慌得把方丈门关上。行者扑的打破门扇道:“赶早将干净房子打扫一千间,老孙睡觉!”僧官躲在房里,对道人说:“怪道他生得丑么,原来是说大话,折作的这般嘴脸。”即战索索的叫道:“那借宿的长老,我这荒山不方便,往别处去宿罢。”行者将棍子变得盆来粗细,直壁壁的竖在天井里,道:“和尚,不方便,你就搬出去!”僧官道:“我们老少四五百人,搬到那里去?”行者道:“和尚,没处搬,便着一个出来打样棍!”老和尚叫道:“你出去与我打个样棍来。”那道人道:“爷爷呀！那等个大扛子,教我去打样棍!”他自家里面转闹起来,行者听见道:“是也禁不得,且等我另寻件东西打与你看看。”忽抬头,只见一个石狮子,就举棍来,乒乓一下打得粉乱麻碎。那和尚在窗里看见,就吓得骨软觔麻,不住叫:“爷爷,棍重棍重！禁不得！方便方便!”行者道:“和尚,我且不打你。我问你:这寺里有多少和尚?”僧官道:“前后是二百余房有五百个和尚。”行者道:“你快去叫那五百个和尚,都齐齐整整穿了长衣,出去把我那唐朝师父接进来,就不打你了。”僧官道:“爷爷,若是不打,便抬也抬进来。”即叫道人快去。

那道人不敢撞门,从后边狗洞里钻出去,径到正殿上打鼓撞钟。惊动合寺僧众,一齐上殿,问了缘故。随即各换衣服,摆斑出门迎接。有的即披了袈裟,有的着了偏衫,无的穿着个一口钟直裰,十分穷的就把腰裙接起两条在身上。行者看见道:“和尚,你穿的是甚么衣服?”和尚道:“爷爷,这是我们城中化的布,此间没有裁缝,是自家做的个一裹穷。”行者押着众僧,出山门外跪下。那僧官磕头高叫道:“唐老爷,请方丈里坐。”唐僧甚不过意,上前叫:“列位请起。”那些和尚却才起身，牵马挑担，抬着唐僧，驮着八戒，搀着沙僧，一齐进去。到后面方丈中坐下。安排斋供，管待唐僧师徒们。吃罢，请到前面禅堂安置。只见那禅堂里面灯火光明，铺着四张藤床。行者与师父说了，发放众僧俱散去讫。

唐僧举步出门小解，只见明月当天，叫徒弟们都出来看看。其时清光皎洁，玉宇无尘，真是一轮高照，大地平分。对月怀归，口占一首诗云："皓魄当空宝镜悬，山河摇影十分全。琼楼玉宇清光满，冰鉴银盘爽气旋。处处窗轩吟白雪，家家院宇弄朱弦。今宵静玩来山寺，何日相同返故园？"行者闻言道："师父，你只知月色光华，心怀故里，更不知月家之意，乃先天法象之规绳也。月至三十日，阳魂之金散尽，阴魄之水盈轮，故纯黑而无光，乃曰晦。此时与日相交，在晦朔两日之间，感阳光而有孕。至初三日一阳现，初八日二阳生，魄中魂半，其平如绳，故曰上弦。至今十五日，三阳备足，是以团圆，故曰望。至十六日一阴生，二十二日二阴生，此时魂中魄半，其平如绳，故曰下弦。至三十日三阴备足，又当晦。此乃先天采炼之意。我等若能温养二八成功，那时节见佛容易，返故园亦易也。岂不闻：前弦之后后弦前，药味平平气象全。采得归来炉里炼，志心功果即西天。"长老听说，一时解悟，明彻《真言》，满心欢喜，称谢了悟空。沙僧在旁笑道："师兄此言虽当，只说的是弦前属阳，弦后属阴，阴中阳半，得水之金。更不道水火相搀各有缘，全凭土母配如然。三家同会无争竞，水在长江月在天。"那长老闻得，亦开茅塞。正是理明一窍通千窍，说破无生即是仙。八戒上前道："师父，莫听闲讲，误了睡觉。这月啊：圆又缺，缺又圆，似我生来不十全。他都伶俐修来福，我自痴愚积下缘。但愿你取经还满三涂业，摆尾摇头直上天！"

三藏道："徒弟们走路辛苦，先去睡罢，等我把经卷来念一念。"他三人遂都睡下。长老掩上禅堂门，高剔银缸，铺开经本，默默看念。正是那：谯楼初鼓香销后，野浦渔舟火灭时。毕竟不知那长老怎样离寺，且听下回分解。

第三十七回　鬼王夜谒唐三藏　悟空神化引婴儿

却说三藏在宝林寺禅堂灯下念一会经忏,坐到三更时候,忽听得门外淅喇喇刮一阵怪风,刮得那灯或明或暗。三藏此时困倦上来,便朦胧伏案而睡,须臾风声过处,耳边隐隐的闻得叫一声:“师父!”三藏抬头观看,只见门外站着一条汉子,浑身水淋淋的,眼中垂泪,口里不住叫:“师父!”三藏欠身道:“你莫是妖怪邪魔,趁早儿潜身远遁,莫上我的禅门来。”那人道:“我不是妖怪邪魔,师父,你舍眼看我一看。”长老仔细定睛看处,只见他头戴冲天冠,腰束碧玉带,身穿赭黄袍,足踏无忧履,手执白玉珪。面如东岳长生帝,形似文昌开化君。三藏见了大惊,急躬身高叫道:“是那一朝陛下？半夜至此,有何话说?”那人才滴泪告道:“师父啊,我家住在正西,离此四十里远近。那厢有座城池,便是我兴基创业之处。号乌鸡国。五年前天年干旱,民皆饥死,寡人沐浴斋戒,昼夜焚香祈祷。如此三年,只干得河枯井涸。正在危急之处,忽然钟南山来了一个全真,能呼风唤雨,点石成金。当即请他登坛祈雨,只见令牌响处,顷刻间大雨滂沱。寡人只望三尺雨足矣,他说久旱不能润泽,又多下了二寸。我见他如此尚义,就与他八拜结为兄弟。同寝食者二年,又遇着阳春天气,那时节,文武归衙,嫔妃转院。我与他携手缓步至御花园里,行至八角琉璃井边,不知他抛下些甚么物件,井中忽起万道金光。哄我到井边看宝贝,他陡起凶心,把寡人推下井内,将石板盖住井口,拥上泥土,移一株芭蕉栽在上面。可怜啊,我已死去三年,是一个冤屈之鬼也!”

唐僧见说是鬼,唬得毛骨悚然,只得又问他道:“陛下,你说的这话全不在理。既死三年,那文武多官,三宫皇后,怎么就不寻你?”那人道:“师父啊,说起他的本事,果然世间罕有！自从害了我,他当时在花园内摇身一变,就变做我的模样一般。现今占了我的江山国土。他把我两班文武,三宫六院,尽属了他矣。”三藏道:“你何不在阴司阎王处告他?”那人道:“他的神通广大,官吏情熟,都城隍常与他会酒,海龙王尽与他有亲,东岳天齐是他的好朋友,十代阎罗是他的异兄弟。因此我无门投告。”

三藏道:“你阴司里既没本事告他,却来我阳世间作甚?”那人道:“师父呵,我这一点冤魂不散,适才亏夜游神一阵神风,把我送来,他说我三年水灾已满,着我来拜谒师父。说你手下有个徒弟,是齐天大圣,极能斩怪降魔。今特来至诚拜恳,千乞到我国中,拿住妖魔,辨明邪正,朕当结草衔环,报酬师恩也!”三藏道:“陛下,你此来是请我徒弟去除那妖怪么?”那人道:“正是!”三藏道:“我徒弟虽会拿怪,但恐理上难行。”那人道:“怎么难行?”三藏道:“那怪既变得与你相同,满朝文武,三宫妃嫔,一个个志合情投。我徒弟纵有手段,决不敢轻动干戈。倘被多官拿住,说我们欺邦灭国,困陷城中,却不是画虎刻鹄也?”

那人道:“我朝中还有人哩。”三藏道:“何人?”那人道:“我本宫有个太子,是我亲生的储君。”三藏道:“那太子想必被妖魔贬了?”那人道:“不曾,他依然在金銮殿上,五凤楼中,只是这三年以来,禁他入宫,不能与娘娘相见。”三藏道:“此是何故?”那人道:“此是妖怪的巧计,只恐他母子相见,闲中论出长短,走了消息。故此两不会面,他得永住常存也。”三藏道:“你纵有太子在朝,我怎得与他相见?”那人道:“如何不得见?他明早领人马出城采猎,师父断得与他相见。见时肯将我的言语说与他,他必然见信。”三藏道:“他本是肉眼凡胎,被妖魔哄在殿上,那一日不叫他几声父王?他怎肯信我的言语?”那人道:“既恐他不信,我留下一件表记与你罢。”即将手中白玉珪放下道:“此物可以为记。”三藏道:“此物何如?”那人道:“全真自从变作我的模样,只是少变了这件宝贝。他到宫中,说那求雨的全真拐了此珪去了。自此三年,还没此物。我太子若看见他,睹物思人,此仇必报。”三藏道:“也罢,你留下此物,待我与徒弟计议。你却在那里等么?”那人道:“我也不敢等。还央求夜游神把我送进皇宫,托一梦与我那正宫皇后,教他母子们合意,好凑你师徒们同心。”

三藏点头应承。那冤魂叩头拜别。举步相送,忽然绊了一跌,惊醒转来,却原来是一梦,慌得对着那盏昏灯,连叫:“徒弟!徒弟!”八戒醒来道:“甚么土地土地?这早晚不睡作甚?”三藏道:“我刚才做了一个怪梦。”行者跳起来道:“师父,梦从想中来。你未曾上山,先怕妖怪,又愁雷音路远,又要思念长安,所以心多梦多。似老孙一点真心,专要见佛,更无一个梦儿到我。”三藏道:“我这一梦,不是思乡之梦。”就将乌鸡国王梦中之话一一说与行者。行者笑道:“不消说了,他来托梦与你,分明是照顾老孙一场生意。要我替他除那妖,管教手到成功。他说留下表记,我们且起去看看。

行者遂开门看处,只见星月光中,阶檐上真个放着一柄金镶白玉珪。行者道:“师父,既有此物,想此事是真。明日拿妖,都在老孙身上,只是要你依我而行。”三藏道:“依你何事?”行者道:“也不消讲,等我先与你二件东西。”好大圣,拔根毫毛,叫:“变!”变做一个红金漆匣儿,把玉珪放在内道:“师父,你明早将此物捧在手中,穿上锦襕袈裟,去那正殿坐着念经,等我先去看光景。若是那太子出城来,我就引他来见你。”三藏道:“见了我如何迎答?”行者道:“他来时,我先报知,你把那匣盖儿扯开些,等我变作二寸长的一个小和尚,钻在匣儿里,你连我捧在手中。那太子进寺来,必然拜佛,你尽他下拜,只不动身。他一定教拿你,你凭他拿下去,打也由他,绑也由他,杀也由他。”三藏道:“呀!他的军令大,真个杀了我怎处?”行者道:“没事,有我哩。他若问时,你说是东土钦差上西天拜佛取经进宝的和尚。他道有甚宝贝,你把锦襕袈裟对他说一遍,说道:‘此是三等宝贝,还有第一等、第二等的好物哩。’他再问时,就说这匣内有一件宝贝,能知一千五百年过去未来之事,却把老孙放出来。我将那梦中话告诵他,他若肯信便罢。若不肯信,再将白玉珪拿与他看就是。”三藏道:“徒弟呵,此计甚妙!但这宝贝,一个叫做锦襕袈裟,一个叫做白玉珪,你变的宝贝却叫做甚名?”行者道:“就叫做立帝货罢。”师徒们一夜商议,那曾得睡。

不多时,东方发白。行者一觔斗跳在空中,睁火眼平西看处,果见有一座城池。行者近前仔细再看,只见那愁云漠漠,妖气纷纷。行者正点头感叹。忽听得炮声响喨,只见东门开处,闪出一路人马,真个是采猎之军，只见中军营里，有一个小将军，顶盔贯甲，手执青锋宝剑，坐下黄骠马，腰带满弦弓，真个是隐隐君王像，昂昂帝主容。规模非小辈，行动显真龙。行者道："不消说，那个就是太子了。等我下去戏他一戏。"即按落云头，撞入军中，摇身一变，变作一个白兔儿，只在太子马前乱跑。太子看见，正合心怀，拈起箭，拽满弓，一箭射去。那大圣眼乖手疾，一把接住那箭头，放开脚步跑了。太子见箭中了玉兔，放开马，独自争先来赶那兔儿。紧赶紧走，慢赶慢走。一程一节，看看来到宝林寺前。行者现了本相，将箭插在门槛上。径撞进去，见唐僧道："师父，来了！来了！"却就变做二寸长的小和尚儿，钻在红匣之内。

却说那太子赶到山门前，不见白兔，只见门槛上插着一枝雕翎箭。太子道："怪哉！怪哉！分明我箭中了白兔，白兔怎么不见，只见箭在此间！想是年多日久，成了精也。"拔了箭，抬头看处，山门上写着"敕赐宝林寺"。太子道："我且进去走走。"

跳下马来，正要进去，只见那些人马赶上，簇拥着都入山门里面。慌得那本寺众僧，都来叩拜，接入正殿中间，参拜佛像。却才举目观瞻，只见正当中坐着一个和尚，太子大怒道：'这个和尚无礼！我今半朝銮驾进山，怎么坐着不动？"教拿下来。说声拿，两边校尉一齐下手，把唐僧抓将下来。

太子喝问道："你是那方来的？"三藏上前施礼道："贫僧乃是东土唐僧，上雷音寺拜佛求经进宝的和尚。"太子道："你那东土虽是中原，其穷无比，有甚宝贝，你说来我听。"三藏道："我身上穿的这袈裟，是第三样宝贝。还有第一等、第二等的好宝贝哩！"太子道："你那衣服，半边苫身，半边露臂，能值多少，可称宝贝！"三藏道："这袈裟虽不全体，有诗几句说道：佛衣偏袒不须论，内隐真如脱世尘。万线千针成正果，九珠八宝合元神。曾经仙女恭修制，遗赐禅僧静垢身。我见驾不迎犹自可，你的父冤未报枉为人！"太子闻言，又大怒道："这野和尚乱说！你那半片衣，凭着你口能舌便，夸好夸强罢了。我的父冤从何未报，你说来我听。"三藏道："殿下，贫僧不知。但只这红匣内有一件宝贝，叫做立帝货，他上知五百年，中知五百年，下知五百年，共知一千五百年过去未来之事，殿下问他，即知其详。”

太子闻说，教拿来看。三藏扯开匣盖儿，那行者跳将出来，拐呀拐的，两边乱走。太子道：“这星星小人儿，能知甚事？”行者闻言嫌小，却就把腰伸一伸，就长了有三尺四五寸。众军士吃惊道：“若是这般快长，不消几日，就撑破天也。”行者长到原身，就不长了。太子才问道：“立帝货，这老和尚说你能知未来过去之事，你还是灼龟点卦，试将我国中的事说说看。”行者道：“我一毫不用占卜。只是全凭三寸舌，万事尽皆知。你那国中的事，我那一件不晓得，等我说与你听。你本是乌鸡国王的太子，你那里五年前，年程荒旱，你家皇帝秉心祈祷。正无点雨之时，钟南山来了一个道士，他善呼风唤雨，点石为金。君王与他拜为兄弟。这桩事有么？”太子道：“有有有！你再说说。”行者道：“后三年不见全真，称孤的却是谁？”太子道：“果是有个全真，三年前父王同他在御花园里玩景，被他一阵神风，把父王手中白玉珪，摄回钟南山去了，至今父王还思慕他。因此无心赏玩，遂把花园紧闭，已三年矣。做皇帝的非我父王而何？”

行者闻言，哂笑不绝。太子怒道：“这厮当言不言，如何只管哂笑？”行者道：“还有许多话哩！奈何左右人众，不是说处。”太子见他言语有因，遂将人马都出门外住札。此时殿上无人，太子坐在上面，长老立在前边，行者才正色上前道：“殿下，那化风去的是你生身之老父，见坐位的是那祈雨之全真。”太子道：“胡说！乱说！”把行者咄的喝下来。行者对唐僧道：“何如？我说他不信，果然！果然！如今却拿那宝贝与他，倒换关文，往西方去罢。”三藏即将红匣子递与行者。行者接过来，将身一抖，那匣儿早不见了，却将白玉珪双手献与太子。

太子见了道：“好和尚呵！你本是三年前的全真，骗了我家的宝贝，如今又妆做和尚来进献！”叫：“拿了！”一声传令，把长老唬得慌张失措。行者忙上前拦住道：“休嚷！莫走了风！我不教做立帝货，还有真名哩。”太子怒道：“你上来！我问你个真名字，好送法司定罪！”行者道：“我是那长老的大徒弟，名唤孙行者，因与我师父上西天取经，我师昨夜得一梦，梦见你父王道，他被那全真推在御花园琉璃井内,全真变作他的模样。满朝官不能知,你年幼亦无分晓,所以禁你入宫,关了花园,正恐怕走漏消息。你父王特来请我降魔,晓得你今朝出城打猎。你箭中的玉兔,就是老孙。老孙特特把你引到寺里,说此缘由。你既然认得白玉珪,怎么不念鞠养恩情,替亲报仇?"那太子闻言,心中暗自踌躇。行者又道:"殿下不必狐疑,你请驾回本国,问你国母娘娘一声,看他夫妻恩爱之情,比三年前如何。只此便知真假矣。"

那太子连声道:"是,是!"他跳起身,笼着玉珪就走。行者扯住道:"你这些人马都回,却不走漏消息,难以成功?你只可单人独马进城,莫入正阳,须从后宰门进去。到宫中见你母亲,须是悄语低言。恐那怪神通广大,一时惊觉,你娘儿们性命俱难保也。"太子谨遵教命,出山门分付将士们:"稳在此扎营,不得移动。待我去去就来。"你看他上马如飞而去。这一去不知娘娘有何话说,且听下回分解。

第三十八回 婴儿问母知邪正 金木参玄见假真

逢君只说受生因,便作如来会上人。一念静观尘世佛,十方同看降威神。欲知今日真家主,须问当年阿母身。别有世间曾未见,一行一步一花新。

却说那乌鸡国王太子,不多时回至城中,从后宰门径入皇宫里面,忽至锦香亭,只见那正宫娘娘带着几个女侍,坐在亭上,倚雕栏儿流泪哩。你道他流泪怎的?原来他四更时也做了一梦,记得一半,忘了一半,沉吟思想。这太子下马跪于座下,叫声:"母亲!"那娘娘猛抬头看见,叫:"孩儿,喜呀!喜呀!二三年不得相见,我甚想念,今日如何得来看我一面?"太子叩头道:"孩儿有一句话,要禀问母亲,乞屏退左右,然后敢说。"娘娘即喝开侍从。太子道:"母亲,我问你三年前夫妻宫里之事,与三年后恩爱如何?"娘娘见说,搂住太子,眼中滴泪道:"孩儿!这桩事,你若不问,我到九泉之下,也不得明白。你听我说:三载之前温又暖,三年之后冷如冰。枕边切切将言问,他说老迈身衰事不兴!"太子闻言,撒手脱身,攀鞍上马。那娘娘一把扯住道:"孩儿,你有甚事,话不终就走?"太子道:"母亲,不敢说!今早蒙钦差出城打猎,偶遇东土来的个取经圣僧,有徒弟极善降妖。原来我父王死在御花园琉璃井内,这全真假变父王,侵了龙位。昨夜三更父王托梦,请他到城捉怪。又将白玉珪与他为记。孩儿不敢尽信,特来禀问母亲,方才闻得如此说,必然是个妖精无疑。"就在袖中取出玉珪,递与娘娘。那娘娘认得是当时国王之宝,止不住泪如泉涌,叫声:"儿呵,我昨夜四更时分,也做了一梦,梦见你父王水淋淋的,站在我跟前,说他死了,鬼魂儿拜请了唐僧降怪,救他前身。是便是这等言语,只是一半儿记不分明,正在这里狐疑,怎知今日你又来说这话,这宝贝我且收下,你去请那圣僧,急急扫荡妖魔,辨明邪正,庶报你父王养育之恩也。"

太子急忙上马，仍出后宰门，躲离城池。不多时，到宝林寺山门前下马。众军士接着，只见红轮将坠。太子又独自入了山门，整束衣冠，拜请行者。行者搀住道："你可曾问母亲么？"太子将前言说了一遍。行者笑道："若是那般冷啊，想是个甚么冰冷的东西变的。不打紧！等我老孙与你扫荡。却只是今日晚了。你先回去，待明早我来。"太子道："我自早朝蒙差出城，今日更无一件野物，却也难以入城回旨。"行者道："这甚打紧！何不早说？"即将身一纵，跳在云端里，捻诀念咒，拘那山神、土地来，分付寻些野物，打发太子回去。山神、土地即遣阴兵，刮一阵聚兽阴风，捉了许多獐鹿獾兔之类，献与行者。行者叫都捻断了觔，摆在那四十里路上两旁，算了汝等之功。众神依言而去。行者与太子说了，太子才传令回城。只见那路旁果有无限的野物，军士们不放鹰犬，一个个俱着手擒捉，齐喝采道是千岁殿下的洪福。凯歌声唱，一拥回城。

这行者与三藏依然还歇在禅堂里。将近一更时分，行者心中有事，睡不着。爬起来到唐僧床前叫师父："有一桩事儿和你计较。"长老道："甚么事？"行者道："我日间与那太子夸口，说我的手段去拿那妖精如探囊取物一般，方才想起来，却有些难哩。"唐僧道："怎的难？"行者道："你老人家只知念经打坐，那曾见那萧何的律法？常言道：拿贼拿赃。那怪物做了三年皇帝，他与三宫妃后同眠，两班文武共乐，我老孙就拿住他，也不好定个罪名。"唐僧道："怎么不好定罪？"行者道："他敢道：'我是乌鸡国王，有甚逆天之事，你来拿我？'将甚执照与他折辩？"唐僧道："凭你怎生裁处？"行者笑道："老孙的计已成了，只是干碍着你老人家，有些儿护短。"唐僧道："我怎么护短？"行者道："八戒生得夯，你有些儿偏向他。"唐僧道："我也不偏向，你如今要怎么？"行者道："如今趁此时，待老孙与八戒先入那乌鸡城中，寻着那皇帝尸首。明日进城，且不管甚么倒换文牒，见了那怪，掣棍就打。他但有言语，就将骨梓与他看，说你杀的是这个人！却教太子上来哭父，皇后出来认夫，文武多官见主，我老孙与兄弟们动手。这才是有对头的官事好打。"唐僧闻言道："是阿，是阿，只怕八戒不肯去。"行者笑道："只要你不护短，莫说是猪八戒，就是猪九戒，我也有本事教他跟着我走。”唐僧道：“随你，随你。”

行者就到八戒床边去叫。那呆子只是打呼不醒。被行者揪着耳朵拉起来。呆子道：“睡了罢，顽怎的？”行者道：“不是顽，有一桩买卖，我和你做去。”八戒道：“甚么买卖？”行者道：“你可曾听得那太子说么？他说那妖怪有件宝贝，我们明日进朝，不免与他对敌，倘或他执了宝贝，降倒我们，却不反成不美，我想不如先下手，和你去偷他的来。”八戒道：“哥哥，你哄我去做贼哩。这个买卖，我也去得，只是也要与你讲过，得了宝贝，我就要了。”行者道：“老孙只要图名，那宝贝就与你罢了。”呆子听说，就满心欢喜，一毂辘爬将起来，套上衣服，和行者走路。这正是清酒红人面，黄金动道心。

两个纵祥云。不多时到了城中，按落云头，只听得楼头方打二鼓。行者带八戒径入皇宫，寻到御花园。只见门上重重封锁。即命八戒掣钯，把门筑破走进。却记起唐僧的梦来，说芭蕉树下是井。正行处，果见一株芭蕉，生得茂盛。真是：一种灵苗秀，天生体性空。凄凉愁夜雨，憔悴怯秋风。叶叶抽青翰，心心卷碧筒。缄书成妙用，挥洒有奇功。行者道：“八戒，动手么！宝贝在芭蕉树下哩。”那呆子双手举钯，筑倒芭蕉，然后用嘴一拱，拱了有三四尺深，见一块石板。呆子欢喜道：“哥呀！造化了！果有宝贝，是一片石板盖着哩！”行者道：“你掀起来看看。”那呆子果又一嘴，拱开看处，又见光辉灿烂。八戒只道是宝贝放光！近前细看，呀！原来是一口大井，那星月之光，映着井中水亮。八戒道：“哥呀，这是一眼井。你若早说，我好带两根绳来，设法下去。如今空手，却怎么处？”行者道：“你要下去么？”八戒道：“正是要下去，只是没绳索。”行者笑道：“你脱了衣服，我与你个手段。”八戒即将衣服脱了。

大圣把金箍棒拿出来，两头一扯，叫：“长！”足有七八丈长。教八戒抱着一头儿，放下井去。不多时，放至水边，行者问道：“可有宝贝么？”八戒道：“没甚宝贝，只是一井水！”行者道：“宝贝沉在水底下哩，你下去摸一摸来。”呆子真个深知水性，即丢了铁棒，打个猛子，淬将下去，呀！那井底深得紧！他却着实又一淬，忽睁眼见一座牌楼，上有水晶宫三字。八戒大惊道：“罢了！罢了！蹡下海来也！”原来八戒不知此是井龙王的水晶宫。

早有一个巡水的夜叉,急进去报道:“大王,井上落一个长嘴大耳的和尚来了! 赤淋淋的走着哩。”那井龙王闻言道:“这是天蓬元帅。怪道昨夜夜游神来,取乌鸡国王魂灵去拜见唐僧,请齐天大圣降妖。想必是他们来了。”即出门高叫道:“天蓬元帅,请里面坐。”八戒却才欢喜,径入宫里。不管好歹,赤淋淋的就坐在上面。龙王道:“元帅,近闻你保唐僧西天取经,如何得到此处?”八戒道:“正为此说,我师兄孙悟空多多拜上,着我来问你取甚么宝贝哩。”龙王道:“可怜,我这里怎得个宝贝? 比不得那江淮河济的龙王,飞腾变化,便有宝贝。我久困于此,日月且不能长见,宝贝何自而来也?”八戒道:“不要推辞,有便拿出来罢。”龙王道:“有便有一件宝贝,只是拿不出来,请元帅亲自来看看,何如?”八戒道:“妙,妙!”

这呆子随着龙王,转过正殿,只见廊庑下,横躺着一个六尺长躯。龙王指定道:“元帅,那就是宝贝了。”八戒上前一看,呀! 原来是个死人,戴着冲天冠,穿着赭黄袍,踏着无忧履,系着蓝田带,直挺挺睡在那厢。八戒笑道:“这样的宝贝! 我老猪在山为怪时,常将此物当饭,那里算得甚宝贝!”龙王道:“元帅不知,他本是乌鸡国王的尸首,自到井中,我与他定颜珠定住,不曾得坏。你若肯驮他出去,见了齐天大圣,假有起死回生之意呵,凭你要甚么东西都有。”八戒道:“既这等说,我与你驮出去,只说把多少烧埋钱与我?”龙王道:“其实无钱。”八戒道:“你好白使人? 果然没钱,不驮!”即转身就走。龙王差两个夜叉,把尸抬出宫门外丢下,摘了辟水珠,就有水响。

八戒急回头看,不见水晶宫,一把摸着那皇帝的尸首,慌得他撺出水面,扳着井墙,叫道:“师兄! 伸下棒来接我一接!”行者道:“可有宝贝么?”八戒道:“那里有! 只是水底下有一个井龙王,教我驮死人,我不肯驮!”行者道:“那个就是宝贝,如何不驮上来?”八戒道:“一个死尸悔悔气气,我驮他怎的?”行者道:“你不驮,我回寺中睡觉去。”八戒慌了道:“哥哥,不要去,等我驮上来罢。”他依旧一个猛子淬将下去,摸着尸首,拽过来,背在身上,撺出水面叫道:“哥哥,驮上来了。”行者看见,才把金箍棒伸下井去,那呆子着了恼的人,张开口,咬着铁棒,被行者轻轻的提将出来。

八戒将尸放下,捞过衣服穿了。行者看那国王容貌如生,道:“兄弟啊,这人死了三年,怎么还容颜不坏?”八戒道:“这井龙王对我说,他使了定颜珠定住了,故此尸首不坏。”行者道:“造化!造化!一则是他的冤仇未报,二来该我们成功,兄弟快把他驮了去。”八戒道:“驮往那里去?”行者道:“驮了去见师父。”八戒口中作念道:“怎的起!怎的起!好好睡觉的人,被这猴狲花言巧语,哄人做甚么买卖,如今却教我驮死尸!不驮!不驮!”行者道:“不驮,便伸过孤拐来,打二十棒!”八戒慌了道:“哥哥那棒子重,若是打上二十,我与这皇帝一般了。”行者道:“怕打时,趁早儿驮他走路!”八戒不敢违拗,没好气把尸首拽过来,背在身上,拽步出园就走。大圣又捻诀念咒,往巽地上吸一口气,吹起一阵狂风,把八戒撮出皇宫,离了城池,二人落地,徐徐却走将来。

那呆子心中恼恨行者,算计要到师父跟前捉弄他报仇。到了寺里,将尸首丢在那禅堂门首,道:“师父,起来看邪。”唐僧道:“徒弟,看甚么?”八戒道:“你看这是行者的外公,教老猪驮将来了。”唐僧即与沙僧开门看处,那国王容颜未改,似活的一般。长老忽然凄惨道:“陛下,你不知那世里冤家,今生遇着他,暗丧其身,抛妻别子,举朝不知,可怜,可怜。”一边说着,不觉泪如雨下。八戒笑道:“师父,他又不是你家父祖,哭他怎的!”三藏道:“徒弟啊,出家人慈悲为本,你怎的这等心硬?”八戒道:“不是心硬,师兄和我说来,他会医得活。若是医不活,我也不驮来了。”那长老原来是一头水的,被那呆子摇动了,便叫悟空:“若果有手段医活这个国王,正是救人一命,胜造七级浮屠,我等也强似灵山拜佛。”行者道:“师父,你怎么听这呆子乱谈!凡人死去,或三七、五七,或七七日,受满了阳间罪过,就转生去了,如今已死三年,如何救得!”三藏闻其言道:“也罢了。”八戒恨苦不息道:“师父,莫被他瞒了,你只念念那话儿,管他还你一个活人。”真个唐僧就念《紧箍儿咒》,勒得那行者眼胀头疼。毕竟不知怎生医救,且听下回分解。

第三十九回 一粒金丹天上得 三年故主世间生

话说那孙大圣头痛难禁,哀告道:“师父,莫念!莫念!等我医罢!”长老问:“怎么医?”行者道:“只除到阴司,问阎王讨他魂灵来。”八戒道:“师父莫信他。他原说不用过阴司,阳世间就能医活,方见手段哩。”那长老信邪风,又念《紧箍儿咒》,慌得行者满口应承。八戒道:“师父莫要住!只管念!”行者骂道:“你这呆孽畜,撺掇师父咒我哩!”八戒笑得打跌道:“哥耶!哥耶!你只晓得捉弄我,不晓得我也会捉弄你捉弄!”行者道:“师父,莫念!莫念!待老孙阳世间医罢。”三藏道:“阳世间怎么医?”行者道:“我如今去寻着太上老君,求得他一粒九转还魂丹来,管取救活他也。”

三藏大喜道:“就去快来。”行者道:“如今有三更时候罢了,没到回来,天好明了。只是这个人睡在这里,冷冷淡淡,不像个模样;须得举哀人看着他哭才好哩。”八戒道:“不消讲,一定是要我哭哩。”哥哥,你自去,我自哭罢了。”行者道:“你且哭个样子我看看。”那呆子当真眼泪汪汪哭将起来,口里不住的絮絮叨叨,数黄道黑,真个像死了人的一般。哭到那伤情之处,长老也泪滴心酸。行者笑道:“正是那样哀痛,再不许住声。若略住住声儿,定打二十个孤拐!”八戒笑道:“你去你去!我这一哭动头,有两日哭哩。”

当时行者急纵觔斗云,入南天门里,径来到三十三天离恨天兜率宫中。只见那太上老君正在丹房中炼丹哩。他见行者到来,即分付看丹的童儿:“各要仔细,偷丹的贼又来也。”行者作礼笑道:“老官儿,我如今不干那样事了。”老君道:“你那猴子,不保唐僧往西天,却潜入吾宫怎的?”行者将乌鸡国王之事说了一遍道:“我如今特来参谒,万望把九转还魂丹借得百十丸儿,与我老孙搭救他也。”老君道:“这猴子乱说!甚么百十丸!当饭吃哩!没有,没有,去,去,去。”大圣拽转步往前就走。老君寻思道:“不好,不好!这猴子惫懒哩,他说去就去,只怕溜进来就偷。"即赶上叫住道:"你回来,我把这还魂丹送你一丸罢。"

行者接着,才辞了老祖。径回寺中,只听得八戒还哭哩,忽近前叫声:"师父。"三藏喜道:"悟空来了,可有丹药?"行者道:"有,有。"叫八戒道:"兄弟,如今用不着你了。你揩揩眼泪,别处哭去。"叫沙和尚取些水来。行者口中吐出金丹,安在那国王唇里,扳开牙齿,用一口清水,把金丹冲灌下肚。有一个时辰,只听肚里呼呼的乱响,只是身体不能转移。三藏道:"这久死之尸,元气尽绝,得个人度他一口气便好。"八戒上前就要度气,三藏扯住道:"使不得!还教悟空来。"原来那八戒自幼儿伤生吃人,是一口浊气;惟行者从小修持,餐松吃桃,是一口清气。这大圣上前,把个雷公嘴噙着那皇帝口唇,呼的一口气吹入咽喉,度下重楼,转明堂,径至丹田,从涌泉倒返泥垣宫。呼的一声响亮,那君王气聚神归,便翻身轮拳曲足,叫声:"师父!"双膝跪下道:"记得前夜鬼魂拜谒,谁知今早返阳神!"三藏慌忙搀起请坐。

那寺里僧人,正整顿早斋来献,忽见那个水衣皇帝,个个惊疑。行者跳出来道:"这本是乌鸡国王,乃汝之真主也。三年前被怪害了性命,是老孙昨夜救活,如今要进城去辨明邪正。若有斋快拿来,等我们吃了走路。"众僧即奉献汤水斋供。大家吃罢,行者教那国王将身上袍带冠履,尽皆脱下,向僧官取了两领布直裰,一条黄丝绦,一双旧僧鞋,与他换了。行者笑道:"陛下,着你那般打扮,跟我们走,可亏你么?"那国王跪下道:"师父,你是我重生父母一般,我情愿执鞭坠镫,伏侍老爷上西天去也。"行者道:"不要你西天去,只待进城,捉了妖精,你还做你的皇帝,我们还取我们的经。"一齐上路同行。

那寺里五百僧人,齐齐整整,安排吹打远送。行者道:"和尚们快不要如此,恐怕泄漏事机,反为不美。回去!回去!只把那皇帝的衣服冠带,整顿干净,或是今晚明早,送进城来,我讨些封赠赏赐谢你。"众僧依命各回讫。正是:西方有诀好寻真,金木和同却炼神。丹母空怀懞懂梦,婴儿长恨赘疣身。必须井底求原主,还要天堂拜老君。悟得色空还本性,诚为佛度有缘人。

师徒们在路上，那消半日，早到了乌鸡城中。只见街市上人物齐整，风光闹热。早又见凤阁龙楼，十分壮丽。行者请三藏下马，引五众同至朝门，与阁门大使说了来意，道："今到此倒换关文，烦大人转达，不误善果。"那黄门官急入启奏。那魔王即令传宣。五众径来到金銮殿下。又见那两班文武，威严端肃。

这行者引唐僧站立在白玉阶前，挺身不动，那众官无不悚惧，道："这和尚十分村愚！怎么见我王便不下拜，好大胆无礼！"说不了，只听得那魔王开口问道："那和尚是那方来的？"行者昂然答道："我是东土大唐奉钦差往西天雷音寺拜活佛求真经者，今到此方，特来倒换通关文牒。"那魔王教取上关文，看了道："那和尚，你起初一个人离东土，前后又收了四众，那三个徒弟也罢了，这道人踪迹可疑，他是何方人氏？叫甚名字？有度牒是无度牒？拿他上来取供。"唬得那国王战战兢兢。行者捻他一把，趋步上前，对怪物厉声高叫道："陛下，这老道又聋又哑。他的起落根本，我尽知之，待我替他供罢。"魔王道："趁早实实的替他供来，免得取罪。"行者道："供状行童年老迈，痴聋瘖症家私坏。祖居原是此间人，五载之前遭破败。天无雨，民干坏，钟南忽降全真怪。呼风唤雨显神通，然后暗将他命害。推下花园水井中，阴侵龙位今三载。幸吾来，功果大，起死回生转法界。要向金銮辨真假，扶王灭怪安朝代。"那魔王在殿上闻得这一篇言语，唬得他心头撞小鹿，面上起红云，急抽身向一个镇殿将军腰里掣了一口宝刀，就驾云头望空而去。气得沙和尚爆躁如雷，猪八戒高声喊叫，埋怨行者："这急猴子，你就慢说些儿，却不稳住他了？如今他驾云逃走，却往何处追寻？"行者笑道："兄弟们且莫乱嚷。你等一面叫那太子下来拜父，嫔后出来拜夫。多官前来拜君，大家认了旧主人，待我去拿妖怪。"沙僧等即如命而行。

行者急跳在九霄空里，睁眼四望。只见那魔王逃了性命，径往东北上走哩。行者赶上喝道："那怪物，那里去！老孙来了！"那魔王急回头，提宝刀，高叫道："孙行者，你好惫赖！我来占别人的帝位，与你何干，你怎么来管闲事！"行者呵呵笑道："大胆的泼怪！皇帝又许你做？不要走！吃我一棒！"那魔王缠宝刀劈面相还。

他两个战经数合，妖魔抵不住猴王，急回头复跳入城里，闯在白玉阶前两班文武丛中，摇身一变，即变得与唐三藏一般模样，并立在阶前。这大圣赶上，就欲举棒来打那怪。三藏道："徒弟莫打，是我！"急掣棒要打那个唐僧，却又道："徒弟莫打，是我！"一样两个唐僧，实难辨认。只得停手。叫八戒、沙僧问道："你们晓得那一个是怪，那一个是师父？"八戒道："你在半空中相打，我瞥瞥眼就见两个师父，也不知谁真谁假。"行者闻言，捻诀念咒，叫那护法诸神道："老孙至此降妖，妖魔变作我师父，实难辨认。汝等暗中知会，请师父上殿，让我擒魔。"原来那妖怪善腾云雾，听得行者言语，急撒手跳上金銮宝殿。这行者举起棒望唐僧就打。多亏众神架住道："大圣，那怪会腾云，先上殿去了。"行者赶上殿，他又跳将下来扯住唐僧，在人丛里混了一混，依然难认。

行者心中焦躁，又见那八戒在旁冷笑，行者大怒道："你这呆子怎的？这般欢喜！"八戒笑道："哥哥，说我呆，你比我又呆哩！师父既然难辨，你何不忍些头疼，叫我师父念念那话儿，我与沙僧各搀一个。但念着你头不疼，必是妖怪，有何难也？"行者道："正是，正是，师父，你念念看。"真个那唐僧就念起来，行者即便头疼。那魔王口里乱哼。行者全然不觉。八戒道："这一定是妖怪了！"他放了手，举钯就筑。你看那魔王纵身跳起，踏着云头便走。八戒，沙僧俱赶到空中，使钯杖左右夹攻。行者笑道："我要再去，当面打他，只恐他又走了。等我跳高些，与他个捣蒜打，结果了他罢。"

这大圣纵祥光起在九霄，正要下个切手，只见那东北上一朵彩云里面，厉声叫道："孙悟空，且休下手！"行者回头看处，原来是文殊菩萨，急收棒上前施礼道："菩萨，那里去？"文殊道："我来替你收这个妖怪的。"即向袖中取出照妖镜，照住了那怪的原身。行者到镜子里看处，那魔王生得好不凶恶。行者道："菩萨，这是你坐下的一个青毛狮子，却怎么走将来成精？"菩萨道："他不曾走，他是佛旨差来的。当初这乌鸡国王，好善斋僧，佛差我来度他，我因变做一种凡僧，问他化些斋供。故意将几句言语相难，他把我一条绳捆了，送在那御水河中，浸了我三日三夜。如来故遣此怪，到此处推他下井，浸他三年，以报我三日水灾之恨。今得汝等来此,成了功绩。”行者道:“你虽报了私仇,但只点污了三宫娘娘的身体,坏了多少纲常伦理。”菩萨道:“点污他不得,他是个骟了的狮子。”八戒闻言,走近前就摸了一把,笑道:“这妖精真个是糟鼻子不吃酒——枉担其名了!”行者道:“既如此,收了去罢。”那菩萨喝道:“畜生,还不皈正,更待何时!”那魔王才现了原身。菩萨放莲花罩定妖魔,坐在背上,踏祥光径转五台山而去。毕竟不知那唐僧怎的出城,且听下回分解。

第四十回　婴儿戏化禅心乱　猿马刀归木母空

却说那大圣兄弟三人，按下云头，径至朝内，只见那君臣储后，几班儿拜接谢恩。行者将菩萨降魔收怪之事，与他君臣说了，一个个顶礼不尽。正都在贺喜之间，又听得黄门官来奏："主公，外面又有四个和尚来也。"即命宣进来看时，原来是那宝林寺僧人，捧着那冲天冠、碧玉带、赭黄袍、无忧履进上。行者大喜道："来得好！来得好！"且教道人过来，一一穿戴。教太子拿出白玉珪来，与他执在手里，早请上殿称孤，正是朝廷不可一日无君。那国王那里肯坐，哭啼啼跪在阶心道："我已死三年，今蒙师父救我回生，怎么又敢妄自称尊？请那一位师父为君，我情愿领妻子城外为民足矣。"那三藏那里肯受。又请行者，行者笑道："不瞒列位说，老孙若肯做皇帝，天下万国九州皇帝，都做遍了。只是我们做惯了和尚，是这般懒散。若做了皇帝，就要顶冠束带，黄昏不睡，五鼓不眠，听有边报，心神不安；见有灾荒，忧愁无奈。我们怎么弄得惯？你还做你的皇帝，我还做我的和尚，修功行去也。"

那国王苦让不过，只得上了宝殿，南面称孤，大赦天下，封赠了宝林寺僧人回去。却才开东阁，筵宴唐僧，一壁厢宣召丹青，写下唐师徒四位喜容，供养在金銮殿上。又将镇国的宝贝、金银，献与师父酬恩。三藏分毫不受，只是倒换关文，催悟空等背马早行。那国王甚不过意，只得摆整朝銮驾，请唐僧坐了，着两班文武引导，他与三宫妃后并太子一家儿，捧毂推轮，送出城郭，三藏即下龙辇相别。国王阁泪汪汪，与众臣回去了。

那唐僧师徒又上了平阳大路。正值秋尽冬初时节，行经半月有余，忽又见一座高山，真个是摩天碍日。三藏马上心惊，加鞭策马，奔至山岩，十分险峻。师徒们正当悚惧，又只见那山凹里有一朵红云，直冒到九霄空内，结聚了一团火气。行者大惊，走近前，把唐僧搊下马来，叫："兄弟们，不要走了，妖怪来矣。"慌得个八戒掣钯，沙僧轮杖，把唐僧围护在当中。

话分两头。却说红光里，真是个妖精。他数年前闻得人讲："东土唐僧往西天取经，乃是金蝉长老转生，十世修行的好人。有人吃他一块肉，延寿长生。"他朝朝在山间等候，不期今日到了。他在那半空里观看，夸赞不尽道："好呵！那个马上的白面胖和尚，真是唐朝圣僧，却怎么被三个丑和尚护持住了！一个个伸拳敛袖，各执兵器，似乎要与人打的一般。噫！想是那个有眼力的认得我了，似此模样，莫想得那唐僧的肉吃。"沉吟半晌道："若要倚势而擒，莫能得近；或者以善迷他，却到得手。且下去戏他一戏。"好妖怪，即散红光，按云头落下山坡里，摇身一变，变作七岁顽童，赤条条的身上无衣，将麻绳捆了手足，高吊在那松树梢头，口口声声，只叫："救人！救人！"

却说那大圣抬头再看处，只见那红云散尽，火气全无，便请师父上马走路。唐僧道："你说妖怪来了，怎么又敢走路？"行者道："我才见一朵红云从地而起，到空中结做一团火气，断然是妖精。这一会红云散了，想是个过路的妖精，不敢伤人，我们去耶！"八戒笑道："妖精又有个甚么过路的？"行者道："你那里知道，若是那山那洞的魔王设宴，邀请四路的精灵赴会，故此他只有心赴会，无意伤人。此乃过路之妖精也。"

三藏闻言，也似信不信的，只得策马前进。正行时，只听得叫声"救人"，长老大惊道："徒弟呀，这半山中，是那里甚么人叫？"行者上前道："师父莫管事，且走路。"行不上一里之遥，又听得叫声"救人"，长老道："徒弟，这个叫的，想必是个有难之人，我们可去救他一救。"行者道："师父，今日且把这慈悲心略收起收起。这去处凶多吉少，古人云，脱得去，谢神明，切不可惹他。"长老只得加鞭，催马而行，行者暗想："这泼怪不知在那里叫。等我老孙送他一个卯酉星法，教他两不见面。"他让唐僧先行几步，却使个移山缩地之法，把金箍棒往后一指，将他师徒过此峰头，往前走了，却把那怪物撇下，他再拽步赶上唐僧，恨不得一步跶过此山。

却说那妖在山坡里连叫了三四声，更无人到，他想道："我望见唐僧离不上三里，却怎么这半晌还不到？想是抄下路去了。”他抖一抖，脱了绳索，又纵红光，上空再看。大圣仰面一观，又把唐僧撮下马来道：“兄弟仔细！那妖精又来也！”慌得那八戒、沙僧各持钯棍，将唐僧又围护在中间。那妖精见了，在空中称羡不已道：“好和尚！我这一去。必先把那有眼力的弄倒了，方才捉得唐僧。不然是徒费心机也。”即按下云头，恰似前番变化，高吊那松树梢头等候，这番却不上半里之地。

却说那大圣抬头，只见那红云又散，复请师父上马前行。三藏道：“你说妖精又来，如何又请走路？”行者道：“这还是个过路的妖精，不敢惹我们。”长老怒道：“这个泼猴，十分弄鬼！正当有妖魔处，却说无事；似这般清平之所，却来吓我，不时将我搊着脚，捽下马来，如今却解说甚么过路的妖精。假若跌伤了我，却也过意不去！”行者道：“师父，若是跌伤了，还好医治；若是被妖精捞了去，却何处跟寻？”三藏大怒，狠狠的要念《紧箍儿咒》，却是沙僧苦劝，只得上马又行。

还未曾坐得稳，又听得叫：“师父救人啊！”长老抬头看时，原来是个小孩童，赤条条的吊在那树上，兜住马，便骂行者道：“这泼猴老大惫懒！我那般说叫唤的是个人声，他就千言万语，只嚷是妖怪！你看那树上吊的不是个人么？”大圣见师父怪下来了，再也不敢回言，让唐僧到了树下。那长老将鞭梢指着问道：“你是那家孩儿？因甚事吊在此间？说与我好救你。”那妖见他下问，眼中噙泪，叫道：“师父呵，这山西去有一条枯松涧，涧那边有一庄村，我是那里人家。我祖公公姓红，唤做红百万。年老归世，家产遗与我父。近来人事奢侈，家私渐废，改名唤做红十万，专一结交四路豪杰，将金银借放，希图利息。怎知无籍之人，设骗了去呵，本利无归。我父发了弘誓，分文不借。那伙人身无活计，结成凶党，明火执杖，白日杀上我门，将财帛尽情劫掳，把我父亲杀了，把母亲掳去，做甚么压寨夫人。那时节，我母亲舍不得我，把我抱在怀里，哭哀哀跟随贼寇，不期到此山中，又要杀我，多亏母亲哀告，免我刀下身亡，却将绳子吊我在树上，只教冻饿而死，那些贼将我母亲不知掠往那里去了。我在此已吊三日三夜，更没一个人来行走。不知那世里修积，得遇老师父，若肯舍大慈悲，救我一命回家，就典身卖命，也酬谢师恩，更不敢忘也。”

三藏闻言，就教八戒解放绳索，救他下来。那呆子便要上前动手，行者在旁，忍不住喝了一声道：“那泼物！有认得你的在这里哩！莫要只管架空捣鬼，你既家私被劫，父被贼伤，母被人掳，救你去交与谁人？你将何物与我作谢？这谎脱节了耶！”那怪闻言，心中害怕，就知大圣是个能人，却又战战兢兢，滴泪说道：“师父，虽然我父母空亡，家财尽绝，还有些田产未动，亲戚皆存。我外公家在山南，姑娘住居岭北。涧头李四，是我姨夫；林内红三，是我族伯。还有堂叔堂兄都在本庄左右。老师父若肯救我，到庄上见了诸亲，定然典卖田产，重重酬谢也。”

八戒听说道：“哥哥，这等一个小孩子家，你只管盘诘他怎的！救他下来罢。”呆子即把戒刀挑断绳索，放下怪来。那怪对唐僧马下泪汪汪只情磕头。长老心慈，便叫：“孩儿，你上马来，我带你去。”那怪道：“师父呵，我手脚都吊麻了，腰胯疼痛，且是乡下人家，不惯骑马。”唐僧叫八戒驮着，那妖怪抹了一眼道：“师父，我不敢要这位师父驮。他脑后鬃硬，搠得我慌。”唐僧又教沙和尚驮着。那怪也抹了一眼道：“师父，那些贼来打劫时，一个个都搽了花脸，我被他唬怕了，见这位晦气脸的师父，一发不敢要他驮。”唐僧便教行者驮罢，行者呵呵笑道：“我驮！我驮！”

那怪物暗自欢喜，顺顺当当的要行者驮他。行者试了一试，只好有三斤十来两重。笑道：“这个泼怪物，今日该死了，怎么在老孙面前捣鬼！我认得你是个那话儿呵。”妖怪道：“师父，我是好人家儿女，不幸遭此大难，怎的是甚么那话儿？”行者道：“你既是好人家儿女，怎么这等骨头轻？”妖怪道：“我骨格儿小。”行者道：“也罢，我驮着你，若要尿尿把把，须和我说。”于是一行径投西去。诗曰：道德高时魔障高，禅机本静静生妖。心君正直行中道，木母痴顽躧外[illegible]。意马不言怀爱欲，黄婆无语自忧焦。客邪得志空欢喜，毕竟还从正处消。

孙大圣驮着妖魔，心中怨恨，算计要掼杀他。那怪物早知觉了，就使个神通，往四方里吸了四口气，吹在行者背上，便觉重有千斤。行者笑道："我儿啊，你弄甚么重身法压我老爷哩！"那怪恐怕大圣伤他，却就出了元神起去，伫立在九霄空里，这行者背上越重了。他一时怒发，抓过他来，往那路旁石头上嗯喇的一掼，掼得像个肉饼一般，又将他四肢扯碎，丢在路两边。那物在空中看见，忍不住心头火起道："这猴和尚十分惫懒！若不趁此时拿了唐僧，越教他停留长智。"他就在半空里弄了一阵旋风，呼的一声响亮，走石扬沙，刮得那三藏马上难存，八戒、沙僧低头掩面。大圣情知是怪物弄风，急纵步来赶时，那怪已将唐僧摄去了。

一时间，风声顿息，日色光明。行者上前喊："八戒！"那呆子爬起来道："哥哥，好大风呵！"又问："师父那里去了？"八戒道："风来得紧，我们都藏头遮眼，各自躲风，师父也伏在马上的。如今却不见踪影，难道是个灯草做的，一阵风卷去了不成？"行者道："兄弟们，我等自此就该散了！"八戒道："正是，趁早散了，各寻头路，多少是好。"沙僧闻言，打了一个失惊道："师兄，你都说的是那里话。我等因为前生有罪，感蒙菩萨劝化，与我们受戒改名，皈依佛果，情愿保护唐僧上西方拜佛求经，将功折罪。今日到此，说出这等话来，可不违了菩萨的善果，坏了自己的德行，惹人耻笑，说我们有始无终也！"行者道："兄弟，你说的也是，奈何师父不听好言。方才这阵风是那树上吊的孩儿弄的。我认得他是个妖精，那师父苦苦认作是好人家儿女。是老孙杀了他，他就使个解尸之法，弄阵旋风，把师父摄去也。我因怪他每每不听我说，故我意懒心灰，说散了罢。既是贤弟有此诚意，我们还去寻那妖怪，救师父去。"八戒也道："正是，正是。"遂收拾了行李、马匹，上山找寻。

三个人绕坡转涧，行经有五七十里，却也没个音信。孙大圣着实心焦，将身一纵，跳上那险峻峰头，喝一声叫："变！"变作三头六臂，将金箍棒幌一幌，变作三根，劈哩扑辣的往东打一路，往西打一路。打了一会，打出一伙穷神来，都披一片，挂一片，裩无裆，裤无口的，跪在山前，叫大圣："山神土地来见。"行者道："怎么就有许多山神土地？"众神叩头道："上告大圣，此山唤作六百里钻头号山。我等是十里一山神，十里一土地，共该三十名山神，三十名土地。昨日已此闻大圣来了，只因一时会不齐，故此接迟，致令大圣发怒，万望恕罪。”行者道：“我且问你：这山上有多少妖精？”众神道：“爷爷呀，只有得一个妖精，把我们头也摩光了，弄得少香没纸，血食全无，还吃得有多少妖精哩！”行者道：“这妖精在那里住？”众神道：“这山中有一条枯松涧，涧边有一座火云洞，那妖住在洞里，他神通广大，常常的把我们山神土地拿了去，烧火顶门，提铃喝号。小妖儿又讨甚么常例钱。我等没钱与他，只得捉几个山獐、野鹿，打点相送。不然就要毁庙宇，剥衣裳，搅得我等不得安生！万望大圣剿除此怪，拯救山上生灵。”行者道：“他是那里妖精，叫做甚么名字？”众神道：“说起他来，或者大圣也知道。他是牛魔王的儿子，罗刹女养的。他曾在火焰山修行了三百年，炼成三昧真火。牛魔王使他来镇守号山，乳名叫做红孩儿，号叫做圣婴大王。”

行者闻言满心欢喜，喝退了土地、山神，却现了本相，跳下峰头，对八戒、沙僧道：“兄弟们放心，师父决不伤生，妖精与老孙有亲。原来他是牛魔王的儿子，罗刹女养的，名唤做红孩儿。想我老孙五百年前，曾与牛魔王结七弟兄。这妖精是他的儿子，若论起来，还该叫我老叔哩，他怎敢害我师父？我们趁早去来。”沙和尚笑道：“哥啊，常言道：三年不上门，当亲也不亲哩。你与他相别五六百年，又不曾往还杯酒，又没有个节礼相送，他那里与你认甚么亲耶！”行者道：“总然他不认亲，好道也不伤我师父。”于是三人仍找路前进。

又行了百十里远近，忽见一派松林，中有一条曲涧，涧下碧澄澄的活水飞流，那涧梢头有一座石板桥，通着洞府。行者道：“兄弟，那壁厢想必是妖精住处了。”便教沙僧将马匹、行李俱潜守树林深处。行者与八戒持兵器前来。正是：未炼婴儿邪火胜，心猿木母共扶持。毕竟不知此去吉凶何如，且听下回分解。

第四十一回 心猿遭火败 木母被魔擒

善恶一时忘念,荣枯都不关心。晦明隐现任浮沉,随分饥餐渴饮。神静湛然常寂,昏冥便有魔侵。五行颠倒到禅林,风动必然寒凛。

却说那大圣、八戒跳过枯松涧,径来到那怪石崖前,果见有一座洞府,洞门外有一座石碣,上镌八个大字,乃是"号山枯松涧火云洞"。那壁厢一群小妖,在那里轮枪舞剑。大圣厉声高叫道:"那小的们,趁早去报与洞主知道,教他送出我唐僧师父来,免你这一洞精灵的性命!"小妖闻言,急入通报。

却说那怪自把三藏拿到洞中,选剥了衣服,捆在后院里,着小妖打水刷洗,要上笼蒸吃哩,急听得报道:"有个毛脸雷公嘴的和尚,带一个长嘴大耳的和尚,在门前要甚么唐僧师父哩。"魔王冷笑道:"这是孙行者与猪八戒,他却也会寻哩。"教小的们推出车去!那几个小妖推出五辆小车儿来,开了前门。八戒望见道:"哥哥,这妖精想是怕我们,推出车子,往那厢搬哩。"只见那小妖将车子按金、木、水、火、土安下,那魔王手执着一杆丈八长的火尖枪。也无甚么盔甲,只是腰间束一条锦绣战裙,赤着脚,走出门前。行者抬头观看,只见他:面如傅粉,唇若涂朱。鬓挽青云,眉分新月。

他向前高叫道:"是甚人,在我这里吆喝!"行者笑道:"贤侄,是我。你今早把我师父摄将来,快些送出,不要白了面皮,失了亲情。恐你令尊知道,不像模样。"那怪闻言,咄的一声喝道:"那泼猴头!我与你有甚亲情?那个是你贤侄?"行者道:"哥哥,你是不知。我乃五百年前大闹天宫的齐天大圣孙悟空。我当时专慕豪杰,你令尊叫做牛魔王,称为平天大圣,与我老孙结为七弟兄,做了大哥。老孙排行第七。我老弟兄们那时节耍子时,还不曾生你哩!"

那怪那里肯信,举起火尖枪就刺。行者轮起铁棒骂道:"你这小畜生，不识高低！看棍！”他两个各使神通，跳在云端里，战经二十合，不分胜败。猪八戒在旁看得明白：妖精虽不败阵，却只是遮拦隔架，全无攻杀之能。他即抖擞精神，举钯望妖精就筑。那怪见了心惊，急拖枪败下阵来。行者、八戒赶到洞门前，只见妖精一只手举着火尖枪，站在那中间的一辆小车儿上，一只手捏着拳头，往自家鼻子上便捶。八戒笑道：“这厮放赖不羞！你好道捶破鼻子，倘出血来，搽红了脸，往那里告我们去耶？”谁知他捶了两拳，念个咒语，口里喷出火来，鼻子里浓烟迸出，闸闸眼火焰齐生。那五辆车子上，火光涌出。连喷了几口，只见那红焰焰大火烧空，把一座火云洞，被那烟火迷漫，真个是熯天炽地。八戒慌了道：“哥哥不停当！这一钻在火里，莫想得活，把老猪弄做个烧熟的，加上香料，尽他受用哩！快走！快走！”说声走，他也不顾行者，跑过涧去了。这行者捏着避火诀，撞入火中，寻那怪。那怪见行者来，又吐上几口，那火比前更胜。这火：非天火，非野火，乃是妖魔修炼成真三昧火。五辆车儿合五行，五行生化火煎成。肝木能生心火旺，心火致令脾土平。脾土生金金化水，水能生木彻通灵。生生化化皆因火，火遍长空万物荣。妖邪久悟呼三昧，永镇西方第一名。行者被他烟火飞腾看不见他洞门路径，抽身跳出火中。那妖精看得明白，他见行者走了，却才收了火具，帅群妖转于洞内。得胜欢乐不题。

却说行者跳过枯松涧，只听得八戒与沙僧讲话。行者喝八戒道：“你这呆子，你就惧怕妖火，败走逃生，却把老孙丢下，你可成得个人么？”八戒笑道：“古人云：识得时务者，呼为俊杰。那妖精不与你亲，你强要认亲；既与你赌斗，放出那般无情的火来，又不走，还要与他恋战哩！”行者道：“那怪物的枪法比我何如？”八戒道：“不济。”老猪见他撑持不住，却来助你一钯，不期他不识耍，就败下阵来，没天理，就放火了。”行者道：“正是你不该来。我再与他斗几合，取巧儿捞他一棒，却不是好？”他两个只管谈论，沙和尚倚着松根冷笑。行者道：“兄弟，你笑怎么？”沙僧道：“据你们说，那妖精手段不济，枪法不如你，只是多了些火势，故不能取胜。若依小弟说，以相生相克胜他，有甚难处？”行者闻言，呵呵笑道：“兄弟说得有理。若论相生相克，须是以水克火。你两个在此间，待老孙去东洋大海，问龙王借些水来，泼息妖火，捉这泼怪。”

好大圣，纵云离此地，顷刻到东洋，径到水晶宫里，见了老龙王敖广道：“有一事相烦。我师父路遇红孩儿妖精拿去。老孙与他交战，他却放出火来。我们胜不得他，想着水能克火，特求你与我下场大雨，泼灭了妖火，救唐僧一难。”那龙王道：“大圣若要求雨，我却不敢擅专，须得玉帝旨意，会了雷公电母，风伯云童，才行得哩。”行者道：“我也不用着风云雷电，只是要些雨水灭火。”龙王道：“既如此，待我邀舍弟们来，同助大圣一功罢。”那龙王即时邀齐了三海龙王，同领着龙兵，不多时早到号山枯松涧上。行者道：“敖氏昆玉，汝等且停于空中，让老孙与他赌斗，若赢了他，不须列位捉拿；但是他放火时，可听我呼唤，一齐喷雨。”龙王唯唯奉令。

行者却入松林里，见了八戒、沙僧，与他说知了。即跳过涧，到洞门首叫门。小妖进去通报。那红孩急纵身，挺着长枪，教：“小的们，推出火车子来！”走出门对行者道：“你又来怎的？”行者道：“还我师父来。”那怪道：“你这猴头，忒不通变。那唐僧与你做得师父，也与我做得按酒，你还思量要他哩。莫想莫想！”行者掣棒劈头就打。那妖精使长枪急架相迎。这一场战经二十回合，那怪见不能取胜，虚幌一枪，急抽身，捏着拳头，又将鼻子捶了两下，却就喷出火来。那车子上烟火迸起。口眼中，赤焰飞腾。孙大圣回头叫道：“龙王何在？”龙王兄弟帅众水族，望妖精火光里喷下雨来。那雨淙淙大小，莫能止息那妖精的火势。原来龙王私雨，只好泼得凡火，妖精的三昧真火，如何泼得？好一似火上浇油，越泼越灼。大圣捻着诀。钻入火中！轮棒寻妖要打。那妖见他来到，将一口烟，劈脸喷来。行者急回头，熰得眼花缭乱，忍不住泪落如雨。原来这大圣不怕火，只怕烟。当年大闹天宫时，被老君放在八卦炉中，他幸在那巽位安身，不曾烧坏，只是风搅得烟来，把他熰坏了，故至今只怕烟。那妖又喷一口，行者当不得，纵云就走了。那妖王却又收了火具，回归洞府。

这大圣一身烟火，暴躁难禁，径投于涧水内救火。怎知被冷水一逼，弄得火气攻心，三魂出舍，可怜气塞胸堂喉舌冷，魂飞魄散丧残生！那四海龙王在半空里，收了雨泽，高声大叫："天蓬元帅！卷帘将军！且寻你师兄去来！"八戒、沙僧听得呼他圣号，急忙解马挑担奔出林来，也不顾泥泞，顺涧边找寻，只见那上溜头翻波滚浪，急流中淌下一个人来。沙僧见了，跳下水中，抱上岸来，却是孙大圣身躯。你看他蜷跼四肢伸不得，浑身上下冷如冰。沙和尚满眼垂泪道："师兄！可惜了你，亿万年不老长生客，如今化作个中途短命人！"八戒笑道："兄弟莫哭，你扯着脚，等我摆布他。"真个那沙僧把他拽个直，推上脚来，盘膝坐定。八戒将两手搓热，仵住他的七窍，使一个按摩禅法。原来那行者被冷水逼了，气阻丹田，不能出声，却幸得八戒按摸揉擦，须臾间，气透三关，转明堂，冲开孔窍，叫了一声："师父啊！"沙僧道："哥啊，你生为师父，死也还在口里，且苏醒，我们在这里哩。"行者睁开眼道："兄弟们在这里？老孙吃了亏也！敖氏弟兄何在？"那龙王在半空中答应道："小龙在此伺候。"行者道："累你远劳，不曾成得功果，且请回去，改日再谢。"龙王率水族，泱泱而回。

沙僧搀着行者，一同到松林之下坐定。少时间，却定神顺气，止不住泪滴腮边，又叫声："师父苦呵！"沙僧道："哥哥，且休烦恼，我们早定计策，去那里请兵助力，速救师父耶？"行者道："那里请救么？想是老孙大闹天宫时，那些神兵，都禁不得我。这妖精神通不小，须是比老孙手段大些的，才降得他。除非去请观音菩萨才好。奈我浑身酸痛，驾不起觔斗云，如之奈何？"八戒道："有甚分付，等我去请。"行者笑道："也罢，好兄弟，你去去来。"八戒即便驾了云雾，向南而去。

却说那个妖在洞里欢喜道："小的们，孙行者吃了亏去了。这一阵虽不得他死，好道也发个大昏。咦，只怕他又请救兵来也。"急叫小妖开了门，妖精就跳在空里观看，只见八戒往南去了。妖精想着南边再无他处，断然是请观音菩萨，急按下云，叫："小的们，把我那皮袋寻出来。等我去把八戒赚将回来，装于袋内，蒸得稀烂，犒劳你们。"原来那妖精有一个如意的皮袋。众小妖拿出来，安排伺候。那妖从近路上，一驾云头，赶过了八戒，端坐在壁岩之上，变作一个"假观世音"模样等候着。

那呆子正纵云行处，忽然望见菩萨，他那里识得真假？这才是见像作佛。他即停云下拜道："菩萨，弟子猪悟能叩头。"妖精道："你不保唐僧去取经，却见我有何事干？"八戒道："弟子因与师父行至中途，遇着个红孩儿妖精，他把我师父摄了去。是弟子与师兄，寻上门，与他交战。他原来会放火，头一阵，不曾得赢；第二阵，请龙王助雨，也不能灭火。师兄被他烧坏了，不能行动，着弟子来请菩萨，万望垂慈，救我师父一难！"妖精道："那火云洞洞主，不是个伤生的，一定是你们冲撞了他也。"八戒道："我不曾冲撞他，是师兄悟空冲撞他的。他变作一个小孩儿，吊在树上，师父教我解下来，着师兄驮他一程。是师兄掼了他一掼，他就弄风儿，把师父摄去了。"妖精道："你起来，跟我进那洞里见洞主，说个人情，你赔一个礼，把你师父讨出来罢。"

那呆子不知好歹，就跟着他，径回旧路。顷刻间，到了门首。妖精道："你休疑忌，他是我的故人，你跟我进来。"呆子只得举步入门。众妖一齐呐喊，将八戒捉倒，装于袋内，束紧了口绳，高吊在梁上。妖精现了本相道："猪八戒，你有甚么手段，敢请菩萨降我？你大睁着两个眼，还不认得我是圣婴大王哩！如今拿你蒸熟了，赏小的们下酒！"八戒听言，在袋里骂道："泼怪物！你百计千方，骗了我吃，管教你一个个遭肿头天瘟！"

却说大圣与沙僧正坐，只见一阵腥风，刮面而过，他就打了一个喷嚏道："不好！不好！这阵风，凶多吉少。想是八戒撞见妖精了。你坐在这里看守，等我去打听打听。"沙僧道："师兄腰疼，等小弟去罢。"行者道："你不济事，还让我去。"好行者，咬着牙，忍着疼，捻棒走过涧，到洞前叫声："妖怪！"那小妖又急入通报："孙行者又在门首叫哩！"那妖王传令叫拿，那伙小妖，枪刀簇拥，齐声呐喊开门，都道："拿住！拿住！"行者果然疲倦，不敢相迎，将身钻在路旁，念个咒语，即变做一个销金包袱。小妖取了进去，报道："大王，孙行者怕了，听见说一声拿字，慌得把包袱丢下，走了。"妖王笑道："那包袱谅也无甚么值钱之物。"遂不以为事，丢在门内。

好行者，假中又假，虚里还虚，即拔根毫毛，变作个包袱一样，他的真身，却又变作一个苍蝇儿，叮在门上。只听得八戒在那里哼哩，行者飞了去寻时，原来他吊在皮袋里。行者叮在袋上，正欲设法解救八戒出来，只听得妖王叫道:“六健将何在?”时有六个小妖，是他知己的精灵，封为六健将，叫做云里雾，雾里云，急如火，快如风，兴烘掀，掀烘兴。当时一齐上前跪下，妖王道:“你们认得老大王家么?”六健将道:“认得。”妖王道:“你与我去请老大王来，说我这里捉唐僧蒸与他吃，寿延千纪。”六怪领命去了。行者嘤的一声，飞下袋来，跟定那六怪，躲离洞中。毕竟不知怎的请来，且听下回分解。

第四十二回 大圣殷勤拜南海 观音慈善缚红孩

话说那六健将出门,径往西南上走。行者想道:“他要请老大王吃我师父,老大王断是牛魔王。我老孙当年与他情投意合,如今我归正道,他还是邪魔。虽则久别,还记得他模样,且等老孙变作牛魔王,哄他一哄,看是何如。”好行者,展开翅,飞向前边,离小妖有十数里远近,摇身一变,变作个牛魔王,拔下几根毫毛变作几个小妖。在那山凹里,驾鹰搭弩,充作打围的样子等候着。

那六健将正行时,忽然看见牛魔王坐在中间,慌得兴烘掀、掀烘兴扑的跪下道:“老大王爷爷在这里也。”那云里雾、雾里云、急如火、快如风也就一同跪倒,磕头道:“爷爷!小的们是圣婴大王处差来的,请老大王爷爷去吃唐僧肉,寿延千纪哩。”行者道:“孩儿们起来,同我回家去,换了衣服来也。”小妖叩头道:“望爷爷方便,不消回府。就此请行罢。”行者笑道:“好乖儿女,也罢也罢,向前开路,我和你去来。”六怪抖擞精神,向前喝路,大圣随后而来。

不多时早到了。快如风、急如火撞进洞里报:“大王,老大王爷爷来了。”妖王欢喜道:“你们却中用,这等来的快。”即叫各路头目,摆队伍,开旗鼓迎接。这行者昂昂烈烈,挺着胸脯,拽开大步,径入门里,坐在南面当中。那妖王朝上跪下道:“父王,孩儿拜见。”行者道:“孩儿免礼。”妖王四大拜拜毕,立于下手。行者道:“我儿,请我来有何事?”妖王躬身道:“孩儿不才,昨日获得个东土大唐和尚。他是一个十世修行之人,有人吃他一块肉,寿延千纪。愚男不敢自食,特请父王同享。”行者闻言,打了个失惊道:“我儿,是那个唐僧?”妖王道:“是往西天取经的唐僧。”行者道:“我儿,可是孙行者师父么?”妖王道:“正是。”行者摆手摇头道:“莫惹他!莫惹他!那个孙行者,我贤郎你不曾会他?他神通广大,变化多端。他曾大闹天宫,玉皇差十万天兵,也不曾捉得他。你怎么敢吃他师父!快早送出去还他,不要惹那猴子。他若打听着你吃了他师父,他也不来和你打,他只把那金箍棒往山腰里搠个窟窿,连山都掬了去。我儿,弄得你何处安身,教我倚靠何人养老!”

妖王道:“父王说那里话,长他人志气,灭自己威风。那孙行者曾与孩儿交战两番,也只如此,不见甚么高作。头一次是孩儿吐出三昧真火,把他烧败了一阵。第二次他请龙王助雨,又不能灭得我真火,被我烧了一个小发昏,今早又来吆喝,我传令教拿他,他慌得把包袱都丢下走了。却才去请父王看看唐僧活像,好蒸与你吃。”行者笑道:“我贤郎啊,你只知有三昧火赢得他,不知他有七十二般变化哩。”妖王道:“凭他怎么变化,我也认得,谅他决不敢进我门来。”行者道:“我儿,你虽然认得他,他却不变大的,如狼犺大象,恐进不得你门;他若变作小的,如苍蝇、蚊子、蜜蜂、蝴蝶等项,又会变我模样,你却那里认得?”妖王道:“父王勿虑,他就是铁胆铜心,料想不敢近我。”

行者道:“既如此说,贤郎甚有手段,敌得他过,方来请我吃唐僧的肉。奈何我今日还不吃哩。”妖王道:“如何不吃?”行者道:“我近来年老,你母亲常劝我作些善事。我想无甚作善,且持些斋戒。”妖王道:“不知父王是长斋,是月斋?”行者道:“也不是长斋,也不是月斋,唤做雷斋,每月只该四日。”妖王问:“是那四日?”行者道:“三辛逢初六。今朝是辛酉日,一则当斋,二来酉不会客。且等明日,我去亲自刷洗,蒸他同享罢。”那妖王闻言想道:“我父王平日吃人为生,今活勾有一千余岁,怎么又吃起斋来了?想当初作恶多端,这三四日斋戒,那里就积得过来?此言可疑!可疑!”即抽身走出,叫六健将来问:“你们老大王是那里请来的?”小妖道:“是路上请来的。”妖王道:“我说你们来的快,不曾到家么?”小妖道:“是,不曾到家。”妖王道:“不好了!着了假也!这不是老大王!”小妖一齐跪下道:“大王,自己父亲,也认不得?”妖王道:“观其形容动静都像,只是言语不像,只怕着了他假,你们都要准备器械。待我再去问他,假若言语不对,只听我哏的一声,就一齐下手。”众妖各领命讫。

这妖王复转身到里面,对行者又拜。行者道:“孩儿,家无常礼,不须拜,但有话,只管说来。”妖王伏于地下道:“愚男一则请来奉献唐僧之肉,二来有句话儿上请。我前日逢着天师张道陵先生。他见孩儿生得五官周正,三停平等,他问我是几年月日时出世,儿因年幼,记得不真。先生子平精熟,要与我推看五星,今请父王,正欲问此。倘或下次相会,好烦他推算。”行者闻言,暗笑道:“好妖怪呀!凭他问我甚么家长礼短的话,我也好信口捏脓答他。他如今问我生年月日,我却怎么知道!”好猴王巍巍端坐中间,全无一些惧色,面上反喜盈盈的笑道:“贤郎请起,我因年老,有事不遂心怀,把你生时偶然忘了。且等到明日回家,问你母亲便知。”妖王道:“父王把我八个字时常不离口,说我有同天不老之寿,怎么一旦忘了!岂有此理!必是假的!”哏的一声,群妖枪刀簇拥,望行者没头没脸的上来。这大圣使金箍棒架住,现出本相,对妖精道:“贤郎,你却没理。那里儿子好打爷的?”那妖王满面羞惭。行者化金光,走出他的洞门。掮着铁棒,笑呵呵过涧而来。沙僧听见,急出林迎着道:“哥阿,去了这半日,如何这等喜笑,想救出师父来也?”行者道:“虽不曾救得师父,老孙却得个上风来了。”沙僧道:“甚么上风?”行者将适才之事说了一遍。沙僧道:“哥阿,你便得了个上风,恐师父性命难保。”行者道:“不须虑,等我去请菩萨来。”沙僧道:“你还腰疼哩。”行者道:“我不疼了。”即纵觔斗云,径投南海。直至落伽崖上,见了菩萨倒身下拜。菩萨道:“悟空,你来此何干?”行者将红孩儿之事说了一遍。菩萨道:“既是他三昧火,神通广大,怎么不来请我?”行者道:“本欲来的,只是弟子被烟熏坏了,不能驾云,却教猪弟来请菩萨。”菩萨道:“悟能不曾来呀。”行者道:“正是。未曾到得宝山,被那妖精假变做菩萨模样,把猪八戒又赚入洞中去了。”菩萨听说,大怒道:“那泼妖敢变我的模样!”将手中宝珠净瓶往海心里扑的一掼,唬得那行者毛骨竦然,即起身侍立下面,道:“这菩萨火性不退,想是怪老孙说的话不好,就把净瓶掼了。可惜!可惜!早知送了我老孙,却不是一件大人事?”

说不了,只见那海当中,翻波跳浪,钻出个乌龟来。那龟驮着净瓶,爬上崖来,对菩萨点头二十四点,权为二十四拜。行者见了,暗笑道:“原来是管瓶的,想是不见瓶,就问他要。”菩萨道:“悟空,你说甚么?”行者道:“没说甚么。”菩萨教:“拿上瓶来。”这行者即去拿瓶,咦!莫想动得分毫?行者上前跪下道:“菩萨,弟子拿不动。”菩萨道:“你这猴头,只会说嘴,瓶儿也拿不动,你不知常时是个空瓶,如今抛下海去,这一时间,共收了一海水在里面。你那里有架海的力量?所以拿不动也。”行者合掌道:“是弟子不知。”那菩萨走上前,将右手轻轻的提起净瓶,托在左手掌上。只见那龟点点头,钻下水去了。行者道:“原来是个养家看瓶的夯货!”

菩萨坐定道:“悟空,我这瓶中甘露水,比那龙王的私雨不同,能灭那妖精的三昧火。待要与你拿去,你却拿不动;待要着善财龙女与你同去,你却专会骗人。你见这龙女貌美,净瓶又是个宝物,你假若骗了去,却那里来寻你?你须是留些甚么东西作当。”行者道:“可怜!菩萨这等多心,我弟子身上,那有一件值钱的东西可以作当。只有头上这个箍儿,是个金的。我情愿将此为当,你念个《松箍儿咒》,将此除去罢。”菩萨道:“你好自在啊!我也不要你别的东西,只将你那脑后救命的毫毛拔一根与我作当罢。”行者道:“这毫毛,也是你老人家与我的。但恐拔下一根,就拆破群了,将来何以救命?”菩萨骂道:“你这猴子!一毛也不拔,教我这善财也难舍。”行者笑道:“菩萨,你却也多疑。正是不看僧面看佛面,千万救我师父一难罢!”那菩萨才欣然出了潮音仙洞。叫悟空先过海去。行者磕头道:“弟子不敢在菩萨面前施展。若驾觔斗云啊,掀露身体,恐得罪菩萨。”菩萨即着善财龙女去莲花池里,劈一瓣莲花,放在水上,教行者上去。行者道:“菩萨,这花瓣儿,如何载得我起?”菩萨道:“你且上去看!”行者只得往上跳。果然先见轻小,到上面比海船还大三分,行者欢喜道:“菩萨,载得我了。”菩萨道:“既载得,如何不过去?”行者道:“又没个篙桨篷桅,怎生得过?”菩萨道:“不用。”只把他一口气吹开,早过了南洋苦海,得登彼岸。行者却脚踹实地,笑道:“这菩萨卖弄神通,把老孙这等呼来喝去,全不费力!”

那菩萨纵祥云离了普陀岩,分付惠岸:“你上界去,见你父王,问他借那三十六把天罡刀来一用。”惠岸领命而云,须臾转回,将刀捧与菩萨。菩萨接在手中抛将去,念个咒语,只见那刀化作一座千叶莲台。菩萨纵身上去,端坐在中间。却才都驾云前进,白鹦哥展翅前飞,孙大圣与惠岸随后。顷刻间,已到了号山。菩萨住下祥云,念一声"唵"字咒语,只见那本山土地众神,都到菩萨宝莲座下磕头。菩萨道:"汝等俱莫惊张,我今来擒此魔王。要与我把这团围打扫干净,三百里内不许一个生灵在地。"众神遵依而去。须臾来回复讫。菩萨遂把净瓶扳倒,唿喇喇倾出水来,就如雷响一般。大圣见了,暗中赞叹不已。菩萨叫:"悟空,伸手过来。"行者即将左手伸出。菩萨拔杨柳枝,蘸甘露,把他手心里写一个迷字,教他:"捏着拳头,快去与那妖精索战,许败不许胜。引将来我这跟前,我自有法力收他。"

行者领命,径来至洞口叫门。小妖又进去通报。妖王道:"关了门!莫睬他!"行者叫道:"好儿子!把老子赶在门外,还不开门!"小妖又报道:"孙行者骂出那话儿来了!"妖王只教:"莫睬他!"行者大怒,举铁棒,将门打破。妖王见说,急纵身跳将出去,挺长枪,对行者骂道:"这猴子,老大不识起倒!你打破我门,该个甚么罪名?"行者道:"我儿,你赶老子出门,该个甚么罪名?"那妖大怒,绰长枪劈胸便刺;这行者举棒相还。斗经四五个回合,行者拖着棒,败将下来。那妖立住道:"我要刷洗唐僧去哩!"行者道:"好儿子,天看着你哩!你来!"那妖闻言嗔怒,喝一声,赶到面前,挺枪又刺。这行者再战几合,一面走,一面放了拳头,那妖王着了迷乱,只管追赶。

不一时,已望见菩萨了。行者道:"妖精,我怕你了。你如今赶至南海观音菩萨处,还不回去?"那妖不信,只管赶来。行者将身一幌,藏在那菩萨的神光影里。这妖精近前睁眼,对菩萨道:"你是孙行者请来的救兵么?"菩萨不答应。妖王拈转长枪,又喝问一声。菩萨又不答应。妖精望菩萨劈心刺一枪来,那菩萨化道金光,径走上九霄空内。行者与木叉俱在空中,并肩同看。只见那妖呵呵冷笑道:"泼猴头,错认了我也!几番家战我不过,又去请个甚么脓包菩萨来,却被我一枪,搠得无形无影,又把个宝莲台儿丢了,且等我上去坐坐。"好妖精,他也学菩萨,盘手盘脚的,坐在当中。

菩萨将杨柳枝往下指定,叫一声:"退!"只见那莲台花彩俱无,祥光尽散,原来那妖坐在刀尖之上。即命木叉:"把刀柄儿打打去来。”那木叉按下云头，将降魔杵，筑了有千百余下。那妖精，刀穿两腿，流血成汪。你看他咬着牙，忍着痛，丢了长枪，用手将刀乱拔。菩萨又把杨柳枝垂下，念声咒语，那刀都变做倒须钩儿，狼牙一般，莫能褪得。那妖精却才慌了，扳着刀尖，痛声苦告道：“菩萨，我弟子有眼无珠，不识你广大法力。千乞垂慈，饶我性命！再不敢为恶，愿入法门戒行也。”菩萨闻言，却与行者低下金光，到妖精面前，问道：“你可受吾戒行么？”妖王点头滴泪道：“若饶性命，愿受戒行。”菩萨道：“既如此，我与你摩顶受戒。”袖中取出一把金剃头刀儿，近前去，把那怪分顶剃了，与他留下三个顶搭，挽起三个窝角揪儿。行者在旁笑道：“这妖精大晦气！弄得不男不女，不知像个甚么东西！”菩萨道：“你今既受我戒，我却也不慢你，称你做善财童子，如何？”那妖点头受持，只望饶命。菩萨却用手一指，叫声：“退！”只听得当的一声，天罡刀都脱落尘埃，那童子身躯不损。菩萨叫惠岸即将刀送天宫。

那童子野性不定，见那腿疼处不疼，臀破处不破，头挽了三个揪儿，他道：“那里有甚真法力降我！原来是个掩样术法儿！”走去绰起长枪，望菩萨劈脸就刺。狠得个行者轮铁棒要打，菩萨只叫：“莫打，我自有惩治。”却向袖中取出一个金箍儿来道：“这宝贝原是我佛如来赐我的金、紧、禁三个箍儿。紧箍儿，先与你戴了，禁箍儿，收了守山大神，这个金箍儿，未曾舍得与人，今观此怪无礼，与他罢。”即将箍儿迎风一幌，叫声：“变！”变作五个箍儿，望童子身上抛去，叫声：“着！”一个套在他头顶上，四个套在他手脚上。菩萨捻着诀，默默的将咒语念了几遍，那妖疼得搓耳揉腮，攒蹄打滚。正是：凡言能摄恒沙界，广大无边法力深。毕竟不知那童子怎的皈依，且听下回分解。

第四十三回　黑河妖孽擒僧去　西洋龙子捉鼍回

却说那菩萨念了几遍咒才住口，那妖就不疼了。又正性起身看处，颈项里与手足上都是金箍，勒得疼痛，便就除那箍儿时，莫想褪得动分毫，已此见肉生根，越抹越痛。行者笑道："我那乖乖，菩萨恐你养不大，与你戴个颈圈镯头哩。"那童子闻言，又生烦恼，就绰起枪来，望行者乱刺。行者急闪在菩萨后面，叫："念咒！念咒！"那菩萨将杨柳枝儿，蘸了一点甘露洒将去，叫声："合！"只见他丢了枪，一双手合掌当胸，再也不能开放，至今留了一个观音扭，即此意也。那童子开不得手，拿不得枪，方知是法力深微，没奈何，才纳头下拜。菩萨念动《真言》，把净瓶敧倒，将那一海水，依然收去，更无半点存留，对行者道："悟空，这妖精已是降了，却只是野心不定，等我教他一步一拜，只拜到落伽，方才收法。你如今快去洞中，救你师父去！"行者欢喜叩别。那童子归了正果，五十三参，参拜观音不题。

却说那沙和尚久坐林间，盼望行者不到，将行李捎在马上，出松林向南观看。只见行者欣喜而来。沙僧迎着问故。行者一一说了。沙僧十分欢喜。他两个跳过涧去，打入洞里，剿净了群妖，解放三藏、八戒。行者又将请菩萨、收童子之事，与师父备陈一遍。三藏即忙跪下，朝南礼拜。行者教沙僧将洞内宝物收了，安排斋饭吃饱。师徒们出洞来，上马找路，笃志投西。

行了一个多月，忽听得水声震耳，三藏道："徒弟呀，又是那里水声？"行者笑道："师父你也忒多疑。我们一同四众，偏你听见甚么水声。你把那《多心经》又忘了也。"唐僧道："《多心经》乃乌巢禅师口授，至今常念，你知我忘了那句儿？"行者道："师父，你忘了一句'无眼耳鼻舌身意'。我等出家之人，眼不视色，耳不听声，鼻不嗅香，舌不尝味，身不知寒暑，意不存妄想，如此谓之祛褪六贼。你如今为求经，念念在意，怕妖魔不肯舍身，要斋吃动舌，喜香甜触鼻，闻声音惊耳，睹事物凝眸，招来这六贼纷纷，怎生得西天见佛？”三藏闻言，沉吟良久道：“徒弟呵，我一自当年别圣君，奔波昼夜甚殷勤。何时满足三三行，得取如来妙法文？”行者大笑道：“师父，若要那三三行满，有何难哉？常言道‘功到自然成哩。’”八戒道：“哥啊，若照依这般魔障，就走上千年也未必成功！”沙僧道：“二哥，你和我一般愚钝，且只捱肩磨担，终须有日成功也。”

师徒们正话间，只见前面一道黑水滔天，马不能进。唐僧道：“徒弟，这水怎么如此浑黑？”八戒道：“是那家泼了靛缸了。”沙僧道：“不然，是谁家洗笔砚哩。”行者道：“你们且休乱道，且设法保师父过去。”三藏道：“这河有多少宽么？”八戒道：“约摸有十来里宽。”三藏道：“你三个计较，着那个驮我过去罢。”行者道：“八戒驮得。”八戒道：“不好驮。若是驮着腾云，三尺也不能离地，常言道：‘背凡人重若丘山。’若是驮着负水，转连我坠下水去了。”

师徒们正在河边商议，只见那上溜头，有一人棹下一只小船儿来。唐僧喜道：“徒弟，有船来了。叫他渡我们过去。”沙僧高叫道：“棹船的，来渡人！渡我们过去，谢你。”那人闻言，却把船儿棹近岸边，道：“师父啊，我这船小，你们人多，怎能全渡？”三藏近前看那船儿，原来是一段木头刻的，中间一个仓口，只好坐两个人。三藏道：“怎生是好？”沙僧道：“这般呵，两遭儿渡罢。”八戒要同师父先过去，即扶着唐僧下船，那梢公撑开，举棹冲流而去。方才行到中间，只听得一声响亮，卷浪翻波，遮天迷目。那阵狂风十分利害！眼看着那唐僧、八戒连船儿淬在水里，无影无形。这岸上，沙僧与行者心慌。沙僧道：“莫是翻了船？”行者道：“不是翻船。若翻船，八戒会水，他必然保师父负水而出。我才见那个棹船的有些不正气，想必就是这厮弄风，把师父拖下水去了。”沙僧道：“哥哥何不早说，你看着马与行李，等我下水找寻去来。”

好和尚，脱了褊衫，札抹了手脚，轮着宝杖，扑的一声，分开水路进去。正走处，只听得有人言语。沙僧闪在旁边偷看，那壁厢有一座亭台，台门外有八个大字，乃是“衡阳峪黑水河神府”。又听得那怪物坐在上面道：“一向辛苦，今日方能得手。这和尚乃十世修行的好人,但得吃他一块肉,便做长生不老人。我也等勾多时了。”叫:“小的们!快把铁笼抬出来,将这两个蒸熟,请二舅爷来与他暖寿。”沙僧闻言,心头火起,掣宝杖,将门乱打道:“那泼物,快送我师父、师兄出来!”唬得那门内小妖,急去通报。

那怪闻言,急取披挂,结束整齐。手提一根竹节钢鞭,走出门来,喝道:“是甚人在此打我门哩!”沙僧道:“泼怪!你怎么弄玄虚将我师父摄来?快早送还,饶你性命!”那怪呵呵笑道:“这和尚不知死活!你师父是我拿了,如今要蒸熟了请人哩。你上来,等我拿你一发都蒸吃了,休想西天去也!”沙僧闻言大怒,轮宝杖,劈头就打。那怪举钢鞭,急架相还。两个在水底下战经三十回合,不见高低。沙僧暗想道:“这怪物是我的对手,枉自不能取胜,且引他出去,教师兄打他。”即虚丢了个架子,拖着宝杖就走。那妖精更不赶来,道:“你去罢,我不与你斗了,我且具帖儿去请客哩。”

沙僧气呼呼跳出水来,见了行者,将上项事说了一遍。行者道:“不知是个甚么妖邪?”沙僧道:“那模样像一个大鳖,不然,便是个鼍龙也。”行者道:“不知那个是他舅爷?”说不了,只见那下湾里走出一个老人,远远的跪下叫:“大圣,黑水河河神叩头。”行者道:“你莫是那棹船的妖邪,又来骗我么?”那老人磕头滴泪道:“大圣,我不是妖邪,我是这河内真神。那妖精旧年五月间,从西洋海趁大潮来于此处,就与小神交斗。奈我年迈身衰,敌他不过,把我的那衡阳峪黑水神府,就占夺去住了。我却没奈何,径往海内告他。原来西海龙王是他的母舅,不准我的状子,叫我让与他住。我欲启奏上天,奈何神微职小。今闻大圣到此,特来参拜投生,万望大圣与我出力报冤!”行者闻言道:“这等说,四海龙王都该有罪。河神,你且陪着沙僧在此看守,等我去海中,先把那海龙王捉来,叫他擒此怪物。”河神道:“深感大恩!”

行者即驾云,径至西洋大海,按觔斗,捻了避水诀,分开波浪。正走处,撞见一个黑鱼精捧着一个请书匣儿,从下流头似箭如梭钻将上来,被行者扑个满怀,掣铁棒分顶一下,就打得脑浆迸出,嗗都的一声飘出水面。他却揭开匣儿看处,里边有一张简帖,上写着:“愚甥鼍洁，顿首百拜，启上二舅爷敖老大人台下：向承佳惠，感感。今因获得二物，乃东土僧人，实为世间之罕物。甥不敢自用。因念舅爷圣诞在迩，特设菲筵，预祝千寿。万望车驾速临是荷！”行者笑道：“这厮却把供状先递与老孙也！”袖了帖子，往前正行。早有探海的夜叉望见，急入宫通报。那龙王敖顺即出迎接，请进献茶。行者道：“我还不曾吃你的茶，你倒先吃了我的酒也！”龙王笑道：“大圣一向皈依佛门，不动荤酒，却几时请我吃酒来？”行者道：“你便不曾吃酒，只是惹下一个吃酒的罪名了。”袖中取出简帖儿，递与龙王。龙王见了，魂飞魄散，慌忙跪下道：“大圣恕罪！那厮是舍妹第九个儿子。因妹夫错行了雨，被天曹着魏征丞相斩了。遗下舍甥。我着他在黑水河养性修真，不期他作此恶孽，小龙即差人去擒他来也。”即唤太子摩昂：“快点五百壮兵，将小鼍捉来问罪。”

行者别了老龙，随与摩昂领兵离海。早到黑水河边。那摩昂太子着介士先报与妖怪。那怪心疑道：“我差黑鱼精投帖请二舅爷，这早晚不见回话，怎么舅爷不来，却是表兄来耶？”正说间，只见小妖又来报：“大王，河内有一枝兵，屯于水府之西。”妖怪道：“这表兄既是来赴宴，如何又领兵？但恐其间有故。”叫：“小的们，将我的披挂钢鞭伺候。”众妖领命。

这鼍龙出得门来，真个见一枝海兵札营在右。鼍怪径至那营门前高叫：“大表兄，小弟在此拱候。”太子按一按金盔，束一束宝带，手提一根三棱简，拽步出营道：“你请舅爷做甚？”妖怪道：“小弟一向蒙恩赐居于此，未得孝顺。昨日捉得一个东土僧人，他是十世修行的元体，人吃了他可以延寿，欲请舅爷看过，上铁笼蒸熟，与舅爷暖寿哩。”太子喝道：“你这厮十分懵懂。你道僧人是谁？”妖怪道：“他是唐朝往西天取经的和尚。”太子道：“你只知他是唐僧，不知他手下徒弟利害哩。”妖怪道：“有一个猪八戒，我也把他捉住了，要与唐僧一同蒸吃。还有一个沙和尚，昨日在这门外讨师父，被我一顿钢鞭，战得他败阵逃生，也不见怎的利害。”

太子道：“原来你不知！他还有一个大徒弟，是五百年前大闹天宫的齐天大圣。如今唤做孙悟空行者。你怎么没得做，撞出这件祸来？他又在我海内遇着你的差人，夺了请帖，径入水晶宫，拿捏我父子们，有结连妖邪，抢夺人口之罪。你快把唐僧、八戒送还他，凭着我与他陪礼，你还好得性命。若有半个不字，休想得全生居于此也！"那怪闻言，大怒道："我与你嫡亲的姑表，你倒反护他人？听你所言，就教把唐僧送出，天地间那里有这般容易事也！你便怕他，莫成我也怕他？他若有手段，敢来与我交战三合，我才还他师父，若敌不过我，连他拿来，一齐蒸熟，也不去请客，自家关了门吃他娘不是！"

太子骂道："这泼邪果然无状！且不要教孙大圣与你对敌，你敢与我相持么？"那怪道："要做好汉，怕甚么相持！"呼唤一声，众小妖献上披挂、钢鞭。他两个变了脸，各逞英雄。这一场比与沙僧争斗，甚是不同。太子将三棱简闪了个破绽，那妖精钻将进来，被他使个解数，把妖精右臂只一简，打了个踉踵，跌倒在地。众海兵一拥上前揪翻，将绳子背绑了双手，将铁索穿了琵琶骨，拿上岸来，押至行者面前，请大圣定夺。

行者见了道："你这厮不遵旨令，你舅爷原着你在此居住，教你养性存身。你怎么强占水神之宅，倚势行凶，骗我师父、师弟？我待要打你这一棒，奈何老孙这棒子甚重，略打打儿就了了性命。你将我师父安在何处哩？"那怪叩头道："小鼍不知大圣大名，骋强背理，被表兄拿住。今幸蒙大圣不杀之恩，感谢不尽。你师父还捆在水府，望大圣放了我，等我河中送他出来。"摩昂道："大圣，这厮奸诈，若放了他，恐生恶念。"沙和尚道："我认得他那里，等我寻师父去。"

他同河神两个跳入水中，径至水府，门扇大开，更无一个小妖。直入里面，见唐僧、八戒，赤条条都捆在那里。两人即忙向前解了，背出水面。猪八戒见那妖锁绑在侧，急掣钯上前就筑，骂道："泼邪畜！你如今不吃我了？"行者扯住道："兄弟，且饶他死罪，看敖家贤父子之情。"摩昂进礼道："大圣，小龙不敢久停。既然救得师父，我带这厮去见家父。虽大圣饶了他死罪，家父决不饶他活罪。"行者道："既如此，你领他去罢，拜上令尊，尚容面谢。"太子押着那妖，径转西洋大海。

那黑水河神谢了行者复得水府之恩。唐僧道："如今如何渡河?”河神道:“老爷勿虑,且请上马,小神开路,引老爷过河。”那师父骑了马。只见河神作起阻水的法术,将上流挡住。须臾下流撤干,开出一条大路。师徒们行过西边,登崖上路。毕竟不知向后如何,且听下回分解。

第四十四回　法身元运逢车力　心正妖邪度脊关

话说三藏师徒过了黑水河,找大路一直西来。真个是迎风冒雪,戴月披星,行勾多时,又值早春天气。一路上游观景色,缓马而行,忽听得一声吆喝,好便似千万人呐喊之声。三藏害怕,急回头道:“悟空,是那里这等响震?”八戒道:“好一似地裂山崩。”沙僧道:“也就如雷声霹雳。”三藏道:“还是人喊马嘶。”行者笑道:“你们都猜不着,且待老孙看是何如。”

他即将身一纵,起在空中,睁眼观看,远见一座城池。又近觑,到也祥光隐隐,不见甚么凶气纷纷。行者暗自沉吟道:“好去处!如何有响声震耳?”正看间,只见那城门外,有一块沙滩空地,攒簇了许多和尚,在那里扯车儿哩。原来是一齐着力打号,齐喊“大力王菩萨”,所以惊动唐僧。

行者按下云头来看处,呀!那车子装的都是砖瓦木植之类。滩头上坡坂最高,又有一道夹脊小路,两座大关,关下之路都是直立壁陡之崖,那车儿怎么拽得上去?虽是天色和暖,那些人却也衣衫蓝缕,看此像十分窘迫。行者心疑道:“想是修盖寺院,他这里五谷丰登,寻不出杂工人来,所以这和尚亲自努力。”正自猜疑未定,只见那城门里,摇摇摆摆,走出两个少年道士来。那些和尚见道士来,一个个心惊胆战,加倍着力,恨苦的拽那车子。行者就晓得了:“咦!想必这和尚们怕那道士。我曾听得人言,西方路上,有个敬道灭僧之处,断乎此间是也。等我下去问看。”

你道他来问谁?他去城脚下,摇身一变,变做个游方的云水全真,手敲渔鼓,口唱道情,近城门迎着两个道士,当面躬身道:“道长,贫道稽首。”那道士还礼道:“先生那里来的?”行者道:“我弟子云游于海角,浪荡在天涯;今朝来此地,欲募善人家。动问二位道长,这城中那条街上好道?我贫道好去化些斋吃。”那道士笑道:“你这先生,怎说这等败兴的话?”行者道:“何为败兴?”道士道:“你要化些斋吃,却不是败兴?你是远方来的,不知我这城中之事。我这城中,且休说文武官员、富民长者,头一等就是万岁君王好道。”行者请问详细。道士说:“此城名唤车迟国,宝殿上君王与我们有亲。”

行者呵呵笑道:“想是道士做了皇帝?”他道:“不是。只因这二十年前,民遭亢旱,不论君臣黎庶,人人沐浴焚香,拜天求雨。正都在倒悬之处,忽然天降下三个仙长来,俯救生灵。”行者问道:“是那三个仙长?”道士说:“便是我家师父。大师号虎力大仙,二师鹿力大仙,三师羊力大仙。”行者问曰:“三位尊师,有多少法力?”道士云:“我那师父,呼风唤雨,只在翻掌之间,点石成金,却如转身之易。所以君臣相敬,与我们结为亲也。”行者道:“这皇帝十分造化。老师父有这般手段,结了亲,其实不亏他。噫,不知我贫道可有星星缘法,得见那老师父一面哩?”道士笑曰:“这有何难?我两个是他靠胸贴肉的徒弟,若引进你,乃吹灰之力。”

行者深深的唱个大喏道:“多承举荐,就此进去罢。”道士说:“且少待片时,等我两个把公事干了去。”行者道:“出家人有甚公事?”道士用手指定那沙滩上僧人:“他做的是我家生活,恐他躲懒,我们去点他一卯就来。”行者笑道:“道长差了!僧道之辈都是出家人,为何他替我们做活,伏我们点卯?”道士云:“你不知道,因当年求雨之时,僧人在一边拜佛,道士在一边告斗,都请朝廷的粮饷;谁知那和尚念空经,不济事。后来我师一到,唤雨呼风,拔济了万民涂炭,却才恼了朝廷,说那和尚无用,拆了他的山门,追了他的度牒,御赐与我们家做活,就当小厮一般。我家里烧火的也是他,扫地的也是他。因为后边还有住房未完,着这和尚来拽砖瓦木植,起盖房宇。只恐他贪顽躲懒,所以着我两个去查点查点。”

行者闻言,扯住道士滴泪道:“我说我无缘,真个无缘,不得见老师父尊面。”道士云:“如何不得见面?”行者道:“我贫道在方上云游,一则是为性命,二则也为寻亲。”道士问:“你有甚亲?”行者道:“我有一个叔父,自幼出家,削发为僧,这几年不见回家,我念祖上一脉,特来顺便寻访,想必羁迟在此,不能脱身,未可知也。我怎的寻着他,才可与你进城。"道士云:"这却容易。我两个且坐下,即烦你去沙滩上替我一查,只点头目有五百名数目便罢,内中若有你令叔时。我们看道中情分,放他去了,却与你进城好么?"

行者顶谢不尽,别了道士,径往沙滩之上。过了双关,转下夹脊,那和尚一齐跪下磕头道:"爷爷,我等不曾躲懒,五百名半个不少,都在此扯车哩。"行者摇手道:"不要跪,休怕。我不是监工的,我是来寻亲的。"众僧们听说,就把他圈子阵围将上来,一个个出头露面,咳嗽打响,巴不得要认出去。道:"不知那个是亲哩。"行者认了一会,呵呵笑将起来,众僧道:"老爷不认亲,如何发笑?"行者道:"你们知我笑甚么?笑你这些和尚全不长俊。父母生下你来,皆因命犯华盖,妨爷克娘,才把你舍了出家。你怎的不遵三宝佛法,不去看经礼忏,却与道士佣工。"众僧道:"老爷,你来羞我们哩。你老人家想是个外边来的,不知我这里利害。"行者道:"有甚利害?"众僧滴泪道:"我们这一国君王,偏心无道,只喜的是老爷等辈,恼的是我们佛子。"行者道:"为何来?"众僧道:"只因呼风唤雨,三个仙长来此处,灭了我等,哄信君王,把我们寺拆了,度牒追了,赐与那仙长家使用,苦楚难当。但有个游方道者至此,即请拜王领赏;若是和尚来,不分远近,就拿来与仙长家佣工。"行者道:"想必那道士还有甚么巧法术,诱了君王?若只是呼风唤雨,安能动得君心?"众僧道:"他会烧丹炼汞,点石成金。如今兴盖三清观宇,对天地昼夜看经,祈君王万年不老,所以就把君心惑动了。"

行者道:"原来这般,你们都走了便罢。"众僧道:"老爷,走不脱。那仙长奏准君王,把我们画了影身图,四下里张挂。他这车迟国地界也宽,各府州县乡村店集之方,都有一张和尚图,上面是御笔亲题。若有官职的,拿得一个和尚,高升三级;无官职的,拿得一个和尚,就赏白银五十两,所以走不脱。我们没奈何,只得在此苦捱。"行者道:"既然如此,你们死了便罢。"众僧道:"老爷,死的尽多了。我这本处和尚,与各处捉来的,共有二千余众,到此难熬苦楚,死了有六七百,自尽了有七八百,只有我这五百个不得死。"行者道:"怎么不得死?"众僧道:"悬梁绳断,刀刎不疼,投河的飘起不沉,服毒的身安不损。"

行者道:“你却造化,天赐汝等长寿哩。”众僧道:“老爷呀,你少了一个字儿,是长受罪哩。我等日食三餐,乃是糙米熬得稀粥,到晚就在沙滩上安身,才合眼,就有神人拥护。”行者道:“是何神人?”众僧道:“乃是六丁六甲、护教伽蓝,但至夜就来保护。他在梦寐中劝解我们,教不要寻死,且苦捱着,等那东土大唐往西天取经的罗汉。他手下有个徒弟,乃齐天大圣,神通广大,专秉忠良之心,与人间报不平之事,只等他来显神通,灭了道士,还敬你们沙门禅教哩。”

行者闻言,心中暗笑道:“莫说老孙无手段,预先神圣早传名。”他急抽身,别了众僧,径来城门口见了道士。那道士道:“先生,那一位是令亲?”行者道:“五百个都与我有亲。”两个道士笑道:“你怎么就有许多亲?”行者道:“一百个是我左邻,一百个是我右舍,一百个是我父党,一百个是我母党,一百个是我交契。你若肯把这五百人都放了,我便与你进去;不放,我不去了。”道士云:“你想有些风病,一时间就乱说了。那些和尚,乃国王御赐,若放一二名,还要在师父处递了病状,然后补个死状,才了得哩。怎么说都放了?此理不通!不通!”行者道:“不放么?”道士说:“不放!”行者连问三声,就怒将起来,把耳朵里铁棒取出,迎风晃了一晃,照道士头上一刮,都已了帐。

那滩上僧人远远望见,丢了车儿,跑将上来道:“不好了!不好了!打杀皇亲了!”行者道:“那个是皇亲?”众僧把他簸箕阵围了,道:“他师父,上殿不参王,下殿不辞主,朝廷常称做国师兄长先生。你怎么到这里闯祸?把他徒弟打死?那仙长只说是我们害了他性命,怎了,怎了?且与你进城去会了人命出来。”行者笑道:“列位休嚷,我不是云水全真,我是大唐圣僧徒弟孙行者,特来救你们的。”众僧道:“不是!不是!那老爷我们认得他。”行者道:“又不曾会他,如何认得?”众僧道:“我们梦中尝见一个老者,自言太白金星,常对我等说那孙行者的模样,莫教错认了。”行者道:“他和你怎么说来?”众僧道:“他说那大圣:磕额金睛晃亮,圆头毛脸无腮。咨牙尖嘴性情乖,貌比雷公古怪。惯使金箍铁棒,曾将天阙攻开。如今皈正保僧来,专救人间灾害。”行者闻言,又嗔又喜,忽失声道:“列位诚然认得,我不是孙行者,我是孙行者的门人,来此学闯祸耍子的。那里不是孙行者来了?”用手向东一指,哄得众僧回头,他却现了本相,众僧们见了,方才一个个倒身下拜道:“爷爷,我等凡胎肉眼,不知是爷爷显化。望爷爷与我们雪恨消灾,早进城降邪从正也。”行者道:“你们且跟我来。”众僧紧随左右。

那大圣径至沙滩上,使个神通,将车儿拽过两关,穿过夹脊,提起来,摔得粉碎,把那些砖瓦木植,尽抛下坡坂,喝教众僧:“且散!莫在我手脚边,等我明日见这国王,灭却道士!”众僧道:“爷爷,我等不敢远走,但恐在官人拿住解来,反又取祸。”行者道:“既如此,我与你个护身法儿。”好大圣,把毫毛拔了一把,每一个和尚与他一截,都教他:“捻在无名指甲里,捻着拳头,只情走路。若有人拿你,攒紧了拳头,叫一声齐天大圣,我就来护你。就是万里之遥,可保全无事。”众僧有胆量大的,捻着拳头,悄悄的叫声:“齐天大圣!”只见一个雷公站在面前,手执铁棒,就是千军万马,也不能近身。此时有百十众齐叫,足有百十个大圣护持,众僧叩头道:“爷爷,果然灵显!”行者又分付:“叫声寂字,还你收了。”众僧真个是叫声“寂”,依然还是毫毛在那指甲缝里。众和尚却才欢喜逃生。行者道:“不可十分远遁,听我城中消息。但有招僧榜出,就进城还我毫毛也。”那些和尚东西四散不题。

却说那唐僧等不得行者回话,教八戒引马投西,遇着些僧人奔走,将近城边,见行者还与十数个未散的和尚在那里。三藏道:“悟空,你怎么许久不回?”行者引了和尚,对唐僧施礼,将上项事说了一遍。三藏大惊道:“这般啊,我们怎了?”那和尚们道:“老爷放心,孙大圣爷爷神通广大,定保老爷无虞。我等是这城里敕建智渊寺内僧人。因这寺是先王太祖御造的,见有先王神像在内,未曾拆毁。我等请老爷赶早进城,到我荒山安下。待明日早朝,孙大圣必有处置。”行者道:“说得是。”那长老却才下马进城,不多时到山门前,只见那门上高悬着金字大匾,乃“敕建智渊寺”。众僧推开门,穿过金刚殿,把正殿开了。唐僧把袈裟披起,拜毕金身方入。众僧叫看家的老和尚出来,他一见行者就拜道:“爷爷!你来了?”行者道:“你认得我是那个?”那和尚道:“我认得你是齐天大圣孙爷爷,我们夜夜梦中见你。太白金星常常来托梦，说道只等你来，我们才得性命。今日果见尊颜，好了，好了。”行者笑道：“请起请起，明日就有分晓。”众僧安排斋饭，师徒们吃了，打扫方丈，安寝一宿。

二更时候，孙大圣心中有事，偏睡不着，只听得那里吹打，悄悄的爬起来，穿了衣服，跳在空中观看，只见正南上灯烛荧煌。低下云头仔细再看，却是三清观道士禳星。那殿门前挂一联黄绫织锦的对句，云：“雨顺风调，愿祝天尊无量法；河清海晏，祈求万岁有余年。”三个老道士披了法衣。两边有七八百个散众，司鼓司钟，侍香表白。行者想道：“我欲下去与他混一混，奈何孤掌难鸣，且回去照顾八戒、沙僧，一同来耍耍。”

按落祥云，径至方丈中。行者先叫悟净，沙和尚醒来道：“哥哥，你还不曾睡哩？”行者道：“你且起来，我和你受用些来。”沙僧道：“半夜三更，有甚受用？”行者道：“这城里果有一座三清观。观里道士们修醮，殿上有许多供养：馒头足有斗大，烧饼果有五六十斤一个，衬饭无数，果品新鲜。和你受用去来。”那猪八戒睡梦里听见说吃东西就醒了，道：“哥哥，就不带挈我些儿？”行者道：“兄弟，你不要大呼小叫，惊醒师父，都跟我来。”

他两个套上衣服，悄悄出门，随行者踏了云头跳将起去。那呆子看见灯光，就要下手，行者扯住道：“且休忙，待他散了，方可下去。”随即捻诀念咒，往巽地上吸一口气吹去，便是一阵狂风，径直卷进那三清殿上，把他些花瓶烛台，四壁上悬挂的功德，一齐刮倒，灯火无光。众道士心惊胆战，虎力大仙道：“徒弟们且散，这阵神风所过，吹灭了灯烛香花，明朝多念几卷经文补数罢。”众道士果各退回。

这行者却引八戒沙僧闯上三清殿。呆子拿过烧果来，张口就啃，行者道：“莫要小家子相，且叙礼坐下受用。”八戒道：“不羞！偷东西吃，还要叙礼！若是请将来，却要如何？”行者道：“这上面坐的是甚么菩萨？”八戒笑道：“三清也认不得！”行者道：“那三清？”八戒道：“元始天尊，灵宝道君和太上老君。”行者道：“都要变得这般模样，才吃得安稳哩。”那呆子闻得那香喷喷供养要吃，爬上高台，把老君一嘴拱下去道：“老官儿，你也坐得勾了，让我老猪坐坐。”八戒变做太上老君，行者变做元始天尊，沙僧变作灵宝道君，把原像都推下去。行者道：兄弟，这圣像推在地下，倘有道士来看见，却不走漏消息？你把他藏过一边来。”八戒道：“此处路生，却往那里藏他？”行者道：“我才进门来时，那右手下有一口大池。你把他送在那里去罢。”那呆子果然跳下来，把三个圣像扛在肩膊上，到池边尽抛在水里。走回殿上，仍旧变做老君。三人坐下，尽情受用。行者只吃几个果子。他两个那一顿如风卷残云，吃得罄尽。

却说那东廊下有一个小道士才睡下，忽然想起忘记了手铃儿在殿上，忙到正殿中寻铃。摸来摸去，铃儿摸着了，正欲回头，只听得有呼吸之声，道士害怕。急拽步往外走时，忽然踹着一个荔枝核子，扑的一跌，只听得当的一声，把个铃儿跌得粉碎。八戒忍不住呵呵大笑，把个小道士唬走了三魂七魄，一步一跌，撞到那方丈外，打着门叫：“师公，不好了！”三个老道士即开门问：“有甚事？”他战战兢兢道：“弟子因去殿上寻铃，只听得有人呵呵大笑，险些儿唬杀我也！”老道士闻言即叫：“掌灯来，看是甚么邪物？”一声传令，惊动那两廊的道士，大大小小，都爬起来点灯着火，往正殿上观看。不知端的何如，且听下回分解。

第四十五回　三清观大圣留名　车迟国猴王显法

却说大圣左手把沙和尚捻一把，右手把八戒捻一把，他二人却就省悟，坐在高处，板着脸，不言不语。凭那些道士点灯着火，前后照着，他三个就如泥塑金装一般模样。虎力大仙道："没有歹人，如何把供献都吃了？"鹿力大仙道："却像人吃的，有皮的都剥了皮，有核的都吐出核，却怎么不见人形？"羊力大仙道："师兄勿疑，想是我们虔心诵经，惊动天尊。必是三清爷爷圣驾降临，受用了这些供养。趁今仙驾未返，我等可拜求些圣水金丹，进与朝廷，却不是我们的功果也？"虎力大仙道："说的是。"教徒弟们动乐诵经。一壁厢取法衣来，"等我步罡拜祷"。那些小道士俱遵摆列，当的一声磬响，齐念一卷《黄庭道德真经》。虎力大仙披了法衣，擎着玉简，舞蹈扬尘，拜伏祷祝，求赐些金丹圣水，进献朝廷。

八戒闻言，心中忐忑，默对行者道："这是我们的不是。吃了东西，且不走路，直等这般祷祝，却怎么答应？"行者又捻一把，忽地开口叫声："晚辈小仙，且休拜祝，我等自蟠桃会上来的，不曾带得金丹圣水，待改日再来垂赐。"那些大小道士听见说出话来，一个个抖衣而战道："爷爷，活天尊临凡，是必莫放，好歹求个长生的法儿！"鹿力大仙上前，又拜云："是必留些圣水，与弟子们延寿长生。"沙僧捻着行者，默默的道："哥呀，要得紧，又来祷告了。"行者道："与他些罢。"那道士吹打已毕，行者开言道："那晚辈小仙，不须伏拜。我欲不留些圣水与你们，恐灭了苗裔；若要与你，又忒容易了。"众道闻言，一齐俯伏叩头道："万望天尊念弟子恭敬之意，千乞喜赐些须。我弟子广宣道德，奏国王普敬玄门。"行者道："既如此，取器皿来。"那道士一齐顿首谢恩。你看那三个大仙，或抬一口大缸，或端一个砂盆，或把花瓶摘了花，移在中间。行者道："你们都出去，掩上格子，不可泄了天机。"众道如命。一齐跪伏丹墀之下。

那行者立将起来，掀着虎皮裙，撒了一花瓶臊溺。八戒欢喜道：“好呀，我正要干这个事儿哩。”那呆子揭衣服，唿喇喇就似吕梁洪倒下来，沙沙的溺了一砂盆，沙和尚却也撒了半缸，依旧端坐在上道：“小仙领圣水。”那些道士，推开格子，磕头谢恩，抬出缸去，将瓶盆总归一处，教：“徒弟，取钟子来尝。”虎力舀出一钟，呷下口去，只情抹唇努嘴，鹿力道：“师兄，好吃么？”虎力道：“不甚好吃，有些酣醉之味。”羊力也呷了一口，道：“有些猪溺臊气。”行者坐在上面，听见说出这话来，已知是识破了，道：“我弄个手段，索性留个名罢。”大叫云：“道号道号，你好胡思！那个三清，肯降凡基？吾将真姓，说与你知。大唐僧众，奉旨来西。良宵无事，下降宫闱。吃了供养，闲坐嬉嬉。蒙你叩拜，何以答之？那里是甚么圣水，你们吃的都是我一溺之尿！”那道士闻言，拦住门，一齐动叉钯扫帚、瓦块石头，没头没脸往里面乱打。好行者，左手挟了沙僧，右手挟了八戒，闯出门，驾着祥光，径转智渊寺方丈，不敢惊动师父，又复睡下。

早是五鼓三点，那国王设朝，聚集两班文武。此时唐三藏起来叫：“徒弟，伏侍我倒换关文去来。”行者与沙僧、八戒跟随师父，径到五凤楼前，对黄门官作礼，报了姓名，烦为转奏。那国王闻奏道：“这和尚没处寻死，却来这里寻死！那巡捕官员，怎么不拿他解来？”旁边闪过当驾的太师，启奏道：“东土大唐，乃南赡部洲中华大国，到此有万里之遥，望陛下且召来验牒放行，庶不失善缘之意。”国王准奏，把唐僧等宣入。师徒们排列阶前，捧关文递与。国王展开方看，又见黄门官来奏：“三位国师来也。”慌得国王收了关文，急下龙座，着近侍的设了绣墩，躬身迎接。三藏等回头观看，见那大仙，摇摇摆摆，后带着一双丫髻童儿，往里直进，两班官控背躬身，不敢仰视。他上了金銮殿，对国王径不行礼。那国王道：“国师，朕未曾奉请，今日如何肯降？”老道士云：“有一事奉告，故来也。那四个和尚是那里来的？”国王道：“是东土大唐差去西天取经的，来此倒换关文。”那三道士鼓掌大笑道：“我说他走了，原来还在这里！”国王惊道：“国师有何话说？他才来报了姓名，正欲拿送国师使用，怎奈当驾太师所奏有理，朕因看远来之意方才召入验牒。不期国师有此问，想是他冒犯尊颜，有得罪处也?”道士笑云:“陛下不知,他是昨日来的,在东门外打杀了我两个徒弟,放了五百个囚僧,捽碎车辆,夜间闯进观来,把三清圣像毁坏,偷吃了御赐供养。我等只道是天尊下降,求些圣水金丹,进与陛下。不期他遗些小便,哄瞒我等。我等正欲下手擒拿,他却走了。今日还在此间,正所谓冤家路儿窄也!”那国王闻言发怒,欲诛四众。

孙大圣厉声高叫道:“陛下暂息雷霆之怒,容僧等启奏。他说我昨日到城外打杀他两个徒弟,是谁知证?我等且屈认了,着两个和尚偿命,还放两个去取经。他又说我捽碎车辆,放了囚僧,此事亦无见证,料想不该死,再着一个和尚领罪罢了。他说我毁了三清,闹了观宇。我僧乃东土之人,乍来此处,街道尚且不识,如何就知他观中之事?既遗下小便,就该当时捉住,却这早晚坐名害人。天下假名托姓的无限,怎么就说是我?望陛下回嗔详察。”那国王本来易惑乱,被行者说了一遍,他就决断不定。

正犹豫间,又见黄门官来奏:“陛下,门外有许多乡老听宣。”国王即命宣至殿前,有三四十名乡老朝上磕头道:“万岁,今年一春无雨,但恐夏月干荒,特来奏请那位国师爷爷祈一场甘雨,普济黎民。”国王道:“知道了。”即对三藏道:“唐朝僧众,朕敬道灭僧为何?只为当年求雨,僧人更未尝求得一点;幸天降国师,拯援涂炭。你今远来,冒犯国师,本当即时问罪。姑且恕你,敢与我国师赌胜求雨么?若祈得一场甘雨,朕即饶你罪名,倒换关文,放你西去。若无雨,就将汝等推赴法场,典刑示众。”行者笑道:“小和尚也略晓得些儿求祷。”国王即命打扫坛场,一壁厢教摆驾,“寡人亲上五凤楼观看”。当时多官摆驾,须臾上楼坐了。唐三藏随着行者、沙僧、八戒,侍立楼下,那三道士陪国王坐在楼上。少时间,一员官飞马来报:“坛场诸色皆备,请国师爷爷登坛。”

那虎力大仙,欠身拱手,辞了国王,径下楼来。行者向前拦住道:“先生那里去?”大仙道:“登坛祈雨。”行者道:“你也忒自重了,更不让我远乡之僧。也罢,这正是强龙不压地头蛇。先生先去,必须对君前讲开。”大仙道:“讲甚么?”行者道:“我与你都上坛祈雨,知雨是你的,是我的?不辨谁的功绩。那时彼此混赖,不成勾当,须讲开方好行事。”大仙道:“这一上坛,只看我的令牌为号:一声令牌响,风来;二声响,云起;三声雷闪齐鸣;四声雨至;五声云散雨收。”行者笑道:“妙阿!我僧是不曾见。请了!请了!”

大仙拽开步前进,三藏等随后,径到了坛门外。抬头观看,那里有一座高台,约有三丈多高。左右插着二十八宿旗号,顶上放一张桌子,桌上有香炉烛台。炉边靠着一个金牌,镌的是雷神名号。底下有五口大缸,都注着满缸清水,水上浮着杨柳枝,托着一面铁牌,书的是雷霆都司的符字。左右有五个大桩,写着五方蛮雷使者的名录。每一桩边,立两个道士,各执铁锤,伺候打桩。台后面有许多道士,在那里写作文书。正中间设一架纸炉,又有几个像生的人物,都是那执符使者、土地赞教之神。那大仙走进去,直上高台立定。旁边有个小道士,捧了几张黄纸书就的符字,一口宝剑,递与大仙。大仙执着宝剑,念动咒语,将一道符在烛上烧了。那底下两三个道士,拿过一个执符的像生,一道文书,亦点火焚之。那上面乒的一声令牌响,只见那半空里,悠悠的风色飘来,八戒口里作念道:“不好!不好!这道士果然有本事!令牌响了一下,果然就刮风。”行者道:“兄弟悄悄的,你们再莫与我说话,等我干事去来。”

好大圣,拔下一根毫毛,就变作一个“假行者”,立在唐僧手下。他的真身出了元神,赶到半空中,高叫:“那司风的是那个?”慌得那风婆婆捻住布袋,巽二郎札住口绳,上前施礼。行者道:“我保护唐朝圣僧西天取经,与那妖道赌胜祈雨,你怎么不助老孙,反助那道士?我且饶你,把风收了。若有一些风儿,把那道士的胡子吹得动动,各打二十铁棒!”风婆婆道:“不敢不敢!”遂没一些风气。

那道士又执令牌,烧了符檄,扑的又打了一下,只见那空中云雾遮满。孙大圣又当头叫道:“布云的是那个?”慌得那推云童子、布雾郎君当头施礼。行者又将前事说了一遍,那云童、雾子也收了云雾,放出太阳星耀耀,一天万里更无云。

那道士焦躁,仗剑解散了头发,念咒烧符,再一令牌打将下去,只见那南天门里,邓天君领着雷公电母到当空,迎着行者施礼。行者又将前项事说了一遍，道："你们怎么来得志诚？是何法旨？"天君道："那道士五雷法是个真的。他发了文书，惊动玉帝。我等奉旨前来，助雷电下雨。"行者道："既如此，且都住了，同候老孙行事。"果然雷也不鸣，电也不灼。

那道士愈加着忙，又添香、烧符、念咒、打下令牌。半空中，又有四海龙王，一齐拥至。行者当头喝道："敖广，那里去？"那敖广等上前施礼。行者又将前项事说了一遍，道："向日有劳，未曾成功；今日之事，望为助力。"龙王道："遵命！"行者又谢了敖顺道："前日亏令郎缚怪，搭救师父。"龙王道："那厮还锁在海中，未敢擅便，正欲请大圣发落。"行者道："凭你怎么处治了罢，如今且助我一功。那道士四声令牌已毕，却轮到老孙上去干事了。但我不会发符烧檄，打甚令牌，你列位却要助我。"

邓天君道："大圣分付，谁敢不从！但须得一个号令，方敢依令而行。不然，雷雨乱了，显得大圣无款也。"行者道："我将棍子为号罢。但看我这棍子往上一指，就要刮风。"那风婆婆、巽二郎没口的答应道："就放风！""棍子第二指，就要布云。"那推云童子、布雾郎君道："就布云！就布云！""棍子第三指，就要雷电皆鸣。"那雷公、电母道："奉承！奉承！""棍子第四指，就要下雨。"那龙王道："遵命！遵命！""棍子第五指，就要大日晴天，却莫违误。"

分付已毕，遂按下云头，把毫毛收上身来。在旁高叫道："先生请了，四声令牌俱已响毕，更没有风云雷雨，该让我了。"那道士无奈，只得下了台，努着嘴，径往楼上见驾。行者跟他去，只听得那国王问道："寡人这里洗耳静听，你那里四声令响，不见风雨，何也？"道士云："今日龙神都不在家。"行者厉声道："陛下，龙神俱在家，只是这国师法术不灵，请他不来。等和尚请来你看。"国王道："快去登坛，寡人还在此候雨。"

行者急抽身到坛所，扯着唐僧道："师父请上台。"唐僧道："徒弟，我却不会祈雨。"行者道："你不会求雨，好的会念经。"那长老才举步登坛，到上面端然坐下，定性归神，默念那《蜜多心经》。正坐处，忽见一员官，飞马来问："那和尚，怎么不打令牌，不烧符檄？"行者高声答道:“不用! 不用! 我们是静功祈祷。”那官便去回奏。行者听得师父经文念尽,却去耳朵内取出铁棒,迎风晃了一晃,将棍望空一指,只听得呼呼风响,满城中揭瓦翻砖,扬砂走石。比寻常之风不同,正是那狂风大作。行者又把棒望空一指,只见昏雾朦胧,浓云叆叇。行者又把棒一指,只听得那沉雷闪电,乒乒乓乓,一似地裂山崩,唬得那满城人,户户焚香,家家化纸。孙行者高呼:“老邓,替我仔细看那贪赃坏法之官,忤逆不孝之子,多打死几个示众!”那雷越发震响起来。行者却又把棒望上一指,只见那大雨倾盆而下,自辰时下起,直下到午时前后,下得那车迟城,里里外外,水漫了街衢。那国王传旨道:“雨勾了! 雨勾了! 十分再多,又渰坏了禾苗,反为不美。”行者闻言,将金箍棒往上又一指。霎时间,雷止风息,雨散云收。国王满心欢喜,文武尽皆称赞道:“好和尚,就是我国师求雨虽灵,若要晴,细雨儿还下半日,便不清爽。怎么这和尚要晴就晴,顷刻间杲杲日出,万里无云也?”

国王教回銮,倒换关文,打发唐僧过去。正用御宝时,又被那三个道士上前阻住道:“陛下,这场雨全非和尚之功,还是我道门之力。”国王道:“你才说龙王不在家,不曾有雨,他走上去,以静功祈祷,就雨下来,怎么又与他争功?”虎力道:“我上坛发了文书,烧了符檄,那龙王谁敢不来?想是别方召请,风云雷雨五司俱不在,一闻我令,随赶而来,适遇着我下他上,一时撞着这个机会,所以就雨。从根算来,还是我求的雨,怎么算作他的功?”那国王被惑,听了却又犹豫未定。

行者近前奏道:“陛下,这些傍门法术,也不成个功果,算不得我的他的。如今四海龙王,见在空中,我僧未曾发放,他还不敢遽退。那国师若能叫得龙王现身,就算他的功劳。”国王大喜道:“寡人坐了二十三年龙位,更不曾看见活龙是怎么模样。你两家各显法力,但叫得来的,就是有功;叫不出的,有罪。”那道士云:“我辈不能,你是叫来。”大圣即仰面朝空,厉声高叫:“敖广何在? 弟兄们都现原身来看!”那龙王听唤,即忙现了本相。四条龙在半空中度雾穿云,飞舞向金銮殿前。那国王殿上焚香。众公卿在阶前礼拜。国王道:“有劳贵体降临，请回，寡人改日醮谢。”行者道：“列位众神各归本位，改日奉谢。”那龙王径自归海，众神各回天界。这正是：广大无边真妙法，至真了性劈傍门。毕竟不知怎么除邪，且听下回分解。

第四十六回　外道弄强欺正法　心猿显圣灭诸邪

话说那国王见孙行者有呼龙使圣之法,即将关文用了宝印,便要递与唐僧放行。那三个道士,慌得拜倒在殿上启奏,那国王即下龙位,御手忙搀道:“国师今日行此大礼,何也?”道士说:“陛下,我等至此匡扶社稷,保国安民,苦历二十年来,今日这和尚弄法力,败了我们声名,陛下以一场之雨,就恕杀人之罪,可不轻了我等也?望陛下且留住他的关文,让我兄弟与他再赌一赌,看是何如。”那国王着实昏乱,真个收了关文道:“国师,你怎么与他赌?”虎力大仙道:“我与他赌坐禅。”国王道:“国师差矣,那和尚乃禅教出身,你怎与他赌此?”大仙道:“我这坐禅不同,有一异名,叫做云梯显圣。”国王道:“何为云梯显圣?”大仙道:“要一百张桌子,五十张作一禅台,一张一张叠将起去,不许手扳而上,亦不许梯凳而登,各驾一朵云头,上台坐下,约定几个时辰不动。”

国王见有些难处,就问道:“那和尚,我国师要与你赌云梯显圣坐禅,那个会么?”行者闻言,沉吟不答。八戒道:“哥哥,怎么不言语?”行者道:“兄弟,实不瞒你说,若是踢天弄斗,搅海翻江,诸般巧事,我都干得。但说坐禅,我就输了,我那里有这坐性?”三藏忽的开言道:“我会坐禅。”行者欢喜道:“却好,却好!可坐得多少时?”三藏道:“我幼年遇方上禅僧讲道,那性命根本上,定性存神,在死生关里,也坐二三个年头。却是不能上去。”行者道:“你上前答应,我送你上去。”那长老果然合掌当胸道:“贫僧会坐禅。”国王教传旨立禅台。不消半个时辰,就设起两座台,在金銮殿左右。

那虎力大仙下殿,立于阶心,将身一纵,踏一朵席云,径上西边台上坐下。行者拔一根毫毛,变做假像,陪着八戒、沙僧立于下面,他却作五色祥云,把唐僧撮起空中,径至东边台上坐下。他又敛祥光,变作一个蟭蟟虫,飞在八戒耳朵边道:“兄弟,再莫与老孙替身说话。”

呆子道："理会得！"却说那鹿力大仙在绣墩上坐看多时，他两个在高台上，不分胜负，这道士就助他师兄一功：将脑后短发，拔了一根，捻做一团，弹将上去，径至唐僧头上，变作一个大臭虫，咬住长老。那长老先前觉痒，以后觉疼。原来坐禅的不许动手，动手算输，一时间疼痛难禁，他缩着头，就着衣襟擦痒。八戒道："不好了！师父羊儿风发了。"沙僧道："不是，是头风发了。"行者听见道："我师父乃志诚君子，他说会坐禅，断然会坐。等我上去看看。"嘤的一声，飞在唐僧头上，只见有豆粒大一个臭虫，慌忙用手捻下，替师父挠挠摸摸。那长老不疼不痒，端坐上面。行者想道："和尚头光，虱子也安不得一个，如何有此臭虫？想是那道士弄的玄虚。哈哈！枉自也不见输赢，等老孙去弄他一弄。"这行者飞将上去，变作一条七寸长的蜈蚣，径来道士鼻凹里叮了一下。那道士坐不稳，一个觔斗翻将下去，几乎丧了性命，幸亏人多救起。国王大惊，即着当驾太师领他往文华殿里梳洗去了。行者仍驾祥云，将师父驮下阶前，已是长老得胜。

国王只教放行，鹿力大仙又奏道："陛下，我师兄原有暗风疾，因到了高处，冒了天风，旧疾举发，故令和尚得胜。且留下他，等我与他赌隔板猜枚。"国王道："怎么叫做隔板猜枚？"鹿力道："贫道有隔板知物之法，看那和尚可能勾。他若猜得过我，让他去；猜不着，凭陛下问拟罪名，雪我昆仲之恨。"

真个那国王十分昏乱。即传旨，将一朱红漆柜，命内官抬到宫殿，教娘娘放上件宝贝。须臾抬出，放在白玉阶前，教僧道两家各赌法力，猜那柜中是何宝贝。三藏道："徒弟，柜中之物，如何得知？"行者敛祥光，还变作蟭蟟虫，叮在唐僧头上道："师父放心，等我去看来。"他轻轻飞到柜脚之下，见有一条板缝儿。他钻将进去。见一个红漆盘，内放一套宫衣，乃是山河社稷袄，乾坤地理裙。用手拿起来，抖乱了，咬破舌尖，一口血喷将去，叫："变！"即变作一件破烂流丢一口钟，临行又撒上一泡臊溺，却还从板缝里钻出来，飞在唐僧耳朵上道："师父，你只猜是破烂流丢一口钟。"三藏道："他教猜宝贝哩，流丢是件甚宝贝？"行者道："莫管他，只猜着便是。"

唐僧进前一步正要猜，那鹿力道："我先猜，那柜里是山河社稷袄，乾坤地理裙。”唐僧道：“不是，不是，是件破烂流丢一口钟。”国王道：“这和尚无礼，敢笑我国中无宝，猜甚么流丢一口钟！”教拿下。唐僧合掌高呼：“陛下，且赦贫僧一时，待打开柜看。端的是宝，贫僧领罪；如不是宝，却不屈了贫僧也？”国王教打开来看。果然是件破烂流丢一口钟。国王大怒道：“是谁放上此物？”龙座后面，闪上三宫皇后道：“我主，是梓童亲手放的山河社稷袄，乾坤地理裙，却不知怎么变成此物。”国王道：“御妻请退，寡人知之。”教：“抬上柜来，等朕亲藏一宝贝，再试如何。”

那皇帝即转后宫，把御花园里一个大桃子摘下，放在柜内，又抬下叫猜。行者又嘤的一声飞去，还从板缝儿钻进去，见是一个桃子，正合他意，即现了原身，坐在柜里，将桃子啃得干干净净，将核子安在里面。仍变蟭蟟虫飞出去，叮在唐僧耳朵上道：“师父，只猜是个桃核子。”

三藏正要开言，听得那羊力道：“贫道先猜，是一颗仙桃。”三藏道：“不是桃，是个光桃核子。”那国王喝道：“是朕放的仙桃，如何是核？三国师猜着了。”三藏道：“陛下，打开来看就是。”当驾官又打开，捧出盘来，果然是一个核子，皮肉俱无。国王见了，心惊道：“国师，休与他赌斗了，让他去罢。寡人亲手藏的仙桃，如今只是一核子，是甚人吃了？想是有鬼神暗助他也。”

正话间，只见那虎力大仙从文华殿梳洗了，走上殿前：“陛下，这和尚有搬运抵物之术，抬上柜来，我破他术法，与他再猜。”国王道：“国师还要猜甚？”虎力道：“术法只抵得物件，却抵不得人身。将一个小道童藏在柜里，掩上柜盖。抬下去叫那和尚再猜。”

行者嘤的又飞去，钻入里面，见是一个小童儿。他甚有见识，就摇身一变，变作老道士一般容貌，进柜里叫声“徒弟”。童儿道：“师父，你从那里来的？”行者道：“我使遁法来的。”童儿道：“你来有甚教诲？”行者道：“那和尚看见你进柜来了，他若猜个道童，却不又输与他？特来和你计较，剃了头，我们猜和尚罢。”童儿道：“但凭师父，只要我们赢他便了。”行者道：“说得是。”将金箍棒就变作一把剃头刀，搂着那童儿，须臾剃下发来，窝作一团，塞在那柜脚阁落里，收了刀儿，摸着他的光头道：“我儿，头便像个和尚，只是衣裳不趁。脱下来,我与你变一变。”那道童穿的一领葱白色的鹤氅,被行者吹口仙气,即变做一件土黄色的直裰儿,与他穿了。却又拔下两根毫毛,变作一个木鱼儿,递在他手里道:“徒弟,须听着,但叫道童,千万莫出去;若叫和尚,你就与我顶开柜盖,敲着木鱼,口里念着“阿弥陀佛”钻出来。切记着,我去也。”还变蟭蟟虫,钻出去,飞在唐僧耳边道:“师父,你只猜是个和尚。”

正说间,只见那虎力大仙道:“陛下,柜里是个道童。”只管叫,他那里肯出来。三藏合掌道:“是个和尚。”八戒尽力高叫道:“柜里是个和尚!”那童儿忽的顶开柜盖,敲着木鱼,念着佛,钻出来。喜得那两班文武,齐声喝采。唬得那三个道士,钳口无言。国王道:“这和尚足有鬼神辅佐!怎么道士入柜,就变做和尚?国师呵,让他去罢!”

虎力大仙道:“陛下,左右是棋逢对手,将遇良材。贫道将幼时钟南山学的武艺,索性与他赌一赌。”国王道:“有甚么武艺?”虎力道:“弟兄三个,都有些神通。会砍下头来,又能安上;剖腹剜心,还再长完;滚油锅里,又能洗澡。”国王大惊道:“此三事都是寻死之路!”虎力道:“我等有此法力,才敢出此朗言,断要与他赌个才休。”那国王叫道:“东土的和尚,我国师不肯放你,还要与你赌砍头剖腹,下滚油锅洗澡哩。”

行者正变作蟭蟟虫,忽听此言,即收了毫毛,现出本相,哈哈大笑道:“造化!造化!买卖上门了!”八戒道:“这三件都是丧命的事,怎么说买卖上门?”行者道:“你还不知我的本事。砍下头来能说话,剜胸剖腹长无痕。油锅洗澡更容易,只当温汤涤垢尘。”即挺然上前道:“陛下,小和尚会砍头。”国王道:“你怎么会砍头?”行者道:“我当年曾学得一个砍头法,不知好也不好,如今且试试新。”国王笑道:“那和尚年幼不知事,砍头那里好试新?”虎力道:“陛下,正要他如此,方才出得我们之气。”

那昏君即传旨设杀场。叫和尚先去砍头。行者欣然,拱手高呼道:“国师,恕大胆占先了。”回头往外就走。径至杀场里面,被刽子手挝住,捆做一团,只听喊一声:“开刀!”搜的把个头砍将下来,刽子手一脚踢了去,滚有三四十步远近。行者腔子中更不出血,只听得肚里叫声:“头来!”慌得鹿力念咒,叫土地神祇将人头扯住。原来那些神因他有五雷法,也服他使唤,暗中真个把行者头按住了。行者又叫道:“头来!”那头一似生根,莫想得动。行者心焦,捻着拳,挣了一挣,将捆的绳子尽皆挣断,喝声:“长!”搜的腔子内长出一个头来。唬得那刽子手,个个心惊。羽林军,人人胆战。那监斩官急入朝奏道:“万岁,那小和尚砍了头,又长出一颗来了。”

说不了,行者走来。国王叫和尚:“赦你无罪去罢!”行者道:“关文虽领,必须国师也砍砍头,试新去来。”虎力也只得去,被刽子手捆翻,晃一晃,把头砍下,一脚也踢将去,他腔子里也不出血,也叫一声:“头来!”行者即忙拔下一根毫毛,变作一只黄犬跑入场中,把那道士头一口衔来,径跑到御水河边丢下。却说那道士连叫三声,人头不到,腔子中骨都都红光迸出,须臾倒在尘埃。众人观看,乃是一只无头的黄毛虎。

那监斩官来奏。国王大惊失色。鹿力起身道:“我师兄已是命倒禄绝了,如何是只黄虎?这都是那和尚使的掩样法儿。我今定不饶他,定要与他赌那剖腹剜心!”国王听说,方才定性回神,又叫:“那和尚,二国师还要与你赌哩。”行者道:“小和尚久不吃烟火食,前日遇斋公家劝饭,多吃了几个馍馍,这几日腹中作痛,正欲借陛下之刀,剖开肚皮,拿出脏腑洗净,方好上西天见佛。”国王听说,叫拿他赴曹。行者道:“不用拿,待我自去。但一件,不许缚手,我好用手洗刷脏腑。”他即摇摇摆摆,径至杀场,将身靠着大桩,解开衣带,露出肚腹。那刽子手把他上下缚住,把一口牛耳短刀,晃一晃,着肚皮下一割,搠个窟窿。这行者双手爬开肚腹,拿出肠脏来,一条条理勾多时,依然安在里面,照旧盘曲,捻着肚皮,吹口仙气,叫:“长!”依然长合。

国王大惊,将关文捧在手中道:“圣僧莫误西行,与你关文去罢。”行者笑道:“关文小可,也请二国师剖剖剜剜,何如?”国王对鹿力说:“这事不与我相干,是你要与他做对头的,请去,请去。”鹿力道:“宽心,料我决不输与他。”你看他也像孙大圣,摇摇摆摆,径入杀场,被刽子手套上绳,将刀割开肚腹,他也拿出肝肠,用手理弄。行者即拔一根毫毛，变作一只饿鹰，展开翅爪，搜的把他五脏心肝，尽情抓去，不知飞向何方受用。这道士弄得空腔破肚，少脏无肠。刽子手蹬倒大桩，拖尸来看，呀！原来是一只白毛角鹿。

慌得那监斩官又来奏。国王害怕道："怎么是个角鹿？"那羊力大仙又奏道："我师兄既死，如何得现兽形？这都是那和尚弄术法坐害我等。等我与师兄报仇者。"国王道："你有甚么法力赢他？"羊力道："我与他赌下滚油锅洗澡。"国王便叫取一口大锅，满贮香油，叫他两个赌去。行者道："多承下顾，小和尚一向不曾洗澡，这两日皮肤燥痒，好歹盪盪去。"那当驾官安下油锅，架起干柴，燃着烈火，将油烧滚，叫和尚先下去。行者道："不知文洗，武洗？"国王道："文洗何如？武洗何如？"行者道："文洗不脱衣服，似这般叉着手，下去打个滚就起来，不许污坏了衣服，若有一点油腻算输。武洗要取一张衣架，一条手巾，脱了衣服，跳将下去，任意翻觔斗，竖蜻蜓，当耍子洗也。"国王对羊力说了。羊力道："文洗恐他衣服是药炼过的，隔油，武洗罢。"行者又上前道："恕大胆，屡次占先了。"你看他脱了布直裰，褪了虎皮裙，将身一纵，跳在锅内，翻波斗浪，就似负水一般顽耍。

八戒见了，咬着指头，对沙僧道："我们也错看了这猴子了。怎知他有这般本事！"他两个唧唧哝哝的夸奖。行者望见，心疑道："那呆子笑我哩。正是巧者多劳拙者闲，老孙这般舞弄，他倒自在。等我且作成他捆一绳看。"正洗浴，打个夹子，淬在油锅底上，变作个枣核钉儿，再也不起来了。那监斩官上前便奏："万岁，小和尚被滚油烹死了。"国王大喜，教捞上骨骸来看。刽子手将一把铁笊篱，在油锅里捞，原来那笊篱眼稀，行者变得钉小，往往来来，从眼孔漏下去了，那里捞得着。又奏道："和尚身微骨嫩，俱札化了。"

国王教："拿三个和尚下去！"两边校尉见八戒面凶，先揪翻捆了，慌得三藏高叫："陛下，赦贫僧一时。我那个徒弟，自从归教，历历有功，今日冲撞国师，死在油锅之内，我贫僧怎敢贪生！只望宽恩，赐我半盏凉浆水饭，容到油锅前烧一陌纸，也表我师徒一念，那时再领罪也。"国王闻言道："也是，那中华人多有义气。"命取些浆饭、黄钱与他。唐僧教沙和尚同去，行至阶下，有几个校尉，把八戒揪着耳朵，拉在锅边，三藏对锅祝曰："徒弟孙悟空，自从受戒拜禅林，护我西来恩爱深。指望同时成大道，何期今日你归阴。生前只为求经意，死后还存念佛心。万里英魂须等候，幽冥做鬼上雷音。"八戒听见道："师父，不是这般祷祝。等我来。"那呆子捆在地，气呼呼的道："闯祸的泼猴子，无知的弼马温！该死的泼猴子，油烹的弼马温！猴儿了帐，马温断根。"

行者在油锅底上，听得那呆子乱骂，忍不住现了本相，赤淋淋的，站在油锅底道："馕糟的夯货，你骂那个哩！"唐僧见了道："徒弟，唬杀我也。"慌得那两班文武，上前奏道："万岁，那和尚不曾死，又在油锅里钻出来了。"监斩官恐怕虚诳朝廷，又奏道："死是死了，只是日期犯凶，小和尚来显魂哩。"

行者闻言大怒，跳出锅来，掣出棒，撾过监斩官，着头一下打做了肉团，道："我显甚么魂哩！"唬得众官连忙解了八戒，跪地哀告恕罪。国王走下龙座，行者上殿扯住道："陛下不要走，且教你三国师也下下油锅去。"那国王战战兢兢道："三国师，你救朕之命，便下锅去，莫教和尚打我。"羊力下殿，照依行者脱了衣服，跳下油锅，也那般支吾洗浴。

行者近油锅边，伸手探了一探，呀！那滚油都冰冷，心中想道："我晓得了，这不知是那个龙王，在此护持他哩。"急纵身跳在空中，念声"唵"字咒语，把那北海龙王唤来："我把你这个泥鳅！你怎么助道士冷龙护住锅底，教他显圣赢我？"唬得那龙王喏喏连声道："敖顺不敢相助。大圣不知，这个孽畜苦修行了一场，脱得本壳，却只是五雷法真，其余都踹了旁门，难归仙道。那两个是在小茅山学来的大开剥。这一个也是他自己炼的冷龙，怎瞒得大圣！小龙如今就收了他冷龙，管教他骨碎皮焦，显什么手段。"行者道："趁早收了！"那龙王化一阵狂风，到油锅边，将冷龙捉下海去。

行者立在殿前，见那道士在滚油锅里打挣，爬不出来，滑了一跌，霎时间骨脱皮焦肉烂。监斩官又奏道："万岁，三国师煠化了也。"那国王满眼垂泪，手扑御案，放声大哭道："人身难得果然难，不遇真传莫炼丹。空有驱神咒水术，却无延寿保生丸。"这正是：点金炼汞成何济，唤雨呼风总是空。毕竟不知师徒们怎的维持，且听下回分解。

第四十七回　圣僧夜阻通天水　金木垂慈救小童

却说那国王倚着龙床,泪如泉涌。行者上前高呼道:“你怎么这等昏乱?见放着那道士的尸骸,一个是虎,一个是鹿,那羊力是一个羚羊。不信时,捞上骨头来看。他本是成精的山兽,到此害你,因见你气数还旺,不敢下手。若是气数衰败,他就害了你性命,把你江山一股儿尽属他了。幸我等早除妖邪,救了你命,你还哭甚?急打发关文,送我出去。”国王闻此,方才省悟。那文武多官俱奏道:“死者果然是黄虎、白鹿,油锅里果是羊骨。圣僧之言,不可不听。”国王道:“既是这等,感谢圣僧。今日天晚,教太师且请圣僧至智渊寺。明日安排素净筵宴酬谢。”次日五更时候,国王设朝,聚集多官,传旨快出招僧榜文,四门各路张挂。一壁厢大排筵宴,摆驾出朝至智渊寺,请三藏等赴宴。

却说那脱命的和尚闻有招僧榜,个个欣然,都入城来寻孙大圣,交纳毫毛谢恩。这长老散了宴,那国王换了关文,同两班文武,送出朝门。只见那些和尚跪拜道旁,口称:“齐天大圣爷爷,我等是沙滩上脱命僧人。闻知爷爷扫除妖孽,救拔我等,又蒙我王出榜招僧,特来交纳毫毛,叩谢天恩。”行者笑道:“汝等来了几何?”僧人道:“五百名,半个不少。”行者将身一抖,收了毫毛,对君臣们说道:“这些和尚实是老孙放了,车辆是老孙运转双门,穿夹脊捽碎了,那两个妖道也是老孙打死了。今日灭了妖邪,方知是禅门有道,向后来再不可偏心乱做。望你把三道归一,也敬僧,也敬道,也养育人才,保你江山永固。”国王感谢不尽,遂送唐僧出城去讫。

这一去。晓行夜住,不觉的春尽夏残,又是秋光天气。一日,天色已晚,唐僧勒马道:“徒弟,今宵何处安身?”行者道:“趁月光再走一程,到有人家之所再住。”师徒们往前又行。不多时,只听得滔滔浪响。八戒道:“罢了!来到尽头路了。”沙僧道:“是一股水挡住也。”唐僧道:“不知有多少宽阔?”行者道:“等我看看。”他即跳在空中,定睛观看,落下来道:“师父,宽哩宽哩。老孙火眼金睛,白日里常看千里凶吉,是夜里也还看三五百里。如今通看不见边岸,怎定得宽阔之数?”三藏大惊道:“徒弟啊,似这等怎了?”沙僧道:“师父,你看那水边立的,可不是个人么?”行者两三步跑到面前看处,呀!不是人,是一面石碑。碑上有三个篆文大字,乃“通天河”,下边两行有十个小字,乃“径过八百里,亘古少人行”。行者叫:“师父,来看。”三藏滴泪心焦。

八戒道:“师父,你且听,是那里鼓钹声音?想是做斋的人家。我们且去赶些斋吃,问个渡口寻船,明日过去罢。”三藏马上听得,果然有鼓钹之声,大家即望响处而来。没高没低,漫过沙滩,望见一簇人家住处,约摸有四五百家。三藏下马,只见那路头上有一家儿,门外竖一首幢幡,内里有灯烛荧煌,香烟馥郁。那长老抖抖褊衫,拖着锡杖,径来到人家门外。聊站片时,只见里面走出一个老者,项挂数珠,口念阿弥陀佛,径自来关门,慌得这长老合掌高叫:“老施主,贫僧问讯了。”那老者还礼道:“你这和尚来迟了。”三藏道:“怎么说?”老者道:“来迟无物了。早来呵,我舍下斋僧,尽饱吃饭,熟米三升,白布一段,铜钱十文。你怎么这时才来?”三藏躬身道:“老施主,贫僧不是赶斋的。我是东土大唐钦差往西天取经者,今到贵处天晚,听得府上鼓钹之声,特来告借一宿,天明就行也。”那老者摇手道:“和尚,出家人休打诳语。东土大唐到我这里,有五万四千里路。你这等单身,如何来得?”三藏道:“老施主见得最是,但我还有三个小徒,保护贫僧,方得到此。”老者道:“既有徒弟,何不同来?”教:“请,请,我舍下有处安歇。”三藏回头叫声:“徒弟,这里来。”

那三个人听得师父招呼,牵着马,挑着担,不问好歹,闯将进去。那老者看见,唬得跌倒在地,口里只说是“妖怪来了!妖怪来了!”三藏搀起道:“施主莫怕,不是妖怪,是我徒弟。”老者战兢兢道:“这般好俊师父,怎么寻这样丑徒弟!”三藏道:“虽然相貌不中,却倒会降龙伏虎,捉怪擒妖。”老者似信不信的,扶着唐僧慢走。那厅中原有几众和尚念经,看见他三个进来,人人悚惧,磕头撞脑,通跑尽了。厅堂上灯火全无。三人还嘻嘻哈哈的笑。唐僧骂道："汝等这般撒泼，走进门不知高低，唬倒了老施主，惊散了念经僧，把人家好事都搅坏了，却不是堕罪与我？"说得他们不敢回言。那老者方信是他徒弟，急回头作礼道："老爷，没大事，没大事，才然关了灯，散了花，佛事将收也。"即叫掌灯来。家里几个童仆即点火把灯笼，一拥而至，忽抬头见八戒、沙僧，慌得抽身往里，嚷道："妖怪来了！"行者点上灯烛，扯过一张交椅，请唐僧坐在上面，他兄弟们坐在两旁，那老者坐在前面。正叙坐间，只听得里面又走出一个老者，拄着拐杖道："是甚么邪妖，黑夜里来我善门之家？"前面坐的老者急起身道："哥哥，不是邪魔，乃东土大唐取经的罗汉。徒弟们相貌虽凶，果然是相恶人善。"那老者方放下拄杖，与他四位行礼。礼毕，也坐了。

那童仆们看见老者与和尚一问一答的讲话，方才不怕。却便献茶摆斋。斋罢，三藏躬身谢了，才问："老施主，高姓？"老者道："姓陈。"三藏合掌道："这是我贫僧华宗了。众僧俗家也姓陈。请问适才做的甚么斋事？"老者道："是一场预修亡斋。"八戒笑道："从来只有个预修寄库斋、预修填还斋，那里有个预修亡斋？"那二位欠身道："你等取经，怎么不走正路，却蹡到我这里来？"行者道："走的是正路，只见一股水挡住，不能得渡，因闻鼓钹之声，特来造府借宿。"老者道："你们到水边，可曾见些甚么？"行者道："止见一面石碑，再无别物。"老者道："再往上岸走走，离那碑只有里许，有一座灵感大王庙，你不曾见？"行者道："未见，请公公说说，何为灵感？"那两个老者一齐垂泪道："老父啊，那大王：感应一方兴庙宇，威灵千里佑黎民。年年庄上施甘露，岁岁村中落庆云。"行者道："施甘雨，落庆云，也是好事，你那伤情烦恼，何也？"那老者跌脚捶胸，哏了一声道："老爷啊，虽则恩多还有怨，总然慈惠却伤人。只因好吃童男女，不是昭彰正直神。"行者道："要吃童男女么？"老者道："正是。"行者道："想必轮到你家了？"老者道："今年正到舍下。我们这里，属车迟国元会县所管，唤做陈家庄。这大圣一年一次祭赛，要一个童男，一个童女，猪羊牲醴供献他。他一顿吃了，保我们风调雨顺；若不祭赛，就来降祸生灾。"行者道："你府上几位令郎？"二老捶胸道："可怜！可怜！说甚么令郎,我老拙叫做陈澄,这个是我舍弟,名唤陈清。我今年六十三岁,他今年五十八岁,儿女上都艰难。我止生得一女,今年才交八岁,名唤做一秤金。舍弟有个儿子,今年七岁了,名唤陈关保。我兄弟二人,年岁百二,止得这两个人种,不期轮次到我家祭赛,不敢不献。为此父子之情,难割难舍,先与孩儿做个超生道场,故曰预修亡斋者,此也。"

三藏闻言,止不住泪下道:"这正是古人云:'黄梅不落青梅落,老天偏害没儿人。'"行者笑道:"等我再问他。老公公,你府上有多大家当?"二老道:"颇有些儿,水田、旱田有一二百顷,草场有八九十处。舍下也有吃不着的陈粮,穿不了的衣服。家财产业,也尽得数。"行者道:"你这等家业,也亏你省将起来的。"老者道:"怎见我省?"行者道:"既有这家私,怎么舍得亲生儿女祭赛?拚了五十两银子,可买一个童男,一百两银子,可买一个童女,连绞缠不过二百两之数。可就留下自己儿女后代,却不是好?"二老滴泪道:"老爷,你不知道,那大王甚是灵感,常来我们人家行走。"行者道:"他来行走,你们看见他是甚么模样?"二老道:"不见其形,只闻得一阵香风,就知是大王来了,即忙焚香下拜。他把我们这人家,匙大碗小之事都知道,老幼生时年月都记得。只要亲生儿女,他方受用。不要说二三百两,就是几千万两,也没处买这般一模一样同年同月的儿女。"

行者道:"原来这等,也罢也罢。你且抱你令郎出来,我看看。"那陈清急入里面,将关保儿抱出厅上。小孩儿那知死活,笼着两袖果子,跳跳舞舞的,吃着耍子。行者见了,默默念声咒语,摇身一变,变作那关保儿一般模样。两个孩儿,搀着手,在灯前跳舞,唬得那老者慌忙跪下道:"老爷,不当人子!才然说话,怎么就变作我儿一般模样。却折了我们年寿。请现本相!"行者把脸抹了一把,现了本相。那老者跪在面前道:"老爷原来有这样本事。"行者笑道:"可像你儿子么?"老者道:"像、像、像!果然一般无二。"行者道:"似这等可祭赛得过么?"老者道:"忒好忒好!祭得过了!"行者道:"我今替这个孩儿性命,去祭那大王。留下你家香烟后代何如?"那陈清跪地磕头道:"老爷果若慈悲替得,我送白银一千两,与唐老爷做盘缠往西天去。”行者道：“就不谢谢老孙？”老者道：“你已替祭，没了你也。”行者道：“怎的得没了？”老者道：“那大王吃了。”行者道：“他敢吃我？”老者道：“不吃你，好道嫌腥。”行者笑道：“任从天命，吃了我，是我的命短；不吃，是我的造化。我与你祭赛去。”

那陈清只管磕头相谢，又允送银五百两，惟陈澄也不磕头，也不说谢，只是倚着那屏门痛哭。行者上前扯住道：‘大老，你想是舍不得你女儿么？”陈澄才跪下道：“是舍不得，敢蒙老爷盛情，救了我侄子也勾了。但老拙无儿，止此一女，就是我死之后，他也哭得痛切，怎么舍得！”行者道：“你快去蒸上五斗米的饭，整治些好素菜，与我那长嘴师父吃，教他变作你的女儿，我兄弟同去祭赛，索性行个阴骘，救你两个男女性命，如何？”那八戒听得，大惊道：“哥哥，你要弄精神，不管我死活，就要攀扯我。”行者道：“贤弟，常言道：‘鸡儿不吃无功之食。’你我进门，感承盛斋，怎么就不与人家救些患难？”八戒道：“哥阿，变化的事情，我却不会哩。”行者道：“你也有三十六般变化，怎么不会？”唐僧呼悟能，：“你师兄说得最是。常言救人一命，胜造七级浮屠。一则感谢厚情，二来当积阴德。你兄弟可去去来。”八戒道：“我只会变山变树，变石头、赖象、水牛。变大肚汉还可，若变小女儿，有几分难哩。”行者道：“大老，抱出你令嫒来看看。”那陈澄急入里边，抱一秤金女儿到了厅上。一家子，不拘老幼内外，都出来磕头礼拜，只请救孩儿性命。那女儿浑身上下穿得花花绿绿的，也拿着果子吃哩。行者道：“八戒，这就是女孩儿，你快变的像他，我们祭赛去。”八戒道：“似这般小巧俊秀，怎变？”行者叫：“快些！莫讨打！”八戒慌了，念动咒语，把头摇了几摇，叫：“变！”真个也就像女孩儿面目，只是胖大狼犺不像。行者笑道：“再变变！”八戒道：“凭你打罢！变不过来，奈何？”行者道：“莫成是丫头的头，和尚的身子？弄的不男不女，却怎生是好？你可布起罡来。”他就吹他一口仙气，果然即时把身子变过，与那女儿一般。便教二位老者：“请你宝眷带令郎令嫒进去。可将好果子与他吃，不可教他哭叫，恐大王一时知觉，走了风讯，等我两人耍子去也。”

那内眷即同儿女进去。大圣却问：“怎么供献？还是捆了去，是绑了去？蒸熟了去，是剁碎了去？”八戒道：“哥哥，莫要弄我，我没这个本事。”老者道：“不敢不敢！只是用两个红漆丹盘，请二位坐在盘内，放在桌上，把你们抬上庙去。”行者道：“好，好！拿盘子出来，我们试试。”那老者即取出两个丹盘，行者与八戒坐上，四个后生，抬起两张桌子，往天井里走走儿，又抬回放在堂上。行者笑道：“八戒，像这般抬着走走，我们也是上台盘的和尚了。”八戒道：“若是抬去抬来，两头抬到天明，我也不怕；只是抬到庙里，就要吃哩，这个却不是耍子。”行者道：“你只看着我，估着吃我时，你就走了罢。”八戒道：“如先吃童男便好；如先吃童女却如何？”老者道：“常年祭赛时，我这里有胆大的，钻在庙后，或在供桌底下，看见他先吃童男，后吃童女。”八戒道：“造化！造化！”兄弟正然谈论，只听得外面锣鼓喧天，灯火照耀，众人打开前门叫：“抬出童男童女来！”这老者哭哭啼啼，那四个后生将他二人抬将出去。端的不知性命如何，且听下回分解。

第四十八回　魔弄寒风飘大雪　僧思拜佛履层冰

话说陈家庄众信人等，将猪羊牲醴与行者、八戒，喧喧嚷嚷，直抬至灵感庙里，将童男、童女设在上首。行者回头，看见那供桌上香花蜡烛，正面一个金字牌位，上写“灵感大王之神”。众信摆列停当，一齐叩头道：“大王爷爷，今年今月今日今时，陈家庄祭主陈澄等谨遵年例，供献童男一名陈关保，童女一名陈一秤金，猪羊牲醴如数，奉上大王享用，保佑风调雨顺，五谷丰登。”祝罢，烧了纸马，各回本宅。

那八戒见人散了，对行者道：“我们家去罢。”行者道：“你家在那里？”八戒道：“往老陈家睡觉去。”行者道：“呆子又乱谈了，既允了他，须与他了这愿心才是哩。”八戒道：“你倒不是呆子，反说我是呆子！只哄他要要便了，怎么就与他当真？”行者道：“为人为彻，一定等那大王来吃了，才是个全始全终；不然，又教他降灾贻害，反为不美。”

正说间，只听得呼呼风响。八戒道：“不好了，风响是那话儿来了！”行者只叫：“莫言语，等我答应。”顷刻间，庙门外来了一个妖邪，拦住庙门问道：“今年祭祀的是那家？”行者笑吟吟的答道：“承下问，庄头是陈澄、陈清家。”那怪闻答，心中疑似道：“这童男胆大，言谈伶俐，常年来供养的，问一声不言语，再问声唬了魂，用手去捉，已是死人。怎么今日这童男善能应对？”怪物不敢来拿，又问：“童男女叫甚名字？”行者笑道：“童男陈关保，童女一秤金。”怪物道：“这祭赛乃常年旧规，如今供献我，当吃你。”行者道：“不敢抗拒，请自在受用。”怪物听说，又不敢动手，拦住门喝道：“你莫顶嘴！我常年先吃童男，今年倒要先吃童女。”八戒慌了道：“大王还照旧罢，不要吃坏例子。”

那怪不容分说，放开手，就捉八戒。呆子扑的跳下来，现了本相，掣钉钯劈手一筑，那怪物缩了手，往前就走，只听得当的一声响。八戒道：“筑破甲了！”行者也现本相看处，原来是冰盘大小两个鱼鳞，喝声："赶上！"二人跳到空中。那怪物不曾带得兵器，空手在云端里问道："你是那方和尚，到此欺人！"行者道："这泼怪原来不知，我等乃东土大唐圣僧，奉钦差西天取经之徒弟。昨因夜寓陈家，闻有邪魔，假号灵感，年年要童男女祭赛，是我等慈悲，拯救生灵，捉你这泼物！趁早实实供来，你在这里称了几年大王，吃了多少男女？一个个算还我，饶你死罪！"那怪闻言就走，被八戒又一钉钯，未曾打着，他化一阵狂风，钻入通天河内。

行者道："不消赶他了，这怪想是河中之物。且待明日设法拿他，送我师父过河。"八戒依言，径回庙里，把那猪羊祭礼，连桌面一齐搬到陈家。此时三藏、沙僧共陈家兄弟，正在厅中候信，忽见他二人将猪羊等物都丢在天井里。三藏便问祭赛之事何如？行者将那怪物之事说了一遍。二老十分欢喜，即命安排床铺，请他师徒就寝不题。

却说那怪得命，回归水内，坐在宫中，默默无言。水中大小眷族问道："大王每年享祭，回来欢喜，怎么今年烦恼？"那怪道："常年享毕，还带些余物与汝等受用，今日连我也不曾吃得。造化低，撞着一个对头，几乎伤了性命。"众水族问是那个。那怪道："是一个东土大唐圣僧的徒弟，往西天拜佛求经者，假变男女，坐在庙里。我被他现出本相，险些儿伤了性命。一向闻得人讲唐三藏乃十世修行好人，但得吃他一块肉延寿长生。不期他手下有这般徒弟，我被他坏了名声，破了香火，有心要捉唐僧，只怕不得能勾。"

那水族中闪上一个斑衣鳜婆，对怪物道："大王，要捉唐僧，有何难处！但不知捉住他，可肯赏我？"那怪道："你若有谋，合同捉了唐僧，与你拜为兄妹，共席享之。"鳜婆拜谢了道："久知大王有呼风唤雨之神通，搅海翻江之势力，不知可会降雪？"那怪道："会降。"又道："可会结冰？"那怪道："更会。"鳜婆鼓掌笑道："如此极易！极易！"那怪道："你且讲来我听。"鳜婆道："今夜有三更天气，大王趁早作法，起一阵寒风，下一阵大雪，把此河尽皆冻结。着我等善变化者，变作几个人形，在于路口，背包持伞，担担推车，不住的在冰上行走。那唐僧取经之心甚急，看见如此人行，断然踏冰而渡。大王稳坐河心，待他脚踪响处，迸裂寒冰，连他那徒弟们一齐坠落水中，一鼓可得也。”那怪闻言，满心欢喜道：“甚妙！甚妙！”即出水府，踏长空兴风作雪，凝冻成冰不题。

却说三藏师徒歇在陈家，将近天晓，衾寒枕冷。八戒叫道：“师兄，冷啊！”行者道：“你这呆子，忒不长俊。出家人寒暑不侵，怎么怕冷？”三藏道：“徒弟，果然冷。”师徒们都睡不得，爬起来穿衣服，开门看处，呀！外面白茫茫的，原来下雪哩。行者道：“怪道你们害冷哩，却是这般大雪。”那场雪纷纷洒洒，果如剪玉飞绵。师徒们叹玩多时，只见陈家老者，着童仆扫开路，送出热汤洗面。又送滚茶乳饼，又抬出炭火，师徒们围炉叙坐。长老问道：“老施主，贵处时令，不知可分春夏秋冬？”陈老笑道：“此间虽是僻地，但只风俗人物与上国不同，至于诸凡一切，都是同天共日，岂有不分四时之理？”三藏道：“既分四时，怎么如今就有这般大雪，这般寒冷？”陈老道：“此时虽是七月，昨日已交白露，就是八月节了。我这里常年八月间就有霜雪。”三藏道：“甚比我东土不同，我那里交冬节方有之。”

正话间，只见僮仆来请吃粥。粥罢，雪比早间又大，须臾平地有二尺来深。三藏心焦垂泪，陈老道：“老爷放心。我舍下颇有几担粮食，供养得老爷们半生。”三藏道：“老施主不知贫僧之苦。我当年蒙圣恩亲送出关，问道几时可回？贫僧不知有山川之险，顺口回奏，只消三年，可取经回国。今已七八个年头，还未见佛面，恐违了钦限，所以焦虑。今日有缘得寓潭府，昨夜愚徒们略施小技报答，实指望求一船只渡河。不期天降大雪，道路迷漫，不知几时才得功成回故土也。”陈老道：“老爷放心，多的日子过了，那里在这几日？且待天晴，老拙倾家费产，必处置送老爷过河。”只见一僮又请进早斋。不多时，午斋相继而进。三藏见品物丰盛，再四不安。陈老又打扫花园，请去雪洞里闲耍散闷。安排素酒荡寒。不觉天色将晚，仍请到厅上晚斋，只听得街上行人都说：“好冷天啊！把通天河冻住了。”三藏闻言道：“悟空，冻住河，我们怎生是好？”陈老道：“乍寒乍冷，想是近河边浅水处冻结。”那行人道：“把八百里都冻的似镜面一般，路口上有人走哩。”三藏听说有人走，就要去看。陈老道：“老爷莫忙，今日晚了，明日去看。”晚斋毕，依然安歇。

及次日天晓，八戒起来，遂教悟净背马，趁冰过河。陈老又道："莫忙，待几日雪融冰解，老拙这里办船相送。"沙僧道："就行也不是话，耳闻不如眼见。我备了马，且请师父亲去看看。"陈老道："言之有理。"叫小的们备六匹马来。一行人径往河边来看，真个那路口上有人行走。三藏问道："施主，那些人上冰往那里去？"陈老道："河那边乃西梁女国，这起人都是做买卖的。我这边百钱之物，到那边可值万钱；那边百钱之物，到这边亦可值万钱。本轻利重，所以人不顾生死而去。常年家有五七人一船，或十数人一船，飘洋而过。见如今河道冻住，故舍命而步行也。"三藏道："世间事惟名利最重。似他为利的，舍死忘生，我弟子奉旨尽忠，也只是为名，与他能差几何！"叫："悟空，快回施主家，收拾行囊，马匹，趁层冰，早奔西方去也。"行者笑吟吟答应。沙僧道："师父呵，常言道：'千日吃了千升米。'今托赖陈府上，且再住几日，待天晴化冻，办船而过，忙中恐有错也。"三藏道："悟净，怎么这等愚见？若是正二月，一日暖似一日，可以待得冻解。此时乃八月，一日冷似一日，如何可便望冻解！却不又误了半载行程？"八戒跳下马来道："你们且休闲讲，等老猪举钉钯试试看。假若筑破，就是冰薄，且不可行；若筑不动，便是冰厚，如何不行？"三藏道："说得有理。"那呆子撩衣拽步，走上河边，双手举钯，尽力一筑，只听扑的一声，筑了九个白迹，手也震得生疼。呆子笑道："去得！去得！连底都固住了。"

三藏十分欢喜，与众同回陈家，只教收拾走路。那两个老者苦留不住，只得安排些干粮相送。一家子磕头礼拜，又捧出一盘子散碎金银相谢。三藏摇头，只是不受。二老再三央求，行者用指尖儿捻了一小块。遂此相向而别，径至河边冰上，那马蹄滑了一滑，险些儿跌下马来。沙僧道："师父，难行！"八戒道："且住！问陈老官讨个稻草来。包着马蹄，方才不滑，免教跌下师父来也。"陈老在岸上听言，急命人家中取一束稻草，却请唐僧上岸下马。八戒将草包裹马足，然后踏冰而行。

别陈老离河边，行有三四里远近，八戒把九环锡杖递与唐僧道："师父，你可横此在马上。"行者道："为何？"八戒道："你不晓得。凡是冰冻之上，必有凌眼，倘或踹着凌眼，脱将下去，若没横担之物，骨都的落水，就如一个大锅盖盖住，如何钻得上来！须是如此架住方可。”行者暗笑道：“这呆子倒是个积年走冰的！”果然都依了他。长老横担着锡杖，行者横担着铁棒，沙僧横担着降妖宝杖，八戒肩挑着行李，腰横着钉钯，师徒们放心前进。这一日行到天晚，吃了些干粮，却又不敢久停，对着星月光华，照的冰冻上亮灼灼、白茫茫，只情奔走，果然是马不停蹄，走了一夜。天明吃些干粮，望西又进。

正行时，只听得冰底下扑喇喇一声响，险些唬倒了白马。原来那妖在水下等候多时，只听得马蹄响处，他在底下弄个神通，滑喇的迸开冰冻，慌得孙大圣跳上空中，早把那白马落于水内，三人尽皆脱下。那妖将三藏捉住，径回水府，厉声高叫道：“鳜妹何在？”鳜婆道：“大王，不敢不敢！”妖邪道：“贤妹！一言既出，驷马难追。原说捉了唐僧，与你拜为兄妹。今日果成妙计，叫小的们抬过案桌，磨快刀来，把这和尚剜心剥皮，与贤妹共而食之，延寿长生也。”鳜婆道：“大王，且休吃他，恐他徒弟们寻来炒闹。且宁耐两日，让那厮不来寻，然后从容自在享用，却不好也？”那怪依言，把唐僧藏于宫后，使一个六尺长的石匣，盖在中间不题。

却说八戒、沙僧在水里捞着行囊，放在白马身上，涌浪翻波，负水而出，只见行者在半空中问道：“师父何在？”八戒道：“师父姓陈，名到底了，如今没处找寻，且上岸再作区处。”须臾回转东崖，一同到那陈家庄上。早有人报与二老兄弟，即忙接出门外，见三人衣裳还湿，道：“老爷们，我等那般苦留，却不肯住，只要这样方休。怎么不见三藏老爷？”八戒道：“不叫做三藏了，改名叫做陈到底也。”二老垂泪道：“可怜！可怜！我说等雪融备船相送，坚执不从，致令丧了性命。”行者道：“老儿，莫替古人耽忧，我师父管他不死。决然是那灵感大王弄法算计去了。你且放心，与我们浆浆衣服，晒晒关文，取草料喂着白马，等我弟兄寻着那厮，救出师父，索性剪草除根，替你一庄人除了后患，永永得安生也。”陈老闻言，满心欢喜，即命安排斋供。三人饱餐一顿，各整兵器，径赴水边寻师擒怪。毕竟不知怎么救得唐僧，且听下回分解。

第四十九回　三藏有灾沉水宅　观音救难现鱼篮

却说大圣与八戒、沙僧来至通天河边，道："兄弟，你两个议定，那一个先下水。"八戒道："哥呵，我两个手段不见怎的，还得你先下水。"行者道："不瞒贤弟说，若是山里妖精，全不用你们费力，水中之事，我不甚在行。我久知你们惯水之人，所以要你们下去。"沙僧道："哥呵，小弟虽是去得，但不知水底如何。我等大家都去，哥哥变作甚么模样，或是我驮着你，寻着妖怪的巢穴，你先去打听打听师父消息。再作区处何如？"行者道："贤弟说得有理，你们那个驮我？"八戒想道："这猴子不知捉弄了我多少，今番等老猪也捉弄他捉弄。"呆子笑嘻嘻的叫道："哥哥，我驮你。"行者就知有意，却便将计就计，教八戒驮着。沙僧剖开水路，弟兄们同入水底。

行有百十里远近，那呆子要捉弄行者，行者随即拔下一根毫毛，变做假身，伏在八戒背上，真身变作一个猪虱子，紧紧的贴在他耳朵里。八戒正行，忽然打个跐踵，故意把行者往前一掼，扑的跌了一跤。原来那个假身本是毫毛变的，却就飘起去，无影无形。沙僧道："二哥，你怎么不好生走路，把大哥不知跌在那里去了！"八戒道："那猴子不禁跌，一跌就跌化了。兄弟，莫管他，我和你且寻师父去。"沙僧道："不好，还得他来，他比我们乖巧。若无他来，我不与你去。"行者在八戒耳朵里，忍不住高叫道："悟净，老孙在这里也。"沙僧听得道："罢了！这呆子是死了！你怎么就敢捉弄他！如今弄得闻声不见面，却怎是好？"八戒慌得跪在泥里磕头道："哥哥，是我不是了，待救了师父，上岸赔礼。你在那里做声？请现原身出来，我驮着你，再不敢冲撞你了。"行者道："是你还驮着我哩。我不弄你，快走！快走！"那呆子絮絮叨叨，只管念诵着赔礼，爬起来与沙僧又进。

又行有百十里远近，忽抬头望见一座楼台，上有"水鼋之第"四个大字。沙僧道："这壁厢是妖精住处，我两个该上门索战。"行者道："悟净，那门里外可有水么？"沙僧道："无水。"行者道："既无水，你藏隐在左右，待老孙去打听打听。"好大圣，爬离了八戒耳朵里，却又摇身一变，变作个长脚虾婆，两三跳跳到门里。睁眼看时，只见那怪坐在上面，众水族摆列两边，有个斑衣鳜婆坐于侧手，都商议要吃唐僧。行者留心，两边寻找不见，忽看见一个大肚虾婆走将来，径往西廊下立定。行者跳到面前称呼道："姆姆，大王与众商议要吃唐僧，唐僧却在那里？"虾婆道："唐僧，大王拿在宫后石匣中间，只等明日，他徒弟们不来炒闹，就享用也。"

行者闻言，演了一会，径直寻到宫后，看果有一个石匣，却像人家的猪槽，又似一口石棺材。只听得三藏在里面嘤嘤的哭哩。行者侧耳再听，那师父恨了一声道："自恨江流命有愆，生时多少水灾缠。出娘胎腹淘波浪，拜佛西天堕渺渊。前遇黑河身有难，今逢冰解命归泉。不知徒弟能来否，可得真经返故园？"行者忍不住叫道："师父莫恨水灾，《经》云：'土乃五行之母，水乃五行之源。无土不生，无水不长。'老孙来了！"三藏闻得道："徒弟呵，救我耶！"行者道："你且放心，待我们擒住妖精，管教你脱难。"急回头，跳将出去，到门外现了原身，叫八戒、沙僧道："正是此怪骗了师父。师父被怪物盖在石匣之下。你两个快早斗战，让老孙先出水面。你若擒得他就擒；擒不得，做个佯输，引他出水，等我打他。"这行者捻着避水诀，钻出河中，停立岸边等候。

那八戒闯至门前，厉声高叫："泼怪物！送我师父出来！"门里小妖急入通报。妖邪道："这定是那泼和尚来了。"教："快取披挂兵器！"妖邪结束了，手执一根九瓣赤铜锤，开门出来。对八戒道："你是那里和尚，为甚到此喧嚷？"八戒喝道："我把你这打不死的泼物！你前夜与我顶嘴，今日如何推不知来问我？我本是东土大唐圣僧之徒弟，往西天拜佛求经者。你弄虚头，假做甚么灵感大王，专在陈家庄要吃童男童女，我本是陈清家一秤金，你不认得我么？"那妖道："你这和尚，甚没道理。你变做一秤金，该一个冒名顶替之罪。我倒不曾吃你，反被你伤了我手背，你怎么又寻上我的门来？"八戒道："你既让我，却怎么又大雪冻冰，害我师父？快早送我师父出来，万事皆休！牙迸半个不字，教你死在眼前！”那妖闻言，冷笑道：“这和尚胡夸大口。果是我下雪冻河，摄你师父。你今上门取讨，我且与你交战三合，三合敌得我过，还你师父；敌不过，连你一发拿来吃了。”

八戒道：“乖儿子，正是这等说！仔细看钯！”即举钯劈头就筑，那妖使铜锤相交。沙僧见了，亦掣宝杖上前夹攻。三个人在水底下这一场好杀：铜锤宝杖与钉钯，悟能悟净战妖邪。有分有缘成大道，相生相克秉恒沙。土克水，水干见底；水生木，木旺开花。禅法参修归一体，还丹炮炼伏三家。土是母，发金芽，金生神水产婴娃；水为本，润木华，木有辉煌烈火霞。攒簇五行皆别异，故然变脸各争差。他三个战经两个时辰，不分胜败。猪八戒料不得赢他，对沙僧丢了个眼色，二人诈败佯输，各拖兵器，回头就走。那怪赶出水面。孙大圣在东岸上，眼不转睛，只看着河边水势，忽然见波浪翻腾，喊声号吼，八戒、沙僧都跳上岸道：“来了！来了！”那妖随后赶到。才出头，被行者喝道：“看棍！”那妖闪身躲过，使铜锤急架相迎。搭上手未经三合，那妖遮架不住，打个花，又淬于水里，遂此风平浪息。行者回转高崖道：“兄弟们，辛苦。”沙僧道：“哥呵，这妖精在岸上觉得不济，在水底也尽利害哩！我与二哥左右齐攻，只战得个两平，却怎么处置，救师父也？”行者道：“不必迟疑，恐被他伤了师父。你两个还去索战，引他出来，待我打他。”他两个如言而去。

却说那妖败阵回归，众妖接到宫中，鳜婆上前问道：“大王赶那两个和尚到那方来？”妖邪道：“那和尚原来还有一个帮手。他两个跳上岸去，那帮手轮一条铁棒，也不知有多少斤重，我的铜锤莫想架得他住，战未三合，我却败回来也。”鳜婆道：“大王，可记得那帮手是甚相貌？”妖邪道：“是一个毛脸雷公嘴，火眼金睛和尚。”鳜婆闻说，打了一个寒噤道：“大王呵，亏了你识俊，逃了性命！若再三合，决然不得全生。那和尚我认得他。我当年在东洋海内，曾闻得老龙王说他的名誉，乃是五百年前大闹天宫、混元一气上方太乙金仙齐天大圣，如今归依佛教，保唐僧往西天，改名孙悟空行者。他的神通广大，变化多端，大王，你怎么惹他？今后再莫与他战了。”

说不了，只见小妖来报：“那两个和尚又来门前索战哩。”妖精道："贤妹所见甚长。"传令叫小的们把门关紧了。正是任君门外叫，只是不开门。那小妖一齐都搬石头，泥块，把门塞住。八戒与沙僧连叫不出，呆子使钉钯筑破门扇看时，里面却都是泥土石块，高迭千层。沙僧道："二哥，这怪物惧怕之甚，闭门不出，我和你且上去，再与大哥计较去来。"八戒依言，径转东岸。告诉行者一遍。行者道："似这般却也无法可治。你两个只在河岸上巡视着，不可放他走了，待我上普陀岩问菩萨去来。"

你看他急纵祥光，径赴南海。那消半个时辰，早望见落伽山，低下云头，径至普陀崖上。只见那众神迎着道："菩萨今早出洞，不许人随，自入竹林里观玩。知大圣今日必来，分付我等在此候接。请在翠岩前聊坐片时，待菩萨出来，自有道理。"行者依言，还未坐下，又见那善财童子上前施礼道："孙大圣，前蒙盛意，幸菩萨不弃收留，早晚不离左右，专侍莲台之下，甚得善慈。"行者见是红孩儿，笑道："你那时节魔业迷心，今朝得成正果，才知老孙是好人也。"

行者久等不见，心焦道："列位与我传报传报，若迟了，恐伤吾师之命。"诸天道："不敢报，菩萨分付，只等他自出来哩。"行者性急，那里等得，拽步往里便走。只见那菩萨：独坐紫竹林，席地衬残箬。散挽一窝丝，未曾戴缨络。不挂素蓝袍，贴身小袄缚。漫腰束锦裙，赤了一双脚。披肩绣带无，精光两臂膊。玉手执钢刀，正把竹皮削。行者忍不住厉声高叫道："菩萨，弟子孙悟空志心朝礼。我师父有难，特来拜问通天河妖怪根源。"菩萨道："你且在外面，待我出来。"行者只得走出竹林，对众诸天道："菩萨今日又重置家事哩，怎么不坐莲台，也不妆饰，在林里削篾做甚?"诸天道："我等不知。今早出洞，未曾妆束，就入林中去了，又教我等在此接候大圣，必然为大圣有事。"行者等不多时，只见菩萨手提一个紫竹篮儿出林道："悟空，我与你救唐僧去来。"行者慌忙跪下道："弟子不敢催促，且请菩萨着衣登座。"菩萨道："不消着衣，就此去也。"那菩萨撇下诸天，纵祥云腾空而去，大圣只得相随。

顷刻间，到了通天河界，八戒、沙僧看见道："师兄性急，不知在南海怎么乱嚷乱叫，把一个未梳妆的菩萨逼将来也。"说不了，到于河岸。二人拜罢，菩萨即解下一根束袄的丝绦，将篮儿拴定，提着丝绦，半踏云彩，抛在河中，往上溜头扯着，口念颂子道："死的去，活的住！死的去，活的住！"念了七遍，提起篮儿，但见那篮里亮灼灼一尾金鱼，还眨眼动鳞。菩萨叫："悟空，快下水救你师父。"行者道："未曾拿住妖邪，如何救得师父？"菩萨道："这篮儿里不是？"八戒、沙僧拜问道："这鱼儿怎生有那等手段。"菩萨道："他本是我莲花池里养大的金鱼，每日浮头听经，修成手段。那一柄九瓣铜锤，乃是一根未开的菡萏，被他运炼成兵。不知是那一日，海潮泛涨，走到此间。我今早扶栏看花，却不见这厮出拜，掐指巡纹，算着他在此成精，害你师父，故此未及梳妆，运神功，织个竹篮儿擒他。"

行者道："菩萨，既然如此，且待片时，我等叫陈家庄众信人等，看看菩萨的金面，一则留恩，二来说此收怪之事，好教凡人信心供养。"菩萨道："也罢，你快去叫来。"那八戒、沙僧飞跑至庄前，高叫道："都来看活观音菩萨！都来看活观音菩萨！"一庄老幼男女，都向河边，也不顾泥水，都跪在里面，磕头礼拜。内中有善图画者，传下影神，这才是鱼篮观音现身。当时菩萨自归南海。

八戒、沙僧分开水道，径往那水鼋之第找寻师父。原来那里边水怪鱼精，尽皆死烂。却入后宫，揭开石匣，驮着唐僧，出离波津，与众相见。那陈清兄弟叩头称谢道："老爷不依小人劝留，致令如此受苦。"行者道："不消说了。你们这里人家，下年再不用祭赛，那大王已此除根，永无伤害。陈老儿，如今才好累你，快寻一只船儿，送我们过河去也。"那陈清道："有！有！有！"就教解板打船，众庄客闻得此言，无不喜舍。那个道我买桅篷，这个道我办篙桨，有的说我出绳索，有的说我雇水手。

正都在河边上炒闹，忽听得河中间高叫："孙大圣不要打船，花费人家财物，我送你师徒们过去。"众人听说，个个心惊。须臾，那水里钻出一个怪物来，原来是个多年粉盖癞头鼋。行者轮着铁棒道："我把你这个孽畜！若到跟前，这一棒就打死你！"老鼋道："我感大圣之恩，情愿送你师徒，你怎么返要打我？"行者道："与你有甚恩惠？"老鼋道："大圣，你不知这底下水鼋之第，乃是我的住宅。历代祖上传留到我。我因省悟本根,养成灵气,将祖居翻盖了一遍,立做一个水鼋之第。那妖邪乃九年前海啸波翻,他赶潮头,来于此处,仗逞凶顽,与我争斗,被他伤了我许多儿女眷族。我斗他不过,将巢穴白白的被他占了。今蒙大圣至此,请了菩萨扫净妖氛,将第宅还归于我,我如今团圞老小,得居旧舍。此恩重若丘山。且不但我等蒙惠,只这一庄上人,免得年年祭赛,全了多少人家儿女,此诚一举而两得也,敢不报答?"

行者闻言暗喜,收了铁棒道:"你端的是真情么?"那老鼋张着红口,朝天发誓道:"我若不送唐僧过此通天河,将身化为血水!"行者笑道:"你上来,上来。"老鼋却才负近岸边,将身一纵,爬上河崖。众人近前观看,有四丈围圆的一个大白盖。行者道:"师父,我们上他身渡过去也。"三藏道:"徒弟呀,那层冰厚冻,尚且邅迍,况此鼋背,恐不稳便。"老鼋道:"师父放心,我比那层冰厚冻,稳得紧哩,但歪一歪不成功果。"行者道:"师父呵,凡诸众生,会说人话,决不打诳语。"教:"兄弟们,快牵马来。"到了河边,陈家庄老幼男女,一齐来拜送。行者教把马牵在白鼋盖上,请唐僧站在马的颈项左边,沙僧站在右边,八戒站在马后,行者站在马前,又恐那鼋无礼,解下虎觔绦子,穿在他鼻子内,扯起来像一条缰绳,却使一脚踏在盖上,一脚登在头上,一手执着铁棒,一手扯着缰绳,叫道:"老鼋,慢慢走啊,歪一歪儿就照头一下。"老鼋道:"不敢!不敢!"他却登开四足,踏水面如行平地。众人都在岸上,焚香叩头,都念南无阿弥陀佛。直拜的望不见形影方回。

那师父驾着白鼋,那消一日,行过了八百里通天河界,干手干脚的登岸。三藏上崖,合手称谢道:"老鼋累你,无物可赠,待我取经回谢你罢。"老鼋道:"不劳师父赐谢。我闻得西天佛祖无灭无生,能知过去未来之事。我在此间,整修行了一千三百余年,虽然延寿身轻,会说人语,只难脱本壳。万望老师父到西天与我问佛祖一声,看我几时得脱本壳,可得一个人身。"三藏响允道:"我问,我问。"那老鼋才淬水中去了。行者遂伏侍唐僧上马。师徒们找大路一直奔西。毕竟不知此后还有甚么凶吉,且听下回分解。

第五十回 情乱性从因爱欲 神昏心动遇魔头

心地频频扫，尘情细细除，莫教坑堑陷毗卢。本体常清净，方可论元初。性烛须挑剔，曹溪任吸呼，勿令猿马气声粗。昼夜绵绵息，方显是功夫。这一首词，名《南柯子》。单道那三藏脱却通天河寒冰之灾。踏白鼋负登彼岸。师徒四众，顺大路望西而进。正遇严冬之景，但见那林光漠漠烟中淡，山骨棱棱水外清。师徒们正行处，忽然又遇一座大山，路窄崖高，石多岭峻，人马难行。三藏兜住缰绳，叫徒弟道："你看前面山高，恐有虎狼妖兽，是必仔细！"行者道："师父放心莫虑，我等兄弟三人，心和意合，归正求真，怕甚么虎狼妖兽！"

三藏闻言，只得放怀前进，冒雪冲寒，战澌澌行过那巅峰峻岭，远望见山凹中有楼台高耸，房舍清幽。唐僧欣然道："徒弟啊，这一日又饥又寒，幸得那山凹里有楼台房舍，断乎是人家寺院，且去化些斋饭，吃了再走。"行者闻言，急睁睛看，只见那壁厢凶云隐隐，恶气纷纷，回首对唐僧道："师父，那厢不是好处。"三藏道："见有楼台亭宇，如何不好？"行者笑道："师父呵，你那里知道，西方路上多有妖怪邪魔，善能点化庄宅。那壁厢气色凶恶，断不可入。"

三藏道："既不可入，我却着实饥了。"行者道："师父果饥，且请下马坐下，待我别处化些斋来你吃。"三藏依言下马。沙僧解开包裹，取出钵盂，递与行者。行者接了，分付沙僧道："贤弟，却不可前进，好生保护师父稳坐于此，待我回来，再往西去。"沙僧领诺。行者又向三藏道："师父，这去处少吉多凶，切莫要动身别往，我知你没甚坐性，与你个安身法儿。"即取金箍棒，将那平地下周围画了一道圈子，请唐僧坐在中间，着八戒、沙僧侍立左右，把马与行李都放在近身，对唐僧道："老孙画的这圈，强似那铜墙铁壁，凭他甚么虎狼魔鬼，俱莫敢近。但只不可走出圈外，只在中间稳坐，保你无虞。千万千万！"三藏依言，师徒俱端然坐下。

行者纵起云头，一直南行，忽见那古树参天，乃一村庄舍。按下云头，观看庄景。只听得呀的一声，柴扉响处，走出一个老者，手拖藜杖，仰身朝天道："西北风起，明日晴了。"说不了，后边跑出一个哈巴狗儿来，望着行者，汪汪的乱吠。老者却才转过头来，看见行者捧着钵盂，打个问讯道："老施主，我和尚是东土大唐钦差上西天拜佛求经者，适路过宝方，我师父腹中饥馁，特造尊府募化一斋。"老者闻言道："长老，你且休化斋，你走错路了。往西天大路，在那直北下，此间到那里有千里之遥，还不去找大路而行？"行者笑道："正是直北下，我师父现在大路上端坐，等我化斋哩。"那老者道："这和尚乱说了。你师父在大路上等你化斋，似这千里之遥，就会走路，也须得六七日，走回去又要六七日，却不饿坏他也？"行者笑道："不瞒老施主说，我才离了师父，还不上一盏热茶之时，却就走到此处。如今化了斋，还要赶去作午斋哩。"老者见说，心中害怕道："这和尚是鬼！是鬼！"抽身往里就走。行者一把扯住道："施主那里去？有斋快化些儿。"老者道："不方便！不方便！我家老小六七口，才淘了三升米下锅，还未曾煮熟。你且到别处去转转再来。"行者道："古人云：'走三家不如坐一家。'我贫僧在此等一等罢。"那老者见缠得紧，恼了，举藜杖就打。行者公然不惧，被他照光头上打了七八下。行者笑道："老官儿，凭你怎么打，只要记得杖数明白，一杖一升米，慢慢量来。"那老者闻言，急丢了藜杖，跑进去把门关了，只嚷："有鬼！有鬼！"慌得那一家儿战战兢兢，把前后门俱关上。行者心中暗想："这老贼才说淘米下锅，不知是虚是实。常言道：'道化贤良释化愚。'且等老孙进去看看。"他即使个隐身法，径走入厨中看处，果然那锅里气腾腾的，煮了半锅干饭。就把钵盂往里一掗，满满的掗了一钵盂，即驾云回转不题。

却说唐僧坐在圈子里，等待多时。不见行者回来，欠身望道："这猴子往那里化斋去了？"八戒在旁笑道："知他往那里耍子去了！却教我们在此坐牢。"三藏道："怎么谓之坐牢？"八戒道："师父，你原来不知。古人划地为牢，他将棍子划个圈儿，说强似铁壁铜墙，假如有虎狼来时，如何挡得他住？只好白白的送他吃罢了。"三藏道："悟能,凭你怎么处治?”八戒道:“此间又不藏风,又不避冷,若依老猪,只该顺着路,往西且行。师兄化了斋,必然驾云赶来。如今坐了这一会,老大脚冷。”

三藏闻此言,就是晦气星进了。遂依呆子,一齐出了圈外。顺路步行前进,不一时到了楼阁之所。却原来是坐北向南之家。门外八字粉墙,有一座倒垂莲升斗门楼,都是五色妆的,那门儿半开半掩。八戒就把马拴在门枕石鼓上,沙僧歇了担子,三藏坐于门槛之上。八戒道:“师父,这所在想是公侯之宅。门外无人,想都在里面烘火。你们坐着,让我进去看看。”

那呆子把钉钯撒在腰里,整一整青锦直裰,斯斯文文,走入门里,只见是三间大厅,帘栊高控,静悄悄全无人迹,也无桌椅家伙。转屏门往里又走,乃是一座穿堂。堂后有一座大楼,楼上窗格半开,隐隐见一顶黄绫帐幔。呆子道:“想是有人怕冷,还睡哩。”他也不分内外,拽步走上楼来,用手掀开看时,把呆子唬了一个踉踵。原来那帐里象牙床上,白媸媸的一堆骸骨,骷髅有巴斗大,腿挺骨有四五尺长。呆子定了性,止不住腮边泪落,对骷髅点头叹云:“你不知是那代那朝元帅体,何邦何国大将军。英雄豪杰今安在,可惜兴王定霸人。”八戒正才感叹,只见那帐幔后有火光一晃。呆子道:“想是有侍奉香火之人在后面哩。”急转步过帐观看,却是穿楼的窗扇透光。那壁厢有一张彩漆的桌子,桌子上乱搭着几件锦绣绵衣。呆子提起来看时,却是三件纳锦背心儿。

他也不管好歹,拿下楼来,出厅房,径到门外道:“师父,这里全没人烟,是一所亡灵之宅。老猪走进里面,直至高楼之上,黄绫帐内,有一堆骸骨。串楼旁有三件纳锦的背心,被我拿来了。也是我们的造化,此时天气寒冷,师父且脱了褊衫,把他穿在底下受用受用,免得吃冷。”三藏道:“不可不可!律云:‘公取窃取皆为盗。’倘或有人知觉,断然是一个窃盗之罪。还不送进去与他搭在原处。我们在此略坐一坐,等悟空来时走路。”八戒道:“四顾无人,谁人知道?那里论甚么公取窃取也!”三藏道:“你乱做呵!岂不闻暗室亏心,神目如电。趁早送去还他,莫爱非礼之物。”那呆子莫想肯听,对唐僧道:

"师父,你不穿,且待老猪穿一穿,护护脊背。等师兄来了,还他走路。"沙僧道:"既如此说,我也穿一件儿。"两个齐脱了上盖直裰,将背心套上。才紧带子,不知怎么立站不稳,扑的一跌。原来这背心儿赛过绑缚手,霎时间,把他两个背剪手贴心捆了。慌得个三藏跌足报怨,急忙来解,那里解得开?三个人在那里吆喝不绝,却早惊动了魔头。

原来那座楼房,果是妖精点化的,终日在此拿人。他在洞里正坐,忽闻得怨恨之声,急出门来看,果见捆住两个人了。即唤小妖,同到那厢,收了楼台房屋之形,把唐僧搀住,取了白马、行李,将八戒、沙僧一齐捉到洞里。老妖登台高坐,众妖把唐僧推伏于地。妖魔问道:"你是那方和尚?怎么这般胆大,白日里偷盗我的衣服?"三藏滴泪告道:"贫僧是东土大唐钦差往西天取经的,因腹中饥馁,着大徒弟去化斋未回,不曾依得他的言语,误撞仙庭避风。不期我这两个徒弟爱小,拿出这衣物,要穿穿暂护脊背,不料中了大王机关,把贫僧拿来。万望慈悯,放我求取真经,永注大王恩情,回东土千古传扬也!"那妖笑道:"我这里常听得人言:有人吃了唐僧一块肉,发白还黑,齿落更生,幸今日不请自来,还指望饶你哩。你那大徒弟叫做甚么名字?往何方化斋?"八戒闻言,即开口称扬道:"我师兄乃五百年前大闹天宫齐天大圣孙悟空也。"那妖听说,老大有些悚惧,暗想道:"久闻那厮神通广大,如今不期而会。"教小的们:"把唐僧捆了,将那两个解下宝贝,也捆了。且抬在后边,待我拿住他大徒弟,一发刷洗凑吃。"众妖答应一声,把三人捆了,抬在后边不题。

却说行者自南庄人家摄了一钵盂斋饭,驾云回返旧路。径至山坡平处,按下云头,早已不见唐僧,棍划的圈子还在,只是人马都不见了。回看那楼台亦俱无,惟见山根怪石。行者道:"不消说了,他们定是遭那毒手也。"急依路看着马蹄,向西而赶。行有五六里,正在凄怆之际,只闻得北坡外有人言语。看时,乃一个老翁,毡衣暖帽,手持着一根龙头拐棒,后边跟一个童仆,自坡前念歌而走。行者放下钵盂,觌面道个问讯。那老翁回礼道:"长老那里来的?"行者道:"我们东土来的,一行师徒四众。我因去化斋,教他三众坐在那山坡平处相候。及回来不见,不知往那条路上去了。动问公公,可曾看见?”老者闻言,呵呵冷笑道:“我才从此过时,看见他们错走了路,闯入妖魔口里去了。”行者道:“烦公公指教,是个甚么妖魔,居于何方,我好上门取索去也。”老翁道:“这座山叫做金皘山,山前有个金皘洞,洞中有个独角兕大王。那大王神通广大,威武高强。那三众断没命了。你若去寻,只怕连你也难保。”行者道:“多蒙指教,我岂有不寻之理!”把这斋饭倒与他,将这空钵盂自家收拾。那老翁接了钵盂,递与僮仆,现出本相,双双跪下叩头叫:“大圣,小神不敢隐瞒,我等就是此山山神、土地,在此候接大圣。这斋饭连钵盂,小神收下。待救唐僧出难,将此斋还奉唐僧,方显得大圣至恭至孝。”行者喝道:“你这毛鬼讨打!既知我到,何不早迎?却又这般藏头露尾。”土地道:“大圣性急,小神恐犯威颜,故此隐像告知。”行者道:“你且记打!待我拿那妖精去来!”土地、山神遵令。

这大圣拽起虎皮裙,执着金箍棒,径奔山前,找寻妖洞。转过山崖,只见那乱石磷磷,翠崖边有两扇石门,门外有许多小妖,在那里轮枪舞剑。大圣拽开步径至门前,高叫道:“那小妖,你快进去与你那洞主说,我本是唐僧徒弟齐天大圣孙悟空,教他快送我师父出来,免教你等丧命!”小妖急入通报。那魔王闻言,欢喜道:“正要他来哩!我自离了本宫,下降尘世,更不曾试试武艺。今日他来,必是个对手。”即命小妖取过一根丈二长的点钢枪,绰在手中。传令教小的们各要整齐向前。众妖得令随着。老妖走出门来叫道:“那个是孙悟空?”大圣上前道:“你孙外公在这里!快早还我师父,两无毁伤!若道半个不字,教你死无葬身之地!”那魔喝道:“你这个大胆泼猴精!有些甚么手段,敢出这般大言!你师父偷盗我的衣服,实是我拿住了,如今待要蒸吃。你今果有手段,与我比势,假若三合敌得我,饶了你师之命。如敌不过我,教你一路归阴!”

行者笑道:“泼物,不须讲口!走上来吃吾一棒!”那怪挺钢枪劈面相迎。两个战经三十合,不分胜负。那魔王见行者棒法齐整,全无破绽,不觉喝采道:“好猴儿!真个是那闹天宫的手段!”即把枪尖点地,喝令小妖齐来。那些小妖一个个拿刀弄杖,执剑轮枪,把大圣围在中间。行者公然不惧，使一条棒，前迎后架，东挡西除。那群妖莫想肯退。行者焦躁，把金箍棒丢将起去，喝声："变!"即变作千百条铁棒，好便似飞蛇走蟒，满空里乱落下来。那群妖见了，一个个魄散魂飞，尽往洞中逃命。老魔王嘻嘻冷笑道："那猴不要无礼！看手段!"即向袖中取出一个亮灼灼白森森的圈子来，望空抛起，叫声："着!"唿喇一下，把金箍棒收做一条，套将去了。弄得孙大圣赤手空拳，翻觔斗逃了性命。那妖魔得胜回归洞，行者朦胧失主张，这正是：道高一尺魔高丈，性乱情昏错认家。可恨法身无坐位，当时行动念头差。毕竟不知怎么结果，且听下回分解。

第五十一回 心猿空用千般计 水火无功难炼魔

话说大圣空着手败了阵，坐于金岘山后，扑梭梭两眼滴泪，叫道："师父啊，指望和你：同住同修同解脱，同缘同相显神通，岂料如今无主杖，空拳赤脚怎施功。"大圣凄惨多时，暗想道："那妖精认得我，他在阵上夸奖道真个是闹天宫之类，想来定然是天上凶星，思凡下界，我且去上界查勘查勘。"

急翻身纵起祥云，径入南天门里，直至灵霄殿外。只见张道陵、葛仙翁、许旌阳、丘弘济四天师都在殿前迎着行者，起手道："大圣何事到此？"行者道："有一事要见玉帝，烦为传报。"当时四天师传奏灵霄，引见玉陛。行者朝上唱个大喏道："启上天尊，我老孙保护唐僧往西天取经，一路上凶多吉少，也不消说。如今遇一凶怪，把唐僧拿在洞里。我寻上他门，与他交战，那怪神通广大，把我金箍棒抢去，因此难服妖魔。那怪说有些认得老孙，我疑是上天凶星下界，为此特来启奏，伏乞天尊垂慈，降旨查勘凶星，发兵收剿妖魔，老孙不胜战栗屏营之至！"却又打个深躬道："以闻。"旁有葛仙翁道："猴子是何前倨后恭？"行者道："不是前倨后恭，老孙于今是没棒弄了。"

彼时玉皇天尊闻奏，即降旨可韩司知道，可速查诸天星宿神王，有无思凡下界，随即复奏施行。可韩丈人真君领旨，当时即同大圣去查。细查了满天星斗，并无思凡下界者。可韩真君缴旨回奏讫。玉帝道："既如此，着孙悟空挑选几员天将，下界擒魔去也。"四大天师奉旨，即出殿对行者说了。行者想道："天上将不如老孙者多，胜似老孙者少。想我闹天宫时，不曾有一个对手。如今那怪物手段又强似老孙，却怎能勾取胜？"许旌阳道："此一时，彼一时，大不同也。常言道一物降一物哩，你好违了旨意？但凭高见，选用天将，勿得迟疑。"行者道："既然如此。烦旌阳转奏玉帝，只托塔天王与哪吒太子去罢，他还有几件降妖兵器，且下去与那怪见一仗，看是何如？"

天师启奏玉帝，玉帝即令李天王父子，率领众部天兵，与行者助力。那天王即奉旨来会行者，行者又对天师道："还有一事，再烦转达，但得两个雷公使用，等天王战斗之时，教雷公在云端里下个雷楔，照顶门上钉死那妖魔，更为妙计。"天师又奏玉帝，传旨教九天府下点邓化、张蕃二雷公，与天王合力降妖。大家遂同下南天门，顷刻便到金皘山上。

行者道："列位商议，那个先去索战？"天王道："我小儿哪吒，曾降九十六洞妖魔，随身有降妖兵器，须叫他先去出阵。"行者道："既如此，等老孙引太子去来。"那太子抖擞雄威，与大圣径至洞口，但见洞门紧闭。行者上前高叫："泼魔，快开门！还我师父来也！"小妖看见，急报道："大王，孙行者领着一个小童男，在门前叫战哩。"那魔王绰枪在手，走到门外观看，那小童男，生得相貌清奇。魔王笑道："你是李天王的孩儿哪吒太子，却如何到我这门前呼喝？"太子道："因你这泼魔作乱，困害东土唐僧，奉旨特来拿你！"魔王大怒道："你想是孙悟空请来的。我就是那圣僧的魔头哩。量你这小儿曹有何武艺，敢出大言！"挺起手中枪便刺，这太子使斩妖剑劈手相迎。

他两个搭上手，却才赌斗，那大圣急转山坡，叫雷公快快下雷楔。邓张二公即踏云光，正欲下手，只见那太子使出法来，将身一变，变作三头六臂，手持六般兵器，望妖魔砍来，那魔王也变作三头六臂，三柄长枪抵住。这太子又弄出降魔法力，将那砍妖剑、斩妖刀、缚妖索、降魔杵、绣球、火轮儿，大叫一声："变！"变作千千万万，如骤雨冰雹，纷纷密密，望妖魔打将去。那魔王公然不惧，一只手取出那白森森的圈子来，望空抛起，叫声："着！"唿喇的一下，把六般兵器套将下来，慌得那哪吒太子赤手逃生，魔王得胜而回。

邓、张二雷公在空中道："早是我不曾放了雷楔，假若被他套去，却怎么回见天尊？"二公按落云头，与太子来山坡下，对天王道："妖魔果神通广大！"行者道："那厮神通也只如此，争奈那个圈子利害。不知是甚么宝贝，丢起来善套诸物。"天王道："似此怎生结果？"行者道："凭你等计较，只是圈子套不去的，就可拿住他了。"天王道："套不去者，除非是水火。常言道，水火无情。"行者闻言道："说得有理。

你等且在此，可待老孙再上天走走。也不消启奏玉帝，只请荧惑火德星君来此，放火烧那怪物一场，或者连那圈子烧做灰烬，捉住妖魔。一则取兵器还汝等归天，二则可解脱吾师之难。”太子闻言甚喜，道：“大圣可早去早来。”

行者纵起祥光，又到南天门里，径至彤华宫。那南方三炁火德星君，整衣出门迎道：“昨日可韩司查点小宫，更无一人思凡。”行者道：“已知，但李天王与太子败阵，失了兵器，特来请你救援。因那怪物有一个圈子，善能套人的物件，不知是甚么宝贝，大家计议，惟有水火套不去。特请星君到下方纵火烧那妖魔，救我师父。”火德星君闻言，即点本部神兵，同行者到金嶍山，与天王、雷公等相见了。天王道：“孙大圣，你还去叫那厮出来，等我与他交战，教火德帅众烧他。”

行者即到洞口叫门。那魔帅众出洞道：“你这泼猴，又请了甚么兵来耶？”这壁厢转上托塔天王，喝道：“泼魔头，认得我么？”魔王笑道：“李天王，想是要与令郎报仇，欲讨兵器么？”天王道：“一则报仇要兵器，二来拿你救唐僧。不要走，吃我一刀！”那怪物挺长枪，随手相迎。他两个在洞前交战，行者即转身跳上高峰，对火德星君道：“三炁用心者！”那魔与天王正斗到好处，却又取出圈子来，天王看见，即拨祥光，回头便走。这高峰上火德星君，忙传号令，教众部火神，一齐放火。真个利害。那妖见火来，全无恐惧，将圈子望空抛起，唿喇一声，把这火龙、火马，火鸦、火鼠、枪、刀、弓、箭，一圈子又套将下去，转回本洞，得胜收兵。

这火德星君，手执着一杆空旗，招回众将，会合天王等，坐于山南坡下，对行者道：“大圣啊，这个凶魔，真是罕见。我今折了火器，怎生是好？”行者笑道：“不消报怨，那怪物既不怕火，断然怕水。等老孙再去请水德星君施布水势，往他洞里一灌，把魔王渰死，取物件还你们。”

说罢，即驾觔斗云，径到北天门里，直至乌浩宫。那水德星君迎进宫内道：“日昨可韩司查勘小宫，恐有本部之神，思凡作怪，正在此点查江海河渎之神，尚未完也。”行者道：“那魔王不是江河之神，昨老孙请火德星君放火烧他，又将火器一圈子套去。我想此物若不怕火，必然怕水，特来告请星君，施放水势，与我捉那妖精，救师之难也。”水德闻言，即令黄河水伯神王：“随大圣去助功。”行者问水伯道：“你将何物盛水？”水伯向袖中取出一个白玉盂儿道：“我有此物盛水。”行者道：“这盂儿能盛几何？”水伯道：“大圣不知，我这盂儿能盛尽黄河之水。半盂就是半河，一盂就是一河。”行者喜道：“只消半盂足矣。”遂辞别水德，与水伯急离天阙。

那水伯将盂儿望黄河舀了半盂，跟行者至金兜山。见了天王众神，具言前事。行者道：“不必细讲，且烦水伯跟我去。待我叫开他门，不要等他出来，就将水往门里一倒，那怪物一窝子可都淹死，我却再救师父不迟。”水伯依命，紧随行者至洞口，叫声：“妖怪开门！”那魔闻报，带了宝贝，绰枪就走，响一声开了石门。这水伯将玉盂向里一倾，那妖见是水来，即忙取出圈子，撑住二门。只见那股水骨都都的往外泛将出来，慌得大圣急纵觔斗，与水伯跳在高峰。那天王同众都驾云在半空观看，那水波涛泛涨，着实汹涌。行者见了心慌道：“不好啊！水漫四野，渰了民田，未曾灌在他的洞里，怎奈之何？”唤水伯急忙收水。水伯道：“小神只会放水，却不会收水，常言道泼水难收。”咦！那座山却也高峻，这场水只奔低流。须臾间，四散而归涧壑。

又只见那洞外跳出几个小妖，在外边弄棒拈枪，依旧喜喜欢欢耍子。天王道：“这水原来不曾灌入洞内，枉费一场之功也。”行者忍不住心中怒发，双手轮拳，闯至妖魔门首，喝道：“那里走！看打！”那几个小妖，丢了枪棒，跑入洞里报道：“大王，打将来了！”魔王挺枪出门道：“这泼猴，你几番家敌不过我，怎么又踵将来送命？”行者道：“我儿子反说了！走过来，吃老外公一拳！”那妖笑道：“这猴儿勉强缠帐！我倒使枪，他却使拳。那般个拳头只好有个核桃儿大小，怎么称得个锤子起？也罢！也罢！我且把枪放下，与你走一路拳看。”

那妖撩衣进步，丢了个架子，举起两个拳来，真似铁锤模样。这大圣展足那身，摆开解数，与那魔王递走拳势。这高峰头天王，哪吒众神跳到跟前，都要来相助。这壁厢群妖摇旗擂鼓，舞剑轮刀一齐上前。大圣见事不谐，将毫毛拔下一把叫：“变！”即变做三五十个小猴,一拥上前,把那妖缠住,扯腰抱腿,抓眼挦毛。那怪慌了,急把圈子拿将出来。大圣与天王等见他弄出圈套,拨转云头,走上高峰逃阵。那妖把圈子抛起,唿喇的一声,把那毫毛变的小猴收为本相,套入洞中,又得胜闭门而去。

行者与众神计议道:“魔王好治,只是圈子难降。奈何?”火德与水伯道:“若要取胜,除非得了他那宝贝,然后可擒妖邪。”行者道:“他那宝贝如何可得?只除是偷去来。”邓、张二公笑道:“若要行偷礼,除大圣再无能者,想当年大闹天宫时是何等手段!今日正该在此处用也。”行者道:“好说好说!既如此,且等老孙打听去。”

好大圣,跳下峰头,私至洞口摇身一变,变做个麻苍蝇儿,轻轻的到门缝边钻进去。只见那群妖排列两旁,老魔王高坐台上,面前摆着些蛇肉、鹿脯、熊掌、驼峰,宽怀畅饮。行者落于小妖丛里,又变做一个貛头精,慢慢的挨近台边,看勾多时,全不见宝贝放在何方。急抽身转至台后,又见那后厅上高吊着火龙吟啸,火马号嘶。忽抬头,见他的金箍棒靠在东壁,喜得他心痒难挝,忘记了更容变相,走上前拿了铁棒,现原身丢开解数,一路棒打将出去。慌得那群妖胆战心惊,老魔措手不及,却被他打开一条血路,径出洞门。这才是:魔头骄傲无防备,主杖还归与本人。毕竟不知吉凶如何,且听下回分解。

第五十二回　悟空大闹金峴洞　如来暗示主人公

话说大圣得了金箍棒，打出门前，跳上高峰，对众神满心欢喜。天王道："你这场如何？"行者正讲完洞中之话，只听得那山坡下锣鼓齐鸣，喊声震地，原来是兕大王帅众妖来赶行者。行者见了，举铁棒劈面喝道："泼魔那里去！"那怪骂道："贼猴头！着实无礼！你怎么白昼劫我物件？"行者道："死业畜！你倒弄圈套抢夺我物！那件儿是你的？不要走！吃老爷一棍！"那怪物轮枪隔架。战经三个时辰，不分胜败，早又见天色将晚，那怪物喝一声，虚晃一枪，帅群妖收兵入洞，将门紧紧闭了。

这大圣拽棍方回，与众神道："那妖被老孙打了这一场，必然疲倦。你们都放怀坐坐，等我再进洞去打听他的圈子，务要偷了他的，捉住那妖，寻取兵器，奉还汝等归天。"太子道："今已天晚，不若明早去罢。"行者笑道："这小郎不知世事！那见做贼的好白日里下手？似这等掏摸的，必须夜去夜来，才是买卖哩。"

你看他笑嘻嘻将铁棒藏了，跳下高峰，又至洞口，摇身一变，变作一个促织儿，自门缝里钻将进去，蹲在那壁根下，迎着里面灯光，仔细观看。只见那大小群妖，一个个狼餐虎咽，正都吃东西哩。少时间，收了家火，又都去安排窝铺睡觉。约摸有一更时分，行者才到他后边房里。只听那老魔传令，教各门上小的醒睡，恐孙悟空又变甚么私入偷盗。又有些该班坐夜的梆铃齐响，这大圣钻入房门，见有一架石床，左右列几个抹粉搽胭的山精树鬼，展铺盖伏侍老魔。只见那魔王去衣服，左肐膊上白森森的套着那个圈子，像一个连珠镯头模样。你看他更不取下，转往上抹了两抹，紧紧的勒在胳膊上，方才睡下。行者见了，将身又变，变作一个黄皮蛇蚤，跳上石床，钻入被里，爬在那怪的胳膊上，着实一口，叮的那怪翻身骂道："这些少打的奴才！被也不抖，床也不拂，不知甚么东西，咬了我这一下！"他却把圈子又捋上两捋,依然睡下。行者爬上那圈子,又咬一口。那怪也只不理。

行者料道偷他的不得。跳下床来,还变做促织儿,出了房门,径至后面,又听得龙吟马嘶,原来那层门紧锁,火龙、火马都吊在里面。行者现了原身,走近门边,使个解锁法,推开门闯将进去,原来那里面被火器照得明晃晃的,如白日一般。只见东西两边斜靠着几件兵器,都是太子的刀、剑,并那火德的弓、箭等物。行者周围看了一遍,又见一张石桌子上有一个盘儿,放着一把毫毛。大圣满心欢喜,将毫毛拿起来,呵了两口热气,叫声:"变!"即变作三五十个小猴,教他都拿了刀、剑、弓、箭等件,一应套去之物,骑了火龙,纵起火势,从里边往外烧来。只听得烘烘烈烈,扑扑乒乒,好便似咋雷连炮之声。慌得那些群妖梦中惊醒,喊的喊,哭的哭,一个个走头无路,被这火烧死大半。行者得胜回来,只好有三更时候。

那高峰上天王众位,忽见火光晃亮,一拥前来,见行者骑着龙,呼呼喝喝,径上峰头高叫道:"来收兵器!来收兵器!"行者将身一抖,那把毫毛复上身来。哪吒太子收了他六件兵器,火德星君着众火部收了火龙等物,都笑吟吟赞贺行者不题。

却说那金皘洞里火焰纷纷,唬得个兕大王魂不附体,急开了房门,双手拿着圈子,东推东火灭,西推西火消,满洞中冒烟突火,执着宝贝跑了一遍,四下里烟火俱息。急忙收救群妖,已是烧杀大半,又查看藏兵之内,各件皆无;又去后面看处,见八戒、沙僧与长老还捆住未解,白马、行李亦在屋里。妖魔想起恨道:"这火没有别人,断乎是孙悟空那贼!怪道我临睡时不安稳!想是那贼猴变化进来,要偷我的宝贝。见我抹勒得紧,不能下手,故作此狠毒之事,意欲烧杀我也。贼猴呵!你枉使机关,不知我的本事!我但带了这件宝贝,就是入大海而不能溺,赴火池而不能焚哩!这番若拿住那贼,只把他剐了点垛,方趁我心!"懊恼多时,不觉的鸡鸣天晓。

那高峰上太子得了兵器,对行者道:"大圣,天色已明。我们趁那妖魔挫了锐气,与火部等扶助你,再去力战,庶几这次可擒拿也。"行者笑道:"说得有理。"一个个抖擞威风,径至洞口。行者叫道:"泼魔出来!与老孙打呀!"原来那里两扇石门被火烧成灰烬,门里有几个小妖，正然扫地撮灰，忽见众圣齐来，慌得丢了扫帚，跑入里面通报。那怪闻报大惊，挺着长枪，带了宝贝，走出门来骂道："你这个偷营放火的贼猴，你有多大手段，就敢这等无状？不要走！吃吾一枪！"这大圣使棒来迎。两个正自相持，这壁厢哪吒太子生嗔，火德星君发狠，即将那神兵、火部等物，望妖魔身上抛来，一边又雷公使掮，天王举刀，不分上下，一拥齐来。那魔头巍巍冷笑，袖子中暗暗将宝贝取出，撒手抛起空中，叫声："着！"唿喇的一下，把神兵、火部等物、雷公掮、天王刀、行者棒，尽情又都捞去，众神灵依然赤手，孙大圣仍是空拳。妖魔得胜回身，叫："小的们，搬石砌门，动土修造，从新整理房廊。待齐备了，杀唐僧三众来谢土，大家散福受用。"众妖领命不题。

却说那众神回上高峰，火德怨哪吒性急，雷公怪天王心焦，惟水伯在旁无语。行者笑道："列位不须烦恼，待老孙再去查查他的脚色来也。"太子道："你前启奏玉帝，满天都查过了，如今却又何处去查？"行者道："我想起来，佛法无边，如今且去问我佛如来，教他着慧眼观看大地四部洲，看这怪是那方妖邪，圈子是件甚么宝贝。不管怎的，一定要拿他，与列位出气，还汝等欢喜归天。"众神道："甚好甚好，快去快去！"

好行者，说声去，就纵觔斗云，早至灵山，落下祥光，四方观看，忽听得有人叫道："孙悟空，从那里来？"急回头看，原来是比丘尼尊者。大圣作礼道："正有一事，欲见如来。"比丘尼道："你既然要见如来，怎么不登宝刹，倒在这里看山？"行者道："初来贵地，故此大胆。"比丘尼道："你快跟我来也。"这行者紧随至雷音寺。山门下又见那八大金刚，雄赳赳的两边挡住，比丘尼至佛座前奏过如来，如来传旨令入。

行者礼拜毕，如来问道："悟空，前闻得观音尊者解脱汝身，皈依释教，保唐僧来此求经，你怎么独自到此？有何事故？"行者叩首道："上告我佛，弟子自秉迦持，与唐朝师父西来，行至金㕙山，遇着一个恶魔头，名唤兕大王，神通广大，把师父与师弟等摄入洞中。弟子和他苦战数次。又蒙玉帝遣天神相助，被他将一个圈子，把我等兵器一概套去,无法收降,因此特告我佛,望垂慈擒魔救师,好虔诚拜求正果。”如来听说,将慧眼遥观,早已知识,对行者道:“那怪物我虽知之,但且不可说破。我这里着法力助你擒他去罢。”行者拜谢道:“如来助我甚么法力?”如来即令十八尊罗汉开宝库取十八粒“金丹砂”与悟空助力。行者道:“金丹砂却如何?”如来道:“你去叫那妖魔比试,演他出来,却教罗汉放砂陷住他,使他动不得身,拔不得脚,凭你揪打便了。”行者笑道:“妙!妙!妙!趁早去来!”那罗汉即取金丹砂出门,行者路上查看,止有十六尊罗汉,行者嚷道:“这是那个去处,却卖放人!”众罗汉道:“那个卖放?”行者道:“原差十八尊,今怎么只得十六尊?”说不了,里边走出降龙、伏虎二尊,上前道:“悟空,怎么就这等放刁?我两个在后听如来分付话的。”行者才与众罗汉笑呵呵驾起祥云。

不多时到了金山。天王帅众相迎,备言前事。罗汉道:“不必迟疑,快去叫他出来。”这大圣捻着拳头,到洞口骂道:“泼怪物,快出来与你孙外公见个上下!”那小妖又飞跑去报,魔王道:“那根棒子已被我收来,怎么却又到此,敢是要走拳?”随带了宝贝,绰枪在手,叫小妖搬开石块,跳出门来骂道:“贼猴!你几番家不得便宜,就该回避,如何又来吆喝?”行者道:“这泼魔不识好歹!若要你外公不来,除非你服降陪礼,送出我师父、师弟,我就饶你!”那怪道:“你那三个和尚已被我洗净了,不久便要宰杀,你还不识起倒!去了罢!”

行者听说,按不住心头火发,丢开架子,轮着拳,望妖魔使个挂面。那怪缠长枪劈手相迎。行者左跳右跳,哄那妖魔。妖魔不知是计,赶离洞口南来。行者即招呼罗汉把金丹砂望妖魔一齐抛下,那妖见飞砂迷目,把头低了一低,足下就有三尺余深,慌得他将身一纵,跳上一层,未曾立得稳,须臾又有二尺余深。那怪急了,拔出脚来,即忙取圈子往上一撇,叫声:“着!”唿喇的一下,把十八粒金丹砂又尽套去,拽步径归本洞。

那罗汉一个个空手停云。行者近前问道:“众罗汉,怎么不下砂了?”罗汉道:“适才响了一声,金丹砂就不见矣。”行者笑道:“又是那话儿套将去了。”天王等众道:“这般难伏啊,却怎么捉得他?”旁有降龙、伏虎二罗汉对行者道："悟空，你晓得我两个出门迟滞何也？"行者道："老孙不知。"罗汉道："如来分付我两个说，那妖魔神通广大，如失了金丹砂，就教孙悟空上离恨天太上老君处寻他的踪迹，庶几可一鼓而擒也。"行者闻言道："可恨！可恨！如来当时就该对我说了，却又教汝等空走。如今我去也。"

说声去，就纵一道觔斗云，直入南天门里。径至三十三天之外离恨天兜率宫前，见两仙童侍立，他也不通姓名，往旦径走，忽见老君自内而出，撞个满怀。行者躬身唱个喏道："老官，一向少看。"老君笑道："这猴儿不去取经，却来我处何干？"行者道："取经取经，昼夜无停；有些阻碍，到此行行。"老君道："西天路阻，与我何干？"行者道："西天西天，你且休言；寻着踪迹，与你缠缠。"老君道："我这里乃是无上仙宫，有甚踪迹可寻？"行者入里，眼不转睛，东张西看，走过几层廊宇，忽见那牛栏边一个童儿盹睡，青牛不在栏中。行者道："老官，走了牛也！走了牛也！"老君大惊道："这业畜几时走了？"正嚷间，那童儿方醒，跪于当面道："爷爷，弟子睡着，不知是几时走的。"老君骂道："你这厮如何盹睡？"童儿叩头道："弟子在丹房中拾得一粒丹吃了，就在此睡着。"老君道："想是前日炼的七返火丹，掉了一粒，被这厮拾吃了。那丹吃一粒，该睡七日哩，那业畜因你睡着，遂乘机走下界去，今亦是七日矣。"

即查可曾偷甚宝贝。行者道："无甚宝贝，只见他有一个圈子，甚是利害。"老君急查看道："这业畜偷了我金刚琢去了！"行者道："原来是这件宝贝！当时打着老孙的是他！如今在下界猖狂，不知套了我等多少物件！"老君道："这业畜在甚地方？"行者道："现在金嶢山金嶢洞。他捉了我唐僧，抢了我等兵器。似你这老官，纵放怪物，抢夺伤人，该当何罪？"老君道："我那金刚琢，乃是我过函关化魔之器，自幼炼成之宝。凭你甚么兵器、水火，俱莫能近他。若偷去我的芭蕉扇儿，连我也不能奈他何矣。"

大圣才欢欢喜喜随着。老君执了芭蕉扇，驾着祥云同行，出了南天门，径至金嶢山界，见了罗汉众神，备言前事。老君道："孙悟空还去诱他出来，我好收他。"这行者跳下峰头，又高声骂道："泼业畜！

趁早来受死！”老魔道：“这贼猴又不知请谁来也。”急绰枪带宝，迎出门来。行者骂道：“你这泼魔，今番坐定是死了！”急纵身跳起，劈脸打了一个耳瓜子，回头就跑。那魔轮枪就赶，只听得高峰上叫道：“那牛儿还不归家，更待何日？”那魔抬头，看见是太上老君，就唬得心惊胆战道：“这贼猴真是个地里鬼！却怎么就访得我的主人公来也？”老君念个咒语，将扇子搧了一下，那怪将圈子丢来，被老君一把接住。又一扇，那怪物力软觔麻，现了本相，原来是一只青牛。老君将金刚琢吹口仙气，穿了那怪的鼻子，解下勒袍带，系于琢上，牵在手中。至今留下个拴牛鼻的拘儿，就是此故。老君辞众神，跨上青牛背，驾彩云径归离恨天。

孙大圣才同天王等众打入洞里，把小妖尽皆打死，各取兵器，谢了众神回去。然后才解放唐僧、八戒、沙僧，拿了铁棒，收拾马匹行装，师徒们离洞，找大路方走。正走间，只听得路旁叫：“唐圣僧，吃了斋饭去。”那长老心惊。不知是甚人叫唤，且听下回分解。

第五十三回 禅主吞餐怀鬼孕 黄婆运水解邪胎

话说那大路旁叫唤者谁？乃金峣山山神、土地，捧着紫金钵盂叫道："圣僧呵，这钵盂饭是孙大圣向好处化来的。因你等不听良言，误入妖魔之手，致令大圣劳苦万端，今日方救得出。且来吃了饭，再去走路，莫辜负孙大圣一片恭孝之心也。"三藏道："徒弟，万分亏你，言谢不尽。早知不出圈子，那有此杀身之害。"行者道："都因你不信我的圈子，却教我受别人的圈子。多少苦恼，可叹！可叹！"骂八戒："都是你这夯货，弄师父遭此大难。着老孙翻天覆地，请天兵水火与佛祖丹砂，都不能降。后来亏如来暗示根源，才请老君来收伏，原来是个青牛作怪。"三藏闻言，感激不尽道："贤徒，今番经此，下次定然听你分付。"遂此四人分吃那饭，那饭热气腾腾的。行者道："这饭多时了，却怎么还热？"土地跪下道："是小神知大圣功完，才自热来伺候。"须臾饭毕，收拾了钵盂，辞了土地、山神。

那师父才扳鞍上马，过了高山。正是涤虑洗心皈正觉，餐风宿水向西行。行勾多时，又值早春天气，正行处，忽遇一道小河，澄澄清水，湛湛寒波。长老勒马观看，远见河那边有柳阴垂碧，微露着茅屋几椽。行者遥指道："那里人家，一定是摆渡的。"八戒放下行李，高叫道："摆渡的，撑船过来！"连叫几遍，只见那柳阴里面，咿咿哑哑的，撑出一只船儿。不多时已顶东岸。那梢子叫道："过河的，这里来。"三藏纵马近前看处，那梢子原来是个老妇人。行者道："梢公如何不在，却着梢婆撑船？"妇人微笑不答，三藏师徒和行李、白马都上了船。那妇人撑开船，摇动桨，顷刻间过了河。

身登西岸，长老教沙僧解开包，取几文钱钞与他。妇人更不争多寡，将缆拴在树上，笑嘻嘻径入庄屋里去了。三藏见那水清，一时口渴，便着八戒："取钵盂舀些水来我吃。"那呆子道："我也正要些吃哩。"即舀了一钵，递与师父。师父吃了有一少半，还剩了多半，呆子接来，一气饮干，却扶侍三藏上马西行，不上半个时辰，那长老在马上呻吟道："腹痛。"八戒随后也道："腹痛。"沙僧道："想是吃冷水了？"说未毕，师父声唤道："疼的紧！"八戒也道："疼得紧！"他两个疼痛难禁，渐渐肚子大了。用手摸时，似有血团肉块，不住的骨冗骨冗乱动。三藏正不稳便，忽然见那路旁有一村舍，树梢头挑着两个草把。行者道："师父，好了，那厢是个卖酒的人家，我们且去化他些热汤与你吃，就问可有卖药的，讨贴药，与你治治腹痛。"

三藏闻言甚喜。不一时，到了村舍门口下马。只见那门外有一个老婆婆，端坐在草墩上绩麻。行者上前问讯道："婆婆，贫僧是东土大唐来的，我师父乃唐朝御弟。因为过河吃了河水，觉肚腹疼痛。"那婆婆哈哈的笑道："你们在那边河里吃水来？"行者道："是。"那婆婆道："好耍子！好耍子！你都进来，我与你说。"行者即搀唐僧，沙僧即扶八戒，两人声声唤唤，腆着肚子，一个个只疼得面黄眉皱，入草舍坐下，行者叫："婆婆，是必烧些热汤与我师父，我们谢你。"那婆婆且不烧汤，笑嘻嘻跑进后边，叫出两三个半老不老的妇人，都来望着唐僧嬉笑。行者大怒，把牙一嗟，唬得那一家子跌跌蹡蹡，往后就走。行者上前，扯住那老婆子道："快早烧汤，我饶了你！"那婆子战兢兢的道："爷爷，我烧汤也治不得他两个肚疼。你放了我，等我说。"行者放了他，他说："我这里乃是西梁女国。我们这一国尽是女人，更无男子，故此见了你们欢喜。你师父吃的那水不好了，那条河唤做子母河，我那国王城外，还有一座迎阳馆驿，驿门外有一个照胎泉。我这里人，但年登二十岁以上，方敢去吃那河水。吃水之后，便觉腹痛有胎。至三日之后，到那迎阳馆照胎水边照去。若照得有了双影，便就降生孩儿。你师吃了子母河水，以此成了胎气，不日要生孩子，热汤怎么治得？"

三藏闻言，大惊道："徒弟啊，似此怎了？"八戒扭腰撒胯的哼道："爷爷呀！要生孩子，我们却是男身，那里开得产门？如何脱得出来。"行者笑道："古人云，瓜熟自落，若到那个时节，一定从胁下裂个窟窿，钻出来也。"八戒见说，战兢兢道："罢了罢了！死了死了！"沙僧笑道："二哥，莫扭莫扭！只怕错了养儿肠，弄做个胎前病。"那呆子越发慌了，眼中含泪，扯着行者道："哥哥，你问这婆婆，看那里有手轻的稳婆，预先寻下几个，这半会一阵阵的动荡得紧，想是摧阵疼。快了！快了！"沙僧又笑道："二哥，既知摧阵疼，不要扭动，只恐挤破浆泡耳。"

三藏哼着道："婆婆，你这里可有医家么？教我徒弟去买一贴堕胎药吃了，打下胎来罢。"那婆子道："就有药也不济事。只是我们这正南上有一座解阳山破儿洞，洞里有一眼落胎泉。须得那井里水吃一口，方才解了胎气。却如今取不得水了，向年来了一个道人，称名如意真仙，把那破儿洞改作聚仙庵，护住落胎泉水，不肯轻赐与人。但欲求水者，须要花红表礼，羊酒果盘，志诚奉献，只拜求他一碗儿。你们这行脚僧，怎么得许多钱财买办？但只可捱命，待时而生产罢了。"行者闻言，满心欢喜道："婆婆，你这里到那解阳山有几多路程？"婆婆道："有三千里。"行者道："好了！好了！师父放心，待老孙取些水来你吃。"即问那婆子取了一个瓦钵，出草舍，纵云而去。那婆子才望空礼拜道："爷爷呀，这和尚会驾云！"才叫出那几个妇人来，对唐僧磕头礼拜，都称为罗汉菩萨，一壁厢烧汤办饭，供奉唐僧不题。

却说那大圣觔斗云起，少顷间便见一座山头，即按云光，睁睛观看，又只见背阴处，有一所庄院。大圣下山，径至庄门，见一个观老道人，盘坐在绿茵之上，大圣放下瓦钵，近前道问讯，那道人欠身还礼道："那方来者？至小庵有何勾当？"行者道："贫僧乃东土大唐钦差西天取经者。因我师父误饮了子母河之水，如今腹疼难禁。问及土人，说是结成胎气，无方可治。访得宝山有落胎泉可以消得胎气，故此特来拜见如意真仙，求些泉水，救我师父，烦老道指引指引。"那道人笑道："此间原是破儿洞，今改为聚仙庵了。我即是如意真仙老爷的徒弟。你叫做甚么名字？我好与你通报。"行者道："我是唐三藏法师的大徒弟，贱名孙悟空。"道人问曰："你的花红、酒礼都在那里？"行者道："我是个过路的挂搭僧，不曾办得来。"道人笑道："你好痴呀！我老师父护住山泉，并不曾白送与人。你回去办将礼来，我好通报，不然请回，莫想莫想！"行者道："人情大似圣旨，你去说我老孙的名字,他必然做个人情,或者连井都送我也。"

道人闻此言,只得进去通报。那真仙不听说便罢,一听得说个悟空名字,却就怒从心上起,恶向胆边生,急起身脱了素服,换上道衣,取一把如意钩子,跳出庵门,叫道:"孙悟空何在?"行者见了,合掌作礼道:"贫僧便是孙悟空。"那先生笑道:"你真个是孙悟空,你可认得我么?"行者道:"我因归正释门,这一向登山涉水,把那幼时的朋友也都疏失,未及拜访。适间问子母河西乡人家,言及先生乃如意真仙,故此知之。"先生道:"你走你的路,我修我的真,你来访我怎的?"行者道:"因我师父误饮了子母河水,腹疼成胎,特来仙府求一碗落胎泉水,救解师难也。"

先生怒目道:"你师父可是唐三藏么?"行者道:"正是。"先生咬牙恨道:"你们可曾会着一个圣婴大王么?"行者道:"他是火云洞红孩儿妖怪的绰号,真仙问他怎的?"先生道:"那是我的舍侄,我乃牛魔王的兄弟。前者家兄处有信来报我,说唐三藏的大徒弟孙悟空惫懒,将他害了。我这里正没处寻你报仇,你倒来寻我,还要甚么水哩!"行者陪笑道:"先生差了,你令兄也曾与我结拜弟兄,但只是不知先生尊府,有失拜望。如今令侄得了好处,现随着观音菩萨,做了善财童子,我等尚且不如,怎么反怪我也?"

先生喝道:"这泼猴狲,还弄巧舌!我舍侄还是自在为王好,还是与人为奴好?不得无礼!吃我这一钩!"大圣使铁棒架住道:"先生莫说打的话,且与些泉水去也。"那先生骂道:"泼猴狲,不知死活!如若三合敌得我,与你水去;敌不过,只把你杀了,与我侄子报仇。"大圣骂道:"你这不识起倒的业瘴!既要打,走上来看棍!"那先生如意钩劈手相迎。战经十数合。这大圣一条棒似滚滚流星,着头乱打,先生败了觔力,倒拖着如意钩,往山上走了。

大圣不去赶他,却来庵内寻水,那个道人早把庵门关了。大圣拿着瓦钵,赶至门前,一脚踢破庵门,闯将进去,见那道人伏在井栏上,大圣举棒要打,那道人往后跑了。却才寻出吊桶来,正要打水,又被那先生赶到前边,使如意钩子把大圣钩着脚一跌,跌了个嘴哏地。大圣爬起来,使棒就打,他却闪在旁边,执着钩子道:"看你可取得我的水去!”大圣骂道:“你上来! 你上来! 我直打杀你便罢!”那先生也不上前,只是禁住了不许大圣打水。大圣却使左手轮着铁棒,右手使吊桶,将索子才放下。又被他一钩钩着脚,扯了个踘踵,连索子都跌下井去了。大圣道:“这厮却是无礼!”爬起来,双手轮棒,没头没脸的打将去。那先生依然走了,不敢迎敌。大圣要去取水,奈何没有吊桶,又恐怕来钩脚,心中暗想道:“且去叫个帮手来!”

即拨转云头,径返村舍,叫一声:“沙和尚。”那里边三藏忍痛呻吟,猪八戒哼声不绝,听得叫唤,沙僧连忙出门接着。大圣对唐僧备言前事,三藏滴泪道:“徒弟呵,似此怎了?”大圣道:“我来叫沙兄弟与我同去,到那边等老孙和那厮敌斗,教沙僧乘便取水来。”三藏道:“你两个都去了,丢下我两个有病的,教谁伏侍?”那老婆婆道:“老罗汉只管放心,我家自然看顾伏侍你。你们早间到时,我等实有爱怜之意,却才见这位菩萨云来雾去,方知你是罗汉菩萨。我家决不敢害你。”行者咄的一声道:“汝等女流之辈,敢伤那个?”老婆子笑道:“爷爷,还是你们有造化,来到我家! 若到第二家,你们也不得囫囵了!”八戒哼哼的道:“不得囫囵,是怎么的?”婆婆道:“我一家儿四五口,都是有几岁年纪的,那风月事尽皆休了,故此不肯伤你。若还到第二家,那年小之人,那个肯放过你! 就要与你交合。假如不从,就要害你性命,把你们身上肉,都割了去做香袋儿哩。”八戒道:“若这等,我决无伤。他们都是香喷喷的,好做香袋;我是个臊猪,就割了肉去,也是臊的,故此无伤。”

行者即问婆子取了吊桶绳索。同沙僧驾云而去。那消半个时辰,早到解阳山,按下云头,径至庵外。大圣分付沙僧且在一边躲着,“等老孙与他交战之时,你乘机取水就走。”沙僧依命。大圣掣了铁棒,高叫:“开门!”那道人急入里通报,那先生心中大怒,即挺如意钩子,出门喝道:“泼猢狲,你又来作甚?”大圣道:“我来只是取水。”真仙道:“泉水乃吾家之井,凭他帝王宰相,也须表礼羊酒来求。况你又是仇人,擅敢白手来取?”大圣道:“真个不与?”真仙道:“不与,不与!”大圣轮起棒着头便打。那真仙使钩子急架相还。这一场在庵门交手,直斗到山坡之下,两人恨苦相持。

那沙和尚提着吊桶,闯进门去,只见那道人井边挡住道:“你是甚人,敢来取水!”沙僧放下吊桶,取出宝杖,一下把道人左臂打折,道人叫天叫地的,爬到后面去了。沙僧却将吊桶向井中满满的打了一桶水,走出庵门,驾起云雾,望着行者喊道:“大哥,我已取了水去也!饶他罢!”大圣听得,方才使铁棒支住钩子道:“你听老孙说,我本要打杀你,争奈你不曾犯法,二来看你令兄牛魔王的情上。我师弟已是取水去了。以后有取水者再不许勒措他。”那妖仙不识好歹,演一演,就来钩脚,被大圣闪过,赶上前推了一交。夺过如意钩来,折为两段,总拿着又抉为四段,掷之于地道:“泼业畜,再敢无礼么?”那妖仙战战兢兢,忍辱无言,这大圣笑呵呵,驾云而起。诗曰:真铅若炼须真水,真水调和真汞干。真汞真铅无母气,灵砂灵药是仙丹。婴儿枉结成胎象,土母施功不等闲。推倒旁门宗正教,心君得意笑容还。

大圣纵着祥光,赶上沙僧,喜喜欢欢,径降村舍。只见八戒腆着肚子,倚在门枋上哼哩。行者上前道:“呆子,几时占房的?”呆子道:“哥哥莫取笑,可曾有水来么?”沙僧随后就到道:“水来了!水来了!”三藏忍痛欠身道:“徒弟啊,累了你也!”那婆婆却也欢喜,几口儿都出礼拜道:“菩萨呀,却是难得!难得!”即忙取个花瓷盏子,舀了半盏儿,递与三藏道:“老师父,细细的吃,只消一口,就解了胎气。”八戒道:“我不用盏子,连吊桶把我喝了罢。”那婆子道:“老爷爷,唬杀人罢了!若吃了这桶水,好道连肠子肚子都化尽了!”吓得呆子不敢胡为,也只吃了半盏。

那里有顿饭之时,他两个腹中绞痛,只听毂辘毂辘三五阵肠鸣。肠鸣之后,那呆子忍不住,大小便齐流,唐僧也要往静处解手。行者道:“师父呵,切莫出风地里去。怕人子,一时冒了风,弄做个产后之疾。”那婆婆即取两个净桶来,叫他两个方便。须臾间,各行了几遍,才觉住了疼痛,渐渐的销了肿胀,化了那血团肉块。那婆婆家又煎些白米粥与他补虚。八戒道:“婆婆,我不用补虚。且烧些汤水与我洗个澡,却好吃粥。”沙僧道:“哥哥,洗不得澡,坐月子的人弄了水浆致病。”八戒道:“我又不曾大生,左右只是个小产,怕他怎的?”真个那婆子烧些汤与他两个净了手脚。唐僧才吃了两盏粥汤,八戒吃了十数碗,还只要添。行者笑道:“夯货！少吃些！莫弄个沙包肚,不像模样。”那家子又去收拾煮饭。老婆婆对唐僧道:“老师父,把这水赐了我罢。”行者即教他拿去。那婆婆谢了行者,将水盛于瓦罐之中,埋在后边地下,对众老小道:“这罐水,勾我的棺材本也!”即整顿斋饭,唐僧们吃了。将息一宿。

次日天明,师徒们谢了婆婆,出离村舍,找路西行。这才是洗净口业身干净,销化凡胎体自然。毕竟不知前去到何地方,且听下回分解。

第五十四回 法性西来逢女国 心猿定计脱烟花

话说三藏师徒别了村舍人家,依路西进,不上三四十里,便是那西梁国界。唐僧在马上指道:"悟空,前面城池相近,想是西梁女国。汝等须要谨慎,切休放荡情怀。"三人谨遵师命。言未了,已至东关厢街口。那里人都是长裙短袄,粉面油头,不分老少,尽是妇女,正在街上做买做卖,忽见他四众来时,一齐都鼓掌呵呵,整容欢笑道:"人种来了!人种来了!"须臾间就塞满街道,惟闻笑语。三藏马不能行。八戒口里乱嚷道:"我是个销猪!我是个销猪!"行者道:"呆子,莫乱谈,拿出旧嘴脸便是。"八戒真个把头摇上两摇,竖起一双蒲扇耳,扭动莲蓬吊搭唇,发一声喊,把那些妇女们唬得跌跌爬爬。两边乱躲。诗曰:圣僧拜佛到西梁,国内纯阴独少阳。农士工商皆女辈,渔樵耕牧尽红妆。娇娥满路呼人种,幼妇盈街接粉郎。试问星槎今古客,几人曾到此殊方。

唐僧一行前进,又见那市井上房屋齐整,铺面轩昂,一般有米行、盐店、酒肆、茶坊。师徒们转弯抹角,忽见有一女官侍立街旁,高声叫道:"远来的使客,不可擅入城门。请投馆驿注名上簿,待下官执名奏驾,验引放行。"三藏闻言下马,观看那衙门上有一匾,上书"迎阳驿"三字。长老道:"悟空,那村舍人家传言是实,果有迎阳之驿。"沙僧笑道:"二哥,你去照胎泉边照照,看可有双影。"八戒道:"莫乱说!我已是打下胎来了,还照他怎的?"三藏只叫谨言,遂上前与那女官作礼。

女官请他们进驿正厅内坐下,即唤看茶。又见那手下人尽是三绺梳头、两截穿衣之类,你看那拿茶的也笑。茶罢,女官欠身问曰:"使客何来?"行者道:"我等乃东土大唐王驾下钦差上西天拜佛求经者。我师父便是唐王御弟,号曰三藏,我等三人是他徒弟,一行连马五口。随身有通关文牒,乞为照验放行。"那女官执笔写罢,下来叩头道："老爷恕罪，下官乃迎阳驿驿丞，不知上邦老爷，未曾远接。"拜毕起身，即令管事的安排饮馔供奉，"待下官进城启奏我王，倒换关文，打领给送老爷们西进。"三藏忻然而坐不题。

且说那驿丞整了衣冠，径入城中五凤楼前，对黄门官道："迎阳馆驿丞有事见驾。"黄门即时启奏，女王降旨传宣至殿，问驿丞有何事来奏。驿丞道："微臣在驿，接得东土大唐王御弟唐三藏，有三个徒弟，连马五口，欲上西天拜佛取经。特来启奏主公，可许他倒换关文放行？"女王闻奏满心欢喜，对众文武道："寡人夜来梦见金屏生彩艳，玉镜展光明，乃是今日之喜兆也。"众女官拥拜丹墀道："主公，怎见得是喜兆？"女王道："东土男人，乃唐朝御弟。我国中自混沌开辟之时，累代帝王，更不曾见个男人至此。幸今唐王御弟下降，想是天赐来的。寡人以一国之富，愿招御弟为王，我愿为后，与他阴阳配合，生子生孙，永传帝业，却不是喜兆也？"众女官拜舞称扬，无不欢悦。

驿丞又奏道："主公之论，乃万代传家之计。但只是御弟三徒凶恶，不成相貌。"女王道："你见他们怎生模样？"驿丞道："御弟相貌堂堂，丰姿英俊，诚是天朝上国之男儿，南赡中华之人物。那三徒却是形容狞恶，状若妖魔。"女王道："既如此，把他徒弟与他领给，倒换关文，打发他往西天，只留下御弟，有何不可？"众官拜奏道："主公之言极当，臣等钦此钦遵。但只是匹配之事，无媒不可，自古道：'姻缘配合凭红叶，月老夫妻系赤绳。'"女王道："依卿所奏，就着当驾太师作媒，迎阳驿丞主婚，先去驿中与御弟求亲。待他许可，寡人却摆驾出城迎接。"那太师、驿丞领旨出朝。

却说三藏师徒们在驿厅上正享斋饭，只见外面人报："当驾太师与我们本官来了。"三藏道："太师来是为何意？"八戒道："怕是女王请我们也。"行者道："不是相请，定是说亲。"三藏道："悟空，假如强逼成亲，却怎么是好？"行者道："师父只管允他，老孙自有处治。"

言未了，二女官早到，对长老下拜。长老一一还礼道："贫僧出家人，有何德能，敢劳大人下拜？"那太师见长老相貌轩昂，心中暗喜道："我国中实有造化，这个男子，却也做得我王之夫。"二官拜毕起来，侍立左右道："御弟爷爷，万千之喜了！"三藏道："我出家人，喜从何来?”太师躬身道:“敝处乃西梁女国,国中自来没个男子。今幸御弟爷爷降临,臣奉我王旨意,特来求亲。”三藏道:“善哉!善哉!我贫僧来到贵地,止有顽徒三个,不知大人求的是那个亲事?”驿丞道:“下官才进朝启奏,我王十分欢喜,道夜来得一吉梦,梦见金屏生彩艳,玉镜展光明,知御弟乃中华上国男儿,我王愿以一国之富,招赘御弟爷爷为夫,南面称孤,我王愿为帝后。传旨着太师作媒,下官主婚,故此特来求这亲事也。”三藏闻言,低头不语。太师道:“大丈夫遇时不可错过,似此招赘之事,天下虽有,托国之富,世上实稀。请御弟速允,庶好回奏。”长老越加痴痖。

八戒在旁掬着碓挺嘴叫道:“太师,你去上复国王,我师父乃久修得道的罗汉,不爱你托国之富,也不爱你倾国之容,快些儿倒换关文,打发他往西去,留我在此招赘,如何?”太师闻说,胆战心惊,不敢回话。驿丞道:“你虽是个男身,但只形容丑陋,不中我王之意。”八戒笑道:“你甚不通变,常言道,粗柳簸箕细柳斗,世上谁见男儿丑?”行者道:“呆子,勿得乱谈,任师父尊意,可行则行,可止则止,莫要担搁工夫。”

三藏道:“悟空,凭你怎么说好?”行者道:“依老孙说,你在这里也好。自古道,千里姻缘似线牵,那里再有这般相应处?”三藏道:“徒弟,我们在这里贪图富贵,谁去西天取经?却不望坏了我大唐之帝主也?”太师道:“御弟在上,我王旨意,原只教求御弟为亲,教你三位徒弟赴了会亲筵宴,关付领给,倒换关文,往西天取经去哩。”行者道:“太师说得有理,我等不必作难,情愿留下师父,与你主为夫,快换关文,打发我们西去,待取经回来,好到此拜爷娘,讨盘缠,回大唐也。”那太师与驿丞对行者作礼道:“多谢老师玉成之恩。”八戒道:“太师,切莫要口里摆菜碟儿,既然我们许诺,且教你主先安排一席,与我们吃杯旨酒,如何?”太师道:“有,有,有,就教摆设筵宴来也。”那驿丞与太师欢天喜地,回奏女主不题。

却说长老一把扯住行者,骂道:“你这猴头,弄杀我也!怎么教我在此招婚,你们西天拜佛,我就死也不敢如此。”行者道:“师父放心,老孙岂不知你性情,但只是到此地,遇此人,不得不将计就计。”

三藏道："怎么将计就计？"行者道："你若执法儿不允他，他便不肯倒换关文，不放我们走路。倘或意恶心毒，喝令多人割了你肉，做甚么香袋啊，我等岂肯善放？一定要和他动手。你知我们的手脚又重，器械又凶，这一国的人却不是怪物妖精，还是一国人身。你又是个好善慈悲的人，在路上一灵不损，若打杀无限的平人，你心何忍！"三藏道："悟空此论最善。但恐女主招我进去，要行夫妇之礼，我怎肯败坏了佛家德行，坠落了本教人身？"行者道："今日允了亲事，他一定以皇帝礼，摆驾出城接你。你更不要推辞，就坐龙车，登宝殿，面南坐下，问女王取出御宝来，宣我们兄弟进朝，把通关文牒用了印，交付与我们。一壁厢教摆筵宴，就当与女王会喜，就与我们送行。待筵宴已毕，再叫排驾，只说送我们三人出城，回来与女王配合。哄得他君臣欢悦，更无阻挡之心。待送出城外，你下了龙车，教沙僧伏侍你骑上白马，老孙却使个定身法儿，教他君臣人等皆不能动，我们只管西行。行得一昼夜，我却念个咒，解了法，还教他君臣们苏醒回城。一则不伤他的性命，二来不损你的元神，这叫做假亲脱网之计，岂不两全其美也？"三藏闻言，如醉方醒，似梦初觉，称谢不尽，道："深感贤徒高见。"四众同心商量不题。

却说那太师与驿丞入朝回奏道："主公佳梦最准，鱼水之欢就矣。"女王闻奏，笑盈盈问道："贤卿见御弟怎么说来？"太师道："臣等到驿，拜见御弟，即备言求亲之事。御弟还有推托之辞，幸亏他大徒弟慨然见允，愿留他师父与我王为夫，只教先倒换关文，打发他三人西去。取得经回，好到此拜认爷娘，讨盘费回大唐也。"女王笑道："御弟再有何说？"太师奏道："御弟不言，愿配我主，只是他那二徒弟，先要吃席肯酒。"

女王闻言，即传旨教光禄寺排宴，一壁厢排大驾，出城迎接夫君。众女官即钦遵王命，打扫宫殿，铺设庭台。一班儿摆宴的，火速安排；一班儿摆驾的，流星整备。你看那西梁虽是妇女之邦，那銮舆不亚中华之盛。正是那：六龙喷彩扶车出，双凤生祥驾辇来。嘹亮仙音通帝阙，氤氲瑞气接天台。金鱼玉佩多官拥，宝髻云鬟众女排。此地自来无合卺，女王今日配男才。

不多时大驾出城，早到迎阳馆驿。那驿丞急报三藏道："驾到了。"三藏即与三徒整衣出厅迎驾。女王卷帘下辇道："那一位是唐朝御弟？"太师指道："那香案前穿锦襕衣者便是。"女王闪凤目，展蛾眉，仔细观看，果然一表非凡。他看到那心欢意美之处，不觉淫情汲汲，爱欲孜孜，轻启樱桃小口，呼道："大唐御弟，还不来占凤乘鸾也？"三藏闻言，耳红面赤，羞答答不敢抬头。八戒在旁，掬着嘴，饧眼观看。那女王却果然十分艳丽，真个是：丹桂嫦娥离月殿，碧桃王母降瑶池。那呆子看到好处，忍不住口嘴流涎，心头撞鹿，一时间骨软觔麻，好便似雪狮子向火，不觉的都化去也。

只见那女王走近前来，一把扯住三藏，悄语娇声，叫道："御弟哥哥，请上龙车，和我同上金銮宝殿，匹配夫妇去来。"这长老战兢兢立站不住，似醉如痴。行者在旁叫道："师父不必太谦，请共娘娘上辇，快快倒换关文，等我们取经去也。"三藏只得强作欢容，移步近前，与女主同携素手，共坐龙车。

那些文武官，见主公与长老登辇，并肩而坐，一个个眉花眼笑，拨转仪从，复入城中。大圣才教沙僧挑担牵马，随大驾后边同行。八戒往前乱跑，先到五凤楼前，嚷道："好自在！好现成呀！这个弄不成！这个弄不成！吃了喜酒进亲才是！"唬得些执仪从的女官都不敢前进，回至驾边奏道："主公，那一个长嘴大耳的，在五凤楼前嚷道要喜酒吃哩。"女主闻奏，与长老倚香肩，偎桃腮，俏声问道："御弟哥哥，长嘴大耳的是你那个高徒？"三藏道："是我第二个徒弟，他生得食肠宽大，一生要图口肥。须是先安排些酒食与他吃了，方可行事。"女主急问："光禄寺安排筵宴完否？"女官奏道："已设完了，荤素两样，在东阁上哩。"女王又问："怎么两样？"女官奏道："臣恐唐朝御弟与高徒等平素吃斋，故有荤素两样。"女王却又笑吟吟问道："御弟哥哥，你吃素吃荤？"三藏道："贫僧们都吃素，但是小徒还吃些素酒。"说未了，太师启奏："请赴东阁会宴，今宵吉日良辰，就可与御弟爷爷成亲。明日天开黄道，请御弟爷爷高登宝殿，改年号即位。"女王大喜，即与长老携手相搀，下了龙车，共入端门，但见：风飘仙乐下楼台，阊阖中间翠辇来。殿阁峥嵘如上国，玉堂金马一时开。

到了东阁之下，又见那一派笙歌声韵美，两行红粉貌妖娆。正中堂排设两般盛宴：左边上首是素筵，右边上首是荤筵，下两路尽是单席。那女王敛袍袖，十指尖尖，捧着玉杯，便来安席。行者近前道："我师徒都是吃素。先请师父坐了左手素席，转下三席，我兄弟们好坐。"太师道："正是，正是。师徒如父子也，不可并肩。"众女官连忙调了席面。女王一一传杯，安了他弟兄三位。行者又与唐僧丢个眼色，教师父回礼。三藏下来，却也擎玉杯，与女王安席。那些文武官，朝上拜谢了皇恩，各依品从，分坐两边，才住了音乐请酒。那八戒那管好歹，放开肚子，一顿噇个罄尽，呷了六七杯酒。口里嚷道："拿大觥来！再吃几觥，各人干事去。莫只管贪杯误事，快早儿打发关文，正是将军不下马，各自奔前程。"女王闻说，即令近侍官满斟玉液，连注琼浆，都各饮一巡。

三藏欠身而起，对女王合掌道："陛下，多蒙盛设，酒已勾了。请登宝殿，倒换关文，赶天早，送他三人出城罢。"女王依言，携着长老，散了筵宴，上金銮宝殿，即让长老正坐。三藏道："不可！不可！适太师言过，明日天开黄道，贫僧才敢就位。今日且印关文，打发他去也。"女王依言，仍坐了龙床，即取金交椅一张，放在龙床左手，请唐僧坐了，叫拿上通关文牒来。大圣便将关文双手捧上。那女王细看一番，上有大唐皇帝宝印九颗，下有宝象国印，乌鸡国印，车迟国印。女王看罢，娇滴滴笑道："御弟哥哥又姓陈？"三藏道："俗家姓陈。因我唐王圣恩认为御弟，赐姓为唐也。"女王道："关文上如何没有高徒之名？"三藏道："三个顽徒，不是我唐朝人物。"皆是途中收得，故此未注法名在牒。"女王道："我与你添注法名，好么？"三藏道："但凭陛下尊意。"女王即令取笔砚来，问了名字，牒文之后写上孙悟空、猪悟能、沙悟净三人，却才取出御印，端端正正印了，又画个手字花押，传将下去。大圣接了，教沙僧包裹停当。

那女王又赐出碎金碎银一盘，递与行者道："你三人将此权为路费，早上西天。待汝等取经回来，寡人还有重谢。"行者道："我们出家人，不受金银，途中自有乞化之处。"女王又取出绫锦十匹，对行者道："汝等行色匆匆，裁制不及，将此路上做件衣服遮寒。"行者道：

"出家人穿不得绫锦,自有护体布衣。"女王见他不受,教取御米三升,在路上权为一饭。八戒接了,稍在包袱之中,遂此合掌谢恩。

三藏道:"敢烦陛下相同贫僧送他三人出城,待我嘱付他们几句,却回来与陛下永受荣华,无挂无牵,方可会鸾交凤友也。"女王不知是计,便传旨摆驾,与三藏并倚香肩,同登凤辇,出西城而去。满城中都盏添净水,炉列真香,一则看女王銮驾,二来看御弟男身。没老没小,尽是粉容娇面、绿鬓云鬟之辈。不多时,大驾出城,到西关之外。行者三人同心合意,结束整齐,径迎着銮舆,厉声高叫道:"那女王不必远送,我等就此拜别。"长老慢下龙车,对女王拱手道:"陛下请回,让贫僧取经去也。"女王闻言,大惊失色,扯住唐僧道:"御弟哥哥,我愿将一国之富,招你为夫,明日高登宝位,即位称君,喜筵通皆吃了,如何却又变卦?"八戒听说,发起个风来,把嘴乱扭,耳朵乱摇,闯至驾前,嚷道:"我们和尚家和你这粉骷髅做甚夫妻!放我师父走路!"那女王见他那等撒泼弄丑,唬得魂飞魄散,跌入辇驾之中。沙僧却把三藏抢出人丛,伏侍上马。只见那路旁闪出一个女子,喝道:"唐御弟,那里走!我和你耍风月儿去来!"沙僧骂道:"贼辈无知!"掣宝杖劈头就打。那女子弄阵旋风,呼的一声,把唐僧摄将去了,无影无踪,不知去向。咦!正是:巧谋才脱烟花网,多难仍遭风月魔。毕竟不知那女子是人是怪,且听下回分解。

第五十五回　色邪淫戏唐三藏　性正修持不坏身

却说大圣正要使法定那些妇女，忽闻得风响处，沙僧嚷闹，急回头时，不见了唐僧。行者道："是甚人抢师父去了？"沙僧道："是一个女子，弄阵旋风，把师父摄去也。"行者闻言，唿哨跳在云端里，四下观看，只见一阵风尘滚滚，往西北上去了，急回头叫道："兄弟们，快驾云同我赶师父去来！"八戒、沙僧即把行囊捎在马上，响一声，都跳在半空里去。

慌得那西梁国君臣女辈，跪在尘埃，都道："是白日飞升的罗汉，我主不必惊疑。唐御弟是个有道的禅僧，我们都有眼无珠，错认了中华男子，枉费这场神思。请主公上辇回朝也。"女王即同多官一齐回国不题。

却说大圣三人腾空踏雾，望着那阵旋风，一直赶来。前至一座高山，只见尘静风息，更不知怪向何方。兄弟们按落云雾，找路寻访，忽见一壁厢青石光明，却似个屏风模样。转过石屏，后有两扇石门，门上有六个大字，乃是"毒敌山琵琶洞"。八戒上前就使钉钯筑门，行者急止住道："兄弟莫忙，我们随风赶便赶到这里，还不知是也不是。你两个且立等片时，待老孙进去打听打听，察个有无虚实，却好行事。"他二人牵马回头。

大圣即摇身一变，变作个蜜蜂儿从门缝中钻将进去，飞过二层门里，只见当中花亭子上端坐着一个女怪，左右列几个彩衣绣服的丫髻女童，都欢天喜地，正不知讲论甚么。这行者轻轻的飞上去，叮在那花亭格子上，又见两个蓬头女子，捧两盘热腾腾的面食，上亭来道："奶奶，一盘是人肉馅的荤馍馍，一盘是邓沙馅的素馍馍。"那女怪笑道："小的们，扶出唐御弟来。"几个女童走向后房，把唐僧扶出。那师父面黄唇白，眼红泪滴，行者暗叹道："师父中毒了！"

那怪走下花亭，露春葱十指纤纤，扯住长老道："御弟宽心，我这里虽不比西梁女国的富贵奢华，其实却也清闲自在，正好念佛看经。我与你做个道伴儿，真个是百岁和谐也。"三藏不语。那怪道："且休烦恼。我知你在女国中赴宴之时，不曾进得饮食。这里荤素馍馍两盘，凭你受用些儿。"三藏想道："我待不说话，不吃他东西，此怪比那女王不同，女王还是人身，行动以礼；此怪乃是妖邪。并且我三个徒弟，不知我陷在这里，倘或加害，却不枉丢性命？"只得强打精神，开口道："荤的何如？素的何如？"女怪道："荤的是人肉馅馍馍，素的是邓沙馅馍馍。"三藏道："贫僧吃素。"那怪叫："女童，看热茶来。"将一个素馍馍劈破，递与三藏。三藏将个荤馍馍囫囵递与女怪。女怪笑道："御弟，你怎么不劈破与我？"三藏合掌道："我出家人，不敢破荤。"

行者在格子上听着两个攀谈，恐怕师父乱了真性，忍不住现了本相，掣铁棒喝道："业畜，休得无礼！"那女怪见了，口喷一道烟光，把花亭子罩住，教小的们收了御弟。他却拿一柄三股钢叉，跳出亭门骂道："泼猴惫懒！怎么敢私入吾家，偷窥我容貌！不要走！吃老娘一叉！"这大圣使铁棒架住，且战且退。二人打出洞外。

那八戒、沙僧正在石屏前等候，忽见他两人争持，呆子即双手举钯，上前叫道："师兄靠后，让我打这泼贱！"那怪见八戒来，他又使个手段，呼了一声，鼻中出火，口内生烟，把身子抖了一抖，三股叉飞舞冲迎。那怪也不知有几只手，没头没脸的滚将来。这行者与八戒，两边攻住。那怪道："孙悟空，你好不识进退！我便认得你，你是不认得我。你那雷音寺里佛如来，也还怕我哩，量你这两个毛人，到得那里！"三个人奋勇相持，战斗多时，不分胜负。那怪将身一纵，使出个倒马毒桩，不觉的把大圣头皮上扎了一下。行者叫声"苦啊"，忍耐不得，负痛败阵而走。八戒见事不谐，也拖钯撤身而退。那怪得胜回洞。

行者抱头皱眉，叫声："利害！利害！"八戒问道："哥哥，你怎么正战到好处，却就叫苦连天的走了？"行者抱着头，只叫："疼！疼！疼！了不得！了不得！我与他正然打处，他见我破了他的叉势，就把身子一纵，不知是件甚么兵器，着我头上扎了一下，就这般头疼难禁，故此败阵来。”八戒笑道：“只这等静处常夸口，说你的头是修炼过的。却怎么就不禁这一下儿？”行者道：“正是，我这头自从修炼成真，刀斧锤剑，雷打火烧，俱未伤损。今日不知这妇人用的是甚么兵器，把老孙头弄伤也！”八戒道：“我去西梁国讨个膏药你贴贴。”行者道：“又不肿不破，怎么贴得膏药？”八戒笑道：“哥啊，我的胎前产后病倒不曾有，你倒弄了个脑门痈了。”沙僧道：“二哥且休取笑。如今天色晚矣，大哥伤了头，师父又不知好歹，怎的是好！”行者哼道：“师父没事。他是个真僧，决不以色空乱性，且就在山坡下，坐这一夜，待天明再作理会。”遂此三个安歇不题。

却说那怪放下凶恶之心，重整欢愉之色，叫：“小的们，把前后门都关紧了。”又使两个支更防守。却教女童将卧房收拾齐整，掌烛焚香，“请唐御弟来，我与他交欢。”遂把长老搀出。那女怪弄出十分娇媚之态，携定唐僧道：“御弟，且和你做会夫妻儿耍子去也。”这长老咬定牙关，声也不透。欲待不去，恐他生心害命，只得跟着他步入香房，却如痴如哑，那里抬头举目。那女怪做出百般的雨意云情，俱漠然不闻不见。他两个散言碎语的斗到更深，唐长老全不动念。直缠到有半夜时候，把那怪弄得恼了，叫：“小的们，拿绳来！”可怜将一个心爱的人儿，一条绳，捆的像个猱狮模样，又教拖在房廊下去，却吹灯归寝。一夜无词。

不觉的鸡声三唱。那山坡下大圣欠身道：“我这头疼了一会，到如今也不疼不麻，只是有些作痒。”八戒笑道：“痒便再教他扎一下，何如？”行者啐了一口道：“放放放！”八戒又笑道：“放放放！我师父这一夜倒浪浪浪！”沙僧道：“天亮了，快赶早儿捉妖怪去。”行者道：“兄弟，你在此看守，还等八戒同我去。”

两个人跳上山崖，径至石屏之下。行者道：“你且立住，只怕这怪物夜里伤了师父，或是师父破了戒体，等我进去打听打听。”他即还变个蜜蜂儿，飞入门里，见那门里有两个丫鬟，头枕梆铃而睡。却到花亭子观看，那妖精原来弄了半夜，都辛苦了，还睡着哩。行者飞来后面，隐隐的只听见唐僧声唤，忽抬头，见那步廊下四马攒蹄捆着师父。行者轻轻的叮在唐僧头上，叫：“师父。”唐僧认得声音，道：

“悟空来了，快救我命！”行者道：“夜来好事如何？”三藏咬牙道：“我宁死也不肯如此！他把我缠了半夜，我衣不解带，身未沾床。他见我不肯相从，才捆我在此。你千万救我取经去也！”他师徒们正然问答，早惊醒了那个妖精。妖精虽是下狠，却还有流连不舍之意，一觉翻身，只听见“取经去也”一句，他就滚下床来高叫道：“好夫妻不做，却取甚么经去！”

行者慌了，撇却师父，急展翅，飞将出去，现了本相，叫八戒道：“师父被他摩弄不从，恼了，捆在那里，正与我诉说前情，那怪惊醒了，我慌得出来也。”八戒道：“师父曾说甚来？”行者道：“他只说衣不解带，身未沾床。”八戒笑道：“好！好！好！还是个真和尚！我们救他去！”呆子粗卤，举钯望那石门上尽力气一筑，唿喇喇筑做几块。唬得那丫鬟跑进去报道：“奶奶，昨日那两个丑男人，又来把前门打碎了！”那怪闻言，即忙走出来，举着三股叉骂道：“泼猴！野彘！老大无知！你怎敢打破我门！”八戒骂道：“滥淫贱货！你到困陷我师父，反敢硬嘴！我师父是你哄将来做老公的？快快送出饶你！敢再说半个不字，老猪一顿钯，连山也筑倒你的！”那怪不容分说，抖搜身躯，依前弄法，鼻口喷烟冒火，举钢叉就刺八戒。八戒着钯就筑，孙大圣使棒相帮。那怪又弄神通，也不知是几只手，左右遮拦，交锋三五个回合，不知是甚兵器，把八戒嘴唇上也扎了一下。那呆子拖着钯，侮着嘴，负痛逃生。行者却也有些醋他，虚丢一棒，败阵而走。那妖精得胜而回，叫小的们搬石块垒叠了前门不题。

却说那沙和尚正在坡前放马，只听得那里猪哼，忽抬头，见八戒侮着嘴，哼将来。沙僧道：“怎的说？”八戒哼道：“了不得！了不得！疼疼疼！”说不了，行者也到跟前，笑道：“好呆子呵！昨日咒我是脑门痈，今日却也弄做个肿嘴瘟了！”八戒哼道：“难忍！难忍！疼得好利害！”

三人正然难处，只见一个老妈妈儿，左手提着一个青竹篮儿，自南山路上挑菜而来。沙僧道：“大哥，有个妈妈儿来了，何不问他个信儿。”行者急睁睛看，只见头直上有祥云盖顶，左右有香雾笼身。行者认得，即叫：“兄弟们，还不来叩头！菩萨来也。”那菩萨即踏祥云,起在半空,现了真相。行者赶到空中,拜告道:“菩萨,恕弟子失迎之罪。我等今遇魔难难收,万望菩萨答救答救。”菩萨道:“这妖精十分利害,他那三股叉是生成的两只钳脚。扎人痛者,是尾上一钩子,唤做倒马毒。本身是个蝎子精。他前者在雷音寺听佛谈经,如来见了,不合用手推他一把,他就转过钩子,把如来左手拇指上扎了一下,如来也疼难禁,即着金刚拿他,他却在这里。若要救唐僧,我是也近他不得。除非去东天门里光明宫告求昴日星官,方能降伏。”言罢,化作一道金光,径回南海。

孙大圣才按云头,对八戒、沙僧道:“兄弟放心,师父有救星了。方才菩萨指示,教我告请昴日星官,老孙去来。”即驾觔斗云到东天门里。径至光明宫。见星官不在,原来奉旨巡札去了。行者回头就走,只见那壁厢有一行兵士摆列,后面星官来了。那星官还穿的是拜驾朝衣,一身金缕,行者即上前相见。那星官忙施礼道:“大圣何来?”行者道:“专来拜烦,救师父一难。”星官道:“在何地方?”行者道:“在西梁国毒敌山琵琶洞。观音菩萨适才显化,说是一个蝎子精,特举先生方能治得,因此来请。”星官道:“本欲回奏玉帝,奈大圣至此,不敢迟误,小神且和你去降妖,却再来回旨罢。”

大圣甚喜,即同出东天门,直至西梁国毒敌山。星官按下云头,同行者至石屏前山坡之下。沙僧见了道:“二哥起来,大哥请得星官来了。”那呆子还侮着嘴道:“恕罪恕罪!有病在身,不能行礼。”星官道:“你是个修行之人,何病之有?”八戒道:“早间与那妖精交战,被他着我唇上扎了一下,至今还疼哩。”星官道:“你上来,我与你医治医治。”呆子才放了手。那星官用手把嘴唇上摸了一摸,吹口气,就不疼了。呆子欢喜下拜道:“妙阿!妙阿!”行者笑道:“烦星官也把我头上摸摸。昨日也曾遭他一下,只是过了夜,才不疼,如今还有些麻痒,只恐发天阴,也烦治治。”星官也把他头上摸了一摸,吹口气,也就解了余毒,不麻不痒了。八戒发狠道:“哥哥,去打那泼贱去!”星官道:“你两个引他出来,等我好降他。”

行者与八戒跳上山坡,又至石屏之后。呆子一顿钉钯,把那洞门里的石块爬开,闯至二门,又一顿钯,将门筑得粉碎。那怪正教解放唐僧,讨茶饭与他吃哩,听见打破二门,即便跳出花亭,轮叉来刺八戒。八戒使钯迎架,行者又使棒来打。那怪赶至身边,要下毒手,行者与八戒识得方法,回头就走。

那怪赶过石屏之后,行者叫声:“昴宿何在?”只见那星官立于山坡上,现出本相,原来是一只双冠子大公鸡,昂起头来,约有六七尺高,对着妖精叫一声,那怪即时就现了本相,原来是个琵琶来大小的一个蝎子精。星官再叫一声,那怪浑身酥软,死在坡前。八戒上前,一只脚踹住那怪的胸前道:“业畜,今番使不得倒马毒了!”那怪动也不动,被呆子一顿钯,捣作一团烂酱。那星官复聚金光,驾云而去。

行者与沙僧朝天称谢毕,却才都进洞里,见那大小丫鬟,两边跪下拜道:“爷爷,我们不是妖邪,都是西梁国女人,前后被这妖精摄来的。你师父在后边香房里坐着哭哩。”行者闻言,仔细观看,果然不见妖氛,遂入后边寻着师父。那唐僧见三众齐来,十分欢喜道:“贤徒,累你们了!那妇人何如也?”八戒道:“那厮原是个大母蝎子。幸得观音菩萨指示,大哥去天宫里请得昴日星官下降,把那厮收伏,才被老猪筑做个泥了。”唐僧谢之不尽。又安排饭食,吃了一顿,把那些摄将来的女子都叫下山,指与回家之路。点上一把火,把那洞宇烧毁干净。请唐僧上马,找路西行。正是:割断尘缘离色相,推干金海悟禅心。毕竟不知前去何如,且听下回分解。

第五十六回　神狂诛草寇　道昧放心猿

灵台无物谓之清，寂寂全无一念生。猿马牢收休放荡，精神谨慎莫峥嵘。除六贼，悟三乘，万缘都罢自分明。色魔永灭超真界，坐享西方极乐城。话说三藏咬叮嚼铁，以死命留得一个不坏之身。自出琵琶洞，一路无词，又早是朱明时节。他师徒们行赏端阳，虚度中天之节。忽又见一座高山。缓行良久，过了山头，下西坡，乃是一段平阳之地。八戒叫沙和尚挑了担子，他举钯上前赶马。那马凭他赶，只是缓行不紧。行者道："兄弟，你赶他怎的？"八戒道："天色将晚，自上山行了这一日，肚里饿了，大家走动些，寻个人家化些斋吃。"行者闻言道："既如此，等我教他快走。"把金箍棒幌一幌，喝了一声，那马溜了缰，如飞似箭，顺平路往前去了。你说马不怕八戒，只怕行者何也？行者曾在大罗天御马监养马，故此传留至今，是马皆惧猴子。那长老挽不住缰绳，只扳紧着鞍轿，让他放了一路辔头，有二十里地面，方才缓步而行。

正走处，忽听得一棒锣声，路两边闪出三十多人，一个个枪刀棍棒，拦住路口道："和尚！那里走！"唬得个唐僧战兢兢，坐不稳，跌下马来，蹲在路旁草窠里，只叫："大王饶命！"那为头的两个大汉道："不打你，只是有盘缠留下。"长老方知是一伙强人，只得走起来合掌当胸道："大王，贫僧是东土唐王差往西天取经者，自别了长安，年深日久，就有些盘缠也使尽了。出家人专以乞化为由，那得个财帛？万望大王方便方便，让贫僧过去罢。"那两个贼帅众向前道："我们在这里起一片虎心，截住要路，专要些财帛，甚么方便方便？你果无财帛，快早脱下衣服，留下白马，放你过去！"三藏道："贫僧这件衣服，是零零碎碎化来的。你若剥去，可不害杀我也？只是这世里做得好汉，那世里变畜生哩。"那贼闻言大怒，掣大棍上前就打。这长老一生不会说谎，遇着这急难处，没奈何，只得打诳语道："二位大王，且莫动手，我有个小徒在后面就到。他身边有几两银子,把与你罢。”那贼道:“这和尚也是吃不得亏的,且捆起来。”众贼一齐下手,把一条绳捆了,高高吊在树上。

却说三个撞祸精,随后赶来。八戒呵呵大笑道:“师父去得好快,不知在那里等我们哩。”忽见长老在树上,他又说:“你看师父,等便罢了,却又有这般心肠,爬上树去,扯着藤儿打秋千耍子哩!”行者见了道:“呆子,莫乱谈。师父吊在那里不是?你两个慢来,等我去看看。”大圣急登高坡细看,认得是伙强人,暗喜道:“造化!造化!买卖上门了!”即转步,摇身一变,变做个干干净净的小和尚,穿一领缁衣,年纪只有二八,肩上背着一个蓝布包袱,拽开步,来到前边,叫道:“师父,这是怎么说?”三藏认得是行者声音,道:“徒弟呀,还不救我下来!”行者道:“是干甚勾当的?”三藏道:“这一伙拦路的,把我截住,要买路钱。因身边无物,却把我吊在这里,只等你来计较。”行者道:“你怎的与他说来?”三藏道:“他打得我急了,没奈何,把你供出来。说你身边有些盘缠,且叫他莫打我,是一时救难的话儿。”行者道:“好倒好,承你抬举,正是这样供。”

那伙贼见行者与他师父讲话,撒开势,围将上来道:“小和尚,你师父说你腰里有盘缠,趁早拿出来,饶你们性命!若道半个不字,就都送了你的残生!”行者放下包袱道:“列位长官,不要嚷。盘缠有些在此包袱,不多,只有马蹄金二十来锭,粉面银二三十锭,散碎的未曾见数。要时就连包儿拿去,切莫打我师父。古书云,德者本也,财者末也。此是末事。我等出家人,自有化处。只望放下我师父来,我就一并奉承。”那伙贼闻言,都甚欢喜道:“这老和尚悭吝,这小和尚倒还慷慨。”叫:“放下来。”那长老得了性命,跳上马,顾不得行者,加着鞭一路跑回旧路。

行者忙叫道:“走错路了。”提着包袱,就要追去。那伙贼拦住道:“那里走?将盘缠留下,免得动刑!”行者笑道:“说开盘缠,须三分分之。”那贼头道:“这小和尚忒乖,就要瞒着他师父留起些儿。也罢,拿出来看。若多时,也分些与你背地里买果子吃。”行者道:“哥呀,不是这等说。我那里有甚盘缠?说你两个打劫别人的金银,是必分些与我。"那贼闻言,大怒道:"这和尚不知死活!你到不肯与我,反问我要!陡,看打!"轮起一条扢挞藤棍,照行者光头上打了七八下。行者只当不知,且满面陪笑道:"哥呀,若是这等打,就打到来年春上,也是不当真的。"那贼大惊道:"这和尚好硬头!"行者笑道:"不敢不敢,承过奖了,也将就看得过。"那贼那容分说,两三个一齐乱打。

行者道:"列位息怒,等我拿出来。"即向耳中摸出个绣花针儿道:"列位,我出家人,果然不曾带得盘缠,只这个针儿送你罢。"那贼道:"晦气呀!把一个富贵和尚放了,却拿住这个穷秃驴!你好道会做裁缝,我要针做甚的?"行者听说不要,就拈在手中,晃了一晃,变作碗来粗细的一条棍子。那贼害怕道:"这和尚生得小,倒会弄术法儿。"行者将棍子插在地下道:"列位拿得动,就送你罢。"两个贼上前抢夺,可怜就如蜻蜓撼石柱,莫想动半分毫。大圣走上前,轻轻的拿起,丢一个蟒翻身拗步势,指着强人道:"你都造化低,遇着我老孙了!"那贼上前来,又打了五六十下。行者笑道:"你也打得手困了,且让老孙打一棍儿,却休当真。"你看他展开手,荡的一棍,把一个打倒在地,嘴唇揾土,再不做声。那一个骂道:"这秃厮老大无礼!盘缠没有,转伤我一个人!"行者笑道:"且消停,待我一个个打来,一发叫你断了根罢!"荡的又一棍,把第二个又打倒了,唬得那众娄罗撇枪弃棍,四路逃生。

却说唐僧骑马往东正跑,八戒、沙僧拦住道:"师父往那里去?错走路了。"长老兜马道:"徒弟啊,趁早去与你师兄说,教他棍下留情,莫要打杀那些强盗。"八戒道:"师父住下,等我去来。"呆子一路跑到前边,高叫道:"哥哥,师父教你莫打人哩。"行者道:"兄弟,那曾打人?"八戒道:"那强盗那里去了?"行者道:"别个都散了,只是两个头儿在这里睡觉哩。"呆子行到身边,看看道:"怎么张着口睡,淌出些粘涎来了。"行者道:"是老孙一棍子打出脑子来了。"八戒听说,慌忙跑转去,对唐僧道:"散了伙也!"三藏道:"往那条路上去了?"八戒道:"打也打得直了脚,又会往那里走哩!"三藏道:"这样说真打死了?"就恼起来,口里不住的絮絮叨叨,猴子长,猴子短,兜转马与沙僧、八戒至死人前,见那血淋淋的,倒卧山坡之下。

这长老甚不忍见,即着八戒:“快使钉钯,筑个坑埋了,我与他念卷《倒头经》。”八戒道:“师父错了。行者打杀人,怎么叫老猪做土工?”行者被师父骂恼了,喝着八戒道:“懒夯货,趁早儿去埋!迟了些儿,就是一棍!”呆子慌了,往山坡下筑了一个大坑,把两个贼尸埋了,盘作一个坟堆。三藏撮土焚香祝告道:“拜惟好汉,听祷原因。念我弟子,东土唐人。奉当朝皇帝旨意,上西方求取经文。适来此地,逢尔多人。我以好言哀告。尔等不听生嗔。却遭行者,棍下伤身。切念尸骸暴露,吾随掩土盘坟。你到森罗殿下,兴词倒树寻根,他姓孙,我姓陈,各居异姓。冤有头,债有主,切莫告我取经人。”八戒笑道:“师父推了干净,他打时却也没有我们两个。”三藏真个又祝告道:“好汉告状,只告行者,也不干八戒、沙僧之事。”大圣闻言,忍不住笑道:“师父,你老人家忒没情义。为你取经,我受了多少辛苦,如今打死这两个毛贼,你倒叫他去告老孙。虽是我动手打,却也只是为你。你不往西天取经,我不与你做徒弟,怎么会来这里打杀人?索性等我祝他一祝。”揝着铁棒,望那坟上捣了三下,道:“遭瘟的强盗,你听着!我被你前七八棍,后七八棍,打得我不疼不痒的,触恼了性子,一差二误,将你打死了,尽你到那里去告,我老孙实是不怕。玉帝认得我,天王随得我;二十八宿惧我,九曜星官怕我;府县城隍跪我,东岳天齐让我;十代阎君曾与我为仆从,五路猖神曾与我当后生;不论三界五司,十方诸宰,都与我情深面熟,随你那里去告!”三藏见说出这般话,却又心惊道:“徒弟呀,我这祷祝是教你体好生之德,为良善之人,你怎么就认真?”行者道:“既说过就罢了,我们且赶早寻宿去。”那长老只得怀嗔上马。师徒都面是背非。

依大路向西正走,忽见路北下有一座庄院。三藏用鞭指定道:“我们到那里借宿去。”遂行至庄舍边下马。忽见那门里走出一个老者,即与相见,道了问讯。那老者问道:“僧家从那里来?”三藏道:“贫僧乃东土大唐钦差往西天求经者。适路过宝方,天色将晚,特来檀府告宿一宵。”老者笑道:“你贵处到我这里,程途迢递,怎么独自到此?”三藏道:“贫僧还有三个顽徒同来。”老者问:“高徒何在?”三藏用手指道："那大路旁立的便是。"老者猛抬头，看见他每面貌丑陋，急回身往里就走，被三藏扯住道："老施主，千万慈悲，告借一宿！"老者战兢兢摇头摆手道："不像不像人模样！是几是几个妖精！"三藏陪笑道："施主切休恐惧，我徒弟生得是这等相貌，不是妖精！"老者道："爷爷呀，一个夜叉，一个马面，一个雷公！"行者闻言，厉声高叫道："雷公是我孙子，夜叉是我重孙，马面是我玄孙哩！"那老者听见，面容失色，只要进去。三藏搀住他，同到草堂，又只见后面走出一个婆婆，携着五六岁的一个小孩儿，也出来动问。三藏又备细说了，道："我顽徒们虽是粗丑，却也秉教沙门，皈依善果，不是甚么恶物，怕他怎么！"

公婆两个闻说，却才定性回惊，教请来，请来。长老出门，又分付他们斯文谨慎。遂一齐都到草堂上，普同唱了个喏坐定。那妈妈贤慧，即便安排素斋，他师徒吃了。渐渐天晚，又掌起灯来。长老才问："施主高姓?"老者道："姓杨。"又问："高寿?"老者道："七十四岁。"又问："几位令郎?"老者道："止得一个，适才妈妈携的是小孙。"长老请令郎相见拜揖。老者道："那厮不中拜。老拙命苦，养不着他，如今不在家了。"三藏道："何方生理?"老者点头而叹："可怜！可怜！若肯何方生理，是吾之幸也。那厮不务本等，专好打家截道，杀人放火。相交的都是些狐群狗党。自五日之前出去，至今未回。"三藏闻说，不敢声言，暗想："悟空打杀的或者就是。"欠身道："善哉！善哉！如此贤父母，何生恶逆儿！"行者道："老官儿，似这等不肖之子，要他何用！等我替你寻他来打杀了罢。"老者道："我待也要送了他，奈何再无以次人丁，总是不才，一定还留他与老汉掩土。"沙僧与八戒笑道："师兄，莫管闲事，且告施主，见赐一束草儿，在那厢打铺睡觉，天明走路。"老者即同他们到后园里拿两个稻草，安置他们在园中草团瓢内安歇不题。

却说那伙贼内果有老杨的儿子。自天早被行者打死两个贼首，他们都四散逃生，约摸到四更时候，又结了一伙，在门前打门。老者听得，即披衣起来开门。只见那一伙贼都嚷道："饿了！饿了！"这老杨的儿子忙入里面，叫起妻子来，打米煮饭。却往后园拿柴。进来问妻子道:“后园白马是那里来的?”妻子道:“是东土取经的和尚,昨晚至此借宿,公婆管待他一顿晚斋,教他在草团瓢内睡哩。”

那厮闻言,走出草堂,拍掌笑道:“兄弟们,造化!造化!冤家在我家里也。”众贼道:“那个冤家?”那厮道:“却是打死我们头儿的和尚,来我家借宿,现睡在草团瓢里。”众贼道:“却好!却好!拿住这些秃驴,一个个剁成肉酱,与我们头儿报仇。”那厮道:“且莫忙,你们且去磨刀。等我煮饭熟了,大家吃饱些,一齐下手。”真个那些贼磨刀的磨刀,磨枪的磨枪。

那老儿听得此言,悄悄的走到后园,叫起唐僧四位道:“那厮领众来了,知得汝等在此,意欲图害,我老拙念你远来,不忍伤害,快早收拾行李,我送你往后门出去罢。”三藏听说,战兢兢的叩头谢了老者,老者开后门,放他去了,依旧悄悄的来前睡下。

却说那厮们磨快了刀枪,吃饱了饮食,时已五更天气,一齐来到园中看处,却不见了。即忙点火遍寻,四无踪迹,但见后门开着,都道:“从后门走了!”发一声喊,“赶将上来。”一个个如飞似箭,直赶到东方日出,却才望见唐僧。那长老忽听得喊声,回头观看,后面有二三十人,枪刀簇簇而来,便叫:“徒弟啊,贼兵追至,怎生奈何?”行者道:“放心!放心!老孙了他去来!”三藏道:“悟空,切莫伤人,只唬退他便罢。”行者急掣棒回首相迎道:“列位那里去?”众贼骂道:“秃厮无礼!还我大王的命来!”那伙贼把行者围在中间,举枪刀乱砍乱搠。这大圣把金箍棒晃一晃,把那伙贼打得星落云散,挡着的就死,挽着的就亡,乖些的跑脱几个,痴些的都见阎王。

三藏在马上,见打倒许多人,慌的放马奔西。八戒、沙僧紧随鞭凳而去。行者问那带伤的贼道:“那个是杨老儿的儿子?”那贼哼哼的告道:“爷爷,那穿黄的是!”行者上前,夺过刀来,把个穿黄的割下头来,血淋淋提在手中,赶到唐僧马前道:“师父,这是杨老儿的逆子,被老孙取将首级来也。”三藏见了,大惊失色,慌得跌下马来,骂道:“这泼猴狲唬杀我也!快拿过!快拿过!”八戒上前,将人头一脚踢下路旁,使钉钯筑些土盖了。

沙僧搀着唐僧道:“师父请起。”那长老在地下正了性,口中念起

《紧箍儿咒》来，把个行者勒得耳红面赤，眼胀头昏，在地下打滚，只叫："莫念！莫念！"那长老念勾有十余遍，还不住口。行者疼痛难禁，只叫："师父饶我罪罢！有话便说，莫念！莫念！"三藏却才住口道："没话说，我不要你跟了，你回去罢！"行者忍疼磕头道："师父，怎的就赶我去耶？"三藏道："你这泼猴，可恶太甚，昨日打死那两个贼头，我已怪你不仁。及到老者之家，蒙他赐斋借宿，又蒙他开后门放我等逃生，虽然他儿子不肖，与我无干，也不该枭他首级，况又杀死多人，坏了多少生命，伤了天地多少和气。屡次劝你，更无一毫善念，要你何为！快走！快走！免得又念《真言》！"行者害怕，只叫："莫念，莫念！我去也！"说声去，一路觔斗云，无影无踪，遂不见了。咦！这正是：心有凶狂丹不熟，神无定位道难成。毕竟不知那大圣投向何方，且听下回分解。

第五十七回 真行者落伽山诉苦 假猴王水帘洞誊文

却说大圣恼恼闷闷，起在空中，欲待回花果山水帘洞，恐本洞小妖见笑，踌躇良久，真个是进退两难。自忖道："罢！罢！罢！我还去见我师父，还是正果。"遂按下云头，径至三藏马前侍立道："师父，恕弟子这遭！向后再不敢行凶，一一受师父教诲，还得我保你西天去也。"唐僧见了，更不答应，兜住马，即念《紧箍儿咒》，把大圣咒倒在地，道："你不回去，又来缠我怎的？"行者只叫："莫念！莫念！我是有处过日子的，只怕你无我去不得西天。"三藏发怒道："你这猢狲杀生害命，如今实不要你了！我去得去不得，不干你事！快走快走！迟了些儿，我又念《真言》，这番决不住口！"大圣见师父更不回心，没奈何，只得又驾云起在空中，忽然省悟道："这和尚负了我心，我且向普陀崖告诉观音菩萨去来。"

遂径赴南海，住下祥光，直至落伽山上紫竹林中，到宝莲座下。行者见了菩萨，倒身下拜，止不住泪如泉涌，放声大哭。菩萨教善财扶起道："悟空，有甚伤感之事，明明说来，我与你救苦消灾也。"行者垂泪再拜道："当年弟子为人，曾受那个气来？自蒙菩萨解脱天灾，保护唐僧往西天去求经，我弟子舍身拚命，救解他的魔障，只指望归真正果，洗业除邪，怎知那长老背义忘恩，反将弟子驱逐，直迷了一片善缘，更不察皂白之苦！"菩萨道："且说那皂白原因来我听。"行者即将那打杀草寇之事细陈了一遍。菩萨道："唐三藏一心秉善为僧，决不轻伤性命。似你虽有神通，何苦打死许多草寇！草寇虽是不良，到底是个人身。据我公论，还是你的不善。"

行者道："纵是我不善，也当将功折罪，不该这般逐我。万望菩萨舍大慈悲，将《松箍儿咒》念念，褪下金箍，交还与你，放我仍往水帘洞逃生去罢。"菩萨笑道："《紧箍儿咒》，本是如来传我的，却无甚么《松箍儿咒》。"行者道："既如此，我告辞菩萨去也。"菩萨道："你往那里去？”行者道：“我上西天，拜告如来，求念《松箍儿咒》去也。”菩萨道：“你且住，待我看看你师父祥悔如何。”好菩萨，端坐莲台，运心三界，慧眼遥观，遍周宇宙，霎时间开口道：“悟空，你那师父顷刻之间，就有伤身之难，不久便来寻你。你只在此处，待我与唐僧说，教他还同你去取经，了成正果。”大圣只得皈依，侍立于宝莲台下不题。

却说长老自赶回行者，同八戒、沙僧奔西。走不上五十里远近，三藏勒马道：“徒弟，自五更时出了村舍，又被那弼马温着了气恼，这半日又饥又渴，那个去化些斋来我吃？”八戒道：“师父且请下马，等我化斋去也。”三藏即便下马。呆子纵起云头，半空中仔细观看，下来对三藏道：“却是没处化斋，一望全无庄舍。”三藏道：“既无化斋之处，且得些水来解渴也可。”八戒道：“等我去取来。”即托着钵盂，驾云而去。那长老坐在路旁，等勾多时，可怜口干舌苦，饥渴难忍，沙僧见八戒不来，只得安稳了行囊、白马道：“师父，你坐着，等我去催水来。”长老含泪无言，但点头相答。沙僧也驾云而去。

那师父孤身困苦，正在仓皇之际，忽听得一声响亮，唬得长老欠身看处，原来是行者跪在路旁，双手捧着一个瓷杯道：“师父，没有老孙，你连水也不能勾哩。这一杯好凉水，你且吃口解渴，待我再去化斋。”长老道：“我不吃你的水！立地渴死，我当任命！你去罢。”行者道：“无我你去不得西天也。”三藏道：“去得去不得，不干你事！泼猴狲，只管来缠我做甚！”那行者变了脸，喝骂长老道：“你这个狠心的泼秃，十分贱我！”轮铁棒，望长老脊背上砑了一下，那长老昏晕在地，不能言语，他把两个青毡包袱提在手中，驾觔斗云，不知去向。

却说八戒托着钵盂，只奔山南坡下，忽见山凹之间，有一座草舍人家。原来在先被山高遮住，今来到面前方才看见。呆子暗想道：“我若是这等嘴脸，断然化不得斋饭。须是变变才好！”他即捻诀念咒，变作一个食痨病黄胖和尚，挨近门前叫道：“施主，厨中有剩饭，路上有饥人。贫僧是东土来往西天取经的，我师父在路饥渴了，家中有锅巴冷饭，化些儿结缘。”原来那家男人都去田里去了，只有两个女人在家。那女人见他这等病容，却又说东土往西天去的话，只得将些剩饭锅巴，满满的与了一钵。呆子拿转来，现了本相，径回旧路。

恰好遇着沙僧，教他将衣襟兜着饭，又使钵盂舀了水。

二人欢欢喜喜，回至路上，只见三藏面磕地，倒在尘埃，白马撒缰，在路旁长嘶跑跳，行李担不见踪影。慌得八戒跌脚捶胸道："不消讲！这还是孙行者赶走的余党，来此打杀师父，抢了行李去了。"沙僧道："且去把马拴住！"叫一声："师父！"将唐僧扳转身体，以脸温脸而哭。只见那长老口鼻中吐出热气，胸前温暖，连叫："八戒，你来！师父未伤命哩！"这呆子才近前扶起。长老苏醒，呻吟一会，骂道："好泼猴孙，打杀我也！"沙僧、八戒问道："是那个猴孙？"长老讨水吃了几口，才说："徒弟，你们刚去，那悟空又来缠我。是我坚执不收，他遂将我打了一棒，包袱都抢去了。"八戒听说，咬牙发狠道："叵耐这泼猴子，怎敢这般无礼！"叫沙僧："你伏侍师父，等我问他讨包袱去！"沙僧道："你且休发怒，我们扶师父到那山凹人家化些茶汤，将饭热热，调理师父，再去寻他。"

八戒依言，把师父扶上马，直至那家门首。那家止有个老婆子在家，忽见他们，慌忙躲过道："我没人在家，请别转转。"长老扶着八戒，下马躬身道："老婆婆，我弟子有三个徒弟，保护我上西天拜佛求经。只因我大徒弟凶恶不善，是我逐回。不期他暗暗走来，着我打了一棒，将行囊抢去。如今要着一个徒弟寻他取讨，因在那空路上不是坐处，特来老婆婆府上权安息一时。待讨将行李来就行，决不敢久住。"那妈妈道："刚才一个食痨病黄胖和尚，化了斋去了，也说是东土往西天去的，怎么又有一起？"八戒忍不住笑道："就是我。因我生得嘴长耳大，恐你家害怕，不肯与斋，故变作那等模样。你不信，我兄弟衣兜里不是你家锅巴饭？"

那妈妈认得果是他与的饭，遂留他们坐了，却烧了一罐热茶，递与沙僧，将冷饭泡了，与师父吃了几口，定性多时，道："那个去讨行李？"八戒道："等我去！"长老道："你去不得。那猴孙原与你不和，你又说话粗鲁，或一言两句之间，有些差池，他就要打你。着悟净去罢。"沙僧应承道："我去，我去。"长老吩咐道："你到那里，须看头势。他若肯与你包袱，你就假谢谢拿来；若不肯，切莫与他争竞，径至南海菩萨处，将此情告诉，请菩萨去问他要。"沙僧领命，遂捻诀驾云，直奔东胜神洲而去。真个是：身在神飞不守舍，有炉无火怎烧丹。五行生克情无顺，只待心猿复进关。

那沙僧行经三昼夜，方过了东洋大海，直抵花果山水帘洞。步近前，只听得一派喧声，那山中无数猴精，滔滔乱嚷。沙僧又近前仔细再看，原来是孙行者高坐石台之上，双手扯着一张纸，朗朗的念道："南赡部洲大唐国奉天承运唐天子牒行：窃惟朕以凉德，嗣续丕基，事神治民，朝夕兢惕。前者湓游地府，感冥君放送回生，为此广陈善会，修建道场。复蒙观音金身出现，指示西方有佛有经，可度幽亡，超脱孤魂。特命法师玄奘，远历千山，询求经偈。倘过西邦诸国，不灭善缘，照牒放行，须至牒者。大唐贞观一十三年秋吉日御前文牒。上有宝印九颗。自别大国，经度诸邦，中途收得大徒弟孙悟空，二徒弟猪悟能，三徒弟沙悟净。"念了从头又念。沙僧听得是通关文牒，忍不住近前高叫："师兄，师父的关文你念他怎的？"那行者急抬头，不认得是沙僧，叫："拿来！拿来！"众猴一齐围绕，把沙僧拿近前，喝道："你是何人，擅敢近吾仙洞？"沙僧见他变了脸，不肯相认，只得朝上行礼道："上告师兄，前者实是师父性暴，错怪了师兄，把师兄赶逐回家。弟等未曾劝解，后来我们去寻水化斋，不意师兄好意复来，又怪师父执法不留，遂把师父打倒，将行李取去。今已救转师父，特来拜兄，若还念昔日解脱之恩，同小弟将行李回见师父，共上西天，了此正果。倘不肯同去，千万把包袱赐弟，兄在名山快乐，亦诚两全其美也。"

行者闻言，呵呵冷笑道："贤弟，此论甚不合我意。我打唐僧，抢行李，不因不上西方，亦不因爱居此地。我今熟读了牒文，自己上西方拜佛求经，送上东土，我独力成功，教那南赡部洲人立我为祖，万代传名也。"沙僧笑道："师兄言之欠当，自来没个孙行者取经之说。我佛如来造下《三藏真经》，原着观音菩萨向东土寻取经人。菩萨曾言：取经人乃如来门生金蝉长老，只因不听佛祖谈经，贬他转生东土，教他果正西方，复修大道。一路上该有诸般魔瘴，解脱我等三人，与他做护法。兄若不得唐僧去，那个佛祖肯传经与你！却不是空劳神思也？"行者道："贤弟，你但知其一，不知其二。你说你有个唐僧，同我保护，难道我就没有唐僧？我这里早安排停当，已选明日起身去矣。你不信，待我请来你看。”叫：“小的们，快请老师父出来。”小猴果跑进去，牵出一匹白马，请出一个唐三藏，跟着一个八戒，挑着行李，一个沙僧，拿着锡杖。

这沙僧见了大怒道：“我老沙行不更名，坐不改姓，那里又有一个沙和尚！”即掣出宝杖，把个假沙僧劈头一下打死，原来是一个猴精。那行者恼了，轮金箍棒帅众猴把沙僧围了。沙僧东冲西撞，打出路口，纵云逃生道：“这泼猴如此惫懒，我告菩萨去来！”那行者见沙僧走了，他也不来追赶，回洞另选一个会变化的妖猴，还变一个沙和尚，从新教道，要上西方不题。

沙僧一架云离了东海，行经一昼夜，到了南海。徐步落伽山玩看仙景。只见木叉行者当面相迎道：“沙悟净，你不保唐僧取经，却来此何干？”沙僧作礼道：“有一事特来朝见菩萨，烦为引见。”木叉情知是寻行者，即进去向菩萨通报。菩萨分付唤进。行者在台下听见，笑道：“这定是唐僧有难，沙僧来请菩萨的。”沙僧见了菩萨，倒身拜罢，抬头正欲告禀，忽见行者站在旁边，掣宝杖望他劈脸便打。这行者更不回手，撤身躲过。沙僧骂道：“你这犯十恶的泼猴，你又来隐瞒菩萨哩！”菩萨喝道：“悟净不要动手，有甚事先与我说。”

沙僧收了宝杖，再拜台下，气冲冲的对菩萨将前情备述一遍，道：“弟子如今特来告诉菩萨。不知他会使觔斗云，预先到此处，又不知他将甚巧语花言，哄瞒菩萨也。”菩萨道：“悟净，不要冤人，悟空到此今已四日，我更不曾放他回去，他那里有另请唐僧，自去取经之事？”沙僧道：“见今水帘洞有一个孙行者，怎敢欺诳？”菩萨道：“既如此，你休发急，叫悟空与你同去看看。是真难灭，是假易除，到那里自有分晓。”大圣闻言，即与沙僧辞了菩萨而行。这一去，有分教：水帘洞口分邪正，花果山头辨假真。毕竟不知如何分辨，且听下回分解。

第五十八回　二心搅乱大乾坤　一体难修真寂灭

这行者与沙僧辞了菩萨，纵起两道祥光，离了南海。原来行者觔斗云快，沙和尚仙云觉迟。行者就要先行。沙僧扯住道："大哥不必这等藏头露尾，先去安排，待小弟与你一同走。"大圣本是好心，沙僧却有疑意，真个二人同驾云而去。不多时到了花果山，按下云头，二人洞外细看，果见一个行者，高坐石台之上，与群猴饮酒作乐。模样与大圣无异：也是毛脸雷公嘴，金睛火眼眶；身穿绵布直裰，腰系虎皮围裙；手拿金箍铁棒，种种一般无二。

这大圣怒发，一撒手，撇了沙和尚，掣铁棒上前骂道："你是何等妖邪，敢变我的相貌，占我的儿孙，擅自居吾仙洞，当得何罪？"那行者见了，公然不答，也使铁棒来迎。二行者搅在一处，不分真假好打呀。

他两个各踏云光，闯上九霄云内。沙僧在旁，欲待相助，又恐伤了真的，不敢下手。踌躇良久，且纵身跳下山崖，使宝杖打近洞口，惊散群妖。寻他的包袱，四下全然不见。原来他水帘洞本是一股瀑布飞泉，遮挂洞门，远看似一条白布帘儿，故曰水帘洞。沙僧不知进步来历，故此难寻。即便纵云，赶到空中，轮着宝杖，又不好下手。大圣道："沙僧，你既助不得力，且回复师父，说我等这般这般，等老孙与此妖打上南海菩萨前辨个真假。"道罢，那行者也如此说。沙僧见两个相貌、声音，更无一毫差别，只得拨转云头，回复唐僧不题。

你看那两个行者，且行且斗，直嚷到南海落伽山，喊声不绝。早惊动护法诸天，即报入潮音洞里道："菩萨，果然两个孙悟空打将来也。"那菩萨与木叉、善财、龙女降莲台出门喝道："那业畜那里走！"这两个递相揪住道："菩萨，这厮果然像弟子模样。才自水帘洞打起，战斗多时，不分胜负。沙悟净有力难助，是弟子教他回复师父，我与这厮打到宝山，借菩萨慧眼，与弟子认个真假，辨明邪正。"道罢，那行者也如此说一遍。菩萨与众诸天都观看良久，莫想能认。菩萨道："且放了手，两边站下，等我再看。"果然撒手，两边站定。这边说："我是真的！"那边说："他是假的！"

菩萨唤木叉与善才上前，悄悄分付："你一个帮住一个，等我暗念《紧箍儿咒》，看那个害疼的便是真，不疼的是假。"他二人果各帮一个。菩萨暗念《真言》，两个一齐喊疼，都抱着头，地下打滚，只叫："莫念！莫念！"菩萨不念，他两个又一齐揪住，照旧嚷斗。菩萨无计奈何，叫声"孙悟空"，两个一齐答应。菩萨道："你当年官拜弼马温，大闹天宫时，神将皆认得你，你且上界去分辨回话。"这大圣谢恩，那行者也谢恩。

二人扯扯拉拉，口里不住的嚷斗，径至南天门外，慌得那广目天王帅马赵温关四大天将，及大小众神，各使兵器挡住道："那里走！此间可是争斗之处？"大圣道："我因保护唐僧，在路上打杀贼徒，那三藏赶我回去，不知这妖精，几时就变作我的模样，打倒唐僧，抢去包袱。占了我的巢穴，才自水帘洞打到落伽山，菩萨也难识认，故打至此间，烦诸天眼力，与我认个真假。"说罢，那行者也似这般这般说了一遍。众天神看勾多时，也不能辨，他两个吆喝道："你们既不能认，让开路，等我们去见玉帝！"

众神搪抵不住，放开天门，直至灵霄宝殿，马元帅同张葛许邱四天师奏道："下界有一般两个孙悟空，打进天门，口称见王。"说不了，两个直嚷进来，玉帝即降立宝殿，问曰："你两个因甚事擅闹天宫，嚷至朕前寻死！"大圣口称："万岁！万岁！臣今皈命，秉教沙门，再不敢欺心诳上，只因这个妖精变作臣的模样。"如此如彼，把前情备陈了一遍，"望乞与臣辨个真假！"那行者也如此陈了一遍。玉帝即传旨宣托塔李天王，教把照妖镜来照这厮谁真谁假，教他假灭真存。天王即取镜照住，请玉帝同众神观看，镜中乃是两个孙悟空的影子，金箍、衣服，毫发不差。玉帝亦辨不出，赶出殿外。这大圣呵呵冷笑，那行者也哈哈欢喜，揪头抹颈，复打出天门，坠落西方路上道："我和你见师父去！"

却说沙僧自花果山又行了三昼夜，回至山庄，把前事对唐僧说了一遍。唐僧道："当时只说是悟空打我，岂知却是妖精假变的！"沙僧道："这妖又假变一个长老，一匹白马，一个八戒，又有一个变作是我。被我一杖打死，原来是个猴精。那妖果与师兄一般模样。诚难辨认。"八戒哈哈大笑道："好好好！应了这施主家婆婆之言了。他说有几起取经的，这却不又是一起？"

正说间，只听得半空中喧哗乱嚷，慌得都出来看，却是两个行者打将来。八戒忍不住，纵身跳起，望空高叫道："师兄莫嚷，我老猪来也！"那两个一齐应道："兄弟，来打妖精！来打妖精！"沙僧道："师父坐在这里，等我和二哥去，一家扯一个来到你面前，你就念念那话儿，看那个害疼的就是真的，不疼的就是假的。"三藏道："言之极当。"沙僧果起在半空道："二位住了手，我同你到师父面前辨个真假去。"两个便都放了手。沙僧搀住一个，叫八戒也搀住一个，落下云头，径至草舍门外。三藏见了，就念《紧箍儿咒》，二人一齐叫苦道："我们这等苦斗，你还咒我怎的？莫念！莫念！"长老遂住了口，却也不认得真假。他两个挣脱手，依然又打。这大圣道："兄弟们，保着师父，等我与他打到阎王前折辩去也！"那行者也如此说，二人抓抓挜挜，须臾又不见了。

八戒道："沙僧，你既到水帘洞，看见假八戒挑着行李，怎么不抢将来？"沙僧道："那妖精见我打死他假沙僧，他就围上来要拿，是我顾性命走了。及后来复至洞口，他两个打在空中，我只见一股瀑布泉水，竟不知洞门开在何处，所以空手而来也。"八戒道："你原来不晓得。我前年请他去时，他到洞里换衣，我看见他将身往水里一钻，那一股瀑布就是洞门。想必那怪将我们包袱收在里面也。"三藏道："你既知此门，你可趁他都不在，到他洞里取出包袱，我们往西天去罢。他就来，我也不用他了。"八戒道："我去，我去。"急出门纵云，径上花果山寻取行李不题。

却说那两个行者又打嚷到阴山背后，唬得那满山鬼战战兢兢，藏藏躲躲。有几个飞报上森罗宝殿道："大王，有两个齐天大圣打将来也！"慌得十殿王者霎时会齐，又飞报与地藏王。尽在森罗殿上，点聚阴兵等候。只见那狂风滚滚，惨雾漫漫，二行者一翻一滚的，打至森罗殿下。阴君近前挡住道:“大圣有何事,闹我幽冥?”这大圣将前事说一遍道:“我为此特至幽冥,望阴君与我查看生死簿,看假行者是何出身,快早追他魂魄,免教二心混乱。”那怪亦如此说一遍。阴君闻言,即唤管簿判官一一从头查勘,更无个假行者之名。再看毛虫文簿,那猴子一百三十条已是孙大圣当年大闹阴司一笔勾之,自后来凡是猴属,尽无名号。查勘毕,当殿回报,阴君各执笏对行者道:“大圣,幽冥处既无名号可查,你还到阳间去折辩。”

正说处,只听得地藏王菩萨道:“且住!且住!等我着谛听与你听个真假。”原来谛听是地藏菩萨经案之下的一个兽名。他若伏在地下,一霎时,将四大部洲之间,赢、鳞、毛、羽、昆五虫,天、地、神、人、鬼五仙可以照鉴善恶,察听贤愚。那兽奉地藏钧旨,就于森罗庭院之中,俯伏在地,须臾抬起头来,对地藏道:“怪名虽有,但不可当面说破,又不能助力擒他。”地藏道:“当面说出便怎么?”谛听道:“当面说出,恐妖精搔扰宝殿,令阴府不安。”又问:“何为不能助力擒拿?”谛听道:“妖精神通,与孙大圣无二。幽冥之神,能有多少法力?故此不能擒拿。”地藏道:“似这般怎生祛除?”谛听道:“佛法无边。”地藏早已省悟,即对行者道:“你两个形容如一,神通无二,若要辨明,须到雷音寺释迦如来那里,方得明白。”两个一齐嚷道:“说的是!说的是!我和你西天佛祖之前折辩去!”那十殿阴君送出,地藏回上翠云宫不题。

看那两个行者,飞云奔雾,打上西天。诗曰:人有二心生祸灾,天涯海角致疑猜。方思宝马三公位,又忆金銮一品台。北讨南征空扰攘,东驰西逐苦虺隤。禅门须学无心诀,静养婴儿结圣胎。他两个在那半空里扯扯拉拉,且行且斗,直嚷至大西天灵鹫仙山雷音宝刹之外。那四大菩萨、八大金刚、五百阿罗、三千揭谛、比丘尼、比丘僧、优婆塞、优婆夷、诸大圣众,都到七宝莲台之下,静听如来说法。那如来正讲到这:不有中有,不无中无。不色中色,不空中空。非有为有,非无为无。非色为色,非空为空。空即是空,色即是色。色无定色,色即是空。空无定空,空即是色。知空不空,知色不色。名为照了,始达妙音。概众稽首皈依,流通诵读之际,如来降天花普散缤纷,即离宝座,对大众道:"汝等俱是一心,且看二心竞斗而来也。"大众举目看之,果是两个行者,吆天喝地,打至雷音胜境。慌得那八大金刚上前挡住道:"汝等欲往那里去?"这大圣道:"妖精变作我的模样,欲至宝莲台下,烦如来为我辨个虚实也。"众金刚抵挡不住,直嚷至台下,跪于佛祖之前,将前事细说一遍,"弟子打到天宫地府,俱莫能辨认。故此大胆轻造,千乞方便垂慈,与弟子辨明邪正,庶好保护唐僧亲拜金身,取经回东,永扬大教。"大众听他两张口一样声俱说一遍,众亦莫辨,如来早已知之。正欲道破,忽见南下彩云之间,来了观音,参拜我佛。

我佛合掌道:"观音尊者,你看那两个行者,谁是真假?"菩萨道:"前日在弟子荒境,委不能辨。特来拜告如来,千万与他辨明辨明。"如来笑道:"汝等法力广大,只能普阅周天之事,不能遍识周天之物,亦不能广会周天之种类也。"菩萨请示周天种类,如来道:"周天之内有五仙,乃天地神人鬼;有五虫,乃蠃鳞毛羽昆。这厮非天非地非神非人非鬼,亦非蠃非鳞非毛非羽非昆。名为四猴混世。"菩萨道:"敢问那四猴?"如来道:"第一是灵明石猴,通变化,识天时,知地利,移星换斗。第二是赤尻马猴,晓阴阳,会人事,善出入,避死延生。第三是通臂猿猴,拿日月,缩千山,辨休咎,乾坤摩弄。第四是六耳猕猴,善聆音,能察理,知前后,万物皆明。此四猴者,不入十类之种,不达两间之名。我观假悟空乃六耳猕猴也。此猴若立一处,能知千里外之事,凡人说话,亦能知之,故此善聆音,能察理,知前后,万物皆明。与真悟空同相同音者,六耳猕猴也。"

那猕猴闻得如来说出他的本相,胆战心惊,急纵身,跳起来就走。如来即令大众下手,早有菩萨、金刚、阿罗、揭谛等众一齐围绕。孙大圣也要上前,如来道:"悟空休动手,待我与你擒他。"那猕猴毛骨悚然,料着难脱,即忙摇身一变,变作个蜜蜂儿,往上便飞。如来将钵盂撇起去,正盖着那蜂儿,落下来。大众不知,以为走了,如来笑云:"妖精未走,见在我这钵盂之下。"大众上前,把钵盂揭起,果然见了本相,是一个六耳猕猴。孙大圣忍不住,轮起铁棒,劈头一下打死,至今绝此一种。如来不忍,道声:"善哉!善哉!"大圣道:"如来不该慈悯他,他打伤我师父,抢夺我包袱,依律问他个得财伤人,白昼抢夺,也该个斩罪哩。”如来道:“你自快去保护唐僧来此求经罢。”大圣叩头道:“上告如来得知,那师父定是不要我了,我此去却不又空劳神思!望如来方便,把《松箍儿咒》念一念,褪下这个金箍,交还如来,放我还俗去罢。”如来道:“你休乱想,切莫放刁。我教观音送你去,不怕他不收。好生保护他去,那时功成归极乐,汝亦坐莲台。”

观音在旁听说,即合掌谢恩,领悟空,驾云而去。不多时,到了中途草舍人家,沙和尚看见,急请师父拜门迎接。菩萨道:“唐僧,前日打你的,乃假行者六耳猕猴也,幸如来知识,已被悟空打死。你今须是收留悟空,一路上魔瘴未消,必得他保护,你才得到灵山,见佛取经,再休嗔怪。”三藏叩头道:“谨遵教旨。”正拜谢时,只听得正东上狂风滚滚,众目视之,乃八戒背着两个包袱,驾风而至。呆子见了菩萨,倒身下拜道:“弟子才至花果山水帘洞,果见一个假唐僧、假八戒,都被弟子打死,原是两个猴身。却入里寻着包袱,查点一物不少。方驾风转此,更不知两行者下落如何。”菩萨把如来识怪之事,说了一遍。那呆子十分欢喜。师徒们拜谢了菩萨回海,却都依旧合意同心,洗冤解怒。又谢了那村舍人家,整束行囊马匹,找大路而行。正是:中道分离乱五行,降妖聚会合元明。神归心舍禅方定,六识祛降丹自成。毕竟这去不知又到何方,且听下回分解。

第五十九回　唐三藏路阻火焰山　孙行者一调芭蕉扇

若干种性本来同，海纳无穷。千思万虑终成妄，般般色色和融。有日功完行满，圆明法性高隆。休教差别走西东，紧锁牢[illegible]。收来安放丹炉内，炼得金乌一样红。朗朗辉辉娇艳，任教出入乘龙。话表三藏遵菩萨教旨，收了行者，与八戒、沙僧剪断二心，锁鞚猿马，同心戮力，赶奔西天。说不尽光阴似箭，日月如梭，历过了夏月炎天，却又值三秋霜景，师徒四众行处，渐觉热气蒸人。三藏勒马道："如今正是秋天，却怎返有热气？"八戒道："闻说西方路上有个斯哈哩国，乃日落之处，俗呼为天尽头。若到申酉时，国王差人上城，擂鼓吹角。日乃太阳真火，落于西海之间，如火淬水，接声滚沸；若无鼓角之声混耳，即震杀城中小儿。此地热气蒸人，想必到日落之处也。"大圣听说，忍不住笑道："呆子莫乱谈。若论斯哈哩国，正好早哩。似师父朝三暮二的，这等担搁，就从小至老，老了又小，老小三生，也还不到。"八戒道："哥呵，据你说，不是日落之处，为何这等酷热？"沙僧道："想是天时不正，秋行夏令故也。"他三个正都争讲，只见那路旁有座庄院，乃是红瓦盖的房舍，红砖砌的垣墙，红油门扇，红漆板榻，一片都是红的。三藏下马道："悟空，你去那人家问个消息，看那炎热之故何也。"

大圣收了铁棒，绰下大路，径至门前。那门里走出一个老者，猛抬头，看见行者，吃了一惊，拄着竹杖，喝道："你是那里来的怪人？在我这门首何干？"行者施礼道："老施主，休怕我，我不是甚么怪人，贫僧是东土大唐钦差上西方取经者。师徒四人，适至宝方，见天气蒸热，一则不解其故，二来不知地名，特拜问指教一二。"那老者却才放心，笑云："长老勿罪，我老汉一时眼花，不识尊颜。令师在那条路上？请来，请来。"行者把手一招，三藏即同八戒、沙僧，牵马挑担，近前作礼。

老者见三藏丰姿标致，八戒、沙僧相貌稀奇，又惊又喜，请入里坐，教小的们看茶办饭。三藏起身称谢道："敢问公公，贵处遇秋，何返炎热？"老者道："敝地唤作火焰山，无春无秋，四季皆热。"三藏道："火焰山在那边？可阻西去之路？"老者道："西方却去不得。那山离此有六十里远，正是西方必由之路，却有八百里火焰，四周围寸草不生。若过得山，就是铜脑盖，铁身躯，也要化成汁哩。"三藏闻言，大惊失色，不敢再问。

只见门外一个男子，推一辆红车儿，住在门边，叫声："卖糕！"大圣拔根毫毛，变个铜钱，问那人买糕。那人接了钱，揭开车儿上衣裹，热气腾腾，拿出一块糕递与行者。行者托在手中，好似火里烧的灼炭。只道："热热热！难吃难吃！"那男子笑道："怕热莫来这里，这里是这等热。"行者道："你这汉子好不明理，常言道，不冷不热，五谷不结。他这等热得很，你这糕粉，自何而来？"那人道："若知糕粉米，敬求铁扇仙。"行者道："铁扇仙怎的？"那人道："铁扇仙有柄芭蕉扇。求得来，一扇息火，二扇生风，三扇下雨，我们就布种，及时收割，故得五谷养生。不然，诚寸草不能生也。"

行者闻言，急入里面，将糕递与三藏道："师父放心，且莫隔年焦着，吃了糕，我与你说。"长老接了糕，行者对长老道："我问你，铁扇仙在那里住？"老者道："你问他怎的？"行者道："适才那卖糕人说，此仙有柄芭蕉扇，求将来，一扇息火，二扇生风，三扇下雨。我欲寻他讨来扇息火焰山过去，且使这方依时收种，得安生也。"老者道："固有此说。你们却无礼物，恐那圣贤不肯来也。"三藏道："他要何物？"老者道："我这人家，十年拜求一度。花红表礼，猪羊鹅酒，沐浴虔诚，拜到那仙山，请他出洞，至此施为。"行者道："那山坐落何处？唤甚地名？有几多里数？等我问他要扇子去。"老者道："那山在西南方，名唤翠云山。山中有一个芭蕉洞。离此有一千四五百里。"行者笑道："不打紧，我去也。"说一声，忽然不见。那老者慌张道："爷爷呀！原来是腾云驾雾的神人也！"

且不说这家子供奉唐僧加倍，却说那行者霎时径到翠云山，按住祥光，正自找寻洞口，忽然闻得丁丁之声，乃是林内一个樵夫伐木。

行者近前作礼道："樵哥，问讯了。"那樵子答礼道："长老何往？"行者道："敢问樵哥，这可是翠云山？"樵子道："正是。"行者道："有个铁扇仙的芭蕉洞，在何处？"樵子笑道："这芭蕉洞虽有，却无个铁扇仙，只有个铁扇公主，又名罗刹女。乃牛魔王之妻也。"

行者闻言大惊，心中暗想道："又是冤家了！当年伏了红孩儿，说是这厮养的。前在那解阳山破儿洞遇他叔子，尚且不肯与水，要作报仇之意，今又遇他父母，怎生借得扇子耶？"既然到此地，无可奈何，只得别了樵夫，径至芭蕉洞口，但见那两扇门紧闭，洞外风光秀丽。好个去处！行者上前叫："牛大哥，开门！开门！"呀的一声，洞门开了，里边走出一个毛儿女，手中提着花篮，肩上担着锄子，真个是一身蓝缕无妆饰，满面精神有道心。行者上前迎着，合掌道："女童，累你转报公主。我本是东土取经的和尚，在西方路上，难过火焰山，特来拜借芭蕉扇一用。"那毛女道："你叫甚名字？我好与你通报。"行者道："我叫做孙悟空。"

那毛女即便回身转洞，对罗刹道："奶奶，洞门外有个东土来的孙悟空和尚，要见奶奶，拜求芭蕉扇，过火焰山一用。"那罗刹听见孙悟空三字，便似火上烧油，恶狠狠怒发心头，"这泼猴！今日来了！"叫丫鬟取了披挂，拿两口青锋宝剑，整束出来。高叫道："孙悟空何在？"行者上前，躬身施礼道："嫂嫂，老孙在此奉揖。"罗刹咄的一声道："谁是你的嫂嫂！那个要你奉揖！"行者道："尊府牛魔王，当初曾与老孙结义为七兄弟。今闻公主是牛大哥令正，安得不以嫂嫂称之！"罗刹道："你这泼猴！既有兄弟之亲，如何坑陷我子？"行者佯问道："令郎是谁？"罗刹道："我儿是圣婴大王红孩儿，被你倾了，我们正没处寻你报仇，你今上门纳命，我肯饶你！"行者满脸陪笑道："嫂嫂原来不察理，错怪了老孙。你令郎因是捉了师父，要蒸要煮，幸亏观音菩萨收他去，救出我师。他如今现在菩萨处做善财童子，受了正果，与天地同寿，日月同庚。你倒不谢老孙之恩，返怪老孙，是何道理？"罗刹道："你这个巧嘴的泼猴！我那儿虽不伤命，再怎生得见一面？"行者笑道："嫂嫂要见令郎，有何难处？你且把扇子借我，扇息了火，送我师父过去，我就到南海菩萨处请他来见你，就送扇子还你，有何不可！那时节，你看他可曾损伤一毫？如有些须之伤，你也怪得有理，如比旧时标致，还当谢我。”罗刹道：“泼猴，少要饶舌！伸过头来，等我砍上几剑！若受得起，就借扇子与你；若受不得，教你早见阎君！”行者叉手向前，笑道：“嫂嫂不必多言，老孙伸着头，任尊意砍上多少，但没气力便罢，是必借扇子用用。”那罗刹不容分说，双手轮剑，照行者头上砍有十数下，这行者全不认真。罗刹害怕，回头要走，行者道：“嫂嫂，那里去？快借我使使！”那罗刹道：“我的宝贝原不轻借。”行者道：“既不肯借，吃你老叔一棒！”他一手扯住，一手便掣出棒来。那罗刹挣脱手，举剑来迎，行者轮棒便打。两个在翠云山前一场争战，相持到晚，那罗刹见行者棒重，料斗他不过，即取出芭蕉扇，晃一晃，一扇阴风，把行者搧得无影无形，莫想收留得住。这罗刹得胜回归。

那大圣飘飘荡荡，左沉不能落地，右坠不得存身，如旋风翻败叶，流水淌残花，滚了一夜，直至天明，方才落在一座山上，双手抱住一块峰石。定性良久，仔细观看，却才认得是小须弥山。大圣长叹一声道：“好利害妇人！怎么就把老孙送到这里来了？我当年曾记得在此处告求灵吉菩萨降黄风怪救我师父。那黄风岭至此直南上有三千余里，今在西路转来，乃东南方隅，不知有几万里。等我下去问一个消息，好回旧路。”

正踌躇间，又听得钟声响亮，急下山坡，径至禅院。那门前道人认得行者，即入里面报道：“前年来请菩萨降怪的那个毛脸大圣又来了。”菩萨连忙下座，迎入施礼道：“恭喜！取经来耶？”悟空答道：“正好未到！早哩早哩！”灵吉道：“既未曾得到雷音，何以回顾荒山？”行者道：“自上年蒙盛情降了黄风怪，一路上不知历过多少苦楚。今到火焰山，不能前进，闻说有个铁扇仙芭蕉扇，搧得火灭，老孙特去寻访，原来他是牛魔王的妻，红孩儿的母。他说我把他儿子做了观音菩萨的童子，不得常见，恨我为仇，不肯借扇，与我争斗。他将扇子把我一搧，搧得我悠悠荡荡，直至于此，方才落住。故此轻造禅院，问个归路，此处到火焰山，不知有多少里数？”灵吉笑道：“那妇人唤名罗刹女，又叫做铁扇公主。他的那芭蕉扇本是昆仑山混沌开辟以来，天地产成的一个灵宝，乃太阴之精叶，故能灭火。假若搧着人，要飘八万四千里，方息阴风。我这山到火焰山，只有五万余里，此还是大圣有留云之能，故止住了。若是凡人，正好不得住也。”行者道：“利害利害！我师父却怎生得度那方？”灵吉道：“大圣放心，此一来，也是唐僧的缘法，合教大圣成功。我当年受如来教旨，赐我一粒定风丹，一柄飞龙杖。飞龙杖已降了风魔，这定风丹尚未曾见用，如今送了大圣，管教那厮搧你不动，你却要了扇子，却不就立此功也？”行者感谢不尽。那菩萨即于袖中取出一个锦袋儿，将那一粒定风丹与行者安在衣领里边，将针线紧紧缝了，送行者出门道：“不及留款，往西北上去，就是罗刹的山场也。”

行者辞了灵吉，驾觔斗云，顷刻径返翠云山，使铁棒打门叫道：“老孙来借扇子使使哩！”慌得那女童即忙通报。罗刹闻言，悚惧道：“这泼猴真有本事。我的宝贝搧着人，要去八万四千里，他怎么才吹去就回来也？这翻等我一连搧他两三扇，教他找不着归路！”急纵身，结束整齐，双手提剑出门道：“孙行者，你不怕我，又来寻死！”行者笑道：“嫂嫂勿得悭吝，是必借扇我使使。保得唐僧过山，就送还你。我是个志诚有余的君子，不是那借物不还的小人。”

罗刹又骂道：“泼猴狲，好没道理！陷子之仇，尚未报得；借扇之意，岂得如心！你不要走，吃我老娘一剑！”大圣使铁棒劈手相迎。他两个往往来来，战经五七回合，罗刹女手软难轮，即取扇子，望行者搧了一扇，行者巍然不动。收了铁棒，笑吟吟的道：“这番不比那番！任你怎么搧来，老孙若动一动，就不算汉子！”那罗刹又搧两扇，果然不动。罗刹慌了，急收宝贝，走入洞里，将门紧紧关上。

行者见他闭了门，却就弄个手段，拆开衣领，把定风丹噙在口中，摇身一变，变作一个蟭蟟虫儿，从他门隙钻进。只见罗刹叫道：“渴了！渴了！快拿茶来！”女童即将香茶一壶，沙沙的满斟一碗，冲起茶沫漕漕。行者见了嘤的一翅，飞在茶沫之下。那罗刹接过茶，两三气都吃了。行者已到他肚腹之内，现原身厉声高叫道：“嫂嫂，借扇子我使使！”罗刹大惊，问：“小的们，关了前门否？”俱说：“关了。”他又说：“既关了门，孙行者如何在家里叫唤？”女童道：“在你身上叫哩。”罗刹道：“孙行者，你在那里弄术哩？”行者道：“老孙一生不会弄术，都是些真手段，实本事，已在尊嫂尊腹之内耍子，已见其肺肝矣。我知你也饥渴了，我先送你个坐碗儿解渴！”却就把脚往下一登。那罗刹小腹之中，疼痛难禁，坐于地下叫苦。行者道：“嫂嫂休得推辞，我再送你个点心充饥。”又把头往上一顶。那罗刹心痛难禁，只在地上打滚，疼得他面黄唇白，只叫：“孙叔叔饶命！”

行者却才收了手脚道：“你才认得叔叔么？我看牛大哥情上，且饶你性命，快将扇子拿来我使使。”罗刹道：“叔叔，有扇！有扇！你出来拿了去！”行者道：“拿扇子我看了出来。”罗刹即叫女童拿一柄芭蕉扇，执在旁边。行者探到喉咙之上见了道：“嫂嫂，我既饶你性命，不在腰肋之下搠个窟窿出来，还自口出。你把口张三张儿。”那罗刹果张开口。行者还变作个蟭蟟虫，先飞出来，叮在芭蕉扇上。那罗刹不知，连开三次，叫：“叔叔出来罢。”行者化原身，拿了扇子，叫道：“我在此间不是？谢借了！谢借了！”拽开步，往前便走，小的们连忙开了门，放他出洞。

这大圣拨转云头，径回东路，霎时间到了红砖庄院。见了三藏，将上项事说了一遍。把芭蕉扇与老者看道：“老官儿，可是这个扇子？”老者道：“正是！正是！”唐僧大喜，师徒们即拜辞老者。一路西来。约行有四十里远近，渐渐酷热蒸人。沙僧只叫：“脚底烙得慌！”八戒又道：“爪子烫得痛！”马比寻常又快，只因地热难停。行者道：“师父且请下马，等我搧息了火，待风雨之后，地土冷些，再过山去。”行者果举扇，径至火边，尽力一扇，那山上火光烘烘腾起，再一扇，更着百倍，又一扇，那火足有千丈之高，渐渐烧着身体。行者急回，已将两股毫毛烧净，径跑至唐僧面前叫：“快回去，快回去！火来了，火来了！”

那师父爬上马，与八戒、沙僧，复东来有二十余里，方才歇下道：“悟空，如何了呀！”行者丢下扇子道：“不停当！不停当！被那厮哄了！”八戒道：“是怎么说？”行者道：“我将扇子搧了一下，火光烘烘；第二扇，火气愈盛；第三扇，火头飞有千丈之高。若是跑得慢，把毫毛都烧尽矣！”沙僧道：“似这般火盛，无路通西，怎生是好？”八戒道：

"只拣无火处走便罢。"三藏道:"那方无火?"八戒道:"东方南方北方俱无火。"又问:"那方有经?"八戒道:"西方有经。"三藏道:"我只要往有经处去哩。"沙僧道:"有经处有火,无火处无经,诚是进退两难。"

师徒每正自乱谈乱讲,只听得有人叫道:"大圣不须烦恼,且来吃些斋饭再议。"四众回看时,见一老人,头顶偃月冠,手持龙头杖,后带着一个雕嘴鱼腮鬼,鬼头上顶着一个铜盆,盆内有些糕饼、米饭,在路旁躬身道:"我是火焰山土地,特献一斋。"行者道:"吃斋小可,这火光几时灭得,让我师父过去?"土地道:"要灭火光,须求罗刹女借芭蕉扇。"行者指着地下扇子道:"这不是!那火光越搧越着,何也?"土地看了,笑道:"此扇不是真的,被他哄了。"行者道:"如何方得真的?"那土地微微笑道:"若还要借真蕉扇,须是寻求大力王。"毕竟不知大力王有甚缘故,且听下回分解。

第六十回 牛魔王罢战赴华筵 孙行者二调芭蕉扇

土地说:“大力王即牛魔王也。”行者道:“这山本是牛魔王放的火,假名火焰山?”土地道:“不是不是,大圣若肯赦小神之罪,方敢直言。”行者道:“你有何罪?直说无妨。”土地道:“这火原是大圣放的。”行者怒道:“你这等乱谈!我可是放火之辈?”土地道:“是你也认不得我了。此间原无这座山,因大圣五百年前大闹天宫时,被老君安于八卦炉内煅炼,开鼎之时,被你蹬倒丹炉,落下几个砖来,内有余火,到此处化为火焰山。我本是兜率宫守炉的道人,老君怪我失守,降下此间,就做了火焰山土地也。”八戒道:“怪道你这等打扮!原来是道士变的土地!”

行者半信不信道:“你且说,寻求大力王何故?”土地道:“大力王乃罗刹女丈夫。他这向撇了罗刹,现在积雷山,摩云洞有个万岁狐王,那狐王死了,遗下一个女儿,叫做玉面公主。他有百万家私,无人掌管,二年前,访着牛魔王神通广大,情愿倒陪家私,招赘为夫。那牛王弃了罗刹,久不回顾。若大圣寻着牛王,拜求来此,方借得真扇。一则搧息火焰,可保师父前进;二来永除火患,可保此地生灵;三者赦我归天,回缴老君法旨。”行者道:“积雷山坐落何处?到彼有多少程途?”土地道:“在正南方。此间到彼,有三千余里。”行者闻言,即分付八戒、沙僧保护师父,又教土地陪伴勿回,随即忽的一声,腾空而起。

那消半个时辰,早见一座高山。停立巅峰,观看多时,步入深山,找寻路径。正自没个消息,忽见松阴下,有一绝色女子,手折了一枝香兰,嬝嬝娜娜而来。大圣闪在怪石之旁,那女子渐渐走近石边,大圣躬身施礼道:“女菩萨何往?”那女子猛抬头,忽见大圣相貌丑陋,老大心惊,欲退难退,欲行难行,战战兢兢,勉强答道:“你是何方来者?敢在此间问谁?”大圣假意说道:“我是翠云山来的,初到贵处,不知路径。敢问菩萨,此间可是积雷山?”那女子道:“正是。”大圣道："有个摩云洞，坐落何处？"那女子道："你寻那洞做甚？"大圣道："我是翠云山芭蕉洞铁扇公主来央请牛魔王的。"

那女子一闻此言，心中大怒，泼口骂道："这贱婢，着实无知！牛王自到我家，未及二载，也不知送了他多少珠翠金银，绫罗缎匹。年供柴，月供米，自自在在受用，还不识羞，又来请他怎的！"大圣闻言，情知是玉面公主，故意掣出铁棒大喝一声道："你这泼贱，将家私买住牛王，诚然是陪钱嫁汉！你倒不羞，却敢骂谁！"那女子见了，唬得魄散魂飞，没好步乱蹁金莲，战兢兢回头便走，这大圣吆吆喝喝，随后相跟。原来穿过松阴，就是摩云洞口，女子跑进去，扑的把门关了。大圣却才收了铁棒，停步观看。

那女子跑得粉汗淋淋，唬得兰心吸吸，径入书房里面。原来牛魔王正在那里静玩丹书，这女子没好气倒在怀里，抓耳挠腮，放声大哭。牛王满面陪笑道："美人，休得烦恼，有甚话说？"那女子跳天跌地，口中骂道："泼魔害杀我也！"牛王笑道："你为甚事骂我？"女子道："我因父母无依，招你护身养命。江湖中说你是个好汉，原来是个惧内的庸夫！"牛王将女子抱住道："美人，我有那些不是处，你且慢慢说来，我与你陪礼。"女子道："适才我在洞外闲步花阴，折兰采蕙，忽有一个毛脸雷公嘴的和尚，猛地前来施礼，把我吓了个挣。及定定性问是何人，他说是铁扇公主央他来请牛魔王的。被我说了两句，他倒骂了我一场，将一根棍子，赶着我打。若不是走得快些，几乎被他打死！这不是招你为祸，害杀我也！"牛王闻言，却与他整容赔礼，温存良久，女子方才息气。魔王却发狠道："美人，不敢相瞒，那芭蕉洞虽是僻静，却清幽自在。我山妻自幼修持，也是个得道的女仙，从来家门严谨，内无三尺之童，焉得有雷公嘴的男子央来？这想是那里来的怪妖，或者假绰名声，至此访我，等我出去看看。"

他即出了书房，上大厅取披挂结束了，拿一条混铁棍，出门高叫道："是谁人在我这里无状？"行者看他那模样，与五百年前又大不同。忙整衣上前，深深的唱个大喏道："长兄，还认得小弟么？"牛王答礼道："你是齐天大圣孙悟空么？"大圣道："正是，正是，一向久别未拜。适才到此问一女子，方得见兄，丰采胜常，真可贺也！"牛王喝道:“且休巧舌！我闻你闹了天宫,被佛祖降压在五行山下,近解脱天灾,保护唐僧西天求经,怎么在火云洞把我小儿牛圣婴害了？正在这里恼你,你却怎么又来寻我？”大圣作礼道:“长兄勿得误怪小弟。当时令郎捉住吾师,要食其肉,小弟近他不得,幸观音菩萨劝他归正。现今做了善财童子,比兄长还高,入极乐之门堂,受逍遥之永寿,有何不美,反怪我耶？”牛王道:“这个乖嘴的猴狲！害子之情,被你说过。你才欺我爱妾,打上我门,何也？”大圣笑道:“我因拜谒长兄不见,向那女子拜问,不知就是二嫂嫂。因他骂了我几句,是小弟一时粗卤,惊了嫂嫂。望长兄宽恕宽恕！”牛王道:“既如此说,我看故旧之情,饶你去罢。”

大圣道:“既蒙宽恩,感谢不尽,但尚有一事奉渎,万望周济周济。”牛王骂道:“这猴狲不识起倒！饶了你,倒还不走,反来缠我甚么周济！”大圣道:“实不瞒长兄,小弟因保唐僧西进,路阻火焰山,不能前进。访知尊嫂罗刹女有一柄芭蕉扇,欲求一用。昨到旧府,奉拜嫂嫂,嫂嫂坚执不借,是以特求叩求。望兄长开天地之心,同小弟到大嫂处一行,千万借扇搧灭火焰,保得唐僧过山,即时完璧。”牛王闻言,心头火发,骂道:“你说你不无礼,你原来是借扇之故！一定先欺我山妻,山妻想是不肯,故来寻我。且又赶我爱妾。常言道,朋友妻,不可欺;朋友妾,不可灭。你既欺我妻,又灭我妾,多大无礼？上来吃我一棍！”大圣道:“哥要说打,弟也不惧,但扇子千万借我使使！”牛王道:“你若三合敌得我,我着山妻借你;如敌不过,打死你,与我雪恨！”说罢,掣混铁棍劈头就打。这大圣持金箍棒,随手相迎。两个斗经百十回合,不分胜负。

正在难解难分之际,只听得山上有人叫道:“牛爷爷,我大王多多拜上,幸赐早临,好安座也。”牛王闻说,使混铁棍支住金箍棒道:“猴狲,你且住了,等我去一个朋友家赴会来者！”言毕,按下云头,径至洞里,对玉面公主道:“美人,才那雷公嘴的男子乃孙悟空猴狲,被我一顿棍打走了,再不敢来,你放心耍子。我到一个朋友处吃酒去也。”他才卸了盔甲,出门跨上辟水金睛兽,着小的们看守门庭,半云半雾,一直向西北方而去。

大圣在高峰上看着，暗想道："这老牛不知又结识了甚么朋友，往那里去赴会，等老孙跟他走走。"他将身晃一晃，变作一阵清风赶上同走。不多时，到了一座山中，那牛王寂然不见。大圣聚了原身，入山寻看，那山中有一面清水深潭，潭边有一座石碣，碣上六个大字，乃"乱石山碧波潭"。大圣暗想道："老牛决然下水去了。水底之精，定是蛟龙鼋鼍之类，等老孙也下去看看。"

即捻诀念咒，变作一个螃蟹，扑的跳在水中，径沉潭底。忽见一座玲珑剔透的牌楼，下面拴着那个壁水金睛兽，进牌楼里面，却就没水。大圣爬进去，仔细观看，只见那壁厢一派音乐之声。那上面坐的是牛魔王，左右有三四个蛟精，前面坐着一个老龙王，两边乃龙子、龙孙、龙婆、龙女。正在觥筹交错之际，大圣一直走将上去，被老龙看见，即命拿下。龙子、龙孙一拥上前，把大圣拿住。大圣忽作人言，叫："饶命！饶命！"老龙道："你是那里来的野蟹？怎么敢在尊客之前横行乱走？快早供来，免汝死罪！"大圣即对众供道："念小蟹呵，本是横行介士，从来未习行仪。不知法度冒王威，伏望尊慈恕罪！"坐下众精闻言，都对老龙道："蟹介士初入瑶宫，不知王礼，望尊公饶他去罢。"老龙即教："放了那厮，且记打，外面伺候。"大圣应了一声，往外逃命，径至牌楼之下，忽然心生一计，即现本相，将金睛兽解了缰绳，扑一把跨上雕鞍，径直骑出水底。到于潭外，将身变作牛王模样，打着兽，纵着云，不多时，已至翠云山芭蕉洞口，叫声："开门！"女童开了门，看见是牛魔王，即入报："奶奶，爷爷来家了。"那罗刹闻言，忙整云鬟，急移莲步，出门迎接。这大圣下雕鞍，牵进水兽。罗刹女认他不出，即携手而入。着丫鬟设座看茶，一家子见是主公，无不敬谨。

须臾间，叙及寒温。"牛王"道："夫人久阔。"罗刹道："大王万福。"又云："大王宠幸新婚，抛撇奴家，今日是那阵风儿吹你来的？"大圣笑道："非敢抛撇，只因玉面公主招后，家事繁冗，朋友多顾，是以稽留在外，却也又置得一个家当了。"又道："近闻孙悟空那厮保唐僧，将近火焰山界，恐他来问你借扇子。我恨那厮害子之仇未报，但来时，可差人报我，等我拿他，分尸万段，以雪我夫妻之恨。"罗刹闻言，滴泪告道："大王，我的性命，险些儿被那猢狲害了！"大圣听得，故意发怒骂道:“那泼猴几时过去了?”罗刹道:“还未去,昨日到我这里借扇子,叫我做嫂嫂,说大王曾与他结义。”大圣道:“是五百年前曾拜为七兄弟。”罗刹道:“被我骂也不敢回言,砍也不敢动手,后被我一扇子搧去。不知在那里寻得个定风法儿,今早又在门外叫唤,是我又使扇搧,莫想得动。急轮剑砍时,他就不让我了。我走入洞里,紧关上门。不知他又从何处,钻在我腹内,险被他害了性命。是我叫他几声叔叔,将扇与他去也。”大圣捶胸道:“可惜可惜!夫人错了,怎么就把这宝贝与那猴狲?恼杀我也!”

罗刹笑道:“大王,与他的是假扇,但哄他去了。”大圣问:“真扇在于何处?”罗刹道:“放心放心!我收着哩。”叫丫鬟整酒接风贺喜,遂擎杯奉上道:“大王,燕尔新婚,千万莫忘结发,且吃一杯乡中之水。”大圣接了,笑吟吟,举觞在手道:“夫人先饮,我因图治外产,久别夫人,早晚蒙护守家阃,权为酬谢。”罗刹复接杯斟起,递与大圣道:“自古道,妻者齐也,夫乃养身之父,谢甚么。”两人谦谦讲讲,方才坐下进酒。大圣不敢破荤,只吃几个果子。

酒至数巡,罗刹觉有半酣,色情微动,就和大圣挨挨擦擦,搭搭拈拈,携着手,软语温存,并着肩,低声俯就。将一杯酒,你呷一口,我呷一口,却又哺果。大圣假意虚情,也与他相倚相偎。见他酣然,留心挑斗道:“夫人,真扇子你收在那里?早晚仔细。但恐孙行者变化多端,却又来骗去。”罗刹笑嘻嘻的,口中吐出,只有一个杏叶儿大小,递与大圣道:“这个不是宝贝?”大圣接在手中,暗想:“这些些儿,怎生扇得火灭?怕又是假的。”罗刹见他沉思,上前将粉面揾在行者脸上,叫道:“亲亲,你收了宝贝吃酒罢,只管出神想甚么哩?”大圣道:“这般小小之物,如何扇得八百里火焰?”罗刹酒陶真性,就说出方法道:“大王,与你别了二载,你想是昼夜贪欢,被那玉面公主弄伤了神思,怎么自家的宝贝事情,也都忘了?只将左手大指头捻着那柄儿上第七缕红丝,念一声嘘呬呵吸嘻吹呼,即时长一丈二尺。这宝贝变化无穷,那怕他八万里火焰,可一扇而消也。”

大圣闻言,切记在心,却把扇儿也噙在口里,把脸抹一抹,现了本相,叫道:“罗刹女,你看看我可是你亲老公?就把我缠了这许多丑勾当！不羞！不羞！"那罗刹一见是行者，推倒桌席，跌落尘埃，只叫："气杀我也！气杀我也！"

这大圣不管他，拽步径出了芭蕉洞。将身一纵，踏祥云，跳上高山，将扇子吐出来，演演方法。将左手大指头捻着那柄上第七缕红丝，念了一声呬嘘呵吸嘻吹呼，果然就长了有一丈二尺。拿在手中，仔细一看，比前番假的果是不同，只见祥光艳艳，瑞气纷纷，上有三十六缕红丝，穿经度络，表里相联。原来行者只讨了个长的方法，不曾讨他个小的口诀，左右只是那等长短。没奈何，只得搴在肩上，找旧路而回。

却说那牛魔王在碧波潭底，散了筵席，出得门来，不见了壁水金睛兽。老龙王问道："是谁偷放牛爷的金睛兽？"众精跪下道："没人敢偷，我等俱在筵前供酒奏乐，更无一人在外。"老龙道："家乐儿断乎不敢，可曾有甚生人进来？"龙子、龙孙道："适才安座之时，有个蟹精到此，那个便是生人。"牛王闻说，顿然省悟道："不消讲了！早间贤友着人邀我时，有个孙悟空保唐僧取经，路遇火焰山难过，曾问我借芭蕉扇。我不曾与他，他和我赌斗一场，我却丢了他，径赴盛会。那猴子千般伶俐，断乎是那厮变作蟹精，来此打探消息，偷了我兽，去山妻处骗芭蕉扇也！"众精见说，一个个胆战心惊，问道："可是那大闹天宫的孙悟空么？"牛王道："正是。列公若在西方路上，有不是处，切要躲避他些儿。列公且别，等我赶他去来。"

遂分开水路，跳出潭底，驾黄云，径至翠云山芭蕉洞，只听得罗刹女跌脚捶胸，大呼小叫，推开门，又见壁水金睛兽拴在里边，牛王高叫："夫人，孙悟空那厢去了？"众女童看见牛魔，一齐跪下道："爷爷来了！"罗刹女扯住牛王，磕头撞脑，骂道："泼老天杀的！怎样这般不谨慎，着那猴狲偷了金睛兽，变作你的模样，到此骗我！"牛王切齿道："猴狲那厢去了？"罗刹捶胸骂道："那泼猴赚了我的宝贝，现出原身走了！气杀我也！"牛王道："夫人保重，勿得心焦，等我赶上猴狲，夺了宝贝，拿住他，剥皮剉骨，摆出心肝，与你出气！"叫："拿兵器来！"女童道："爷爷的兵器，不在这里。"牛王道："拿你奶奶的兵器来罢！"侍婢将两把青锋宝剑捧出。牛王双手绰剑，走出芭蕉洞，径奔火焰山上赶来。毕竟不知此去吉凶如何，且听下回分解。

第六十一回　猪八戒助力破魔王　孙行者三调芭蕉扇

话表牛魔王赶上孙大圣，只见他肩膊上掮着那柄芭蕉扇，怡颜悦色而行。魔王想道："我若当面问他索取，他定然不与。倘若搧我一搧，要去八万四千里远，却不遂了他意？我闻得唐僧二徒弟猪精，三徒弟流沙精，我当年也曾会他，且变作猪精的模样，骗他一场。料猴狲得意之际，必不题防。"好魔王，他也有七十二变，只是身子狼犺欠钻疾些。他把宝剑藏了，念个咒语，摇身一变，即变作八戒一般嘴脸，抄下路，当面迎着大圣，叫道："师兄，我来也！师父见你许久不回，恐牛魔王手段大，难得他的宝贝，叫我来帮你的。"行者笑道："不必费心，我已得了手了。"牛王又问道："你怎么得的？"行者道："那老牛与我战经百十合，不分胜负。他就撇了我，去那碧波潭底，与一伙龙精饮酒。是我暗跟他去，偷了他所骑之兽，变做老牛的模样，径至芭蕉洞哄那罗刹女。那女子与老孙结了一场干夫妻，是老孙设法骗将来的。"牛王道："却是生受了。哥哥劳碌太甚，可把扇子我拿。"大圣那知真假，遂将扇子递与他。

原来他知那扇子收放的根本，接过手，不知捻个甚么诀儿，依然小似一片杏叶，现出本相骂道："泼猴狲！认得我么？"行者见了，心中自悔道："是我的不是了！"恨了一声，狠得他暴躁如雷，掣铁棒，劈头便打，那魔王就使扇子搧他一下，不知那大圣先前变蟭蟟虫入罗刹腹中之时，将定风丹含在口里，不觉的咽下肚里，所以五脏皆牢，皮骨皆固，凭他怎么搧，再也搧他不动。牛王慌了，把宝贝丢入口中，双手轮剑就砍。那两个在那半空中这一场恶杀，难解难分。

却说唐僧坐在途中，火气蒸人，心焦口渴，对土地道："敢问尊神，那牛魔王法力如何？"土地道："那牛王神通不小，法力无边，正是孙大圣的敌手。"三藏道："悟空是个会走路的，往常家二千里路，一霎时便回，怎么如今去了一日？断是与牛魔王赌斗。"叫："悟能，悟净，那一个去迎你师兄一迎？倘或遇敌，就当用力相助，求得扇子来，早早过山去也。”八戒道：“我想着要去接他，但只是不认得积雷山路。”土地道：“小神认得。且教卷帘将军与你师父做伴，我与你去来。”三藏大喜。

那八戒抖擞精神，搴着钯，与土地纵云，径向南方而去。正行时，忽听得喊杀声高，狂风滚滚。八戒按云头看时，原来行者与牛王厮杀哩。土地道：“天蓬不上前，还待怎的？”呆子掣钯高叫道：“师兄，我来也！”行者恨道：“你这夯货，误了我多少大事！”八戒道：“我如何误了大事？”行者道：“这泼牛十分无礼！我已向罗刹处弄得扇子来，却被这厮变作你的模样骗了去，又和我在此比拼，所以误了大事也。”八戒闻言大怒，举钯骂道：“我把你这血皮胀的遭瘟！你敢变作你祖宗的模样，骗我师兄，使我兄弟不睦！”你看他没头没脸的使钉钯乱筑，那牛王斗了一日，力倦神疲。见八戒的钉钯凶猛，遮架不住，败阵就走。只见那火焰山土地率领阴兵，当面挡住道：“大力王，且住，唐三藏西天取经，无神不保，无天不佑，三界通知，十方拥护。快将芭蕉扇来搧息火焰，教他早过山去；不然，上天责你，定遭诛谴也。”牛王道：“你这土地，全不察理！那泼猴夺我子，欺我妾，骗我妻，番番无礼，我恨不得囫囵吞他下肚，怎么肯将宝贝借他！”

言未了，八戒又赶上骂道：“我把你个结心黄的！快拿出扇来，饶你性命！”那牛王只得回头，使宝剑又战八戒，大圣举棒相帮，这一场，三个人奋勇争强，且行且斗，斗了一夜，不分上下，早又天明。前面是他的积雷山摩云洞口，那喊杀之声，喧哗震耳，惊动那玉面公主，即命大小头目，各执枪刀助力。牛王大喜道：“来得好！来得好！”众妖一齐上前。八戒措手不及，倒拽着钯败阵而走，大圣纵云跳出重围，众阴兵亦四散奔走。老牛得胜，聚群妖归洞闭门而去。

行者道：“这厮骁勇！自昨日与老孙战起，直到今夜，未定输赢，却得你两个来接力。如此苦斗一夜，他更不见劳困。才这一伙小妖，却又莽壮。他将洞门紧闭，如之奈何？”八戒道：“如今难得他扇子，如何保得师父过山？且回去，转路走他娘罢！”土地道：“大圣休焦恼，天蓬莫懈怠。但说转路，就是入了旁门，不成个修行之道，你师父,在那正路上坐着,眼巴巴只望你们成功哩!”行者发狠道:“正是正是,说得有理,我们正要与他:赛输赢,弄手段,好施为,地煞变。返清凉,息火焰,打破顽空参佛面,行满超升极乐天,大家齐赴龙华宴!”那八戒听言,也便努力,道:“是,是,是! 去,去,去! 管甚牛王会不会,木生在亥配为猪,牵转牛儿归土类。申下生金本是猴,无刑无克多和气。用芭蕉,为水意,火焰消除成既济。昼夜休离苦尽功,功完赶上盂兰会。”

他两个领着土地、阴兵一齐上前,使钯轮棒,乒乒乓乓,把一座摩云洞的前门,打得粉碎。唬得那外护头目闯入里边报道:“大王,孙悟空率众打破前门也!”那牛王与玉面公主备言其事,正恨孙行者哩,听说打破前门,十分发怒,急披挂,拿了铁棍,骂出来道:“泼猴狲! 你是多大个人儿,敢这等上门撒泼?”八戒骂道:“泼老剥皮! 你是个甚么人物,敢量那个大小! 不要走! 看钯!”牛王喝道:“你这囔糟的夯货,不见怎的! 快叫猴儿上来!”行者道:“不知好歹的馇草! 我昨日还与你论兄弟,今日就是仇人了! 仔细吃吾一棒!”那牛王奋勇相迎。这场比前番更胜。三个人搅在一起舍死忘生,又斗有百十余合。八戒发起呆性,仗着行者神通,举钯乱筑。牛王遮架不住,败阵回头,就奔洞门,却被土地阴兵拦住道:“大力王,那里走! 吾等在此!”那老牛不得进洞,急抽身,又见行者、八戒赶来,慌得卸了盔甲,丢了铁棍,摇身一变,变做一只天鹅,望空飞走。

行者看见,笑道:“八戒! 老牛去了。”那呆子漠然不知,土地亦不能晓,一个个东张西觑。行者指道:“那空中飞的不是?”八戒道:“那是一只天鹅。”行者道:“正是老牛变的。你两个打进此门,把群妖尽情剿除,拆了他的窝巢,绝了他的归路,等老孙与他赌变化去。”那八戒与土地,依言攻破洞门不题。

这大圣收了棒,捻诀念咒,摇身一变,变作一个海东青,搜的一翅,钻在云眼里,倒飞下来,落在天鹅身上,抱住颈项嗛眼。那牛王也知是孙行者变化,急忙抖抖翅,变作一只黄鹰,反来嗛海东青。行者又变作一个乌凤,专一赶黄鹰。牛王识得,又变作一只白鹤,长唳一声,向南飞去。行者立定,抖抖翎毛,又变作一只丹凤,高鸣一声。那白鹤见凤是鸟王，诸禽不敢妄动，刷的一翅，淬下山崖，将身一变，变作一只香獐，乜乜些些，在崖前吃草。行者认得，也就落下翅来，变作一只饿虎，剪尾跑蹄，要来赶獐作食。牛王慌了手脚，又变作一只金钱花斑的大豹，要伤饿虎。行者见了，迎着风，把头一晃，又变作一只金眼狻猊，声如霹雳，铁额铜头，复转身要食大豹。牛王着了急，又变作一个人熊，放开脚，就来擒那狻猊。行者打个滚，就变作一只赖象，鼻似长蛇，牙如竹笋，撒开鼻子，要去卷那人熊。

牛王嘻嘻的笑了一笑，现出原身，一只大白牛，头如峻岭，眼若闪光，两只角似两座铁塔，牙排利刃。连头至尾，有千余丈长短，自蹄至背，有八百丈高下，对行者高叫道："泼猴猻！你如今将奈我何？"行者也就现了原身，抽出金箍棒来，把腰一躬，喝声叫："长！"长得身高万丈，头如泰山，眼如日月，口似血池，牙似门扇，手执一条铁棒，着头就打。那牛王硬着头，使角来触。这一场，真个是撼岭摇山，惊天动地！诗曰：道高一尺魔千丈，奇巧心猿用力降。若得火山无烈焰，必须宝扇有清凉。黄婆大志扶元老，木母同情扫兽王。和睦五行归正果，炼魔涤垢上西方。他两个大展神通，在半山中赌斗，惊得那过往虚空神众与金头揭谛、六甲六丁、一十八位护教伽蓝都来围困魔王。那魔王公然不惧。孙大圣当面迎，众多神四面打，牛王急了，就地一滚，复本相，便投芭蕉洞去。行者也收了法像，与众神随后追袭。那魔王入洞，闭门不出，众神把一座翠云山围得水泄不通。

正都上门攻打，忽见八戒与土地、阴兵嚷嚷而至。行者问摩云洞事体如何。八戒道："那老牛的娘子被我一钯筑死，原来是个玉面狸精。那伙群妖，已尽皆剿戮，又将他洞府烧了。闻土地说他还有一处家小，住在此山，故又来这里。那可是芭蕉洞么？"行者道："正是！罗刹女就在此间。"八戒发狠道："既是这般，怎么不打进去，问他要扇子，倒让他停留长智？"

呆子抖擞威风，举钯照门一筑，忽辣的一声，将那石崖连门筑倒了一边。慌得那女童忙报："爷爷！不知甚人把前门都打坏了！"牛王方跑进去，喘嘘嘘的，正告诉罗刹与行者夺扇子赌斗之事，闻报心中大怒，就口中吐出扇子，递与罗刹。罗刹接扇在手，满眼垂泪道：

“大王！把这扇子舍与那猴狲，教他退兵去罢。”牛王道：“夫人呵，物虽小而恨则深。你且坐着，等我再和他比并去来。”那牛王重整披挂，又选两口宝剑，走出门来，正遇着八戒，掣剑劈脸便砍。八戒举钯迎着，退出门来，早有大圣轮棒当头。牛魔即驾狂风，跳离洞府，又都在那翠云山上相持。众神四面围绕，土地、阴兵左右攻击。

那牛王舍命捐躯，斗经五十余合，抵敌不住，败了阵，往北就走。早有五台山碧魔岩神通广大泼法金刚阻住喝道：“牛魔，你往那里去！我蒙佛祖差来，布列天罗地网，至此擒汝也！”正说间，随后有大圣、八戒、众神赶来。那魔王慌转身向南走，又撞着峨眉山清凉洞法力无量胜至金刚挡住。牛王急抽身往东便走，却逢着须弥山摩耳崖毗卢沙门大力金刚拦住。牛王又怵然而退，向西就走，又遇着昆仑山金霞岭不坏尊王永住金刚截住。那老牛见四面八方都是佛兵天将，真个是罗网高张，不能脱命。正在仓惶之际，又见行者率众赶来，他就驾云头，望上便走。

却好有托塔李天王并哪吒太子，领鱼肚、药叉、巨灵神将，漫住空中，叫道：“慢来！慢来！吾奉玉帝旨意，特来此剿除你也！”牛王急了，依前摇身一变，还变做一只大白牛，使两只铁角去触天王，天王使刀来砍。随后孙行者又到，哪吒太子高叫：“大圣，衣甲在身，不能为礼。愚父子昨日见如来，发檄奏闻玉帝，言唐僧路阻火焰山，孙大圣难伏牛魔王，玉帝传旨，特差我父王领众助力。”行者道：“这厮神通不小！又变作这等身躯，却怎奈何？”太子笑道：“大圣勿虑，你看我擒他。”这太子即喝一声：“变！”变作三头六臂，飞身跳在牛王背上，使斩妖剑望颈项上一挥，不觉得把个牛头斩下。天王收刀，却才与行者相见。那牛王腔子里又钻出一个头来，口吐黑气，眼放金光。被哪吒又砍一剑，头落处，又钻出一个头来。一连砍了十数剑，随即长出十数个头。哪吒取出火轮儿挂在那老牛的角上，便吹真火，焰焰烘烘，把牛王烧得张狂哮吼，摇头摆尾。才要变化脱身，又被托塔天王将照妖镜照住本相，腾那不动，无计逃生，只叫：“莫伤我命！情愿归顺佛家也！”哪吒道：“既惜身命，快拿扇子出来！”牛王道：“扇子在我山妻处收着哩。”

哪吒见说，将缚妖索解下，穿在他鼻孔里，用手牵来。行者却会聚了金刚、丁甲、伽蓝、天王、神将并八戒、土地、阴兵，簇拥着白牛，回至芭蕉洞口。老牛叫道："夫人，将扇子出来，救我性命！"罗刹听叫，急卸了钗环，脱了色服，挽青丝穿缟素，如道姑打扮，双手捧那柄丈二长的芭蕉扇子，走出门跪在地下，磕头礼拜道："望菩萨饶我夫妻之命，愿将此扇奉承孙叔叔成功去也！"行者近前接了扇，同大众共驾祥云，径回东路。

却说三藏与沙僧盼望行者许久不回，正然忧虑。忽见祥云满空，瑞光满地，飘飘飖飖，众神行将近。长老害怕道："悟净，那壁厢是何处神兵来也？"沙僧认得道："师父呵，那是四大金刚、金头揭谛、六甲六丁、护教伽蓝与过往众神。牵牛的是哪吒三太子，拿镜的是托塔李天王，大师兄执着芭蕉扇，二师兄并土地随后，其余的都是护卫神兵。"三藏听说，换了毗卢帽，穿了袈裟，与悟净拜迎称谢道："我弟子有何德能，敢劳列位尊圣临凡！"四大金刚道："圣僧，恭喜了，十分功行将完！吾等奉佛旨差来助汝，汝当竭力修持，勿得须臾怠惰。"三藏叩头受命。

大圣执着扇子，行近山边，尽气力挥了一扇，那火焰山平平息焰，寂寂除光。行者喜欢，又搧一扇，只得见习习潇潇，清风微动。第三扇，满天云漠漠，细雨落霏霏。诗曰："火焰山遥八百程，火光大地有声名。火煎五漏丹难熟，火燎三关道不清。特借芭蕉施雨露，幸蒙天将助神功。牵牛归佛休顽劣，水火相联性自平。"

此时三藏解燥除烦，清心了意。四众皈依谢了。金刚各转宝山。丁甲升空保护，过往神祇四散，天王太子牵牛径归佛地回缴。止有本山土地，押着罗刹女，在旁伺候。行者道："那罗刹，你不走路，还在此等甚？"罗刹跪拜道："大圣原说搧息了火，还我扇子。今此一场，只因不倜傥，以致劳师动众，诚悔之晚矣。我等也修成人道，只是未归正果。望大圣赐还我本扇，修身养性去也。"土地道："大圣！趁此女深知息火之法，断绝火根，还他扇子，拯救这方生民，诚为恩便。"行者道："我闻说这山搧息了火，只收得一年五谷，便又火发！如何治得除根？"罗刹道："要是断绝火根，只消连扇四十九扇，永远再不发了。”

行者闻言，执扇子，使尽觔力，望山头连扇四十九扇，那山上大雨淙淙。果然是宝贝：有火处下雨，无火处天晴。他师徒们立在这无火处，不遭雨湿。坐了一夜，次早才收拾马匹行李，把扇子还了罗刹，罗刹拜谢了，自去隐姓修行，后来也得了正果，经藏中万古流名。土地感激谢恩，随后相送。行者、八戒、沙僧，保着三藏前进，真个是身体清凉，足下滋润。诚所谓：坎离既济真元合，水火均平大道成。毕竟不知前到何处，且听下回分解。

第六十二回　涤垢洗心惟扫塔　缚魔归正乃修身

十二时中忘不得，行功百刻全收。五年十万八千周，休教神水涸，莫纵火光愁。水火调停无损处，五行联络如钩。阴阳和合上云楼，乘鸾登紫府，跨鹤赴瀛洲。这一篇词，牌名《临江仙》。单道三藏师徒四众，水火既济，本性清凉，借得纯阴宝扇，搧息燥火遥山，不一日行过了八百之程，师徒们散诞逍遥，向西而去，正值秋末冬初时序。四众行勾多时，前又遇城池相近。唐僧勒马叫悟空："你看那厢楼阁峥嵘，是个甚么去处？"行者抬头观看道："师父，那座城池，是一国帝王之所。"

长老策马，须臾到门下马。进门观看，只见六街三市，货殖通财，又见衣冠隆盛，人物豪华。正行时，忽见有十数个和尚，一个个披枷戴锁，沿门乞化，着实蓝缕不堪。三藏叹曰："兔死狐悲，物伤其类。"叫："悟空，你上前去问他一声，为何这等遭罪？"行者依言，即叫那和尚："你是那寺里的？为甚事披枷戴锁？"众僧跪倒道："爷爷，我等是金光寺负屈的和尚。"行者道："金光寺坐落何方？"众僧道："转过隅头就是。"行者将他带在唐僧前问道："怎生负屈，你说我听。"众僧道："爷爷，不知你们是那方来的，我等似有些面善。此间不敢在此奉告，请到荒山，具说苦楚。"长老道："也是。"即同至山门，门上横写七个金字："敕建护国金光寺。"师徒们进得门来观看，但见那：遍地落花无客过，一庭啼鸟少僧来。三藏止不住心酸坠泪。众僧们顶着枷锁，将正殿推开，请长老上殿拜了佛。却转到后面，见那方丈檐柱上又锁着六七个小和尚，三藏甚不忍见。及到方丈，众僧俱来叩头问道："列位老爷相貌不一，可是东土大唐来的么？"行者笑道："这和尚有甚未卜先知之法？你怎么认得？"众僧道："我等有甚未卜先知之法，只是负了屈苦，无处分明，日逐家只是叫天叫地。想是惊动天神，昨夜间各人都得一梦，说有个东土大唐来的圣僧，救得我等性命，庶乎冤苦可伸。今日果见老爷这般异相,故认得也。”

三藏道:“你这里是何地方?有何冤屈?”众僧道:“此城名唤祭赛国,乃西邦大去处。当年有四方朝贡:南月陀国,北高昌国,东西梁国,西本钵国,年年进贡美玉明珠,娇妃骏马。我这里不动干戈,不去征讨,他那里自然拜为上邦。”三藏道:“想是你这国王有道,文武贤良。”众僧道:“爷爷,文也不贤,武也不良,国君也不是有道。我这金光寺,自来宝塔上祥云笼罩,瑞霭高升,夜放霞光,昼喷彩气,远近无不同瞻。故此以为天府神京,四方朝贡。不期三年之前,孟秋朔日,夜半子时,下了一场血雨。把我这寺里黄金宝塔污了,这两年外国不来朝贡。我王欲要征伐,众臣疑道我寺里僧人偷了塔上宝贝,所以无祥云瑞霭,以此奏上。昏君更不察理,那些赃官,将我僧众拿了去,千般拷打,万样追求。当时我这里有三辈和尚,前两辈已被拷打不过死了,如今又捉我辈问罪枷锁。老爷在上,我等怎敢欺心盗取塔中之宝!万望爷爷慈悲,广施法力,拯救我等性命!”

三藏闻言,点头叹道:“这桩事暗昧难明。悟空,今日甚时分了?”行者道:“有申时前后。”三藏道:“我欲面君倒换关文,奈何这众僧之事,不得明白。我当时离长安,立愿遇寺拜佛,见塔扫塔。今日至此,遇有受屈僧人,乃因宝塔之累。你与我办一把新笤帚,待我沐浴了,上去扫扫,即看这事何如,方好面君奏言,解救他们苦难也。”

这些枷锁的和尚听说,连忙去厨房取把厨刀,递与八戒,教打开那小和尚的铁锁,放他去安排斋饭汤水。八戒笑道:“不用刀斧,我那一位毛脸老爷,他是开锁的积年。”行者真个近前,用手一抹,几把锁都退落下。那小和尚俱跑到厨中,安排茶饭。三藏师徒们吃了斋,渐渐天昏,只见那和尚拿了两把笤帚进来。一个小和尚点了灯,来请洗澡。此时满天星月光辉,谯楼更鼓齐发。

三藏沐浴毕,穿了小袖褊衫,手里拿一把新笤帚,对众僧道:“你等安寝,待我扫塔去来。”行者道:“塔上既被血雨所污,日久无光,恐生恶物,老孙与你同去如何?”三藏道:“甚好!甚好!”两人各持一把,先到大殿上,点灯烧香,佛前拜道:“弟子陈玄奘奉东土大唐差往灵山拜佛取经,今至祭赛国金光寺,遇宝塔被污,僧众负屈。弟子竭诚扫塔，望我佛威灵，早示原因，昭雪冤枉，不胜感仰。”祝罢，与行者开了塔门，自下层望上而扫。唐僧扫了一层，又上一层。如此扫至第七层上，却已二更时分。长老渐觉困倦，行者道：“困了，你且坐下，等老孙替你扫罢。”三藏道：“这塔是多少层数？”行者道：“怕不有十三层哩。”长老道：“是必扫了，方趁本愿。”又扫了三层，腰酸腿软，就于十层上坐倒道：“悟空，你替我把那三层扫净下来罢。”行者抖擞精神，登上第十一层，霎时又上到第十二层。正扫处，只听得塔顶上有人言语。行者道：“怪哉！怪哉！这早晚有三更时分，怎么得有人在顶上言语？断乎是邪物也！且看看去。”

他轻轻的挟着笤帚，撒起衣服，钻出前门，踏着云头观看，只见第十三层塔心里坐着两个妖精，面前放一盘嘎饭，一只碗，一把壶，在那里猜拳吃酒哩。行者丢了笤帚，掣出金箍棒，拦住塔门喝道：“好怪物！偷塔上宝贝的原来是你！”两个怪物慌了，急起身拿壶拿碗乱掼，被行者横拦住道：“我若打死你，没人供状。”只把棒逼将去。那怪贴在壁上，莫想挣扎得动，口里只叫：“饶命饶命！不干我事！自有偷宝贝的在那里也。”行者使个拿法，径拿下第十层塔中。报道：“师父，拿住偷宝贝的贼了！”三藏正自盹睡，忽闻此言，又惊又喜道：“是那里拿来的？”行者把怪物揪到面前跪下道：“他在塔顶上猜拳吃酒，是老孙轻轻捉来。师父可取他个口词，看他是那里妖精，偷的宝贝在于何处。”

那怪物战战兢兢，口叫：“饶命！”遂从实供道：“我两个是乱石山碧波潭万圣龙王差来巡塔的。他叫做奔波儿灞，我叫做灞波儿奔。他是鲇鱼怪，我是黑鱼精。因我万圣老龙生下一个女儿，就唤做万圣公主。那公主花容月貌，有十二分人才，招得一个驸马，唤做九头驸马，神通广大。前年与龙王来此，显大法力，下了一阵血雨，污了宝塔，偷了塔中的舍利子佛宝。公主又去大罗天上灵霄殿前，偷了王母娘娘的九叶灵芝草，养在那潭底下，金光霞彩，昼夜光明。近日闻得有个孙悟空往西天取经，说他神通广大，沿路上专一寻人的不是，所以这些时常差我等在此巡拦，若还有那孙悟空到时，好准备也。”行者闻言嘻嘻冷笑道：“那业畜等这等无礼，怪道前日请牛魔王在那里赴会！原来他结交这伙泼魔，专干不良之事！"

说未了，只见八戒与两三个小和尚，提着两个灯笼，走上来道："师父，扫了塔不去睡觉，在这里讲甚么哩？"行者道："师弟，你来正好。塔上的宝贝，乃是万圣老龙偷了去。今着这两个小妖巡塔，探听我等的消息，却才被我拿住也。"八戒掣钯就打，道："既是妖精，不打死待何时？"行者道："你不知，且留着活的，好去见皇帝讲话，又好做眼去寻贼追宝。"呆子真个收了钯，一家一个，都抓下塔来。两三个小和尚喜喜欢欢，提着灯笼引长老下了塔。一个先跑报众僧道："好了！好了！我们得见青天了！偷宝贝的妖怪，已是爷爷们捉将来矣！"行者叫："拿铁索来，穿了琵琶骨，锁在这里。汝等看守，我们睡觉去，明日再做理会。"那些和尚都紧紧的守着，让三藏们安寝。

不觉的天晓，长老道："我与悟空入朝，倒换关文去来。"长老即穿了锦襕袈裟，戴了毗卢帽。行者取了关文同去。八戒道："怎么不带这两个妖贼去？"行者道："待我们奏过了，自有驾帖着人来提他。"遂行至朝门外。三藏对阁门大使作礼道："烦代转奏，贫僧是东土大唐差去西天取经者，意欲面君，倒换关文。"那黄门官即与通报。

国王传旨教宣，长老引行者入朝。众文武见了行者，无不惊怕。长老在阶前舞蹈山呼的行拜，大圣叉着手，斜立在旁，公然不动。长老启奏罢。国王传旨教宣唐朝圣僧上金銮殿，安绣墩赐坐。长老先将关文捧上，然后谢恩告坐。

那国王将关文看了一遍，心中喜悦道："似你大唐王能选高僧，不避路途遥远，拜佛取经；寡人这里和尚，专心只是做贼，败国倾君！"三藏合掌道："怎见得败国倾君？"国王道："寡人这国，乃是西域上方，常有四方朝贡，皆因国内有个金光寺，寺内有座黄金宝塔，光彩冲天。近被本寺贼僧，暗窃了其中之宝，三年无有光彩，外国这三年也不来朝，寡人心痛恨之。"三藏合掌笑道："万岁差矣。贫僧昨到天府，一进城门，就见金光寺负冤之僧。贫僧至夜扫塔，已获住偷宝之妖贼矣。"国王大喜道："妖贼安在？"三藏道："现被小徒锁在金光寺里。"

那国王急降金牌："着锦衣卫快到金光寺取妖贼来，寡人亲审。"

三藏又奏道："万岁，虽有锦衣卫，还得小徒去方可。"国王道："高徒在那里？"三藏用手指道："那玉阶旁立者便是。"国王见了，大惊道："圣僧如此丰姿，高徒怎么这等相貌？"大圣听见了，高叫道："陛下，人不可貌相，海水不可斗量。若爱丰姿者，如何捉得妖贼也？"国王闻言，回惊作喜道："圣僧说的是，朕这里不选人材，只要获贼得宝为上。"再着当驾官看车盖，叫锦衣卫好生伏侍圣僧去取妖贼来。那当驾官即备大轿、黄伞，锦衣卫点起校尉，将行者八抬八绰，大四声喝路，径至金光寺来。

八戒、沙僧只说是国王差官，急出迎接，原来是行者坐在轿上。呆子笑道："哥哥，你得了本身也！"行者下轿道："我怎么得了本身？"八戒道："你打着黄伞，抬着八人轿，却不是猴王之职分？故说你得了本身。"行者道："快解下两个妖物，押见国王去。"于是八戒、沙僧每人揪着一个，大圣依旧坐了轿，摆开头踏，将两妖押赴当朝。

须臾至白玉阶前。国王下龙床，与唐僧及文武多官同目视之，那怪一个是暴腮乌甲，尖嘴利牙；一个是滑皮大肚，巨口长须，虽然是有足能行，大抵是变成的人相。国王问曰："你是何方贼怪，何年盗我宝贝，一伙共有多少贼徒，都唤做甚么名字，从实一一供来！"二怪跪下供道："三载之外，七月初一，有个万圣龙王，离此处路有百十，潭号碧波，山名乱石。生女多娇，妖娆美色，招赘一个九头驸马，神通无敌。他知你塔上珍奇，与龙王合伴做贼，先下血雨一场，后把舍利偷讫。见今照耀龙宫，黑夜明如白日。公主又偷了王母灵芝，在潭中温养宝物。我两个不是贼头，乃龙王差来小卒。今夜被擒，所供是实。"国王道："既取了供，如何不供自家名字？"那怪道："我唤做奔波儿灞，是个鲇鱼怪，他唤做灞波儿奔，是个黑鱼精。"国王叫锦衣卫好生收监，传赦赦了金光寺众僧，快教光禄寺排宴，谢圣僧获贼之功，议请圣僧捕擒贼首。光禄寺即时备了荤素两样筵席，国王请唐僧四众上麒麟殿叙坐，一一问了名号，奏乐安席。这场筵席，直到午后方散。

三藏谢了国王，国王再请到建章宫，又吃了一席。却才举酒道："敢烦那位圣僧帅众出师，降妖捕贼？"三藏道："教大徒弟孙悟空去。"大圣拱手应承。国王道："孙长老既去，用多少人马？"八戒忍不住叫道:“那里用甚么人马!趁如今酒醉饭饱,我共师兄去,手到擒来!”国王闻说,即取大觥来,与二位长老送行。孙大圣叫把两个小妖带去做眼。国王传旨,即时提出。二人挟着两妖,驾风头,径上东南而去。毕竟不知此去如何,且听下回分解。

第六十三回　二僧荡怪闹龙宫　群圣除邪获宝贝

却说祭赛国王与大小公卿，见大圣与八戒腾云驾雾，提着两个小妖，飘然而去，一个个朝天礼拜。又拜谢三藏、沙僧道："寡人肉眼凡胎，只知高徒有力量，拿住妖贼便了，岂知乃腾云驾雾之上仙也。"遂称唐僧为老佛，称沙僧为菩萨。满朝文武忻然顶礼不题。

却说大圣与八戒把两个小妖提到乱石山碧波潭，住定云头，将金箍棒吹口仙气，变作一把戒刀，将一个黑鱼怪割了耳朵，鲇鱼精割了下唇，撇在水里，喝道："快去对那万圣龙王说，我齐天大圣孙爷爷在此，着他即送金光寺塔上的宝贝出来，免他一门老幼遭诛！"

那两妖得命逃生，拖着锁索，淬入水内，竟上龙王宫殿报："大王，祸事了！"那万圣龙王正与九头驸马饮酒，忽见他两个来，即停杯问何祸事。那两个告道："昨夜巡拦，被唐僧、孙行者扫塔捉获，用铁索拴锁。今早见国王，又被那行者与猪八戒抓着我两个，割了耳朵、嘴唇，抛在水中，着我来报说，齐天大圣在外，要索那塔顶宝贝。"那老龙听说是齐天大圣，唬得魂不附体，战兢兢对驸马道："贤婿阿，别个来还好计较，若果是他，却不善也。"驸马笑道："太岳放心，愚婿自幼学了些武艺，四海之内，也曾会过几个豪杰，怕他做甚！等我出去与他交战三合，管取那厮缩首归降。"

那怪急起身披挂了，使一柄月牙铲，步出龙宫，分开水道，在水面上叫道："是甚么齐天大圣？快上来纳命！"行者按一按铁棒道："你孙爷爷在此。"那怪道："我闻得你是取经的和尚，没要紧罗织管事！我偷祭赛国的宝贝，与你何干，却无故伤我头目，又大胆上吾宝山厮闹？"行者道："这贼怪甚不达理！我虽不受国王的恩惠，但是你偷他的宝贝，屡年屈苦金光寺僧人。他是我一门同气，我怎么不与他出力，辨明冤枉？"驸马道："你既如此，想是要行赌赛。常言道，武不善作，只怕一时间伤了你的性命，误了你去取经！"

行者大怒道:“这泼贼怪,有甚强能,敢开大口!走上来,吃老爷一棒!”那驸马更不心慌,把月牙铲架住铁棒,就在那乱石山头,往往来来,斗经三十余合,不分胜负。八戒见他每战酣,举着钉钯,从妖精背后一筑。原来那怪九个头,转转都是眼睛,看见八戒在背后来时,即使铲镈架着钉钯,铲头抵着铁棒。又耐了六七合,挡不得前后齐攻,他却打个滚,腾空跳起,现了本相,乃是一个九头虫,观其形象十分凶恶。八戒看见心惊道:“哥阿,我自为人,也不曾见这等个恶物!是甚血气生此禽兽也?”行者道:“真个罕有!真个罕有!等我赶上打去!”大圣急纵云,跳在空中,使铁棒照头便打。那怪物大显身,展翅斜飞,搜的打个转身,掠到山前,半腰里又伸出一个头来,张开口如血盆相似,把八戒一口咬着鬃,捉下碧波潭水内而去。及至龙宫外,还变作前番模样,将八戒掷在地下,叫小的们:“把这个和尚绑在那里,与我巡拦的小卒报仇!”众精推推嚷嚷,抬了八戒进去,那老龙王欢喜迎出道:“贤婿有功,怎生捉他来也?”即命排酒贺功不题。

却说行者见妖精擒了八戒,心中忖道:“这厮恁般利害!我待回朝见师,恐那国王笑我。待要开言骂战,怎奈我又单身,况水面之事不惯。且等我变化了进去看看。”即捻着诀,摇身一变,还变做一个螃蟹,淬于水内,径至牌楼之前。原来这条路是他前番袭牛魔王走熟了的,直至宫门之下,见那老龙王与九头虫合家儿欢喜饮酒。行者不敢相近,爬过东廊之下,见几个虾精蟹精,纷纷纭纭耍子。行者听了一会,问道:“驸马爷爷拿来的那长嘴和尚,这会死了不曾?”众精道:“不曾死,缚在那西廊下哼的不是?”

行者听说,又轻轻的爬过西廊,真个那呆子绑在柱上哼哩。行者四顾无人,近前叫声:“八戒!”将钳咬断索子叫走,那呆子脱了手道:“哥哥,我的兵器,被那怪拿上宫殿去了。怎处?”行者道:“你先去牌楼下等我。”八戒悄悄的溜出。行者复爬上宫殿观看,见左首下钉钯放光,使个隐身法,将钯偷出,到牌楼下递与八戒。呆子得了钯,便道:“哥哥,你先走,等老猪打进宫殿。若得胜,就捉住他一家子;若败出来,你在这潭岸上救应。”行者便负出水面。

这八戒双手缠钯,一声喊,打将进去。慌得那大小水族,奔上宫殿道:“不好了！长嘴和尚挣断绳反打进来了!”那老龙与九头虫并一家子俱措手不及,跳起来,藏藏躲躲。这呆子闯上宫殿,一路钯,筑破门扇,把些桌椅家火之类,尽皆打碎。那九头虫将公主安藏在内,急取月牙铲,赶至前宫喝道:“泼夯野豕,怎敢惊吾眷族!”八戒骂道:“这贼怪,你焉敢将我捉来！这场不干我事,是你请我来家打的！快拿宝贝还我,回见国王了事;不然,决不饶你一家命也!”那怪咬定牙齿,与八戒交锋。那老龙才定了神思,领龙子龙孙,各执枪刀,齐来攻取。八戒见事不谐,虚晃一钯,撤身便走,那老龙率众追来。须臾,撺出水中,都到潭面上翻腾。

行者正在潭岸等候,忽见他每追赶八戒出来,就半踏云雾,掣铁棒,只一下,把个老龙头打得稀烂。可怜血溅潭中,尸飘浪上！唬得那龙子龙孙各各逃命,九头驸马收龙尸,转宫而去。

行者与八戒且不追袭,回上岸,正自商量。忽听得狂风滚滚,惨雾阴阴,从东方径往南去。行者仔细观看,乃二郎显圣,领梅山六兄弟,架着鹰犬,一个个腰挎弯弓,手持利刃,纵风雾踊跃而行。行者道:“八戒,那是我七圣兄弟,倒好留请他们,与我们助战,倒是一场大机会。但内有显圣大哥,我曾受他降伏,不好见他。你去拦住云头,叫住了他。待他安下,我却好见。”

那呆子急纵云头,上山拦住,高叫道:“真君,且少停车驾,有齐天大圣请见哩。”那爷爷见说,即传令停住,与八戒相见毕,问:“齐天大圣何在?”八戒道:“现在山下。”二郎即唤六兄弟,乃是康、张、姚、李、郭、直,各各出营,请行者上山相见,道:“大圣,你脱离大难,受戒沙门,刻日功完,高登莲座,可贺！可贺!”行者道:“不敢。虽然脱难西行,未知功成何日。今因路过祭赛国,搭救僧灾,在此擒妖索宝。偶见兄长车驾,大胆请留一助,未审肯见爱否?”二郎笑道:“我因闲暇无事,同众兄弟采猎而回,幸蒙大圣不弃,敢不如命！却不知此地是何怪贼?”六圣道:“大哥忘了？此间是乱石山碧波潭,万圣之龙宫也。”二郎惊呀道:“万圣老龙却不生事,怎么敢偷塔宝?”行者将上项事说一遍道:“方才是我把老龙打死,那厮每收尸挂孝去了。我两个正议索战,却见兄长仪仗降临,故此轻渎也。”二郎道:“既伤了老龙,正好与他攻击，使那厮不能措手，却不连窝巢都灭绝了？”八戒道：“虽是如此，奈天晚何？”二郎道：“我们营内，有随带酒肴，教小的们就此铺设，与二位欢叙这一夜，待天明索战何如？”却命小校安排。众兄弟在星月光前，幕天席地，举杯叙旧。

正是欢娱夜短，早不觉东方大亮。那八戒几钟酒，吃得兴气勃然的道：“天已明了，等老猪下水去索战也。”你看他敛衣缠钯，使分水法，跳将下去，径至那牌楼下，发声喊，打入殿内。

此时那龙子披了麻，看着龙尸哭，龙孙与那驸马，在后面收拾棺材哩。这八戒上前，手起处，把个龙子夹头一钯筑了九个窟窿，唬得那龙婆与众往里乱跑，哭道：“长嘴和尚又把我儿打死了！”那驸马闻言，即使月牙铲，带龙孙往外杀来。八戒举钯迎敌，且战且退，跳出水中。这岸上大圣与七兄弟一拥上前，枪刀乱下，把个龙孙剁成几断。那驸马见不停当，在山前打个滚，又现了本相，展开翅，旋绕飞腾。二郎即取金弓，安上银弹，扯满弓，往上就打。那怪急铩翅，掠到山边，要咬二郎，半腰里才伸出一个头来，被那头细犬，撺上去，汪的一口，把头血淋淋的咬将下来。那怪物负痛逃生，径投北海而去。八戒便要赶去，行者止住道：“且莫赶他，正是穷寇勿追，他被细犬咬了头，必定是多死少生。等我变做他的模样，你分开水路，赶我进去，寻那公主，哄他宝贝来也。”二郎道：“不赶他，倒也罢了，只是遗这种类在世，必为后人之害。”至今有个九头虫滴血，是遗种也。

那八戒依言，分开水路，行者变作怪物前走，八戒后追。渐渐追至龙宫，只见万圣公主道：“驸马，怎么这等慌张？”行者道：“那八戒得胜，把我赶将进来。你快把宝贝与我好生藏了！”那宫主那识真假，即于后殿里取出一个浑金匣子来，递与行者道：“这是佛宝。”又取出一个白玉匣子，也递与行者道：“这是九叶灵芝。”行者将两个匣儿收在身边，把脸一抹，现了本相。公主慌了，便要抢夺匣子，被八戒跑上去，着肩一钯，筑倒在地。

还有一个老龙婆撤身急走，八戒赶去，行者道：“且莫打死他，留个活的，好去国内见功。”遂将龙婆提出水面。行者随后捧匣上岸，对二郎感谢道：“仗兄长威力，得了宝贝，扫净妖贼也。”二郎兄弟都道："既已功成，我每就此告别。"遂率众回灌口去讫。

行者捧着匣子，八戒拖着龙婆，半云半雾，顷刻间到了国内。那金光寺解脱的和尚，都在城外迎接，忽见他两个近前，磕头礼拜，接入城中。那国王听说，连忙下殿，共唐僧、沙僧，迎着称谢神功不尽，随命排宴谢恩。三藏道："且着小徒归了塔中之宝，方可饮宴。"国王又问："龙婆能人言语否？"八戒道："乃是龙王之妻，岂不知人言？"国王道："既知人言，快早招前盗宝之由。"龙婆道："偷佛宝，我全不知，都是我那夫君龙鬼与那驸马九头虫，知你塔上之光乃是佛家舍利子，三年前下了血雨，乘机盗去。"又问："灵芝草是怎么偷的？"龙婆道："这是我小女万圣公主私入大罗天上灵霄殿前，偷的王母娘娘九叶灵芝草。那舍利子得这草的仙气温养着，千年不坏，万载生光，去地下扫一扫即有万道霞光，千条瑞气。如今被你夺来，弄得我夫死子绝，婿丧女亡，千万饶了我罢！"行者道："家无全犯，饶便饶你，只要你长远替我看塔。"龙婆道："好死不如恶活。但留我命，凭你差遣。"行者叫取铁索来，把龙婆琵琶骨穿了，教沙僧请国王来看我们安塔去。

那国王即忙排驾，同三藏携手出朝，并文武多官，随至金光寺。上塔将舍利子安在第十三层塔顶宝瓶中间，把龙婆锁在塔心柱上，念动《真言》，唤出本国土地、城隍与本寺伽蓝，每三日送饮食一餐，与这龙婆度口，少有差讹，即行处死，众神暗中领诺。行者却将芝草把十三层塔层层扫过，安在瓶内，温养舍利子。这才是整旧如新，霞光万道，瑞气千条，依然八方共睹，四国同瞻。下了塔门，国王就谢道："不是老佛与三位菩萨到此，怎生得明此事也！"

行者道："陛下，'金光'二字不好，不是久住之物：金乃流动之物，光乃闪烁之气。贫僧为你劳碌这场，将此寺改作伏龙寺，教你永远常存。"那国王即命换上新匾，乃是"敕建护国伏龙寺"。一壁厢安排御宴，一壁厢召丹青写下四众生形，五凤楼注了名号。国王摆銮驾，送唐僧师徒，又赐金玉酬答，师徒们坚辞，一毫不受。这真个是：妖邪剪灭诸天乐，宝塔回光大地明。毕竟不知此去前路如何，且听下回分解。

第六十四回　荆棘岭悟能努力　木仙庵三藏谈诗

话表祭赛国王谢了三藏师徒获宝擒怪之恩，却命当驾官制造衣服、鞋袜，备干粮烘炒，倒换了通关文牒，大排銮驾，并多官百姓，伏龙寺僧人，大吹大打，送四众出城。约有二十里，先辞了国王。众人又送二十里辞回。伏龙寺僧人送有五六十里不回，有的要同上西天，有的要修行伏侍。行者遂弄个手段，把毫毛拔了三四十根，都变作斑斓猛虎，拦住前路，哮吼踊跃。众僧方惧，不敢前进。大圣才引师父策马而去。少时间，去得远了，众僧人俱大哭而回。

师徒四众，走上大路，却才收回毫毛，一直西去。正是时序易迁，又早冬残春至，正行处。忽见一条长岭，岭顶上是路。三藏勒马观看，那岭上荆棘丫叉，薜萝牵绕，虽是有道路的痕迹，左右却都是荆棘刺针。唐僧叫："徒弟，这路怎生走得？你看路痕在下，荆棘在上，只除是蛇虫伏地而游方可。若你们走，腰也难伸，教我如何乘马？"八戒道："不打紧，等我使出扒柴手来，把钉钯分开荆棘，莫说乘马，就抬轿也包你过去。"三藏道："你虽有力，长远难熬，却不知有多少远近？"行者道："等我去看看。"将身一纵，跳在半空看时，只见那：处处薜萝缠古树，重重藤葛绕丛柯。为人谁不遭荆棘，那见西方荆棘多。行者看罢下来道："师父，这去处一望无际，似有千里之遥。"三藏大惊："这般怎生得度？"八戒笑道："要得度，还依我。"好呆子，捻个诀，念个咒语，把腰躬一躬，叫："长！"就长了有二十丈的身躯，把钉钯晃一晃，叫："变！"就变了有三十丈的钯柄，拽开步，双手使钯，将荆棘左右搂开："请师父跟我来也！"三藏见了甚喜，即策马紧随。后面沙僧挑着行李，行者也使铁棒拨开。这一日未曾住手，行有百十里，将次天晚，见有一块空阔之处，当路上有一通石碣，上有三个大字，乃"荆棘岭"。下有两行十四个小字，乃"荆棘蓬攀八百里，古来有路少人行"。八戒见了笑道："等我老猪与他添上两句：自今八戒能开破，直透西方路尽平!”三藏忻然下马道:“徒弟啊,累了你也!我们就在此住过了今宵,待明蚤再走。”八戒道:“师父莫住,趁此天色晴明,我等连夜搂开路走他娘!”那长老只得相从。

八戒上前努力,师徒们人不住手,马不停蹄,又行了一日一夜,却又天色晚矣。那前面蓬蓬结结,又闻得风敲竹韵,飒飒松声。却好又有一段空地,中间乃是一座古庙,庙门之外,有松柏凝青,桃梅斗丽。三藏下马,与三个徒弟少憩。行者道:“此地少吉多凶,不宜久坐。”说不了,忽见一阵阴风,庙门后,转出一个老者,角巾淡服,手持拐杖,后跟着一个青脸獠牙、红须赤体鬼使,头顶着一盘面饼,跪下道:“大圣,小神乃荆棘岭土地,知大圣到此,特备蒸饼一盘,奉上老师父,各请一餐。此地八百里,更无人家,聊吃些儿充饥。”八戒欢喜,上前就欲取饼。不知行者端详已久,喝一声:“且住!这厮不是好人!你是甚么土地,来诳老孙!看棍!”那老者见他打来,将身一转,化作一阵阴风,呼的一声,把个长老摄将起来,飘飘荡荡,不知去向。慌得那大圣兄弟前后找寻不题。

却说那老者同鬼使,把长老抬到一座烟霞石屋之前,轻轻放下,与他携手相搀道:“圣僧休怕,我等不是歹人,乃荆棘岭十八公是也。因风清月霁之宵,特请你来会友谈诗,消遣情怀故耳。”那长老却才定睛细看,渐觉月明星朗。只听得人语相接,都道:“十八公请得圣僧来也。”长老抬头观看,乃是三个老者:前一个霜姿丰采,第二个绿鬓婆娑,第三个虚心黛色。面貌、衣服各不相同,都来与三藏作礼。长老还了礼道:“弟子有何德行,敢劳列位仙翁下爱?”十八公笑道:“一向闻知圣僧有道,等待多时,今幸一见。如果不吝珠玉,宽坐叙怀,足见禅机真派。”三藏躬身道:“敢问仙长大号?”十八公道:“霜姿者号孤直公,绿鬓者号凌空子,虚心者号拂云叟,老拙号曰劲节。”三藏道:“四翁尊寿几何?”孤直公道:“我寿今经千岁古,撑天叶茂四时春。香枝郁郁龙蛇状,碎影重重霜雪身。自幼坚刚能耐老,从今正直喜修真。乌栖凤宿非凡辈,落落森森远俗尘。”凌空子道:“吾年千载傲风霜,高干灵枝力自刚。夜静有声如雨滴,秋晴荫影似云张。盘根已得长生诀,受命尤宜不老方。留鹤化龙非俗辈,苍苍爽气近仙乡。”拂云叟道:“岁寒虚度有千秋,老景潇然清更幽。不杂嚣尘终冷淡,饱经霜雪自风流。七贤作侣同谈咏,六逸为朋共唱酬。戛玉敲金非琐琐,天然情性与仙游。”劲节十八公道:“我亦千年约有余,苍然贞秀自如如。堪怜雨露生成力,借得乾坤造化居。万壑风烟惟我盛,四时洒落让吾疏。盖张翠影留仙客,博弈调琴讲道书。”三藏称谢道:“四位仙翁,俱高年得道,丰采清奇,得非汉时之四皓乎?”四老道:“承过奖!吾等非四皓,乃深山之四操也。敢问圣僧,妙龄几何?”三藏合掌躬身答道:“四十年前出母胎,未曾坠地已逢灾。任抛江水随波浪,幸遇金山脱本骸。养性看经无懈怠,诚心拜佛敢迟回?于今奉命朝西去,多感仙翁错爱来。”四老俱称道:“圣僧自出娘胎,即从佛教,果是从小修行,真正有道之上僧也。我等幸接台颜,敢求大教,望以禅法指教一二,足慰生平。”长老闻言,即慨然对众言曰:“禅者静也,法者度也。静中之度,非悟不成。悟者,洗心涤虑,脱俗离尘是也。夫人身难得,中土难生,正法难遇,全此三者,幸莫大焉。至德妙道,渺漠希夷,六根六识,遂可扫除。菩提者,不死不生,无余无欠,空色包罗,圣凡俱遣。访真了元始钳锤,悟实了牟尼手段。发挥象罔,踏碎涅槃。必须觉中觉了悟中悟,一点灵光全保护。放开烈焰照娑婆,法界纵横独显露。至幽微,更守固,玄关口说谁人度?我本元修大觉禅,有缘有志方能悟。”

四老侧耳受了,无边喜悦,一个个稽首拜道:“圣僧乃禅机悟本也!”拂云叟道:“禅虽静,法虽度,须要性定心诚。总为大觉真仙,终证无生之道。若我等之玄,却又大不同也。”三藏云:“道乃非常,体用合一,如何不同?”拂云叟笑道:“我等生来坚实,体用比尔不同。感天地以生身,蒙雨露而滋色。笑傲风霜,消磨日月。一叶不雕,千枝节操。似这话不叩冲虚,你执持梵语。道也者,本安中国,反来求证西方。空费了草鞋,不知寻个甚么?石狮子剜了心肝,野狐涎灌彻骨髓。忘本参禅,妄求佛果,都是我荆棘岭葛藤谜语,萝蓏浑言。此般君子,怎生接引?这等规模,如何印授?必须要检点见前面目,静中自有生涯。没底竹篮汲水,无根铁树生花。灵宝峰头牢着脚,归来雅会上龙华。”三藏闻言叩头拜谢,十八公用手搀扶,凌空子打个哈哈道:“拂云之言,分明漏泄。圣僧不必执着。我等趁此月明,原不为讲论修持,且自吟哦逍遥,放荡襟怀可也。”拂云叟笑指石屋道:“若要吟哦,且入小庵一茶,何如?”

长老欠身向石屋观看,门上有三个字,乃“木仙庵”。遂此同入,又叙了坐次,忽见那赤身鬼使,捧一盘茯苓膏,将五盏香汤奉上。四老请唐僧先吃,三藏惊疑,不敢便吃。那四老一齐享用,三藏却才吃了两块,各饮香汤收去。三藏留心偷看,只见那里玲珑光彩,如月下一般。真是:水自石边流出,香从花里飘来。满座清虚雅致,全无半点尘埃。那长老见此仙境。得意开怀,十分欢喜,忍不住念了一句道:“禅心似月空还朗。”劲节老笑而即联道:“诗兴如天清更新。”孤直公道:“好句漫裁呈锦绣。”凌空子道:“佳文不点唾奇珍。”拂云叟道:“六朝一洗繁华尽,四始重删雅颂分。”三藏道:“弟子一时胡谈几字,诚所谓班门弄斧。适闻列仙之言,清新飘逸,真诗翁也。”劲节道:“圣僧不必闲叙,出家人全始全终。既有起句,何无结句?望卒成之。”三藏只得续后句云:“半枕松风茶未熟,吟怀潇洒满腔春。”

十八公道:“好个‘吟怀潇洒满腔春’!圣僧乃有道之士,大养之人也。不必再作联句,请赐教全篇,庶我等亦好勉和。”三藏无已,只得笑吟一律曰:“杖锡西来拜法王,愿求妙典远传扬。金芝三秀诗坛瑞,宝树千花莲蕊香。百尺竿头须进步,十方世界立行藏。修成玉像庄严体,极乐门前是道场。”四老听毕,俱极赞扬。十八公道:“老拙无能,大胆也和一首。”云:“劲节孤高笑木王,灵椿不似我名扬。山空百丈龙蛇影,泉秘千年琥珀香。解与乾坤生气概,喜因风雨化行藏。衰残自愧无仙骨,惟有苓膏结寿场!”孤直公和云:“霜姿常喜宿禽王,四绝堂前大器扬。露重珠缨蒙翠盖,风轻石齿碎寒香。长廊夜静吟声细,古殿秋阴淡影藏。元日迎春曾献寿,老来寄傲在山场。”凌空子和云:“梁栋之材近帝王,太清宫外有声扬。晴轩恍若来青气,暗壁寻常度翠香。壮节凛然千古秀,深根阏矣九泉藏。凌云盖世婆娑影,不在群芳艳丽场。”拂云叟和云:“淇澳园中乐圣王,渭川千亩任分扬。翠筠不染湘娥泪,班箨堪传汉史香。露叶年年颜不改,霜柯代代节难藏。子猷去世知音少,亘古留名翰墨场。”

三藏道："众仙翁之诗，真个是吐凤喷珠，游夏莫赞。厚爱高情，感之极矣。但夜已深沉，三个小徒不知在何处等我。弟子敢此告回寻访，望老仙指示归路，尤无穷之至爱也。"四老笑道："圣僧勿虑，我等也千载奇逢，况天光晴爽，月明如昼，再请宽坐，待天晓当远送过岭，高徒一定可相会也。"

正话间，只见石屋之外，两个青衣女童，打一对绛纱灯笼，后引着一个仙女。那仙女捻着一枝杏花，笑吟吟进门相见。四老欠身问道："杏仙何来？"那女子对众道了万福道："知有佳客在此赓酬，特来相访，敢求一见。"十八公指着唐僧道："佳客在此，何劳求见！"三藏躬身，不敢言语。那女子叫："快献茶来。"又有两个黄衣女童，拿着茶盏、茶壶，壶内香茶喷鼻。斟了茶，那女子微露春葱，捧一盏先奉三藏，次奉四老，然后自取一盏，倾坐而陪。

茶毕欠身问道："仙翁今宵盛乐，佳句请教一二如何？"拂云叟道："我等皆鄙俚之言，惟圣僧真盛唐之作，甚可嘉羡。"四老即以长老前诗后诗并禅法论，宣了一遍。那女子满面春风对众道："妾身不才，不当献丑。但聆此佳句，似不可虚也，勉强将后诗奉和一律如何？"遂朗吟道："上苑名高众卉王，泗滨坛坫共称扬。董仙偏爱春林荫，孙楚曾吟寒食香。雨润红姿娇且艳，烟蒸翠色露还藏。自怜过熟微酸意，摇落年年伴麦场。"四老闻诗，都道："清雅脱尘，句内包含春意。好个'雨润红姿娇且艳，烟蒸翠色露还藏！'"那女子笑答道："惶恐！惶恐！适闻圣僧之章，诚然锦心绣口，如不吝珠玉，赐教一阕如何？"唐僧不答应。那女子渐有见爱之情，挨挨擦擦，移近坐边，低声悄语道："佳客，趁此良宵，不要子待怎的？人生光景，能有几何？"十八公道："杏仙尽有仰高之情，圣僧岂可无俯就之意？如不见怜，是不知趣了也。"孤直公道："圣僧乃有道有名之士，决不苟且行事。如此举动，是我等取罪了。果是杏仙有意，可教拂云叟与十八公做媒，我与凌空子保亲，成此姻眷，何不美哉！"

三藏听言，遂变了颜色，跳起来高叫道："汝等皆是一类怪物，这般诱我！当时只以风雅之言，谈玄讲道可也，如今怎么以美人局来骗害贫僧！是何道理！"四老见三藏发怒，一个个不敢言语。那赤身鬼使暴躁如雷道："这和尚好不识抬举！我这姐姐，那些儿不好？且莫说他美质娇姿，女红针指，只这一段诗才，也配得过你。休错过了！孤直公之言甚当，如果不可苟合，待我再与你主婚。"三藏大惊失色，凭他们乱谈乱讲，只是不理。鬼使又道："你这和尚，我们好言好语，你不听从，若是我们发起村野之性，还把你摄了去，教你和尚不得做，老婆不得取，却不枉为人一世也？"长老暗想道："我徒弟们不知在那里寻我哩！"止不住眼中坠泪。那女子陪着笑，挨至身边，袖中取出一方蜜褐绫汗巾来与他揩泪，道："佳客勿得烦恼，我与你倚玉偎香，耍子去来。"长老咄的一声吆喝，跳起身来就走，被那些人扯扯拽拽，将及天明。

忽听得喊叫："师父！师父！你在那方言语也？"原来那大圣与八戒沙僧，牵马挑担，一夜不曾住脚，穿荆度棘，东寻西找，却好半云半雾的，过了八百里荆棘岭，听得唐僧吆喝，却就喊了一声。那长老挣出门来，叫："悟空，我在这里哩，快来救我！"那四老与鬼使并女子与女童，晃一晃都不见了。

须臾间，八戒、沙僧俱到，问："师父，怎么得到此处？"三藏把夜来之事说了一遍。行者道："你既与他叙话谈诗，就不曾问他个名字？"三藏道："我都问来，那老者唤做十八公，号劲节。那三个一号孤直公，一号凌空子，一号拂云叟，那女子称为杏仙。"八戒道："此物在于何处？才往那方去了？"三藏道："去向之方不知，但谈诗之处，相去不远。"

他三人同师父看处，只见一座石崖，崖上有木仙庵三字。三藏道："此间正是。"行者仔细观之，那里边有一株大桧树，一株老柏，一株老松，一株老竹，竹后有一株丹枫。再看崖那边，还有一株老杏，二株腊梅，二株丹桂。行者笑道："你可曾看见妖怪？"八戒道："不曾。"行者道："你不知，就是这几株树木在此成精也。"八戒道："哥哥怎得知道？"行者道："十八公乃松树，孤直公乃柏树，凌空子乃桧树，拂云叟乃竹竿，赤身鬼乃枫树，杏仙即杏树，女童即丹桂、腊梅也。"八戒闻言，不论好歹，一顿钉钯，三五长嘴，连拱带筑，把两株腊梅、丹桂、老杏、丹枫俱挥倒在地，果然那根下俱鲜血淋漓。三藏近前扯住道：

"悟能,不可伤他!他虽成了气候,却不曾伤我,我等找路去罢。"行者道:"师父不可惜他,恐日后成了大怪,害人不浅也。"那呆子索性一顿钯,将松、柏、桧、竹一齐筑倒,却才请师父上马西行。毕竟不知前去如何,且听下回分解。

第六十五回　妖邪假设小雷音　四众皆遭大厄难

话表唐三藏一念虔诚，似这草木之灵，尚来引送，雅会一宵，脱出荆棘攀缠。行彀多时，又值那三春之日。师徒正行间，忽见一座高山，远望着与天相接。三藏一见心惊。行者捎著棒，剖开路，引师父直上高山。行过岭头，下西平处，忽见祥光蔼蔼，彩雾纷纷，有一所楼台殿阁，隐隐的钟磬悠扬。三藏道："徒弟，看是个甚么去处？"行者抬头，仔细观看。回复道："师父，那去处是便是座寺院，却不知禅光瑞蔼之中，又有些凶气何也？观此景象，也似雷音，却又路道差池。我每到那厢，决不可擅入，恐遭毒手。"唐僧道："既有雷音之景，莫不就是灵山？你休误了。"行者道："不是不是！灵山之路我也走过几遍，那是这路途！"沙僧道："不必多疑，此条路未免从那门首过，是不是一见可知也。"行者道："说得有理。"

那长老策马加鞭至山门前，见雷音寺三个大字，慌得滚下马来，口里骂道："泼猴狲，现是雷音寺，还哄我哩！"行者陪笑道："师父莫恼，你再看看。山门上乃四个字，你怎么只念出三个来，倒还怪我？"长老再看，真个是四个字，乃"小雷音寺"。三藏道："就是小雷音寺，必定也有个佛祖在内。经上言三千诸佛，谅必不在一方。这不知是那一位佛祖的道场。古人云，有佛有经，无方无宝，我们可进去来。"行者道："不可进去，此处少吉多凶，若有祸患，你莫怪我。"三藏道："我心愿遇佛拜佛，如何怪你。"即命八戒取袈裟，换僧帽，结束了衣冠，举步进。

只听得山门里有人叫道："唐僧，你自东土来拜见我佛，怎么还这等怠慢？"三藏闻言即便下拜，八戒也磕头，沙僧也跪倒，惟大圣牵马收拾行李在后。方入到二层门内，就见如来大殿。殿门外宝台之下，摆列着五百罗汉、三千揭谛、四金刚、八菩萨、比丘尼、优婆塞、无数的圣僧、道者，真个也香花艳丽，瑞气缤纷。慌得那长老与八戒、沙僧一步一拜,拜上灵台,行者公然不拜。又闻得莲台座上厉声高叫道:“那孙悟空,见如来怎么不拜?”行者仔细观看,见得是假,遂丢了马匹行囊,掣棒喝道:“你这伙业畜,十分胆大!怎么假倚佛名,败坏如来清德!”双手轮棒,上前便打。只听得半空中叮当一声,撇下一副金铙,把行者连头带足,合在金铙之内。慌得个八戒、沙僧连忙使起钯杖,就被些阿罗揭谛、圣僧道者一拥近前围绕。他两个措手不及,连三藏尽被拿了,一齐都绳穿索绑,紧缚牢拴。

原来那莲花座上妆佛祖者乃是个妖王,众阿罗等都是些小怪。遂收了佛像,依然现出妖身,将三众抬入后边收藏,把行者合在金铙之中,搁在宝台之上,限三昼夜化做了脓水。才蒸他三个受用。这正是:碧眼童儿识假真,黄婆木母共昏沉。果然道小魔头大,错入旁门枉费心。那时群妖把马拴在后边,把三藏的袈裟、僧帽安在行李担内,亦收藏了不题。

却说行者合在金铙里,黑洞洞的,燥得满身流汗,左拱右撞,不能得出,即使铁棒乱打,莫想得动分毫。他思想将身往外一挣,要挣破那金铙,遂捻着一个诀,就长有千百丈高,那金铙也随他身长,全无一些瑕缝。却又把身子往下一小,小如芥菜子儿,那铙也就随身小了,更没些些孔窍。他又把铁棒吹口仙气,变做旛竿一样,撑住金铙。他却把脑后毫毛拔下两根,变做梅花头五瓣钻儿,挨着棒下,钻有千百下,只钻得苍苍响亮,再不钻动一些。行者急了,却捻诀念咒,拘得那五方揭谛、六丁六甲、一十八位护教伽蓝,都在金铙之外道:“大圣,我等俱保护着师父,你又拘唤我等做甚?”行者道:“我那师父,不听我劝戒,就死也不亏!但只你等怎么快作法将这铙钹掀开,放我出来,再作处治。这里面不通光亮,满身暴躁,却不闷杀我也?”众神真个掀铙,就如长就的一般,莫想动得分毫。金头揭谛道:“大圣,这铙钹不知是件甚么宝贝,上下合成一块。小神力薄,不能掀动。”

揭谛即着六丁神保护着唐僧,六甲神看守着金铙,众伽蓝前后照察,他却纵起祥光,须臾间闯入南天门里,不待宣召,直上灵霄殿下,见玉帝启奏道:“主公,臣乃五方揭谛使。今有齐天大圣保唐僧取经,路遇一山,名小雷音寺。被妖魔困陷他师徒,将大圣合在一副金铙之内，进退无门，看看至死，特来启奏。”玉帝即传旨差二十八宿星辰，快去释厄降妖。

那星宿不敢少缓，随同揭谛，出了天门，至山门之内。有二更时分，那些大小妖精，都各去睡觉。众星宿都到铙钹之外报道：“大圣，我等是玉帝差来二十八宿，到此救你。”行者听说，便教动兵器打破铙钹。众星道：“不敢打，此物乃浑金之宝，打着必响，响时惊动妖魔，却难救拔。等我们用兵器捎他，你里边但见有一些光处就走。”行者道：“正是。”你看他们使枪的，使剑的，使刀的，使斧的；扛的扛，抬的抬，掀的掀，捎的捎，弄到有三更天气，漠然不动，就是铸成了囫囵的一般。那行者在里边，东张张，西望望，爬过来，滚过去，莫想看见一些光亮。

亢金龙道：“大圣啊，观此宝定是个如意之物，断然也能变化。你在里面，于那合缝之处，用手摸着，等我使角尖儿拱进来，你可变化了，趁松处脱身。”行者依言，真个在里面乱摸。这星宿把身变小了，那角尖儿就似个针尖一样，顺着钹合缝口上，伸将进去，可怜用尽千斤之力，方能穿透里面。却将本身与角使法像，叫：“长！长！长！”角就长有碗来粗细。那钹口倒也不像金铸的，好似皮肉长成的，顺着亢金龙的角，紧紧噙住，四下里更无一丝鏬缝。行者摸着他的角叫道：“不济事！上下没有一毫松处！没奈何，你忍着些儿疼，带我出去。”即将金箍棒变作一把钢钻儿，将他那角尖上钻了一个孔窍，把身子变得似个芥菜子儿，拱在那钻眼里蹲着叫：“扯出去！”这角星宿又不知费了多少力，方才拔出，使得力尽觔疲，倒在地下。

行者却从他角尖钻眼里跳出，现了原身，掣出铁棒，照铙钹当的一声打去，就如崩倒铜山，咋开金铙，可惜把个佛门之器，打做个千百块散碎之金！唬得那二十八宿惊张，五方揭谛发竖，老妖梦里惊觉。急起来披衣擂鼓，聚点群妖，各执器械。此时天将黎明，一拥赶到宝台之下，只见行者与列宿围在碎破金铙之外，老妖大惊，即令：“小的每！紧关了前门，不要放出人去！”

行者即携星众，驾云跳在九霄空里。那妖收了碎金，排开妖卒，列在山门外。妖王披挂了，使一根短软狼牙棒，出营高叫：“孙行者！

好男子不可远走高飞！快向前与我交战三合！"行者即引星众，按落云头，挺着铁棒喝道："你是个甚么怪物，擅敢假妆佛祖，虚设小雷音寺！"那妖道："这猴儿是也不知我的姓名，故来冒犯仙山。此处唤做小西天，因我修行，得了正果，天赐与我的宝阁珍楼。我乃是黄眉老佛，这里人不知，但称我为黄眉大王。一向久知你往西去，有些手段，故此设像显能，诱你师父进来，要和你打个赌赛。如若斗得过我，饶你师徒，让汝等成个正果；如若不能，将汝等打死，等我去见如来取经，果正中华也。"行者笑道："妖精不必海口，既要赌，快上来领棒！"那妖王喜孜孜，使狼牙棒抵住。两个斗经五十回合，不见输赢。那山门口，群妖鸣锣擂鼓，呐喊摇旗。这壁厢有二十八宿天兵共五方揭谛众圣，各掮器械，吆喝一声，把那魔头围在中间。

老妖魔公然不惧，一只手使狼牙棒，架着众兵，一只手去腰间解下一条旧白布搭包儿，往上一抛，滑的一声响亮，把孙大圣、二十八宿与五方揭谛，一搭包儿通装将去，挎在肩上，拽步回身，众妖个个欢然得胜而回。老妖教取了三五十条麻索，解开搭包，拿一个，捆一个。抬去后边，不分好歹，俱掷之于地。妖王又排筵畅饮，至暮方散，各归寝处不题。

却说大圣捆至夜半。使了个法，将身一小，脱下绳来，走近唐僧身边，叫声"师父"。长老认得声音，道："徒弟！快救我一救！向后事但凭你处，再不强了！"行者先解了师父，放了八戒沙僧，又将二十八宿、五方揭谛个个解了，又牵过马来，教快先走出去。出了门，却回来找寻行李。亢金龙道："既救了你师父就勾了，又还寻甚行李？"行者道："人固要紧，衣钵尤要紧。包袱中有通关文牒、锦襕袈裟、紫金钵盂，俱是佛门至宝，如何不要！"八戒道："哥哥，你去找寻，我等先去路上等你。"你看那星众，簇拥着唐僧，共弄神通，一阵风撮出围垣，奔大路下了山坡等候。

约有三更时分，大圣轻轻走入里面，原来一层层门户甚紧。他就捻着诀，摇身一变，变做一个仙鼠，俗名蝙蝠。他顺着瓦口，钻将进去，只见那三层楼窗之下，闪灼灼一道毫光。近前看时，却是包袱放光。原来那妖把唐僧的袈裟脱了，就乱搵在包袱之内。那袈裟上边有许多珠宝,所以黑夜放光。他见了衣钵,心中大喜,就现了本相。拿将过来,抬上肩就走。不期脱了一头,扑的落在楼板上,一声响亮。可可的老妖在楼下睡觉,把他惊醒,跳起来,叫那些小妖点灯打火,一齐吆喝,前后去看。行者恐遭他罗网,挑不成包袱,就跳出楼窗外走了。

那妖前前后后,寻不着唐僧等,又见天色将明,取了棒,率众来赶,只见那二十八宿与金银五方揭谛等神,云雾腾腾,屯住山坡之下。妖王喝一声:"那里去!吾来也!"角木蛟急唤众兄弟和揭谛、丁甲、伽蓝,同八戒、沙僧,丢了三藏、白马,各执兵器,一拥而上。这妖见了,呵呵冷笑,叫一声哨子,有四五千大小妖精,一个个威强力胜,浑战在西山坡上。

正在那不分胜败之际,只闻得行者叱咤一声道:"老孙来了!"那星宿、揭谛、丁甲等神,被群妖围在垓心浑杀,老妖使棒来打他三个。这行者、八戒、沙僧丢开棍杖、轮著钉钯抵住。这一场真个是地暗天昏,只杀得太阳星,西没山根;太阴星,东生海峤。那妖见天晚,打个哨子,解下搭包,拿在手中。行者看得分明,道声:"不好了!走呵!"他就顾不得众人,一路觔斗,跳上九霄空里。众人不解其意,被他抛起去,又都装在里面。那妖收兵回寺,又教取出绳索,照旧将三众吊起。诸神绑缚了抬在地窖子内,封锁了盖不题。

却说行者跳在九霄,见妖兵回转,已知众等遭擒。他却按下祥光,落在那东山顶上,咬牙恨怪物,滴泪想唐僧,叫道:"师父呵!你是那世里造下冤和业,今世里步步遇妖魔,似这般苦楚难逃,怎生是好!"独自一个,嗟叹多时,复又宁神定虑,以心问心道:"这妖魔不知是个甚么搭包子,装得许多物件?如今将天神天将许多人又都装进去了,我待求救于天,奈恐玉帝见怪。我记得有个北方真武,号曰荡魔天尊,他如今现在南赡部洲武当山上,等我去请他来答救师父一难。"正是:仙道未成猿马散,心神无主五行枯。毕竟不知此去端的如何,且听下回分解。

第六十六回 诸神遭毒手 弥勒缚妖魔

话表大圣无计可施，纵觔斗径转南赡部洲，去拜求武当山荡魔天尊，解释三藏等众之灾。他在半空中不一日，早望见祖师仙境。那上帝祖师，乃净乐国王与善胜皇后梦吞日光，觉而有孕，怀胎一十四个月，于开皇元年甲辰之岁三月初一日午时降诞于皇宫。那爷爷：幼而勇猛，长而神灵。不统王位，惟务修行。父母难禁，弃舍皇宫。参玄入定，在此山中。功完行满，白日飞升。玉皇敕号，真武之名。玄虚上应，龟蛇合形。劫终劫始，剪伐魔精。

大圣玩看仙境景致，早来到三天门太和宫外，只见那祥光瑞气之间，簇拥着五百灵官。上前迎着道："那来的是谁？"大圣道："我乃齐天大圣孙悟空，要见师相。"众灵官随报。祖师即下殿迎入宫中。行者作礼道："我有一事奉劳。"祖师问："何事？"行者将上项事说了一遍。道："我今无计可施，特来拜求师相一助力也。"祖师道："我当年威镇北方，统摄真武之位，剪伐天下妖邪，乃奉玉帝敕旨。后又领五雷神将、猛兽毒龙，收降东北方黑气妖氛，乃奉元始天尊符召。今日静坐武当山，一向我南赡部洲并北俱芦洲之地，魔鬼潜踪。今蒙大圣见召，只是上界无有旨意，不敢擅动干戈。十分却了大圣，又是我逆了人情。谅着那西路上纵有妖邪，也不为大害。我今着龟、蛇二将并五大神龙与你助力，管教擒住妖精，可救你师父之难。"行者拜谢了祖师，即同龟、蛇、龙神各带精兵，到了小雷音寺，径至山门外叫战。

却说那妖王聚众怪在宝阁下说："孙行者这两日不来，又不知往何方去借兵也。"说不了，只见小妖报道："行者引几个龙蛇龟相，在门外叫战！"妖魔随即披挂，高叫："汝等是那路龙神，敢来造吾仙境？"五龙、二将喝道："那泼怪！我乃武当山太和宫混元教主荡魔天尊之前五位龙神、龟、蛇二将。今蒙齐天大圣相邀，我天尊符召，到此捕你，你这妖精快送唐僧与天星等出来，免你一死！不然，将你碎劈其尸，房屋烧为灰烬！”那怪闻言，大怒道：“这畜生有何法力，敢出大言！不要走！吃吾一棒！”这五条龙，翻云使雨，那两员将，播土扬沙，各执枪刀剑戟，一拥而攻，大圣又使铁棒随后。战经半个时辰，那妖即解下搭包在手。行者见了叫道：“列位仔细！”那龙神蛇龟不知甚么仔细，一个个停兵抵挡。那妖晃的一声，把搭包儿撇将起去。大圣仍驾觔斗，跳在九霄逃脱。他把个龙神龟蛇一搭包子又装将去了。妖精得胜回寺，也将绳捆了，抬在地窖子里盖住。

那大圣落下云头，斜倚山巅，没精没采，不觉的合着眼，似睡一般，猛听得有人叫道：“大圣，休睡，快早上紧求救。你师父性命只在须臾间矣。”行者急睁睛跳起来看，原来是日值功曹。行者喝道：“你这毛神，一向在那方不来点卯，今日却来惊我！”功曹慌忙施礼道：“我等奉菩萨旨令，暗中护佑唐僧，不敢暂离左右，是以不得常来参谒。这两日不闻大圣消息，却才见妖精又拿了神龙、龟、蛇，方知是大圣请来之兵，小神特来寻大圣。大圣莫辞劳倦，千万再急急去求救援。”

行者闻言，不觉对功曹滴泪道：“我如今愧上天宫，羞临海藏！怕问菩萨之原由，愁见如来之玉像！才拿去者，乃真武师相龟、蛇、五龙。教我再无方求救，奈何？”功曹道：“大圣宽怀，小神想起一处精兵，请来断然可降。适才大圣至武当，是南赡部洲之地。这枝兵也在南赡部洲盱眙山蠙城，即今泗州是也。那里有个大圣国师王菩萨，神通广大。他手下有一个徒弟，叫做小张太子，还有四大神将，昔年曾降伏水母娘娘。你今去请他，他若肯来相助，准可捉怪救师也。”行者喜道：“你且去保护我师父，待老孙去请也。”

行者纵觔斗云直奔盱眙山。过淮河，入蠙城之内，到大圣禅寺山门外，又见那殿宇轩昂，长廊炫丽，有一座宝塔峥嵘。行者且看且走，直至二层门下。那国师王菩萨早已知之，即与小张太子出门迎迓。相见叙礼毕，行者说了来意道：“今弟子无依无倚，故来拜请菩萨，乞大展威力，将那收水母之神通，同弟子去救师父一难！取得经回，永远中国传扬也。”国师王道：“你今日之事，诚为佛门之大缘，理当亲去，奈时值初夏，淮水泛涨，新收了水猿大圣，那厮遇水即兴，恐我去后，他乘空生祸，无神可治。今着小徒领四将，和你去助力降魔去。”行者称谢，即同四将并小张太子，又驾云回小西天，直至小雷音寺。

小张太子使一条楮白枪，四大将轮四把锟鋘剑，和孙大圣上前骂战。小妖报知，妖王复率众，鼓噪而出道：“泼猴！你今又请得何人来也？”说不了，小张太子指挥四将上前喝道：“泼妖精！吾乃泗州大圣国师王菩萨弟子，率领四大神将，奉令擒你！”妖王笑道：“你这孩儿有甚手段，只好欺负那淮河水怪罢了，却怎么听信孙行者，千山万水，来此纳命！”小张闻言大怒，缠枪当面便刺，四大将一拥齐攻，大圣使铁棒上前又打。那妖公然不惧，轮着狼牙棒，左遮右架，直挺横冲。争战多时，不分胜负，那妖却又解搭包。行者又叫：“列位仔细！”太子等不知“仔细”之意。那怪滑的一声，把四大将与太子，一搭包又装将进去，只是行者预先驾云走了，那妖得胜回寺，又叫取绳捆了，送在地窖，封锁不题。

这行者独立于西山坡上，正当凄惨之时，忽见那西南上一朵彩云坠地，满山头花雨缤纷，有人叫道：“孙悟空，认得我么？”行者急看处，原来就是极乐场中第一尊，南无弥勒佛祖。行者见了，连忙下拜道：“东来佛祖那里去？弟子失瞻了！”佛祖道：“我此来，专为这小雷音妖怪也。”行者道：“多蒙盛情。敢问那妖是那方怪物，他那搭包儿是件甚么宝贝，烦老佛指示指示。”佛祖道：“他是我面前司磬的一个黄眉童儿。三月三日，我因赴元始会去，留他在宫看守，他把我这几件宝贝拐来，假佛成精。那搭包儿是我的后天袋子，俗名唤做人种袋。那条狼牙棒是我敲磬的槌儿。”行者听说，高叫道：“好个笑和尚！你走了这童儿，教他诳称佛祖，陷害老孙，未免有个家法不谨之过！”弥勒道：“一则是我不谨，走失人口，二则是你师徒们魔障未完，故此百灵下界，应该受难。我今来与你收他去也。”行者道：“这妖精神通广大，你又无些兵器，何以收之？”弥勒笑道：“我在这山坡下，化一草庵，种一田瓜果在此，你去与他交战。许败不许胜，引他到我这瓜田里。我别的瓜都是生的，你却变做一个大熟瓜。他来定要瓜吃，我却将你与他吃。吃下肚中，任你怎么在内摆布他，那时等我取了他的搭包儿，装他回去。”行者道：“此计虽妙，但恐那怪不肯跟来，奈何?”弥勒笑道:“你伸手来。”行者即舒左手过去,弥勒将右手食指蘸着口中神水,在行者掌上写了一个“禁”字,教他捏着拳头,见妖精当面放手,他就跟来。

行者欣然领教,一只手轮着铁棒,直至山门外,高叫道:“妖魔,你孙爷爷又来了!可快出来见个上下!”那妖闻知,随又结束整齐,带了宝贝,举着狼牙棒,出门叫道:“孙悟空,今番挣挫不得了!”行者骂道:“泼怪物!我怎么挣挫不得?”妖王道:“我见你计穷力竭,无处求人,独自个要来送命,如今拿住,再有何人救援?”行者道:“这怪不知死活!莫说嘴!吃我一棒!”那妖即举狼牙棒上前来斗。行者迎着面,把拳头一放,双手轮棒。战不数合,败阵就走,那妖着了禁,不思退步,果然不弄搭包,只顾向前来赶,一直赶到西山坡下。

行者见有瓜田,打个滚,钻入里面,即变做一个大熟瓜。那妖精停身四望,不知行者那方去了,却赶至庵边叫道:“瓜是谁人种的?”弥勒变做一个种瓜叟,出草庵答道:“大王,瓜是小人种的。”妖王道:“可有熟的?摘个来我解渴。”弥勒即把行者变的那瓜,双手递与妖王。妖王接过手,张口便啃。行者乘此机会,一毂辘钻入咽喉之下,就弄手脚,抓肠蹬腹,翻根头,竖蜻蜓,任他在里面摆布。那妖精疼得傞牙倈嘴,眼泪汪汪,把一块种瓜之地,滚得似个打麦之场,口中只叫:“罢了!罢了!谁人救我一救!”弥勒即现了本相,嘻嘻笑道:“孽畜,认得我么?”那妖抬头看见,慌忙跪倒在地,双手揉着肚子,磕头撞脑,只叫:“主人公!饶我命罢!再不敢了!”弥勒上前一把揪住,解了他的后天袋,夺了他的敲磬槌,叫:“孙悟空,看我面上,饶他命罢。”行者十分恨苦,却又左一拳,右一脚,在里面乱捣。那怪万分疼痛难忍,倒在地下。弥勒又道:“悟空,他也勾了,你饶他罢。”行者才叫他张开口,“等老孙出来。”那怪即便忍着疼,把口大张。行者跳出,现了本相,掣棒还要打时,早被佛祖把妖精装在袋里,斜跨在腰间,手执着磬槌,骂道:“业畜!金铙偷了那里去了?”那怪在袋内哼哼唧唧的道:“金铙是孙悟空打破了。”佛祖道:“铙破,还我金来。”那怪道:“碎金堆在殿台上哩。”

那佛祖嘻嘻笑道:“悟空,我和你去寻金还我。”行者即引回至寺内。只见那山门紧闭,佛祖使槌一指,门开入里看时,那些小妖,已知老妖被擒,正要逃生四散。被行者尽皆打死。佛祖将金收攒一处,吹口仙气,念声咒语,即时返本还原,复得金铙一副,别了行者,驾祥云径转极乐世界。

这大圣却才解下唐僧、八戒、沙僧。到后面打开地窖,将众神解放,请出珍楼之下。三藏披了袈裟,朝上一一拜谢。这大圣才送各位神将各归本宫而去。师徒宽住半日,饱餐登程。临行时,放上一把火,将那些宝阁珍楼,俱尽烧为灰烬。这才是无难无魔朝佛去,消灾消瘴脱身行。毕竟不知几时才到大雷音,且听下回分解。

第六十七回　拯救驼罗禅性稳　脱离污秽道心清

话说三藏四众，躲离了小西天，忻然上路。行经个月程途，正是春深花放之时。三藏勒马道："徒弟呵，天色晚矣，往那条路上求宿去？"行者笑道："师父放心，前行自有宿处。"正讲论间，忽见一座山庄不远。行者道："好了，那树丛里不是个人家？我们好去借宿。"长老至庄前忻然下马。只见那柴扉紧闭，长老向前敲门，里面有一老者，手拖藜杖，开了门问是甚人？三藏合掌躬身道："贫僧乃东土差往西天取经者。适到贵地，天晚特造尊府假宿一宵，万望方便。"老者道："和尚，你要西行，却是去不得呵！此处乃小西天，若到大西天，路途甚远。且休道前去艰难，只这个地方，已此难过。"三藏问："怎么难过？"老者用手指道："我这庄村西去三十余里，有一条稀柿衕，山名七绝。"三藏道："何为七绝？"老者道："这山径过有八百里，满山尽是柿果。古云柿树有七绝：一益寿，二多阴，三无鸟巢，四无虫，五霜叶可玩，六嘉实，七落叶肥大，故名七绝山。我这敝处地阔人稀，那深山亘古无人走到。每年家柿子熟烂落在地上，将一条夹石衚衕，尽皆填满；又被雨露雪霜，经霉过夏，作成一路污秽。这方人家，俗呼为稀屎衕。但刮西风，有一股秽气，就是淘东圊也不是这般恶臭。如今正值春深，东南风大作，所以还不闻见也。"三藏心中烦闷不言。

行者忍不住，高叫道："你这老儿，甚不通。我等远来投宿，你就说出这许多话来唬人！十分你家没处睡，我等在树下蹲一蹲，也就过了一宵，何故这般絮聒？"那老者见了他相貌丑陋，便也拧住口，硬着胆，喝了一声，用藜杖指定道："你这瘦病鬼，不知高低，尖着个嘴，敢来冲撞我老人家！"行者陪笑道："老官儿，你原来有眼无珠，不知我这瘦病鬼哩！相法云形容古怪，石中有美玉之藏。你若以言貌取人，便就差了，我丑便丑，却倒有些儿手段。专会降魔捉怪哩！"老者闻言,便回嗔作喜,躬身请进。遂此,四众牵马挑担一齐进到里边。老者安坐待茶,又叫办斋。少顷,移过桌子,摆设许多餚品,师徒们尽饱一餐。吃毕,八戒扯过行者说道:“这老儿始初不肯留宿,今返设此盛斋,何也?”行者道:“必有缘故,待我问他。”

不多时,渐渐黄昏,老者又叫掌灯。行者问道:“公公高姓?”老者道:“姓李。”行者道:“贵地想就是李家庄了?”老者道:“不是,这里唤做驼罗庄,共有五百多人家居住。别姓俱多,惟我姓李。”行者道:“李施主,府上有何善意,赐我等盛斋?”那老者起身道:“才闻得你说会拿妖怪,我这里却有个妖怪,累你替我每拿拿,自有重谢。”行者就朝上唱个喏道:“承照顾了!”八戒道:“你看他惹祸!听见说拿妖怪,就是他外公也不这般亲热,预先就唱个喏!”行者道:“贤弟,你不知,我唱个喏就是下了个定钱,他再不去请别人。”便问老者道:“你这贵处,地势清平,又许多人家居住,有甚么妖精,敢到这去处来?”老者道:“不瞒你说,我这里久矣康宁。只这三年六月间,忽然一阵风起,那时人家甚忙,打麦的在场上,插秧的在田里,俱着了忙,只说是天变了。谁知风过处,有个妖精将人家牧放的牛马猪羊吃了,见鸡鹅囫囵咽,遇男女夹活吞。自从那次,这二年常来伤害。长老呵,你若果有手段,拿了妖怪,我等决然重谢,不敢轻慢。”行者道:“这个却是难拿。”八戒道:“真是难拿!我们乃行脚僧,借宿一宵,明日走路,拿甚么妖精!”老者道:“你原来是骗饭吃的和尚!初见时夸口弄舌,说会拿妖缚怪,及说起此事,就推却难拿!”

行者道:“老儿,妖精好拿。只是你这方人家不齐心,所以难拿。”老者道:“怎见得人心不齐?”行者道:“妖精搅扰了三年,也不知伤害了多少生灵。我想着每家只出银一两,五百家可凑五百两银子,不拘到那里,也寻一个法官把妖拿了,却怎么就甘受他三年磨折?”老者道:“若论说使钱,好道也羞杀人!我们那家不花费三五两银子!前年曾访着山南里有个和尚,请他到此拿妖,未曾得胜。”行者道:“那和尚怎的拿来?”老者道:“那个僧伽,披领袈裟。先谈《孔雀》,后念《法华》。香焚炉内,手把铃拿。正然念处,惊动妖邪。风生云起,径至庄家。僧和怪斗,其实堪夸。一递一拳捣,一递一把抓。

和尚还相应，相应没头发。须臾怪物胜，径直返烟霞。我等众人近前看，光头打的似个烂西瓜！”行者笑道：“这等说，吃了亏也。”老者道：“他只拚得一命，还是我们吃亏，与他买棺殡葬，又把些银子与他徒弟。那徒弟心还不歇，至今还要告状，不得干净！”

行者道：“再可曾请甚么人拿他？”老者道：“旧年又请了一个道士。”行者道：“那道士怎么拿他？”老者道：“那道士：头戴金冠，身穿法衣。令牌敲响，符水施为。驱神使将，拘到妖魖。狂风滚滚，黑雾迷迷。即与道士，两个相持。斗到天晚，怪返云霓。乾坤清朗朗，我等众人齐。出来寻道士，渰死在山溪。捞得上来大家看，却如一个落汤鸡！”行者笑道：“这等说，也吃亏了。”老者道：“他也只舍得一命，我们也又使勾闷数钱粮。”行者道：“不打紧，不打紧，等我替你拿他。”老者道：“你若果有手段拿得他，我请几个本庄长者与你写个文书。若得胜，凭你要多少银子相谢，半分不少。如若有亏，切莫和我等放赖，各听天命。”行者笑道：“这老儿被人赖怕了，我等不是那样人，快请长者去。”

那老者满心欢喜，即命家僮请了八九位老者，都来相见。言及妖怪一事，无不欣然。众老道：“是那一位师父去拿？”行者叉手道：“是我小和尚。”众老悚然道：“不济！不济！那妖精神通广大，身体狼犺。你这个长老，瘦瘦小小，还不勾他填牙齿缝哩！”行者笑道：“老官儿，你估不出人来。我小自小，结实，都是吃了磨刀水的，秀气在内哩！”众老见说，只得依从道：“长老，拿住妖精，你要多少谢礼？”行者道：“何必说甚么谢礼！我等乃积德的和尚，决不要钱。”众老道：“既不要钱，岂有空劳之理！我等各家俱以鱼田为活，若果降了妖，我等每家送你两亩良田，共凑一千亩，坐落一处，你师徒们在上起盖寺院，打坐参禅，强似方上云游。”行者又笑道：“越不停当！但说要了田，就要养马当差，纳粮办草，黄昏不得睡，五鼓不得眠，倒好弄杀人也！”众老道：“诸般不要，却将何谢？”行者道：“我出家人，但只是一茶一饭，便是谢了。”众老喜道：“这个容易，但不知你怎么拿他。”行者道：“他但来，我就拿住他。”众老道：“那怪大着哩！上拄天，下拄地，来时风，去时雾，你却怎生近得他？”行者笑道：“若论呼风唤雾的妖精，我把他当孙子罢了。若说身体长大，一发不难！”

正讲处，只听得呼呼风响，慌得那八九个老者，战战兢兢道：“这和尚盐酱口，说妖精，妖精就来了！”那老李开了腰门，把几个亲戚连唐僧都叫：“进来！进来！妖怪来了！”唬得那八戒、沙僧也要进去。行者两只手扯住道：“你们忒不循理！出家人，怎么不分内外！站住！不要走！跟我看看是个甚么妖精。”遂一把拉在天井里站下。那阵风越发大了。慌得那八戒战兢伏地，把嘴拱开土，埋在地下，却如钉了钉一般。沙僧蒙着头脸，眼也难睁。

行者闻风认怪，一霎时风头过处，只见那半空中隐隐的两盏灯来，即低头叫道：“兄弟们！风过了，起来看！”那呆子扯出嘴来，抖抖灰土，仰着脸朝天一望，见有两盏灯光，忽失声笑道：“好耍子！原来是个有行止的妖精！该和他做朋友！”沙僧道：“这般黑夜，怎么就知他好歹？”八戒道：“古云：‘夜行以烛，无烛则止。’你看他打一对灯笼引路，必定是个好的。”沙僧道：“你错看了，那不是灯笼，是妖精的两只眼亮。”这呆子就唬矮了三寸，道：“爷爷呀！眼有这般大啊，不知口有多少大哩！”行者道：“贤弟莫怕。你两个护持着师父，待老孙上去讨他个口气，看他是甚妖精。”即纵身打个唿哨跳到空中，执铁棒厉声高叫道：“慢来！慢来！有吾在此！”那怪见了，挺住身躯，将一根长枪乱舞。行者问道：“你是那方妖怪？”那怪更不答应。行者又问，又不答，只是舞枪。行者笑道：“好是耳聋口哑！不要走！看棍！”那怪更不怕，乱舞枪遮拦。在那半空中，一来一往，斗到三更时分。八戒、沙僧在李家天井里看得明白，原来那怪只是舞枪遮架，并无半分儿攻杀，行者一条棒不离那怪的头上。八戒笑道：“沙僧，你在这里护持，让老猪去帮打帮打，莫教那猴子独干这功，领头一钟酒。”呆子即便跳起云头，举钯就筑，那怪物又使一条枪抵住。两条枪就如飞蛇掣电。八戒夸奖道：“这妖精好枪法！不是山后枪，不是缠丝枪，也不是马家枪，想是个软柄枪！”行者道：“那里有个甚么软柄枪！”八戒道：“你看他使出枪尖来架住我们，不见枪柄，不知收在何处。”行者道：“或者是个软柄枪。但这怪物还不会说话，想是未归人道，阴气还重，只怕天明时阳气胜，他必要走。但走时，一定赶上，不可放他。”八戒道:“正是！正是！”

又斗多时,不觉东方发白,那怪果不敢恋战,回头就走。行者与八戒一齐赶来,忽闻得那污秽之气触人,乃是七绝山稀柿衕也。八戒道:“是那家淘毛厮哩！哏！臭气难闻！”行者侮着鼻子只叫:“快赶,快赶。”那怪物撺过山去,现了本相,乃是一条红鳞大蟒。八戒道:“原来是这般一个长蛇！若要吃人啊,一顿也得三百个,还不饱足！”行者道:“那软柄枪乃是两条信秭。我们赶他困了,从后打出去！”这八戒纵身赶上,将钯便筑。那怪物一头钻进窟里,还有七八尺长尾耙露在外边。八戒放下钯,一把挝住道:“着手！着手！”尽气力往外乱扯,莫想扯得动一毫。行者笑道:“呆子！放他进去,自有处置,不要这等倒扯蛇。”八戒真个撒了手,那怪缩进去了。八戒怨道:“才不放手时,半截子已是我们的了！是这般缩了,却怎么得他出来？这不叫做没蛇弄了？”行者道:“这厮身体狼犺,窟穴窄小,断然转身不得,一定是个照直撺的,定有个后门出头。你快去后门外拦住,等我在前门外打。”那呆子一溜烟,跑过山去,果然有个孔窟,他扎住脚。还不曾站稳,不期行者在前门外使棍子往里一捣,那怪物护疼,径往后门撺出。八戒未曾防备,被他一尾耙打了一跌,挣扎不起,睡在地下忍疼。行者见窟中无物,搴着棒,跑过来叫赶妖怪。那八戒听得吆喝,自己害羞,忍着疼爬起来,使钯乱扑。行者见了笑道:“妖怪走了,你还扑甚的？”八戒道:“老猪在此打草惊蛇哩！”行者道:“活呆子！快赶上！”

二人赶过涧去,见那怪盘做一团,竖起头来,张开巨口,要吞八戒,八戒慌得往后飞跑。这行者反迎上前,被他一口吞之。八戒捶胸跌脚的叫喊。行者在妖精肚里,支着铁棒道:“八戒莫喊,我叫他搭个桥儿你看！”那怪物躬起腰来,就是一条路东虹,八戒道:“虽是像桥,只是没人敢走。”行者道:“我再叫他变做个船儿你看！”在肚里将铁棒撑着肚皮。那怪物肚皮贴地,翘起头来,就是一只赣保船,八戒道:“虽是像船,只是没有桅篷,不好使风。”行者道:“你让开路,等我叫他使个风你看。”又在里面尽着力把铁棒从脊背上一搠将出去,约有五七丈长,就似一根桅杆。那厮忍疼挣命,往前一撺,比使风更快,撺回旧路，下了山有二十余里，却才倒在尘埃，动荡不得，呜呼丧矣！八戒随后赶上，又举钯乱筑。行者把那物穿了一个大洞，钻将出来道："呆子！他死也死了，你还筑他怎的？"八戒道："哥呵，你不知我老猪一生好打死蛇？"遂此收了兵器，抓着尾耙，倒拉将来。

却说那驼罗庄上李老儿与众等对唐僧道："你那两个徒弟，一夜不回，断然倾了命也。"三藏道："决不妨事，我们出去看看。"须臾间，只见行者与八戒拖着一条大蟒，吆吆喝喝前来，众人却才欢喜。满庄上老幼男女都来跪拜道："爷爷，正是这个妖精在此伤人。今幸老爷剿除，我辈庶各得安生也！"众家都感激邀请，各各酬谢。师徒们被留住五七日，苦辞无奈，方肯放行。又各家见他不要钱物，都备办干粮果品，花红彩旗，尽来饯行。此处五百人家，到有七八百人相送。

一路上喜喜欢欢，不时到了七绝山稀柿衕口。三藏闻得那般秽气，又兼路道填塞，道："悟空，似此怎生过得？"行者侮着鼻子道："这个却难也。"三藏见行者说难，便就眼中垂泪。李老儿与众上前道："老爷勿得心焦。我等送到此处，俱已约定主意了。令高徒与我们降了妖，除了一方祸害，我们各办虔心，另开一条好路，送老爷过去。"行者笑道："你这老儿，言之欠当。你初然说这山径过有八百里，你等又不是大禹的神兵，那里会开山凿路！若要我师父过去，还得我们着力，只恐无人管饭。"李老儿道："长老说那里话！凭你四位担搁多少时，我等俱养得起，怎么说无人管饭！"行者道："既如此，你们去办得两担米的干饭，再做些蒸饼馍馍来。等我那长嘴和尚吃饱了，变了大猪，拱开旧路，我师父骑在马上，我等扶持着，管情过去了。"

八戒闻言道："哥哥，你们都要图个干净，怎么独教老猪受臭？"三藏道："悟能，你果有本事拱开衚衕，领我过山，注你这场头功。"八戒笑道："师父在上，我老猪本来有三十六般变化，若要变大猪不难。只是身体变得大，肚肠越发大，须是吃得饱了，才好干事。"众人道："有东西！有东西！我们都带得有干粮、烧饼在此。原要开山相送的，且都拿出来，凭你受用。待行动之时，我们再着人回去做饭送来。"八戒满心欢喜，脱了皂直裰，丢了九齿钯，对众道："休笑话，看老猪干这场臭功。”好呆子，捻着诀，摇身一变，果然变做一个大猪，真个是：刚鬣身长百丈饶，白蹄千尺赛神獒。一时僧俗齐称赞，争羡天蓬法力高。行者见八戒变得如此，即命那些人快将干粮等物推攒一处，叫八戒受用。那呆子一捞食之，却上前拱路。行者叫沙僧脱了脚挑担，请师父稳坐雕鞍，他也脱了輪鞋，分付众人回去：“若有情意，快早送些饭来与我师弟接力。”那七八百人中，一多半有骡马的，飞星回庄做饭。及至取饭来，他师徒们已去远了。众人不舍，催趱骡马，连夜赶去，次日方才赶上，叫：“取经的老爷慢行！我等送饭来也！”长老谢之不尽，叫八戒住了，再吃些饭食壮神。那呆子拱了两日，正在饥饿之际，他尽量饱餐一顿，却又上前拱路。三藏与行者、沙僧谢了众人，分手两别。这一去不知又到甚地方，且听下回分解。

第六十八回 朱紫国唐僧论前世 孙行者施为三折肱

话表三藏师徒，洗污秽之衚衕，上逍遥之道路，光阴迅速，又值炎天。进前行处，忽见有一城池相近。三藏勒马叫："徒弟们，你看那是甚么去处？"行者道："师父原来不识字！"三藏道："我自幼为僧，千经万典皆通，怎么说我不识字？"行者道："既识字，怎么那城头上杏黄旗，明书三个大字，就不认得？"三藏道："这般遥望，城池尚不明白，如何就见是甚字号？"行者道："却不是朱紫国三字？"三藏道："朱紫国必是西邦王位，却要倒换关文。"

不多时，至城门下马过桥，入进三层门里，真正好个皇州！师徒们在那大街市上行时，但见人物整齐，言语清朗，真不亚大唐世界。那两边做买卖的，忽见他四众走过，都来争看。三藏只叫："不要撞祸！低着头走！"八戒遵依，把个莲蓬嘴揣在怀里，沙僧不敢仰视，惟行者东张西望紧随唐僧左右。那些人烘烘笑笑，挨挤不开。不多时，转过隅头，忽见一座门墙，上有"会同馆"三字。唐僧道："徒弟，我们且进这衙门里面歇下。待我见驾，倒换了关文，再赶出城走路。"八戒闻言，掣出嘴来，把那些随看的人唬倒了数十个。遂进馆去。

那馆中有两个大使，乃是一正一副，都在厅上查点人夫，要往那里接官，忽见唐僧来到，个个心惊，齐道："是甚么人？往那里走？"三藏合掌道："贫僧乃东土大唐驾下，差往西天取经者，今到宝方，有关文欲倒验放行，权借高衙暂歇。"那两个馆使听言，整冠束带，下厅迎上相见，即命打扫客房安歇，教办清素支应，三藏谢了。二官带领人夫，出厅而去。手下人请老爷客房安歇。管事的送支应来，乃是米面蔬菜之类。道："西房里有现成锅灶、柴火，请自去做饭。"三藏道："我问你一声，国王可在殿上么？"管事的道："我万岁爷爷久不坐朝，今日乃黄道良辰，正与文武多官议出黄榜。你若要倒换关文，趁此急去还赶上。到明日，就不能勾了，不知还有多少时伺候哩。"三藏道：

"悟空,你们在此安排斋饭,等我急急去验了关文回来,吃了走路。"八戒急取出袈裟关文。三藏整束了进朝。

不一时,已到五凤楼前,说不尽那殿阁峥嵘,楼台壮丽。直至端门外,见奏事官说了来意,烦他转达天廷,欲倒验关文。那黄门官果至玉阶前启奏。国王闻言喜道:"寡人久病,不曾登基,今上殿出榜招医,就有高僧来国!"即传旨宣至阶下,三藏礼拜俯伏。国王又宣上金殿赐坐,命光禄寺办斋,三藏谢了恩,将关文献上。国王看毕,十分欢喜道:"法师,你那大唐,几朝君正?几辈臣贤?至于唐王,因甚作疾回生,着你远涉求经?"长老欠身合掌道:"贫僧那里三皇治世,五帝分伦。尧舜正位,禹汤安民。成周子姓,分国称君。七雄争霸,六国归秦。不久属汉,约法钦遵。汉归司马,晋又纷纭。南北十二,宋齐梁陈。五代相继,隋主绍真。荒淫无道,涂炭多民。我王李氏,国号唐君。高祖晏驾,当今世民。河清海晏,大德宽仁。兹因长安城北,有个水怪龙神,刻减甘雨,应该殒身。夜间托梦,告王救迍。王言许救,早召贤臣。款留殿内,慢把棋轮。时当日午,那贤臣梦斩龙身。"国王闻言道:"法师,那贤臣是那邦来者?"三藏道:"就是我王驾前丞相,姓魏名征。他识天文,知地理,乃安邦立国之宰辅也。因他梦斩了泾河龙王,那龙王告到阴司,我王遂得促病身危。魏征又写书一封,与我王带至阴司,寄与酆都判官崔珏。亏他用情,我王身死三日,复得回生。今要做水陆大会,故遣贫僧远涉道途,拜佛祖,取大乘经三藏,超度幽魂升天也。"那国王呻吟叹道:"诚乃是天朝大国,君正臣贤!似我寡人久病多时,并无一臣拯救。"长老听说,偷睛观看,见那国王面黄肌瘦,形脱神衰。长老正欲启问,有光禄寺官奏请唐僧奉斋。王传旨:"教在披香殿,连朕之膳摆下,与法师同享。"三藏谢了恩,与王同进斋膳不题。

却说行者在会同馆中,着沙僧安排茶饭、素菜。沙僧道:"茶饭易煮,蔬菜不好安排。油、盐、酱、醋俱无也。"行者道:"我这里有几文衬钱,教八戒上街买去。"那呆子躲懒道:"我不敢去,嘴脸欠俊,恐惹下祸来。"行者道:"公平交易,何祸之有!"八戒道:"你才不曾看见獐智?在这门前扯出嘴来,把人唬倒了十来个;若到闹市丛中,也不知唬杀多少人哩!”行者道:“你只知闹市丛中,你可曾看见那市上卖的是甚么东西?”八戒道:“师父只叫我低着头,莫撞祸,实是不曾看见。”行者道:“酒店、米铺、磨坊并绫罗杂货不消说,着实有好茶房、面店,大烧饼、大馍馍,饭店又有好汤饭,椒料、蔬菜,与那异品的糖糕、蒸酥、油食、蜜食,无数好东西,我去买些儿请你如何?”那呆子闻说,流涎咽唾,跳起来道:“哥哥!这遭我扰你,待下次趱钱,我也请你回席。”行者暗笑道:“沙僧,好生煮饭,等我们去买调和来。”那呆子捞个碗盏拿了,就跟行者出门。问人道:“调和在那里买?”那人道:“这条街往西去,转过拐角鼓楼,那郑家杂货店,凭你买多少,油、盐、酱、醋、姜、椒、茶叶俱全。”

他二人径上街西而去。行者过了几处茶房,饭店,当买的不买。两个人说着走着,又惹上许多人跟随争看。不一时,到了鼓楼边,只见那楼下无数人喧嚷挤挨,填街塞巷。八戒见了道:“哥哥,我不去了,那里人嚷得紧,只怕是拿和尚的。”行者道:“乱谈!和尚又不犯法,拿我怎的?我们走过去,到郑家店买些调和来。”八戒道:“罢罢罢!我不惹祸。这一挤到人丛里,唬得跌死几个,我倒偿命是!”行者道:“既然如此,你在这壁跟下站定,等我去买了回来,与你买素面烧饼吃罢。”那呆子将碗盏递与行者。

行者走至楼边,直挨入人丛里。原来是皇榜张挂在楼下,故多人争看。行者近前仔细看时,那榜上云:“朱紫国王谕,朕自立业以来,四方平服,百姓清安。近因国事不祥,沉疴伏枕,淹延日久难痊。本国太医院,屡选良方,未能调治。今出此榜文,普招天下贤士。不拘中华外国,若有精医药者,请登宝殿,疗理朕躬。但得病愈,愿将社稷平分,决不虚示。为此出给张挂,须至榜者。”行者看罢,满心欢喜道:“古人云:‘行动有三分财气。’早是不在馆中呆坐。即此不必买甚调和,且把取经事宁耐一日,等老孙做个医生耍耍。”他朝着巽方上吹口气,立时起一阵旋风,把人都惊散。又使个隐身法,上前揭了榜文。却回到八戒站处,只见那呆子嘴拄着墙根,却像睡着了一般。行者更不惊他,将榜文折了,轻轻揣在他怀里,拽转步先回会同馆去了。

那楼下众人,见一阵风过处,没了皇榜,个个悚惧。那榜原有十二个太监、校尉,早朝领出,才挂不上三个时辰,被风吹去,急忙左右追寻,忽见八戒怀中露出个纸边儿来,众人近前道:“你揭了榜来耶?”那呆子猛抬头,把嘴一掬,唬得那几个校尉踉踉跄跄跌倒在地。他却转身要走,又被几个胆大的扯住道:“你揭了招医的皇榜,还不进朝医治我万岁去,却待何往?”那呆子慌慌张张道:“你儿子便揭了皇榜!你孙子便会医治!”校尉道:“你怀中揣的是甚?”呆子却才低头看时,真个有张字纸,展开来一看,咬着牙骂道:“那猴头害杀我也!”恨一声便要扯破,早被众人架住道:“你是死了!此乃当今国王出的榜文,谁敢扯坏?你既揭在怀中,必有医国之手,快同我去!”八戒喝道:“汝等不知,这榜不是我揭的,是我师兄孙悟空揭的。他暗暗揣在我怀中去了。若得此事明白,我与你寻他去。”众人道:“说甚么乱话,现钟不打去铸钟?你现揭了榜文,教我们寻谁?不管你,扯了去见主上!”那伙人不管好歹,将呆子推推扯扯。这呆子立定脚,就如生了根一般,十来个人也弄他不动。八戒道:“汝等不知高低!再扯一会,扯得我呆性子发了,你却休怪!”

不多时,闹动了街坊,将他围绕,内有两个年老的太监道:“你这相貌稀奇,声音不对,是那里来的,这般村强?”八戒道:“我们是东土差往西天取经的,我师父乃唐王御弟法师,却才入朝,倒换关文去了。我与师兄来此买办调和,他教我在此等候。原来他揭了榜文,暗揣在我怀内去了。”那太监道:“我先前见个白面胖和尚,径奔朝门而去,想就是你师父?”八戒道:“正是,正是。”太监道:“你师兄往那里去了?”八戒道:“我们一行四众,俱歇在会同馆。师兄弄了我,他先回馆中去了。”太监道:“校尉,不要扯他,我等同到馆中,便知端的。”八戒道:“你这两个奶奶知事。”众校尉道:“这和尚委不识货!怎么赶着公公叫起奶奶来耶?”八戒笑道:“不羞!你这反了阴阳的!他二位老妈妈儿,不叫他做婆婆奶奶,倒叫他做公公!”那街上人炒炒闹闹,何止三五百,共扛到馆门首。八戒道:“列位住了,我师兄却不比我们任你作戏,他是个猛烈认真之士。汝等见他,须要行个大礼,叫他声孙老爷,他就招架了。不然呵,他就变了嘴脸,这事却弄不成也。”众太监、校尉俱道：“你师兄果有手段，医好国王，他也该有一半江山，我等合当下拜。”

那些闲杂人都在门外喧哗，八戒领着一行太监、校尉，径入馆中，只听得行者与沙僧在客房里正说那揭榜之事要笑哩！八戒上前扯住乱嚷道：“你可成个人！哄我去买素面、烧饼我吃，原来都是空头！又揭了甚么皇榜，暗揣在我怀里，拿我装胖！这可成个弟兄？”行者笑道：“你这呆子，想是错走向别处去。我买了调和，急回来寻你不见，我就来了，在那里揭甚皇榜？”八戒道：“见有看榜的官员在此。”说不了，只见那几个太监、校尉朝上礼拜道：“孙老爷，今日我王有缘，天遣老爷下降，是必大展经纶手，微施三折肱，治得我王病愈，江山有分，社稷平分也。”行者闻言，正了声色，接了榜文，对众道：“你们想是看榜的官么？”太监叩头道：“奴婢乃司礼监内臣，这几个是锦衣校尉。”行者道：“这招医榜，委是我揭的，故遣我师弟引见。既然你主有病，常言道：‘药不跟卖，病不讨医。’你去教那国王亲来请我，我有手到病除之功。”太监闻言，无不惊骇，校尉道：“口出大言，必有广学。我等着一半在此哑请，着一半入朝启奏。”

当分了四个太监，六个校尉，径入朝当阶奏道：“主公，万千之喜！”那国王正与三藏膳毕清谈，忽闻此奏，问道：“喜自何来？”太监奏道：“奴婢等早领出招医皇榜，鼓楼下张挂，有东土大唐远来的一个圣僧孙长老揭了，现在会同馆内，要王亲自去请他，他有手到病除之功，故此特来启奏。”国王闻言满心欢喜，就问唐僧道：“法师有几位高徒？”三藏合掌答曰：“贫僧有三个顽徒。”国王问：“那一位高徒善医？”三藏道：“实不瞒陛下说，我那顽徒俱是山野庸才，只会登山涉岭，或者到峻险之处，可以伏魔擒怪，捉虎降龙而已，更无一个能知药性者。”国王道：“法师何必太谦？朕当今日登殿，幸遇法师来朝，诚天缘也。高徒既不知医，他怎肯揭我榜文，教寡人亲迎？断然有医国之能也。”遂叫：“文武众卿，寡人身虚力怯，不敢乘辇，汝等可替寡人，俱到馆中，敦请孙长老看朕之病。汝等见他，当称他为神僧孙长老，以君臣之礼相见。”

众臣领旨，与看榜的太监、校尉径至会同馆，排班参拜。唬得那八戒躲在厢房，沙僧闪于壁下。那大圣坐在当中端然不动。不多时，礼拜毕，分班启奏道："上告神僧孙长老，我等俱朱紫国王之臣，今蒙王旨，敬请神僧，入朝看病。"行者方才立起身来对众道："你王如何不来？"众臣道："我王身虚力怯，不敢乘辇，特令臣等代见君之礼，拜请神僧也。"行者道："既如此说，列位请前行，我当随至。"众臣各依品从，作队而走。行者整衣而起。

顷间便到朝中。众臣先走奏知，那国王高卷珠帘，闪龙睛，开金口，便问："那一位是神僧孙长老？"行者进前一步，厉声道："老孙便是。"那国王听得声音凶狠，又见相貌刁钻，唬得战兢兢，跌在龙床之上，慌得那女官内宦，急扶入宫中，道："唬杀寡人也！"众官都嗔怨行者道："这和尚怎么这等粗鲁！就敢擅揭皇榜！"

行者笑道："列位错怪了我也。若像这等慢人，你国王之病，就是一千年也不得好。"众臣道："人生能有几多阳寿？就一千年也还不好？"行者道："他如今是个病君，死了是个病鬼，再转世也还是个病人，却不是一千年也还不好？"众臣怒曰："你这和尚，甚不知礼！怎么这等满口狂谈！"行者笑道："不是狂谈，你都听我道来：医道通仙有异传，望闻问切四般全。若不望闻并问切，今生莫想得安痊。"那两班文武丛中，有太医院官闻言，对众称扬道："这和尚也说得有理。就是神仙看病，也须望、闻、问、切，方合得神圣功巧也。"众官依说，着近侍传奏道："长老要用望、闻、问、切之理，方可认病用药。"那国王睡在龙床上，叫近侍的传出来道："那和尚，我王旨意，教你去罢，见不得生人面哩！"行者道："若见不得生人面呵，我会悬丝诊脉。"众官暗喜道："悬丝诊脉，我等耳闻，不曾眼见。再奏去来。"那近侍的又入宫奏闻。国王想道："寡人病了三年，未曾试此，宣他进来。"近侍的即忙宣行者进宫，

行者上了宝殿，唐僧迎着骂道："你这泼猴，害了我也！"行者笑道："好师父，我倒与你壮观，你反说我害你？"三藏喝道："你跟我这几年，那曾见你医好谁来！你连药性也不知，医书也未读，怎么大胆撞这个大祸！"行者笑道："师父，你不晓得。我有几个草头方儿，能治大病，管情医得他好便了。就是医死了，也只问得个庸医杀人罪

名,也不该死,你怕怎的！不打紧,你且坐下看我的脉理如何。”长老又道:“你那曾见《素问》《难经》《本草》《脉诀》,就这等狂说乱道,会甚么悬丝诊脉!”行者笑道:“我有金线在身,你不曾见哩。”即伸手拔了三根毫毛,变作三条丝线,每条各长二丈四尺,按二十四气,托于手内,对唐僧道:“这不是我的金线?”遂别了唐僧,随着近侍入宫看病。正是:心有秘方能治国,手藏妙诀保长生。毕竟不知看出甚么病来,且听下回分解。

第六十九回　心主夜间修药物　君王筵上论妖邪

话表大圣同近侍宦官，到于皇宫内院，直至寝宫门外立定，将三条金线与宦官拿入里面，分付："先系在圣躬左手腕下，按寸、关、尺三部上，却将线头从窗棂儿穿出。"行者接了线头，以自己右手托着左手三指，看了寸、关、尺三部之脉。调停自家呼吸，分定四气、五郁、七表、八里、九候、浮中沉、沉中浮，辨明了虚实之端。又教解下左手，系在右手腕下部位。行者即以右手指一一看毕，却将身一抖，把金线收上身来，高呼道："陛下左手寸脉强而紧，关脉涩而缓，尺脉芤且沉；右手寸脉浮而滑，关脉迟而结，尺脉数而牢。夫左寸强而紧者，中虚心痛也；关涩而缓者，汗出肌麻也；尺芤而沉者，小便赤而大便带血也。右寸浮而滑者，内结经闭也；关迟而结者，宿食留饮也；尺数而牢者，烦满虚寒相持也。诊此贵恙，是一个惊恐忧思，号为双鸟失群之症。"那国王在内闻言满心欢喜，打起精神高声应道："指下明白！指下明白！果是此疾！请出外面用药来也。"

大圣却才缓步出宫。早有在旁的太监，已先对众报知。须臾行者出来，唐僧即问如何，行者道："诊了脉，如今对症制药哩。"众官上前道："神僧长老，适才说双鸟失群之症，何也？"行者笑道："有雌雄二鸟，原在一处同飞，忽被暴风骤雨惊散，雌不见雄，雄不见雌，雌乃想雄，雄亦想雌，这不是双鸟失群也？"众官闻说，齐声喝采道："真是神僧！真是神医！"称赞不已。当有太医官问道："病势已看出矣，但不知用何药治之？"行者道："不必执方，见药就要。"医官道："经云药有八百八味，人有四百四病。病不在一人之身，药岂有全用之理？"行者道："古人云，'药不执方，合宜而用。'故此全征药品，而随便加减也。"那医官不复再言，即出朝门之外，将药品并一应制药器皿，都送入会同馆内。

行者请师父同去。长老正要起身，忽见内宫传旨，教阁下留住法师,同宿文华殿,待明朝服药之后,病痊酬谢,倒换关文送行。三藏大惊道:“徒弟呵,此意留我做当头哩。若医得好,欢喜起送;若医不好,我命休矣!你须仔细上心!”行者笑道:“师父放心,老孙自有医国之手。”

他即别了三藏,径至馆中。八戒迎着笑道:“师兄,我知道你了。你取经之事不果,欲作生意无本,今日见此处富庶,设法要开药铺哩。”行者道:“医好国王,辞朝走路,开甚么药铺!”八戒道:“这里有八百八味药,只医一人,能用多少?”行者道:“那里用得多少?他那太医院官都是些愚盲之辈,所以取这许多药品,教他没处捉摸,不知我用的是那几味,难识我神妙之方也。”正说处,只见两个馆史跪下道:“请神僧老爷进晚斋。”行者忻然登堂上坐,摆上斋来。兄弟们自在受用一番。

天色已晚,行者叫馆史多办油蜡送进。至半夜,天街人静,万籁无声。八戒道:“哥哥,制何药?赶早干事。我瞌睡了。”行者道:“你将大黄取一两来,碾为细末。”沙僧道:“大黄味苦,性寒无毒,其性沉而不浮,其用走而不守,夺诸郁而无壅滞,定祸乱而致太平,名之曰将军。此行药耳,但恐久病虚弱,不可用此。”行者笑道:“贤弟不知,此药利痰顺气,荡肚中凝滞之寒热。你莫管我,你去取一两巴豆,去壳去膜,捶去油毒,碾为细末来。”八戒道:“巴豆味辛,性热有毒,削坚积,荡肺腑之沉寒,通闭塞,利水谷之道路,乃斩关夺门之将,不可轻用。”行者道:“贤弟,你也不知,此药破结宣肠,能理心膨水胀。快制来,我还有佐使之味辅之也。”他二人即时将二药碾细道:“师兄,还用那几十味?”行者道:“不用了。”八戒道:“八百八味,只用此二两,诚为起夺人了。”行者将一个花瓷盏子道:“贤弟莫讲,你拿这个盏儿,将锅脐灰刮半盏来。”八戒道:“要怎的?”行者道:“锅灰名为百草霜,能调百病,你不知道。”那呆子真个刮了半盏,碾细了。行者又将盏子,递与他道:“你再去把我们的马尿等半盏来。”八戒道:“要他怎的?”行者道:“要丸药。”沙僧笑道:“哥哥,从来未见马尿为丸?那东西腥腥臊臊,脾虚的人,一闻就吐;再服巴豆大黄,弄得人上吐下泻,可是耍子?”行者道:“你不知就里,我那马不是凡马,他本是东海龙身。若得他肯去便溺,凭你何疾,服之即愈。”八戒闻言,真个去到马边。那马斜伏地下睡哩,呆子一顿脚踢起,衬在肚下,等了半会,全不见撒尿。他跑将来对行者说:“哥阿,且莫去医皇帝,且快去医医马来。那亡人干结了,莫想尿得出一点儿!”行者笑道:“我和你去。”遂同到马边,取了半盏尿。回至厅上,把前项药末搅和一处,搓了三个大丸子。收在一个小盒儿里。兄弟们连衣睡下。

次早天晓,那国王耽病设朝,请唐僧见了,即命众官快往会同馆,参拜神僧孙长老取药去。多官随至馆中拜领。行者叫八戒取盒儿,递与多官。多官启问:“此药何名?”行者道:“此名乌金丹。”多官问:“用何引子?”行者道:“用无根水送下。”众官笑道:“这个易取。”行者道:“怎见得易取?”多官道:“我这里人家俗论,将一个碗盏,到井边或河下,舀了水急转步,更不落地,亦不回头,便是无根水也。”行者道:“井中河内之水,俱是有根的。我这无根水,非此之论,乃是天下落下的,不沾地就吃,才叫做无根水。”多官又道:“这也容易。等到天阴下雨时,再吃药便罢了。”遂拜谢了行者,将药持回献上。

国王命近侍接上来。看了道:“此是甚么丸子?”多官道:“神僧说是乌金丹,用无根水送下。”国王便叫宫人取无根水,众臣道:“神僧说,无根水非井河中者,乃是天上落下不沾地的才是。”国王即唤当驾官传旨,教请法官求雨。众官遵依出榜不题。

却说行者在会同馆厅上,叫八戒、沙僧道:“适间与他说天落之水,才可用药,此时急忙,怎么得个雨水?我看这王,倒也是个贤德之君,我与你助他些雨如何?”八戒道:“怎么样助?”行者叫他两个立在左右两边,做个辅弼。他即步罡念咒,早见那正东上,一朵乌云,渐近头顶。叫道:“大圣,东海龙王敖广来见。”行者道:“无事不敢相烦,请你来助些无根水与国王下药。”龙王道:“大圣呼唤时,不曾说要水,小龙不曾带得雨器,怎生降雨?”行者道:“如今不须多雨,只要些引药之水便了。”龙王道:“既如此,待我打两个喷涕,吐些津涎,与他吃药罢。”行者大喜道:“最好!最好!不必迟疑,趁早行事。”

那老龙在空中,渐渐低下乌云,直至皇宫之上,噀一口津唾,遂化作甘霖。那满朝官齐声喝采道:“我主万千之喜!天公降下甘雨来也!”国王即传旨,教取器皿盛着。你看那文武多官并三宫六院妃嫔,一个个擎杯托盏,举碗持盘,等接甘雨。将有一个时辰,龙王辞了大圣回海。众臣将杯盂碗盏收来,共合一处,约有三盏之多,总献至御案。

那国王将着乌金丹并甘雨至宫中,将三丸分三次送下。不多时,腹中作响,如辘轳之声不绝,即取净桶,连行了三五次,服了些米饮,欹倒在龙床之上。有两个妃子,将净桶捡看,说不尽秽污痰涎,内有糯米饭块一团。妃子近龙床来报:“病根都行下来也!”国王闻言甚喜,又进一次米饭。少顷,渐觉心胸宽泰,气血调和,就精神抖擞,脚力强健。下了龙床,穿了朝服,即登宝殿见了唐僧,倒身下拜。长老忙忙还礼。国王拜毕,以御手搀着,便教阁下:“快具简帖,帖上写朕‘再拜顿首’字样,差官奉请法师高徒三位。一壁厢大开东阁,光禄寺排宴酬谢。”多官领旨备办,霎时俱完。

却请他三众入朝。众官接引,上了东阁,早见唐僧、国王都在那里。这行者三众对师父唱了喏,随后众官都至,只见那荤素桌面,真个排得整齐。那国王御手擎杯,先与唐僧安坐,三藏道:“酒乃僧家第一戒,贫僧从不敢饮。着顽徒们代饮罢。”国王却转金卮,递与行者。行者接了酒,吃了一杯。国王又奉一杯。行者又吃了。国王笑道:“吃个三宝钟儿。”行者不辞,又吃了。国王又命斟上,“吃个四季杯儿。”八戒在旁见酒不到他,忍不住就叫将起来道:“陛下,吃的药也亏了我,那药里有马——”这行者听说,恐怕呆子走了消息,却将手中酒递与。八戒接着就吃,便不言语。国王问道:“神僧说药里有马,是甚么马?”行者接过口来道:“我这兄弟,是这般口厂,但有个经验的好方儿,他就要说与人。陛下早间药内有马兜铃。”国王问众官道:“马兜铃能医何证?”时有太医院官在旁道:“主公:兜铃味苦寒无毒,定喘消痰大有功。通气最能除血蛊,补虚宁嗽又宽中。”国王笑道:“用得当!用得当!猪长老再饮一杯。”却也吃了个三宝钟。国王又递了沙僧三杯,方各叙坐。

饮宴多时,国王又斟巨觥奉行者。行者道:“陛下请坐,老孙依巡痛饮,决不敢辞。”国王道:“神僧恩重如山,寡人酬谢不尽,好歹进此一巨觥，朕有话说。”行者道：“有甚话说了，老孙好饮。”国王道：“寡人有数载忧疑病，被神僧一贴灵丹打通，所以就好了。”行者笑道：“昨日老孙看了陛下，已知是忧疑之疾，但不知忧疑何事？”国王道：“古人云，家丑不可外谈，奈神僧是朕恩主，方敢奉告。”行者道：“请说无妨。”国王道：“神僧东来，不知经过几个邦国？”行者道：“经有五六处。”又问：“他国之后，不知是何称呼？”行者道：“国王之后，都称为正宫、东宫、西宫。”国王道：“寡人不是这等称：将正宫称为金圣宫，东宫称为玉圣宫，西宫称为银圣宫。现今只有银、玉二后在宫。”行者道：“金圣宫因何不在？”国王泪滴道：“不在已三年矣！”行者道：“向那厢去了？”国王道：“三年前，正值端阳之节，朕与嫔后都在御花园海榴亭下解粽饮酒，看斗龙舟，忽然一阵风至，半空中现出一个妖精，自称赛太岁，说他在麒麟山獬豸洞居住，洞中少个夫人，访得我金圣宫生得美貌娇姿，教朕快早送出。如若不献出来，就要先吃寡人，后吃众臣，将满城黎民，尽皆吃绝。那时节，朕却忧国忧民，无奈将金圣宫推出海榴亭外，被那妖响一声摄将去了。寡人为此着了惊恐，把那粽子凝滞在内，况又昼夜忧思不息，所以抱病三年。今得神僧灵丹服后，行了数次，尽是那三年前积滞之物，所以这会体健神清，精神如旧。今日之命，皆是神僧所赠也！”

行者闻言，满心喜悦，将那巨觥之酒，两口吞之，笑问国王道：“陛下原来是这般惊忧！今遇老孙，幸而获愈，但不知可要金圣宫回国？”那国王滴泪道：“朕切切思思，无昼无夜，但只是没一个能降得妖精的。岂有不要他回国之理！”行者道：“我老孙与你去降妖何如？”国王跪下道：“若救得朕后，朕愿领三宫九嫔，出城为民，将一国江山尽付神僧，让你为帝。”八戒在旁见国王出此言，行此礼，忍不住呵呵大笑道：“这皇帝失了体统！怎么为老婆就不要江山，跪着和尚？”行者急将国王搀起道：“陛下，那妖精自得金圣宫去后，这一向可曾再来？”国王道：“他前年五月节，摄了金圣宫，至十月间来，要取两个宫娥去伏侍娘娘，朕即献出两个。今年二月里又要去两个，不知到几时又来也。”行者道：“似他这等频来，你们可怕他么？”国王道：“寡人见他来得多次，一则惧怕，二来恐有伤害之意，旧年四月内，是朕命工起了一座避妖楼，但闻风响，知是他来，即与二后九嫔入楼躲避。”行者道：“陛下不弃，可携老孙去看那避妖楼何如？”那国王即携着行者出席，众官亦皆起身。八戒道：“哥哥，你不达理！这般御酒不吃，摇席破坐的，且去看甚么哩？”国王情知八戒为嘴，即命当驾官抬两张素桌面，看酒在避妖楼外俟候。呆子却才不嚷，和师父、沙僧同行。

一班文武官引导，那国王并行者相搀，穿过皇宫到了御花园后，更不见楼台殿阁。行者道：“避妖楼何在？”说不了，只见两个太监，拿两根红漆扛子，往那空地上掬起一块四方石板。国王道：“此间便是。这底下有三丈多深，挖成的九间朝殿，内有四个大缸，缸内满注清油，点着灯火，昼夜不息。寡人听得风响，就入里边躲避，外面着人盖上石板。”行者笑道：“那妖精还是不害你，若要害你，这里如何躲得？”正说间，只见那正南上呼呼的，吹得风响，播土扬尘，唬得那多官齐声报怨道：“这和尚盐酱口，讲甚么妖精，妖精就来了！”慌得那国王丢了行者，即钻入地穴，唐僧也就跟入，众官躲一个魆净。

八戒、沙僧也都要躲，被行者两手扯住道：“兄弟们，不要怕，我和你认他一认，看是个甚么妖精。”那呆子挣不脱手，被行者拿定多时，只见那半空里闪出一个妖精。行者道：“你两个可认得他？”八戒、沙僧都道：“不认得。”行者道：“他却像东岳天齐手下把门的那个醮面金睛鬼。”八戒道：“不是！不是！鬼乃阴灵，交申酉时方出。今日还在巳时，那里有鬼敢出来？就是鬼会弄风，只是一阵旋风而已，那有这等狂风？或者他就是赛太岁也。”行者笑道：“既如此说，你两个且在此，等老孙去问问他来。”急纵祥光，跳将上去。正是：安邦先却君王病，守道须除爱恶心。毕竟不知去到空中事体如何，且听下回分解。

第七十回　妖魔宝放烟沙火　悟空计盗紫金铃

却说行者抖擞神威，持铁棒起在空中，迎面喝道："你是那里来的邪魔，待往何方猖獗！"那怪物厉声叫道："吾党不是别人，乃麒麟山獬豸洞赛太岁大王爷爷部下先锋，今奉大王令，到此取宫女二名，伏侍金圣娘娘。你是何人，敢来问我！"行者道："我乃齐天大圣孙悟空，因保东土唐僧西天拜佛，路过此国，知你这伙邪魔欺主。正没处寻你，却来此送命！"那怪闻言，不知好歹，展长枪就刺行者。行者举铁棒劈面相迎，在半空里略战两合。那妖被行者一棒把根枪打做两截，慌得拨转风头，径往西方逃命。

行者且不赶他，按下云头，来至避妖楼外叫道："师父，请同陛下出来，怪物已赶去矣。"那唐僧才扶着君王，同出穴来，见满天清朗，更无妖邪之气。那国王即至席前，自己拿壶把盏，满斟金杯奉与行者道："神僧，权谢！权谢！"这行者接杯在手，还未回言，只听得朝门外有官来报："西门上火起了！"行者闻说，将金杯连酒望空一撇，当的一声响，那个金杯落地。君王着了忙，躬身施礼道："神僧，莫不有见怪之意？是寡人得罪了。"行者笑道："不是这话。"少顷，又有官来报："好雨呀！才西门上起火，被一场大雨，把火灭了。满街上流水，尽都是酒气。"行者道："陛下，那妖败走西方，我不曾赶他，他就放起火来。这一杯酒，却是我灭了妖火，救了西城里外人家，岂有他意！"

国王更十分欢喜加敬。即请三藏四众，同上宝殿，就有推位让国之意。行者笑道："陛下，才那妖精，他称是赛太岁部下先锋，来此取宫女的。他如今战败而回，定然报与那厮，那厮定要来与我相争。我恐他一来，未免惊伤百姓，恐唬陛下。欲去迎他一迎，就在那半空中擒了他，取回圣后。但不知向那方去，这里到他那山洞有多少远近？"国王道："寡人曾差夜不收军马到那里探听消息，往来要行五十余日，坐落南方，约有三千余里。"行者闻言叫："八戒、沙僧护持在此，老孙去来。”国王扯住道：“神僧且从容一日，待安排些干粮烘炒，与你些盘缠银两，选一匹快马，方才可去。”行者笑道：“陛下说的是巴山转岭步行之话。我老孙不瞒你说，似这三千里路，斟酒在钟不冷，就打个往回。”国王道：“神僧，你不要怪我说。你这尊貌，却像个猿猴一般，怎生有这般法力？”行者道：“我身虽是猿猴数，架来觔斗如神助。往来霄汉没遮拦，一打十万八千路！”那国王见说，又惊又喜，笑吟吟捧着一杯御酒递与行者道：“神僧远劳，进此一杯引意。”这大圣一心要去降妖，那里有心吃酒，只叫：“且放下，等我去了来再饮。”说声去，唿哨一声，寂然不见。那一国君臣，皆惊讶不题。

却说行者将身一纵，早见一座高山阻住，即按云头，立在巅峰，观看良久。正欲寻洞口，只见那山凹里烘烘火光飞出，霎时间，熯天红焰，红焰之中冒出一股恶烟，比火更毒。大圣正自恐惧，又见那山中迸出一道沙来。真个是遮天蔽日！行者看了半晌，不解其故，即摇身一变，变做一个钻火的鹞子，飞入烟火中间，蓦了几蓦，却就没了沙灰，烟火也息了。急现本相下来，又看时，只听得叮叮当当的铜锣声响。他道：“我走错了路也！这里不是妖精住处。锣声似铺兵之锣，想是通国的大路，有铺兵去下文书，且等老孙去问他一问。”

正走处，忽见一个小妖儿，担着黄旗，背着文书，敲着锣，急走如飞而来，行者笑道：“原来是这厮打锣。他不知送的是甚么书信，等我听他一听。”即又摇身一变，变做个蜢虫儿，轻轻的飞在他书包之上，只听得那妖精敲着锣，自言自语道：“我家大王忒也心毒，三年前到朱紫国强夺了金圣皇后，一向无缘，未得沾身，只苦了取来的宫女顶缸。两个来弄杀了。四个来也弄杀了。前年要了，去年又要，今年又要。这番却撞个对头来了。那个要宫女的先锋被个甚么孙行者打败了，不发宫女。我大王因此发怒，要与他国争持，教我去下甚么战书。这一去，那国王不战则可，战必不利。我大王使烟火飞沙，那国王君臣百姓等，莫想一个得活。那时我等占了他的城池，大王称帝，我等称臣，虽然也有个大小官爵，只是天理难容也！”

行者听了，暗喜道：“妖精也有存心好的，似他后边这句话说天理难容，却不是好？但只说金圣皇后一向无缘，未得沾身，此话却不解其意。等我问他一问。”嘤的一声，一翅飞离了妖精，转向前，有数里地，摇身一变，变做了一个道童：头挽双抓髻，身穿百衲衣。手敲鱼鼓简，口唱道情词。转山坡，迎着小妖，打个稽首道：“长官，那里去？送的是甚么公文？”那妖就像认得他的一般，住了锣槌，笑嘻嘻的还礼道：“我大王差我到朱紫国下战书的。”行者趁口问道：“朱紫国那话儿，可曾与大王配合哩？”小妖道：“自前年摄得来，当时就有一个神仙，送一件五彩仙衣与娘娘妆新。他自穿了那衣，就浑身上下都生了针刺，我大王摸也不敢摸他一摸。但挽着些儿，手心就痛，不知是甚缘故，自始至今，尚未沾身。早间差先锋去要宫女伏侍，被一个甚么孙行者战败了。大王奋怒，所以教我去下战书，明日与他交战也。”行者道：“恁的大王却着恼？”小妖道：“正在那里着恼哩。你去与他唱个道情词儿解解闷也好。”

行者拱手抽身就走，那妖依旧敲锣前行。行者就掣棒转身，望小妖脑后一下，早已了帐，却又悔道：“急了些儿！不曾问他个名字！”却去取下战书藏于袖内，将黄旗、铜锣，藏在路旁草里，忽听得他腰间一声响，露出一个镶金牙牌，牌上有字，写道：“心腹小校一名，有来有去。五短身材，扢挞脸，无须。长川悬挂，无牌即假。”行者笑道：“这厮名字叫做有来有去，这一棍子，打得有去无来也！”将牙牌解下，带在腰间，欲要摔下尸骸，却又想起那烟火之毒，且不敢寻他洞府，即将棍子着小妖胸前捣了一下，挑在空中，径回本国，且当报一个头功。

你看他嗯哨一声，早到了金銮殿前。将妖精摔在阶下。叫八戒请师父下殿。行者将一封战书揣在三藏袖里道：“师父收下，且莫与国王看见。”说不了，那国王也下殿，迎着行者道：“神僧长老来了！拿妖之事如何？”行者用手指道：“那阶下不是妖精？被老孙打杀了也。”国王见了道：“是便是个妖尸，却不是赛太岁。赛太岁寡人亲见他两次：身长丈八，膊阔五停，面似金光，声如霹雳，那里是这般鄙猥。”行者笑道：“陛下认得，果然不是，这是一个报事的小妖撞见老孙，先打死，挑来报功。”国王大喜道：“好！好！好！该算头功！寡人这里常差人去打探，更不曾得个的实。似神僧一出，就捉了一个回来,真神通也!”叫:“看暖酒来!与长老贺功。”

行者道:“吃酒还是小事,我问陛下,金圣宫别时,可曾留下个甚么表记?你与我些儿。”那国王听说表记二字,却似刀剑剜心,忍不住失声泪下,说道:“当年佳节庆朱明,太岁凶妖忽震惊。强夺御妻殊仓猝,谁留表记系离情!”行者道:“娘娘既无表记,他在宫时,可有甚么心爱之物,与我一件也罢。”国王道:“你要怎的?”行者道:“那妖王实有神通,我见他放火、放烟沙,果是难收。纵收了,又恐娘娘见我面生,不肯同我回国。须是得他平日心爱之物一件,他方信我,为此故要带去。”国王道:“昭阳宫里梳妆阁上,有一双黄金宝串,原是金圣宫手上带的,只因那日端午要缚五色彩线,故此褪下,不曾戴上。此乃是他心爱之物,如今现收在减妆盒里。寡人更不忍见。一见即如见他玉容,病又重几分也。”行者道:“且休提这话,可将金串取来。”国王即命玉圣宫取出。国王见了,叫了几声知疼着热的娘娘,遂递与行者。

行者接了,套在胳膊上。且不吃得功酒,驾起云,唿哨一声,又至麒麟山上,径寻洞府。正行时,只听得人语喧嚷,即伫立观看,原来那獬豸洞口大小头目,约摸有五百名在那里。行者见了,抽身径转旧路。却至那打死小妖之处,寻出黄旗、铜锣,迎风捏诀,即摇身一变,变做那有来有去的模样,乒乓敲着锣,大踏步,一直前来,径撞至獬豸洞,只闻得猩猩出语道:“有来有去,你回来了?”行者应道:“来了。”猩猩道:“快走!大王爷爷正在剥皮亭上等你回话哩。”行者拽开步,敲着锣,径入二门之内,忽抬头见一座八窗明亮的亭子,亭子中间有一张戗金交椅,椅上端坐着一个魔王,真个生得恶相。行者见了,公然不惧,调转脸朝着外,只管敲锣。妖王问道:“你来了?”行者不答,又问:“有来有去,你来了?”也不答应,妖王上前扯住道:“你怎么到了家还打锣?问之又不答,何也?”行者把锣往地下一掼道:“甚么何也,何也!我说我不去,你却教我去。行到那厢,只见无数的人马列成阵势,见了我,都就叫拿妖精!拿妖精!把我推推扯扯,扛进城去,见了那国王,国王便教斩了,幸亏那两班谋士道两家相争,不斩来使,把我饶了,收了战书,又押出城外,对军前打了三十顺腿,放我来回话。他那里不久就要来此与你交战哩。”妖王道:“这等说,是你吃亏了,怪不得问你更不言语。”行者道:“却不是怎的。”妖王道:“那里有多少人马?”行者道:“我也唬昏了,那曾查他人马数目!只见那里兵器森森摆列得如麻林相似。”妖王笑道:“不打紧!似那些兵器,一火皆空。你且去报与金圣娘娘得知,教他莫恼。今早他听见我发狠,要去战斗,就眼泪汪汪的不干。你如今去说那里人马骁勇,且宽他一时之心。”

行者闻言十分中意!你看他偏是路熟,转过脚门,穿过厅堂。那里边尽都是高堂大厦,更不是前边的模样,直到后面宫里,远见彩门壮丽,乃是金圣娘娘住处。入里面看时,有两班妖狐、妖鹿,一个个都妆成美女之形,侍立左右,正中间坐着那个娘娘,手托香腮,双眸滴泪,果然是玉容寂莫胭脂冷,云鬓蓬松翠黛空。自古红颜多薄命,恹恹无语对东风!行者上前打了个问讯道:“接喏。”那娘娘道:“这泼怪,十分无状!想我在朱紫国中之时,那太师宰相见了,就俯伏尘埃,不敢仰视。这野村怪怎么叫声接喏?是那里来的这般野兽?”众侍婢上前道:“娘娘息怒,他是大王爷爷的心腹小校,唤名有来有去。今早差下战书的是他。”娘娘听说,忍怒问道:“你下战书,可曾到朱紫国里?”行者道:“我持书直到金銮殿,面见君王,已讨回音来也。”娘娘道:“你面君,君有何言?”行者道:“那国中战斗之事,才已与大王说了。只是那君王有思想娘娘的一句话儿,特来上禀,奈何左右人众,不是说处。”

娘娘闻言,喝退两班狐鹿。行者掩上宫门,把脸一抹,现了本相,对娘娘道:“你休怕我,我是东土大唐差往西天求经的和尚。叫做孙悟空。因我师过你国中倒换关文,见你国王出榜招医,是我将他的病治好了。排宴谢我,因说出你被妖摄来,我会降龙伏虎,特请我来捉怪,救你回国。那战败先锋是我,打死小妖也是我。我见他门外兵多,是我变作有来有去模样,舍身到此,与你通信。”那娘娘听说,沉吟不语。行者取出宝串,双手奉上道:“你若不信,看此物何来?”娘娘一见垂泪,下拜道:“长老,你果是救得我回朝,没齿不忘大恩!”

行者道:“我且问你,他那放火、放烟沙的,是件甚么宝贝?”娘娘道："那里是甚宝贝！乃是三个金铃。他将头一个晃一晃，有三百丈火光烧人；第二个晃一晃，有三百丈烟光熏人；第三个晃一晃，有三百丈黄沙迷人。烟火还不打紧，只是黄沙最毒，若钻入人鼻孔，就伤了性命。"行者道："利害！利害！却不知他的铃儿放在何处？"娘娘道："他那肯放下，只是带在腰间，行住坐卧，再不离身。"行者道："你若有意相会国王，把那忧愁权解，须使出个风流喜悦之容，与他叙个夫妻之情，教他把铃儿与你收贮。待我取便偷了，降了这怪，那时节方好带你回去，重谐鸾凤也。"那娘娘一一领诺。

他仍变作心腹小校，开了宫门，唤进左右侍婢。娘娘叫："有来有去，快往前亭，请大王来，与他说话。"行者应了一声，即至剥皮亭对妖王道："大王，圣宫娘娘有请。"妖王欢喜道："娘娘常时只骂，怎么今日有请？"行者道："那娘娘问朱紫国王之事，是我说'他不要你了，他国中另扶了皇后。'娘娘听说，故此没了想头，方命我来奉请。"妖王大喜道："你却中用。待我剿除了他国，封你为个随朝的太宰。"

行者顺口谢恩，即与妖王来至后宫门首。那娘娘欢容迎接，就去用手相搀。那妖王喏喏而退道："多承娘娘下爱，我怕手痛，不敢相傍。"娘娘道："大王请坐，我与你说。"妖王道："有话但说不妨。"娘娘道："我蒙大王辱爱，今已三年，虽未得共枕同衾，也是前世之缘，做了这场夫妻，谁知大王有外我之意，不以夫妻相待。我想着当时在朱紫国为后，外邦凡有进贡之宝，君看毕，一定与后收之。你这里更无甚么宝贝，或者就有，你也不教我见，不与我收。且如闻得你有三个铃铛，想就是件宝贝，你怎么走也带着，坐也带着？你就拿与我收着，待你用时取出，未为不可，此也是做夫妻一场，也有个心腹相托之意。如此不相托付，非外我而何？"妖王大笑陪礼道："娘娘怪得是！宝贝在此，今日就当付你收之。"便即揭衣取宝。行者在旁，眼不转睛看着那怪揭起两三层衣服，贴身带着三个铃儿。他解下来，将些木棉塞了口儿，把一个豹皮包袱儿包了，递与娘娘道："物虽微贱，却要用心收藏，切不可摇晃着他。"娘娘接过手道："我晓得。安在这妆台之上，无人动他。"叫："小的们，安排酒来，我与大王交欢会喜，饮几杯儿。"众侍婢闻言，即安排酒肴献上。那娘娘做出妖娆之态，哄弄精灵。

行者在旁取事，挨挨摸摸，行近妆台，把三个金铃轻轻拿过，溜出宫门。到了剥皮亭前无人处，展开豹皮幅子看时，中间一个，有茶钟大，两头两个，有拳头大。他不知利害，就把棉花扯了，只闻得呼的一声响亮，骨都都迸出烟火黄沙，急收不住，满亭中烘烘火起。唬得那把门精怪一拥撞入后宫，惊动了妖王，慌忙教救火！救火！出来看时，原是有来有去拿了金铃儿哩。妖王上前喝道："好贱奴！怎么偷了我的宝贝，在此胡弄！"叫："拿来！拿来！"那众妖一齐攒簇。

行者慌了手脚，丢了金铃，现出本相，掣出金箍棒，撒开解数，往前乱打。那妖王收了宝贝，传号令，教关了前门！行者难得脱身，收了棒，摇身一变，变作个痴苍蝇儿，钉在那无火石壁上。众妖寻不见，报道："大王，走了贼也！"妖王问："可曾自门里走出去？"众妖都说："前门紧锁，不曾走出。"妖王叫仔细搜寻！更无踪迹。大怒道："是个甚么贼子，大胆变作有来有去模样，进来见我回话，又跟在身边，乘机盗我宝贝！早是不曾拿将出去！若拿出山头，见了天风，怎生得好？"虎将上前道："大王，这贼不是别人，定是败先锋的那个孙悟空。想必路上遇着有来有去，伤了性命，夺了铜锣、旗牌，变作他的模样，到此欺骗大王也。"妖王道："正是！正是！见得有理！"叫："小的们，仔细防闲，切莫开门放出走了！"这正是：无心弄巧番成拙，作要谁知却当真。毕竟不知行者怎得脱身，且听下回分解。

第七十一回　行者假名降怪犼　观音现像伏妖王

话说那赛太岁紧关了门户，搜寻行者，不见踪迹。坐在那剥皮亭上，点聚群妖，都教提铃敲梆，支更坐夜。原来大圣变做个痴苍蝇，钉在门旁，见前面防备甚紧，他即抖开翅，飞入后宫门首看处，见金圣娘娘伏在案上，清清滴泪，隐隐声悲。行者飞进去，轻轻的落在他那乌云散髻之上，听他哭道："主公呵！我和你：前生烧了断头香，拆凤分鸳两处伤。未识神僧凶与吉，相思更比旧时狂。"行者闻言，即到他耳根后，悄悄的叫道："圣宫娘娘，你休恐惧，我还是你国差来的神僧孙长老，未曾伤命。只因自家性急，偷了金铃，出到前亭，忍不住打开看看。不期迸出烟火。我慌把金铃丢了，苦战不出，恐遭毒手，故变作一个苍蝇儿，叮在门上，躲到如今。那妖王愈加严紧，不肯开门。你可再哄他进来安寝，我好脱身行事，别作区处救你也。"

娘娘一闻此言，心虚胆战，泪汪汪的道："你如今是人是鬼？"行者道："我也不是人，也不是鬼，如今变作个苍蝇儿在此。你休怕，快去请那妖王也。"娘娘悄语道："你莫魇寐我。"行者道："我岂敢魇寐你？你若不信，张开手，等我跳下来你看。"那娘娘真个把左手张开，行者便轻轻落下。金圣宫高擎玉掌，叫声神僧，行者嘤嘤的应道："我是神僧变的。"娘娘方才信了，悄悄的道："我去请那妖王来时，你却怎生行事？"行者道："古人云，'破除万事无过酒。'只以饮酒为上，你将那贴身的侍婢，唤一个进来，指与我看，我就变作他的模样，在旁边伏侍，却好下手。"

娘娘即叫："春娇何在？"那屏风后转出一个玉面狐狸来，跪下道："娘娘唤春娇有何使令？"娘娘道："你去叫他们来点纱灯，焚脑麝，扶我上前庭，请大王安寝也。"那春娇即叫了七八个怪鹿妖狐，打着两对灯笼，一对提炉，摆列左右。娘娘便欠身而起，行者腰里摸出一个瞌睡虫，轻轻的放在那春娇脸上。春娇果然渐觉困倦，立不住脚,即忙寻着睡处,丢倒头呼呼睡去。

行者却跳下来,摇身一变,变做那春娇一般模样,紧跟娘娘,往前正走。有小妖报与妖王。妖王急出剥皮亭外迎迓,娘娘道:“大王,今烟火既息,贼已无踪,深夜之际,特请大王安置。”那怪满心欢喜道:“娘娘珍重,却才那贼乃是孙悟空。他败了我先锋,打杀我小校,变化进来,哄了我们,我们这般搜简,他却渺无踪迹,故此心上不安。”娘娘道:“那厮想是走脱了。大王放心勿虑,且自安寝去也。”妖精见娘娘侍立敬请,不敢坚辞,只得分付群妖,小心防守,遂与娘娘径往后宫。行者假变春娇,同两班侍婢跟入。娘娘叫:“安排酒来与大王解劳。”假春娇即同众怪安排酒肴齐备。那娘娘擎杯奉敬,这妖王也举杯相答,二人穿换了酒杯。假春娇在旁执着酒壶道:“大王与娘娘今夜才递交杯盏,请各饮干,穿个双喜杯儿。”真个又各斟上,饮干了。假春娇道:“大王娘娘喜会,教众侍婢们唱的唱,舞的舞。”他两个又饮了许多。娘娘教住了歌舞。众侍婢分班,出屏风外摆列,惟有假春娇执壶奉酒。娘娘与那妖王专说得是夫妻之话。一片云情雨意,哄得那妖王骨软筋麻,只是不得沾身。真是猫咬尿胞空欢喜!

叙了一会,娘娘问道:“大王,宝贝不曾伤损么?”妖王道:“这宝贝乃先天抟铸之物,如何得损!只是被那贼扯开塞口之绵,烧了豹皮包袱也。”娘娘说:“怎生收拾?”妖王道:“不用收拾,我带在腰间哩。”假春娇闻言,即拔下毫毛一把嚼碎,轻轻放在妖王身上,吹口仙气,叫:“变!”那些毫毛即变做三样恶物,乃虱子、蛇蚤、臭虫,钻进皮肤乱咬。那妖王燥痒难禁,伸手入怀揣摸揉痒,用指头捏出几个虱子来,拿近灯前观看。娘娘见了,含忖道:“大王,想是衬衣久不曾浆洗,故生此物耳。”妖王惭愧道:“我从来不生此物,可可的今宵出丑。”娘娘笑道:“大王,何为出丑?常言道,皇帝身上也有三个御虱哩。且脱下衣服来,等我替你捉捉。”妖王真个解带脱衣。

假春娇在旁,着意观看。那妖王身上,衣服层层皆是蚤、虱、臭虫。不觉的揭到第三层见肉之处,那金铃上也纷纷的不计其数。假春娇道:“大王,拿铃子来,等我也与你捉捉虱子。”那妖王一则羞,二则慌,那里认得真假,即将三个铃儿递与假春娇。假春娇接在手中,理弄多时，只见妖王低着头抖衣服，他即将金铃藏了，拔根毫毛，变作三个铃儿，一般无二，拿向灯前翻检；却又把身子扭扭捏捏的，抖了一抖，将那蚤、虱、臭虫收了，把假金铃儿递与那怪。那怪接着，双手递与娘娘道："今番你收好了，却要仔细，不要像前一番。"那娘娘接过来，安在衣箱中，用黄金锁锁了，却又与妖王饮了几杯酒，教侍婢："净拂牙床，展开锦被，我与大王同寝。"那妖王诺诺连声道："没福！没福！不敢奉陪，我还带个宫女往西宫里睡去，娘娘请自安置。"遂此各归寝处不题。

却说假春娇得了手，将宝贝带在腰间，现了本相，收去那个瞌睡虫儿，径往前走去，只听得梆铃齐响，正打三更。他使个隐身法，直至门边。又见那门上拴锁甚密，却又使个解锁之法，那门就轻轻开了，急拽步出门站下，高叫道："赛太岁！还我金圣娘娘来！"连叫两三遍，惊动群妖，急急看处，前门开了，即忙寻锁锁上，着几个跑入里边去报。那里边侍婢出宫传言道："莫吆喝，大王才睡着哩。"如此者三四遍。那大圣在外嚷嚷闹闹，直到天晓，忍不住轮着铁棒上前打门。那妖王一觉方醒，闻得喧哗，起身问道："嚷甚么？"众侍婢才跪下道："爷爷，不知是甚人在洞外叫骂了半夜，如今却又打门。"

妖王走出宫门，只见那几个小妖慌张张的道："外面有人叫骂，要金圣宫娘娘哩！说了无数的歪话，甚不中听。见天晓大王不出，逼得打门也。"那妖道："且休开门，你去问他是那里来的，姓甚名谁，快来回报。"小妖急出去，隔门问道："打门的是谁？"行者道："我是朱紫国拜请来的外公，来取圣宫娘娘回国哩！"小妖以此言回报。那妖随往后宫，查问来历。原来那娘娘才起来，急整衣出宫迎入。才坐下，还未及问，又听得小妖来报："那来的外公已将门打破矣。"那妖笑道："娘娘，你朝中有多少将帅？"娘娘道："在朝有四十八卫人马，良将千员，各边上元帅总兵，不计其数。"妖王道："可有个姓外的么？"娘娘道："我在宫中，怎晓得臣子名姓？"妖王道："这来者称为外公，我想百家姓上，更无个姓外的。娘娘赋性聪明，出身高贵，居皇宫之中，必多览书籍。记得那本书上有此姓也？"娘娘道："止千字文上有句外受傅训，想必就是此矣。"

妖王喜道："定是！定是！"即起身辞了娘娘，到剥皮亭上，结束整齐，点出妖兵，开门走出，手持一柄宣花钺斧，厉声叫道："那个是朱紫国来的外公？"行者把金箍棒揝定道："贤甥，叫我怎的？"那妖王见了，大怒道："你这厮，敢自称甚么外公。看你：相貌若猴子，嘴脸似狐狲。七分真是鬼，大胆敢欺人！"行者笑道："你这个泼怪，原来没眼！想我老孙五百年前大闹天宫时，普天神将见了我，无一个老字，不敢称呼，你便叫我声外公，那里亏了你！"妖王喝道："你原来是大闹天宫的那厮，你既脱身保唐僧西去，你走你的路罢了，怎么替那朱紫国为奴，却到我这里寻死？"行者喝道："贼泼怪！说话无知！我受朱紫国王之隆礼，他敬之如父母神明，你怎么说出为奴二字！不要走，吃你外公一棒！"那妖闪身躲过，使宣花斧劈面相迎。两个战经五十回合，不分胜负。那妖见行者手段高强，料不能取胜，将斧架住铁棒道："孙行者，你且住了。我今日还未早膳，待我进了膳，再来与你定雌雄。"行者情知是要取铃铛，收了铁棒道："好汉子不赶乏兔儿，你去你去！吃饱些，好来领死！"

那妖急转身闯入里边，对娘娘道："快将宝贝拿来！"娘娘道："要宝贝何干？"妖王道："今早叫战者，乃是孙悟空假称外公。我与他战到此时，不分胜负。等我拿宝贝出去，放些烟火，烧这猴头。"娘娘见说，心中忐忑，踌躇未定，那妖又连连催逼。这娘娘无奈，只得将锁钥开了，把三个铃儿递与他。他拿了就走出洞。娘娘坐在宫中，泪如雨下，思量行者不知可能逃得性命。

那妖出了门，就占起上风，叫道："孙行者休走！看我摇摇铃儿！"行者笑道："你有铃，我就没铃？你会摇，我就不会摇？"妖王道："你有甚么铃儿，拿出来我看。"行者将铁棒藏了，却去腰间解下三个真宝贝来，对妖王说："这不是我的紫金铃儿？"妖王见了，心惊道："跷蹊！跷蹊！他的铃儿怎么与我的铃儿就一般无二！"又问："你那铃儿是那里来的？"行者道："贤甥，你那铃儿却是那里来的。"妖王道："我这铃儿是：太清仙境道源深，八卦炉中久炼金。结就铃儿称至宝，老君留下到如今。"行者笑道："老孙的铃儿，也是那时来的。"妖王道："怎生出处？"行者道："我这铃儿是：道祖烧丹兜率宫，金铃抟炼在炉中。二三如六循环转，我的雌来你的雄。”妖王道：“铃儿乃金丹之宝，又不是飞禽走兽，如何辨得雌雄？但只是摇出宝来，就是好的！”行者道：“口说无凭，就让你先摇。”那妖王真个将头一个铃儿晃了三晃，不见火出；第二个晃了三晃，不见烟出；第三个晃了三晃，不见沙出。妖王慌了手脚道：“怪哉！怪哉！世情变了！这铃儿想是惧内，雄见了雌，所以不出来了。”行者道：“贤甥，住了手，等我也摇摇你看。”他一把撍了三个铃儿，一齐摇起。你看那红火、青烟、黄沙，一齐滚出，骨都都燎树烧山！大圣又念个咒语，望巽地上呼风来！真个是风催火势，火挟风威，红焰焰，黑沉沉，满天烟火，遍地黄沙！把那赛太岁唬得魄散魂飞，走头无路，在那火当中，怎生逃命！

只闻得半空中厉声高叫：“孙悟空！我来了也！”行者急回头上望，原来是观音菩萨，左手托着净瓶，右手拿着杨柳，洒下甘露救火哩，慌得行者把铃儿藏在腰间，即合掌倒身下拜。那菩萨将柳枝连拂几点甘露，霎时间，烟火俱无，黄沙绝迹。行者叩头道：“不知大慈临凡，有失回避。敢问菩萨何往？”菩萨道：“我特来收寻这怪。”

行者道：“这怪是何来历，敢劳金身下降？”菩萨道：“他是我跨的金毛犼。因牧童盹睡，失于防守，这孽畜咬断索子走来，却与朱紫国王消灾也。”行者道：“菩萨反说了，他在这里欺君骗后，与那国王生灾，却说是消灾，何也？”菩萨道：“你不知之，当时朱紫国先王在位之时，这个王还做东宫太子，他幼年间，极好射猎。率领人马，纵放鹰犬，正来到落凤坡前，有西方佛母孔雀大明王菩萨所生二子，乃雌雄两个雀雏，停翅在山坡之下，被此王弓开处，射伤了雄孔雀，那雌孔雀也带箭归西。佛母分付教他拆凤三年，身耽啾疾。那时节，我跨着这犼，同听此言，不期这业畜留心，故来骗了皇后，与王消灾。至今三年，冤愆满足，幸你来救治王患，我特来收妖邪也。”行者道：“菩萨，虽是这般故事，奈何他玷污了皇后，伤风坏法，却该死罪。今蒙菩萨亲临，饶了他死罪。让我打他二十棒，与你带去罢。”菩萨道：“悟空，你既知我临凡，就当看我分上，一发都饶了他罢。”行者不敢违言。

那菩萨才喝了一声：“业畜！还不还原，待何时也！”只见那怪打个滚，现了原身，将毛衣抖抖，菩萨骑上了。又望项下一看，不见了三个金铃。菩萨道:“悟空,还我铃来。”行者道:“老孙并不曾见。”菩萨道:“既不曾见,等我念念《紧箍儿咒》。”行者慌了,只得双手送上。这正是:犼项金铃何人解?解铃还问系铃人。菩萨将铃儿套在犼项下。喝声“快走”,你看他四足莲花生焰焰,满身金缕迸森森,顷刻径回南海。

这大圣轮铁棒打进獬豸洞,把群妖剿除干净。直至宫中,请圣宫娘娘回国,那娘娘顶礼不尽。行者寻些软草,扎了一条草龙,教娘娘跨上,合着眼莫怕。行者使起神通,只听得耳内风响。半个时辰,带进朝中,按落云头叫:“娘娘开眼。”那皇后睁开眼看,认得是凤阁龙楼,心中欢喜,撇了草龙,与行者同登宝殿。那国王见了,急下龙床,就来扯娘娘玉手,欲诉离情,猛然跌倒在地,只叫:“手疼!手疼!”八戒哈哈大笑道:“嘴脸!没福消受!一见面就蜇杀了也!”行者道:“呆子,你敢扯他扯儿么?”八戒道:“就扯扯便怎的?”行者道:“娘娘身上生了毒刺。自到麒麟山三年,那妖更不曾沾身,但沾身就害身疼,但沾手就害手疼。”众官听说,道:“似此怎生奈何?”旁有玉圣、银圣二宫,将君王扶起。

正都在仓皇之际,忽听得半空中,有人叫大圣道:“我来也。”行者抬头观看,原来是张道陵天师。行者上前迎生道:“天师何往?”那天师直至殿前与行者施礼道:“小仙三年前曾赴佛会,因打这里经过,见朱紫国王有拆凤之忧,我恐那妖将皇后玷辱,后日难与国王复合。是我将一件旧棕衣变作一件五彩霞裳,进与妖王,教皇后穿了妆新。那皇后穿上,即生一身毒刺,毒刺者,乃棕毛也。今知大圣成功,特来解魇。”即走向前,对娘娘用手一指,即脱下那件棕衣,那娘娘遍体如旧。天师将衣抖一抖,披在身上,对行者告辞了。遂长揖一声,腾空而去,慌得那国王、后妃及大小众臣,一个个望空礼拜。

拜毕,即命大开东阁,酬谢四位。那君王领众跪拜,夫妻才得重谐。正当欢宴时,行者叫师父取出战书。递与国王看了。又将观音菩萨消灾之言,细说了一遍。那举国君臣内外,无一人不感谢称赞。唐僧道:“一则是小徒之功,二来是贤王之福。今蒙盛款,足矣!足矣!就此拜别,不要误贫僧向西去也。”那国王恳留不得,遂换了关文,大排銮驾,请唐僧稳坐龙车,那君王妃后俱捧毂推轮,相送而别。正是:有缘洗尽忧疑病,绝念无思心自宁。毕竟不知此去再有何事,且听下回分解。

第七十二回　盘丝洞七情迷本　濯垢泉八戒忘形

话表三藏别了朱紫国王,策马西进。经历过多少山水,不觉的秋去冬残,又值春光明媚。四众正行处,忽望见一座村庄,三藏下马,站立道旁道:“我看那里是个人家,意欲自去化些斋吃。”行者笑道:“师父,你要吃斋,我等俱可代劳,何消你自去化?”三藏道:“不是这等说。平日间一望无际,你们没远没近的去化斋,今日人家逼近,况且天气晴明,等我也自去走走。”

八戒依言,即取钵盂,递与师父。他拽开步,直至庄前观看,见那庄前有座石桥,住场却也幽雅。原来那人家没个男儿,只见茅屋之中,蓬窗之下,有四个女子,在那里描鸾秀凤。长老不敢前进,将身闪在树林边,看那些女子,一个个:闺心坚似石,兰性喜逢春。杏脸红霞衬,樱唇绛雪匀。蛾眉横月小,蝉鬓迭云新。若到花间立,游蜂错认真。少停有半个时辰,静悄悄,鸡犬无声。长老思虑道:“我若没本事化顿斋,也惹那徒弟笑我。”一时没主意,也带了几分不是,趋步过桥,又走了几步,只见那茅屋旁边有一座木香亭子,亭子下又有三个美貌女子在那里踢气球。

三藏看得久了,只得高叫一声:“女菩萨,贫僧随缘化些斋吃。”那些女子听见,一个个喜喜欢欢抛了针线,撇了气球,都笑吟吟的接出门来道:“长老,失迎了,今到荒庄,决不敢拦路斋僧,请里面坐。”三藏闻言,暗道:“善哉,善哉!西方正是佛地!女流尚且注意斋僧,男子岂不虔心向佛?”

长老向前问讯了,相随众女入茅屋,过木香亭看处,呀!原来那里边没甚房廊,都是山崖、石洞。一女子上前,把石头门推开,请唐僧里面坐。长老进去,抬头看时,铺设的都是石桌、石凳,冷气阴阴。长老心惊,暗忖道:“这去处少吉多凶。”众女喜笑吟吟都道:“长老请坐。”长老没奈何,只得坐了。众女问道:“长老是何宝山?化甚么缘?”长老道："我不是化缘的和尚。我是东土大唐差去西天求经者。适过宝方，腹间饥馁，特造檀府，募化一斋就行也。"众女道："好！好！好！常言道：'远来的和尚好看经。'姐妹们！不可怠慢，快办斋来。"

此时有三个女子陪着，论说些因果。那四个到厨中去安排。你道他安排的是些甚么东西？原来是人油炒炼，人肉煎熬，熬得焦黑充作面觔样子，剜的人脑煎作豆腐块片。两盘儿捧到石桌上放下，对长老道："请了，仓卒间，不曾备得好斋，且将就吃些充饥。"那长老闻了一闻，见那腥膻，欠身合掌道："女菩萨，贫僧是胎里素。"众女笑道："长老，此是素的。"长老道："阿弥陀佛！若是这等东西，我和尚吃了呵，莫想见得世尊，取得经卷。望菩萨养生不若放生，放我贫僧去罢。"

长老起身要走，那些女子拦住门，怎么肯放！都道："上门的买卖，倒不好做！你往那里去！"他一个个都会些武艺，手脚又活，把长老扯住，顺手牵羊，扑的掼倒在地。众人按住，将绳子捆了，悬梁高吊。吊得停当了，便去脱剥了衣服。长老见了心惊道："这一脱衣服，多是要打我了，或者夹生儿吃我，也不可知哩。"原来那女子们只解了上身衣服，露出肚腹，各显神通：一个个脐孔中冒出丝绳，有鸭蛋粗细，骨都都的，迸玉飞银，立时把庄门漫了不题。

却说那行者、八戒、沙僧，都在大道之旁。他二人都放马看担，惟行者顽皮，他且跳树扳枝，摘叶寻果，忽回头，只见一片光亮，慌得跳下树来，叫道："不好，不好！师父造化低了！"用手指道："你看那庄院如何？"八戒、沙僧共观，只见那一片如雪之白，如银之亮。八戒道："罢了罢了！师父遇着妖精了！我们快去救他也！"行者道："贤弟莫忙，等老孙去来。"

他拽开脚，两三步跑到那边，看见那丝绳缠了有千百层厚，穿穿道道，却似经纬之势，用手按了一按，有些粘软沾人。行者更不知是甚么东西，他即举棒要打，又停住手道："若是硬的便可打断，这个软的，只好打扁罢了。假如惊了他，缠住老孙，反为不美。等我且问他一问再打。"

你道他问谁？即捻诀念咒，拘得个土地老儿来。行者问道："此间是甚地方?”土地道:“前边那岭叫做盘丝岭,岭下有个盘丝洞,洞里有七个女怪。”行者道:“他有多大神通?”土地道:“小神力薄威短,不知他有多大手段,只见那正南上,离此有三里之遥,有一座濯垢泉,乃天生的热水,原是上方七仙姑的浴池。自妖精到此居住,占了他的濯垢泉,仙姑更不与他争竞,平白地就肯让与他了。我见天仙不惹妖魔怪,必定精灵有大能。”行者道:“占了此泉何干?”土地道:“这怪占了浴池,一日三遭,出来洗澡。如今巳时已过,午时将来呀。”行者听言,发付土地回去。

他摇身一变,变作个麻苍蝇儿,钉在路旁草上等待。须臾间,只听得呼呼吸吸之声,犹如蚕食叶,却似海生潮。只好有半盏茶时,丝绳皆尽,依然现出庄村。又听得呀的一声,柴扉响处,里边笑语喧哗,走出七个女子。行者在暗中细看,见他一个个携手挨肩,有说有笑的,走过桥来,果是标致。行者笑道:“怪不得我师父要来化斋,原来是这般一个好处。这七个美人儿,假若留住我师父,要吃也不勾一顿吃,要用也不勾两日用,动动手就是死了。且等我去听他一听,看他怎的算计。”

即嘤的一声,飞在那前面走的女子云髻上钉住。才过桥来,后边的走向前道:“姐姐,我们洗了澡,来蒸那胖和尚吃去。”那些女子采花斗草向南来,不多时,到了浴池。但见一座门墙,十分壮丽。一个女子,走上前,把两扇门推开,那中间果有一塘热水。你道这水是何出处:盖开辟之初,太阳星原有十个,后被后羿开弓,射落九乌坠地,止存金乌一星,乃太阳之真火也。天下有九处汤泉,俱是众乌所化。那九汤泉,乃香冷泉、伴山泉、温泉、东合泉、潢山泉、孝安泉、广汾泉、汤泉,此泉乃濯垢泉。那浴池约有五丈余阔,十丈多长,内有四尺深浅,但见水清彻底。底下水一似滚珠泛玉骨都都冒将上来,四面有六七个孔窍通流。流去二三里之遥,淌到田里,还是温水。池上又有三个亭子,亭子中近后壁放一张八只脚的板凳。两山头放两个彩漆的衣架。行者一翅飞在那衣架上叮住。

那些女子见水清又热,便要洗浴,即一齐脱了衣服,搭在衣架上。你看一个个:褪放纽扣儿,解开罗带结。酥胸白似银,素体浑如雪。

玉臂赛凝胭,香肩疑粉捏。肚皮软又绵,脊背光还洁。膝腕半围团,金莲三寸窄。中间一段情,露出风流穴。那女子都跳下水去,跃浪翻波,负水顽耍。行者道:“我若打他啊,只消把这棍子往池中一搅,就叫做滚汤泼老鼠,一窝儿都是死。可怜!可怜!打便打死他,只是低了老孙的名头。常言道,男不与女斗,我这般一个汉子,打杀这几个丫头,着实不济。不要打他,只送他一个绝后计,教他起不得身,多少是好。”即又摇身一变,变作一个饿老鹰,呼的一翅,飞向前,轮开利爪,把那衣架上搭的七套衣服,尽情雕去,径转岭头,现出本相来见八戒、沙僧道:“你看。”那呆子迎着笑道:“师父原来是典当铺里拿了去的。”沙僧道:“怎见得?”八戒道:“你不见师兄把他些衣服都抢将来也?”行者放下道:“此乃妖精穿的衣服。”八戒道:“怎么就有这许多?”行者道:“七套。”八戒道:“如何这般剥得容易,又剥得干净?”行者道:“那曾用剥!原来此处唤做盘丝岭,那村庄唤做盘丝洞。洞中有七个女怪,把我师父拿在洞里,都向濯垢泉去洗浴。那泉却是天生成的一池热水。他都算计洗了澡,要把师父蒸吃。是我跟到那里,见他脱了衣服下来,我要打他,恐怕污了棍子,又怕低了名头,只变做老鹰,雕了他的衣服。他都不敢出头,蹲在水中哩。我等快去救出师父走路罢。”八戒笑道:“师兄,你凡干事,只要留根。既见妖精,如何不打杀他,依我,先打杀了妖精,再去救师父,此乃斩草除根之计。”行者道:“我是不打他。你要打,你去打他。”

八戒抖擞精神,欢天喜地举着钯,拽开步,径直跑到那里。忽的推开门看时,只见那七个女子,蹲在水里,口中乱骂那鹰哩,道:“这个匾毛畜生!猫嚼头的亡人!把我们衣服都雕去了,教我们怎的动身!”八戒忍不住笑道:“女菩萨,在这里洗澡哩,也携带我和尚洗洗何如?”那怪见了作怒道:“你这和尚,十分无礼!我们是在家的女流,你是个出家的男子。古书云:‘七年男女不同席。’你好和我们同塘洗浴?”八戒道:“天气炎热,没奈何,将就容我洗洗儿罢。那里调甚么书担儿,同席不同席!”呆子不容说,丢了钉钯,脱了皂锦直裰,扑的跳下水来,那怪心中烦恼,一齐上前要打。不知八戒水势极熟,到水里摇身一变,变做一个鲇鱼精。那怪就都摸鱼,赶上拿他不住:

东边摸，忽的又渍了西去；西边摸，忽的又渍往东去；滑扢虀的，只在那腿裆里乱钻。那怪盘了一会都盘倒了，喘嘘嘘的，精神倦怠。

八戒却才跳将上来，现了本相，穿了直裰，执着钉钯喝道："我是那个？你把我当鲇鱼精哩！"那怪见了，心惊胆战对八戒道："你是何人？端的从何到此？是必留名。"八戒道："你这伙泼怪不认得我！我是东土大唐取经长老之徒弟，猪八戒是也。你把我师父拿在洞里，算计要蒸他受用！我的师父又好蒸吃？快早伸过头来，各筑一钯，教你断根！"那些妖怪闻言，魂飞魄散，就在水中跪拜道："望老爷方便方便！我等有眼无珠，误捉了你师父，虽然吊在那里，并不曾伤犯。望慈悲饶了我的性命，情愿贴些盘费，送你师父西天去也。"八戒摇手道："莫说这话！俗语说得好：'曾着卖糖君子哄，到今不信口甜人。'是便筑一钯，各人走路！"

呆子一味粗夯，那有怜香惜玉之心，举着钯，不分好歹，赶上前乱筑。那怪慌了手脚，性命要紧，那里顾甚么羞耻，随用手掩着脐下，跳出水来，都跑到亭子里站立，作出法来：脐孔中骨都都冒出丝绳，瞒天搭了个大丝篷，把八戒罩在当中。那呆子忽抬头，不见天日，即抽身往外便走，那里举得脚步！原来放了绊脚索，满地都是丝绳，动动脚，跌个踵踵；左边去，一个面磕地；右边去，一个倒栽葱；急转身，又跌了个嘴揾地；忙爬起，又是个竖蜻蜓。也不知跌了多少跟头，把个呆子跌得身麻脚软，头晕眼花，爬也爬不动，只睡在地下呻吟。那怪物将他困住，到不伤他，一个个跳出门来，将丝篷遮住天光，各回本洞。

到了石桥上站下，念动《真言》，霎时间把丝篷收了，赤条条的，跑入洞里，从唐僧面前笑嘻嘻的跑过去。走入石房，取几件旧衣穿了，径至后门口立定叫："孩儿们何在？"原来那妖精一个有一个儿子，却不是他养的，都是他结拜的干儿子。有名唤做蜜、蚂、蠦、班、蜢、蜡、蜻，乃是蜜蜂，蚂蜂，蠦蜂，班毛，牛蜢、抹蜡，蜻蜓。原来那妖精幔天结网，掳住这七般虫蛭，却要吃他。当时这些虫哀告饶命，愿拜为母，遂此采花寻果，供养妖精。忽闻一声呼唤，都到面前问："母亲有何使令？"众怪道："儿呵，早间我们错惹了唐朝来的和尚，才然被他徒弟拦住池里，出了多少丑，几乎丧了性命！汝等努力，快出门退他一退。如得胜后,可到你舅舅家来会我。”那些怪即往他师兄处去了。这些虫蛭,一个个摩拳擦掌,出来迎敌。

却说八戒跌得昏头昏脑,猛抬头见丝篷绳索俱无,他才爬将起来,找回原路,见了行者道:“哥哥,我的头可肿、脸可青么?”行者道:“你怎的来?”八戒道:“我被那厮将丝绳罩住,放了绊脚索,不知跌了多少跟头。却才丝篷索子俱空,方得了性命回来也。”沙僧道:“罢了!罢了!你闯下祸来也!那怪一定往洞里去伤害师父,我等快去救他!”

行者急拽步便走,八戒牵着马来到庄前,但见那石桥上有七个小妖儿挡住道:“慢来,慢来!我等在此!”行者看了道:“好笑!干净都是些小人儿!长不满三尺,重不满十斤。”喝道:“你是谁?”那怪道:“我是七仙姑的儿子。你把我母亲欺辱了,还敢无知,打上我门!不要走!仔细!”他一个个手舞足蹈,乱打将来。八戒见了生嗔,就发狠举钯来筑。

那些怪见呆子凶猛,一个个现了本相,飞将起去,叫声:“变!”须臾间,一变十,十变百,都变成无穷之数。只见:满天飞抹蜡,遍地舞蜻蜓。蜜蚂追头额,蚼蜂扎眼睛。班毛前后咬,牛蠓上下叮。扑面漫漫黑,神仙也吃惊。八戒慌了道:“哥呵,只说经好取,西方路上,虫儿也欺负人哩!”行者道:“没事!没事!我自有手段!”即拔一把毫毛,嚼碎喷出,即变做些黄、麻、鯱、白、雕、鱼、鹞。八戒道:“师兄还打甚么市语哩?”行者道:“你不知之,那妖怪是七样虫,我的毫毛是七样鹰。”鹰最能嗛虫,一嘴一个,爪打翅敲,须臾,打得罄尽,满空无迹,地积尺余。

三兄弟方才过桥入洞,只见师父吊在那里哭哩。八戒近前道:“师父,你要来这里吊了耍子,不知作成我跌了多少跟头!”行者即将师父解下,问道:“妖精那里去了?”唐僧道:“那七个都赤条条的往后边叫儿子去了。”三人各持兵器,往后园寻遍不见。复来前面请唐僧上马道:“师父,下次化斋,还让我们去。”唐僧道:“徒弟呵,以后就是饿死,也再不自专了。”八戒又寻了些朽树、枯藤把那房屋一把火烧个干净。毕竟这去,不知吉凶如何,且听下回分解。

第七十三回　情因旧恨生灾毒　心主遭魔幸破光

话说唐僧三众奔上大路，一直西来。不半晌，忽见一处楼阁重重，宫殿巍巍。唐僧勒马道："徒弟，你看那是个甚么去处？"行者举头观看道："师父，那所在却像一个庵观寺院，到那里方知端的。"师徒们来至门前观看，门上嵌着一块石板，上有黄花观三字。八戒道："黄花观乃道士之家，我们进去会他一会也好，他与我们衣冠虽别，修行一般。"沙僧道："说得是，一则进去看看景致，二来看方便，安排些斋饭与师父吃。"

长老依言，四众共入，但见二门上有一对春联："黄芽白雪神仙府，瑶草琪花羽士家。"进了二门，只见那正殿紧闭，东廊下坐着一个道士在那里丸药。三藏见了，高叫道："老神仙，贫僧问讯了。"那道士猛抬头，一见心惊，丢了手中之药，整衣下阶迎接道："老师父，请里面坐。"长老欢喜上殿，推开门，见有三清圣像，即拈香礼拜，方与道士行礼坐下。急唤童子看茶，当有两个小童，即入里边，忙忙备办，早惊动那几个冤家。

原来那盘丝洞七个女怪与这道士同堂学艺，自从唤出儿子，径来此处。正在后面裁剪衣服，忽见那童子看茶，便问道："童儿，有甚客来了，这般忙冗？"童子道："适间有四个和尚来，师父教来看茶。"女怪道："可有个白胖和尚？"道："有。"又问："可有个长嘴大耳朵的？"道："有。"女怪道："你快去递了茶，请你师父进来，我有要紧的话说。"果然那童子将茶拿出。奉客饮罢，小童丢个眼色，那道士就欠身道："列位请坐。我去去就来。"他走进方丈中，只见七个女子齐齐跪倒，叫："师兄！听小妹子一言！"道士搀起道："你们早间来时，要与我说甚么话，可可的今日丸药，这枝药忌见阴人，所以不曾答你。如今又有客在外面，有话且慢慢说罢。"众怪道："告禀师兄，这桩事，专为客来方敢告诉，前边那四个和尚乃唐朝差往西天取经去的，今早到我洞里化斋,妹子们闻得唐僧乃十世修行的真体,有人吃得他一块肉,延寿长生,故此拿了他。后被那个长嘴大耳朵的和尚把我们拦在濯垢泉里,先抢了衣服,后来跳下水,欲行奸骗之事,见我们不肯相从,他就使一柄钉钯,要伤我们性命。若不是我们有些见识,几乎遭他毒手。故此忍辱逃生,又着你外甥与他敌斗,不知存亡如何?我们特来投兄长,望兄长念昔日同窗之雅,与我今日做个报仇之人!"

那道士闻言,却就恼恨变色道:"这和尚原来这等无礼!你们都放心,等我摆布他!"众女道:"师兄如若动手,等我们都来帮打。"道士道:"不用打!不用打!常言道,一打三分低,你们都跟我来。"众女随他入房内,取梯子爬上屋梁,拿下一个小皮箱儿。开了锁,取出一包儿药来,对七个女子道:"妹妹,我这宝贝,若与凡人吃,只消一厘,入腹就死;若与神仙吃,也只消三厘就绝。这些和尚,只怕也有些道行,须得三厘。快取等子来。"内一女子急拿了一把等子称出一分二厘,分作四分。却拿了十二个红枣儿,将枣掐破些儿,撧上一厘,分在四只茶钟内;又将两个黑枣儿做一钟,着一个托盘安了,对众女说:"等我去问他。不是唐朝的便罢;若是唐朝来的,就教换茶,你却将此茶令童儿拿出。但吃了,个个身亡,就与你报了此仇也。"七女感激不尽。

那道士换了一件衣服,虚礼谦恭走将出去,请唐僧等又至客位坐下道:"老师父莫怪,适间去后面分付小徒,教他们安排斋供,所以失陪。"三藏道:"贫僧素手进拜,怎么敢劳赐斋?"道士笑云:"你我都是出家人,见山门就有三升俸粮,何言素手?敢问老师父,是何宝山?到此何干?"三藏道:"贫僧乃东土大唐驾下差往西天大雷音寺取经者。却才路过仙宫,竭诚进拜。"道士闻言,满面生春道:"老师乃忠诚大德之佛,小道失候,恕罪!恕罪!"叫:"童儿,快换茶来,一厢作速办斋。"那小童走进去,众女叫他将五钟茶拿出。道士双手拿一个红枣儿茶钟奉与唐僧。他见八戒身躯大,就认做大徒弟,沙僧认做二徒弟,见行者身量小,认做三徒弟,所以第四钟才奉他。

行者眼乖,早已见盘子里那茶钟是两个黑枣儿,他道:"先生,我与你穿换一杯。"道士笑道:"不瞒长老说,山野中贫道士,茶果一时不备。才在后面亲自寻果子,止有这十二个红枣,做四钟茶奉敬。小道又不可空陪,所以将两个下色枣儿作一杯奉陪,此乃贫道恭敬之意也。"行者笑道:"说那里话?古人云,在家不是贫,路贫贫杀人。你是住家儿的,何以言贫!我和你换换。"三藏道:"悟空,这仙长实乃爱客之意,你吃了罢,换怎的?"行者将左手接了,右手盖住,看他们。那八戒又饥又渴,见钟子里有三个红枣儿,拿起来啯的都咽在肚里。三藏、沙僧也都吃了。一霎时,只见八戒脸上变色,沙僧满眼流泪,唐僧口中吐沫,一齐都晕倒在地。

这大圣情知是毒,将茶钟举起来,望道士劈面一掼。道士将袍袖隔起,当的一声,把个钟子跌得粉碎。道士怒道:"你这和尚,十分粗卤!怎么把我钟子碎了?"行者骂道:"你这畜生!你看我那三个人是怎么说!我与你有甚相干,你却将毒药茶药倒我师父?"道士道:"你这个村畜生,撞下祸来,你岂不知?"行者道:"我们才进你门,又不曾有个高言,那里撞下甚祸?"道士道:"你可曾在盘丝洞化斋么?你可曾在濯垢泉洗澡么?"行者道:"濯垢泉乃七个女怪。你既说出这话,必定与他苟合,也是妖精!不要走!吃我一棒!"即去耳朵里摸出金箍棒,晃一晃,望道士劈脸打来。那道士急转身,取一口宝剑来迎。

他两个厮骂厮打,那里边七个女怪一拥出来,叫道:"师兄且莫劳心,待小妹子拿他。"行者见了越生嗔怒,双手轮棒,滚将进去乱打。只见那七个敞开怀,腆着雪白肚子,脐孔中作出法来:骨都都丝绳乱冒,搭起一个天篷,把行者盖在底下。行者见事不谐,即打个觔斗,扑的撞破天篷走了,忍着性,气呼呼的立在空中看处,见那怪丝绳晃亮,穿穿道道,却是穿梭的经纬,顷刻间,把黄花观的楼台殿阁都遮得无影无形。行者道:"利害!利害!早是不曾着他手!怪道猪八戒跌了若干!似这般怎生是好!我师父与师弟却又中了毒药。这伙怪合意同心,却不知是个甚来历,待我还去问那土地。"

即捻诀念咒,把个土地又拘来问道:"那七个女怪吐放丝绳,你在此间为神,定知他的来历。是个甚么妖精?"土地道:"那妖精到此不上十年。小神三年前方见他的本相,乃是七个蜘蛛精。他吐那些丝绳，乃是蛛丝。”行者闻言，欢喜道：“据你这般说，却是小可。你去罢。”那土地叩头而去。

行者却到黄花观外，将尾上毛拔下七十根，即变做七十个小行者；又将金箍棒变做七十个双角叉儿棒。每一个行者，与他一根。他自家使一根，站在外边，将叉儿搅那丝绳，一齐着力，打个号子，把那丝绳各搅了有十余斤。里面拖出七个蜘蛛，足有巴斗大的身躯，一个个攒着手脚，索着头，只叫：“饶命！饶命！”此时七十个小行者，按住七个蜘蛛，那里肯放。行者道：“且不要打他，只教还我师父、师弟来。”那七怪高叫：“师兄，还他唐僧，救我命也！”那道士从里边跑出道：“妹妹，我要吃唐僧哩，救不得你了！”行者闻言，大怒道：“你既不还我师父，且看你妹妹的样子！”即把叉儿棒晃一晃，复了一根铁棒，双手举起，把七个蜘蛛精，尽情打烂，脓血淋淋，却又将身一摇，收了毫毛，单身轮棒，赶入里边来打道士。

那道士即举剑来迎。这一场各怀忿怒，大展神通，战经五六十合，那道士渐觉手软，便解开衣带，忽辣的响一声，脱了皂袍。把双手一齐抬起，原来他那两胁下有一千只眼，眼中迸放金光，十分利害。行者慌了手脚，只在那金光影里乱转，向前不能举步，退后不能动脚，却便似在个桶里转的一般。又无奈暴躁不过，他急了，往上着实一跳，却撞破金光，扑的跌了一个倒栽葱，觉道撞的头疼，急伸手摸摸，把顶梁皮都撞软了，自家心焦道：“晦气！晦气！这颗头今日也不济了！常时刀砍斧剁，莫能伤损，却怎么被这金光撞软了？”一会家暴躁难禁，自思：“前去不得，后退不得，往上又撞不得，却怎么好？往下走他娘罢！”即念个咒语，摇身一变，变做个穿山甲。你看他硬着头，往地下一钻，就钻了有二十余里方才出头。原来那金光只罩得十余里。出来现了本相，力软觔麻，浑身疼痛，想起师父，止不住眼中流泪。

正当悲切之时，忽听得山背后有人啼哭，即欠身回头观看。但见一个妇人，身穿重孝，左手托一盏浆饭，右手执几张纸钱，一步一声哭着走来。行者点头嗟叹道：“正是流泪眼逢流泪眼，断肠人遇断肠人！这个妇人不知所哭何事，待我问他一问。”那妇人不一时走上前来。行者躬身问道:“女菩萨,你哭的是甚人?”妇人噙泪道:“我丈夫因与黄花观观主买竹竿争讲,被他将毒药茶药死,我将这陌纸钱烧化,以此表夫妇之情。”行者听言,眼中流泪。那妇人见了作怒道:“你甚无知!我为丈夫烦恼生悲,你怎么泪眼愁眉,欺心戏我?”行者道:“女菩萨息怒,我本是东土大唐钦差三藏大徒弟孙悟空。因行过黄花观歇马。那观中道士,不知是个甚么妖精,将毒药茶药倒我师父、师弟三人,连马四口,陷在他观里。惟我不曾吃他茶,与他斗了半日。他脱了衣裳,两胁下放出万道金光,把我罩定。我才变化了从地下钻出来。正自悲切,忽听得你哭,故此相问。因见你为丈夫,有此纸钱报答,我师父丧身,更无一物相酬,所以自怨生悲,岂敢相戏!”

那妇人对行者赔礼道:“莫怪,莫怪,我不知你是被难者。才据你说将起来,你不认得那道士。他本各百眼魔君,又唤做多目怪。你既然会变化,脱得金光,必定也有神通,却还近不得那厮。我教你去请一位圣贤,他能破得金光,降得道士。”行者闻言,连忙唱喏道:“女菩萨,千万指教。”妇人道:“我说出来,你就去请他,降了道士,只可报仇而已,恐不能救你师父。”行者道:“怎不能救?”妇人道:“那厮毒药最狠:药倒人,三日之间,骨髓俱烂。你此往回恐迟了,故不能救。”行者道:“我会走路,凭他多远,只消半日。”女子道:“你既会走路,听我说:此处到那里有千里之遥。那厢有一座山,名唤紫云山,山中有个千花洞。洞中有位圣贤,唤做毗蓝婆,他能降得此怪。”行者道:“那山坐落何方?”妇人用手指道:“那直南上便是。”行者回头看时,那妇人早不见了。急抬头望空看处,原是黎山老姆,赶至空中道:“老姆从何来指教我也?”老姆道:“我才自龙华会上回来,见你师父有难,特来相救。你快去请他,但不可说出是我指教,那圣贤有些多怪人。”

行者谢了老姆,把觔斗云一纵,随到紫云山上,按定云头,就见那千花洞。大圣直入里面,更没个人,静悄悄的,鸡犬之声也无,心中暗道:“这圣贤想是不在家了。”又进数里看时,见一个女道姑坐在榻上。行者近前叫道:“毗蓝婆菩萨,问讯了。”那菩萨即下榻回礼道:“大圣,失迎了,你从那里来的?”行者道:“你怎么就认得我?”毗蓝婆道："你当年大闹天宫时，普地里传了你的名头，谁人不识！"行者道："我如今皈正佛门，你却不晓得了！"毗蓝道："几时皈正？恭喜！恭喜！"行者道："我近日保师父唐僧上西天取经，师父遇黄花观道士，将毒药茶药倒。我与那厮赌斗，他就放金光罩住我，是我使神通走脱了。闻菩萨能灭他的金光，特来拜请。"菩萨道："是谁与你说的？我自赴鱼篮会，到今三百余年，不曾出门。我隐姓埋名，更无一人知得，你却怎么知道？"行者道："我是个地里鬼，不管那里，都会访着。"毗蓝道："也罢也罢，我本当不去，乃蒙大圣下临，不可灭了求经之善，我和你去来。"即与行者驾云同往。

行者称谢了，道："多感盛情，但不知带甚么兵器。"菩萨道："我有个绣花针儿，能破那厮。"行者道："早知是绣花针，就问老孙要一担也有。"毗蓝道："你那绣花针，无非是钢铁金针，用不得。我这宝贝，非钢，非铁，非金，乃我小儿日眼里炼成的。"行者道："令郎是谁？"毗蓝道："小儿乃昴日星官。"行者惊骇不已。正行处，早望见金光艳艳，行者指道："金光处便是黄花观也。"毗蓝随于衣领里取出一个绣花针，似眉毛粗细，有五六分长短，拈在手，望空抛去。少时间，响一声，破了金光。行者喜道："菩萨，妙哉妙哉！寻针寻针！"毗蓝托在手掌内道："这不是？"行者却同按下云头，走入观里，只见那道士合了眼，不能举步。行者骂道："你这泼怪妆瞎子哩！"急摸出棒来就打。毗蓝扯住道："大圣莫打，且看你师父去。"

行者径至客位里看时，他三人都睡在地上吐痰沫哩。行者垂泪道："却怎么好！"毗蓝道："大圣休悲，也是我今日出门一场，必须做个人情，我这里有解毒丹，送你三丸。"即向袖中取出一个破纸包儿，内将三粒红丸子递与行者，教放入口里。行者扳开他们牙关，每人摁药一丸。须臾，药味入腹，便就一齐呕哕，遂吐出毒味，得了性命。那八戒先爬起道："闷杀我也！"三藏、沙僧俱醒了道："好晕也！"行者道："你们那茶里中了毒了，亏这毗蓝菩萨答救，快都来拜谢。"三藏急整衣谢了。

八戒道："师兄，那道士在那里？等我问他一问，为何这般害我！"行者把蜘蛛精上项事说了一遍，八戒发狠道："这厮既与蜘蛛为兄妹，定是妖精！”行者指道：“他在殿外立定妆瞎子哩。”八戒拿钯就筑，又被毗蓝止住道：“天蓬息怒，大圣知我洞里无人，待我收他去看守门户也。”行者道：“感蒙大德，敢不奉承！但只是教他现本相，我们看看。”毗蓝道：“容易。”即上前用手一指，那道士扑的倒在尘埃，现了原身，乃是一条七尺长的大蜈蚣。毗蓝使小指头挑起，驾祥云径转千花洞去。八戒打仰道：“这妈妈儿却也利害，怎么就会降这般恶物？”行者笑道：“我问他来。他儿子是昴日星官。我想昴日星是只公鸡，这老妈妈必定是个母鸡。鸡最能降蜈蚣，所以能收伏也。”

三藏闻言顶礼不尽，教徒弟们安排素斋，饱餐一顿。收拾出门。行者到他厨中放了一把火，把一座观霎时烧得煨烬，却放步长行。毕竟不知前去还有何事，且听下回分解。

第七十四回 长庚传报魔头狠 行者施为变化能

情欲原因总一般，有情有欲岂安然。沙门修炼纷纷士，断欲忘情始是禅。须着意，要心坚，一尘不染月当天。行功进步休教错，行满功完大觉仙。

话表三藏师徒们打开欲网，跳出情牢，放马西行。走勾多时，又是夏尽秋初，新凉透体。三藏正然行处，忽见一座高山，峰插碧空，真个是摩云碍日。长老策马而进，径上高岩。行不数里，见一老者，白发银须，手持拐杖。远远的立在那山坡上高呼："西进的长老，且暂停。这山上有一伙妖魔，吃尽了阎浮世上人，不可前进！"三藏闻言大惊。扑的跌下马来，挣挫不动。行者近前搀起道："莫怕莫怕！有我哩！"长老道："你听那老者报道，这山上有伙妖魔，谁去问他一个端的？"行者道："你且坐地，等我去问。"三藏道："你的相貌丑陋，言语粗俗，怕冲撞了他，问不出个实信。"行者笑道："我变个俊些儿的去问罢。"

即摇身一变，变做个干干净净的小和尚儿，走上前对那老者躬身道："老公公，贫僧问讯了。"那老儿见他年少身轻，还了礼，用手摸着他头儿笑嘻嘻问道："小和尚，你是那里来的？"行者道："我们是东土大唐来的，特上西天拜佛求经。适闻得公公报道有妖怪，我师父胆小怕惧，着我来问一声：端的是甚妖精，他敢这般短路！烦公公细说与我知之，我好把他贬解起身。"那老儿笑道："你这小和尚年幼，不知好歹。那妖魔神通广大得紧哩，怎敢就说贬解他起身！"行者道："怎样神通？"公公道："那妖精一封书到灵山，五百阿罗都来迎接；一纸简上天宫，十一大曜个个相钦。四海龙曾与他为友，八洞仙曾与他作会，十地阎君以兄弟相称，社令、城隍以宾朋相爱。"

大圣闻言，忍不住呵呵大笑道："不要说！不要说！那妖精与我后生小厮为兄弟、朋友，也不见十分高作。若知是我小和尚来呵，他连夜就搬起身去了!”老者道:“阿弥陀佛！这和尚说了这过头话,莫想再长得大了。”行者道:“老官儿,像我这般大也勾了。”老者道:“你今年几岁了?”行者道:“你猜猜看。”老者道:“有七八岁罢了。”行者笑道:“有一万个七八岁儿！适间蒙你好意,报有妖魔。果然有多少妖怪,烦你说个明白,我好趁早发遣。”那老儿见他言语风狂,一句不应。

行者即抽身回坡。长老道:“悟空,所问如何?”行者笑道:“不打紧！有便有个把妖精儿,只是这里人胆小,把他放在心上。没事！没事！有我哩!”长老道:“你可曾问他此处是甚么山,甚么洞,有多少妖怪,那条路通得雷音?”八戒道:“师父,他不知怎么有头没尾的,问了两声,就跑回来了。等老猪去问个实信来。”唐僧道:“正是,正是。”

那呆子整一整皂直裰,奔上山坡,对老者叫道:“公公,唱喏了。”那老儿问他是那里来的。八戒道:“我是唐僧第二个徒弟,叫做猪悟能。才来的是我师兄。师父怪他冲撞了公公,不曾问得实信,所以特着我来拜问。此处果是甚山、甚洞,洞里是甚妖精?那里是西去大路?烦公公指示指示。”老者道:“可老实么?”八戒道:“我生平毫无虚诈。”老者才拄着杖,对他说:“此山叫做八百里狮驼岭,中间有个狮驼洞,洞里有三个魔头。”八戒啐了一声:“你这老儿却也多心！三个妖魔,也费心劳力的来报遭信!”老者道:“你不怕么?”八戒道:“不瞒你说,这三个妖魔,我兄弟三人一人打死一个。我师父就过去了,有何难哉!”那老者笑道:“这和尚不知深浅！那三个魔头,神通广大得紧哩！他手下小妖,南岭、北岭、东路、西路和巡哨的、把门的、烧火的、打柴的,共计有四万七八千。这都是有名字带牌儿的,其余的还不算,专在此吃人。”

那呆子闻言,战兢兢跑将转来,向唐僧道:“如今也不消说,赶早儿各人顾命去罢!”行者道:“这个呆根！是怎么说?”八戒道:“这老儿说:此处叫做狮驼山狮驼洞,洞里有三个老妖,有四万八千小妖,专在这里吃人。我们若踹着他些山边儿,就是他口里食了,莫想去得!”三藏闻言,毛骨悚然道:“悟空,如何是好?”行者笑道:“师父放心,只管请行,我自有主意。”三藏没奈何,只得宽心上马而走。

正行间,不见了那老者,沙僧道:“他就是妖怪,故意狐假虎威的来恐唬我们哩。”行者道:“等我去看看。”大圣跳上高峰,四顾无迹,只见半空中有彩霞幌亮,即纵云赶上看时,乃是太白金星。行者扯住他,声声只叫他的小名道:“李长庚!李长庚!你有话何不当面来讲,怎么妆做这个模样混我!”金星忙施礼道:“大圣勿罪!这魔头果是神通广大,只看你那变化机谋,方可过去;如若怠慢些儿,其实难行。”

行者别了金星落下,见了三藏道:“适才那个老儿,乃是太白星来与我们报信的。”长老合掌道:“徒弟,快赶上他,问他那里另有个路,我们转了去罢。”行者道:“转不得,此山径过有八百里,四周围不知更有多少路哩,怎么转得?”三藏闻言,眼中流泪道:“徒弟,似此艰难,怎生拜佛?”行者道:“莫哭莫哭!他这报信,必有几分虚话,只是要我们着意留心。你且下马来坐着。”八戒、沙僧在这里保守师父,等老孙先上岭打听打听看。”

他即唿哨一声,纵觔斗云到空中观看,那山里静悄无人。正自家揣度,只听得山背后,叮叮当当、辟辟剥剥梆铃之声。急回头看处,原来是个小妖儿,掮着一杆“令”字旗,腰间悬铃,手里敲梆,从北向南而走。仔细看他,有一丈二尺长的身子。行者暗道:“他想是个铺兵送公文的。且等我去听他一听。”即捻诀念咒,变做个苍蝇儿,轻轻飞在他帽子上。只见那小妖走上大路,敲着梆,摇着铃,口里作念道:“我等寻山的,各人要谨慎。提防孙行者:他会变苍蝇!”行者闻言,暗自惊疑道:“这厮看见我了,怎么就知我的名字,又知我会变苍蝇!”原来那小妖也不曾见他,只是那魔头不知怎么就分付他这话,却是四句谣言,着他这等乱念。行者不知,就要取出棒来打他,却又停住想道:“曾记得八戒问金星,说老妖三个,小妖有四万八千。似这小妖,再多几万,也不打紧,却不知这三个老妖有多大手段。等我问他一问,动手不迟。”

你道他怎么去问?跳下他的帽子来,叮在树上,让那小妖儿行几步,急转身腾那,也变做个小妖儿,照着他敲梆摇铃,掮着旗,一般衣服，口里也那般念着，赶上前叫道："走路的，等我一等。"那小妖回头道："你是那里来的？"行者笑道："好人呀！一家人也不认得！"小妖道："我们没你呀！"行者道："怎的没我？你认认看。"小妖道："面生，面生，认不得！"行者道："可知道面生，我是烧火的，你会得我少。"小妖摇头道："我洞里就是烧火的那些兄弟，也没有这个人。况我大王家法甚严，烧火的只管烧火，巡山的只管巡山，终不然教你烧火，又教你来巡山？"行者道："你不知道，大王见我烧得火好，就升我来巡山。"

小妖道："也罢！我们这巡山的，一班有四十名，十班共四百名，各自年貌，各自名色。大王一家与我们一个牌儿为号。你可有牌儿？"行者更不说没有，就满口应承道："我怎么没牌？但只是刚才领的新牌。拿你的出来我看。"那小妖那里知这个机关，即揭起衣服，贴身带着个金漆牌儿，穿条绒线绳儿，扯与行者看看。行者见那牌背是个威镇诸魔的金字，正面有三个真字，是小钻风，他暗想道："不消说了！但是巡山的，必有个风字坠脚。"便道："你且走过，等我拿牌儿你看。"即转身，插下手，将尾梢毫毛拔下一根，即变做个金漆牌儿，也穿上个绿绒绳儿，上书三个真字，乃总钻风，拿出来，递与他看了。小妖大惊道："我们都叫做小钻风，偏你又叫个甚么总钻风！"行者道："你不知，大王见我烧得火好，把我升个巡风，又与我个新牌，叫做总巡风，教我管你这一班四十名兄弟也。"那妖闻言，即忙唱喏道："长官，长官，新点出来的，实是面生，言语冲撞莫怪！"行者还着礼笑道："怪便不怪你，只是一件：见面钱却要哩。每人拿出五两来罢。"小妖道："长官不要忙，待我向南岭头会了我这一班的兄弟，一总打发罢。"行者道："既如此，我和你同去。"那小妖真个前走，大圣随后相跟。

不数里到了。行者跳在高崖上坐下。叫道："钻风！都过来！"那一班小钻风在下面躬身道："长官，伺候。"行者道："你可知大王点我出来之故？"众妖道："不知。"行者道："大王要吃唐僧，只怕孙行者神通广大，说他会变化，只恐他变作小钻风，来这里踹着路径，打探消息，把我升作总钻风，来查勘你们这一班可有假的。"众钻风齐应道：

"长官,我们俱是真的。"行者道:"你既是真的,大王有甚本事,你可晓得?"内中一个应道:"我晓得。"行者道:"你晓得,快说来我听。如若说得合着我,便是真的;若说差了一些儿,便是假的,我定拿去见大王处治。"那小钻风见他坐在高处,呼呼喝喝的,只得实说道:"我大王神通广大,本事高强,一口曾吞了十万天兵。"行者闻说,喝出一声道:"你是假的!"小钻风慌了道:"长官老爷,我是真的,怎么是假?"行者道:"你既是真的,如何乱说!大王身子能有多大,一口都吞了十万天兵?"小钻风道:"长官原来不知,我大王会变化:要大能撑天堂,要小就如菜子。因那年王母娘娘设蟠桃大会,邀请诸仙,他不曾具柬来请,我大王意欲争天,被玉皇差十万天兵来剿。是我大王变化法身,张开大口,似城门一般,用力吞将去,唬得众天兵不敢交锋,关了南天门,故此是一口曾吞十万兵。"行者闻言暗笑道:"若是讲口头之话,老孙也曾干过。"又问:"二大王有何本事?"又一个道:"二大王身高三丈,卧蚕眉,丹凤眼,美人声,匾担牙,鼻似蛟龙。若与人争斗,只消一鼻子卷去,就是铁背铜身,也就魂亡魄丧!"行者暗想:"鼻子卷人的妖精也好拿。"又道:"三大王也有多少手段?"又一个道:"我三大王不是凡间之物,名号云程万里鹏,行动时,抟风运海,振北图南。随身有一件宝贝,唤做阴阳二气瓶。若是把人装在瓶中,一时三刻,化为血水。"行者听说,暗惊道:"妖魔倒也不怕,只是仔细防他瓶儿。"又应声道:"三个大王的本事,你倒也说得不差,与我知道的一般。但只是那个大王要吃唐僧哩?"一个钻风道:"长官,你不知道?"行者喝道:"我比你不知些儿!因恐汝等言语不对,分付我来着实盘问你哩!"小钻风道:"我大大王与二大王久住在狮驼岭狮驼洞。三大王不在这里住,他原住处离此西下有四百里。那厢有座城,唤做狮驼国。他五百年前吃了这城国王及文武官僚,满城大小男女也都被他吃净,因此夺了他的江山,如今尽是些妖怪。不知那一年打听得东土唐朝差一个唐僧去西天取经,说那唐僧乃十世修行的好人,有人吃他一块肉,就延寿长生不老。只因怕他一个徒弟孙行者十分利害,自家一个难为,径来此处与我这两个大王结为兄弟,合意同心,打伙儿捉那个唐僧也。"

行者听小钻风说完了，道："你们说的果然不差。我今日且不问你们要见面钱，你原着先来的这个，跟我见大王回话去。"那先来巡山的小钻风当真跟着行者就走。走不上半里路，被行者掣出铁棒，照头一砑，就砑做一个肉饼！即把他牌儿解下，带在腰里，将"令"字旗掮在背上，腰间挂了铃，手里敲着梆，迎风一变，变的就像小钻风模样，拽回步，径寻洞府，打探那三个老妖的虚实。

正走处，忽听得人喊马嘶之声，举目观之，原来正是狮驼洞口，有数万小妖排列着枪刀旗帜。行者揣度道："老孙这一进去，那老魔若问我巡山的话，我必随机答应。倘或一时言语差讹，认得我啊，就要往外跑时，那伙把门的挡住，如何出得去？要拿洞里妖王，必先除了门前众怪！"你道他怎么除得众怪？他想着："那老魔不曾与我会面，就知我老孙的名头，我且说些大话，吓他一吓看。"他即敲着梆，摇着铃，径直闯到洞口，早被前营上小妖迎住道："小钻风来了？"行者不应，低着头就走。

走至三层营里，又被小妖扯住道："小钻风来了？"行者道："来了。"众妖道："你今早巡风去，可曾撞着甚么孙行者么？"行者道："撞见的，正在那里磨扛子哩。"众妖道："他怎么个模样？磨甚么扛子？"行者道："他蹲在那涧边，还是个开路神；若站起来，好道有十数丈长！手里拿着一条铁棒，就似碗来粗细的一根大扛子，在那石崖上抄一把水，磨一磨，口里又念着：'扛子啊！这一向不曾拿你出来显显神通，这一去就有十万妖精，也都替我打死！等我杀了那三个魔头祭你！'他要磨得明了，先打死你门前一万精哩！"那些小妖闻言，一个个心惊胆战，魂散魄飞。行者又道："列位，那唐僧的肉也不多几斤，也分不到我们，我们替他顶这个缸怎的！不如各自散一散罢。"众妖都道："说得是，我们各自顾命去罢。"假若是些军民人等，服了圣化，就死也不敢走。原来此辈都是些狼虫虎豹，走兽飞禽，呼的一声都哄然而去了。这个却就如楚歌声吹散了八千兵！行者暗喜道："好了！好了，这番才放心进洞去。"毕竟不知见了魔头有甚说话，且听下回分解。

第七十五回　心猿钻透阴阳窍　魔主还归大道真

却说大圣进了狮驼洞口。又走有七八里，才到三层门里。举眼看处，那上面高坐着三个老妖，十分狞恶。两下列着有百十大小头目，一个个披挂整齐，威风凛凛，杀气腾腾。行者见了，一些儿不怕，大踏步径直进门，把梆铃卸下，朝上叫声“大王”。三个老魔，笑呵呵问道：“小钻风，你来了？”行者应声道：“来了。”老魔道：“你去巡山，打听孙行者的下落何如？”行者道：“大王在上，我也不敢说起。”老魔道：“怎么不敢说？”行者道：“我奉大王命，正然走处，猛抬头只看见一个人，蹲在那里磨扛子，蹲着还像个开路神，若站将起来，足有十数丈长。他就着那涧崖石上，抄一把水，磨一磨，口里又念一声，说他那扛子到此还不曾显个神通，他要磨明，就来打大王。我因此知他是孙行者，特来报知。”那老魔闻言，浑身是汗道：“兄弟，我说莫惹唐僧。他徒弟神通广大，预先作了准备，磨棍打我们，却怎生是好？教小的们把洞外小妖俱叫进来，关倒门，让他过去罢。”那头目中有知道的报：“大王，门外小妖，已都散了。”老魔道：“怎么都散了？想是闻得风声不好也，快早关门！快早关门！”众妖乒乓把前后门尽皆牢拴紧闭。

行者心惊道：“这一关了门，他再问我家中长短的事，我对不来，却不走了风，被他拿住？且再唬他一唬，教他开着门，好跑。”又上前道：“大王，他还说得不好。”老魔道：“他又说甚么？”行者道：“他说拿大王剥皮，二大王剐骨，三大王抽觔。你们若关了门不出去啊，他会变化，一时变了个苍蝇儿，自门缝里飞进，把我们都拿出去，却怎生是好？”老魔道：“兄弟们仔细，我这洞里，递年家没个苍蝇，但是有苍蝇进来，就是孙行者。”行者暗笑，就闪在旁，拔根毫毛，即变做一个金苍蝇，飞去望老魔劈脸一撞。那老怪慌了道：“兄弟，不停当！旧话儿进门来了！”惊得那大小群妖，一个个丫钯扫帚，都上前乱扑苍蝇。

这大圣忍不住,吸吸的笑出声来。原来他不该笑,这一笑笑出原嘴脸来了。却被那第三个妖魔看见,上前一把扯住道:“哥哥,险些儿被他瞒了!这个回话的小妖,不是小钻风,他就是孙行者。必定撞见钻风,怎么打杀了,却变化来哄我们哩。”叫:“小的们,拿绳来!”即把行者扳翻,四马攒蹄捆住,揭起衣裳看时,足足是个猴子。原来行者有七十二般变化,若是变禽、兽、花木之类,却就连身子滚去了;但变人物,却只是头脸变了,身子变不过来。老妖看了道:“是他了!”教小的们,“先安排酒来,与你三大王递个得功之杯。既拿倒了孙行者,唐僧坐定是我们口里食也。”三怪道:“且不要饮酒。孙行者他会遁法,只怕走了。教小的们抬出我的瓶来,且把他装着。”即点三十六个小妖,入里面抬瓶。你说那瓶有多大?只得二尺四寸高。怎么用得许多人抬?那瓶乃阴阳二气之宝,内有七宝八卦、二十四气,要三十六人,按天罡之数,才抬得动。不一时,将宝瓶抬出,放在地下,三怪揭开盖,把行者解了绳索,剥了衣服,就着那瓶中仙气,搜的一声,吸入里面,将盖子盖上,贴了封皮,却去吃酒道:“猴儿今番入我宝瓶之中,再莫想那西方之路!”那大小群妖,一个个笑呵呵都去贺功不题。

却说大圣到了瓶中,将那宝贝将身束得小了,索性变化,蹲在当中。半晌到还阴凉,忽失声笑道:“这妖精外有虚名,内无实事。怎么告诵人说这瓶装了人,一时三刻,化为血水?若是这般凉快,就住上七八年也无事!”咦!大圣原来不知,那宝贝装了人,若一年不语,一年阴凉,但闻得人言,就有火来烧了。大圣未曾说完,只见满瓶都是火焰。幸得他有本事,捻着避火诀,全然不惧。耐到半个时辰,四周围钻出四十条蛇来咬。行者轮开手,抓将过来,一揝揝做八十段。少时间,又有三条火龙出来,把行者上下盘绕,着实难禁,自觉慌张道:“别事好处,这三条火龙难为。再过一会,弄得火气攻心,怎了?”他想道:“我把身子长一长,撑破罢。”即捻诀念咒,叫:“长!”长了丈数高下,那瓶紧靠着身,也就长起去,他把身子往下一小,那瓶儿也就小下来了。行者无如之奈。不觉孤拐上有些疼痛,急伸手摸摸,却被火烧软了,自己心焦道:“怎么好?”忍不住掉下泪来道:“师父呵!当年蒙菩萨劝善脱灾，我与你千辛万苦，指望同证西方，共成正果。何期今日误入此中，倾了性命，想是因我昔日名儿，故有今朝之难！”正在凄惶之处，忽想起菩萨当年在蛇盘山曾赐我三根救命毫毛，何不取下救急？即伸手摸摸，脑后有三根毫毛，十分挺硬，就都拔下来，吹口仙气，将一根变作金钢钻，一根变作竹片，一根变作绵绳。扳张篾片弓儿，牵着那钻，照瓶底下搜搜的一顿钻，钻成一个眼孔，透进光亮，喜道：“造化！造化！”才变化出身，那瓶复阴凉了。原来被他钻破，把阴阳之气泄了，故此便凉。

大圣收了毫毛，就变做个蟭蟟虫儿，自孔中钻出，且还不走，径飞在老魔头上钉着。那老魔正饮酒，猛然放下杯儿道：“三弟，孙行者这回化了么？”三魔笑道：“还到此时哩？”老魔教抬上瓶来。那下面三十六个小妖即便抬瓶，瓶就轻了许多，慌报道：“大王，瓶轻了！”老魔喝道：“乱说！”内中有一个小妖，把瓶提上来道：“你看这不轻了？”老魔揭盖看时，只见里面透亮，忍不住失声叫道：“这瓶里空者控也！”大圣在他头上，也忍不住道一声“我的儿呵，搜者走也！”众怪听见道：“走了！走了！”即传令：“关门！关门！”

那行者将身一抖，收了剥去的衣服，现本相，跳出洞外。回头骂道：“妖精不要无礼！瓶子钻破，装不得人了，只好拿来出恭！”喜喜欢欢，踏着云头，径转唐僧处。近前叫道：“师父，我来了！”长老搀住道：“悟空，你一去许久。端的这山中有何吉凶？”行者即将妆钻风和瓶里脱身之事，细陈了一遍道：“今得见师父，诚为两世之人也！”长老称谢道：“你不曾与妖精赌斗么？”行者道：“不曾。”长老道：“你不曾与他见个胜负，我们怎敢前进！”大圣道：“师父，那魔三个，小妖千万，教老孙一人，怎生与他赌斗？如今叫八戒跟我去。”

那呆子抖擞神威，与行者驾云，即至洞口，早见那洞门紧闭，四顾无人。行者上前，执棒高叫道：“妖怪开门！快出来与老孙打耶！”那洞里小妖报入，老魔心惊胆战道：“几年都说猴儿狠，话不虚传果是真！那行者早间变小钻风混进来，我等不能相认。幸三贤弟认得，把他装在瓶里。又钻破瓶儿走了。如今在外叫战，谁敢与他打个头仗？”问一声无人答应，又问又无人答，都只是装聋推哑。老魔发怒道:“我等在西方路上,忝着个丑名,今日孙行者这般藐视,若不出去与他见阵,也低了名头。等我舍了这老性命去与他战上三合!三合战得过,唐僧还是我们口里食;战不过,那时关了门,让他过去罢。”遂取披挂结束了,开门出来喝道:“敲门者是谁?”大圣道:“是你孙老爷齐天大圣也。”老魔笑道:“你这大胆泼猴!我不惹你,你为何在此叫战?”行者道:“你不惹我,我好寻你?只因你狐群狗党,结为一伙,算计吃我师父,所以来此施为。”老魔道:“你这等雄赳赳的,嚷上我门,莫不是要打么?”行者道:“正是。”老魔道:“你休猖獗!我若调出妖兵,摆开阵势,与你交战,显得我是坐家虎,欺负你了。我只与你一个对一个,不许帮丁!”行者闻言叫:“八戒走过,看他把老孙怎的!”那呆子真个闪在一边。老魔道:“你过来,先与我做个桩儿,让我照光头砍上三刀,就让你唐僧过去;假若禁不得,快送唐僧来,与我做一顿下饭!”行者闻言笑道:“泼怪,你洞里若有纸笔,取出来,与你立个合同。自今日起,就砍到明年,我也不与你当真!”

那魔抖擞威风,丁字步站定,双手举刀,望大圣劈顶就砍。这大圣把头往上一迎,只闻扢扠一声响,头皮儿红也不红。那魔大惊道:“这猴子好个硬头!”大圣笑道:“你不知,老孙是:生就铜头铁脑盖,古往今来世上无。唐僧还恐不坚固,预先又上紫金箍。”老魔道:“猴儿不要说嘴甚么铜头铁脑!看我这一刀来,一削就是两个瓢!”大圣笑道:“这泼怪没眼色!把老孙认做个瓢头哩!也罢,让你再砍一刀看怎么。”那老魔举刀又砍,大圣把头一迎,乒乓的劈做两半个;大圣就地打个滚,变做两个身子。那魔见了害怕,按下刀。指定行者道:“闻你能使分身法,怎么把这法儿拿在我面前使!”大圣笑道:“泼怪,甚么分身不分身。你若砍上一万刀,还你二万个人!”老魔道:“你这猴儿,只会分身,不会收身。你若有本事收做一个,打我一棍去罢。”大圣道:“说过的,不许改口!”就把身搂上来,打个滚,依然一个身子,掣棒劈头就打,那老魔举刀架住。两个先在洞前争持,后来跳起去,都在半空里厮杀。斗经二十余合,不分输赢。八戒在底下见他两个战到好处,忍不住掣钯跳起,望妖魔劈脸就筑。那魔败了阵,丢了刀,回头就走。大圣喝道:“赶上!赶上!”这呆子仗着威风赶去。老魔见他赶的相近，在坡前立定，迎着风幌一幌现了原身，张开大口，要吞八戒。八戒慌了，就往草一钻，也管不得荆针棘刺，战兢兢的在草里听着梆声。随后行者赶到，那怪也张口来吞，却正中他的机关，收了铁棒，迎将上去，被老魔一口吞之。唬得个呆子在草里囊囊咄咄的埋怨道："这个弼马温，不识进退！那怪来吃你，你如何不走，反去迎他！这一吞在肚中，今日还是个和尚，明日就是个大恭也！"那魔得胜而去。这呆子才钻出草来，溜回旧路。

却说三藏在那山坡下，正与沙僧盼望，只见八戒喘呼呼的跑来。三藏大惊道："八戒，你怎么这等狼狈？悟空如何不见？"呆子道："师兄被妖精吞下肚去了！"三藏听言，唬倒在地，半晌间跌脚捶胸道："徒弟呀！只说你善会降妖，怎知今日死于此妖之手！苦哉，苦哉！"那师父十分苦痛。你看那呆子，他也不来劝解师父，却叫："沙和尚，你拿将行李来，我两个分了罢。"沙僧道："二哥，分怎的？"八戒道："分开了，各人散火：你往流沙河，还去吃人；我往高老庄，看看我浑家。将白马卖了，与师父买个寿器送终。"长老闻得此言，一发伤心。叫皇天，放声大哭不题。

却说那老魔吞了行者，以为得计，径回本洞。对众妖道："拿了一个来了。"二魔喜道："哥哥拿的是谁？"老魔道："是孙行者。"二魔道："拿在何处？"老魔道："被我一口吞在腹中哩。"三魔大惊道："大哥啊，我就不曾分付你，孙行者不中吃！"那大圣在肚里应道："忒中吃！又坚饥，再不得饿。"慌得那小妖道："大王，不好了！孙行者在你肚里说话哩！"老魔道："怕他说话！有本事吃了他，没本事摆布他不成？你们快去烧些盐白汤，等我灌下肚去，把他哕出来，慢慢的煎了吃酒。"小妖真个冲了半盆盐汤。老怪一饮而干，挖着口，着实一呕，那大圣在肚里生了根，动也不动，却又拦着喉咙，往外又吐，吐得头晕眼花，黄胆都破了，行者越发不动。老魔喘息了，叫声："孙行者，你不出来？"行者道："早哩！正好不出来哩！"老魔道："你怎么不出？"行者道："你这妖精，甚不通变。我自做和尚，十分淡泊，如今秋凉，我还穿个单直裰。这肚里倒暖，又不透风，等我住过冬才出来。"众妖听说，都道："大王，孙行者要在你肚里过冬哩！"老魔道："他要过冬，我就打起禅来，使个搬运法，一冬不吃饭，就饿杀那弼马温！”大圣道：“我儿子，你不知事！老孙从广里过，带了个折叠锅儿进来，煮杂碎吃。将你这里边的肝、肠、肚、肺儿细细儿受用，还勾盘缠到清明哩！”二魔大惊道：“哥啊，吃了杂碎也罢，不知在那里支锅。”行者道：“三叉骨上好支锅。”三魔道：“不好了！假若支起锅，烧动火烟，燎到鼻孔里，可不打嚏喷么？”行者笑道：“没事！等老孙把金箍棒往顶门里一捌，捌个窟窿：一则当天窗，二来当烟洞。”

老魔听了，难说不怕，只得硬着胆叫：“兄弟们，莫怕，把我那药酒拿来，等我吃几钟下去，把猴儿药杀了罢！”行者暗笑道：“老孙那样东西不曾吃过？是甚么药酒，敢来药我？”那小妖真个将药酒筛了两壶，满斟一钟，递与老魔。老魔接在手中，大圣在肚里就闻得酒香，道：“不要与他吃！”把头一扭，变做个喇叭口子，张在他喉咙之下。那怪啯的咽下，被行者啯的接吃了。第二钟咽下，又接吃了。一连接吃了七八钟。老魔放下钟道：“好古怪，这酒常时吃两钟，腹中如火，却才吃了七八钟，脸上红也不红！”原来这大圣吃不多酒，就在肚里撒起酒风来，不住的支架子，跌四平，踢飞脚，抓住肝花打秋千，竖蜻蜓，翻根头乱舞。那妖怪疼痛难禁，倒在地下。不知性命如何，且听下回分解。

第七十六回　心神居舍魔归性　木母同降怪体真

话表大圣在老魔肚里支吾一会,那魔头倒在尘埃,半日不言语,想是死了,却又把手放放。魔头回过气来,叫一声:“大慈大悲齐天大圣菩萨!”行者听见道:“儿子,莫费工夫,省几个字儿,只叫孙外公罢!”那妖魔惜命,真个叫:“外公!外公!是我的不是了!一差二误吞了你,谁知自取其害。万望大圣慈悲,可怜蝼蚁贪生之意,饶了我命,愿送你师父过山也。”大圣虽英雄,甚为唐僧进步,他见妖魔哀告奉承,也就回了善念,叫道:“妖怪,我饶你,你怎么送我师父?”老魔道:“我这里也没甚么金银珠宝相送,我兄弟三个,抬一乘香藤轿儿,把你师父送过此山。”行者笑道:“既是抬轿相送,强如要宝。你张开口,我出来。”那魔头真个就张开口。那三魔走近前,悄悄的道:“大哥,等他出来时,把口往下一咬,将猴儿嚼碎咽下,却不是好?”原来行者在里面已晓得了,便先把金箍棒伸出,试他一试。那怪果往下一口,扢喳的一声,把个门牙都迸碎了。行者抽回棒道:“好妖怪!我倒饶你性命出来,你反咬我,要害我命!我不出来,活活的只弄杀你便罢。”老魔报怨三魔道:“兄弟,都是你。已是请他出来好了,你却教我咬他。如今他倒不出来了,怎么处?”

三魔见老魔怪他,他又使个激将法,高叫道:“孙行者,闻你名如轰雷贯耳,说你在南天门外施威,灵霄殿下逞势。如今在西天路上降妖缚怪,原来是个小辈的猴头!”行者道:“我何为小辈?”三怪道:“好看千里客,万里去传名。你出来,我与你赌斗,才是好汉;怎么在人肚里做勾当!非小辈而何?”行者闻言,暗想道:“是是是!我若如今扯断他肝肠,弄杀这怪,有何难哉?但真是坏了我的名头。也罢!也罢!你张口,我出来与你比并。只是你这洞口窄逼,不好使家火,须往宽处去。”三魔闻说,即点齐大小诸怪,都执着精锐器械,摆开阵势,专等行者出来厮杀。那二怪搀着老魔,径至门外叫道:“孙行者!

好汉出来！此间有战场，好斗！”

大圣在他肚里，闻得外面鸦鸣鹊噪，知道是宽阔之处，却想着：“我不出去，是失信与他；若出去，这妖精人面兽心。反覆不测。也罢也罢，与他个两全其美：出便出去，还与他肚里生个根儿。”即拔根毫毛，变做一根绳儿，有四十丈长短。把一头拴着妖怪的心肝，打个活扣儿，那扣儿不扯不紧，扯紧就痛。却拿着一头笑道：“这一出去，他送我师父便罢；如若不送，乱动刀兵，我也没工夫与他打，只消扯此绳儿，就如我在肚里一般！”又将身子变小了，爬到咽喉之下，见妖精大张着方口，上下钢牙，排如利刃，思量道：“若从口里出去扯这绳儿，他往下一咬，却不咬断了？须打他没牙齿的所在出去方好。”即理着绳儿，从他那上腭子往前爬，爬到他鼻孔里。那老魔鼻子发痒，“阿嚏”的一声打个喷嚏，直迸出行者。

行者见了风，把腰躬一躬，就长了三丈，一只手扯着绳儿，一只手拿着铁棒。那魔头不知好歹，见他出来了，就举钢刀，劈脸来砍，又见那二怪使枪，三怪使戟，没头没脸的乱上。大圣急纵身驾云而起，却跳出营盘，去那空阔山头上落下，双手把绳尽力一扯，老魔心里才疼。他害疼往上一挣，大圣复往下一扯。众小妖远远看见，齐叫道：“大王，莫惹他！让他去罢！这猴儿不按时景，清明还未到，他却那里放风筝也！”大圣又着力蹬了一蹬，那老魔从空中，拍剌剌似纺车儿一般跌落尘埃，就把那山坡下的硬土跌做个深坑。

慌得那二怪三怪一齐落下，扯住绳儿，跪在坡下哀告道：“大圣呵，只说你是个宽洪海量之仙，谁知是个鼠腹蜗肠之辈。实实的哄你出来，与你见阵，不期你在我家兄心上拴了一根绳子！”行者笑道：“你这伙泼魔，十分无礼！前番哄我出来咬我，这番哄我出来，却又摆阵算我。似这几万妖兵，战我一个，理上也不通，扯了去！扯了去见我师父！”那怪一齐叩头道：“大圣慈悲，饶我性命，愿送老师父过山！”行者笑道：“你只消拿刀把绳子割断罢了。”老魔道：“爷爷，割断外边的，这里边的拴在心上，喉咙里又㮈㮈的恶心，怎生是好？”行者道：“既如此，张开口，等我再进去解出绳来。”老魔慌了道：“这一进去，又不肯出来，却难却难！”行者道：“解绳容易，你们可实实送我师父么?”老魔道:“但解就送,决不敢假。”大圣审得是实,即便将身一抖,收了毫毛,那怪的心就不疼了。三个妖纵身而起,谢道:“大圣请回,上复唐僧,收拾下行李,我们就抬轿来送。”众怪收兵,尽皆归洞。

大圣径转山坡,远远的看见唐僧睡在地下打滚痛哭。行者道:“不消讲了,这定是八戒对师父说我被妖精吃了,故此师父悲痛。”即落下云头,叫声:“师父!”沙僧听见,报怨八戒道:“你是个棺材座子,专一害人!师兄不曾死,你却说他死了,那里不叫将来了?”八戒道:“我分明看见他被妖精吞了。想是日辰不好,那猴子来显魂哩。”行者到跟前,一把挝住八戒,打一个巴掌,道:“夯货!我显甚么魂?难道我像你这个不济的脓包!他吃了我,我就抓他肠,捏他肺,又把绳儿穿住他的心,扯他疼痛难禁,一个个叩头哀告,我才饶了他性命。如今抬轿来送师父过山也。”三藏闻言,一骨鲁爬起来,对行者谢道:“徒弟呵,累杀你了!若信悟能之言,我已绝矣!”行者又把八戒骂了几声。收拾行李、马匹,都在途中等候不题。

却说三个魔头回洞。二怪道:“哥哥,我只道是个九头八尾的孙行者,原来是恁的个小小猴儿!你不该吞他,只与他斗时,他那里斗得过你我!洞里这几万人,吐唾沫也可淹杀他。你却将他吞在肚里,他便弄起法来,不好与他比较?才说送唐僧,都是为兄长性命,假意哄他出来。难道当真送他不成?”老魔道:“如今贤弟有何主见?”二怪道:“你与我三千小妖,我有本事拿住这个猴头!”老魔道:“这个但凭你调度。”那二魔即点三千小妖,径到大路旁摆开,着一个蓝旗手传报:“教孙行者!赶早出来,与我二大王爷交战!”

八戒听见笑道:“哥呵,常言道,说谎不瞒当乡人,怎么弄虚头捣鬼!说降了妖精,抬轿来送师父,却又来叫战,何也?”行者道:“老怪已被我降了,不敢出头。这定是二魔不伏气送我们,故此叫战。我想这妖精有弟兄三个,这般义气;我弟兄也是三个,我已降了大魔,二魔出来,你就与他战战,未为不可。”八戒道:“怕他怎的!等我去打一仗来!”那呆子举钯跑上山崖,叫道:“妖精出来!与你猪祖宗打呀!”那二怪闻得,出营见了八戒,更不打话,挺枪劈面就刺。这呆子举钯迎住。两个搭上手,斗不上七八合,呆子抵敌不住,败了阵,往后就跑。被妖精赶上，拌开鼻子，就如蛟龙一般，把八戒一鼻子卷住，得胜回洞。

这坡下三藏看见，叫行者道："悟能被擒，却如之何？"行者笑道："师父也忒偏心！像老孙拿去时，你略不挂念，这呆子才自遭擒，你就着急。也教他受些苦恼，方见取经之难。"三藏道："徒弟啊，你去，我岂不挂念？想着你会变化，断然不至伤身。那呆子生得蠢笨，这一去，少吉多凶，你还去救他一救。"

行者急纵身赶上山，暗想道："这呆子咒我死，且跟去看那妖精怎么摆布他，等他受些罪，再去救他。"即变做个蟭蟟虫，飞去钉在八戒耳朵上，同那妖到了洞里。二魔将八戒摔在地下道："哥哥，我拿了一个来也。"老怪道："这厮没用。"八戒闻言道："大王，没用的放出去，寻那有用的捉来罢。"三怪道："虽是没用，也是唐僧的徒弟猪八戒。叫众妖把他四马攒蹄捆住，丢在后边池塘里。大圣却飞起来看处，那呆子四肢朝上，掬着嘴，半浮半沉，嘴里呼呼的，着实好笑，倒像八九月经霜的一个大黑莲蓬。大圣见他那模样，又恨他，又怜他，想道："他也是龙华会上的一个人，但只可恨他动不动要散火，又要撺掇师父咒我。我前日闻得沙僧说，他攒了些私房，不知可有否，等我且吓他一吓看。"

即飞近他耳边，假捏声音叫声："猪悟能！猪悟能！"呆子道："晦气呀！我这悟能自观世音菩萨起的，自跟了唐僧，又呼做八戒，此间怎么有人知道我的法名？"忍不住问道："是那个叫我？"行者道："是我。"呆子道："你是何人？"行者道："我是勾司人。"呆子慌了道："长官，你是那里来的？"行者道："我是五阎王差来勾你的。"呆子道："长官，你且回去，上覆五阎王，他与我师兄孙悟空甚好，教他让我一日儿，明日来勾罢。"行者道："胡说！阎王注定三更死，谁敢留人到四更！趁早跟我去，免得套上绳子扯拉！"呆子道："长官，那里不是方便，看我这般嘴脸，还想活哩。死是一定死，只等一日，这妖精连我师父们都拿来，会一会，就都了帐也。"行者道："也罢，我这批上有三十个人，都在这中前后，等我拘完了到你，便有一日耽搁。你可有盘缠，把些儿我去。"八戒道："可怜啊！出家人那旦有甚么盘缠？"行者道：

"索了去罢!"呆子慌了道:"长官不要索,我晓得你这绳儿叫做追命绳,索上就要断气。有有有!有便有些儿,只是不多。"行者道:"有多少?快拿出来!"八戒道:"可怜,可怜!这是我几年上积来的衬钱,零零碎碎有五钱银子,前者央了个银匠煎成一处,他又没天理,偷了我几分,只得四钱六分一块儿。在我左耳朵里揌着哩。我捆了拿不得,你自家拿去罢。"

行者闻言,即伸手在耳中摸出,真个是块马鞍儿银子,足有四钱五六分重,拿过来藏了,忍不住现了原身,哈哈大笑一声。那呆子见是行者声音,在水里乱骂道:"天杀的弼马温!到这苦处,还来打诈财物哩!"行者笑道:"财物事小,等我且救你出去。"即掣铁棒把他挑将上来,解了绳。八戒跳起来道:"哥哥,开后门走了罢。"行者道:"后门里走,可是个长进的?还打前门上去。快跟我来。"

八戒跟着行者走到二门下,只见旁边靠着他的钉钯,即上前,捞过来往前乱筑,与行者打出三四层门,不知打杀了多少小妖。那老魔看见,对二魔道:"拿得好人!你看孙行者劫了猪八戒,门上打人也!"那二魔急绰枪在手,赶出门来骂道:"泼猴头!怎敢这般无礼!"说罢,挺枪便刺。行者掣铁棒,劈面相迎。他两个在洞门外恨苦相持。八戒在山嘴上竖着钉钯,不来帮打,只管呆呆的看着。那妖见行者棒重,就把枪架住,捽开鼻子,要来卷他。行者知道他的勾当,双手把棒横起来,往上一举,被妖精一鼻子卷住腰胯,不曾卷手。你看他两只手在妖精鼻头上丢花棒儿耍子。八戒道:"那妖怪失智呀!卷我这夯的,就连手都卷住了,卷那个滑的,倒不卷手。他那手拿着棒,只消往鼻子里一搠,就彀他受用了。"行者闻言。真个就把棒晃一晃,细如鸡子,长有丈余,径往他鼻孔里一搠。那怪害怕,沙的一声,把鼻子捽放,被行者转过手来,一把挝住,用力往前一拉,那怪护疼,随着手举步跟来。八戒方敢近前,拿钉钯望妖精胯子上乱筑。行者道:"不好!不好!那钯齿要筑破皮,淌出血来,恐师父说我们伤生,只掉过柄儿来打罢。"

真个呆子拿钯柄,走一步,打一下,行者牵着鼻子,就似两个象奴,牵至坡下。沙僧望见,对师父笑道:"好了,大师兄把妖精揪着鼻子拉来也！”三藏看了道：“善哉有！那般大个妖精！那般长个鼻子！即叫沙僧问他：他若肯送我等过山，可饶了他，莫伤他性命。”那怪闻说，即跪下，口里呜呜的答应道：“唐老爷，若肯饶命，即便抬轿来相送。”行者道：“我师徒俱是善胜之人，依你言，且饶你命，快抬轿来。如再变卦，拿住决不再饶！”那怪得脱手，磕头回洞而去。

老魔问其放回之故。二魔把三藏慈善之言，对众说了一遍，一个个面面相睹，更不敢言。二魔道：“哥哥可送唐僧么？”老魔道：“兄弟，你说那里话，快早安排送他去罢。”三魔笑道：“送！送！送！”老魔道：“贤弟这话，却又像不伏气的了。你不送，我两个送去罢。”三魔又笑道：“二位兄长在上，那和尚倘不要我们送，只这等瞒过去，还是他的造化；若要送，不知正中了我的调虎离山之计哩。”老怪道：“何为调虎离山？”三怪道：“如今把满洞群妖点将起来，内中选十六个，又选三十个。”老怪道：“怎么说？”三怪道：“三十个要会烹煮的，与他些米面蔬菜之类，着他沿途搭下窝铺，安排茶饭，管待唐僧。”老怪道：“又要十六个何用？”三怪道：“着八个抬，八个喝路。我弟兄相随左右，送他一程。此去向西四百余里，就是我的城池，我那里自有接应的人马，若至城边，如此如此，着他师徒首尾不能相顾。要捉唐僧，全在此十六个鬼成功。”老怪闻言，连声道：“好！好！好！”即点众妖，先选三十，与他物件；又选十六，抬一顶香藤轿子，同出门来。

老怪率众至大路旁高叫道：“唐老爷，今日不犯红沙，请老爷早早过山。”行者向三藏道：“那厢是老孙降伏的妖精抬轿来送师父哩。”三藏合掌朝天道：“善哉！善哉！若不是贤徒如此之能，我怎生得去？”径直向前，对众妖作礼道：“多承列位之爱，我弟子取经东回，向长安当传扬善果也。”众妖叩首道：“请老爷上轿。”那三藏肉眼凡胎，不知是计；孙大圣又是太乙金仙，忠正之性，只以为擒纵之功，降了妖怪，却也不及详察，即命八戒将行李捎在马上，与沙僧紧随，他使铁棒向前开路，顾盼吉凶。八个抬起轿子，八个一递一声喝道。三个妖扶着轿扛，师父喜喜欢欢的端坐轿上。上了高山，依大路而行。

那伙妖魔，同心合意的的侍卫左右，早晚殷勤。沿路齐齐整整。一日三餐，遂心满意；良宵一宿，好处安身。西进有四百余程，前面城池相近。大圣举棒,离轿仅有一里之遥,忽看见城池,把他吓了一跳。你道为何？原来望见那满城的恶气,着实怕人。大圣正当悚惧,只听得耳后风响,急回头观看,原来是二魔双手轮一柄方天戟刺来。大圣急转身使棒相迎。他两个各怀恼怒,气轰轰更不打话;咬着牙奋勇相争。又见那老魔头,传下号令,举钢刀便砍八戒。八戒慌得丢了马,轮着钯向前抵斗。那三魔又缠长枪望沙僧刺来,沙僧使降妖杖敌住。三僧三怪,一个对一个,在那山头舍死忘生苦战。那十六个小妖却遵号令,各各效能,抢了白马、行囊,把三藏轿子一拥抬着,径至城边,高叫道:“大王爷爷到了,快些开门!”那城上小妖跑下,将城大开,分付各营卷旗息鼓,不许呐喊筛锣,说:“大王原有令在前,不许吓了唐僧。唐僧禁不得恐吓,一吓就肉酸不中吃了。”众妖把唐僧抬上金銮殿,请他坐在当中,一壁厢献茶、献饭,左右旋绕。那长老昏昏沉沉,举眼无亲。毕竟不知性命何如,且听下回分解。

第七十七回　群魔欺本性　一体拜真如

且不言长老困苦,却说那三个魔头与大圣兄弟三人,在城东半山上努力争持。斗罢多时,渐渐天晚。却又是风雾漫漫,霎时间就黑暗了。八戒遮架不住,拖着钯,败阵就走,被老魔赶上,张开口咬着领头,拿入城中,丢与小怪,捆在金銮殿。老妖又驾云,起在半空助力。沙僧见事不谐,虚晃一杖,回头便走,被二怪捽开鼻子,响一声,连手卷住,拿到城里,也叫小妖捆在殿下,却又腾空云叫拿行者。行者见两个兄弟被擒,他自家独力难撑,喊一声,纵觔斗驾云就走。三怪见行者驾觔斗时,即抖抖身,现了本相,搧开两翅,赶上大圣。你道他怎能赶上?原来行者觔斗云一去有十万八千里。这妖精搧一翅就有九万里,两搧就赶过了,所以被他一把挝住,拿在手中,左右挣挫不得。径拿回城内,捽下尘埃,叫群妖也和八戒、沙僧捆在一处。

三个魔头同上宝殿坐下。把唐僧推下殿来。那长老在灯光前,忽见三个徒弟都捆在地下,朝着行者哭道:"徒弟呵!常时逢难,你却在外运用神通,今番你亦遭擒,我贫僧怎么得命!"八戒、沙僧听见师父这般苦楚,便也一齐痛哭。行者微微笑道:"师父放心,兄弟莫哭!凭他怎的,决然无损。"

师徒们正说处,只闻得那老魔道:"三贤弟有力量,有智谋,果成妙计,拿将唐僧来了!"叫:"小的们,打水刷锅,抬出铁笼来,把那四个和尚蒸熟,我兄弟们受用,各散一块儿与小的们吃,也教他个个长生。"那小妖们听令,便忙忙七手八脚的安排,须臾之间,锅笼俱已齐备。只见烧火的小妖来报:"汤滚了。"老怪传令叫抬。众妖一齐动手,将八戒抬在底下一隔,沙僧抬在二隔。行者估着来抬他,他在灯光下,即拔根毫毛,变做一个假行者,捆在地下,真身出神,跳在半空里,低头看着。那群妖那知真假,把个"假行者"抬在第三隔,才将唐僧揪翻捆住,抬在第四隔。干柴架起,烈火气焰腾腾。大圣在云端里道："那八戒沙僧，还捱得两滚，我那师父，只消一滚就烂。若不用法救他，顷刻丧矣！"即捻诀念咒，立刻拘唤得北海龙王来到道："无事不敢相烦，今我师父被毒魔拿住，上铁笼蒸哩。你去与我护持护持，莫教蒸坏了。"龙王随即将身变作一阵冷风，吹入锅下，盘旋围护，更没火气上锅。他三人方不损命。

将有三更尽时，只闻得老魔发放道："手下的，我等用计劳形，拿了唐僧四众。今已捆在笼里，料应难脱，汝等用心看守，着十个小妖轮流烧火，让我们退宫，略略安寝。到五更天明，必然烂了，可安排下蒜泥盐醋，请我们起来，空心受用。"众妖各各遵命，三个魔头却各转寝宫而去。

行者在云端里听得，却低下云头，不听见笼里人声。他想："莫当真蒸死了？"即变作一个黑苍蝇儿，钉在铁笼外听时，只闻得八戒在里面道："晦气，晦气！不知是闷气蒸，又不知是出气蒸哩。"沙僧道："二哥，怎么叫做闷气、出气？"八戒道："闷气蒸是盖了笼头，出气蒸不盖。"三藏在浮上一层应声道："徒弟，不曾盖。"八戒道："造化！今夜还不得死！这是出气蒸了！"行者听得他三人都说话，未曾伤命，便就飞了去，把个铁笼盖，轻轻盖上。三藏慌了道："徒弟！盖上了！"八戒道："罢了！这个是闷气蒸，今夜必是死了！"沙僧与长老嘤嘤的啼哭。八戒道："且不要哭，这一会烧火的换了班了。"沙僧道："你怎么知道？"八戒道："早先抬上来时，正合我意：我有些儿寒湿气的病，要他腾腾。这会子反冷气上来了。咦！烧火的长官，添上些柴便怎的？要了你的哩！"

行者听见，忍不住暗笑道："这个夯货！冷还好捱，若热就要伤命。再说两遭，一定走了风了，须是早去救他。且住！要救他须是要现本相。若十个烧火的看见，一齐乱喊，惊动老怪，却不又费事？等我先送他个瞌睡虫儿。"即往腰间共摸出十个虫儿，抛在十个小妖脸上，钻入鼻孔，渐渐打盹，都睡倒了。行者却现原身，近前叫声"师父"。唐僧听见道："悟空，救我啊！"沙僧道："哥哥，你在外面叫哩？"行者道："我不在外面，好和你们在里边受罪？"八戒道："哥呵，溜撒的溜了，我们都是顶缸的，在此受闷气哩！"行者笑道："呆子莫嚷，我来救你。”八戒道:“哥呵,救便要脱根救,莫又要复蒸笼。”行者却揭开笼头,解了师父,将假变的毫毛收上身来,又一层层放了沙僧,放了八戒。那呆子巴不得就要跑。行者道:“莫忙!莫忙!”却又念声咒语,发放了龙神,又轻轻悄悄寻着了行李、白马,请师父上马,八戒、沙僧随后。

他向前引路,径奔正阳门。只听得门外梆铃乱响,门上俱有封锁。行者道:“这等防守,如何去得?”即又转奔后宰门,那里也有梆铃封锁。行者道:“怎生是好?若不为师父是个凡体,我三人不管怎的也走了。”八戒道:“哥哥,不必迟疑,我们到那僻静去处,撮着师父爬过墙去罢。”行者笑道:“这个不好。此时无奈,撮他过去;到取经回来,你这呆子口敞,蓦地里就对人说,我们是爬墙头的和尚了。”八戒道:“此时也顾不得行检,且逃命去罢。”行者只得依他,算计爬墙。

噫!有这般事!也是三藏灾星未脱。那三个魔头恰好睡醒。一个个披衣忙起,急登宝殿,问唐僧烧了几滚了?那些烧火的小妖都睡着了,就是打也莫想打得一个醒来。其余没执事的,惊醒几个,冒冒失失的答应道:“七……七……七……七滚了!”急跑近锅边,只见笼隔子乱丢在地下,慌得又来报道:“大王,走……走……走……走了!”三个魔头都下殿看时,果见那笼隔子乱丢在地下,汤锅尽冷,火脚俱无,那烧火的俱呼呼鼾睡如泥。慌得众怪一齐呐喊:“快拿唐僧!快拿唐僧!”这一片喊声振起,把些前后群妖都惊起来。刀枪簇拥,至正阳、后宰两门都看过了。复乱纷纷的四下追寻,灯笼火把,照耀如同白日,却明明的看见他四众爬墙哩!老魔赶近,喝声:“那里走!”那长老唬得脚软觔麻,跌下墙来,被老魔拿住。二魔捉了沙僧,三魔擒倒八戒,众妖抢了行李、白马,只是走了行者。那八戒口里咽咽哝哝的报怨道:“天杀的!我说要救便脱根救,如今却又复笼蒸了!”

众妖把唐僧三众擒至殿上,却不蒸了。分付把八戒绑在前檐柱上,沙僧绑在后檐柱上,惟老魔把唐僧抱住不放。三怪道:“大哥,你抱住他怎的?终不然就活吃?一人独享却也没些趣味。此物比不得那愚夫俗子,拿了可以当饭。此是上邦稀奇之物,必须整制精洁,细吹细打的吃方可。”老魔笑道：“贤弟之言虽当，但恐孙行者要来偷哩。”三魔道：“我这皇宫里面有一座锦香亭，那亭子内有一个铁柜。依着我，把唐僧藏在柜里，关了亭子，却传出谣言，说唐僧已被我们夹生吃了。令小妖满城讲说，那行者必然来探听消息，若听见这话，他必死心塌地而去。待三五日不来搅扰，却拿出来，慢慢受用，如何？”老怪、二怪俱大喜道：“兄弟说得有理！”即把个唐僧拿将进去，锁在柜中，闭了亭子。传出谣言，满城里都乱讲不题。

却说行者半夜里驾云走脱，径至狮驼洞里，一路棍，把那万数小妖，尽情剿绝。急回来，东方日出，到城边不敢叫战，正是单丝不线，孤掌难鸣。他落下云头，摇身一变，变作个小妖儿，演入门里，缉访消息。满城里俱道：“唐僧被大王夹生儿连夜吃了。”行者着实心慌，行至金銮殿前，那里边有许多精灵，都戴着皮金帽子，穿着黄布直身，手拿着红漆棍，腰挂象牙牌，一往一来，不住的乱走。行者暗想道：“此必是穿宫的妖精也。就变做这个模样，进宫打听。”正走处，只见八戒绑在檐前柱上哼哩。行者近前叫声“悟能”。那呆子认得声音，道：“师兄，你来了？救我一救！”行者道：“我救你，你可知师父在那里？”八戒道：“师父没了，昨夜被妖精夹生儿吃了。”行者闻言，忽失声泪似泉涌。八戒道：“哥哥，我也是听得小妖乱讲，未曾眼见。你再去寻问寻问。”这行者却才收泪，又往里面找寻。忽见沙僧绑在后檐柱上，即近前摸着他胸脯叫道：“悟净。”沙僧也识得，道：“师兄，你变化进来了？救我！救我！”行者道：“救你容易，你可知师父在那里？”沙僧滴泪道：“哥阿！师父被妖精等不得蒸，就夹生儿吃了！”

大圣听得两个言语相同，心如刀搅，泪似水流，急纵身望空跳起，且不救八戒沙僧，回至城东山上，按落云头，放声大哭，叫道：“师父呵！念昔欺天困网罗，师来救我脱沉疴。潜心笃志同参佛，努力修身共炼魔。岂料今朝遭毒害，惟期再世上婆娑。西方胜境无缘到，生死伤心怎奈何！”行者凄凄惨惨的，自思自忖道：“这都是我佛如来不是，他坐在那极乐之境，没得事干，弄了那三藏之经！若果有心劝善，礼当送上东土，岂不万古流传？却又舍不得送去，偏要教我等来取。怎知道苦历千山，今朝到此丧命！罢！罢！罢！老孙且去见见如来，备言前事。若肯把经与我送上东土，一则传扬善果，二则了我等心愿；若不肯与我，教他把《松箍儿咒》念念，退下这个箍子，交还与他，老孙还归本洞去罢。”

他急翻身驾云，径投天竺。那消一个时辰，早望见灵山不远。须臾间，按落云头，直至鹫峰之下，忽抬头，见四大金刚挡住道：“那里走？”行者施礼道：“有事要见如来。”又有永住金刚喝道：“这猴头甚是粗狂！前者大困牛王，我等为汝努力，今日面见，全不为礼！有事且待先奏，奉召方行。这里比南天门不同，教你进去出来，两边乱走！”那大圣正烦恼处，又遭此抢白，气得哮吼如雷，忍不住大呼小叫，早惊动如来佛祖，即命阿罗唤至宝莲台下。

行者见如来倒身下拜，两泪悲啼。如来道：“悟空，有何事这等悲切？”行者道：“弟子托庇佛祖爷之门下，自归正果，保护唐僧，一路上苦不可言！今至狮驼城，三个毒魔，把我师父捉去，连夜夹生吃了，如今骨肉无存。师弟悟能、悟净见绑在那厢，不久性命亦皆倾矣！弟子没奈何，特到此参拜如来。望大慈悲，将松箍咒儿念念，退下这头上箍儿，交还如来，放我弟子回本山去罢！”说未了，泪如泉涌，悲声不绝。如来笑道：“悟空少得烦恼。那妖精神通广大，你胜不得他，所以这等心痛。”行者捶着胸膛道：“不瞒如来说，弟子自为人以来，不曾吃亏，今番却遭这毒魔之手！”

如来闻言道：“你且休恨，那妖精我认得他。”行者猛然失声道：“如来！我听见人讲，那妖精与你有亲哩。”如来道：“这个刁猴！怎么妖精与我有亲？”行者笑道：“不与你有亲，如何认得？”如来道：“我慧眼观之，故此认得。那老怪与二怪有主。”叫阿傩、迦叶来：“你两个分头驾云，去五台山、峨眉山宣文殊、普贤来见。”二尊者即奉旨而去。如来道：“这是老魔、二妖之主。但那三妖，说将起来，也是与我有些亲处。”行者道：“亲是父党？母党？”如来道：“是那混沌分时，天开地辟，万物皆生。万物有走兽飞禽，走兽以麒麟为长，飞禽以凤凰为长。那凤凰又得交合之气，育生孔雀、大鹏。孔雀出世之时，吃人最恶，能把四十五里路之人一口吸之。我那时在雪山顶上，修成丈六金身，也被他吸下肚去。我欲从他便门而出，恐污其身，是我剖开他脊背,跨上灵山。欲伤他命,当被诸佛劝解,伤孔雀如伤我母,故此留他在灵山会上,封他做佛母孔雀大明王菩萨。大鹏是与他是一母所生,故此有些亲处。”行者闻言笑道:“如来,若这般比论,你还是妖精的外甥哩。”如来道:“那怪须是我去,方可收得。”

行者随叩头启请。如来即下莲台,同诸佛径出山门,又见阿傩、迦叶引文殊、普贤来见。二菩萨对佛礼拜,如来道:“菩萨之兽,下山多少时了?”文殊道:“七日了。”如来道:“山中方七日,世上几千年。不知在那厢伤了多少生灵,快随我收他去。”二菩萨相随左右,同众飞空。不多时,早望见城池。行者指道:“如来,那放黑气的乃是狮驼国也。”如来道:“你先下去,与妖精交战,许败不许胜。败上来,我自收他。”

大圣即按云头,径至城上,脚踏着垛儿骂道:“泼业畜!快出来与老孙交战!”那城楼上小妖急下城报与魔王。三个魔头各持兵器赶上城来,见了行者更不打话,举兵器一齐乱杀,行者轮铁棒应手相迎。斗经七八回合,行者佯输而走。觔斗一纵,跳上半空,三个怪即驾云来赶。行者将身一闪,藏在佛祖金光影里,全然不见。只见那过去、未来、见在的三尊佛像与五百阿罗汉、三千揭谛神,布散左右,把那三个妖王四面围住。老魔慌了叫道:“兄弟,不好了!那猴子真是个地里鬼!那里请得个主人公来也!”三魔道:“大哥休怕,我们一齐上前,使枪刀搠倒如来,好夺他那雷音宝刹!”这魔头不识起倒,真个举刀上前,却被文殊、普贤,念动《真言》喝道:“这孽畜还不归正,更待怎生!”唬得老妖、二妖,不敢撑持,丢了归兵器,打个滚,现了本相。仍是青狮、白象,二菩萨将莲台抛在他脊背上,飞身跨坐,两怪遂泯耳皈依。

只有三魔不伏,丢了方天戟,腾开翅扶摇直上,轮利爪要捉猴王。那大圣藏在光中,他怎敢近?如来即闪金光,把那鹊巢贯顶之头,迎风一晃,变做鲜红的一块血肉。妖精轮利爪刁他一下,被佛爷把手往上一指,那妖翅膊上绒了觔。飞不去,只在佛顶上,不能远遁。现了本相,乃是一个大鹏金翅鹛,即开口对佛叫道:“如来,你怎么使大法力困住我也?”如来道:“你在此处多生业障,跟我去,大有利益。”妖精道:“你那里持斋把素,极贫极苦;我这里吃人肉,受用无穷! 你若饿坏了我,你有罪愆。”如来道:“我管四大部洲,无数众生瞻仰,凡做好事,我教他先祭汝口。”那大鹏欲脱难脱,没奈何只得皈依。

行者方才转出,向如来叩头道:“佛爷,你今收了妖精,除了大害,只是没了我师父也。”大鹏咬着牙恨道:“泼猴头! 寻这等狠人困我! 你那老和尚几曾吃他? 在那锦香亭铁柜里不是?”行者闻言,忙叩谢了佛祖。佛祖不敢松放了大鹏,也只教他在光焰上做个护法,引众回云,径归宝刹。

行者却按落云头,直入城里。那城里一个小妖儿也没有了,正是蛇无头而不行,他见佛祖收了妖王,各自逃生而去。行者才解救了八戒、沙僧,寻着行李马匹,与他二人说:“师父不曾吃。”引他两个径入内院,找着锦香亭,打开门看,内有一个铁柜,只听得三藏啼哭之声。沙僧使降妖杖打开铁锁,揭开柜盖,搀出师父! 三藏见了道:“徒弟呵! 怎生得到此寻着我也?”行者把上项事细说了一遍,三藏感谢不尽。师徒们在那宫殿里安排茶饭,饱吃一餐,收拾出城,找路投西而去。正是:真经必得真人取,魔怪千般总是虚。毕竟不知这一去又到何方,且听下回分解。

第七十八回　比丘怜子遣阴神　金殿识魔谈道德

话说大圣用尽心机,请如来收了众怪,解脱三藏之难,离狮驼城西行。又经数月,早值冬天,师徒们冲寒冒冷,宿雨餐风,正行间,又见一座城池。师徒谈论未毕,早至城门之外。三藏下马,一行四众进了月城,见一个老军,在向阳墙下,偎风而睡。行者近前摇他一下,叫声:"长官。"那老军猛然惊觉,麻麻糊糊的睁开眼,看见行者,连忙跪下磕头,叫:"爷爷!"行者道:"你叫爷爷怎的!"老军磕头道:"你是雷公爷爷!"行者道:"乱说!吾乃东土去西天取经的僧人。适才到此,不知地名,问你一声的。"那老军闻言,却才正了心,打个呵欠,爬起来,伸伸腰道:"长老,长老,恕小人之罪。此处地方,原唤比丘国,今改作小子城。"行者道:"国中有帝王否?"老军道:"有!有!有!"行者却转身对唐僧说了。唐僧疑惑道:"既云比丘,又何云小子?"八戒道:"想是比丘王崩了,新立王位的是个小子,故名小子城。"唐僧道:"无此理!无此理!我们且进去,到街坊上再问。"

又入三层门里,到通衢大市观看,倒也衣冠济楚,人物清秀。但见那:万户千门车马喧,六街三市广财源。买金贩锦人如蚁,夺利争名只为钱。师徒四众在街市上行勾多时,看不尽繁华气象,但只见家家门口一个鹅笼。三藏道:"徒弟阿,此处人家,都将鹅笼放在门首,何也?"八戒听说,左右观之,果是鹅笼,排列五色彩缎遮幔。呆子笑道:"师父,今日想是黄道良辰,宜结婚姻会友,都行礼哩。"行者道:"乱谈!那里就家家都行礼!其间必有缘故,等我上前看看。"他即捏诀念咒,变作一个蜜蜂儿,飞近前,钻进幔里观看,原来里面坐的是个小孩儿。再去第二家笼里看,也是个小孩儿。连看八九家,都是一般,却是男身,更无女子。有的在笼中顽耍,有的在里边啼哭。行者看罢,现原身回报唐僧道:"那笼里是些小孩子,大者不满七岁,小者只有五岁,不知何故。"三藏见说,疑思不定。

忽转街见一衙门，乃金亭馆驿。长老道："徒弟，我们且进这驿里去，一则问他地方，二则天晚投宿。"四众忻然而入。只见那在官人报与驿丞，接入门相见坐定。驿丞问："长老自何方来？"三藏言："贫僧东土大唐差往西天取经者，今到贵处，有关文理当照验，权借高衙一歇。"驿丞即命看茶，办支应，命当直的安排管待。三藏问："今日可得入朝见驾？"驿丞道："今晚不能，须待明日早朝。且于敝衙门宽住一宵。"

少顷，安排停当，驿丞即请四众，同吃了斋供，又教打扫客房安歇。三藏感谢不尽。坐下又问道："贫僧有一件不明之事请教，烦为指示。贵处养孩儿，不知怎生看待。"驿丞道："天无二日，人无二理。养育孩童，父精母血，怀胎十月而生，生下乳哺三年，渐成体相，岂有不知之理！"三藏道："据尊言与敝邦无异。但贫僧进城时，见街坊人家，各设一鹅笼，都藏小儿在内。此事不明，故敢动问。"驿丞附耳低言："长老莫管他，也莫说他。请安置，明早走路。"长老闻言，一把扯住要问明白。驿丞摇头摇手只叫："谨言！"三藏一发不放，定要问个详细。驿丞无奈，只得屏去一应在官人役，独在灯光之下，悄悄而言道："适所问鹅笼之事，乃是当今国主无道之事。你只管问他怎的！"三藏道："何为无道？必见教明白，我方得放心。"驿丞道："此国原是比丘国，近有民谣，改作小子城。三年前，有一老人打扮做道人模样，携一小女子，年方一十六岁，其女形容娇俊，貌若仙姬，进献与当今陛下，宠幸在宫，号为美后。不分昼夜贪欢。如今弄得精神疲困，身体尪羸，饮食少进，命在须臾。太医院检尽良方，不能疗治。那进女子的道人，受我主诰封，称为国丈。国丈有海上仙方，甚能延寿，前者去十洲、三岛，采将药来，俱已完备。但只是药引子利害：单用着一千一百一十一个小儿的心肝，煎汤服药，服后有千年不老之功。这些鹅笼里的小儿，俱是选就的，养在里面。人家父母，惧怕王法，俱不敢啼哭，遂传播谣言，叫做小子城。此非无道而何？长老明早到朝，只去倒换关文，不得言及此事。"言毕抽身而退。

唬得个长老骨软觔麻，止不住腮边泪坠，失声叫道："昏君！为你贪欢爱美，弄出病来，怎么屈伤这许多小儿性命！苦哉！苦哉！痛杀我也!”八戒近前道:“师父,你是怎的起?专把别人棺材抬在自家家里哭!不要烦恼!他伤的是他的子民,与你何干!且来宽衣睡觉,莫替古人担忧。”三藏滴泪道:“徒弟啊,我出家人,积功累行,第一要行方便。怎么这昏君一味乱行,从来也不见吃人心肝,可以延寿。这都是无道之事,教我怎不伤悲!”沙僧道:“师父且莫伤悲,等明早倒换关文,觌面见了国王。就看他是怎么样一个国丈。或者那国丈是个妖邪,欲吃人的心肝,故设此法,未可知也。”

行者道:“悟净说得有理。师父,明日等老孙同你进朝,看国丈的好歹。如若是人,只恐他走了傍门,不知正道,徒以采药为真,待老孙将先天之要旨,化他皈正;若是妖邪,我把他拿住,与这国王看看,教他节欲养身,断不教他伤了那些孩童性命。”三藏闻言,急躬身反对行者施礼道:“徒弟啊,此论极妙!极妙!但只是见了昏君,不可便提此事,恐那昏君不分皂白,并作谣言见罪,却怎生区处?”行者笑道:“老孙自有法力,如今先将鹅笼小儿摄离此城,教他明日无物取心。地方官自然奏表,那昏君必与国丈商量,或者另行选报。那时节,借此举奏,决不致罪坐于我也。”三藏甚喜,又道:“如今怎得小儿离城?若果能脱,真贤徒天大之德!可速为之。”行者抖擞神威,即起身分付八戒、沙僧:“同师父坐着,等我施为,你看但有阴风刮动,就是小儿出城了。”他三人一齐俱念:“南无救生药师佛!南无救生药师佛!”

这大圣出得门外,打个唿哨,起在半空,捻了诀,念一声“唵净法界”,拘得那城隍、土地、社令、真官,并揭谛、功曹、丁甲、伽蓝等众,都到空中施礼道:“大圣,夜唤吾等,有何急令?”行者道:“今因路过比丘国,国王无道,听信妖邪,要取小儿心肝做药引子,指望长生。我师父十分不忍,欲要救生灭怪,故老孙特请列位,各使神通,把这城中人家鹅笼内的小儿,连笼都摄出城外山凹中,或树林深处,收藏一二日,与他些果子食用,不得饿损,亦不得使他惊恐。待我除邪治国,劝正君王,临行时送来还我。”众神听令,即便各使神通运用,满城中阴风滚滚,惨雾漫漫。当夜有三更时分,众神祈把鹅笼摄去各处安藏。

行者按下祥光,径至驿庭上,只听得他三人还念佛哩。他也心中暗喜，近前叫："师父，我来也。方才阴风起处，我已把小儿一一救出去了，待我们起身时送还。"长老谢了又谢，方才就寝。

至天晓，三藏醒来，结束齐备道："悟空，我趁早朝，倒换公文去也。"行者道："待老孙和你同去，看那国丈邪正如何。"三藏道："你去却不肯行礼，恐国王见怪。"行者道："我不现身，暗中跟随你，就当保护。"三藏甚喜，却才举步，驿丞又来相见。附耳低言，只教莫管闲事，三藏点头应诺。大圣闪在门旁，摇身一变，变做个蟭蟟虫儿，嘤的一声，飞在三藏帽儿上，出了馆驿，径奔朝中。

到朝门外，见黄门官施礼道："贫僧乃东土大唐差往西天取经者，今到贵地，理当倒换关文。意欲见驾，伏乞转奏。"那黄门官果为传奏，国王喜道："远来之僧，必有道行。"即教将长老召入。长老阶下朝拜毕，复请上殿赐坐。长老谢恩坐了，只见那国王相貌尫羸，精神倦怠：举手处，揖让差池；开言时，声音断续。长老将文牒献上，那国王眼目昏蒙，看了又看，方才取宝印用了花押，递与长老，长老收讫。那国王正要问取经原因，只听得当驾官奏道："国丈爷爷来矣。"那国王即扶着近侍小宦，挣下龙床，躬身迎接，慌得那长老急起身，侧立于傍。回头观看，原来是一个老道者，自玉阶前摇摇摆摆而进。他到宝殿前，更不行礼，昂昂烈烈径到殿上。国王欠身道："国丈今喜早降。"就请左手绣墩上坐。三藏起一步，躬身施礼道："国丈大人，贫僧问讯了。"那国丈端然高坐，亦不回礼，转面向国王道："僧家何来？"国王道："东土唐朝差上西天取经者，今来倒验关文。"国丈笑道："西方之路，黑漫漫有甚好处！"三藏道："自古西方乃极乐之胜境，如何不好？"那国王问道："朕闻上古有云，僧是佛家弟子，端的不知为僧可能不死，向佛可能长生？"三藏闻言，急合掌应道："为僧者，万缘都罢；了性者，诸法皆空。大智闲闲，澹泊在不生之内；真机默默，逍遥于寂灭之中。三界空而百端治，六根净而千种穷。若乃坚诚知觉，须当识心：心净则孤明独照，心存则万境皆清。行功打坐，乃为入定之原；布惠施恩，诚是修行之本。但使一心不动，万行自全；若云采阴补阳，诚为谬语，服饵长寿，实乃虚词。只要尘尘缘总弃，物物色皆空。素素纯纯寡爱欲，自然享寿永无穷。"那国丈闻言，付之一笑，用手指定唐僧道："呵！呵！呵！你这和尚满口茅柴！寂灭门中，须云认性，你不知那性从何而灭！枯坐参条，尽是些盲修瞎炼。俗语云，坐，坐，坐，你的屁股破！火熬煎，反成祸。更不知我这修仙者，骨之坚秀；达道者，神之最灵。携琴访友，采药济人。阐道法，扬太上之正教；施符水，除人世之妖氛。夺天地之秀气，采日月之华精。运阴阳而丹结，按水火而胎凝。二八阴消兮，若恍若惚；三九阳长兮，如杳如冥。应四时采取药物，养九转修炼丹成。跨青鸾而升紫府；骑白鹤而上瑶京。比你那静禅释教，寂灭阴神，涅槃遗臭壳，又不脱凡尘！三教之中无上品，古来惟道独称尊！"那国王听说，十分欢喜，满朝官都喝采道："好个惟道独称尊！"那长老见人都赞他，不胜羞愧。国王又叫光禄寺安排素斋，待那远来之僧出城西去。

三藏谢恩而退，才下殿，往外正走，行者飞下帽顶儿来，在耳边叫道："师父，这国丈是个妖邪，国王受了妖气。你先去驿中等斋，待老孙在这里听他消息。"三藏知会了，独出朝门。

那行者一翅飞在金銮殿翡翠屏中叮下，只见那班部中闪出五城兵马官奏道："我主，今夜一阵冷风，将各家鹅笼里小儿，连笼都刮去了，更无踪迹。"国王闻奏，又惊又恼，对国丈道："此事乃天灭朕也！连月病重，御医无效。幸国丈赐仙方，专待今日午时开刀，取此小儿心肝作引，何期被冷风刮去。非天欲灭朕而何？"国丈笑道："陛下且休烦恼。此儿刮去，正是天送长生与陛下也。"国王道："见把笼中之儿刮去，何以返说天送长生？"国丈道："我才入朝来，见一个绝妙的药引，强似那一千一百一十一个小儿之心。那小儿之心，只延得陛下千年之寿；此引子，吃了我的仙药，就可延万万年也。"国王漠然不知是何药引，请问再三，国丈才说："那东土差去取经的和尚，乃是个十世修行的真体。自幼为僧，元阳未泄，比那小儿更强万倍，若得他的心肝煎汤，服我的仙药，足保万年之寿。"那昏君闻言，十分听信，对国丈道："何不早说？若果如此，适才留住，不放他去了。"国丈道："此何难哉！适才分付光禄寺办斋待他，他必吃了斋，方才出城。如今急传旨，将各门紧闭，点兵围了金亭馆驿，将那和尚拿来，必以礼求其心。如果相从，即时剖而取出，遂御葬其尸，还与他立庙享祭；如若不从，就与他个武不善作，即时捆住，剖开取之。有何难事！”那昏君即传旨把各门闭了。又差羽林卫官军围住馆驿。

行者听得这个消息，一翅飞奔馆驿，现了本相，对唐僧道：“师父，祸事了！祸事了！”那三藏才与八戒、沙僧领御斋，忽闻此言，唬得浑身是汗，口不能言。八戒道：“有甚祸事了？”行者道：“自师父出朝，少顷五城兵马来奏冷风刮去小儿之事。国王方恼，那国王却转欢喜，道这是天送长生与你，要取师父的心肝做药引，可延万年之寿。那昏君听信诬言，所以点兵来围馆驿，差锦衣官来请师父求心也。”八戒笑道：“行得好方便！救的好小儿！今番却惹出祸来了！”

三藏战兢兢扯着行者道：“贤徒呵！此事如何是好？”行者道：“若要好，大做小。”沙僧道：“怎么叫做大做小？”行者道：“若要全命，师作徒，徒作师，方可保全。”三藏道：“你若救得我命，情愿与你做徒弟也。”行者道：“既如此，不必迟疑。”教八戒快和些泥来。”那呆子即使钯，筑了些土，又不敢外面去，撒泡尿和了一团臊泥，递与行者。行者没奈何，将泥扑作一片，往自家脸一揿，印下个猴像的脸子，叫唐僧休动，再莫言语，贴在唐僧脸上，念动《真言》，吹口仙气，叫：“变！”那长老即变做个行者模样，脱了他的衣服，以行者的衣服穿上。行者却将师父的衣服穿了，捻诀念咒，摇身变作唐僧的嘴脸。

正妆扮停当，只见锣鼓齐鸣，枪刀簇拥。原来是羽林官领三千兵把馆驿围了。又见一个锦衣官走进驿庭问道：“东土唐朝长老在那里？”那驿丞跪下，指道：“在下面客房里。”锦衣官即至客房里道：“唐长老，我王有请。”只见假唐僧出门施礼道：“锦衣大人，陛下召贫僧，有何话说？”锦衣官上前一把扯住道：“我与你进朝去，想必有取用也。”咦！这正是：妖诬胜慈善，慈善反招凶。毕竟不知此去端的性命何如，且听下回分解。

第七十九回　寻洞除妖逢老寿　当朝正主救婴儿

却说那锦衣官把假唐僧扯出馆驿，与羽林军围围绕绕，径簇拥到殿前。众官都在阶下跪拜，惟假唐僧挺立阶心，口中高叫："比丘王，请我贫僧何说？"那君王笑道："朕得一疾，缠绵日久不愈。幸国丈赐得一方，药饵俱已完备，只少一味引子，特请长老求些药引。若得病愈，与长老修建祠堂，四时奉祭，永为传国之香火。"假唐僧道："我乃出家人，只身至此，请陛下问国丈，不知要甚东西作引。"昏君道："特求长老的心肝。"假唐僧道："不瞒陛下说，心便有几个儿，不知要的甚么色样。"那国丈在旁指定道："那和尚，要你的黑心。"假唐僧道："既如此，快取刀来。剖开胸腹，若有黑心，谨当奉命。"那昏君欢喜相谢，即着当驾官取一把牛耳短刀，递与假僧。假僧接刀在手，解开衣服，挺起胸膛，将左手抹腹，右手持刀，唿喇的响一声，把肚皮剖开，那里头就骨都都的滚出一堆心来。唬得文官失色，武将身麻。国丈在殿上见了道："这是个多心的和尚！"假僧将那些心，血淋淋的，一个个捡开与众观看，却都是些红心、白心、黄心、悭贪心、利名心、嫉妒心、计较心、好胜心、望高心、我慢心、杀害心、狠毒心、恐怖心、谨慎心、邪妄心、无名隐暗之心、种种不善之心，更无一个黑心。那昏君唬得呆呆挣挣，口不能言，战兢兢的教收了去！收了去！那假唐僧忍耐不住，收了法，现出本相，对昏君道："陛下全无眼力！我和尚家都是一片好心，惟你这国丈是个黑心，好做药引。你不信，等我替你取他的出来看看。"

那国丈听见，急睁睛仔细观看，见那和尚变了面皮，不是那般模样。咦！认得当年孙大圣，蟠桃会上旧知名。却抽身腾云就起，被行者翻觔斗，跳在空中喝道："那里走！吃吾一棒！"那国丈即使蟠龙拐杖相迎。两个在半空中赌斗。那妖精苦禁二十余合，蟠龙拐抵不住金箍棒，虚晃了一拐，将身化作一道寒光，落入皇宫内院，把进贡的妖后带出宫门，并化寒光，不知去向。

大圣按落云头，到了宫殿，对多官道："你们的好国丈啊！"多官一齐礼拜，感谢神僧，行者道："且休拜，且去看你那昏君何在。"多官道："我主见争战时，惊恐潜藏，不知向那座宫中去也。"行者即命："快寻！莫被美后拐去！"多官听言，不分内外，同行者先奔美后宫，漠然无踪，连美后也通不见了。三宫六院，概众后妃，都来拜谢大圣。大圣道："请起，不到谢处哩。且去寻你主公。"少时，见四五个太监，搀着那昏君自谨身殿后面而来。众臣俯伏在地，齐奏道："主公！主公！感得神僧到此，辨明真假。那国丈乃是个妖邪，连美后亦不见矣。"国王闻言，即请行者出皇宫，到宝殿拜谢了道："长老，你早间来的模样，那般俊伟，这时如何就改了形容？"行者笑道："不瞒陛下说，早间来者，是我师父，乃唐朝御弟三藏。我是他徒弟孙悟空，还有两个师弟，猪悟能、沙悟净，见在金亭馆驿。因知你信了妖言，要取我师父心肝做药引，是老孙变作师父模样，特来此降妖也。"国王闻言，即传旨着阁下太宰快去驿中请师众来朝。

那三藏听见行者在空中降妖，吓得魂飞魄散，又脸上带着一片臊泥，正闷闷不快，只听得阁下太宰来请入朝。八戒笑道："师父莫怕！这番不是请你取心，想是师兄得胜，请你酬谢哩。"三藏道："虽是得胜来请，但我这个臊脸，怎么见人？"八戒道："且去见了师兄，自有解释。"那长老无计，只得扶着八戒、沙僧，同到驿庭之上。那太宰见了，害怕道："爷爷呀！这都相似妖怪之类！"沙僧道："朝士休怪丑陋，我等乃是生成的遗体。"

遂同太宰直至殿下。行者看见，即下殿迎着，把师父的泥脸子抓下，吹口仙气，那唐僧即时复了原身，精神愈觉爽利。国王下殿亲迎，口称"法师老佛"。师徒们都上殿相见。行者道："陛下可知那怪来自何方？等老孙去与你一并擒来，剪除后患。"国王含羞告道："三年前他到时，朕曾问他。他说离城不远，只在向南去七十里路，有一座柳林坡清华庄上。国丈年老无儿，止后妻生一女，年方十六，不曾配人，愿进与朕。朕遂纳了，宠幸在宫。不期得疾，太医屡药无功。他说我有仙方，止用小儿心煎汤为引。是朕不才，轻信其言，遂选民间小儿，选定今日午时开刀取心。不料神僧下降，恰恰又遇笼儿都不见了。他就说神僧十世修真,元阳未泄,得其心,比小儿心更加万倍。一时误犯,不知神僧识透妖魔。敢望大施法力,剪其后患,朕以倾国之资酬谢!”行者笑道:“实不相瞒,笼中小儿,是我师慈悲,着我藏了。你且休提甚么酬谢,待我捉了妖怪,是我的功行。”叫:“八戒,跟我去来。”八戒道:“谨依兄命。只是腹中空虚,不好着力。”国王即传旨,叫:“光禄寺快办斋供。”八戒尽饱一餐,抖擞精神,随行者驾云而起。唬得那国王、妃后,并文武多官,一个个朝空礼拜,都道:“是真仙真佛临凡!”

那大圣携着八戒,径到南方七十里之地,住下风云,找寻妖处。但只见一股清溪,两边夹岸,岸上有千万株的杨柳,更不知清华庄在于何处。正是那:万顷野田观不尽,千堤烟柳隐无踪。大圣寻觅不着,即捻诀,念一声“唵”字《真言》,拘得一个当方土地来,跪下叩头。行者道:“我问你:柳林坡有个清华庄,在于何方?”土地道:“此间只有个清华洞,并无清华庄。大圣只去那南岸头,有一棵九杈杨树根下,左转三转,右转三转,连叫三声‘开门’,即现清华洞府。”大圣闻言,分付土地回去,与八戒跳过溪来,寻那棵杨树。果然有九条杈枝,总在一颗根上。行者叫八戒:“你且远远的站定,待我叫开门,寻着那怪,赶将出来,你却接应。”八戒即远远立下。这大圣依土地之言,绕树根,左转三转,右转三转,双手齐扑其树,叫:“开门!开门!”霎时间,一声响喨,唿喇喇的两扇门开,更不见树的踪迹。那里边光明霞彩,亦无人烟。

行者撞进去,近前细看,见石屏上有“清华仙府”四个大字。跳过石屏看处,只见那老怪怀中搂着个美女,喘嘘嘘的,正讲比丘国事,齐道:“好机会来,三年事,今日得完,却被那猴头破了!”行者跑近身,掣棒高叫道:“我把你这伙毛团,甚么好机会!吃我一棒!”那老怪丢了美人,轮起蟠龙拐,急架相迎。他两个在洞前争斗。八戒在外边听见里面嚷闹,激得他心痒难挠,把一棵九杈杨树推倒,使钯筑了几下,筑得那鲜血直冒,嘤嘤的似乎有声。他道:“这棵树成了精也!”正看处,只见行者引怪出来。呆子不打话,赶上前,举钯就筑。那老怪心慌,败了阵,将身一晃,化道寒光,径投东走。他两个随向东赶来。

正当喊杀之际，又闻得鸾鹤声鸣，祥光缥缈，举目视之，乃南极老人星也，那老人把寒光罩住，叫道："大圣慢来，天蓬休赶，老道在此施礼哩。"行者即答礼道："寿星兄弟，那里来？"八戒笑道："肉头老儿，罩住寒光，必定捉住妖怪了。"寿星陪笑道："在这里，在这里，望二公饶他命罢。"行者道："老怪不与老弟相干，为何来说人情？"寿星笑道："他是我的一副脚力，不意走将来，成此妖怪。"行者道："既是老弟之物，只教他现出本相来看看。"寿星闻言，即把寒光放出，喝道："业畜！快现本相，饶你死罪！"那怪打个转身，原来是只白鹿，寿星拿起拐杖道："这业畜！连我的拐棒也偷来也！"那只鹿俯伏在地，口不能言，只管叩头滴泪。

寿星谢了行者，就跨鹿而行。行者一把扯住道："老弟，且慢走，还有两件事未完哩。"寿星道："还有甚事？"行者道："还有美人未获，不知是个甚么怪物；又要同到比丘城见见那昏君，现相化凡也。"寿星道："既这等说，我且暂停。你与天蓬下洞擒捉那美人来，同去现相可也。"行者应声前行。八戒抖擞精神，随行者径入清华仙府，呐声喊叫："拿妖精！拿妖精！"那美人战战兢兢，即转入石屏之内，又没个后门出头，被八戒喝声："那里走！我把你这个哄汉子的臊精！看钯！"那美人将身一闪，化道寒光，往外就走，被大圣抵住寒光，乒乓一棒，那怪立不住脚，倒在尘埃，现了本相，原来是个白面狐狸。呆子忍不住手，举钯一筑，可怜把个倾城倾国千般笑，化作毛团业畜形！行者叫道："莫打烂他，且留他此身去见昏君。"那呆子一手拖着，随行者出得门来。正遇着寿星老儿同鹿也到。八戒将个死狐狸掼在鹿的面前道："这可是你的女儿么？"那鹿点头伸嘴，闻他几闻，呦呦发声，似有眷恋不舍之意，被寿星劈头一掌道："业畜！你得命足矣，又闻他怎的？"即解下勒袍腰带，把鹿扣住颈项，牵着道："大圣，我和你比丘国相见去也。"行者道："且住！索性把这边都扫个干净，庶免他年复生妖孽。"即还拘出土地，叫寻些枯柴，填塞洞里，放起火来，烧得个干净。才发回土地。同寿星牵着鹿，拖着狐狸，一齐回到殿前，唬得那国里君臣妃后，一齐下拜。行者近前搀住国王笑道："且休拜我，这鹿儿即是国丈，你只拜他便是。"又指着狐狸道："这是你的美后,你与他要子儿么?”那国王羞愧无地,只道:“感谢神僧救我一国小儿,真天恩也!”即传旨教光禄寺安排素宴,大开东阁,请南极老人与唐僧四众,共坐谢恩。三藏拜见了寿星,沙僧亦以礼见,都问道:“白鹿既是老寿星之物,如何得到此间为害?”寿星笑道:“前者,东华帝君过我荒山,我留坐着棋,一局未终,这业畜走了。及客去寻他不见,我因屈指打算,知他走在此处,特来寻他,正遇着孙大圣施威。若还来迟,此畜休矣。”叙不了,只见报道:“素宴已备。”当时叙定坐次,教坊司动乐,国王擎着紫霞杯,一一奉酒。

筵宴已毕,寿星告辞。那国王又近前跪拜,求祛病延年之法,寿星笑道:“我因寻鹿,未带丹药。欲传你修养之方,你又觔衰神败,不能还丹。我这衣袖中,只有三个枣儿,是与东华帝君献茶的,我未曾吃,今送你罢。”国王吞之,渐觉身轻病退。寿星出了东阁,将白鹿一声喝起,飞跨背上,踏云而去。这朝中君王妃后,城中黎庶居民,各各焚香礼拜不题。

三藏叫:“徒弟,收拾辞王。”那国王苦留求教,行者道:“陛下,从此色欲少贪,阴功多积。凡百事将长补短,自足以祛病延年,就是教也。”又拿出两盘散金碎银,奉为路费。唐僧分文不受。国王无已,命摆銮驾,请唐僧端坐凤辇龙车,王与嫔后,俱推轮转毂,送出朝门。满城百姓亦皆盏添净水,炉降真香,又送出城。忽听得半空中一声风响,路两边落下一千一百一十一个鹅笼,内有小儿啼哭,暗中有众神祇高叫道:“大圣,我等前蒙分付,摄去小儿鹅笼,今知大圣功成起行,一一送来也。”那国王与臣民,又俱下拜。行者望空谢了。

即叫城里人家来认领小儿。当时传播,俱来各认出笼中之儿,欢欢喜喜抱回,跳的跳,笑的笑,都叫:“扯住唐朝爷爷,到我家奉谢救儿之恩!”无大无小,若男若女,都不怕他相貌之丑,抬着猪八戒,扛着沙和尚,顶着孙悟空,撮着唐三藏,牵马挑担,一拥回城,那国王也不能禁止。这家也开宴,那家也设席。请不及的,或做衣帽鞋袜相送。如此盘桓将有个月,才得离城。又有的传下影神,立起牌位,顶礼焚香供养。这才是:阴功救活千人命,小子城还是比丘。毕竟不知向后又有何事,且听下回分解。

第八十回　姹女育阳求配偶　心猿护主识妖邪

却说比丘国君臣黎庶，送唐僧四众出城，有二十里之远，三藏勉强辞别而行。行勾多时，又过了冬残春尽，看不了景物芳菲，前面又见一座高山。三藏缓观山景，忽闻啼鸟之声，又起思乡之念。行者道："师父，你安心前进，莫要多忧。古人云：'欲求生富贵，须下死工夫。'"三藏道："徒弟，虽然说得有理，但不知西天路还在那里哩！"八戒道："师父，我佛如来舍不得那《三藏经》，知我们要取去，想是搬了，不然，如何只管不到？"沙僧道："莫乱说！我们跟着大哥走。只把工夫捱他，终须有个到之之日。"

师徒正自闲叙，又见一派黑松大林。唐僧叫道："悟空，我们才过了那崎岖山路，怎么又遇这个深黑松林？是必在意。"大圣使铁棒上前，引唐僧径入深林，行经半日，未见出林之路。唐僧道："徒弟，一向西来，无数的山林崎险，幸得此间清雅，这林中奇花异卉，可人情意。我要在此坐坐：一则歇马，二则腹中饥了，你去化些斋来我吃。"行者即请师父下马，坐在松阴之下。他取了钵盂，纵觔斗，到半空中，伫定云光，回头观看，只见松林中祥云缥缈，瑞霭氤氲，他忽失声叫道："好阿！"你道他叫好做甚？原来夸奖唐僧，说他是金蝉长老转世，十世修行的好人，所以有此祥瑞罩头。"我老孙五百年前着实为人，如今脱却天灾，与他做了徒弟，想师父径回东土，必定有些好处，老孙也必定得个正果。"正这等夸念中间，忽然见林南下有一股子黑气，骨都都的冒将上来。行者大惊道："那黑气里必定有邪了。我那八戒沙僧却不会放甚黑气。"那大圣在半空中，详察不定。

却说三藏坐在林中，明心见性，讽念那《多心经》，忽听得嘤嘤的叫声"救人"。三藏大惊道："善哉，善哉，这等深林里，有甚么人叫？想是狼虫虎豹唬倒的，待我看看。"那长老起身挪步，附葛攀藤，近前视之，只见那大树上绑着一个美貌女子，上半截使绳索绑在树上，下半截埋在土里。长老立定脚,问他一句道:"女菩萨,你有甚事,绑在此间?"咦!分明这厮是个妖怪,长老肉眼凡胎,却不认得。那怪见他来问,你看他桃腮垂泪,星眼含悲,巧语花言,忙忙的答应道:"师父,我家住在贫婆国。离此有二百余里。父母在堂,十分好善。时遇清明,带领本家老小,拜扫先茔,一行轿马,都到了荒郊野外。只闻得锣鸣鼓响,跑出一伙强人,持刀喊杀前来。慌得我们魂飞魄散,父母诸人各逃性命。奴奴年幼跑不动,唬倒在地,被众强人拐来山内。大大王要做夫人,二大王要做妻室,第三、第四都爱我美色,一齐争炒,大家都不忿气,所以把奴奴绑在林间,众强人散盘而去。今已五日五夜,看看命尽,不久身亡。不知是那世里祖宗积德,今日遇着老师父到此。千万发大慈悲,救我一命,九泉之下,决不忘恩!"说罢,泪下如雨。三藏真个慈心,也就忍不住吊下泪来,声音哽咽,叫道:"徒弟。"那八戒沙僧正在林中寻花觅果,猛听得师父叫得凄怆,即走至跟前,问师父怎么说。唐僧用手指定那树上,叫八戒:"解下那女菩萨来,救他一命。"呆子不分好歹,就去动手。

却说那大圣在半空中,又见那黑气浓厚,把祥光尽情盖了,道声:"不好,不好,黑气罩暗祥光,怕不是妖邪害俺师父!化斋还是小事,且去看我师父去。"即返云头,按落林里,只见八戒乱解绳儿。行者上前,一把揪住耳朵,扑的捽了一跌。呆子爬起来道:"师父教我救人,你怎么将我掼这一跌?"行者笑道:"兄弟,莫解他,他是个妖怪,弄喧儿骗我们哩!"三藏喝道:"这泼猴乱说。怎么这等一个女子,就认他是个妖怪!"行者道:"师父原来不知,这都是老孙干过的买卖,想人肉吃的法儿,你那里认得!"八戒唝着嘴道:"师父,莫信这弼马温!"三藏道:"也罢,也罢。八戒呵,你师兄常时也看得不差。既这等说,不要管他,我们去罢。"行者大喜道:"好了,师父是有命的了!请上马,出松林外,有人家化斋你吃。"四人果一路前进,把那妖撇了。

却说那妖绑在树上,咬牙恨道:"几年家闻说孙悟空神通广大,果然话不虚传。那唐僧乃童身修行,一点元阳未泄,正欲拿他去配合,成太乙金仙,不知被此猴识破吾法,将他救去了。却不是劳而无功？等我再叫他两声，看是如何。”妖精不动绳索，把两句言语，用一阵神风，嘤嘤的吹在唐僧耳内。你道叫的甚么？他叫道：“师父呵，你放着活人的性命还不救，昧心拜佛取何经？”唐僧在马上听得，即勒马叫悟空：“去救那女子下来罢！”行者道：“师父怎的又想起他来了？”唐僧道：“他又在那里叫哩，他叫得有理，说道：‘活人性命还不救，昧心拜佛取何经？’救人一命胜造七级浮屠。快去救他下来，强似取经拜佛。”行者笑道：“师父要善将起来，就没药医你。你要救他，我也不敢苦劝，我劝一会你又恼了。任你去救。只是这个担儿，老孙却担不起。”唐僧道：“猴头莫多话！你坐着，等我和八戒救他去。”

唐僧回至林里，教八戒解了他上半截绳子，用钯筑出下半截身子。那怪跌跌脚，束束裙，喜孜孜跟着唐僧出松林，见了行者，行者冷笑不止。唐僧骂道：“泼猴头！你笑怎的？”行者道：“我笑你‘时来逢好友，运去遇佳人’。”三藏道：“乱说，我又不是和禄之辈，有甚运退时！”行者笑道：“师父，你自幼为僧，只会看经念佛，却不曾见王法条律。这女子生得年少标致，我和你乃出家人，同他一路行走，倘或遇着歹人，把我们拿送官司，不论甚么取经拜佛，且都打做奸情；纵无此事也要问个拐带人口，大家不得干净。师父追了度牒，打个小死；八戒该问充军；沙僧该问摆站；饶我老孙口能，怎么折辩也要问个不应。”三藏喝道：“莫乱说，终不然我救他性命，有甚贻累不成！带了他去，凡事都在我身上。”行者道：“师父虽说凡事在你，却不知你不是救他，反是害他。”三藏道：“怎么反是害他？”行者道：“他当时绑在林间，或五日十日饿死了，还得个完全身子；如今带他出来，你坐的是个快马，我们只得随你，那女子脚小，怎么跟得上走？一时把他丢下，若遇着狼虫虎豹，一口吞之，却不是反害其生也？”三藏道：“正是呀，这件事却亏你想，如何处置？”行者笑道：“抱他上来，和你同骑着马走罢。”三藏道：“我那里好与他共马！……也罢，也罢。我也还走得几步，等我下来，慢慢的同走，着八戒牵着空马罢！”行者大笑道：“呆子倒有买卖，师父照顾你牵马哩。”三藏道：“这猴头又乱说了！古人云，‘马行千里，无人不能自往。’等八戒慢慢牵着，我们大家同这女菩萨走下山去，或到庵观寺院有人家之处，留他在那里，也是我们救他一场。”行者道：“师父说得有理，快请前进。”

三藏拽步前走，沙僧挑担，八戒牵着空马，行者拿着棒，引着女子，一行前进。不上二三十里，天色将晚，又见一座楼台殿阁。三藏道：“徒弟，那里必定是座庵观寺院，就此借宿了，明日早行。”霎时到了门首。三藏分付道：“你们略站远些，等我先去借宿。若有方便处，着人来叫你。”众人俱立在柳阴之下。

长老拽步向前，只见那门东倒西歪，零零落落。推开看时，又只见长廊寂静，古刹萧疏；苔藓盈庭，蒿蓁满径；三藏忍不住心中凄惨，硬著胆走进二层门，见那钟鼓楼俱倒了，止有一口铜钟，扎在地下。上半截如雪之白，下半截如靛之青。原来是日久年深，上边被雨淋白，下边是土气上的铜青。三藏用手摸着钟，正然感叹，忽听得那钟当的响了一声，把三藏吓了一跌。原来那里边有一个侍奉香火的道人，他听见人言语，拾一块断砖，照钟上打将去，故此那钟响了一声，三藏叫声：“钟啊，莫非是：西天路上无人到，日久多年变作精。”

那道人上前，一把搀住道：“老爷莫怕，不干钟成精之事，却才是我打得钟响。”三藏见他的模样丑黑，道：“你莫是魍魉妖邪？我不是寻常之人，我是大唐来的，我手下有降龙伏虎的徒弟。你若撞着他，性命难存也！”道人跪下道：“老爷，我不是妖邪，我是这寺里的道人。却才听见老爷言语，就欲出来迎接；恐怕是个鬼祟，故此拾一块断砖，把钟打一下压惊，方敢出来。老爷请进。”那唐僧方然正了性道：“主持，险些儿唬杀我也，你带我进去。”

那道人引定唐僧，直至三层门内看处，比外边甚是不同，但见那：青砖绿瓦琉璃殿。白玉黄金玛瑙屏。半壁灯光明后院，一行香雾照中庭。三藏见了，叫：“道人，你这前边十分狼狈，后边这等齐整，何也？”道人笑道：“老爷，这山中多有妖邪强寇，天色清明，沿山打劫，天阴就来寺里藏身，被他把佛像推倒垫坐，木植搬来烧火。本寺僧人软弱，不敢与他讲论，因此把前边破房都舍与那些强人安歇，从新另化了些施主，盖得那一所寺院。”三藏道：“原来如此。”

正行间，又见山门上有五个大字，乃“镇海禅林寺”。才跨入门里,忽见一个和尚走来。你看他怎生模样:头戴左笄绒锦帽,一对铜圈坠耳根。身着颇罗毛线服,一双白眼亮如银。手中摇着播郎鼓,口念番经听不真。三藏原来不认得,这是西方路上喇嘛僧。

那喇嘛和尚走出来,看见三藏眉清目秀,额阔顶平,耳垂肩,手过膝,好似罗汉临凡。他走上前扯住,满面笑嘻嘻的与他捻手捻脚,摸鼻子,揪耳朵,以示亲近之意。携至方丈中行礼毕,却问:"老师父何来?"三藏道:"弟子乃东土大唐钦差往西方大雷音寺拜佛取经者。适行至宝方天晚,特奔上刹借宿一宵,明日早行,望垂方便。"那和尚笑道:"不当人子!不当人子!我们既做了佛门弟子,切莫说脱空之话。"三藏道:"我是老实话。"和尚道:"那东土到西天,不知有多少路程,山山有怪,洞洞有精。想你这个单身,又生得娇嫩,那里像个取经的?"三藏道:"院主也见得是,贫僧一人,岂能到此?我有三个徒弟,逢山开路,遇水叠桥,保我弟子,所以到得上刹。"那和尚道:"三位高徒何在?"三藏道:"现在山门外伺候。"那和尚慌了道:"师父,你不知我这里有虎狼、妖怪伤人。白日里不敢远出,未经天晚,就闭了门户。这早晚好把人放在外边!"叫:"徒弟,快去请进来。"

有两个小喇嘛儿,跑出去,看见行者,唬了一跌,见了八戒又是一跌,扒起来往后飞跑,道:"爷爷!造化低了!你的徒弟不见,只有三四个妖怪站在门首也。"三藏问道:"怎么模样?"小和尚道:"一个雷公嘴,一个硙挺嘴,一个青脸獠牙。傍有一个女子,倒是个油头粉面。"三藏笑道:"你不认得。那三个丑的,就是我徒弟。那一个女子,是我打松林里救命来的。"那喇嘛道:"爷爷呀,这们好俊师父,怎么寻这般丑徒弟?"三藏道:"他丑自丑,却俱有用。你快请他进来,若再迟些儿,那雷公嘴的有些撞祸,不是个人生父母养的,他就打进来也。"

那小和尚即忙跑出,叫道:"列位老爷,唐老爷请哩!"于是八戒牵着马,沙僧挑担,行者在后面,押着那女子,一行进去。穿过了倒塌房廊,入三层门里。拴马歇担,进方丈中与喇嘛僧相见,分了坐次。那和尚入里边,引出七八十个小喇嘛来,见礼毕,收拾办斋管待。正是:积功须在慈悲念,佛法兴时僧赞僧。毕竟不知怎生离寺,且听下回分解。

第八十一回 镇海寺心猿知怪 黑松林三众寻师

话表三藏师徒到镇海寺，众僧安排斋供。四众食毕，那女子也得些食力。渐渐天昏，方丈里点起灯来，众僧一则是问唐僧取经来历，二则是贪看那女子都攒攒簇簇，排列灯下。三藏对喇嘛僧道："院主，明日离了宝山，西去的路途如何？"那僧双膝跪下，慌得长老一把扯住道："院主请起，我问你个路程，你为何行礼？"那僧道："老师父明日西行，路途平正，不须费心。只是眼下有件事儿不尴尬，老师都在小和尚房中安歇甚好，这位女菩萨不方便，不知请他那里睡好。"三藏道："院主，你不要疑我们有甚邪心。早间打黑松林过，撞见这个女子绑在树上。是我发菩提心，将他救了到此，随院主送他那里睡去。"那僧道："既老师宽厚，请他到天王殿里，安排个草铺，教他睡罢。"三藏道："甚好，甚好。"遂叫小和尚引那女子往殿后睡去。长老在方丈中，请众僧各散。分付悟空："早睡早起。"遂一处都睡了。

天明行者起来，教八戒、沙僧收拾行囊、马匹，却请师父走路。此时长老还贪睡未醒，行者近前叫声"师父"。那师父把头抬了一抬，又不曾答应。行者问："师父怎么说？"长老呻吟道："我怎么这般头悬眼胀，浑身皮骨皆疼？"八戒听说，伸手去摸摸，身上有些发热。呆子笑道："我晓得了，这是昨晚见没钱的饭，多吃了几碗，伤食了。"三藏道："不是，我半夜起来解手，不曾戴得帽子，想是风吹了。"行者道："如今可走得路么？"三藏道："我如今起坐不得，怎么上马？但只误了路啊！"行者道："师父，你既身子不快，说甚么误了行程，便宁耐几日何妨！"兄弟们都伏侍着师父，不觉的早尽午来昏又至，良宵才过又侵晨。

光阴迅速，早过了三日。那一日，师父欠身起来叫道："悟空，这两日病体沉疴，不曾问得你，那个脱命的女菩萨，可曾有人送些饭与他吃？"行者笑道："你管他怎的，且顾了自家的病着。"三藏道："你且扶我起来,取出我的纸、笔、墨,寺里借个砚台来使使。”行者道:“要怎的?”长老道:“我要修一封书,并关文封在一处,你替我送上长安,见太宗皇帝一面。”行者道:“这个容易,我老孙别事无能,若说送书,人间第一。你把书收拾停当与我,我一觔斗送到长安,递与唐王,再一觔斗回来,你的笔砚还不干哩。只是你寄书怎的?且把书意念念我听。”长老滴泪道:“我写着:臣僧稽首三顿首,万岁山呼拜圣君;当年奉旨离东土,指望灵山见世尊。不料途中遭厄难,何期半路有灾迍。僧病沉疴难进步,佛门深远接天门。有经无命空劳碌,启奏当今别遣人。”行者闻言,忍不住呵呵大笑道:“师父,你忒不济,略有些病儿,就起这个意念。你若是病重,要死要活,只消问我。我老孙自有个本事,问道‘那个阎王敢起心?那个判官敢出票?那个鬼使来勾取?’若恼了我,我拿出那大闹天宫的性子,一路棍打入幽冥,捉住十代阎王,一个个抽了他的觔,还不饶他哩!”三藏道:“徒弟呀,我病重了,切莫说这大话。”

八戒道:“师兄,若师父十分不好。我们好趁早打点送终之事。”行者道:“呆子又乱说了!你不知道。师父是我佛如来第二个徒弟,原叫做金蝉长老,只因他轻慢佛法,该有这场大难。”八戒道:“哥呵,师父既是轻慢佛法,贬东土,如今发愿往西天拜佛求经,千魔百难,受的苦也勾了,怎么又叫他害病?”行者道:“你那里晓得,师父不曾听佛讲法,打了一个盹,往下一失,左脚下蹦了一粒米。下界来,该有这三日病。”八戒惊道:“像老猪吃东西泼泼撒撒的,也不知害多少年代病哩!”行者道:“兄弟,佛不与你众生为念。师父只今日一日,明日就好了。”三藏道:“我今日比昨不同,咽喉里十分作渴。你去寻些凉水来我吃。”行者道:“师父要水吃,便是好了。等我取水去。”

即时取了钵盂,往寺后香积厨取水。忽见那些和尚一个个眼儿通红,悲啼哽咽。行者道:“你们这些和尚,忒小家子样!我们住几日,临行谢你,柴火钱照日算还。怎么这等脓包?想是我那长嘴师父食肠大,吃伤了你的本儿也。”众僧道:“老爷,我这荒山,大大小小也有百十众和尚,每一人养老爷一日,也养得起百十日。怎么敢计较甚么食用。”行者道:“既不计较,你却为甚么啼哭?”众僧道:“老爷,不知是那里来的妖邪在这寺里。我们晚间着两个小和尚去撞钟打鼓，只听得钟鼓响罢，再不见人回。至次日找寻，只见僧帽僧鞋，丢在后边园里，骸骨尚存，将人吃了。你们住了三日，我寺里不见了六个和尚。故此，我们不由的不怕，不由的不伤。因见你老师父贵恙，不敢传说，忍不住泪珠偷垂也。”

行者闻言，又惊又喜道：“不消说了，必定是妖魔在此伤人也。等我与你剿除他。”众僧道：“老爷，妖精不精者不灵，一定会腾云驾雾，出幽入冥。老爷，你莫怪我们说，你若拿得他住，便与我荒山除了这祸根，正是三生有幸了；若还拿他不住呵，却有好些儿不便处。”行者道：“怎叫做好些不便处？”那众僧道：“不瞒老爷说。我这荒山，虽有百十众和尚，却都是自小儿出家的，发长寻刀削，衣单破衲缝。早起洗了脸，叉手躬身皈大道；夜来烧着香，虔心叩齿念弥陀。因此上也不会伏虎，也不会降龙；也不识的怪，也不识的精。你老爷若还惹起那妖魔呵，我百十个和尚只彀他一顿饱，一则误了我众生轮回，二则灭了这禅林古迹。这却是好些儿不便处。”行者闻言发怒，高叫道：“你这众和尚好呆哩！只晓得那妖精，就不晓得我老孙的行止？”众僧道：“实不晓得。”行者道：“我今日略节说说，你们听着。我也曾花果山独霸称雄，我也曾灵霄殿大闹天宫。饥时把老君的丹，略略咬了两三颗；渴时把玉帝的酒，轻轻嗙了六七钟。睁着一双金睛眼，天惨淡，月朦胧；拿着一条金箍棒，来无影，去无踪。说甚么大精小怪，那怕他恶虎强龙。一赶赶上去，跑的跑，躲的躲；一捉捉将来，研的研，舂的舂。正是八仙同过海，独自显神通。众和尚，我拿这妖精与你看看，你才认得我老孙。”众僧听着，暗点头道：“这和尚开大口，说大话，想是有些来历。”都一个个诺诺连声，只有那喇嘛僧道：“且住！你老师父有恙，你拿这妖精不打紧，你两下里角斗，倘贻累你师父，不当稳便。”

行者道：“有理，有理，我且送凉水与师父吃了再来。”即捧了一钵盂凉水，到方丈里递与师父。三藏正当烦渴之时，便捧着水，只是一吸。行者见长老精神渐爽，眉目舒开，问道：“师父，可吃些汤饭么？”三藏道：“这凉水就是灵丹一般，这病儿减了一半，有汤饭也吃得些。”行者连声高叫道：“我师父好了，要汤饭吃哩。”那些和尚忙忙的安排了几桌素食送进。唐僧只吃得半碗儿粉汤。行者、沙僧用了一席。其余的都是八戒一并食之。家火收去，点起灯来，众僧各散。

三藏道：“我们今住几日了？”行者道：“三整日矣。师父既好了，明日去罢！”三藏道：“正是，就带几分病儿，也没奈何！”行者道：“既是明日要去，且让我今晚捉了妖精者。”三藏惊道：“又捉甚么妖精？”行者道：“有个妖精在这寺里，等老孙替他捉捉。”唐僧道：“徒弟呀，我的病身未可，你怎么又兴此念？倘那怪有神通，你拿他不住呵，却又不是害我？”行者道：“你好灭人威风。老孙到处降妖，你见我弱与谁的？只是不动手，动手就要赢。”三藏扯住道：“徒弟，常言说得好：‘遇方便时行方便，得饶人处且饶人。操心怎似存心好，争气何如忍气高。’”大圣见师父苦苦阻他，他道：“师父，实不瞒你说，那妖在此吃了人了！”唐僧大惊道：“吃了甚人？”行者说道：“我们住了三日，已是吃了这寺里六个小和尚了。”长老道：“兔死狐悲，物伤其类。他既吃了寺内之僧，我亦僧也，我放你去，只要用心仔细些。”行者道：“不消说。”

你看他喜孜孜跳出方丈，径来佛殿看时，天上有星，月还未上，那殿里黑暗暗的。他就吹出真火，点起琉璃，东边打鼓，西边撞钟。响罢，摇身一变，变做个小和尚儿，年纪只有十二三岁，披着黄绢褊衫，白布直裰，手敲着木鱼，口里念经。等到二更时分，残月才升，只听见呼呼的一阵风响。那风才然过处，猛闻得兰麝香熏，环佩声响，即欠身抬头观看，呀！却是一个美貌佳人，径上佛殿。行者口里呜哩呜喇，只情念经。那女子近前，一把搂住道：“小长老，念的甚么经？”行者道：“《降魔经》。”女子道：“别人都自在睡觉，你还念经怎么？”行者道：“许下的，如何不念？”女子搂住，与他亲个嘴道：“我与你到后面耍耍去。”行者故意的扭过头去道：“你有些不晓事！”女子道：“我怎的不晓事？从来说：‘有缘千里来相会。’趁如今星光月皎，我和你到后园中交欢去也。”行者闻言，暗点头道：“那几个愚僧，都被色欲引诱，所以伤了性命。他如今也来哄我。”就随口答应道：“娘子，我出家人年纪尚幼，却不知甚么交欢之事。”女子道：“你跟我去，我教你。”行者暗笑道：“也罢，我跟他去，看他怎生摆布。”

他两个搂着肩，携着手，出了佛殿，径至后边园里。那怪把行者使个绊子腿，跌倒在地。口里“心肝哥哥”的乱叫，将手就去捏他的臊根。行者道：“我的儿，真个要吃老孙哩！”却被行者接住他手，使个小坐跌法，把那怪一毂辘掀翻在地上。那怪口里还叫道：“心肝哥哥，你倒会跌你的娘哩！”行者想道：“不趁此时下手他，还到几时？”正是先下手为强，就一跳跳起来，现出原身，轮铁棒劈头就打。那怪吃了一惊道：“这个小和尚，这等利害！”定睛一看，原来是那唐长老的徒弟姓孙的。他也不惧，便随手架起双股剑，叮叮当当的左遮右格。只见阴风四起，残月无光，他两人后园中各逞神通争斗。

大圣精神抖擞，棍儿没半点差池。妖精自料敌他不住，猛可的眉头一蹙，计上心来，抽身便走。行者喝道：“泼货！那走！快快来降！”那妖只是不理。等行者赶到紧急之时，即将左脚上花鞋脱下来，念个咒语，叫：“变！”就变做本身模样，使两口剑舞将来。真身一晃，化阵清风，竟撞到方丈里，把三藏摄将去。眨眨眼就到了陷空山，进了无底洞，叫小的们安排素筵席成亲不题。

却说行者斗得心焦，闪一个空，一棍把那妖打落下来，乃是一只花鞋。行者晓得中了他计，连忙转身来看师父。那有个师父？只见那呆子和沙僧口里哼哼哝哝说甚么。行者怒气填胸，也不管好歹，捞起棍来一片打，连声叫道：“打死你们！打死你们！”那呆子慌得走也没路。沙僧却是个灵山大将，见得事多，就软款温柔，近前跪下道：“兄长，我知道了，想你要打杀我两个，也不去救师父，径自回家去哩。”行者道：“我打杀你两个，我自去救他！”沙僧笑道：“兄长说那里话！无我两个，真是单丝不线，孤掌难鸣。兄阿，这行囊、马匹，谁与看顾？宁学管、鲍分金，休仿孙、庞斗智。自古道：‘打虎还得亲兄弟，上阵须教父子兵。’望兄长且饶打，待天明和你同心戮力，寻师去也。”行者虽是性情刚烈，却也明理察情，见沙僧如此说，便就回心道：“你都起来。明日找寻师父，却要用力。”那呆子听见饶了，恨不得许下半边天道：“哥阿，这个都在老猪身上。”

兄弟们这一夜那曾得睡，只坐到天晓，收拾要行。早有寺僧来问：“老爷那里去？”行者笑道：“不好说。昨日对众夸口，说与你们拿妖精，妖精未曾拿得，倒把我个师父不见了。我们寻师父去哩！”众僧害怕道：“老爷，小可的事，倒带累老师，却往那里去寻？”行者道：“有处寻他。”众僧连忙的端了两三盆汤饭。八戒尽吃个饱，道：“好和尚！我们寻着师父，再到你这里来耍子。”行者道：“还到这里吃他饭哩！你去天王殿里看看那女子在否？”众僧道：“老爷，不在了。就是当晚宿了一夜，第二日就不见了。”

行者喜喜欢欢，谢别众僧，着八戒、沙僧牵马挑担，径回东走。八戒道：“哥哥差了，怎么又往东行？”行者道：“你岂知道！前日那黑松林绑的那个女子，老孙把他认透了，你们都认做好人。今日吃和尚的也是他，摄师父的也是他！你们救得好女菩萨！今既摄了师父，还从旧处找寻去也。”二人方才叹服，急急同林内搜索，那有踪影。

行者心焦，掣出棒来。摇身一变，变作三头六臂，六只手理着三根棒，在林里辟哩拨喇的乱打。八戒见了道：“沙僧，师兄着了恼，寻不着师父，弄做个气心风了。”不期行者打了一路，打出两个老头儿来，一个是山神，一个是土地，上前跪下道：“大圣，山神、土地来见。”八戒道：“好阿！打了一路，打出两个山神土地。若再打一路，连太岁都打出来也。”行者问道：“山神、土地，我闻得汝等在此，专一结伙强盗，强盗得了手，买些猪羊祭赛你，又与妖精打伙儿把我师父摄来。如今藏在何处，快快的从实供来，免打！”二神慌了道：“大圣错怪了我耶！妖精不在小神山上，但只夜间闻风响处，小神略知一二。他在那正南下，离此有千里之遥。那厢有一山，唤做陷空山。山中有个洞，叫做无底洞。是那山里妖精，到此变化摄去也。”行者听言，暗自惊心，即喝退二神，收了法身，现出本相，与八戒、沙僧道：“师父去得远了。”八戒道：“远便驾云赶去！”

呆子就一纵狂风先起，随后是沙僧驾云。那白马原是龙子出身，驮了行李，也踏了风雾。大圣随起觔斗，一直南来。不多时，早见一座大山，阻住云脚。三人都按定云头，落在山上。行者叫沙僧：“我和你且在此，着八戒先下山门里打听打听，看端的可有洞府，我们好一齐去寻师父。”呆子即放下钯，抖抖衣裳，空着手，跳下高山，找寻路径。这一去毕竟不知好歹如何，且听下回分解。

第八十二回 姹女求阳 元神护道

却说八戒跳下山，寻着一条小路，依路前行，有五六里远近，忽见二个女妖，在那井上打水。他怎么认得是女怪？见他头上戴一顶一尺二三寸高的篾丝鬏髻，甚不时兴。呆子走近前叫声"妖怪"。那妖闻言大怒，两人互相说道："这和尚憨憨！我们又不与他相识，平时又没有调得嘴惯，他怎么叫我们做妖怪！"轮起抬水的杠子，劈头就打。

这呆子手无兵器，遮架不得，被他捞了几下，侮着头跑上山来道："哥阿，回去罢！妖怪凶！"行者道："怎么凶？"八戒道："山凹内两个女妖精在井上打水，我只叫了他一声，就被他打了我三四杠子。"行者道："你叫他做甚么的？"八戒道："我叫他做妖怪。"行者笑道："打得还少！"八戒道："谢你照顾！头都打肿了，还说少哩！"行者道："温柔天下去得，刚强寸步难移。他们是此地之妖，我们是远来之僧，你一身都是手，也要略温存。你就去叫他做妖怪，他不打你打谁？岂不闻'人将礼乐为'？"八戒道："这却不晓得！"行者道："你自幼在山中吃人，你晓得有两样木么？"八戒道："不知，是甚么木？"行者道："一样是杨木，一样是檀木。杨木性格甚软，巧匠取来，或雕圣像，或刻如来，妆金上粉，嵌玉装花，万人烧香礼拜，受了无量之福。那檀木性格刚硬，油房里取了去做柞撒，使铁箍箍了头，又使铁锤往下打，只因刚强，所以受此苦楚。"八戒道："哥呵，你这话儿早与我说说，也不受他打了。"行者道："你还去问他个端的。"八戒道："这去他认得我了。"行者道："你变化了去。"八戒道："哥呵，且如我变了，却怎么问他？"行者道："你到他跟前，行个礼儿。看他多大年纪，若与我们差不多，叫他声'姑娘'；若比我们老些儿，叫他声'奶奶'。"八戒笑道："可是蹭蹬！这般许远的田地，认甚么亲！"行者道："不是认亲，要套他的话哩。若是他拿了师父，就好下手；若不是他，却不误了我别处干事？”八戒道：“说得有理，等我再去。”

他即把钉钯撒在腰里，下山凹，摇身一变，变做个黑胖和尚，摇摇摆摆，走近怪前，深深唱个大喏道：“奶奶，贫僧稽首了。”那两个喜道：“这个和尚却好。”便问：“长老，那里来的？”八戒道：“那里来的。”又问：“那里去的？”又道：“那里去的。”又问：“你叫做甚么名字？”又答道：“我叫做甚么名字。”那怪笑道：“这和尚好便好，只是没来历，会说顺口话儿。”八戒道：“奶奶，你们打水怎的？”那怪道：“和尚，你不知道。我家老夫人今夜里摄了一个唐僧在洞内，要款待他。我洞中水不干净，差我两个来此，打这阴阳交媾的好水，安排素筵，与唐僧吃了，晚间要成亲哩。”

那呆子闻言，急抽身跑上山，叫沙和尚：快拿将行李来，我们分了罢！”沙僧道：“二哥，又分怎的？”八戒道：“师父已在那妖精洞里成亲哩，我们都各安生理去也！”行者道：“这呆子又乱说了！那妖精把师父困在洞里，师父眼巴巴的望我们去救，你却说这样话。”八戒道：“怎么救？”行者道：“我们跟着那两个女怪，做个引子，引到那门前，一齐下手。”

真个呆子随着行者，远远的标着那两妖。渐入深山，有一二十里远近，忽然不见。八戒惊道：“师父是日里鬼拿去了！”行者道：“你怎么晓得？”八戒道：“那两个怪，正抬着水，忽然不见了，却不是日里鬼？”行者道：“想是钻进洞去了，等我去看看。”

大圣急睁火眼金睛，漫山观看，果然不见动静，只见那陡崖前，有一座玲珑剔透山，山前有一架三檐四簇的牌楼，上有六个大字，乃“陷空山无底洞”。行者道：“兄弟呀，这妖精把个架子支在这里，还不知门向那里开哩。”转过牌楼下看时，那山脚下有一块大石，约有十余里方圆；正中间有缸口大的一个洞儿，爬得光溜溜的。八戒道：“哥呵，这就是妖精出入洞也。”行者看了道：“怪哉！我老孙自保唐僧，妖怪也拿了些，却不曾见这样洞府。八戒，你先下去试试，看有多少浅深，我好进去救师父。”八戒摇头道：“这个难，这个难，我老猪身子夯夯的若塌了脚吊下去，不知二三年可得到底哩！”行者道：“就有多深么？”八戒道：“你看！”大圣伏在洞口上，仔细往下一看，咦！深呵！周围足有三百余里。回头道："兄弟，果然深得紧！"八戒道："我们回去罢。师父救不得耶！"行者道："你说那里话。莫生懒惰意，休起畏难心。且将行李、马匹安顿了，你两个拦住洞门，让我进去打听打听。若师父果在里面，我把妖精从内打出，你两个却在外面挡住，这是里应外合。打死精灵，才救得师父。"二人遵命。

行者却将身一纵，跳入洞中，足下冉冉生云。不多时，到于深远之处，那里边明明朗朗，一般的有日色风声，又有花草果木。行者道："好去处呵，也是个洞天福地！"正看时，又有一座二滴水的门楼，团团都是松竹，内有许多房舍。又想道："此必是妖精的住处了，我且变化了，到里边去打听打听。"即摇身捻诀，变做一个苍蝇儿，轻轻的飞进去。只见那怪高坐在草亭内。他那模样，比在寺里更是不同，越发打扮得俊俏了。行者听了半晌，只见他绽破樱桃，喜孜孜的叫："小的们，快安排素筵席来，我与唐僧哥哥吃了成亲。"行者暗笑道："真个有这话！我且进去看师父在那里，不知他的心事如何？"即转翅，飞到里边看处，那东廊下锁着门，红纸格子里面坐着唐僧哩。

行者一头撞进去，飞在唐僧光头上叮着，叫声"师父"。三藏认得声音，叫道："徒弟，救我呵！"行者道："师父，那妖精安排筵宴，与你吃了成亲哩。或生下一男半女，也是你和尚后代，你愁怎的？"长老咬牙切齿道："徒弟，我一向西来，那一日有甚歪意？今被这妖精拿住，要求配偶，我若把真阳丧了，我就身堕轮回，打在阴山背后，永世不得翻身！"行者笑道："既然如此，老孙带你去罢。"三藏道："进来的路儿，我通忘了。"行者道："莫说忘了路。他这洞古怪，不是好走进走出的，是打上头往下钻。如今救你出去，要打底下往上钻。还不知可有本事钻出去哩。"三藏满眼垂泪道："似此艰难，怎生是好？"行者道："没事！没事！那妖精整治酒与你吃，没奈何也吃他一钟，你便回他一钟。只要斟得急些，斟起一个喜花儿来，等我变作个蟭蟟虫儿，飞在酒泡之下。他把我一口吞下肚去，我就捻破他的心肝五脏，弄死了他，你才得脱身出去。"三藏道："也罢，也罢，你可跟着我。"

他师徒两个，商量才定，那妖早已安排停当。只见他走近东廊，开了门，叫声"长老"，唐僧不敢答应。又叫一声，唐僧没奈何应他一声道:“娘子,有。”那妖即把唐僧搀起,和他携手挨肩,交头接耳。你看他做出那千般娇态,万种风情,岂知三藏一腔子烦恼!正是:真僧何意遇娇娃,妖冶娉婷实可夸。淡淡翠眉分柳叶,盈盈丹脸衬桃花。绣鞋微露双钩凤,云髻高盘两鬓鸦。含笑与师携手处,香飘兰麝满袈裟。

妖精挽着三藏,行近草亭道:“长老,我办了一杯酒,和你酌酌。”唐僧道:“娘子,贫僧自不用荤。”妖精道:“我知你不吃荤,因洞中水不洁净,特命山头上取阴阳交媾的净水,做些素果素菜筵席,和你耍子。”唐僧只得跟他进去。那妖露尖尖玉指,捧艳艳金杯,满斟美酒,递与唐僧,叫道:“长老哥哥妙人,请一杯交欢酒儿。”三藏羞答答的接了酒,心下踌躇。只听得行者在耳边说道:“这是葡萄素酒,吃他一钟无妨。”三藏只得吃了。急取酒满斟一钟,回与妖怪。果然斟起一个喜花儿来。行者变作个蟭蟟虫儿,轻轻的飞入喜花之下。那妖精在手且不吃,把杯儿放下,与唐僧拜了两拜,口里娇娇怯怯,叙了几句情话,却才举杯。那花儿已散,露出虫来。妖精也认不得是行者变的,就把小指挑起,往下一弹。

行者见事不谐,料难入他腹,即时变一个饿老鹰,飞起来,轮开爪,响一声掀翻桌席,把那些果菜盘碟尽皆摔碎,撇却唐僧,飞将出去。唬得妖精心胆皆裂,战战兢兢搂住唐僧道:“长老哥哥,此物是那里来的?”三藏道:“贫僧不知。”妖精道:“我费了许多心,安排这个素宴与你耍耍,却不知这个扁毛畜生,从那里飞来,把我的家火打碎!”众妖道:“夫人,这些素品都泼散在地,秽了怎用?”那妖精道:“小的们,我知道了,想必是我把唐僧困住,天地不容,故降此物。你们将碎家火拾出去,另安排些酒肴,不拘荤素,我指天为媒,指地作证,然后再与唐僧成亲。”依然把长老送在东廊里坐下不题。

却说行者飞出去,现了本相,到洞口,叫声“开门”。八戒沙僧听得,撒开兵器。行者跳出,八戒动问备细,行者把上项事说了一遍,道:“兄弟们还在此间把守,等老孙再进去来。”复翻身入里面,还变做个苍蝇儿,叮在门楼上听之,只闻得这妖气哼哼的,在亭子上分付:“小的们,不论荤素,拿来烧纸。我借天地为媒证,务要与唐僧成亲。”行者暗笑道:“这妖精全没一些儿廉耻!青天白日把个和尚关在家里摆布。且等我再去看看师父。”嘤的一声,又飞在东廊之下,只见那师父坐在里边,清泪滴腮。行者钻将进去,叮在头上,叫声“师父”。长老认得,跳起来抱怨道:“你弄变化,打破家火,能值几何!斗得那妖精淫兴发了,如今不分荤素安排,定要与我交媾,此事怎了!”行者陪笑道:“师父莫怪,有救你处。”唐僧道:“怎生救我?”行者道:“我才飞起去时,见他后边有个花园。你哄他往园里去耍子。走到桃树边就莫走了,等我飞上桃枝,变作个红桃子。你可摘下来奉他,他必然也摘一个回你,你把红的定要让他。他若一口吃了,我在他肚里却捣破皮袋,扯断肝肠,弄死他,你就脱身了。”三藏道:“你若有手段,就与他赌斗便了,只要钻在他肚里怎么?”行者道:“师父,你不知。他这个洞,若好出入,便可与他赌斗;只为出入艰难,不便动手,须是这般捽手干,大家才得干净。”三藏点头听信。

师徒商量已定,三藏才欠身扶着格子叫道:“娘子,娘子。”那妖听见,笑嘻嘻的跑来道:“妙人哥哥,有甚话说?”三藏道:“娘子,我这一路西来,奔忙劳苦,昨在镇海寺偶得伤风重疾,出了汗,才略好些。又蒙娘子携来仙府,闷坐了这一日,又觉心神不爽。你带我那里略散心耍耍儿去么?”那妖十分欢喜道:“妙人哥哥,倒有兴趣,我和你去花园内耍耍。”叫小的们开了园门,打扫路径。这妖精开了格子,搀出唐僧。你看那许多小妖,都是油头粉面,嬝娜娉婷,簇拥着唐僧径到花园之内。那妖俏语低声叫道:“妙人哥哥,这里耍耍,真可散心释闷。”唐僧与他携手相搀,缓步玩赏,看不尽的奇葩异卉。

行过了许多亭阁,忽抬头到了桃树林边。行者把师父头上一掐,就飞在桃树枝上,摇身一变,变作个桃子儿,其实红得可爱。长老对妖精道:“娘子,你这苑内花香,枝头果熟,怎么这桃树上果子青红不一,何也?”妖精笑道:“天无阴阳,日月不明;地无阴阳,草木不生;人无阴阳,不分男女。这桃树上果子,向阳处有日色者先熟,故红;背阴处者还生,故青。此阴阳之道理也。”三藏道:“谢娘子指教。”即向前伸手摘一个红桃。妖精也去摘了一个青桃。三藏躬身将红桃奉与妖怪道:“娘子,你爱色,请吃这个红桃,拿青的来我吃。”妖精真个换了，暗喜道："好和尚啊！果是个情人！一日夫妻未做，却就有这般恩爱。"这唐僧把青桃拿过来就吃，那妖欢喜相陪，启朱唇，露银牙，把红桃张口便咬。行者十分性急，毂辘一个跟头，翻入他肚腹之中。妖精害怕，对三藏道："长老呵，这个果子怎么不容咬破，就滚下去了？"三藏道："娘子，新开园的果子爱吃，所以下去得快了。"

行者在他肚里，复了本相，叫声："师父，不要与他答嘴，老孙已得了手也！"三藏道："徒弟方便着些。"妖精听见道："你和那个说话哩？"三藏道："和我徒弟孙悟空说话哩。"妖精道："孙悟空在那里？"三藏道："在你肚里哩，却才吃的那个红桃子不是？"妖精慌了道："罢了！罢了！我是死也！孙行者，你千方百计的钻在我肚内怎的？"行者道："也不怎的！只是吃了你的六叶连肝肺，三毛七孔心；五脏都掏净，弄做个梆子精！"妖精听说，唬得魂飞魄散。

行者在肚内，就轮拳跳脚，支架子，理四平，几乎把个皮袋儿捣破了。那妖忍不住疼痛，倒在尘埃，半晌家不言语。行者见不言语，想是死了，却把手略松一松，他又回过气来，叫："小的们在那里？"原来那些小妖，自进园来，各人知趣，都各自去采花斗草耍子，让那妖与唐僧两个自在叙情儿。忽听得叫，却才都跑将来，又见妖精倒在地上，面容改色，口里哼唤不绝，连忙搀起道："夫人怎的，想是急心疼了？"妖精道："不是，不是，我肚里已有了人也！快把这和尚送出去！"那些小妖真个都来扛抬，行者在肚内叫道："那个敢抬！要便是你自家送我师父出去，我饶你命！"那怪一心惜命，只得挣起来，把唐僧背在身上，拽开步，往外就走。小妖跟随道："夫人，往那里去？"妖精道："留得五湖明月在，何愁没处下金钩！把这厮送出去，等我别寻一个头儿罢！"

他一纵云光，直到洞口。又闻得叮叮当当，兵器乱响，三藏道："徒弟，外面兵器响哩。"行者道："是八戒揉钯哩，你叫他一声。"三藏便叫："八戒！"八戒听见道："沙和尚，师父出来也！"二人掣开钯杖，妖精把唐僧驮出。咦！正是：心猿入穴降邪怪，土木同门接圣僧。毕竟不知那妖性命如何，且听下回分解。

第八十三回 心猿识得丹头 姹女还归本性

却说三藏被妖精送出洞外，沙僧问道：“师父出来，师兄何在？”三藏指着妖精道：“悟空在他肚里哩。”八戒笑道：“腌脏杀人！在肚里做甚？出来罢！”行者在里边叫道：“张开口，等我出来！”那怪真个把口张开。行者变得小小的，爬在咽喉之内，正欲出来，又恐他无礼来咬。即将铁棒吹口仙气，变作个枣核钉儿，撑住他的上腭子，把身一纵，跳出口外。就把铁棒顺手带出，把腰一躬，还是原身法像，举起棒来就打。那妖也随手取出两口宝剑，叮当架住。两个在山头上重复赌斗。

八戒口里絮絮叨叨，对沙僧道：“兄弟，师兄歪缠！才子在他肚里，轮起拳来，送他一个满腔红，爬开肚皮出来，却不了帐？怎么从他口里出来，却又与他争战，让他这等猖狂！”沙僧道：“正是。却也亏了师兄深洞中救出师父。且请师父自家坐着，我和你各持兵器，助助大哥，打倒妖精去来。”八戒摆手道：“不，不，不！他有神通，我们不济。”沙僧道：“说那里话！都是大家有益之事，去来，去来。”

他两个不顾师父，一齐驾风赶上，举钯杖望妖精乱打。那妖战行者一个尚是不能，又加二人，怎生抵敌，急回头抽身就走。行者喝兄弟们赶上。那妖见他们赶来，即将右脚上花鞋脱下来，变作本身模样，使两口剑舞将来，真身一幌，化一阵清风，径直回去。这番也只说战他们不过，顾命而回，岂知又有这般巧事！也是三藏灾星未退。他到洞门前牌楼下，却见唐僧在那里独坐，他就近前一把抱住，抢了行李，咬断缰绳，连人和马，复又摄将进去不题。

且说八戒闪个空，一钯把妖精打落地，乃是一只花鞋。行者看见道：“你这两个呆子！看师父罢了，谁要你来帮甚么功！”八戒道：“沙和尚，如何么！我说莫来。这猴子好的有些夹脑风，我们替他降了妖怪，返落得他生报怨！”行者道：“在那里降了妖怪？那妖怪昨日与我战时，也使了一个遗鞋计哄了我走了。不知师父如何，我们且去看看！”

三人急回来，果然没了师父，连行李白马一并无踪。慌得八戒、沙僧前后跟寻。大圣亦心焦性燥。正寻觅处，只见那路旁边斜拖着半截儿缰绳。他一把拿起，不觉满眼流泪。八戒忍不住仰天大笑，行者骂道：“你这个夯货！又是要散火哩！”八戒道：“哥哥，不是这话。师父一定又被妖精摄进洞去了。常言道：‘事无三不成。’你进洞两遭了，再进去一遭，管情救出师父来也。”行者揩了眼泪道：“也罢，到此地位，势不容已。你两个好生把守洞口。”

大圣复转身，跳入里面，径到了妖精宅外，见那门楼关了，轮铁棒一下打开，闯将进去。那里边静悄悄，全无人迹，东廊下不见唐僧，亭子上桌椅与各处家火，一件也无。原来他那洞内周围有三百余里，妖精窠穴甚多。前番摄唐僧在此，被行者寻着，今番搬去，不知去向。恼得这行者跌脚捶胸，正自吆喝暴躁之间，忽闻得一阵风烟扑鼻，他道：“这香烟从后面飘出，想是在后头哩。”拽开步，走将进去看时，只见有三间倒坐儿，靠壁铺一张供桌，桌上香炉内香烟馥郁。那上面供养着一个大金字牌，牌上写着“尊父李天王之位”，略次些儿，写着“尊兄哪吒三太子位”。行者见了满心欢喜，也不去搜妖怪找唐僧，把那牌子并香炉拿将起来，返云光，径至洞口，唏唏哈哈，笑声不绝。

八戒沙僧迎着行者道：“哥哥这等欢喜，想是救出师父也？”行者笑道：“不消我们救，只问这牌子要人。”放在地下道：“你们看！”沙僧近前看了道：“此意何也？”行者道：“这是那妖精家供养的。我闯入他住居之所，见人迹俱无，惟有此牌。想是李天王之女，三太子之妹，思凡下界，假捏妖邪，将我师父摄去。不问他要人，却问谁要？你两个且在此把守，等老孙执此牌位，径上天堂玉帝前告个御状，教天王爷儿们还我师父。”八戒道：“哥呵，御状岂是轻易告的？”行者笑道：“我有主张，我把这牌位香炉做个证见，另外再备纸状儿。”八戒道：“状儿上怎么写？你且念念我听。”行者道：“告状人孙悟空，年甲在牒，系东土唐朝西天取经僧唐三藏徒弟。告为假妖摄陷人口事。彼有托塔天王李靖同男哪吒太子，闺门不谨，走出亲女，在下方陷空山无底洞变化妖邪，迷害多命。今将师身摄陷无踪。切思伊父子不仁，故纵女氏成精害众。伏乞怜准，行拘至案，收邪救师，明正罪犯，深为恩便。有此上告。”八戒沙僧闻言道：“哥呵，告的有理，必得上风。快去快来。”

大圣执着牌位香炉，一驾祥云，直至南天门里通明殿下，四大天师迎面作礼道：“大圣何来？”行者道：“有纸状儿，要告两个人哩。”天师吃惊道：“这个赖皮，不知要告那个？”无奈将他引入灵霄殿下。行者将牌位香炉放下，朝上礼毕，将状子呈上。玉帝从头看了，即将原状批作圣旨，命太白金星同原告到云楼宫宣托塔李天王见驾。原来云楼宫是天王住宅，行者随金星同到，天王遂出迎迓，见金星捧着旨意，即命焚香。及转身，看见行者，天王忍不住道：“老长庚，你赍得是甚么旨意？”金星道：“是孙大圣告你的状子。”天王听见个“告”字，大怒道：“他告我怎的？”金星道：“告你假妖摄陷人口事。你焚了香，请自家开读。”那天王气呼呼的设了香案，望空拜毕，展开旨意看了，原来是如此如此，恨得他手扑着香案道：“这个猴头！他错告我了！”金星道：“且息怒，现有牌位香炉在御前作证，说是你亲女哩。”天王道：“我只有三个儿子，一个女儿。大小儿名君吒，侍奉如来，做前部护法。二小儿名木叉，在南海随观世音做徒弟。三小儿名哪吒，在我身边，早晚随朝护驾。一女年方七岁，名贞英，人事尚未省得，如何会做妖精！不信，抱出来你看。这猴头着实无礼！且莫说我是天上元勋，封受先斩后奏之职，就是下界小民，也不可诬告。律云：‘诬告加三等。’”叫手下把这猴头捆了。那庭下摆列着巨灵、鱼肚、药叉诸将，一拥上前，把行者捆倒。金星道：“李天王，莫闯祸呵！我在御前同他领旨来宣你的人。你怎么好捆他。”天王道：“金星呵，似他这等诈伪告扰，怎该容他！你且坐下，待我取砍妖刀砍了这个猴头，然后与你见驾回旨！”金星见他取刀，着实替行者害怕。行者全然不惧，笑吟吟的道：“老官儿放心，一些没事。老孙的买卖，原是这等做，一定先输后赢。”

说不了，天王轮过刀来，望行者劈头就砍。早有那三太子赶上前，将斩妖剑架住，叫道：“父王息怒。”天王大惊失色。噫！父见子以剑架刀，就当喝退，怎么反惊？原来有个缘故。当初天王生此子时，他左手掌上有个“哪”字，右手掌上有个“吒”字，故名哪吒。这太子三朝儿就下海净身闯祸，踏倒水晶宫，捉住蛟龙要抽觔为绦子。天王知道，恐生后患，欲待杀之。哪吒奋怒，将刀在手，割肉还母，剔骨还父，还了父精母血，一点灵魂，径到西方极乐世界告佛。佛正与众菩萨讲经，只闻得幢幡宝盖下有人叫道：“救命！”佛慧眼一看，知是哪吒之魂，即将碧藕为骨，荷叶为衣，念动起死回生《真言》，哪吒遂得了性命。运用神力，法降九十六洞妖魔，神通广大，后来要杀天王，报那剔骨之仇。天王无奈，告求我佛如来。如来赐他一座舍利子如意黄金宝塔，那塔上层层有佛，唤哪吒以佛为父，解释了冤仇。所以称为托塔李天王者。今日因闲在家，未曾托着那塔，恐哪吒有报仇之意，故此大惊失色。当时天王即向座上取了黄金宝塔，托在手中，才问哪吒道：“孩儿，你有何话说？”哪吒叩头道：“父王是有女儿在下界哩。”天王道：“我只生了你姊妹四个，那里又有女儿？”哪吒道：“父王忘了？那女儿原是个妖精，三百年前在灵山偷食了如来的香花灯烛，如来差我父子将他拿住。彼时只该打死，如来分付道，‘积水养鱼终不钓，深山喂鹿望长生。’当时饶了他性命。积此恩念，拜父王为父，拜孩儿为兄，在下方供设牌位，侍奉香火。不期他又成精，陷害唐僧，却被孙行者搜寻到巢穴之间，将牌位拿来，就坐名告了御状。此是结拜之恩女，非我同袍之亲妹也。”天王闻言悚然惊讶道：“孩儿，我实忘了，他叫做甚么名字？”太子道：“他有三个名字：他的本身出处，唤做金鼻白毛老鼠精；因偷香花灯烛，改名唤做半截观音；如今饶他下界，又改唤地涌夫人是也。”

天王却才省悟，放下宝塔，便亲手来解行者。行者就放起刁来道：“那个敢解我！要便连绳儿抬去见驾，老孙的官事才赢！”慌得天王手软，太子无言。大圣打滚撒赖，只要天王去见驾。天王无计可施，哀求金星说个方便。金星做好做歹，再三央求，行者方才许天王亲解其缚，请他上坐赔礼。行者对金星道：“老官儿，何如？我说先输后赢，买卖原是这等做。快催他去见驾，莫误了我的师父。”金星即催天王快走。天王那里敢去！怕他没的说做有的，怎生与他折辨？

没奈何又央金星方便。金星道:“我有一句话儿,你可依我?”行者道:“你说!你说!”金星道:“一日官事十日打,你告了御状,说妖精是天王的女儿,天王说不是,你两个只管在御前折辩,反复不已,天上一日,下界就是一年。这一年之间,那妖精把你师父陷在洞中,莫说成亲,若有个喜花下儿子,也生得一个小和尚了,却不误了大事?”行者低头想道:“是阿!老官儿,依你说来,旨意如何回缴?”金星道:“教李天王点兵,同你下去降妖,我去回旨。”行者道:“你怎么样回?”金星道:“我只说原告脱逃,被告免提。”行者笑道:“好阿!我倒看你面情罢了,你倒说我脱逃?教他点兵在南天门外等我,我和你回旨缴状去。”天王害怕道:“他这一去,若有言语,是臣背君也。”行者道:“你把老孙当甚么样人?我也是个大丈夫!一言既出,驷马难追,岂又有污言顶你?”

天王方谢了行者,行者与金星回了旨,即返云光,到南天门外,见天王、太子,布列天兵等候。那些神将,风滚滚,雾腾腾,随著大圣,一齐坠下云头,早到了陷空山上。八戒沙僧接着,同到洞口边。天王道:“不入虎穴,安得虎子!谁敢当先?”行者道:“我当先。”三太子道:“我奉旨降妖,我当先。”那呆子便莽撞起来,高声叫道:“当头还要我老猪!”天王道:“不须罗噪,依我分摆:孙大圣和太子同领着兵将下去,我们三人在口上把守,好教他上天无路,入地无门。”众人都道有理。

你看那行者和三太子,领了兵将,望洞里只是一溜。顷刻间停住云光,径到妖精旧宅。挨门搜寻,一处又一处,把那三百里地草都踏光了,那见个妖精?都只说:“这孽畜一定是早出了这洞,远远去了。”那晓得他在东南黑角落上,望下去,另有个小洞。洞里一重小小门,一间矮矮屋,盆栽几种花,檐傍数竿竹,黑气氤氲,暗香馥馥,老怪摄了三藏,搬在这里逼住成亲,只说行者再也找不着。谁知他命合该休,那些小怪在里面,哼哼嘈嘈,挨挨簇簇。中间有一个偶然伸出头来,望洞外略看一看,恰好撞着个天兵,一声嚷道:“在这里!”那行者捻着棒,一下闯将进去,那里边窄小,窝着一窟妖精。天兵一齐拥上,一个个那里去躲?

行者寻着唐僧和马匹、行李。那老怪寻思无路，看着哪吒太子，只是磕头求命。太子道："这是玉旨来拿你，不当小可。我父子只为受了一炷香，险些儿做出大事！"喝声天兵："取下缚妖索，把那些妖精都捆了！"返云光，一齐出洞。行者口里嘻嘻嗄嗄，天王掣开洞口，行者就引三藏拜谢了天王，太子。沙僧八戒只是要打杀了老怪，天王道："他是奉玉旨拿的，轻易不得。我们还要去回旨哩。"

一边天王、太子领兵押怪回天宫；一边唐僧四众策马挑担，齐上大路。毕竟不知前去何如，且听下回分解。

第八十四回　难灭伽持圆大觉　法王成正体天然

话说三藏固守元阳,脱离了无底妖洞,随行者投西前进。不觉夏时,正值那熏风初动,梅雨丝丝。师徒四众正行处,忽见那路旁柳阴中走出一个老母,搀着一个小孩儿,对唐僧高叫道:“和尚,不要走了,快早儿拨马东回,进西去都是死路。”唬得个三藏跳下马来,打个问讯道:“老菩萨,古人云:‘海阔从鱼跃,天空任鸟飞。’怎么西进就没路了?”那老母用手朝西指道:“那里去,有五六里远近,乃是灭法国。那国王前生那世里结下冤仇,今世里无端造罪。二年前许下一个罗天大愿,要杀一万个和尚,这两年陆陆续续,杀勾了九千九百九十六个无名和尚,只要等四个有名的和尚,凑成一万,好做圆满哩。你们若去到城中,都是送命王菩萨!”三藏闻言害怕,战兢兢的道:“老菩萨,深感盛情,感谢不尽!但请问可有不进城的方便路儿,我贫僧转过去罢。”那老母笑道:“转不过去,转不过去,只除是会飞的就过去了。”八戒卖嘴道:“妈妈儿莫说黑话,我们都是会飞的。”行者火眼金睛,认得那老母搀着孩儿,原是观音菩萨与善财童子,慌得倒身下拜,叫道:“菩萨,弟子失迎!”那菩萨一朵彩云,轻轻驾起,吓得个唐僧立身无地,只情跪着磕头。八戒、沙僧也慌朝天礼拜。一时间祥云渺渺,径回南海而去。

行者起来,扶着师父道:“请起来,菩萨已回宝山也。”三藏起来道:“悟空,感蒙菩萨指示,前边必有灭法国要杀和尚,我等怎生奈何?”行者道:“师父休怕!我们曾遭着那毒魔狠怪,更不曾伤损?此间乃是一国凡人,有何惧哉?只奈这里不是住处。天色将晚,恐有乡村人家上城回来的,看见我们是和尚,嚷出名去,不当稳便。且找下大路,寻个僻静之处,却好商议。”三藏依言,一行都闪下路来,到一个坑坎之下坐定。行者道:“兄弟,你两个好生保守师父,待老孙变化了,去那城中看看,寻一条僻路,连夜去也。”

说罢，他即将身一纵，唿哨的跳在空中。怪哉：上面无绳扯，下头没棍撑。一般同父母，他便骨头轻。伫立在云端里往下观看，只见那城中喜气冲融，祥光荡漾。行者道："好个去处，为何灭法？"看一会，渐渐天昏。他想着："我要下去，踏看路径，这般个嘴脸撞见人，必定说是和尚。"即摇身一变，变做个扑灯蛾儿。他翩翩翻翻，飞向六街三市。傍房檐，近屋角，正行时，忽见那隅头拐角上一湾子人家，人家门首都挂着个灯笼儿。他飞近前仔细观看，正当中一家子方灯笼上，写着"安歇往来商贾"六字，下面又写着"王小二店"四字，行者才知是开饭店的。又伸头打一看，看见有八九个人，都宽了衣服，卸了头巾，各各上床睡了。行者暗喜道："师父过得去了。"你道他怎么就知过得去？他要起个不良之心，等那些人睡着，要偷他的衣服头巾，妆做俗人进城。

正思忖处，只见那小二走向前分付："列位官人仔细些，我这里君子小人不同，各人的衣物行李都要小心着。"你想在外做买卖的人，那一样不仔细？又听得店家分付，越发谨慎。他都爬起来道："主人家说得有理，我们走路的人辛苦，只怕睡着不醒，一时失所，奈何？你将这衣服、头巾、褡裢都收进去，待天明交付与我们起身。"那王小二真个把些衣物之类，尽情都搬进他屋里去了。行者性急，展开翅，就飞入里面，丁在一个头巾架上。又见王小二去门首摘了灯笼，放下吊搭，关了门窗，却才进房，脱衣睡下。那小二有个婆子，带了两个孩子，哇哇聒噪，那婆子又拿了一件破衣，补补纳纳，急忙不睡。行者暗想："若等这婆子睡了下手，城门却不闭了？"他就忍不住，飞下去，望灯上一扑，那盏灯早已息了。他又摇身一变，变作个老鼠，喷喷哇哇的叫了两声，跳下来，拿着衣服头巾，往外就走。那婆子慌慌张张的道："老头子！不好了！夜耗子成精也！"行者闻言，又弄手段，拦着门叫道："王小二，莫听你婆子乱说，我不是夜耗子成精。明人不做暗事，吾乃齐天大圣临凡，保唐僧往西天取经。因到你这国里，特来借此衣冠用用，过了城即便送还。"那王小二听言，一毂辘爬起来，黑天摸地，捞着裤子当衫子，左穿也穿不上，右套也套不上。

大圣早已驾云出去，径至路下坑坎边。三藏见星光月皎，探身凝望,见行者来至近前,即问:“徒弟,可过得灭法国么?”行者上前放下衣物道:“师父,要过灭法国,和尚做不成。”三藏道:“怎么说?”行者道:“师父,他这城池我已看了。虽是国王无道杀僧,城上却倒有祥光喜气。适才在饭店内借了这几件衣服头巾,我们且扮作俗人,进城去借了宿,至四更天就起来,教店主安排了饭吃;捱到五更时候,挨城门而去,奔大路西行,就有人撞见扯住,只说是上邦钦差的,灭法王不敢阻滞,放我们来的。”沙僧道:“师兄处的最当,且依他行。”真个长老无奈,脱去褊衫、僧帽,穿了俗人的衣服,戴了头巾。沙僧也换了,八戒的头大,戴不得巾儿,被行者变了些针线,把头巾扯开,两顶缝做一顶,与他搭在头上;拣件宽大的衣服,与他穿了,然后自家也换上一套道:“列位,这一去,把师父徒弟四个字儿且收起。都要做弟兄称呼。师父叫做唐大官儿,你叫做朱三官儿,沙僧叫做沙四官儿,我叫做孙二官儿。但到店中,你们切休言语,只让我一个开口答话。等他问甚么买卖,只说是贩马的客人。把这白马做个样子,说我们是十弟兄,我四个先来赁店房卖马。那店家必然款待我们,临行时,等我谢他,却就走路。”长老只得屈从。

四众忙忙的牵马挑担赶城。此处是个太平境界,入更时分,尚未关门,径直进去,行到王小二店门首,只听得里边叫哩。有的说:“我不见了头巾!”有的说:“我不见了衣服!”行者只推不知,引着他们,往斜对门一家安歇。那家子还未收灯笼,即近门叫道:“店家,可有闲房儿我们安歇?”那里边有个妇人答应道:“有,有,有,请官人们上楼。”说不了,就有一个汉子来牵马。行者把马儿递与他牵进去,他引着师父,从灯影儿后面,径上楼门。那楼上有方便的桌椅,推开窗格,映月光齐齐坐下。只见有人点上灯来,行者拦门,一口吹息道:“这般月亮不用灯。”

那人才下去,又一个丫环拿四碗清茶,行者接住。楼下又走上一个妇人来,约有五十七八岁的模样,一直上楼,站着旁边问道:“列位客官,那里来的?有甚宝货?”行者道:“我们是北方来的,有几匹粗马贩卖。”那妇人道:“客人高姓。”行者道:“这一位是唐大官,这是朱三官,这是沙四官,我学生是孙二官。”妇人笑道:“异姓。”行者道:

"正是异姓同居。我们共有十个弟兄,我四个先来赁店房打火;还有六个在城外借歇,领着一群马,因天晚不好进城。待我们赁了房子,明早都进来,等卖了马才回。"那妇人道:"一群有多少马?"行者道:"大小有百十匹儿,都像我这个马的身子,却只是毛片不一。"妇人笑道:"孙二官人诚然是个客纲客纪。早是来到舍下,第二个人家也不敢留你。我舍下院落宽阔,槽札齐备,草料又有,凭你几百匹马都养得下。却一件:我舍下在此开店多年,也有个贱名。先夫姓赵,不幸去世久矣,我唤做赵寡妇店。我店里三样儿待客。如今先小人,后君子,先把房钱讲定后好算帐。"行者道:"说得是。你府上是那三样待客?常言道,货有高低三等价,客无远近一般看。怎么说三样待客,你试说说我听。"赵寡妇道:"我这里是上、中、下三样。上样者:是五果五菜的筵席,二位一张,请小娘儿陪唱陪歇,每位该银五钱,连房钱在内。"行者笑道:"相应呵!我那里五钱银子那得能彀。"妇人又道:"中样的:合盘桌儿,热酒筛来,凭自家猜枚行令,不用小娘儿,每位只该二钱银子。"行者道:"一发相应!下样儿怎么?"妇人道:"不敢在尊客面前说。"行者道:"也说说无妨,我们好拣相应的干。"妇人道:"下样者:没人伏侍,锅里有方便的饭,凭他怎么吃。吃饱了,拿个草儿,打个地铺睡觉,天光时,凭赐几文饭钱,决不争竞。"八戒听说道:"造化,造化!老朱买卖到了!等我看着锅底吃饱了饭,锅门前睡他娘!"行者道:"兄弟,说那里话!你我在江湖上,那里不撰几两银子!把上样的安排将来。"

那妇人满心欢喜,即叫看好茶来,厨下快整治东西。遂下楼去忙叫宰鸡宰鹅,杀猪杀羊,看好酒,拿白米做饭,白面捍饼。三藏在楼上听见道:"孙二官,他去宰杀牲口,怎好?"行者即去那楼门边跌跌脚道:"赵妈妈,你上来。"那寡妇上来道:"二官人有甚分付?"行者道:"今日且莫杀生,我们今日斋戒。"寡妇惊讶道:"官人们是长斋,是月斋?"行者道:"俱不是,我们唤做庚申斋。今朝乃是庚申日当斋,到明朝辛酉,就开斋了,你如今且去安排些素的来,定照上样价钱奉上。"那妇人越发欢喜,跑下去叫:"莫宰!莫宰!快办素菜筵席。"那些当厨的庖丁,都是每日做惯的手段,霎时间就安排停当,摆在楼上。

四众任情受用。又忽听得乒乓板响,行者问:“妈妈,底下做甚?”寡妇道:“是我小庄上几个客子,叫他们抬轿子去中请小娘儿陪你们,想是轿杠撞得楼板响。”行者道:“早是说哩,快不要去请。一则斋戒日期,二则兄弟们未到。索性明日进来,一家请个表子,在府上耍耍罢。”寡妇道:“好!好!”遂叫不要去请。”四众吃了酒饭,收了家火。

三藏悄悄向行者道:“那里睡?”行者道:“就在楼上睡。”三藏道:“不稳便。我们都辛辛苦苦的,倘或睡着,这家子一时再有人来,我们或滚了帽子,露出光头,他认得是和尚,嚷将起来,却怎么好?”行者道:“是啊!”又去楼前跌跌脚。寡妇又上来道:“孙官人又有甚分付?”行者道:“我们在那里睡?”妇人道:“楼上好睡,又没蚊子,又是南风,大开着窗子,忒好睡哩。”行者道:“睡不得,我这朱三官儿有些寒湿气,沙四官儿有些漏肩风,唐大哥只要在黑处睡,我也有些儿羞明。此间不是睡处。”那妈妈走下去,倚着柜栏叹气。他有个女儿,抱着个孩子近前道:“母亲,常言道,十日滩头坐,一日行九滩,如今炎天,虽没甚买卖,到交秋时,还做不了的生意哩,你嗟叹怎么?”妇人道:“儿呵,不是愁没买没卖。今日晚间,已是将收铺子,有这四个马贩子来赁店房。他都有病,怕风羞亮,都要在黑处睡。你想家中都是些单浪瓦的房子,那里去寻黑暗处?不若舍与他一顿饭吃了,叫他往别家去罢。”女儿道:“母亲,我家有个黑处,又无风色,甚好,甚好。”妇人道:“是那里?”女儿道:“父亲在日曾做了一张大柜。那柜有四尺宽,七尺长,三尺高下,里面可睡六七个人。叫他们往柜里睡去罢。”妇人道:“不知可好,等我问他一声。孙官人,舍下蜗居,更无黑处,止有一张大柜,不透风,又不透亮,往柜里睡去如何?”行者道:“好!好!好!”即着几个客子把柜抬出,打开盖儿,请他们下楼。行者引着师父,沙僧拿担,顺灯影后径到柜边。八戒不管好歹就先跳进柜去,沙僧把行李递入,搀着唐僧进去,沙僧也到里边。行者又叫把马牵来,紧挨着柜儿拴住。方才进去,叫:“赵妈妈,盖上盖儿,插锁上锁,明日早些儿来开。”寡妇应了,遂关门去睡不题。

却说他四个到了柜里,可怜呵!一来天气乍热,二来闷住了气,略不透风,他都摘了头巾,脱了衣服,又没把扇子,只将僧帽扑扑搧掬。你挨我挤，唦到有二更时分，却都睡着。惟行者有心，偏睡不着，伸过手将八戒腿上一捻。那呆子口里哼哼的道："睡了罢！辛辛苦苦的，还有甚么心肠耍子？"行者捣鬼道："我们原来的本身是五千两，前者马卖了三千两，如今两褡裢里现有四千两，这一群马还卖他三千两，也有一本一利，勾了！勾了！"八戒要睡的人，那里答对。

岂知他这店里走堂的，挑水的，烧火的，素与强盗一伙，听见行者说有许多银子，他就着几个溜出去，伙了二十多个贼，明火执杖的来打劫马贩子。冲开门进来，唬得那赵寡妇娘女们战战兢兢的关了房门，尽他外边收拾。原来那贼不要店中家火，只寻客人。到楼上不见踪影，打着火把，四下照看，只见天井中一张大柜，柜脚上拴着一匹白马，柜盖紧锁，掀翻不动。众贼道："走江湖的人都有手眼，看这柜势重，必是行囊财物锁在里面。我们牵了马，抬柜出城，打开分用，却不是好？"那些贼果找起绳扛，把柜抬着就走，晃啊晃的。八戒醒了道："哥哥，睡罢，摇甚么？"行者道："莫言语！没人摇。"三藏与沙僧忽地也醒了，道："是甚人抬着我们哩？"行者道："莫嚷，莫嚷！等他抬！抬到西天，也省得走路。"

那伙贼得了手，不往西去，倒抬向城东，杀散守门的军，打开城门出去。当时惊动巡城总兵和兵马司。即点人马弓兵，出城赶贼。那贼见官军势大，不敢抵敌，各自落草逃走。众官军不曾拿得半个强盗，只是夺下柜，捉住马，得胜而回。总兵在灯光下见了那匹好马，把自家马儿不骑，就骑上这个白马回城。把柜子抬在总府，同兵马写个封皮封了，令人巡守，待天明启奏，请旨定夺不题。

却说唐僧在柜里埋怨行者道："你这个猴头，害杀我也！若在外边，被人拿住，送与灭法国王，还好折辩；如今锁在柜里，被贼劫去，又被官军夺来，明日见了国王，见见成成的开刀请杀，却不凑了他一万之数？"行者道："你且放心睡睡，明日见那昏君，老孙自有对答，管你一毫儿也不伤。"

挨到三更时分，行者弄个手段，顺出棒来，吹口仙气，即变做三尖头的钻儿，挨柜脚两三钻，钻了一个眼子。摇身一变，变做个蝼蚁儿爬将出去，现原身，踏起云头，径入皇宫门外。那国王正在睡浓之际，他使个大分身普会神法，将左臂上毫毛都拔下来，吹口仙气，都变做瞌睡虫；念一声“唵”字《真言》，教当坊土地领去，布散皇宫内院，五府六部，各衙门大小官员宅内，但有品职者，都与他一个瞌睡虫，人人稳睡，不许翻身。又将右臂毫毛尽数拔下，变作千百个小行者。将铁棒晃一晃，变做千百口剃头刀儿，他自己拿一把，分付小行者各拿一把，都去王宫内院、五府六部、各衙门里剃头。咦！这才是：法王灭法法无穷，万法原归一体同，管取法王成正果，不生不灭去来空。这半夜剃削成功，念动咒语，发回土地。将身一抖，两臂上毫毛归原，将剃头刀总捻成真，还是一条金箍棒，收藏耳内。复翻身还变蝼蚁，钻入柜内，现了本相，与唐僧守困不题。

却说那王宫内院，宫娥彩女，天不亮起来梳洗，一个个都没了头发。穿宫的大小太监，也都没了头发，一拥齐来，到于寝宫外，奏乐惊寝，个个噙泪，不敢传言。少时，那三宫皇后醒来，也没了头发，忙移灯到龙床前看处，锦被窝中，睡着一个和尚皇帝。忍不住言语出来，惊醒国王。那国王急睁睛，见皇后的头光，他连忙爬起来道：“梓童，你如何这等？”皇后道：“主公亦如此也。”那皇帝摸摸头，唬得三尸呻咋，七魄飞空，道：“朕当怎的来耶！”正慌忙处，只见那六院嫔妃，宫娥彩女，大小太监，都光着头跪下道：“主公，我们做了和尚耶！”国王见了，眼中流泪道：“想是寡人杀害和尚之报。”即传旨分付：“汝等不得说出落发之事，恐文武群臣，褒贬国家不正，且都上殿设朝。”

却说那五府六部，各衙门大小官员，天不明都要去朝王拜阙。原来这半夜一个个也没了头发，各人都写表启奏此事。毕竟不知后来如何，且听下回分解。

第八十五回　心猿妒木母　魔主计吞禅

话说那国王早朝，文武多官俱执表章启奏道："主公，望赦臣等失仪之罪。"国王道："众卿礼貌如常，有何失仪？"众卿道："主公阿，不知何故，臣等一夜把头发都没了。"国王执了这表，下龙床对群臣道："果然不知何故，朕宫中大小人等，一夜也尽没了头发。"君臣们都各汪汪滴泪道："从此后，再不敢杀戮和尚也！"国王复上龙位，众官各立本班。只见当驾官喝道："有事出班来奏，无事卷帘散朝。"

那武班中闪出巡城总兵官，文班中走出东城兵马使，当阶叩头道："臣蒙圣旨巡城，夜来获得贼赃一柜，白马一匹。微臣不敢擅专，请旨定夺。"国王道："连柜取来。"二臣即退至本衙，点起齐整军余，将柜抬出。三藏在内，魂不附体道："徒弟们，这一到国王前，如何理说？"行者笑道："莫嚷！我已打点停当了。开柜时，他就拜我们为师哩。"不一时，抬至朝内，放在丹墀之下。

二臣请国王开看，国王即命打开。方揭了盖，八戒就忍不住往外一跳，唬得那多官胆战，口不能言，又见行者搀出唐僧，沙僧搬出行李。八戒见总兵官牵着马，走上前，咄的一声道："马是我的！拿过来！"唬得那官儿翻跟头，跌倒在地。四众俱立在阶中。那国王看见是四个和尚，忙下龙床，宣召三宫妃后，下金銮宝殿，同群臣拜问道："长老何来？"三藏道："是东土大唐驾下差往西方天竺国大雷音寺拜活佛取真经的。"国王道："老师远来，为何在这柜里安歇？"三藏道："贫僧知陛下有愿心杀和尚，不敢明投上国，夜扮俗人，至宝方饭店里借宿。因怕人识破原身，故此在柜中安歇。不幸被贼偷出，又被官兵获来，今得见陛下龙颜，所谓拨云见日。望陛下赦放贫僧，海深恩德也！"国王道："老师是天朝上国高僧，朕失迎迓。朕当年有愿杀僧者，曾因僧谤了朕，朕许天愿，要杀一万和尚做圆满。不期今夜归依，教朕等为僧。如今君臣后妃，发都没了，望老师勿吝教诲，愿为门下。”八戒听言，呵呵大笑道：“既要拜为门徒，有何贽见之礼？”国王道：“师若肯从，愿将国中财宝献上。”行者道：“莫说财宝，我和尚是有道之僧。你只把关文倒换了，送我们出城，保你皇图永固，福寿长臻。”那国王听说，即着光禄寺大排筵宴，君臣同拜为师，即时倒换关文，求三藏改换国号。行者道：“陛下，法国之名甚好，但只灭字不通，自经我过，可改号钦法国，管教你海晏河清千代胜，风调雨顺万方安。”国王谢了，传旨摆銮驾，送唐僧四众出城西去。君臣们秉善归真不题。

却说长老辞别了钦法国王，在马上欣然道：“悟空，此一法甚善，大有功也。”沙僧道：“哥阿，是那里寻这许多整容匠，连夜剃这许多头？”行者把那施变化弄神通的事说了一遍，师徒们都笑不合口。

正欢喜处，忽见一座高山阻路，唐僧勒马道：“徒弟们，你看前面山势崔巍，切须仔细！”行者笑道：“放心！放心！保你无事！”三藏道：“休言无事。我见那山峰挺立，远远的暴云飞出，有些凶气，颇觉神思不安。”行者笑道：“你把乌巢禅师的《多心经》早又忘了？”三藏道：“我记得。”行者道：“你虽记得，还有四句颂子，你却忘了哩。”三藏道：“那四句？”行者道：“佛在灵山莫远求，灵山只在汝心头。人人有个灵山塔，好向灵山塔下修。”

三藏道：“徒弟，我岂不知？若依此四句，千经万典，也只是修心。”行者道：“不消说了，心净孤明独照，心存万境皆清。差错些儿成懈怠，千年万载不成功。但要一片志诚，雷音只在眼下。似你这般恐惧惊性，神思不安，大道远矣，雷音亦远矣。且莫狐疑，随我去。”那长老闻言，心神顿爽，万虑皆休。

四众一同前进。不几步，到于山上。师徒们正行之时，只听得呼呼一阵风起。三藏又害怕道：“风起了！”行者道：“和、熏、金、朔，四时皆有风，风起怕怎的？”说不了，又见一阵雾起。三藏一发心惊道：“悟空，风还未定，如何又这般雾起？”行者道：“且莫忙，请师父下马，你兄弟二人在此保守，等我去看看是何吉凶。”大圣把腰一躬就到半空，用手搭在眉上，圆睁火眼，向下观之，果见那悬岩边坐着一个妖精。左右有三四十个小妖摆列，他在那里逼法的喷风嗳雾。行者暗笑道："我师父也有些儿先兆。果然是个妖精在这里弄喧哩。若老孙使铁棒往下就打，这叫做捣蒜打，打便打死了，只是坏了老孙的名头。"那行者一生豪杰，再不晓得暗算计人。他道："我且回去，照顾八戒照顾，教他来先与这妖精见一仗。但只八戒有些躲懒，不肯出头。等我且哄他一哄。"

即时落下云头，到三藏前。三藏问道："悟空，风雾处吉凶何如？"行者道："这会却明净了，没甚风雾。"三藏道："正是。"行者笑道："师父，我常时间还看得好，这次却看错了。我只说风雾之中恐有妖怪，原来不是。"三藏道："是甚么？"行者道："前面不远，乃是一庄村。村上人家好善，蒸的白米干饭，白面馍馍斋僧哩。这些雾，想是那些人家蒸笼之气，也是积善之应。"八戒听说，认了真实，扯过行者悄悄的道："哥哥，你先吃了他的斋来的？"行者道："吃不多儿，因那菜蔬太咸了些，不喜多吃。"八戒道："啐！凭他怎么咸，我也尽肚吃他一饱！"行者道："你要吃么？"八戒道："正是，我肚里已饥了，先要去吃些儿，不知如何？"行者道："兄弟，古书云，父在，子不得自专。师父在此，谁敢先去？"八戒笑道："你若不言语，我就去了。"行者道："我不言语，看你怎么得去。"那呆子吃嘴的见识偏有，走上前道："师父，适才师兄说，前村里有人家斋僧。你看这马，有些要打搅人家，要草要料，却不费事？幸如今风雾明净，你们且略坐坐，等我去寻些嫩草儿，先喂喂马，然后再往那家子化斋去罢。"唐僧欢喜道："好阿！你今日却勤谨？快去快来。"那呆子笑着就走，行者赶上道："兄弟，他那里斋僧，只斋俊的，不斋丑的，你须是变变儿去。"呆子即走到山凹里，捻诀念咒，摇身一变，变做个矮胖和尚。手里敲个木鱼，口里哼啊哼的，又不会念经，只哼的是"上大人"。

却说那怪物收风敛雾，号令群妖，在于大路口上摆开一个圈子阵，专等行客。这呆子晦气，不多时撞到当中，被群妖围住，这个扯住衣服，那个扯着丝绦，推推拥拥，一齐下手。八戒道："不要扯，等我一家家吃将来。"那妖道："和尚，你要吃甚的？"八戒道："你们这里斋僧，我来吃斋的。"群妖道："你想这里斋僧，不知我这里专要吃僧。我们都是山中得道的妖仙，专要把你们和尚拿到家里，上蒸笼蒸熟吃哩,你倒还想来吃斋!”八戒闻言,才抱怨行者道:“这个弼马温,其实惫懒!他哄我说是这村里斋僧,却原来是些妖精!”那呆子被他扯急了,即便现出原身,腰间掣钉钯,一顿乱筑,筑退那些小妖。

小妖急跑去报老怪道:“大王,山前来了一个和尚,且是生得干净。我说拿家来蒸他吃,不想他会变化。”老妖道:“变化甚的模样?”小妖道:“那里成个人相!长嘴大耳朵,背后又有鬃,双手轮一根钉钯,没头没脸的乱筑,唬得我们跑回来报大王也。”

老怪闻言,急轮着一条铁杵,走近前看时,见呆子果然生得丑恶。老妖硬着胆喝道:“你是那里来的?叫甚名字?快早说来,饶你性命!”八戒笑道:“我的儿,你是也不认得你祖宗哩!我是唐僧的徒弟猪八戒。”那妖道:“你原来是唐僧的徒弟。我一向闻得唐僧的肉好吃,正要拿你哩,你却撞将来,我肯饶你?不要走!看杵!”那妖不容分说,近前乱打。八戒抖擞威风,与妖精厮斗,那妖喝令小妖把八戒一齐围住。

却说行者在唐僧背后,忽失声冷笑。沙僧道:“哥哥冷笑,何也?”行者道:“八戒真个呆呀!听见说斋僧,就被我哄去了,这早晚还不见回来。若是一顿钯打退妖精,你看他得胜而回,争嚷功果;若战他不过,被他拿去,背前面后,不知骂了多少弼马温哩!悟净,你休言语,等我去看看。”他也不使长老知道,悄悄的拔根毫毛,变做本身模样,随着长老。他的真身出个神,跳在空中观看,但见那呆子被怪围绕,钉钯势乱,渐渐难敌。行者按落云头,厉声叫道:“八戒不要忙,老孙来了!”那呆子听得是行者声音,仗着势,愈长威风,一顿钯,向前乱筑。那妖抵敌不住,领群妖败阵去了。行者见妖精败去,他就拨转云头,径回本处,把毫毛一抖,收上身来。

不一时,呆子转来,累得那粘涎鼻涕,白沫生生,气哼哼的,走将来叫声:“师父!”长老见了,惊呀道:“八戒,你去打马草的,怎么这般狼狈回来?”呆子放下钯,捶胸跌脚道:“师父,说起来就活活羞杀人。师兄捉弄我!他先头说风雾里是一庄村人家斋僧的,我就当真,想着肚内饥了,先去吃些儿,假倚打草为名,岂知若干妖怪,把我围了,苦战了这一会,若不是师兄的哭丧棒相助,我也莫想得脱命回来也!”

行者在旁笑道："这呆子乱说！我在这里看着师父，何曾侧离？"长老道："是啊，悟空不曾离我。"那呆子跳着嚷道："师父，你不晓得，他有替身！"长老道："悟空，端的可有怪么？"行者瞒不过，躬身笑道："是有个把小妖儿，他不敢惹我们。八戒，你过来，一发照顾你照顾。我们既保师父，走过险峻山路，就似行军的一般。"八戒道："行军便怎的？"行者道："你做个开路将军，在前剖路。那妖精不来便罢，若来时，你与他赌斗，打倒妖精，就算你的功果。"八戒量着那妖精手段与他差不多，却说："我就向前。"行者欢喜，即请师父上马，沙僧挑担，相随八戒，一路入山不题。

却说那妖败回本洞，高坐在石崖上，默默无言。洞中还有许多小妖，都上前问道："大王常时出去，喜喜欢欢回来，今日如何烦恼？"老妖道："小的们，我往常出洞巡山，不管那里的人与兽，定捞几个来家，养赡汝等，今日造化低，撞见一个对头。"小妖问："是那个对头？"老妖道："是一个和尚，乃东土唐僧取经的徒弟，名唤猪八戒。我被他一顿钉钯，把我筑得败下阵来。好恼阿！我这一向常闻得人说，唐僧乃十世修行的罗汉，有人吃他一块肉，可以延寿长生。不期他今日到我山里，正好拿住他蒸吃，不知他手下有这等徒弟！"

说不了，班部丛中闪上一个小妖道："大王才说要吃唐僧，唐僧的肉不中吃。"老妖道："怎么不中吃？"小妖道："若是中吃，也到不得这里，别处妖精，也都吃了。他手下有三个徒弟。大徒弟是孙行者，三徒弟是沙和尚，这个是他二徒弟猪八戒。"老怪道："沙和尚比猪八戒如何？"小妖道："也差不多儿。""那孙行者比他如何？"小妖吐舌道："不敢说！那孙行者神通广大，变化多端！他五百年前曾大闹天宫，普天神将也不曾伏得他，你怎敢要吃唐僧？"老妖道："你怎么晓得这等详细？"小妖道："我当初在狮驼岭狮驼洞那大王处，那大王不知好歹，要吃唐僧，被孙行者使一条棒，打进门来，可怜就打得犯了骨牌名，都断么绝六，还亏我有些见识，从后门走了，来到此处，蒙大王收留，故此知他手段。"老妖听言，大惊失色，这正是大将军怕谶语，他闻得自家人这等说，安得不惊？

正都在悚惧之际，又一个小妖上前道："大王莫怕，若是要吃唐僧，等我定个计策拿他。”老妖道：“你有何计?”小妖道：“我有个分瓣梅花计。”老妖道：“怎么叫做分瓣梅花计?”小妖道：“如今把洞中大小群妖，点将起来，千中选百，百中选十，十中只选三个，须是有能干会变化的，都变做大王的模样，执大王之杵，三处埋伏。先着一个战猪八戒，再着一个战孙行者，再着一个战沙和尚。舍着三个小妖，调开他弟兄三个，大王却在半空伸下手去捉唐僧，就如探囊取物，有何难哉!”老妖闻言，满心欢喜道：“此计绝妙！绝妙！这一去，拿不得唐僧便罢；若是拿了唐僧，就封你做个前部先锋。”小妖叩头谢恩，即将洞中群妖点起，果然选出三个有能的，俱变做老妖，各执铁杵，埋伏等待不题。

却说长老无虑无忧，随八戒上大路，行勾多时，只见那路旁边扑喇的一声响亮，跳出一个妖怪，奔向前边，要捉长老。行者叫八戒：“妖精来了，何不动手?”呆子掣钉钯就筑，那妖使铁杵相迎。他两个在山坡下正然赌斗，又见那草科里响一声，又跳出个怪来，就奔唐僧。行者道：“师父！八戒的眼拙，放那妖精来拿你了，等老孙打他去!”急掣棒上前就打，那妖更不打话，举杵来迎。他两个一撞一冲，正相持处，又听得山背后呼的风响，又跳出个妖精来，径奔唐僧。沙僧见了大惊，即掣杖，对面挡住，那妖也挥杵恨苦相持。吆吆喝喝，乱嚷乱斗，渐渐的调远。

那老怪在半空中，见唐僧独坐马上，伸下五爪钢钩，把唐僧一把挝住。一阵风径摄到洞内，连叫：“先锋!”那定计的小妖上前跪倒，口中道：“不敢！不敢!”老妖道：“大将军一言既出，如白染皂。我原说拿了唐僧，封你为前部先锋。今果然妙计成功，岂可失信于你？着小的们刷锅烧火，把唐僧他蒸一蒸，我和你都吃他一块肉，以图延寿长生也。”先锋道：“大王，且不可吃。”老妖道：“既拿来，怎么不可吃?”先锋道：“大王吃了他不打紧，猪八戒、沙和尚都做得人情，但恐孙行者那主子刮毒。他若晓得了，他也不来和我们厮打，只把那金箍棒往山腰里捆个窟窿，连山都掬倒了，我们安身之处也无矣!”老怪道：“先锋，凭你有何高见?”先锋道：“依着我，把唐僧且绑在后园，两三日，等他们不来寻找，才拿他出来，自在受用，却不是好?”

老妖即令把唐僧拿入后园，一条绳绑在树上。那长老止不住腮边流泪，叫道："徒弟呀！你们在山中擒怪，我在此受灾，何日相会？痛杀我也！"正自两泪交流，只见对面树上有人叫道："长老，你也进来了！"长老问道："你是何人？"那人道："我是本山中的樵子，被那山主前日拿来，绑在此间，今已三日，算计要吃我哩。"长老滴泪道："樵夫阿，你死只是一身，无甚挂碍，我却死得不干净。"樵子道："长老，你是个出家人，死了有甚么不干净？"长老道："我本是东土往西天去的，奉唐朝皇帝御旨拜活佛，取真经，要超度那幽冥无主的孤魂。今若丧了性命，可不盼杀那君王，孤负那臣子？那枉死城中无限的冤魂，却不大失所望，永世不得超生？一场功果，尽化作风尘，这却怎么得干净？"樵子闻言，坠泪道："长老，你死也只如此，我死又更伤情。我靠着打柴为生。老母今年八十三岁，只我一人奉养。倘若身丧，谁与他埋尸送老？苦哉苦哉！痛杀我也！"长老闻言，大哭道："可怜，可怜，事君事亲，皆同一理。你为亲恩，我为君恩。"正是那流泪眼观流泪眼，断肠人对断肠人！

且不言三藏遭困，却说行者在草坡下战退小妖，急回来路边，不见了师父，止存白马行囊。慌得他牵马挑担，向山头找寻。毕竟不知寻得着否，且听下回分解。

第八十六回 木母助威征怪物 金公施法灭妖邪

话说大圣满山头寻叫师父，忽见八戒气嘑嘑的跑将来道："哥哥，你喊怎的？"行者道："师父不见了，你可曾看见？"八戒道："我原来只跟唐僧做和尚的，你又捉弄我，教做甚么将军！我舍命，与那妖精战了一会回来。师父是你与沙僧看着的，反来问我？"说不了，只见沙僧来到。行者问沙僧："师父那里去了？"沙僧道："你两个眼都花了，把妖精放将来拿师父，我去打妖精，师父自家在马上坐的。"行者气得暴跳道："中他计了！中他计了！"沙僧道："中他甚计？"行者道："这是分瓣梅花计，把我弟兄们调开，他劈心里捞了师父去了。左右只在这座山上，我们快寻去来。"

三人急急入山找寻，行了有二十里远近，只见那悬崖之下，有一座洞府，石门上横安着一块石版，有八个大字，乃隐雾山折岳连环洞。行者道："八戒，动手阿！此间乃妖精住处，师父必在他家也。"那呆子举钯尽力一筑，把那石门筑了一个大窟窿，叫道："妖怪！快送出我师父来！"守门的小妖急急报入。老怪大惊道："不知是那个寻将来也？"先锋道："等我出去看看。"那小妖奔至前门，从那窟窿处往外张，见是个长嘴大耳朵，即回头高叫："大王莫怕他！这个是猪八戒，没甚本事。怕便只怕那毛脸雷公嘴的和尚。"八戒在外边听见道："哥啊，他不怕我，只怕你哩。师父定在他家了，你快上前。"行者骂道："泼孽畜！你孙外公在这里！送我师父出来，饶你性命！"先锋道："大王，不好了！孙行者也寻将来了！"老怪抱怨道："都是你定的甚么分瓣分瓣，却惹得祸事临门！怎生结果？"先锋道："大王且休埋怨。我记得孙行者是个宽洪海量的猴头，虽则他神通广大，却好奉承。我们拿个假人头出去哄他一哄，奉承他几句，只说他师父是我们吃了。若还哄得他去了，唐僧还是我们受用；哄不过再作理会。"老怪道："那里得个假人头？"先锋道："等我做一个儿看。"

他即寻一棵柳树根，砍做个人头模样，涂上些血，着一个小怪，使盘儿捧至门下叫道："大圣爷爷，息怒容禀。"行者果好奉承，听见叫声大圣爷爷，便就止住八戒："且莫动手，看他有甚话说。"小怪道："你师父被我大王拿进洞来，洞里小妖村顽，不识好歹，这个来吞，那个来咬，把你师父吃了，只剩了一个头在这里也。'行者道："既吃了便罢，拿出头我看。"小怪从门窟里抛出那个头来。八戒见了就哭，行者道："呆子，你且认认真假再哭，这是个假人头。"八戒道："怎认得是假？"行者道："真人头抛出来，扑搭不响，假人头抛得像梆子声。你不信，等我抛了你听。"拿起来往石头上一掼，当的一声响亮。急掣出棒，扑的一下，打破了。八戒看时，乃是个柳树根。呆子忍不住骂道："我把你这伙毛团！你将我师父藏在洞里，拿个柳树根哄你猪祖宗，莫成我师父柳树精变的！"

慌得那拿盘的小怪，战兢兢忙报道："难，难，难！难，难，难！"老妖道："怎么有这许多难？"小妖道："猪八戒与沙和尚到哄过了，孙行者却是个贩古董的——识货！识货！他就认得是个假人头。如今得个真人头与他，或者他就去了。"老怪即命众妖拣了一个新鲜的人头，教啃净头皮，滑塔塔的，还使盘儿拿出，叫："大圣爷爷，先前委是个假头。这个真正是唐老爷的头，我大王留下镇宅子的，今特献出来也。"扑通的把个人头又从门窟里抛出，血滴滴的乱滚。

行者认得是个真人头，没奈何就哭，八戒沙僧也一齐放声大哭。八戒噙着泪道："哥哥，且等我拿去，乘生气埋下再哭。"行者道："也是。"那呆子不嫌秽污，把个头抱在怀里，跑上山崖。向阳处取钯筑了一个坑，把头埋了，又筑起一个坟冢，他走向涧边，攀几根大柳枝，拾几块鹅卵石，回至坟前，把柳枝插在左右，鹅卵石堆在面前。行者问道："这是怎么说？"八戒道："这柳枝权为松柏，与师父遮遮坟顶；这石子权当点心供养。"行者道："且休胡弄！教沙僧在此：一则庐墓，二则看守行李马匹。我和你去打破他的洞府，拿住妖魔，碎尸万段，与师父报仇去来！"

八戒即举钯随着行者，努力向前，不容分辨，把他石门打破，喊声震天叫道："还我活唐僧来耶！"那洞里群妖，一个个魂飞魄散，都报怨先锋的不是。老妖道："这和尚打进门来，却怎处治？"先锋道："古人说得好，手插鱼篮，避不得腥。一不做，二不休，左右帅领家兵杀那和尚去来！"老妖无计可奈，真个统群妖一齐呐喊，杀出洞门。这大圣与八戒，急退几步，到那山场平处，抵住群妖，喝道："那个是拿我师父的妖怪？"那老怪持铁杵，应声高叫道："那泼和尚，你不得惹我？我乃南山大王，数百年放荡于此。你唐僧已是我吃了，你敢如何？"行者骂道："这个大胆的毛团！你能有多少行止，李老君乃开天辟地之祖，尚坐于太清之上；佛如来是治世之尊，还坐于大鹏之下。你这个孽畜，敢称甚么南山大王，数百年之放荡！不要走！吃你外公老爷一棒！"那妖侧身闪过，使杵抵住铁棒。八戒忍不住，掣钯乱筑。那先锋帅众齐来。在山中平地处一场混战。

大圣见那些小妖勇猛，连打不退。即使个分身法，把毫毛拔下一把，都变做本身模样，一个使一条金箍棒，从外边往里打进。这行者与八戒，从阵里往外杀来。可怜那些小妖汤着钯九股血出；挽着棒，骨肉如泥！唬得那南山大王滚风生雾，得命逃回。那先锋不能变化，早被行者一棒打倒，现出本相，乃是个铁背苍狼怪。行者将身一抖，收上毫毛道："呆子！不可迟慢！快赶老怪，讨师父的命去来！"

那老怪逃命回洞，分付小妖把前门堵了，再不敢出头。行者、八戒，赶至门首吆喝，无人答应。八戒使钯筑时，莫想得动。行者道："八戒，莫费气力，他把门已堵了。且回墓前看看去。"

二人复至本处，见沙僧还哭哩。八戒越发伤悲，伏在坟上，手扑着土痛哭。行者道："兄弟，这妖精把前门堵了，一定有个后门出入。你两个只在此间，等我再去寻看。"八戒滴泪道："哥啊！仔细着！莫连你也捞去了，我们不好哭得：哭一声师父，哭一声师兄，就要哭得乱了。"行者道："乱说！"即收了棒，拽步转过山坡，忽听得潺潺水响，回头看处，原来是涧中之水，上溜头冲下来的。又见涧那边有座门，门边有个暗沟，沟中流出红水来。他道："不消讲！那就是后门了。"即变一个水老鼠，嗖的一声撺过去，从那沟中钻至里面天井中。探头观看，只见那向阳处有几个小妖，拿着些人肉巴子晒哩。行者道："我的儿啊！那想是师父的肉，吃不了，晒干巴子防天阴的。我且再变化进去，寻那老怪，看是何如。”跳出沟，摇身又一变，变做个有翅的蚂蚁儿。

他展开翅，一直飞到中堂，只见那老怪烦烦恼恼坐着，有一个小妖从后面跳将来报道：“大王万千之喜！”老妖道：“喜从何来？”小妖道：“我才在后门外涧头上探看，忽听得有人哭。即爬上峰头望望，原来是猪八戒、孙行者、沙和尚在那里拜坟痛哭。想是把那假人头认做唐僧的头，葬作坟墓哭哩。”行者暗中听说，道：“若据此言，我师父还藏在那里，未曾吃哩。等我再去寻寻。”

即飞过中堂，东张西看，见旁边有个小门儿，关得甚紧，他从门缝里钻入看时，原是个大园子，隐隐的听得悲声。飞入深处，但见一丛大树，树底下绑着两个人，一个正是唐僧。行者见了，欢喜不胜，忍不住现了本相，近前叫声“师父”。那长老滴泪道：“悟空，你来了，快救我一救！”行者道：“师父，你且莫叫，面前有人，怕走了风讯。你既有命，我可救得你。

却又摇身还变做个蚂蚁儿，复入中堂，叮在梁上。只见那些小妖，纷纷嚷嚷。内中忽跳出一个道：“大王，他们见堵了门，攻打不开，将假人头弄做个坟墓。今日哭一日，明日再哭一日，后日复了三，好道回去。打听得他散了呵，把唐僧拿出来，碎劖碎剁，把些大料煎了，香喷喷的大家吃一块儿，也得个延寿长生。”又一个小妖拍掌道：“还是蒸了吃的有味！”又一个道：“他本是个稀奇之物，还着些盐儿腌腌，吃得长久。”行者在梁上听见，大怒道：“我师父与你有何仇，这般算计吃他！”即将毫毛拔了一把，都变做瞌睡虫儿，往那众妖脸上抛去。一个个钻入鼻中，打盹睡倒。只有老妖睡不稳，他两只手不住揉头搓脸。行者道：“等我与他个双添灯！”又变一个虫儿，钻在鼻内。那老妖打两个呵欠，呼呼的也睡倒了。行者才跳下来，现了本相。把傍门打破，跑至后园，高叫：“师父”，将绳解了，挽着师父就走，只听得对面树上绑的人叫道：“老爷舍大慈悲，也救我一命！”长老叫悟空：“那个人也解他一解。”行者道：“他是甚么人？”长老道：“他是个樵子，说有母亲年老，一发连他救了罢。”行者也解他绳索，一同带出后门，爬上石崖，过了陡涧。长老道：“悟能悟净都在何处?”行者道:“他两个都在那里哭你哩,你可叫他一声。”长老果高叫:“八戒! 八戒!”那呆子哭得昏头昏脑的,揩揩眼泪道:“沙和尚,师父回家来显魂哩! 在那里叫我们不是?”行者上前喝道:“夯货!显甚么魂? 这不是师父来了?”沙僧见了,忙忙跪在面前道:“师父,你受了多少苦啊! 哥哥怎生救得你来也?”行者把上项事说了一遍。

八戒闻言,举钯把那坟墓一顿筑倒,掘出那人头,筑得稀烂。道:“师父呵,不知他是那家的亡人,教我朝着他哭!”长老道:“也亏他救了我命哩。还把他埋一埋,见我们出家人之意。”那呆子听长老此言,遂又埋下。

行者笑道:“师父,你请略坐坐,等我剿除去来。”即又跳下石崖,过涧入洞,把那绑唐僧、樵子的绳索拿入中堂,那老妖还睡着未醒,即将他四马攒蹄捆倒,使金箍棒掬起来,握在肩上,径出后门,到师父跟前放下。八戒举钯就筑。行者道:“且住! 洞里还有小妖未拿。要打又费工夫,不若寻些柴,教他断根罢。”那樵子闻言,即引八戒去山凹里寻了若干枯柴,送入后门里。行者点上火,八戒两耳搧起风。大圣将身抖一抖,收了瞌睡虫的毫毛。那些小妖醒来,烟火齐着。莫想有半个得命。连洞府烧得精空,却回见师父。那老妖也方醒,被八戒上前一钯筑死,现出本相,原来是个艾叶花皮豹子精。长老喜谢不尽,攀鞍上马。那樵子道:“老爷,向西南去不远,就是舍下。请老爷到舍,见见家母,叩谢老爷活命之恩,送老爷上路。”

长老忻然,不骑马,即与樵子并四众同行,向西南迤逦前来,不多路,只见一个老妪,倚着柴扉,眼泪汪汪,儿天儿地的痛哭。这樵子看见自家母亲,急忙忙先跑到柴扉前,跪下叫道:“母亲,儿来也!”老妪一把扯住道:“儿呵! 你这几日不来家,我只说是山主拿你去害了性命,是我心疼难忍。你既不曾被害,何以今日才来?”樵子道:“母亲,儿已被山主拿去,绑在树上,自拚必死,幸亏这几位老爷,神通广大,把山主一顿打死,却将那老老爷连孩儿都解救出来,此诚天高地厚之恩。如今山上太平,孩儿彻夜行走也无事矣。”

那老妪听言,一步一拜,拜接长老四众,都入茅舍中坐下。娘儿两个又磕头称谢不尽,慌忙安排些素斋野菜。供奉师徒饱餐一顿,收拾起程。那樵子殷勤相送，引上大路道：“老爷切莫忧思。这条大路，向西方不满千里，就是天竺国极乐之乡也。”长老闻言，翻身下马，谢别了樵子，师徒遂一直投西。毕竟不知前行还到何处，且听下回分解。

第八十七回 凤仙郡冒天致旱 孙大圣劝善施霖

大道幽深，如何消息，说破鬼神惊骇。挟藏宇宙，剖判玄光，真乐世间无赛。灵鹫峰前，宝珠拈出，明映五般光彩。照乾坤，上下群生，知者寿同山海。却说三藏师徒别樵子奔上大路。行经数日，忽见一座城池相近，三藏道："悟空，你看那前面的城池，可是天竺雷音么？"行者摇手道："不是！不是！如来处虽称极乐，却没有城池，乃是一座大山，山中有楼台殿阁，唤做灵山大雷音寺。就到了天竺国，也不是如来住处，天竺国还不知离灵山有多少路哩。那城想是天竺之外郡，到前面方知明白。"

不一时至城外，三藏下马，入到三层门里，见那民物荒凉，街衢冷落。又到市口之间，见许多穿青衣者左右摆列，有几个冠带者立于房檐之下。他四众顺街行走，那些人更不逊避。八戒把长嘴掬一掬，叫道："让路！让路！"那些人猛抬头，看见模样，一个个骨软觔麻，跌跌蹡蹡，都道："妖精来了！妖精来了！"唬得那檐下冠带者战兢兢躬身问道："那方来者？"三藏一力当先对众道："贫僧乃东土大唐驾下拜天竺国大雷音寺佛祖求经者。路过宝方，不知地名，甚失回避，望列公恕罪。"那官人却才施礼道："此处乃天竺外郡，地名凤仙郡。连年干旱，郡侯差我等在此出榜，招求法师祈雨救民也。"行者闻言道："你的榜文何在？"众官道："榜文在此，适间才打扫廊檐，还未张挂。"行者道："拿来我看看。"众官即将榜文展开，挂在檐下。行者四众上前同看。榜上写着："大天竺国凤仙郡郡侯上官，为榜聘明师，招求大法事：兹因连年亢旱，田亩无收。富室聊以偷生，穷民难以活命。斗粟百金之价，束薪五两之资。十岁女易米三升，五岁男随人带去。城中惧法，典衣当物以存身；乡下欺公，打劫吃人而度日。为此出给榜文，仰望十方贤哲，祷雨救民。愿以千金奉谢，决不虚言。须至榜者。"行者看罢，对众官道："郡侯上官何也？"众官道："上官乃我郡侯之姓也。”三藏道：“悟空，你会求雨，与他求一场甘雨，以济民瘼，此乃万善之事。如不求就行，莫误了走路。”行者道：“祈雨有甚难事！我老孙翻江搅海，唤雨呼风，那一件儿不是幼年耍子的勾当！何为稀罕！”

众官听说，着两个急去郡中报道：“老爷，万千之喜！”那郡侯正焚香默祝，听得报声，即问：“何喜？”那官道：“今日领榜，方至市口张挂，即有四个和尚，称是东土大唐差往天竺国大雷音拜佛求经者，见榜即道能祈甘雨，特来报知。”那郡侯即整衣步行，径至市口，众人闪过，那郡侯一见唐僧，不怕他徒弟丑恶，当街心倒身下拜道：“下官乃凤仙郡郡侯上官正，熏沐拜请老师祈雨救民。望师大舍慈悲，救济救济！”三藏答礼道：“此间不是讲话处，待贫僧到那寺观，却好行事。”郡侯道：“老师同到小衙，自有洁净之处。”

师徒们牵马挑担，径至府中，一一相见。郡侯即命看茶摆斋。斋毕，唐僧谢了，却问：“郡侯大人，贵处干旱几时了？”郡侯道：“敝地大邦天竺国，凤仙外郡吾司牧。一连三载遇干荒，草子不生绝五谷。大小人民买卖难，十门九户俱啼哭。三停饿死二停人，一停还似风中烛。下官出榜遍求贤，幸遇真僧来我国。若施寸雨济黎民，愿奉千金酬厚德！”行者听说，呵呵笑道：“莫说！莫说！若说千金为谢，半点甘雨全无。但论积功累德，老孙送你一场大雨。”那郡侯原来十分清正贤良，爱民心重，即请行者上坐，低头下拜道：“老师果舍慈悲，下官必不敢悖德。”行者道：“郡侯请起，等老孙行事。”沙僧道：“哥哥，怎么行事？”行者道：“你和八戒过来，就在他这堂下随着我做个羽翼，等老孙唤龙来行雨。”八戒、沙僧谨依使令，三个人都在堂下，郡侯焚香礼拜，三藏坐着念经。

行者念动《真言》，即时见正东上一朵乌云，渐渐落至堂前，乃是东海老龙王敖广。向前对行者躬身施礼道：“大圣唤小龙来，那方使用？”行者道：“累你远来，别无甚事。此间乃凤仙郡，连年干旱，烦你到此施雨济民。”老龙道：“启上大圣得知，我虽能行雨，乃上天遣用之辈。上天不差，岂敢擅自来此？大圣既有拔济之心，容小龙回海点兵，烦大圣到天宫奏准，请一道降雨的圣旨，请水官放出龙来，我却好照数下雨。"行者闻言，只得发放老龙回海。他即跳出罡斗，分付八戒沙僧："保着师父，我上天宫去也。"说声去，寂然不见。那郡侯惊讶道："孙老爷那里去了？"八戒笑道："驾云上天去了。"郡侯十分恭敬，传出飞报，教满城官民人等，家家供养龙王牌位，门设水缸，柳枝，焚香拜天不题。

却说行者一路觔斗云，径到西天门外，早见护国天王上前迎接道："大圣，取经之事完乎？"行者道："也差不远矣。今行到天竺国凤仙郡。彼处三年不雨，民甚艰苦，老孙欲唤雨拯救，特来朝见玉帝请旨。"天王道："那厢敢是不该下雨哩。我向时闻得说，那郡侯冒犯天地，上天见罪，立有米面山和金锁，直等此三事倒断，才该下雨。"行者遂径至通明殿外，与四大天师说了，引至灵霄殿下启道："万岁，有孙悟空路至天竺国凤仙郡，欲与求雨，特来请旨。"玉帝道："那厮三年前十二月二十五日，朕出行监观万天，浮游三界，驾至他方，见那上官正不仁，将斋天素供，推倒喂狗，口出秽言，造有冒犯之罪，朕即立三事在披香殿内。汝等引孙悟空去看，若三事倒断，即降旨与他；如不倒断，且休管闲事。"

四天师即引行者至披香殿内看时，见有一座米山，约有十丈高下；一座面山，约有二十丈高下。米山边有一只拳大之鸡，在那里紧一嘴，慢一嘴，嗛那米吃。面山边有一只金毛哈巴狗儿，在那里长一舌，短一舌，餂那面吃。左边悬一座铁架子，架上挂一把金锁，约有一尺三四寸长短，锁梃有指头粗细，下面有一盏明灯，灯焰燎着那锁梃。行者不知其意，回头问天师曰："此何意也？"天师道："那厮触犯了上天，玉帝立此三事，直等鸡嗛了米尽，狗餂得面尽，灯焰燎断锁梃，那方才该下雨哩。"行者闻言，大惊失色，再不敢启奏，走出殿，满面含羞。四天师笑道："大圣不必烦恼，这事只宜作善可解。若有一念善慈，惊动上天，那米面山即时就倒，锁梃即时就断。你去劝他归善，福自来矣。"行者遂相别，降云下界。

那郡侯同三藏、众人等接着，都簇簇攒攒来问。行者将郡侯喝了一声道："只因你这厮三年前十二月二十五日冒犯了天地，致令黎民有难，如今不肯降雨！"慌得郡侯跪伏在地道："老师如何得知？"行者道："你把那斋天的素供，怎么推倒喂狗？可实实说来！"那郡侯不敢隐瞒，道："三年前十二月二十五日，献供斋天，在于本衙之内，因妻不贤，恶言相斗，一时怒发无知，推倒供桌，泼了素馔，果是唤狗来吃了。这两年忆念在心，神思恍惚，无处解释，不知上天见罪，遗害黎民。今遇老师降临，万望明示，上界怎么样计较。"行者道："那一日正是玉皇下界之日，见你将斋供喂狗，又口出秽言，玉帝立有三事记汝。"即将米面山、锁梃之事，说了一遍。三藏道："似这等说，怎生是好？"行者道："不难！不难！我临行时，四天师曾对我言，但只作善可解。"那郡侯拜伏哀告道："但凭老师指教，下官一一皈依也。"行者道："你若回心向善，趁早念佛看经，我还替你为作；汝若仍前不改，我亦不能解释，不久天即诛之，性命不能保矣。"

那郡侯磕头礼拜，誓愿归依。当时召请本处僧道，启建道场，各各写发文书，申奏三天。郡侯领众拈香瞻拜，答天谢地，引罪自责，三藏也与他念经。一壁厢又出飞报，教城里城外大家小户，不论男女人等，都要烧香念佛。自此时，一片善声盈耳。行者却才欢喜，对八戒、沙僧道："你两个好生护持师父，等老孙再与他去去来。奏上玉帝求些雨来。"

他一纵云头，又直至天门外，向护国天王道："那郡侯已归善矣。"正说处，早见直符使者，捧定了道家文书，僧家关牒，到天门外。那符使见了行者，施礼道："此意乃大圣劝善之功。"行者道："你将此文牒送去何处？"符使道："直送至通明殿上，与天师传递到玉皇大天尊前。"行者道："如此恰好，我便与你同去。"即同符使到了通明殿。四天师传奏灵霄殿。玉帝见了道："那厮们既有善念，看三事如何。"正说处，忽有披香殿看管的将官报道："所立米面山俱倒了，霎时间米面皆无，锁梃亦断。"奏未毕，又有当驾天官引凤仙郡土地、城隍、社令等神齐来拜奏道："本郡郡主并满城大小黎庶之家，无一人不归依善果，礼佛敬天。今启垂慈，普降甘雨，救济黎民。"玉帝闻奏大喜，即传旨："着雷、电、风、云、雨部，各遵号令，去下方凤仙郡界，即于今日今时，声雷布云，降雨三尺零四十二点。"天师奉旨，传与各部立时下界。

行者亦谢恩而起，会同众神，俱到凤仙郡界。众神各逞神威，一齐振作。那一时，半空中轰雷掣电，风云际会，甘雨滂沱。喜欢杀了凤仙郡内之人，真似枯木重生，白骨再活。那消半日工夫，雨已下足了三尺零四十二点，众神祇渐渐收回。大圣厉声高叫道："那四部众神，且暂停云从，待老孙去叫郡侯拜谢列位。列位可拨开云雾，各现真身，与这凡夫亲眼看看，他才信心供奉也。"众神听说，只得都停在空中。这行者按落云头，径至郡里，那郡侯一步一拜来谢。行者道："且慢谢我，我已留住四部神祇，你可传召多人同此拜谢。教他向后好来降雨。"郡侯随传众人，一个个拈香朝拜，只见那四部神祇，开明云雾，各现真身。约有半个时辰，行者才起在云端，作礼道："有劳！有劳！请列位各归本部。老孙还教郡中人家，供养高真，遇时醮谢。从此后五日一风，十日一雨，还来拯救拯救。"众神依言，各各回部不题。

却说大圣与三藏道："事毕民安，可收拾走路矣。"那郡侯急忙行礼道："孙老爷说那里话！今此一场，乃无量无边之恩德。下官这里备办小宴，奉答厚恩。仍与老爷建寺院，立生祠，勒碑刻名，四时享祀。虽刻骨镂心，难报万一，怎么就说走路的话！"三藏道："大人之言虽当，但我等行脚之僧，不敢久住。一二日间，定走无疑。"那郡侯那里肯放，连夜差多人治办酒席，起盖祠宇。

次日，大开筵宴酬谢。扳留将有半月，只等寺院生祠完备。一日，郡侯请四众观看，唐僧惊讶道："功程浩大，何成之如此速耶？"郡侯道："下官催趱人工，昼夜赶完，特请列位老爷看看。"行者笑道："果是贤能的好郡侯也！"即时都到新寺，见那殿阁巍峨，山门壮丽，俱称赞不已。行者请师父留一寺名，三藏道："可唤做甘霖普济寺。"郡侯大喜，即命书匾贴金，广招僧众，侍奉香火。殿左边立起四众生祠，每年四时祭祀；又起盖雷神、龙神等庙，以答神功。三藏看毕，即命趱行。

那一郡人民，知久留不住，各备赆仪，分文不受。因此，合郡官员人等，盛张鼓乐旌幢，送有三十里远近，犹不忍别，掩泪而回。毕竟不知此去又到何方，且听下回分解。

第八十八回　禅到玉华施法会　心猿木土授门人

话说唐僧喜喜欢欢别了郡侯,在马上向行者道:“贤徒,这一场善果,尤胜似比丘国搭救儿童之功也。”行者道:“皆是他本人善念所感,我何功之有?”师徒们奔上大路。光景如梭,又值深秋之后。四众行勾多时,又见城垣影影,长老举鞭遥指叫:“悟空,你看那里又有一座城池,却不知是甚去处。”

说不了,忽见树丛里走出一个老者,慌得唐僧滚鞍下马,上前道个问讯。那老者还礼道:“长老那方来的?”唐僧合掌道:“贫僧东土唐朝差往雷音拜佛求经者,今至宝方,不知是甚去处,特求老施主指教。”那老者闻言,口称:“有道禅师,我这敝处,乃天竺国下郡,地名玉华州。州中城主,就是天竺皇帝之宗室,封为玉华王。此王甚贤,专敬僧道,重爱黎民。老禅师若去相见,必有重敬。”三藏谢了,那老者径穿树林而去。

三藏转身对徒弟备言前事。遂步至城边街道观看。那关厢人家,做买做卖的,人烟凑集,生意亦甚茂盛。观其声音相貌,与中华无异。三藏分付:“徒弟们谨慎,切不可放肆。”那八戒低了头,沙僧掩着脸,惟孙行者搀着师父。两边人都来争看,齐声叫道:“我这里只有降龙伏虎的高僧,不曾见降猪伏猴的和尚。”八戒忍不住,把嘴一掬道:“你们可曾看见降猪王的和尚。”唬得满街上人跌跌爬爬,都往两边闪过。呆子低着头,只是笑。过了吊桥,入城门内,又见那大街上热闹繁华,果然是神州都邑。三藏暗喜道:“人言西域诸番,更不曾到此。细观此景,与我大唐何异!诚所谓极乐世界也。”又听得人说,白米四钱一担,麻油八厘一觔,真是五谷丰登处。

行勾多时,方到玉华州府,府门左右有长史府、审理厅、典膳所、待客馆。三藏道:“徒弟,此间是府,等我进去,朝王验牒而行。你们都到客馆里坐下。我见了王,倘或赐斋,便来唤你等同享。”沙僧即把行李挑至馆中。那看馆的人役,见他们面貌丑陋,也不敢问他,只得让他坐下。

却说三藏换了衣帽,拿了关文,径至王府前,早见引礼官迎着问道:"长老何来?"三藏道:"东土大唐差来大雷音拜佛求经之僧,今到贵地,欲倒换关文,特来朝参千岁。"引礼官即为传奏,那王子果然贤达,即传旨召进。三藏至殿下施礼,王子请上殿赐坐。三藏将关文献上,王子看了,见有各国印信手押,也就忻然将宝印了,押了花字,付还三藏问道:"国师长老,自你那大唐至此,历遍诸邦,共有几多路程?"三藏道:"贫僧也未记程途。但先年蒙观音菩萨在我王御前显身,曾留了颂子,言西方十万八千里。贫僧在路,已经过一十四遍寒暑矣。"王子笑道:"十四遍寒暑,即十四年了。想是途中有甚耽搁。"三藏道:"一言难尽!万蛰千魔,也不知受了多少苦楚,才到得宝方!"那王子十分欢喜,即着典膳官备素斋管待。三藏起身启道:"贫僧有三个小徒,在外等候,不敢领斋,但恐违误行程。"王子教当殿官,快去请长老三位徒弟,进府同斋。

当殿官随出外相请,都道:"未曾见。"有跟随的人道:"待客馆中坐着三个丑貌和尚,想必是也。"当殿官同众至馆中,即问看馆的道:"那个是大唐取经僧的高徒?我主有旨,请吃斋也。"八戒正坐打盹,听见一个斋字,忍不住跳起身来答道:"我们是!"当殿官一见了,唬得战战兢兢,只得勉强奉请。行者三人即同众入王府。当殿官先入启知,那王子举目见那等丑恶,却也心中害怕。三藏合掌道:"千岁放心,顽徒虽是貌丑,却都心良。"八戒便朝上唱个喏道:"贫僧问讯了。"王子愈觉心惊。三藏道:"顽徒都是山野中收来的,不会行礼,万望赦罪。"王子耐着惊恐,教典膳官请众位去暴纱亭吃斋。三藏谢了恩,辞王下殿,同至亭内。那典膳官带领人役,调开桌椅,摆上斋来,师徒共享。

却说那王子退殿进宫,宫中有三个小王子,见他面容改色,即问道:"父王今日有何惊恐?"王子道:"适才有东土差来取经的一个和尚,倒换关文,却一表非凡。我留他吃斋,他说有徒弟在府前,我即命请。少时进来,见我不行大礼,打个问讯,我已不快。及抬头看时,一个个丑似妖魔,心中不觉惊骇,故此面容改色。”原来那三个小王子比众不同,一个个好武好强,便就伸拳捋袖道:“莫敢是那山里走来的妖精,假妆人像,待我们拿兵器出去看来!”

那小王子,大的个拿一条齐眉棍,第二个轮一把九齿钯,第三个使一根乌油黑棒子,雄赳赳的走出王府,吆喝道:“甚么取经的和尚,在那里?”时有典膳官跪下道:“小王,他们在暴纱亭吃斋哩。”小王子不分好歹,闯将进去,喝道:“汝等是人是怪,快早说来,免得动手!”唬得三藏丢下饭碗,躬身答道:“贫僧乃唐朝来取经者,人也,非怪也。”小王子道:“你便还像个人,那三个丑的,断然是怪!”八戒只管吃饭不睬。沙僧与行者欠身道:“我等俱是人,面虽丑而心良,身虽粗而性善。汝三个俱是何人,却恁样海口轻狂?”旁有典膳等官道:“三位是我王之子小殿下。”

八戒丢了碗道:“小殿下,各拿兵器怎么? 莫是要与我们打哩?”二王子掣开步,双手举钯便舞。八戒嘻嘻笑道:“你那钯只好与我这钯做孙子罢了!”即揭衣,腰间取出钯来,晃一晃金光万道,丢了解数,有瑞气千条,把个王子唬得手软筋麻,不敢舞弄。行者见大的个使一条齐眉棍,跳啊跳的,即耳朵里取出金箍棒来,晃一晃碗来粗细,有丈二长短,着地下一捣,捣了有三尺深浅,竖在那里,笑道:“我把这棍子送你罢!”那王子即丢了自己棍,去取那棒,双手尽力一拔,莫想得动分毫。第三个便撒起莽性,使乌油棒向前,被沙僧一手劈开,取出降妖宝杖,拈一拈艳艳光生,纷纷霞亮,唬得那典膳等官,一个个呆呆挣挣,口不能言。三个小王子一齐下拜道:“神师! 神师! 我等凡人不识,万望施展一番,我等好拜求也。”

行者走近前,轻轻的把棒拿将起来道:“这里窄狭,不好展手,等我跳在空中,耍一路儿你们看看。”即唿哨一声,脚踏五色祥云,起在半空,把金箍棒丢开个雪花盖顶,黄龙转身,一上一下,左旋右转。起初时人与棒似锦上添花,次后来不见人,只见一天棒滚。八戒在底下喝声采,忍不住叫道:“等老猪也去耍耍来!”他即驾起风头,也到半空,丢开钯,上三下四,左五右六,前七后八,满身解数,只听得呼呼风响。正使到热闹处,沙僧对长老道:“师父,也等老沙去操演操演。”

你看他耸身一跳，轮着杖，也起在空中，只见瑞气氤氲，金光缥缈，双手使降妖杖丢一个丹凤朝阳，饿虎扑食，紧迎慢挡，疾转忙撺。弟兄三个都在那半空中扬威耀武。唬得那三个小王子，跪在尘埃。暴纱亭大小人员，并王府里老王子，满城中一应人等，家家念佛磕头，户户拈香礼拜。果然是：见像归真度众僧，人间作福享清平。从今果正菩提路，尽是参禅拜佛人。他三个各逞神威，施展一回，按下祥云，把兵器收了，到唐僧面前问讯，各各坐下。

那三个小王子急回宫里，奏上老王道："父王万千之喜！适才可曾看见半空中舞弄么？"老王道："我才见半空霞彩，在宫院内同你母亲等众焚香礼拜，更不知是那里神仙降会也。"小王子道："不是那里神仙，就是那取经僧三个丑徒弟。一个使铁棒，一个使钉钯，一个使宝杖，把我三个的兵器，比的通没有分毫。我们教他使一路，他嫌地上窄狭，不好施展，就各驾云头，起在空中跳舞，所以满天祥云瑞气。才然落下，都坐在暴纱亭里。做儿的十分欢喜，欲要拜他为师，学他手段，保护我邦，此诚莫大之功！不知父王以为何如？"老王闻言，信心从愿。

当时父子四人，不摆驾，不张盖，步行到暴纱亭。他四众收拾行李，正欲进府，辞谢起行，忽见玉华王父子上亭来倒身下拜，慌得长老扑地行礼，行者等闪过旁边，微微冷笑。他父子拜毕，请四众进府堂上坐。老王起身道："唐老师父，孤有一事奉求，不知三位高徒，可能容否？"三藏道："但凭千岁分付。"老王道："孤先见列位时，只以为唐朝远来行脚僧，肉眼凡胎，多致轻亵。适见老师三位高徒起舞在空，方知是仙佛临凡。孤三个犬子，一生好弄武艺，今谨发虔心，欲拜为门徒，学些武艺。万望老师开天地之心，传度小儿，必以倾国之资奉谢。"行者闻言呵呵笑道："你这殿下，好不会事！我等出家人，巴不得要传几个徒弟。你令郎既有从善之心，切不可说起分毫之利，但只以情相处足矣。"王子闻言，十分欢喜，随命大排筵宴，就于本府正堂摆列。一壁厢歌舞吹弹，撮弄演戏。他师徒们尽乐一日。直到天晚，散了酒席，即在暴纱亭铺设床帏安宿。

一宵晚景已过，明早，那老王父子，又来相见。昨日还是王礼，今日就行师礼。那三个小王子对行者、八戒、沙僧叩头拜问道："尊师之兵器，还借出与弟子们看看。"八戒、沙僧闻言，忻然将钯杖取出。二王子与三王子跳起去便拿，就如蜻蜓撼石柱，一个个挣得红头赤脸，莫想拿动半分毫。大王子见了，叫道："兄弟，莫费力了。师父的兵器，俱是神兵，不知有多少重哩！"八戒笑道："我的钯也没多重，只有一藏之数，连柄五千零四十八觔。"三王子问沙僧宝杖之数。沙僧笑道："也是五千零四十八觔。"大王子求行者的金箍棒看。行者去耳朵里取出一个针儿来，迎风一幌，就有碗来粗细，直直的竖立面前。众人见了，都皆悚惧。三个小王子礼拜道："猪师、沙师之兵，俱随身带在衣下。孙师为何自耳中取出？见风即长，何也？"行者笑道："你不知我这棒不是凡间之物。这棒是：神禹当年亲手设，安置东洋镇海阙。老孙有分取将来，变化无穷随口诀。他重一万三千五百觔，或粗或细能生灭。混沌传留直到今，原来不是凡间铁。"那王子听言，个个顶礼不尽。三人向前重复拜礼，虔心求授，行者道："你三人不知学那般武艺。"王子道："使棍的就学棍，使钯的就学钯，使杖的就学杖。"行者笑道："教便也容易，只是你等无力量，使不得我们的兵器，恐学之不精，如画虎不成反类狗也。汝等既有诚心，可焚香拜了天地，我先传你些神力，然后可授武艺。"

三个小王子闻言，满心欢喜，即便亲抬香案，沐手焚香，朝天拜毕请师传法，行者转下身来，对唐僧行礼道："告尊师，恕弟子之罪。今贤王三子，投拜我等，欲学武艺。彼既为我等之徒弟，即为我师之徒孙也。谨禀过我师，庶好传授。"八戒、沙僧见行者行礼，也朝三藏磕头道："望师父高坐法位，让我两个各招个徒弟耍耍，也是西方路上之忆念。"三藏忻喜应允。

行者才教三个王子就在暴纱亭后，静室之间，画了罡斗，教三人都俯伏在内，一个个瞑目宁神。这里暗念《真言》，将仙气吹入他腹中，把元神收归本舍，传与口诀，各授得万千之膂力，却像个脱胎换骨之法。运遍了子午周天火候。那三个小王子，方才苏醒，一齐爬将起来，抹抹脸，精神抖擞，一个个骨壮觔强：大王子就拿得金箍棒，二王子就轮得九齿钯，三王子就举得降妖杖。

老王见了欢喜不胜，又排素宴，启谢他四众。就在筵前各传各授：学棍的演棍，学钯的演钯，学杖的演杖。虽然打几个转身，丢几个解数，终是有些吃力，走一路，便喘气嘘嘘，不能耐久；盖他那兵器都有变化神通之妙，此等终是凡夫，岂能遽及？当日散了筵宴。

次日，三个王子又来称谢道："感蒙神师授赐了膂力，纵然轮得师的神器，只是转换艰难。意欲命工匠依神师兵器式样，减削斤两，打造一般，未知师父肯容否？"八戒道："说得有理。我们的器械，一则你们使不得；二则我们要护法降魔，正该另造另造。"王子又随即宣召铁匠，买办钢铁万觔，就于王府内院搭厂，支炉铸造。先一日将钢铁炼熟，次日请行者三人将铁棒、钯、杖，都取出放在篷厂之间，看样造作，遂此昼夜不收。

噫！这兵器原是他们随身之宝，一刻不可离者。今放在厂中几日，那霞光有万道冲天，瑞气有千般照地。其时有一妖精，离城只有七十里远近，山名豹头山，洞唤虎口洞，夜坐之间，忽见霞光瑞气，即驾云来看。见光彩起自王府之内，他按下云头近前观看，乃是三般兵器放光。妖精又喜又爱道："好宝贝！好宝贝！这是甚人用的，今放在此？也是我的缘法，拿了去呀！"他即弄起威风，将三般兵器，一股收之，径转本洞。这正是：道不须臾离，可离非道也。神兵尽落空，枉费参修者。毕竟不知怎生寻得兵器，且听下回分解。

第八十九回　黄狮精虚设钉钯会　金木土计闹豹头山

却说那院中几个铁匠，因连日辛苦，夜间俱自睡了。及天明起来，篷下不见了三般兵器，一个个呆挣神惊，四下寻找。只见那三个王子出宫来看，那铁匠一齐磕头道："小主呵，神师的三般兵器，都不知那里去了！"小王子听言，心惊道："想是师父今夜收拾去了。"急奔暴纱亭，忍不住叫道："师父还睡哩！"沙僧道："起来了。"即将房门开了，王子进里看时，不见兵器，慌慌张张问道："师父的兵器都收来了？"行者跳起道："不曾收啊！"王子道："三般兵器，今夜都不见了。"八戒连忙爬起道："我的钯在么？"小王道："适才我等出来，只见众人前后找寻不见，弟子恐是师父收了，却才来问。老师的宝贝，俱是能长能消，想必藏在身边哄弟子哩。"行者道："委的未收，都寻去来。"

随至院中篷下，果然不见踪影。八戒道："定是这伙铁匠偷了！快拿出来！略迟了些儿，就都打死！打死！"那铁匠慌得磕头滴泪道："爷爷！我们连日辛苦，夜间睡着，乃至天明起来，遂不见了。我等乃一介凡夫，怎么拿得动！望爷爷饶命！"行者无语暗恨道："还是我们的不是，既然看了式样，就该收在身边，怎么却丢放在此！那宝贝霞彩光生，想是惊动甚么歹人，今夜窃去也。"八戒不信道："哥哥，这般个太平境界，又不是旷野深山，怎得个歹人来！定是铁匠欺心，他见我们的兵器光彩，认得是三件宝贝，连夜走出王府，伙些人来，偷出去了！拿过来打呀！打呀！"众匠只是叩头发誓。

正嚷处，只见老王子出来，问及前事，沉吟半晌，道："神师兵器，本不同凡，就有百千余人也弄他不动。况孤在此城，今已五代，不是大胆海口，孤也颇有个贤名在外，这城中军民匠作人等，也颇惧孤之法度，断是不敢欺心，望神师再思可矣。"行者笑道："不用再思，也不须苦赖铁匠。我问殿下：你这州城四面，可有甚么山林妖怪？"王子道："神师此问，甚是有理。孤这州城之北，有一座豹头山，山中有一座虎口洞。往往人言洞内有仙,又言有虎狼妖怪。孤未曾访得端的,不知果是何物。”行者笑道:“不消讲了,定是那方歹人偷将去了。”叫:“八戒、沙僧,你都在此保着师父,等老孙寻访去来。”

他唿哨一声,形影不见,早跨到豹头山上。径上山峰观看,果然有些妖气。行者正看时,忽听得山背后有人言语,急回头视之,乃两个狼头妖怪,朗朗的说着话,向西北上走。行者揣道:“这定是巡山的怪物,等老孙跟他去听听,看他说些甚的。”即捻诀念咒,摇身一变,变做个蝴蝶儿,展开翅,翩翩翻翻赶上去。飞在那个妖精头上,忽听得:“二哥,我大王连日侥幸。前月里得了一个美人儿,在洞内盘桓,十分快乐。昨夜里又得三般兵器,果然是无价之宝。明朝开宴庆钉钯会哩,我们都有受用。”这个道:“我们也有些侥幸。拿这二十两银子买猪羊去,如今到了乾方集上,先吃几壶酒儿,把东西开个花帐儿,落他二三两银子,买件棉衣过寒,却不是好?”两个怪说说笑笑的,上大路急走如飞。

行者听得要庆钉钯会,心中暗喜;欲要打杀他,奈手无兵器。他即飞向前,现了本相,在路口上立定。那怪看看走到身边,被他一口法唾喷将去,念一声“唵吽吒唎”,即使个定身法,把两个狼头精直挺挺双脚站住。又将他扳倒,揭衣搜捡,果是有二十两银子,着一条搭包儿打在腰间裙带上,又各挂着一个粉牌儿,一个上写着“刁钻古怪”,一个上写着“古怪刁钻”。

大圣取了他银子,解了他牌儿,返云头回至州城。到王府中,见了王子、唐僧,具言前事。八戒笑道:“想是老猪的宝贝,霞彩光明,所以治筵席庆贺哩。但如今怎得他来?”行者道:“我兄弟三人俱去,这银子是买办猪羊的,且拿来赏了匠人,教殿下寻几个猪羊。八戒你变做刁钻古怪,我变做古怪刁钻,沙僧变做个贩猪羊的客人,走进那虎口洞里,得便处,各人拿了兵器,打绝那妖邪,回来却收拾走路。”沙僧笑道:“妙,妙,妙!快去!快去!”老王果依此计,即教管事的买办了猪羊。

他三人辞了师父,在城外大显神通。八戒道:“哥哥,我未曾看见那刁钻古怪,怎生变得他模样?”行者道:“我记得他的模样,你站下，等我教你变。”那呆子真个口里念咒，行者吹口仙气，霎时就变得与那刁钻古怪一般无二，将一个粉牌儿带在腰间。行者即变做古怪刁钻，腰间也带了牌儿。沙僧打扮做客人，一起儿赶着猪羊，上大路，径奔山来。不多时，进了山凹里，又遇见一个青脸红毛的小妖。左胁下挟着一个彩漆的请书匣儿，迎着行者叫道：“古怪刁钻，你两个来了？买了几口猪羊？”行者道：“这赶的不是？你往那里去？”那怪道：“我往竹节山去请老大王明早赴会。”行者就问：“共请多少人？”那怪道：“请老大王坐首席，连本山大王共请头目等众，约有四十多位。”行者讨他帖儿看看。只见上面写着：“明辰敬治肴酌庆钉钯嘉会，屈尊车从过山一叙，幸勿外，至感！右启祖翁九灵元圣老大人尊前。门下孙黄狮顿首百拜。”行者看毕，仍递与那怪。那怪放在匣内，径往东南上去了。

沙僧问道：“哥哥，帖儿上甚么话头？”行者道：“乃庆钉钯会的请帖，名字写着门下孙黄狮，请的是祖翁九灵元圣老大人。”沙僧笑道：“黄狮想必是个金毛狮子成精，但不知九灵元圣是个何物。”八戒听言，笑道：“是老猪的货了！”行者道：“怎见得是你的货？”八戒道：“古人云，癞母猪专赶金毛狮子，故知是老猪之货物也。”

他三人说说笑笑，赶着猪羊，却就望见虎口洞门。只见那门外有一丛大大小小的杂项妖精，在那花树之下顽要，忽听得八戒：“呵！呵！”赶猪羊到来，便都上前捉猪捉羊，一齐捆倒。早惊动里面妖王，出来问道：“你两个来了？买了多少猪羊？”行者道：“买了八口猪，七腔羊，共十五个生口。猪银该一十六两，羊银该九两，前者领银二十两，仍欠五两。这个就是客人，跟来找银子的。”妖王听说，即唤：“小的们，取银子，打发他去。”行者道：“这客人，一则来找银子，二来要看看嘉会。”那妖骂道：“你这个刁钻儿惫懒！你买东西罢了，又与人说甚么会不会！”八戒上前道：“主人公得了宝贝，诚是天下之奇珍，就教他看看怕怎的？”那怪咄的一声道：“你这古怪也可恶！我这宝贝，乃是玉华州城中得来的，倘这客人看了，去那州中说与人知，那王子一时来访求，却如之何？”行者道：“主公，这个客人，乃乾方集后边的人，去州许远，那里去传说？况且他肚里饥了，我两个也未曾吃饭。

家中有现成酒饭，赏他些吃了去罢。”说不了，有一小妖，取了五两银子，递与行者。行者递与沙僧道：“客人，收了银子，我与你进去吃些饭来。”三人遂同进洞内，到二层厂厅之上，只见正中间安着一柄九齿钉钯，真个是光彩映目，东山头靠着金箍棒，西山头靠着降妖杖。那怪王随后跟着道：“客人，那中间放光亮的就是钉钯。你看便看，只是出去，千万莫与人说。”沙僧点头应了。

噫！这正是物见主，必定取，那八戒一生鲁莽，他见了钉钯，那里与他叙甚么情节，跑上去拿下来，轮在手中，现了本相，望妖精劈脸就筑。这行者、沙僧也奔至两山头各拿器械，现了原身。三兄弟一齐乱打，慌得那妖王急抽身闪入后边，取一柄四明铲，杆长镈利，赶到天井，支住他三般兵器，厉声喝道：“你是甚么人，敢弄虚头，骗我宝贝！”行者骂道：“我把你这个贼毛团！你是认我不得！我们乃东土圣僧唐三藏的徒弟。因至玉华州，他三个王子拜我们为师，学习武艺，将我们宝贝作样，打造兵器。放在院中，被你这贼毛团夤夜偷来，倒说我弄虚头骗你！不要走！就把我们这三件兵器，各奉承你几下尝尝！”那妖就举铲来敌。从天井中斗出前门。看他三僧攒一妖！在豹头山战斗多时，那妖敌不住，向东南巽宫上纵风逃去。八戒拽步要赶，行者道：“且让他去，自古道，穷寇莫追。且只来断他归路。”八戒依言。三人径至洞口，把那大小狼妖兽怪尽皆打死。大圣又使个手法，将他那洞里细软物件并打死的杂兽，与赶来的猪羊，通皆带出。沙僧就取出干柴放起火来，把一个巢穴烧得干净，带诸物即转州城。

此时城门尚开，老王父子与唐僧俱在暴纱亭盼望。只见他们扑哩扑剌的丢下一院子死兽、猪羊及细软物件，一齐叫道：“师父，我们已得胜回来也！”那殿下喏喏相谢，长老满心欢喜，三个小王子跪拜于地问道：“此物俱是何来？”行者笑道：“那些山兽都是成精的妖怪。那老妖是个金毛狮子，被我们收了兵器，打出门来。那妖与我等战到天晚，败阵走了。我等不曾赶他，却扫除洞穴，打杀群妖，搜寻他这些物件带来。”老王听说，又喜又忧。喜的是得胜而回，忧的是那妖日后报仇。行者道：“殿下放心，我已虑之熟矣。一定与你扫除尽绝，方才起行，决不至贻害于后。我午间去时，撞见一个小妖送请书，请他甚么祖翁九灵元圣。才子那妖精败阵，必然向他祖翁处会话。明辰断然寻我们报仇，当与你扫荡干净也。”老王称谢了，摆上晚斋。师徒用毕，各归寝处不题。

却说那妖果然向东南方奔到竹节山中。有一座洞天，唤名九曲盘桓洞。洞中的九灵元圣是他的祖翁。当夜足不停风，行至五更时分，到洞口敲门而进。见了老妖，倒身下拜，止不住腮边泪落。老妖道：“贤孙，你昨日下柬，今早正欲来赴会，你怎么又亲来，为何发悲烦恼？”妖精叩头，将上项事细说一遍道：“不知那三个和尚叫做甚名，却俱有本事。小孙一人敌他不过。望祖爷拔刀相助，拿那和尚报仇，庶见我祖爱孙之意也！”老妖闻言，默想片时，笑道：“原来是他。我贤孙，你错惹了他也！”妖精道：“祖爷知他是谁？”老妖道：“那长嘴大耳者乃猪八戒，晦气色脸者乃沙和尚，这两个犹可。那毛脸雷公嘴者叫做孙行者，这猴儿其实神通广大，五百年前曾大闹天宫，十万天兵也不曾拿得住他。他便是个撞祸的都头，生事的太岁，你怎么惹他？也罢，等我和你去，把那厮连玉华王子都擒来替你出气！”那妖听说，叩头而谢。

当时老妖即点起猱狮、雪狮、狻猊、白泽、伏狸、抟象诸孙，各执锋利器械，黄狮引领，各纵狂风，径至豹头山界。只闻得烟火之气扑鼻，又闻得有哭泣之声。仔细看时，原来是刁钻、古怪二人在那里叫主公哭主公哩。妖精近前喝道：“你是真刁钻儿，假刁钻儿？”二怪跪倒，噙泪叩头道：“我们怎是假的？昨日这早晚领了银子去买猪羊，走至山西边大路之上，见一个毛脸雷公嘴的和尚，他啐了我们一口，我们就脚软口噤，不能言动，被他扳倒，把银子搜了去，牌儿解了去，我两个昏昏沉沉，直到此时才醒。及到家，见烟火未息，房舍尽烧，又不见主公并大小头目，故在此伤心痛哭。不知这火是怎生起的！”那妖闻言，止不住泪如泉涌，跌脚叫喊道：“这厮十分作恶！怎么干出这般毒事，把我洞府烧尽，美人烧死，家当老小一空！气杀我也！”即望石崖上撞头磕脑。老妖叫猱狮扯他过来道：“贤孙，事已至此，徒恼无益。且养全锐气，到州城里拿那和尚去。”当时丢了此处，都奔州城。

只听得狂风滚滚，黑雾腾腾，来得甚近，唬得那城外各关厢人等，拖男挟女,顾不得家私,都往州城中走。守城的将城门闭了。火急报入王府。那王子、唐僧等正在暴纱亭吃早斋,听得人报,却出门来问。众人道:"一群妖精飞沙走石喷雾掀风的,来近城了!"老王大惊道:"怎么好?"行者笑道:"放心!放心!这是虎口洞妖精,昨日败阵,往东南方去伙了那甚么九灵元圣儿来也。等我同兄弟们出去,分付教关了四门,汝等点人夫看守城池。"那王子果传令闭门,点夫守城。他父子并唐僧在城楼上点札,旌旗蔽日,炮火连天。行者三人叮咛老王与师父且自安心,却半云半雾,出城迎敌。这正是:失却慧兵缘不谨,顿教魔起众邪凶。毕竟不知凶吉如何,且听下回分解。

第九十回　师狮授受同归一　盗道缠禅静九灵

却说大圣同八戒、沙僧出城头，觌面相迎，见那伙妖精都是些杂毛狮子：黄狮精在前引领，狻猊狮、抟象狮在左，白泽狮、伏狸狮在右，猱狮、雪狮在后，中间却是一个九头狮子。那青脸儿怪执一面锦绣团花宝幢，紧挨着九头狮子，刁钻古怪、古怪刁钻打两面红旗，齐齐的都布在坎宫之地。

八戒莽撞，走近前骂道："偷宝贝的贼怪！你去那里伙这几个毛团来此怎的？"黄狮精切齿骂道："泼狠秃厮！昨日三个敌我一个，我败回去，让你为人罢了；你怎么这般狠恶，烧了我的洞府，伤了我的眷族！我和你冤仇深如大海！不要走！吃你老爷一铲！"八戒举钯就迎。两个才交手，还未见高低，那猱狮精轮一根铁蒺藜，雪狮精使一条三楞简，径来奔打。这壁厢，沙和尚急掣降妖杖相助，又见那狻猊、白泽与抟象、伏狸四狮精，一拥齐上。大圣急抡金箍棒向前架住，狻猊使闷棍，白泽使铜锤，抟象使钢枪，伏狸使钺斧。那七个狮子精，这三个狠和尚，狠命相持。

战经半日，不觉天晚。八戒看看脚软，虚幌一钯，败下阵去，被那雪狮、猱狮赶上，照脊梁上打了一简，睡在地下。两个精把八戒采鬃拖尾，扛将去见那九头狮子，报道："祖爷，我等拿了一个来也。"说不了，沙僧、行者也都战败。众妖一齐赶来，被行者拔一把毫毛，嚼碎喷去，即变做百十个小行者，围围绕绕，将那些狮怪围裹在中。沙僧、行者却又上前攒打。到晚，拿住狻猊、白泽，走了伏狸、抟象。金毛报知老妖，老怪见失了二狮，分付："把猪八戒捆了，不可伤他性命。待他还我二狮，却将八戒与他。他若无知，坏了我二狮，即将八戒杀了对命！"当晚群妖安歇城外。

大圣把两个狮子精抬近城边，老王见了，即传令开门，差二三十个校尉，拿绳扛出门，绑了狮精，扛入城里。大圣收了法毛，同沙僧径至城楼上,见了唐僧。唐僧道:“这场事甚是利害呀!悟能性命,不知有无?”行者道:“没事!我们把这两个妖精拿了,他那里断不敢伤。且将二精牢拴紧缚,待明早抵换八戒也。”三个小王子对行者叩头道:“师父先前赌斗,只见一身,及后佯输而回,却怎么就有百十位师身?及至拿住妖精,近城来还是一身,此是甚么法力?”行者笑道:“我身上有八万四千毫毛,以一化十,以十化百,百千万亿之变化,皆身外身之法也。”那王子一个个顶礼,即时摆上斋来,就在城楼上吃了。传令各垛口上都要灯笼旗帜,梆铃锣鼓,支更传箭,放炮呐喊。

早又天明。老怪即唤黄狮精定计道:“汝等今日用心拿那行者、沙僧,等我暗自飞空上城,拿他那师父并那老王父子,先转九曲盘桓洞,待你得胜回报。”黄狮领计,便引猱狮、雪狮、抟象、伏狸各执兵器到城处,滚风酿雾的索战。这里行者与沙僧跳出城头,厉声骂道:“贼泼怪!快将我师弟八戒送还,我饶你性命!不然,都教你粉骨碎尸!”那妖精那容分说,一拥齐来。这大圣弟兄两个,各逞神威,挡住五个狮子。正杀到好处,那老妖驾着黑云,径直腾至城楼上,摇一摇头,唬得那城上文武官员并城人夫等,都滚下城去,被他奔入楼中,张开口把三藏与老王父子一齐噙出,复至城外地下,将八戒也着口噙之。原来他九个一口噙着大王子六口噙着六人,还空了三张口,发声喊叫道:“我先去也!”这五个小狮精见他祖得胜,一个个愈展雄才。

行者闻得城上人喊嚷,情知中了他计,急唤沙僧仔细;他却把臂膊上毫毛,尽皆拔下,嚼烂喷出,变作千百个小行者,一拥攻上,当时拖倒了猱狮,活捉了雪狮,拿住抟象狮,扛翻伏狸狮,将黄狮打死,烘烘的嚷到州城之下,倒转走脱了青脸儿与刁钻古怪、古怪刁钻二怪。那城上官看见,却又开门,将绳把五个狮精又捆了,扛进城去。还未发落,只见那王妃哭哭啼啼,对行者礼拜道:“神师呵,我殿下父子并你师父,性命休矣!这孤城怎生是好?”大圣收了法毛,对王妃作礼道:“贤后莫愁,只因我拿他七个狮精,那老妖弄摄法,将师父与殿下父子摄去,料必无伤。待明早我兄弟二人去那山中,管情捉住老妖,还你四个王子。”那王妃并宫女闻言,都对行者拜谢毕,一个个含泪还宫。行者分付各官:“将打死的黄狮精剥了皮,六个活狮精,牢牢拴锁。取些斋饭来,我们吃了睡觉,你们都放心,保你无事。”

次早大圣领沙僧驾起祥云,不多时,到于竹节山头。按下云头,正在山上看景,忽见那青脸儿,手拿一条短棍,径跑出崖谷之间。行者喝道:“那里走!老孙来也!”唬得那小妖一翻一滚的跑下崖谷。他两个一直追来,只见一座洞府,两扇花斑石门紧紧关闭。门上横嵌着一块石版,镌着十个大字,乃是万灵竹节山九曲盘桓洞。

原来那小妖跑进洞去,即把洞门闭了,到里边对老妖道:“爷爷,外面又有两个和尚来了。”老妖道:“你大王并猱狮、雪狮、抟象、伏狸可曾来?”小妖道:“不见!不见。”老妖听说,半晌不语,忽的掉下泪来,叫声:“苦呵!我黄狮、猱狮孙等又尽被和尚捉去矣!此恨怎生报得!”叫:“小的们,好生在此看守,等我出去索性拿那两个和尚进来,一总惩治。”

你看他身无披挂,手不拈兵,大踏步走到前边,只闻得行者吆喝哩。他就开了洞门,径不打话,来奔行者。行者使棒当头支住,沙僧轮杖就打。那老妖把头摇一摇,左右八个头,一齐张开口,把行者、沙僧轻轻的又衔于洞内,教取绳索来!那刁钻古怪、古怪刁钻与青脸儿即拿两条绳,把他二人着实捆了。老妖骂道:“你这泼猴,把我那七个儿孙捉了,我今拿住你和尚四个,王子四个,也足以抵得我儿孙之命!小的们,选柳棍来,且打这猴头一顿,与我黄狮孙报报冤仇!”那三个小妖,各执柳棍,齐打行者。行者本是熬炼过的身体,凭他怎么捶打,略不介意。少时,打折了柳棍,天已晚了,老妖叫:“小的们且住,点起灯火来,你们吃些饮食,让我到锦云窝略睡睡去。汝三人用心着守,待明早再打。”三个小妖移过灯来,拿柳棍又打行者脑盖,就像敲梆子一般,剔剔托托,紧几下,慢几下。夜将深了,却都盹睡。

行者就使个遁法,将身一小,脱出绳来。耳朵内取出棒来,晃一晃,朝着三个小妖道:“你这孽畜,把你老爷就打了许多棍子!老爷也把这棍子略揌你揌,看道如何!”把三个小妖轻轻一揌,就揌做三个肉饼,却又剔亮了灯,解放沙僧。八戒忍不住大声叫道:“哥哥!我的手脚都捆肿了,倒不来先解放我!”这呆子喊了一声,却早惊动老妖。老妖一毂辘爬起来道:“是谁人解放?”行者听见,一口吹息灯，也顾不得沙僧等众，使铁棒，打破几重门走了。那老妖到中堂，黑洞洞的。叫一声，没人答应；又叫一声，又没人答应。及取灯火来看时，只见地下血淋淋的三块肉饼，诸人俱在，只不见了行者、沙僧。点着火，前后赶着，只见沙僧还背贴在廊下站哩，被他一把拿住摔倒，照旧捆了。又见几层门尽皆破损，情知是行者打破走了，也不去追赶，即将破门修补，固守家业不题。

却说大圣出了那九曲盘桓洞，跨祥云径转玉华州，但见那城头上各方的土地、城隍迎空拜接。行者道："汝等怎么今夜才来？"城隍道："小神等知大圣下降玉华州，因有贤王款留，故不敢见。今知王等遇怪，大圣降魔，特来叩接。"行者正在嗔怪处，又见揭谛、丁甲神将，押着一个土地，跪在面前道："大圣，他是竹节山土地。知道那妖精的根由，吾等特捉他来，乞大圣问他一问，便好处治，以救圣僧贤王之苦。"行者便问土地，土地叩头道："那老妖前年下降竹节山。那九曲盘桓洞原是六狮之窝，六狮自得老妖至此，就都拜为祖翁。他是个九头狮子，号为九灵元圣。若要降他，须到东极妙岩宫，请他主人公来，方可收伏。他人莫想能治也。"行者闻言，思忆半晌道："东极妙岩宫，是太乙救苦天尊阿。他坐下正是个九头狮子。这等说，等我去来。"分付众神各回。

他纵觔斗云，连夜前行。约有寅时，到了东天门外，正撞着广目天王，拱手迎道："大圣何往？"行者道："前去妙岩宫走走。"天王道："西天路不走，却又东天来做甚？"行者道："因到玉华州，蒙州王遣三子拜我等弟兄为师，习学武艺，不期遇着一伙狮怪。今访得妙岩宫太乙救苦天尊乃怪之主人公，欲请他去降怪救师。"天王道："那厢因你欲为人师，所以惹出这一窝狮子来也。"行者笑道："正为此！正为此！"

遂进了东天门，不多时到妙岩宫前。那宫门内立着一个穿霓帔的仙童，忽见大圣，即入宫报道："爷爷，外面是闹天宫的齐天大圣来了。"天尊听得，即唤侍卫众仙，迎至宫中，只见天尊高坐九色莲花座上，百亿瑞光之中，见了行者，下座相见。行者朝上施礼，天尊答礼道："大圣，这几年不见，前闻得你弃道归佛，保唐僧西天取经，想是功行完了?”行者道:“功行未完,却也将近。但如今到竹节山盘桓洞,受一个九头狮子之害。问及本山土地,始知天尊是他主人,特来拜请收降他去。”

天尊闻言,即令仙将到狮子房唤出狮奴来问。那狮奴熟睡,被众将推醒,揪至中厅来见。天尊问道:“狮兽何在?”那奴儿垂泪叩头,只教饶命!天尊道:“孙大圣在此,且不打你。你快说为何不谨,走了九头狮子。”狮奴道:“爷爷,我前日在大千甘露殿中见一瓶酒,偷去吃了,不觉沉醉睡着,失于拴锁,是以走了。”天尊道:“那酒是太上老君送的,唤做轮回琼液,你吃了该醉三日不醒。那狮兽今走几日了?”大圣道:“据土地说,他前年下降,到今二三年矣。”天尊笑道:“是了!是了!天宫里一日,凡世就是一年。”叫狮奴:“且起来,饶你死罪,跟我与大圣下方去收他来。”

天尊遂与大圣、狮奴,架云径至竹节山,只见揭谛、丁甲、本山土地都来跪接。行者道:“汝等护祐,可曾伤着我师?”众神道:“妖精着了恼睡了,更不曾动甚捶楚。”天尊道:“我那元圣儿也是一个久修得道的真灵:他叫一声,上通三界,下彻九泉,等闲也便不伤生。孙大圣,你去他门首索战,引他出来,我好收之。”

行者即掣棒跳近洞口,高骂道:“泼妖精,还我人来!”连叫数声,无人答应。行者恼起来,轮铁棒,往内打进,口中不住的喊骂。那老妖方才惊醒,心中大怒,爬起来喝一声,摇摇头,便张口来衔。行者回头跳出。妖精赶到外边,骂道:“贼猴!那里走!”行者立在高崖上笑道:“你还敢这等无礼!你死活也不知哩!”那妖赶到崖前,早被天尊念声咒语,喝道:“元圣儿!我来了!”那妖认得主人,不敢展挣,四只脚伏于地下,只是磕头。傍边跑过狮奴儿,一把挝住项毛,用拳打勾百十,骂道:“你这畜生,如何偷走,教我受罪!”那狮兽哑口无声,不敢摇动。狮奴儿打得手困,方才住了,即将锦鞯安在他身上,天尊骑了,喝声教走。他就纵声驾起彩云,径往妙岩宫去。

大圣望空称谢了,却入洞中,解放玉华王父子和师父三众。共搜他洞里物件,逍逍停停,将众领出门外。八戒就取了若干枯柴,前后堆上,放起火来,把一个九曲盘桓洞,烧做个乌焦破瓦窑!大圣又发放了众神,还教土地在此镇守,却令八戒、沙僧,各各使法,把王父子背驮回州,他搀着唐僧。不多时,到了州城,天色渐晚,当有妃后官员,都来接见了。摆上斋筵,共坐同享。长老师徒仍在暴纱亭安歇,王子们入宫各寝。一宵无话。

次日,老王传旨,大开素宴,共大小官员,一一谢恩。行者又与王子说,叫屠子来,把那六个活狮杀了,共那黄狮都剥了皮,将肉安排来受用。把一个留在本府内外人用,一个与王府长史等官分用,把五个都剁做一二两重的块子,差校尉给散州城内外军民人等,各吃些须:一则尝尝滋味,二则押押惊恐。那合州之人,无不瞻仰。

又见那铁匠人等造成了三般兵器,行者问道:"各重多少斤两?"铁匠道:"金箍棒有千斤,九齿钯与降妖杖各有八百觔。"行者道:"也罢。"叫请三位王子出来,各人收兵器。老王道:"为此兵器,几乎伤了我父子之命。"小王子道:"幸蒙神师施法,救出我等,却又扫荡妖邪,除了后患,诚所谓太平之远计也!"当时老王父子赏劳了匠作,又至暴纱亭拜谢了师恩。

三藏教大圣等快传武艺,莫误行程。他三人就一一传授。不数日,那三个王子尽皆操演精熟,七十二般解数尽知之。一则那诸王子心坚,二则亏大圣授了神力,所以那千斤之棒,八百斤之钯杖,俱能举运,较之初时自家的武艺,真天渊也!

那王子又大开筵酬谢,取出一大盘金银,用答微情。行者笑道:"快拿进去!我们出家人,要他何用?"八戒在傍道:"金银实不敢受,奈我这件衣服被那些狮精拉破了,但与我们换件衣服,足为爱也。"那王子随取异锦数匹,与三位各做一件。三人忻然领受,收拾行装起程,只见那城内城外,无一人不称是罗汉临凡,活佛下界,鼓乐旌旗,盈街塞道。送至许远方回,他四众方找路西行。这一去顿脱群思,潜心正果。才是:无虑无忧来佛界,诚心一意上雷音。毕竟不知何时方到灵山,且听下回分解。

第九十一回　金平府元夜观灯　玄英洞唐僧供状

话表唐僧四众离了玉华城，一路平稳，诚所谓极乐之乡。行有五六日程途，又见一座城池。走进东关厢，见那两边市肆喧哗，生意热闹。街衢中有几个闲游的浪子，见八戒嘴长，沙僧脸黑，行者眼红，都拥拥簇簇的争看，只是不敢近前而问。唐僧捏着一把脉，惟恐他们惹祸。又走过几条巷口，还不到城，忽见有一座山门，门上有慈云寺三字，唐僧道："此处略进去歇歇马，打一个斋如何？"行者道："好！好！"四众遂一齐而入。

只见那廊下走出一个和尚，对唐僧作礼道："老师何来？"唐僧道："弟子中华唐朝来者。"那和尚倒身下拜，慌得唐僧搀起道："院主何为行此大礼？"那和尚合掌道："我这里向善的人，看经念佛，都指望修到你中华地托生。才见老师丰采衣冠，果然是前生修到的，方得此受用，故当下拜。"唐僧笑道："惶恐！惶恐！我弟子乃行脚僧，有何受用！若院主在此闲养自在，才是享福哩。"那和尚领唐僧入正殿，拜了佛像。唐僧方才招呼："徒弟进来。"那和尚见了行者三人，慌得叫："爷爷呀！你高徒如何恁般丑样？"唐僧道："丑则虽丑，倒颇有些法力，我一路甚亏他们保护。"

正说处，里面又走出几个和尚作礼。先见的那和尚问道："老师中华大国，到此何为？"唐僧言："我奉唐王圣旨，向灵山拜佛求经。适过宝方，特奔上刹，一则求问地方，二则打顿斋食就行。"那僧人个个欢喜，又邀入方丈，方丈内又有几个与人家做斋的和尚。这先进去的又叫道："你们都来看看中华人物。原来中华有俊的，有丑的，俊的真个难描难画，丑的却十分古怪。"那许多僧同斋主都来相见。坐下茶罢，唐僧问道："贵处是何地名？"众僧道："我这里乃天竺国外郡，金平府是也。"唐僧道："贵府至灵山还有许远？"众僧道："此间到都下有二千里，这是我等走过的。西去到灵山，我们未走，不知还有多少路,不敢妄对。”

少时,摆上斋来。斋罢唐僧要行,却被众僧并斋主款留道:“老师宽住一二日,过了元宵,要要去不妨。”唐僧惊问道:“弟子在路,把光阴都错过了,不知几时是元宵佳节。”众僧笑道:“老师拜佛心重,故不以此为念。今日乃正月十三,到晚就试灯,后日十五上元,直至十八九,方才谢灯。我这里人家好事,本府太守老爷爱民,各地方俱高张灯火,彻夜笙箫。还有个金灯桥,乃上古传留,至今丰盛。老爷们宽住数日,我荒山颇管待得起。”唐僧无已,遂俱住下。当晚只听得佛殿上钟鼓喧天,乃是街坊众信人等,送灯来献佛,唐僧等都出方丈来看了灯,各自归寝。次日斋罢,同步后园,闲玩一日,至晚在本寺内看了灯,又到各街上游戏。到二更时,方才回转安置。

次日,唐僧对众僧道:“弟子原有扫塔之愿,趁今日上元佳节,等弟子了此愿心。”众僧随开了塔门。唐僧拜佛祷祝毕,即将笤帚一层层扫毕下来,天色已晚,又都点上灯火。此夜正是十五元宵,众僧道:“老师父,我们前晚只在荒山与关厢看灯。今晚正节,进城看看金灯如何?”唐僧忻然从之,同行三人及众僧进城看灯。正是那:锦绣场中唱彩莲,太平境内簇人烟。灯明月皎元宵夜,雨顺风调大有年。

此时正是金吾不禁,乱烘烘的无数人烟。有那跳舞的,蹁跷的,妆鬼的,骑象的,东一攒,西一簇,看之不尽。却才到金灯桥上,唐僧、众僧近前看处,原来是三盏金灯。那灯有缸来大,上照着玲珑剔透的两层楼阁,都是细金丝儿编成;内托着琉璃薄片,其光晃月,其油喷香。唐僧问众僧道:“此灯是甚油?怎么这等异香扑鼻?”众僧道:“老师不知,我这府后有一县,名唤旻天县,县有二百四十里。共有二百四十家灯油大户。府县的各项差徭犹可,惟有此大户甚是吃累,每家当一年,要使二百多两银子。此油不是寻常之油,乃是酥合香油。这油每一两值价银二两,每一斤值三十二两银子。三盏灯,每缸有五百斤,三缸共一千五百斤,共该银四万八千两。还有杂项缴缠使用,将有五万余两,只点得三夜。”行者道:“这许多油,三夜何以就点得尽?”众僧道:“这缸内每缸有四十九个大灯马,都是灯草扎的把,裹了丝绵,有鸡子粗细,只点过今夜,见佛爷现了身,明夜油也没了,灯就昏了。”八戒在旁笑道：“想是佛爷连油都收去了。”众僧道：“正是此说，满城人家，自古及今，皆是这等相传。但油干了，人俱说是佛祖收了灯，自然五谷丰登；若有一年不干，却就年程荒旱，风雨不调。所以人家都要这等供献。”

正说处，只听得半空中呼呼风响，唬得些看灯的人尽皆四散。那些和尚也立不住脚道：“老师父，回去罢，风来了。是佛爷降祥，到此看灯也。”唐僧道：“怎见得是佛来看灯？”众僧道：“年年如此，不上三更就有风来，知道是诸佛降祥，所以人皆回避。”唐僧道：“我弟子原是念佛拜佛的人，今逢佳景，果有诸佛降临，就此拜拜，多少是好。”众僧连请不回。少时，风中果现出三位佛身，近灯来了。唐僧即跑上桥顶，倒身下拜。行者认得，急忙扯起道：“师父不好，必定是妖邪也。”说不了，见灯光昏暗，呼的一声，把唐僧抱起，驾云而去。噫！不知是那山那洞真妖怪，积年假佛看金灯。唬得那八戒、沙僧两边寻找。行者叫道：“兄弟！不须在此招呼，师父乐极生悲，已被妖精摄去了！”那几个和尚害怕道：“爷爷，怎见得妖精摄去？”行者笑道：“原来你这伙凡人，累年不识，故被妖邪惑了，只说是真佛降祥，受此灯供。刚才风到处现佛身者，就是三个妖精。我师父亦不能识，上桥顶就拜，却被他弄暗灯光，将器皿盛了油，连我师父都摄去。我略走迟了些儿，所以他三个化风而遁。”沙僧道：“师兄，这般却如之何？”行者道：“不必迟疑。你两个同众回寺，看守马匹、行李，等老孙趁此风追赶去也。”

说罢，急纵斗云，起在半空，闻着那腥风气，往东北上径赶。赶至天晓，倏尔风息，只见一座大山，十分险峻。大圣在山崖上正自找寻，又见四个人，赶着三只羊，从西坡下而来，口中齐吆喝“开泰”。大圣仔细观看，认得是四值功曹，即掣棒下崖，喝道：“你都藏头缩颈的那里走！”四值功曹慌得现了本相，施礼道：“大圣，恕罪！恕罪！”行者道：“这一向不曾用着你们，通不来见我一见，你们怎么不暗保吾师，都往那里去？”功曹道：“你师父宽了禅性，在慈云寺贪欢，所以泰极生否，乐极生悲，今被妖邪摄去。他身边有护法伽蓝保着哩，吾等恐大圣不识山径，特来传报。”行者道：“你既传报，怎么隐姓埋名，赶着三个羊儿,吆吆喝喝作甚?”功曹道:“设此三羊,以应开泰之兆,唤做三阳开泰,破解你师之否厄也。”行者问道:“这座山,可是妖精之处?”功曹道:“正是。此山名青龙山,内有洞名玄英洞,洞中有三个妖精:名唤辟寒大王,辟暑大王,辟尘大王,这妖精在此有千年了。他自幼儿爱食酥合香油。当年成精,到此假妆佛像,哄了金平府官员人等,设立金灯,灯油用酥合香油。他年年到正月半,变佛像收油;今年见你师父,他认得是圣僧,连你师父都摄在洞内,不日要割剐你师之肉,使酥合香油煎吃哩。你快用心救援去也。”

行者闻此,喝退四功曹,转过山崖,找寻洞府。行未数里,只见那涧边崖下有座石屋,两扇石门半开半掩。门旁立个石碣,上有六字,却是“青龙山玄英洞”。行者不敢擅入,立定步,叫声:“妖怪! 快送我师父出来!”那里唿喇一声,大开了门,跑出一阵牛头精,呆邓邓的问道:“你是谁,敢在这里呼唤!”行者道:“我是大唐圣僧唐三藏之徒弟,我师在金平府被你家魔头摄来,快早送还,免汝等性命!”

那些小妖急入内报:“祸事!”三个老妖正把唐僧拿在洞中,教小妖剥了衣裳,清水洗净,算计要细切细锉,着酥合香油煎吃,忽闻得报声“祸事”,老大着惊,问是何故。小妖道:“门前有一个毛脸雷公嘴的和尚,嚷着要他师父哩!”那老妖听说道:“才拿了这厮,还不曾问他个姓名来历。小的们,且把衣服与他穿了,带过来审他一审。”众妖一拥上前,把唐僧推至座前,唬得唐僧战兢兢跪在下面,只叫:“大王饶命!”三妖异口同声道:“你是那方来的和尚? 怎么见佛像不躲,却冲撞我的云路?”唐僧磕头道:“贫僧是东土大唐驾下差来,前往大雷音寺拜佛取经的。因到金平府慈云寺打斋,蒙那寺僧留过元宵看灯。正在金灯桥上,见大王显现佛像,贫僧乃肉眼凡胎,见佛就拜,故此冲撞大王云路。”那妖道:“你那东土到此,路程甚远,一行几众,叫甚名字,快实实供来,饶你性命。”唐僧道:“贫僧法名陈玄奘,又号唐三藏。有三个徒弟,第一个是孙悟空行者,乃齐天大圣归正。”群妖闻得此名,着了一惊道:“这个齐天大圣,可是五百年前大闹天宫的?”唐僧道:“正是。第二个猪悟能八戒,乃天蓬元帅转世。第三个沙悟净和尚,乃卷帘大将临凡。”三个妖王听说,个个心惊道:“早是不曾吃他。小的们，且把他将铁链锁在后面，待拿他三个徒弟来凑吃。”遂点了一群牛精，各持兵器出门，掌了号头，摇旗擂鼓。

三个妖披挂整齐，都到门外喝道：“是谁人敢在我这里吆喝！”行者睁睛观看，那三个妖精，一个使钺斧，一个使大刀，一个肩担扢挞藤。又见那七长八短的小妖，都是牛头鬼怪，各执枪棒。有三面大旗，明写着“辟寒、辟暑、辟尘大王”。行者看了，上前高叫道：“泼贼怪！认得老孙么？”那妖喝道：“你是那闹天宫的孙悟空？真个是闻名不曾见面，见面羞杀天神！你原来是这等个小猴儿，敢说大话！”行者大怒道：“我把你这个偷油的油嘴贼怪，不要乱谈！快还我师父来！”走近前，轮棒就打。那三妖举三般兵器，急架相迎。在山凹中斗经百五十合，天色将晚，胜负未分。只见那辟尘大王把扢挞藤闪一闪，跳过阵前，将旗摇了一摇，那伙牛头怪簇拥上前，把行者围在垓心，各轮兵器，乱打将来。行者见事不谐，唿喇的架云而走。那妖更不赶，径自收兵转洞。

行者回至慈云寺内，见了八戒、沙僧，备言前事。八戒道：“那里想是酆都城鬼王弄喧。”沙僧道：“你怎么知道？”八戒笑道：“哥哥说是牛头鬼怪，故知之耳。”行者道：“不是！不是！若论老孙看那怪，是三只犀牛成的精。”八戒道：“若是犀牛，拿住他，锯下角来，倒值好几两银子哩！”

正说处，众僧摆上晚斋吃了。行者道：“且收拾睡觉，待明日我等齐去，拿住妖王，庶可救师父也。”沙僧道：“哥哥！常言道，停留长智。那妖精倘或今晚把师父害了，却如之何？不若如今就去，等他措手不及，方才好救师父。”八戒闻言，抖擞神威道：“沙兄弟说得是！我们都趁此月光去降魔邪！”行者即分付寺僧：“看守行李、白马，待我等把妖精捉来，对本府刺史证明假佛之情，免却灯油，以苏概县小民之困，却不是好？”众僧领诺称谢。他三个遂纵云出城而去。毕竟不知此去胜败何如，且听下回分解。

第九十二回 三僧大战青龙山 四星挟捉犀牛怪

却说大圣三人驾云，顷刻至青龙山玄英洞口，按落云头。八戒就欲筑门，行者道："且待我进去看看师父生死如何，再好与他争持。"即捻诀念咒，变做个火焰虫儿。飞入洞中，见几只牛横攲直倒，一个个呼吼如雷，尽皆睡熟。又至中厅里面，见四下门户通关，不知那三个妖精睡在何处。转过厅房向后，只闻得啼泣之声，乃是唐僧锁在后房檐柱上哭哩。

行者展开翅，飞近师前。唐僧揩泪道："呀！西方景象不同，此时正月，蛰虫始振，为何就有萤飞？"行者忍不住，叫声："师父，我来了！"唐僧喜道："悟空，原来是你。"行者即现了本相道："师父呵，为你不识真假，误了多少路程，费了多少心力。我日间与此怪斗至天晚方回，如今又同两个师弟来此。我恐夜深不便交战，又不知师父下落，所以变化进来打听。方才见妖精都睡着。我带你出去罢。"

即使个解锁法，用手一抹，那锁早自开了，领着师父往前正走，忽听得妖王在中厅房里叫道："小的们，这会怎么不叫更巡逻，梆铃都不响了？"原来那伙小妖征战一日，辛辛苦苦睡着，听见叫唤，却才醒了。梆铃响处，有几个从后而走，可可的撞着他师徒两个。众妖一齐喊道："好和尚阿！扭开锁往那里去！"行者不容分说，掣棒就打。打死了两个。其余的跑到中厅打着门叫："大王！不好了！毛脸和尚在家里打杀人了！"那三怪听见，一毂辘爬起来，只叫："拿住！拿住！"唬得个唐僧手酥脚软。行者也不顾师父，一路棒，滚向前来。众妖遮架不住，被他打开几层门出来，叫者八戒、沙僧，将洞中之事说一遍。

却说那妖王把唐僧捉住，依然使铁索锁了，执刀轮斧，灯火齐明，问道："你这厮怎样开锁，那猴子如何得进，快早供来，饶你之命！不然，就一刀两段！"慌得那唐僧，战兢兢的跪道："大王爷爷！我徒弟孙悟空，他会七十二般变化。才变个火焰虫儿，飞进来救我。不期大王知觉，被长官等撞见，是我徒弟不知好歹，打伤两个，众皆喊叫，他遂顾不得我，走出去了。”三妖呵呵大笑道：“早是惊觉，未曾走了！”叫小的们把前后门紧紧关闭，亦不喧哗。沙僧道：“闭门不喧哗，莫是暗害我师父，我们快早打门。”那呆子举钯尽力一筑，把那石门筑得粉碎，厉声喊骂道：“偷油的贼怪！快送吾师出来也！”三妖闻知，十分烦恼，即取披挂结束，各持兵器，帅小妖出门迎敌。此时约有三更时候，半天中月明如昼。走出来更不打话，便就轮兵。这里行者抵住钺斧，八戒敌住大刀，沙僧迎住大棍。赌斗多时，不见输赢。那辟寒大王喊一声，叫：“小的们上来！”众精各执兵刃齐来，早把个八戒绊倒在地，被几个水牛精，拖入洞里捆了。沙僧见没了八戒，即掣宝杖，望辟尘大王虚丢了架子要走，又被群精一拥而来，拉一个踉踵，也捉去捆了。行者觉道难为，纵斗云而起。复回至慈云寺，寺僧接着，问：“唐老爷救得否？”行者道：“难救！难救！那妖精神通广大，倒把我两个师弟捉去了。汝等可看好马匹行李，等老孙上天去求救兵来。”众僧道：“爷爷又能上天？”行者笑道：“天宫原是我的旧家。时常走走儿，只当顽要。”众僧又磕头礼拜。

行者出得门，打个唿哨，早至西天门外。忽见太白金星与增长天王，殷、朱、陶、许四大灵官讲话。他见行者来，都慌忙施礼道：“大圣那里去？”行者将玄英洞之事说了一遍，道：“老孙不能收伏此怪，特来启奏玉帝，查他来历，请命将降之。”金星呵呵大笑道：“大圣既与妖怪相持，岂看不出他的出处？”行者道：“认便认得，是一伙牛精。只是他大有神通，急不能降也。”金星道：“那是三个犀牛之精。他因有天文之象，累年修悟成真，亦能飞云步雾。行于江海之中，能开水道。若要拿他，只是四木禽星见面就伏。”行者连忙唱喏问道：“是那四木禽星？烦长庚老明示明示。”金星笑道：“此星在斗牛宫外，罗布乾坤。你去奏闻玉帝，便见分明。”

行者拱手称谢，径入天门。到通明殿下，见了四大天师。即领行者至灵霄宝殿启奏。备言其事，玉帝传旨：“教点那路天兵相助？”行者奏道：“老孙才到西天门，遇长庚星说，那怪是犀牛成精，惟四木禽星可以降伏。”玉帝即差许天师同行者去斗牛宫点四木禽星下界收降。

傍边即闪过角木蛟、斗木獬、奎木狼、井木犴应声呼道：“孙大圣，点我等何处降妖？”行者笑道：“原来是你们。这长庚老儿却隐瞒着我，早说是二十八宿中的四木，老孙径来相请，又何必烦劳旨意？”四木道：“大圣说那里话！我等不奉旨意，谁敢擅离？如今可快早去来。”

行者即同四星官，纵云径到了青龙山玄英洞。四木道：“大圣，你先去索战，引他出来，我们随后动手。”行者即近前打门大骂。那三妖又各持兵器，走出洞来。行者咬牙发狠举铁棒就打。三妖调小妖，跑个圈子阵，把行者圈在垓心。那壁厢四木禽星一个个各轮兵刃道：“孽畜！休动手！”那三妖看见四星，自然害怕，俱道：“不好了！他寻将降手儿来了！小的们，各顾性命走耶！”只听得呼呼吼吼，众妖都现了本相：原来是那山牛精、水牛精、黄牛精，满山乱跑。那三妖也丢了兵器，现了本相，放下手来，还是四只蹄子，就如铁炮一般，径往东北上跑。这大圣率井木犴、角木蛟紧追急赶，略不放松。惟有斗木獬、奎木狼在东山凹里、涧谷之中，把些牛精打死、活捉，尽皆收净。却向玄英洞里解了唐僧、八戒、沙僧。

沙僧认得是二星，因问：“二位如何到此相救？”二星道：“吾等是孙大圣奏玉帝请旨调来收怪救你也。”唐僧道：“我悟空徒弟怎么不见？”二星道：“那三个老怪是三只犀牛，他见吾等，各各顾命逃奔。孙大圣同井、角二星追赶去了。我二人扫荡群妖到此，特来解放圣僧。”唐僧再三称谢。奎木狼道：“天蓬元帅，你与卷帘大将可保护你师回寺，待吾等还去艮方迎敌。”八戒道：“正是，正是，你二位还协力一行，我等在此收拾。”二星官即时追袭。八戒与沙僧收拾那洞内细软之物，有许多珊瑚、玛瑙、珍珠、琥珀、珲琚、宝贝、美玉、良金，搜出一担，搬在外面，请师父到山崖上坐了，他进去放起火来，把玄英洞烧成灰烬，却才领唐僧找路回慈云寺去。

却说斗、奎二星官驾云直向东北艮方赶怪。在那半空中寻看不见，直到西洋大海，远望见孙大圣在海上吆喝。他两个按落云头道：

"大圣,妖怪那里去了?"行者恨道:"你两个怎么不来?"斗木獬道:"我见大圣与井、角二星追赶妖魔,料必擒拿。我二人却就扫荡群精,入洞救出你师父、师弟,回城去了。多时不见大圣回转,故又追寻到此也。"行者闻言,方才喜谢道:"如此却是多累!但那三个妖魔,被我赶到此间,他就钻下海去。当有井、角二星,紧紧追拿,教老孙在岸边抵挡。你两个既来,且在岸边把截,等老孙也再去来。"

大圣即轮棒捻诀,辟开水径,直入波涛深处。只见那三妖在水底下与井、角二宿,舍死忘生苦斗哩。他跳近前喊道:"老孙来也!"那妖正在危难之处,忽听得行者叫喊,顾残生,拨转头往海心里飞跑。原来这怪头上角,极能分水,只听见得花得花,冲开明路。这后边二星官并孙大圣并力追之。

那西海中有个探海的夜叉,远见犀牛分开水势,又认得孙大圣与二天星,即忙赴水晶宫报知龙王。老龙王敖顺听言,即唤太子摩昂:"快点水兵,想是犀牛精辟寒、辟暑、辟尘儿三个惹了孙行者。今既至海,快快拔刀相助。"摩昂得令,即忙点起虾兵蟹卒等,各执枪刀,一齐呐喊,挡住犀牛精。犀牛精不能前进,急退后,又有井、角二星并大圣拦阻,慌得他失了群,各各逃生,四散奔走,早把个辟尘儿围住。孙大圣见了叫道:"消停消停!捉活的,不要死的。"摩昂听令,一拥上前,将辟尘儿扳翻在地,用铁钩子穿了鼻,攒蹄捆倒。

老龙王又传号令,教分兵赶那两个,协助擒拿。摩昂帅众前来,只见井木犴现原身,按住辟寒儿啃着吃哩。摩昂高叫道:"井宿!井宿!莫咬死他,孙大圣要活的,不要死的哩。"连喊是喊,已是被他把颈项咬断了。摩昂分付兵卒,将个死犀牛抬转水晶宫,却又与井木犴向前追赶。只见角木蛟把那辟暑儿倒赶回来,只撞着井宿。摩昂率兵围住,那怪只教饶命!饶命!井木犴走近前,一把揪住耳朵道:"不杀你!不杀你!拿与孙大圣发落去来。"

即俱至水晶宫外报道:"都捉来也。"行者见一个断了头,血淋津的倒在地下,近前看了道:"这头不是兵刀伤的啊。"摩昂笑道:"不是我喊得紧,连身子都着井星官吃了。"行者道:"既是如此,也罢,取锯子锯下他这两只角,剥了皮带去。犀牛肉还留与龙王贤父子享之。"

又把辟尘、辟暑儿都穿了鼻,教角、井二宿牵着:“带他上金平府见那刺史官,明究罪由,然后的决。”

众等辞龙王父子,都出西海,牵着犀牛,会着奎、斗二星,驾云雾,径转金平府。行者足踏祥光,半空中叫道:“金平府刺史、各佐贰郎官并府城内外军民人等听着:吾乃东土大唐差往西天取经的圣僧。你这府县每年家供献金灯,假充诸佛降祥者,即此犀牛之怪。我等过此,因元夜观灯,见这怪将灯油并我师父摄去,是我请天神收伏。今已扫清山洞,剿尽妖魔,不复为害,以后你府县再不可供献金灯,劳民伤财也。”那慈云寺里,八戒沙僧方保唐僧进得山门,只听见行者在半空言语,即便撇了师父,纵云起到空中,问行者降怪之事。行者道:“那一只被井星咬死,已锯角剥皮带来,两只现拿在此。”八戒道:“这两个索性推下此地,与官员人等看看,也认得我们是神圣,左右烦四位星官收云下地,同到府堂,将这怪的决。已此情真罪当,再有何辞!”

众神果推落犀牛,一簇彩云,降至府堂之上。唬得这府县官员,城里城外人等,都家家焚香,户户礼拜。少时间,慈云寺僧把长老用轿抬进府门,会着行者,备述前事。长老赞扬称谢不已。又见那府县各官都在那里高烧宝烛,满斗焚香,朝上礼拜。少顷间,八戒发起性来,掣出戒刀,将辟尘、辟暑儿头都砍下,随即取锯子锯下四只角来。大圣更有主张,就教四位星官,将此四只犀角拿上界去,进贡玉帝,回缴圣旨。把自己带来的二只,留一只在府堂镇库,以作向后免征灯油之证;我们带一只去,献灵山佛祖。”四星心中大喜,即时别了大圣,忽驾彩云回空而去。

府县官留住他师徒四众,大排素宴,遍请乡官陪奉。一壁厢出给告示,晓谕军民人等,下年不许点设金灯,永蠲买油大户之役;一壁厢叫屠子宰剥犀牛之皮,制造铠甲,把肉普给官员人等;又一壁厢动支无碍钱粮,买民间空地,起建四星降妖之庙;又为唐僧四众建立生祠,各各树碑刻文,用传千古,以为报谢。师徒们索性宽怀领受,又被那二百四十家灯油大户,家家酬谢,略无虚刻。八戒遂心满意受用,把洞里搜来的宝贝,每样携些在袖,以为各家斋筵之赏。住经个月,犹不得起身，长老分付："悟空，将余剩的宝物，尽送慈云寺僧，以为酬礼。瞒着那些大户人家，天不明走罢。恐只管贪乐，误了取经，惹佛祖见罪，又生灾厄，深为不便。"行者随将前件一一处分。

次日五更早起，唤八戒备马。那呆子吃了自在酒饭，睡得梦梦乍道："这早备马怎的?"行者喝道："师父教走路哩!"呆子抹抹脸道："可是没正经！二百四十家大户都请，才吃了有三十几顿饱斋，怎么又弄老猪忍饿!"长老骂道："馕糟的夯货！莫乱说！快早起来！再若强嘴，教悟空拿棒打呀!"那呆子听见说打，慌了道："师父今番变了，常时疼我护我，今日怎么转教打么?"行者道："师父怪你为嘴误了路程，快早收拾走路，免打!"那呆子只得起来，沙僧也随跳起，各各收拾皆完。长老摇手道："悄悄的，不要惊动寺僧。"连忙开了山门，找路而去。毕竟不知天明时，酬谢之家如何，且听下回分解。

第九十三回 给孤园问古谈因 天竺国朝王遇偶

起念断然有爱，留情必定生灾。灵明何事辨三台？行满自归元海。不论成仙成佛，须从个里安排。清清净净绝尘埃，果正飞升上界。却说寺僧，天明不见了三藏师徒，都道："不曾留得，不曾别得，不曾求告得，清清的把个活菩萨放去了！"正说处，只见有几个大户来请，众僧扑掌道："昨夜都驾云去了。"众人齐望空拜谢。此言一讲，满城中官员人等，尽皆知之，叫此大户人家，俱治办五牲花果，往生祠祭献酬恩不担。

却说唐僧四众，餐风宿水，一路平宁，行有半个多月。忽见一座高山。唐僧又悚惧道："徒弟，那前面山岭险峭，是必小心！"行者笑道："这边将近佛地，断乎无甚妖邪，师父放怀勿虑。"唐僧道："徒弟，虽然佛地不远。但前日那寺僧说，到天竺国都下有二千里，还不知到灵山有多少路哩。"行者道："师父，你好是又把乌巢禅师《心经》忘记了？"三藏道："《般若心经》我那一日不诵？颠倒也念得来，怎会忘得！"行者道："师父只是念得，不曾求他解得。"三藏说："猴头！怎又说我不曾解得！你解得么？"行者道："我解得。"自此再不作声。旁边笑倒一个八戒，道："嘴脸！替我一般的做妖精出身，又不是那里禅和子，听过讲经，那里应佛僧，见过说法？弄虚头，找架子，说甚么晓得，解得！怎么就不作声？听讲！请解！"沙僧说："大哥扯长话，哄师父走路。他晓得弄棒罢了，那里晓得讲经！"三藏道："悟能悟净，休要乱说，悟空解得的是无言语文字，乃是真解。"

师徒们说着话，却倒也走过几个山冈，路旁早见一座大寺。那山门匾上大书着"布金禅寺"四字。三藏在马上沉思道："布金，布金，这莫不是舍卫国界了么？"八戒道："奇阿！我跟师父几年，再不曾见识得路，今日也识得路了。"三藏道："不是，我常见经典上说，佛在舍卫城祇树给孤园。说是给孤独长者问太子买园，请佛讲经。太子说：

‘我这园不卖。他若要买我时，除非黄金满布园地。’给孤独长者听说，随以黄金为砖，布满园地，方买得太子祇园，请得世尊说法。我想这布金寺莫非就是这个故事？”八戒笑道：“造化！若就是这个故事，我们也去摸他块把砖儿送人。”

大家笑了一会，三藏才下马进三门，只见三门下挑担的，背包的，推车的，整堆坐下；也有睡的睡，讲的讲。忽见他们师徒四众，俊的又俊，丑的又丑，大家有些害怕，却就让开些路儿。三藏生怕惹事，口中不住只叫：“斯文！斯文！”这时节，却也大家收敛。转过金刚殿后，早有一位禅僧走出，看他威仪不俗。真是：面如满月光，身似菩提树。拥锡袖飘风，芒鞋石头路。三藏见了问讯。那僧即忙还礼道：“师从何来？”三藏道：“弟子陈玄奘，奉东土大唐皇帝之旨，差往西天拜佛求经。路过宝方，造次奉谒，便处一宿，明早就行。”那僧道：“荒山十方常住，都可随喜，况长老东土神僧，但得供养，幸甚。”三藏谢了，随即唤他三人同入方丈。相见礼毕坐定。

这时寺中听说到了东土大唐取经僧人，不问常住、挂榻、长老、行童，一一都来参见。茶罢摆斋。长老正开斋念偈，八戒早是馒头、粉汤一搅直下。这时方丈却也人多，有知识的赞说三藏威仪，好耍子的都看八戒吃饭。沙僧见了，暗把八戒捏了一把，说道：“斯文！”八戒着急，叫将起来道：“斯文斯文！肚里空空！”沙僧笑道：“二哥，你不晓的，天下多少斯文，若论起肚子里来，正和你我一般哩。”三藏念了结斋，左右彻了席面，三藏称谢了。

寺僧问起东土来因，三藏说到古迹，才问布金寺名之由。那僧答道：“这寺原是舍卫国给孤独园寺，因给孤独长者请佛讲经，金砖布地，故易今名。我这寺一望之前，乃是舍卫国，那时给孤独长者正在舍卫国居住。我荒山原是长者之祇园，因此遂名给孤布金寺，寺后边还有祇园基址。若遇时雨滂沱，还淋出金银珠儿，有造化的，每每拾着。”三藏道：“话不虚传果是真！”又问道：“才进宝山，见门下两廊有许多骡马车担的行商，为何在此歇宿？”众僧道：“我这山唤做百脚山。先年且是太平，近来不知怎的，生几个蜈蚣精，常在路下伤人。虽不至于伤命，其实人不敢走。山下有一座关，唤做鸡鸣关，但到鸡鸣之时,才敢过去。那些客人因到晚了,惟恐不便,权借荒山一宿,等鸡鸣后便行。”三藏道:“我们也等鸡鸣后去罢。”师徒们正说处,又见拿上斋来,四众吃毕。

此时上弦月皎,三藏与行者步月闲行,又见个道人来报道:“我们老师爷要见见中华人物。”三藏急转身,见一个老和尚,手持竹杖,向前作礼道:“此位就是中华来的师父?”三藏答礼道:“不敢。”老僧称赞不已。因问:“老师高寿?”三藏道:“虚度四十五年矣,敢问老院主尊寿?”老僧笑道:“比老师痴长一花甲也。”行者道:“今年是一百零五岁了,你看我有多少年纪?”老僧道:“师家貌古神清,况月夜眼花,急看不出来。”叙了一会,又向后廊看看。三藏道:“才说给孤园基址,果在何处?”老僧道:“后门外就是。”快教开门,但见一块空地,还有些碎石叠的墙脚。三藏合掌叹曰:“忆昔檀那须达多,曾将金宝济贫疴。祇园千古留名在,长者何方伴觉罗?”

他都玩着月,缓缓而行,行到台上又坐了一坐。忽闻得有啼哭之声,三藏诚心静听,哭的是爷娘不知苦痛之言。他就感触心酸,不觉泪坠,回问众僧道:“是甚人在何处悲切?”老僧见问,即命众僧先回去煎茶,见无人方才对唐僧、行者下拜。三藏搀起道:“老院主,为何行此礼?”老僧道:“弟子年岁百余,略通人事。每于禅静之间,也曾见过几番景象。若老爷师徒,弟子一见便知与他人不同。所言悲切之事,非这位师家,明辨不得。”行者道:“你且说是甚事?”老僧道:“旧年今日,弟子正明性月之时,忽闻一阵风响,就有悲怨之声。弟子下榻,到祇园基上看处,乃是一个美貌端正之女。我问他是谁家女子?为甚到此?那女子道:‘我是天竺国王的公主。因月下观花,被风刮来的。’我将他锁在一间空房里,将那房砌作个监房模样,门上留一小孔,仅递得碗过。当日与众僧传道,是个妖邪,被我锁了,每日与他两顿粗茶粗饭,吃着度命。那女子也聪明,即解吾意,恐为众僧点污,就妆风作怪。白日家说鬼话,呆呆邓邓的;到夜静时却思量父母啼哭。我几番进城打探公主之事,全然无损。故此坚收紧锁,更不放出。今幸老师来国,万望到国中,广施法力,辨明辨明,一则救援良善,二则昭显神通也。”三藏与行者听罢,切切在心。正说处,只见两个小和尚请回方丈吃茶安置。因此，老僧散去，唐僧就寝。正是那：人静月沉花梦悄，暖风微透碧窗纱。铜壶点点看三漏，银汉明明照九华。

当夜睡还未久，即听鸡鸣，那前边行商烘烘皆起，引灯造饭。这长老也唤醒八戒、沙僧，扣马收拾。那寺僧已安排茶汤点心候敬。师徒吃罢，对众辞谢。老僧又向行者叮嘱悲切之事。行者笑道："谨领谨领！"那伙行商，哄哄嚷嚷的，也一同上了大路，将有寅时，过了鸡鸣关。至巳时，方见城垣，真是铁瓮金城，神洲天府。诗曰：虎踞龙蟠形势高，凤楼麟阁彩光摇。御沟流水如环带，福地依山似锦标。晓日旌旗明辇路，春风箫鼓遍溪桥。国王有道衣冠胜，玉筍英贤列满朝。

当日行入东市街，众商各投旅店。他师徒们进城。正走处，有一个会同馆驿，三藏等径入驿内。那驿内管事的，即报驿丞道："外面有四个异样的和尚，牵一匹白马进来了。"驿丞听说有马，就知是官差的，出厅迎迓。三藏施礼道："贫僧是东土唐朝钦差往灵山大雷音见佛求经的，随身有关文，入朝照验。借大人高衙一歇，事毕就行。"驿丞答礼道："请进，请进。"三藏喜悦，教徒弟们都来相见。那驿丞看见嘴脸丑陋，暗自心惊，不知是人是怪，战兢兢的，只得看茶，摆斋。三藏道："大人勿惊，贫僧三个徒弟，相貌虽丑，心地俱良，俗谓面恶人善，切勿过疑！"

驿丞闻言，方才定了心性问道："国师，唐朝在于何方？"三藏道："在南赡部洲中华之地。"又问："几时离家？"三藏道："贞观十三年出门，今已过十四载，苦经了些万水千山，方到贵处。"驿丞道："神僧！神僧！"三藏问道："上国历年几何？"驿丞道："我敝处乃大天竺国，自太祖太宗传到今，已五百余年。现在位的爷爷，爱山水花卉，号做怡宗皇帝，改元靖宴，今已二十八年了。"三藏道："今日贫僧要去见驾倒换关文，不知可得遇朝？"驿丞道："正好！正好！我王有一位公主娘娘，年登二十青春，正在十字街头，高结彩楼，抛打绣球，撞天婚招驸马。今日正当热闹之际，想我王还未退朝，若欲倒换关文，趁此时好去。"三藏忻然要走，只见摆上斋来，遂与行者等吃了。

时已过午。行者道："我和师父同去。"八戒道："我去。"沙僧道：

“二哥罢么,你的嘴脸不见怎的,莫到朝门外妆胖,还教大哥去。”于是三藏穿了袈裟,行者拿了引袋同去。只见街坊上,士农工商,文人墨客,愚夫俗子,乱纷纷都道:“看抛绣球去也!”三藏立于道傍对行者道:“他这里人物衣冠,宫室器用,言语谈吐,也与我大唐一般。我想着我俗家先母也是抛打绣球遇姻缘,结了夫妇。此处亦有此等风俗。”行者道:“我们也去看看如何?”三藏道:“你我服色不便,恐有嫌疑。”行者道:“师父,你忘了那布金寺老僧之言:一则去看彩楼,二则去辨真假。”三藏听说,果与行者同去。呀!那知此去,却是渔翁抛下钩和线,从今钓出是非来。

话表那个天竺国王,因爱山水花卉,前年带后妃、公主在御花园月夜赏玩,惹动一个妖邪,把真公主摄去,他却变做一个假公主。知得唐僧今年今月今日今时到此,他假借国家之富,搭起彩楼,欲招唐僧为偶,采取元阳真气,以成太乙上仙。正当午时三刻,三藏与行者杂入人丛,行近楼下,那公主才拈香焚起,祝告天地。左右有五七十烟娇绣女,近侍的捧着绣球。那楼四面玲珑,公主转睛观看,见唐僧来得至近,将绣球取过来,亲手抛在唐僧头上。唐僧着了一惊,把个毗卢帽子打歪,双手忙扶着那球,那球毂辘的滚在他衣袖之内。只听得楼上齐声发喊道:“打着个和尚了!打着个和尚了!”

那楼上绣女宫娥并大小太监,都来对唐僧下拜道:“贵人!贵人!请入朝堂贺喜。”三藏急还礼,扶起众人,回头埋怨行者。行者笑道:“绣球儿打在你头上,滚在你袖里,干我何事?”三藏道:“似此怎生区处?”行者道:“师父放心。你便入朝见驾,我回驿报与八戒沙僧知道。若是公主不招你便罢,倒换了关文就行;如必欲招你,你对国王说,叫我徒弟来,我要分付他一声。那时召我三个入朝,我其间自能辨别真假。此是倚婚降怪之计。”唐僧点头应诺,行者转身回驿。

那长老被众宫娥等撮拥至楼前。公主下楼,玉手相搀,同登宝辇,摆开仪从,回转朝门。早有黄门官先奏道:“万岁,公主娘娘搀着一个和尚,想是绣球打着,现在午门外候旨。”那国王见说,心甚不喜,又不知公主之意何如,只得含情宣入。公主与唐僧遂至金銮殿下，正是一对夫妻呼万岁，两门邪正拜千秋。礼毕，又宣至殿上，问道："僧人何来，遇朕女抛球得中？"唐僧俯伏奏道："贫僧乃南赡部洲大唐皇帝差往西天大雷音寺拜佛求经的，因有长路关文，特来朝王倒换。路过十字街彩楼之下，不期公主娘娘抛绣球，打在贫僧头上。贫僧是出家异教之人，怎敢与玉叶金枝为偶！万望赦贫僧死罪，倒换关文，打发早赴灵山，见佛求经，回我国土，永注陛下之天恩也！"国王道："你乃东土圣僧，正是千里姻缘使线牵。寡人公主，今登二十岁未婚，因择今日年月日时俱利，所以结彩楼抛球，以求佳偶。可可的你来抛着，但不知公主之意如何。"那公主叩头道："父王，常言嫁鸡逐鸡，嫁犬逐犬。女有誓愿在先，结了这球，告奏天地神明，撞天婚抛打。今日打着圣僧，即是前世之缘，岂敢更移！愿招他为驸马。"国王方喜，即宣钦天监正台官选择日期，一壁厢收拾妆奁，又出旨晓谕天下。三藏闻言，更不谢恩，只教："放赦！放赦！"国王道："这和尚甚不通理。朕以一国之富，招你做驸马，为何不肯依从！再若推辞，教锦衣官推出斩了！"长老唬得魂不附体，只得战兢兢叩头启奏道："感蒙陛下天恩，但贫僧一行四众，还有三个徒弟在外，今贫僧在此，却不曾分付得一言，万望召他到此，倒换关文，教他早去，庶不误了西来之意。"国王遂准奏："你徒弟在何处？"三藏道："都在会同馆驲。"随即差官召圣僧徒弟领关文西去，留圣僧在此为驸马，长老只得起身侍立。

却说行者自彩楼下别了唐僧，走两步，笑两声，喜喜欢欢的回驿。八戒、沙僧迎着道："哥哥，你怎么那般喜笑？师父如何不见？"行者道："师父大喜了。"八戒道："是何来之喜？"行者笑道："我与师父走至十字街彩楼之下，可可的被当朝公主抛绣球打中了师父，师父被些宫娥、彩女、太监推拥至楼前，同公主坐辇入朝，招为驸马，此非喜而何？"八戒听说，跌脚捶胸道："早知我去好来！都是那沙僧惫懒！你不阻我呵，我径奔彩楼之下，一绣球打着老猪，那公主招了我，却不美哉！妙哉！俊刮标致，停当，大家造化耍子儿，可等有趣！"沙僧上前，把他脸上一抹道："不羞！好个嘴巴姑子！三钱银子买了老驴，自夸骑得！要是一绣球打着你，就连夜烧退送纸也还道迟了，敢惹你这晦气进门!”八戒道:“你这黑子不知趣！丑自丑,还有些风味。”行者道:“呆子莫乱谈！且收拾行李。但恐师父来叫我们,却好进朝保护他。”八戒道:“哥哥又说差了。师父做了驸马,到宫中与皇帝的女儿交欢,又不是爬山蹚路,遇怪逢魔,要你保护他怎的！他那样一把子年纪,岂不知被窝里之事,要你去帮扶他?”

正说间,只见驿丞来报道:“圣上有旨,差官来请三位圣僧。”八戒道:“端的请我们为何?”驿丞道:“老神僧幸遇公主娘娘,打中绣球,招为驸马,故此差官来请。”行者道:“教他进来。”那官看见行者施礼,不敢仰视,只管暗念诵道:“是鬼,是怪?是雷公,夜叉?”行者道:“那官儿,有话不说,为何沉吟?”那官儿慌得战战兢兢的,双手举着圣旨,口里乱道:“我公主有请会亲,我主公会亲有请!”八戒道:“我这里又不打你,你慢慢说,不要怕。”行者道:“莫成道怕你打?怕你那脸嘴！快收拾进朝,见师父议事去也!”毕竟不知见了国王有何话说,且听下回分解。

第九十四回　四僧宴乐御花园　一怪空怀情欲喜

话表行者三人，随着宣召官至午门外，黄门官即时传奏宣进。他三个齐齐站定，更不下拜，国王问道："那三位是圣僧驸马之高徒？姓甚名谁？何方居住？因甚事出家？取何经卷？"行者即近前，意欲上殿，旁有护驾的喝道："不要走！有甚话，立下奏来。"行者笑道："我们出家人，得一步就进一步。"随后八戒沙僧亦俱近前。长老恐他村卤惊驾，便起身叫道："徒弟呵，陛下问你来因，你即奏上。"行者见师父在旁侍立，忍不住大叫道："陛下轻人轻己！既招我师为驸马，如何教他侍立？世间称女夫谓之贵人，岂有贵人不坐之理！"国王听说，大惊失色，欲退殿，恐失了观瞻，只得硬着胆，教近侍的取绣墩来，请唐僧坐了。行者才奏道："老孙祖居东胜神洲傲来国花果山。父天母地，石裂吾生。曾拜至人，学成大道。复转仙乡，啸聚在洞天福地。下海降龙，登山擒怪。消死名，上生籍，官拜齐天大圣。会天仙，日日歌欢；居圣境，朝朝快乐。只因乱却蟠桃宴，大反天宫，被佛擒伏。困压在五行山下，饥餐铁弹，渴饮铜汁，五百年未尝茶饭。幸我师出东土，拜西方，观音教令脱灾离难，皈正瑜伽门下。旧讳悟空，称名行者。"国王闻得这般名重，慌得下了龙床，以御手挽定长老道："驸马，也是朕之天缘，得遇你这仙姻仙眷。"三藏满口谢恩，请国王登位。复问："那位是第二高徒？"八戒掬嘴扬威道："老猪先世为人，贪欢爱懒。一生混沌，乱性迷心。忽然间遇一真人。半句话，解开业网。当时省悟，立地投师，谨修二八之工夫，敬炼三三之前后。行满飞升，得超天府。荷蒙玉帝厚恩，官赐天蓬元帅，管押河兵，逍遥汉阙。只因蟠桃酒醉，戏弄嫦娥，谪官衔，遭贬临凡；错投胎，托生猪相。住福陵山，造孽无边。遇观音，指明善道。皈依佛教，保唐僧。径往西天，拜求妙典。法讳悟能，称为八戒。"国王听言，胆战心惊，不敢观觑。这呆子越弄精神，摇着头，掬着嘴，撑起耳朵呵呵大笑。

三藏又怕惊驾,即叱道:"八戒收敛!"方才叉手拱立,假扭斯文。又问:"第三位高徒,因甚皈依?"沙和尚合掌道:"老沙原系凡夫,因怕轮回访道。云游海角天涯。常将衣钵随身,每炼心神在舍。因此虔诚,得逢仙侣。养就婴儿姹女。工满三千,合和四相。超天界,拜玄穹,官授卷帘大将,侍御凤辇龙车。也为蟠桃会上,失手打破玻璃盏,贬在流沙河,改头换面,造业伤生。幸菩萨劝善皈依,随唐朝佛子,往西天求经果正。指河为姓。法讳悟净,称名和尚。"

国王见说,又惊又喜,喜的是女儿招了活佛,惊的是三个实乃妖神。正在恍惚之间,忽有正台阴阳官奏道:"婚期已定本年本月十二日。壬子良辰,周堂通利,宜配婚姻。"国王道:"今日是何日辰?"阴阳官奏:"今日初八,乃戊申之日,猿猴献果,正宜进贤纳事。"国王大喜,即着当驾官打扫御花园,且请驸马同三位高徒安歇,待后安排合卺佳筵,着公主匹配。众等钦遵,国王退朝,多官皆散。

三藏师徒们都到御花园,天色渐晚,摆了素膳。八戒喜道:"这一日也该吃饭了。"管办人即将米饭、面饭等物,整担挑来。那八戒直吃得撑肠拄腹,方才住手。少顷点灯铺床,各自归寝。长老见左右无人,却恨责行者道:"你这猴头,番番害我!我说只去倒换关文,莫向彩楼前去,你怎么定要引我去看看?如今却惹出这般事来,怎生是好?"行者陪笑道:"师父,是你说先母也是抛打绣球,遇缘成其夫妇。似有慕古之意,老孙才同你去。又想着那个布金寺长老之言,就此探视真假。适见那国王之面,略有些晦暗之色,但只未见公主何如耳。"长老道:"你见公主便怎的?"行者道:"老孙的火眼金睛,但见面,就认得真假善恶,却好施为,分辨邪正。"三藏道:"他如今定要招我,将何以处之?"行者道:"且到十二日会喜之时,那公主必定出来参拜父母,等老孙在旁观看。若还是个真女人,你就做了驸马,享用国内之荣华也罢。"三藏闻言,嗔怒道:"好猴头!你还害我哩!却是悟能说的,我们十节儿已上了九节七八分了,你还说这样混话?快早闭着那臭口!再若无礼,我就念起咒来,教你了当不得!"行者慌得跪在面前道:"师父,莫念莫念!待到拜堂时节,我们一齐大闹皇宫,领你去也。"师徒说罢,遂各自安歇。

一宵已过，早又金鸡唱晓。五更三点，国王登殿设朝，但见：宫殿开轩紫气高，风吹御乐透青霄。云移豹尾旌旗动，日射螭头玉佩摇。香雾细添宫柳绿，露珠微润苑花娇。山呼舞蹈千官列，海晏河清庆盛朝。众文武百官朝罢，又宣唐僧四众进见。命光禄寺安排十二日会喜佳筵，今日且整春罍，请驸马在御花园中款玩。分付仪制司领三位贤亲去会同馆少坐，着光禄寺安排三席素宴去彼奉陪。两处俱着教坊司奏乐答应，赏春景消迟日也。八戒闻言道："陛下，我师徒自相随，更无一刻相离。今日既在御花园饮宴，带我们也耍两日，好教师父替你家做驸马；不然，这个买卖弄不成。"那国王见他丑陋村俗，又见他掬嘴巴，摇耳朵，却像有些风气，犹恐搅破亲事，只得依从，便教："在镇华阁里安排二席，我与驸马同坐。留春亭上安排三席，请三位别坐，恐他师徒们坐次不便。"那呆子才朝上称谢，各各而退。又传旨教内宫官排宴，着三宫六院后妃与公主上头添妆，以待十二日佳配。

将有巳时前后，那国王排驾，请唐僧都到御花园内观看。游玩良久。早有仪制司官邀请行者三人入留春亭，国王携唐僧上镇华阁，各自饮宴。那歌舞吹弹，铺张陈设，富丽真不可言。

此时长老见那国王敬重，无可奈何，只得勉强随喜，诚是外喜而内忧也。坐间见壁上挂四面金屏，屏上画着春夏秋冬四景，皆有题咏，皆是翰林名士之诗：《春景诗》曰："周天一气转洪钧，大地熙熙万象新。桃李争妍花烂熳，燕来画栋迭香尘。"《夏景诗》曰："熏风拂拂思迟迟，宫院榴葵映日辉。玉笛音调惊午梦，芰荷香散到庭帏。"《秋景诗》曰："金井梧桐一叶黄，珠帘不卷夜来霜。燕知社日辞巢去，雁折芦花过别乡。"《冬景诗》曰："冻雨飞云暗淡寒，朔风吹雪积千山。深宫自有红炉暖，报道梅开玉满栏。"

那国王见唐僧恣意看诗，便道："驸马喜玩诗词，必定善于吟咏，如不吝珠玉，请依韵各和一首如何？"长老是个对景忘情、明心见性之意，见国王钦重求教，他不觉忽吟一句道："日暖冰消大地钧。"国王大喜，即召侍卫官："取文房四宝，请驸马和完录下，俟朕缓缓味之。"长老忻然不辞，举笔而和。和《春景诗》曰："日暖冰消大地钧，御园花卉又更新。和风膏雨民沾泽,海晏河清绝战尘。”和《夏景诗》曰:“斗指南方白昼迟,槐云榴火斗光辉。黄鹂紫燕啼宫柳,巧转双声入绛帏。”和《秋景诗》曰:“香飘橘绿与橙黄,松柏青青喜降霜。篱菊半开攒锦绣,笙歌韵彻水云乡。”和《冬景诗》曰:“瑞雪初晴气味寒,奇峰巧石玉为山。炉烧兽炭烹佳茗,袖手高歌倚翠栏。”国王见了大喜,称唱道:“好个袖手高歌倚翠栏!”遂命教坊司以新诗奏乐,尽日而散。

行者三人在留春亭亦尽受用,各饮了几杯,也都有些酣意,正欲去寻长老,只见长老同国王坐在一阁。八戒呆性发作,叫道:“好快活!好自在!今日也受用这半日了!却该趁饱儿睡觉去也!”沙僧笑道:“二哥忒没修养,这等气饱,如何睡觉?”八戒道:“你那里知,俗语云吃了饭儿不挺尸,肚里没板脂哩!”

唐僧遂与国王相别,到亭内嗔责八戒道:“这夯货,越发村了!这是甚么去处,只管大呼小叫!倘或恼着国王,却不被他伤害性命?”八戒道:“没事没事!我们与他亲家礼道的,他怎好嗔怪。常言道,打不断的亲,骂不断的邻。大家耍子,怕他怎的?”长老叱道:“教拿过呆子来,打他二十禅杖!”行者果一把揪翻,长老举杖就打,呆子喊叫道:“驸马爷爷!饶罪饶罪!”旁有陪宴官劝住,呆子爬将起来,囔囔突容的道:“好贵人!好驸马!亲还未成,就行起王法来了!”行者侮着他嘴道:“莫乱说!快早睡去。”他们又在留春亭住了一宿。到明早,依旧宴乐。

不觉乐了三四日,正值十二日佳辰,有光禄寺、工部各官回奏道:“臣等奉旨,驸马府已修完,专等妆奁铺设。合卺宴亦已完备,荤素共五百余席。”国王心喜,欲请驸马赴席,忽有内宫官对御前启奏道:“万岁,正宫娘娘有请。”国王遂退入内宫,只见那三宫皇后,六院嫔妃,引领着公主,都在昭阳宫谈笑。真个是花团锦簇!那一片富丽妖娆,胜似天堂月殿,不亚仙府瑶宫。

国王喜孜孜,进了昭阳宫坐下。后妃同公主等朝拜毕,国王道:“公主贤女,自初八日结彩抛球,幸遇圣僧,想是心愿已足。各衙门官,又能体朕心,各项事俱已完备。今日正是佳期,可早赴合卺之宴。”那公主近前倒身下拜，奏道：“父王，乞赦小女万千之罪。有一言启奏：这几日闻得宫官传说，唐圣僧有三个徒弟，都生得十分丑恶，小女不敢见他。万望父王先将他发放出城，方不致惊伤弱体，反为祸害也。”国王道：“孩儿不说，朕几乎忘了，那三个果然生得丑恶，连日安置他在御花园里管待。趁今日就上殿，打发关文，教他出城，却好会宴。”公主叩头谢了恩，国王即出宫上殿，传旨：“请驸马共他三位。”

原来唐僧捏指头儿算日子，熬至十二日，天未明，就与他三人计较道：“今日却是十二了，这事如何区处？”行者道：“那国王我已识得他有些晦气，还未沾身，不为大害，但只不得公主见面，若得出来，老孙一见，就知真假，方才动作，你只管放心。他如今一定来请，打发我等出城。我闪闪身儿就来，紧紧随护你也。”

师徒们正讲，果见当驾官同仪制司来请。行者笑道：“去来！去来。”带了行李马匹，随那些官到于丹墀下。国王见了，教请行者三位近前道：“汝等将关文拿上来，朕当用宝花押交付汝等，外多备盘缠，送你三位早去灵山见佛，若取经回来，还有重谢。留驸马在此，勿得悬念。”行者称谢，遂取出关文递上。国王看了，即用了印，押了花字，又取黄金十锭，白金二十锭，聊表亲礼。八戒即去接了。行者朝上唱个喏，叫声：“多谢！”便转身要走，慌得三藏向前扯住道：“你们当真的都去了！”行者把手捏着三藏手掌，丢个眼色道：“你在这里宽怀欢会，我等取了经，回来看你。”国王即请驸马上殿，着多官送三位出朝，长老只得放手上殿。行者三人，同众出了朝门，各自相别。

行者等还走到驿中。驿丞接入，看茶摆饭。行者对八戒沙僧道：“你两个只在此，切莫出头。但驿丞问甚么事情，且含糊答应，莫与我说话，我保师父去也。”他即拔一根毫毛，变作本身模样在驿内，真身却跳在半空，变作一个蜜蜂儿，轻轻的飞入朝门。见那唐僧在国王左边绣墩上坐着，愁眉不展。竟飞至他耳边，悄悄的叫道：“师父，我来了，切莫忧虑。”这句话，只有唐僧听见。唐僧始觉心宽。不一时，宫官来请道：“万岁，合卺嘉筵已排设在鸡鹊宫中，娘娘与公主，俱在宫伺候，专请万岁同贵人会亲也。”国王欣喜不尽，即同驸马进宫而去。毕竟不知唐僧入宫何如，且听下回分解。

第九十五回 假合形骸擒玉兔 真阴归正会灵元

却说唐僧随着国王至后宫，只闻得鼓乐喧天，异香扑鼻，低着头，不敢仰视。行者暗里欣然，叮在那毗卢帽顶上，运神光，睁眼观看，又只见那两班彩女，摆列的似蕊宫仙府，煞强似锦帐银屏。行者见师父全不动念，暗自咂嘴夸赞。

少时，皇后嫔妃簇拥着公主出鸡鹊宫，一齐迎接，都道声："我王万岁，万万岁！"慌得个长老战战兢兢，莫知所措。行者早已看破，见那公主头直上微露出一点妖氛，却也不十分凶恶，即忙近耳边叫道："师父，公主是个假的。"长老道："是假的，却如何教他现相。"行者道："使出法身，就此拿他也。"长老道："不可！不可！恐惊了主驾，且待君后退散，再使法力。"

那行者一生性急，那里容得，即现了本相，大咤一声，赶上前揪住公主骂道："好孽畜！你在这里弄假成真，只这等受用也尽勾了，心尚不足，还要骗我师父，破他的真阳，遂你的淫性哩！"唬得那国王呆呆挣挣，后妃跌跌爬爬，宫娥彩女，无一个不东躲西藏，各顾性命。三藏慌了手脚，战兢兢抱住国王，只叫："陛下，莫怕！莫怕！此是我顽徒使法力，辨真假也。"

那妖精见事不谐，挣脱了手，解剥了衣服，捽落了钗环首饰，即跑到御花园土地庙里，取出一条碓嘴样的短棍，急转身来乱打行者。行者随即跟着，使铁棒劈面相迎。他两个吆吆喝喝，就在花园内斗起，后却大显神通，各驾云雾，在半空中赌斗。吓得那满城百姓心慌，朝里多官胆怕。长老扶着国王，只叫："休惊！劝娘娘与众等莫怕。你公主是个妖邪假作真形的，等我徒弟拿住他，方知好歹也。"那些妃子把那衣服钗环拿与皇后看了，道："这是公主穿戴的，今都丢下，精着身子，与那和尚在天上争打，必定是个妖邪。"此时国王后妃人等才正了性，大家望空仰视。

却说那妖与大圣斗经半日，不分胜败。行者把棒丢起，叫一声："变！"就以一变十，以十变百，半天里好似蛇游蟒觉，乱打妖邪。那妖慌了，将身一闪，化道清风，即奔碧空之上逃走。行者收了铁棒，纵祥光一直赶来。将近西天门，望见那旌旗闪灼，行者厉声高叫道："把天门的，挡住妖精，不要放他走了！"真个那天门上有护国天王帅领着庞刘苟毕四大元帅，各轮兵器拦阻。妖邪不能进去，急回头，舍死忘生，使短棍又与行者相持。

这大圣轮铁棒迎着，仔细看那短棍儿一头大，一头小，却似舂碓臼的杵头模样，喝道："孽畜！你拿的是甚么器械，敢与老孙抵敌！"那妖咬着牙道："你也不知我这兵器！听我道来：仙根是段羊脂玉，磨琢成形不计年。混沌开时已属我，久住蟾宫桂殿边。这般器械名头大，在你金箍棒子前。广寒宫里捣药杵，打人一下命归泉！"行者闻说，呵呵笑道："好孽畜啊！你既住在蟾宫之内，就不知老孙的手段？你还敢在此支吾？快早现相降伏，饶你性命！"那怪道："我认得你是五百年前大闹天宫的弼马温，理当让你。但只是破人亲事，如杀父母之仇，故此情理不甘，定要打你！"行者大怒，举棒劈面就打。那妖轮杵相迎，就于西天门外，发狠相持。又斗了十数回，那妖料难取胜，虚丢一杵，将身晃一晃，金光万道，径奔正南上走，大圣随后追袭，忽至一座大山，妖精按金光，钻入山洞，寂然不见。又恐他遁身回国，暗害唐僧，他认了这山的规模，返云头径转国内。

此时有申时矣。那国王、妃后正俱怆惶，只见大圣自云端落下，叫道："师父，我来也！"三藏道："悟空立住，不可惊了圣躬。我问你：假公主之事，端的如何？"行者立于鸩鹊宫外，叉手当胸道："假公主是个妖邪。我与他打了半日，他战不过我，败回到一座山上。我急追至山，无处寻觅，恐怕他来此害你，特地回顾。"国王听说，扯着唐僧问道："既然假公主是个妖邪，我真公主在于何处？"行者应声道："待我拿住假公主，你那真公主自然来也。"那后妃等闻得此言，都解了恐惧，一个个上前拜告道："望圣僧救得我真公主来，必当重谢。"行者道："此间不是我们说话处，请陛下与我师出宫上殿，娘娘等各转回宫，召我师弟八戒、沙僧来保护着师父，我却好去降妖。一则分了内外，二则免我悬挂，必当辨明此事，以表我一场心力。”国王感谢不已，遂与唐僧携手出宫，径至殿上，众宫妃各各回宫。一壁厢教备素膳，一壁厢召八戒、沙僧。须臾间，二人早至。行者备言前事，教他两个用心护持。

这大圣纵云飞空而去。径至正南方那座山上找寻。原来那妖邪到此山，钻入窝中，将门儿使石块挡塞，藏隐不出。行者寻一会不见动静，心甚焦恼，遂捻着诀，念动《真言》，唤出那山神、土地问道：“我且不打你，我问你：这山叫做甚么名字？此处有多少妖精？从实说来，饶你罪过。”二神告道：“大圣，此山唤做毛颖山，山中只有三处兔穴。亘古至今没有妖精，乃五环之福地也。大圣要寻妖精，还是西天路上去有。”行者道：“我方才赶一妖精到此，如何不见？”

二神听说，即引行者去那三窟中寻找，先到山脚下穴边看处，只有几个草兔儿，惊得走了。寻至绝顶上窟中看时，只见两块大石头，将窟门挡住。土地道：“此间必是妖邪赶急钻进去也。”行者即使铁棒，捎开石块，那妖果藏在里面，呼的一声，就跳将出来，举杵来打。行者轮棒架住，唬得那山神倒退，土地忙奔。那妖口里骂着山神土地道：“谁教你引他往这里来找寻！”他支支撑撑的，抵着铁棒，且战且退，奔至空中。

却又天色晚了。这行者愈发狠性，恨不得一棒打杀。忽听得九霄碧汉之间，有人高叫道：“大圣，莫动手！”行者回头看时，原来是太阴星君，后带着姮娥仙子，降彩云到于当面。慌得行者收了棒，躬身施礼道：“老太阴，往哪里去。”太阴道：“与你对敌的这个妖邪，是我广寒宫捣玄霜仙药之玉兔。他私自偷开玉关金锁走出宫来，今经一载。我算他目下有伤命之灾，特来救他性命，望大圣看老身饶他罢。”行者喏喏连声道：“不敢！不敢！怪道他会使捣药杵！原来是个玉兔儿！老太阴不知，他摄藏了天竺国王之公主，却又假合真形，欲破我师父之元阳。其情罪实难轻恕？”太阴道：“你却不知。那国王之公主，也不是凡人，原是蟾宫中之素娥。二十年前，他曾把玉兔儿打了一掌，却就思凡下界。一灵遂投于国王正宫皇后之腹，得为公主。这兔儿怀那一掌之仇，故于旧年私走出宫，抛素娥于荒野。但只是不该欲配唐僧，此罪真不可逭。幸汝识破真假，却也未曾伤损你师。万望看我面上，恕他之罪，我收他去也。”行者笑道：“既有这些因果，老孙也不敢抗违。只是你收了这兔儿，恐那国王不信，敢烦太阴君同众仙妹将兔儿拿到那厢，对国王明证明证，一则显老孙之手段，二来说那素娥下降之因由，然后着那国王取素娥公主之身，以见显报之意也。”太阴君听说，用手指定那妖，喝道：“孽畜还不归正同来！”玉兔儿打个滚，现了原身。

大圣见了不胜忻喜，踏云光向前引导，那太阴君领着众姮娥仙子，带着玉兔儿，径转天竺国界。此时正黄昏，看看月上，谯楼方才擂鼓。那国王与唐僧等俱在殿上，正议退朝，只见正南上一片彩霞，光明如昼。又闻得孙大圣厉声高叫道：“天竺陛下，请出你那皇后嫔妃看者：这宝幢下乃月宫太阴星君，两边的仙妹是月里嫦娥。这个玉兔儿却是你家的假公主，今现真相也。”那国王急召皇后嫔妃与宫娥彩女等众，朝天礼拜，他和唐僧及多官亦俱望空拜谢。满城中各家各户，也无一人不设香案，叩头念佛。正观看处，八戒动了欲心，忍不住跳在空中，把霓裳仙子抱住道：“姐姐，我与你是旧相识，我和你耍子儿去耶。”行者上前揪着八戒，打了两掌骂道：“你这个村泼呆子！此是甚么去处，敢动淫心！”八戒道：“拉闲散闷耍子而已！”那太阴君即命转仙幢，与姮娥收回玉兔，径上月宫而去。

行者把八戒揪落尘埃。这国王在殿上又谢了行者，道：“多感神僧大法力捉了假公主，朕之真公主，却在何处也？”行者道：“你那真公主也不是凡胎，就是月宫里素娥仙子下界。因二十年前，他将玉兔儿打了一掌。那兔儿怀恨前仇，所以于旧年走下来，把素娥摄抛荒野，他却变形哄你。这段因果，是太阴君才与我说的。今日既去其假者，明日请御驾去寻其真者。”国王闻说，止不住腮边流泪道：“孩儿！我自幼登基，虽城门也不曾出去，却教我那里去寻你也！”行者笑道：“不须烦恼，你公主现在给孤布金寺里。今且各散，到天明我还你个真公主便了。”众官拜伏奏道：“我王且心宽，这几位神僧，乃腾云驾雾之佛。明日敬烦同去一寻，便知端的。”国王依言，即请至留春亭摆斋安歇。正是那：铜壶漏断月华明，金铎叮当风送声。杜宇正啼春去半,落花无路近三更。

这一夜,国王退了妖气,陡长精神,至五更三点复出临朝。朝毕,命请唐僧四众。长老随至,朝上行礼。大圣三人,一同打个问讯。国王欠身道:“昨所云公主孩儿,敢烦神僧为一寻救。”长老即将布金寺女子妆风之事,细说一遍。国王听罢,放声大哭。早惊动三宫六院,都来问及前因。无一人不悲痛者。良久,国王便问:“布金寺离城多远?”三藏道:“只有六十里路。”国王即传旨:“着东西二宫守殿,太师掌朝,朕同正宫皇后帅多官、四神僧,去寺取公主也。”

当时摆驾,一行出朝。行者就跳在空中,把腰一扭,先到了寺里。众僧慌忙跪接道:“老爷去时,与众步行,今日何从天上下来?”行者笑道:“你那老师在于何处?快叫他出来,排设香案接驾。天竺国王、皇后、多官与我师父都来了。”众僧不解其意,即请出那老僧,老僧见了行者,倒身下拜道:“老爷,公主之事如何?”行者把上项事备陈了一遍。那老僧又磕头拜谢,行者搀起道:“且莫拜,快安排接驾。”众僧才知后房里锁得是个女子。一个个惊惊喜喜,便都去摆香案,穿袈裟,撞起钟鼓等候。不多时,王架就到了山门之外,只见那些众僧齐齐整整,俯伏接拜,又见行者立在中间,国王道:“神僧何先到此?”行者笑道:“老孙把腰略扭扭儿,就到了,你们怎么就走这半日?”随后唐僧等俱到。即引驾到于后面房边,那公主还妆风乱说哩。老僧跪指道:“此房内就是旧年风吹来的公主娘娘。”即忙打开锁,开了门。国王与皇后见了公主,认得形容,近前一把搂抱道:“我的受苦的儿呵!你怎么遭这等折磨,在此受罪!”真是父母子女相逢,比他人不同,三人抱头大哭。哭了一会,叙毕离情,即令取香汤,教公主沐浴更衣,上辇回国。

行者又对国王拱手道:“老孙还有一事奉闻。”国王答礼道:“神僧有何分付?”行者道:“他这山,名为百脚山。近来说有蜈蚣成精,黑夜伤人,往来行旅,甚为不便。我思蜈蚣惟鸡可以降伏,可选绝大雄鸡千只,撒放山中,除此毒虫。就将此山名改换改换,赐文一道敕封,只当谢此僧供养公主之恩也。”国王甚喜领诺,随差官进城取鸡;又改山名为宝华山,仍着工部办料重修,赐与封号,唤做“敕建宝华山给孤布金寺”。把那老僧封为“报国僧官”，永远世袭，赐俸三十六石。僧众谢了恩，送驾回朝。公主入宫，各各相见，安排筵宴，与公主释闷贺喜。后妃母子，复聚首团，国王君臣，亦欣喜共宴一宵。

次早，国王传旨，召丹青图下四众喜容，供养在镇华阁上，又请公主重整新妆，出殿谢四众救苦之恩。谢毕，唐僧辞王西去。那国王那里肯放，大设佳宴，一连吃了五六日。国王见他们拜佛心重，苦留不住，遂取金银二百锭，宝贝各一盘奉谢，师徒们一毫也不肯受。国王即叫教摆銮驾，请老师父登辇，差官远送，那君臣士民人等俱各叩谢不尽。及至前途，又见众僧叩送，尽俱不肯回去，行者只得捻个诀，往巽地上吹口仙气，一阵暗风，把送的人都迷了眼目，方才得脱身而去。毕竟不知前路如何，且听下回分解。

第九十六回 寇员外喜待高僧 唐长老不贪富惠

色色色原无色，空空空亦非空。静喧语默本来同，梦里何劳说梦。有用用中无用，无功功里施功。还如果熟自然红，莫问如何修种。话表唐僧师众，使法力，阻住那布金寺僧。僧见黑风过处，不见他师徒，以为活佛临凡，磕头而回不题。他师徒西行，正是春尽夏初时节：不尽那朝餐暮宿，转涧寻坡。在那平安路上，行经半月，前边又见一城垣相近。三藏问道："徒弟，此又是甚么去处！"行者道："不知，不知。"八戒笑道："这路是你行过的，怎说不知！想是故意捉弄我们哩。"行者道："这呆子全不察理！这路虽是走过几遍，那时只在九霄空里，云来云去，何曾落在此地？事不关心，查他做甚？此所以不知。却有甚的捉弄也？"

说话间，不觉已至边前，三藏下马，过吊桥，径入门里。长街上，只见那廊下坐着两个老儿叙话。三藏叫："徒弟，在那街心里站住。"他近前合掌道："老施主，贫僧问讯了。"那二老正在那里闲论甚么兴衰得失，谁圣谁贤，当时英雄事业，而今安在，诚可为大叹息，忽听得道声问讯，随答礼道："长老有何话说？"三藏道："贫僧乃远方来拜佛祖的，适到宝方，不知是甚地名，那里有向善的人家，化斋一顿？"老者道："我敝处是铜台府，府后有一县叫做地灵县。长老若要吃斋，不须募化，过此牌坊，有一个寇员外家，他门前有个万僧不阻之牌。似你这远方僧，尽着受用。去！去！去！莫打断我们的话头。"三藏谢了，转身对行者说知。四众缓步至长街，又惹得那市口里人，都惊惊恐恐，猜猜疑疑的，围绕争看。长老分付只教："莫放肆！"三人果低着头，不敢仰视。

转过拐角。正行处，只见一个虎坐门楼，门里边影壁上挂着一面大牌，书着"万僧不阻"四字。三藏点头叹道："西方佛地，果然不差。"八戒就要进去。行者道："呆子且住，待有人出来问及，方可进去。”遂在门口歇下马匹行李。须臾间，有个苍头出来，提着一把秤，一只篮儿，猛然看见，慌的丢了，倒跑进去报道：‘主公！外面有四个异样僧人来也！”那员外拄着拐，正在天井中闲走，口里不住的念佛，一闻报道，就丢了拐，出来迎接，见他四众，也不怕丑恶，只叫：“请进，请进。”三藏谦谦逊逊，一同都入。转过一条巷，员外引路，至一座房里，说道：“此上手房宇，乃管待老爷佛堂、经堂、斋堂，下手的，是我弟子老小居住。”三藏称赞不已，随取袈裟穿了拜佛，举步登堂。净手拈香，叩头拜毕，却转回与员外行礼。员外挽住，请到经堂中相见。

长老正欲行礼。那员外又搀住道：“请宽佛衣。”三藏脱了袈裟，才与长老见了礼，又请行者三人见了，叫把马喂了，行李安在廊下，方问起居。三藏道：“贫僧是东土大唐钦差，诣宝方上灵山见佛祖求真经者。闻知尊府敬僧，故此拜见，求一斋就行。”员外面生喜色，笑吟吟的道：“弟子贱名寇洪，字大宽，虚度六十四岁。自四十岁上，许斋万僧，才做圆满。今已二十四年，已斋过九千九百九十六员，止少四众，不得圆满。今日可可的天降老师四位，圆满万僧之数，好歹宽住月余，待做了圆满，弟子着轿马送老师上山。此间到灵山只有八百里路，苦不远也。”三藏闻言，十分欢喜，都就权且应承不题。

他那些大小家僮，往宅里搬柴打水，整治斋供，忽惊动妈妈问道：“是那里来的僧，这等上紧？”僮仆道：“才有四位异僧，爹爹问他起居，他说是东土大唐皇帝差来的，往灵山拜佛爷爷，到我们这里，不知有多少路程。爹爹说是天降的，分付我们快整斋，供养他也。”那老妪听说也喜，叫丫鬟：“取衣服来我穿，我也去看看。”那僮仆跑至经堂对员外说了。三藏即起身下座。老妪已至堂前，举目见唐僧丰姿英伟。转面见行者三人模样非凡，虽料他是天人下界，却也有几分悚惧，朝上跪拜。三藏急急回礼道：“有劳菩萨错敬。”老妪问员外道：“四位师父，怎不并坐？”八戒掬着嘴道：“我三个是徒弟。”噫！他这一声，就如深山虎啸，那妈妈一发害怕。

正说处，又见两个少年秀才走上经堂，对长老倒身下拜，慌得三藏急忙还礼。员外上前扯住道：“这是我两个小儿，唤名寇梁、寇栋，在书房里读书方回，来吃午饭，知老师下降，故来拜也。”三藏喜道：“贤哉！贤哉！正是欲高门第须为善，要好儿孙在读书。”二秀才启上父亲道：“这老爷是那里来的？”员外笑道：“来路远哩，南赡部洲东土大唐皇帝钦差到灵山拜佛祖爷爷取经的。”秀才道：“我看《事林广记》上，概天下只有四大部洲。我每这里是西牛贺洲。想南赡部洲至此，不知走了多少年代？”三藏笑道：“贫僧在路，耽搁的日子多，行的日子少。常遭毒魔狠怪，万苦千辛，共计一十四遍寒暑，方得至宝方。”秀才闻言，称奖不尽道：“真是神僧！真是神僧！”说未毕，小使来请进斋。员外着妈妈与儿子转宅，他却陪四众进斋堂吃斋。铺设得甚是齐整，只见那上汤的上汤，添饭的添饭，一往一来，真如流星赶月。这八戒一口一碗，就是风卷残云，师徒们尽受用了一顿。长老起身对员外谢了斋，就欲走路。那员外拦住道：“老师，放心住几日儿。常言道，起头容易结梢难。只等我做过了圆满，方敢送程。”三藏见他心诚意恳，没奈何只得住了。

早经过五七遍朝夕，那员外才请了本处应佛僧二十四员，办做圆满道场。众僧们写作有三四日，选定良辰，开启佛事，做了三昼夜道场已毕。唐僧想着雷音，一心要去，又相辞谢。员外道：“老师辞别甚急，想是连日佛事冗忙，多致简慢，有见怪之意。”三藏道：“深扰尊府，不知何以为报，怎敢言怪！但只当时唐王送我出城，问几时可回，我就误答三年可回，不期在路耽搁，今已十四年矣！取经未知有无，及回又得十二三年，岂不违背圣旨？罪何可当！望老员外让贫僧前去，待取得经回，再造府久住些时，有何不可！”八戒忍不住高叫道：“师父忒也不近人情！老员外大家巨富，许下这等斋僧之愿，今已圆满，又况留得至诚，就住年把，也不妨事，只管要去怎的？放下这等现成好斋不吃，却往人家化募！前头有你甚老爷、老娘家哩？”长老咄的一声道：“你这夯货，只知好吃，更不管回向之因，正是那初世为人的畜生！汝等既要贪此安享，明日等我自家去罢。”行者见师父变了脸，即揪住八戒，着头打一顿拳，骂道：“呆子不知好歹，惹得师父连我们都怪了！”那呆子气呼呼的立在傍边，再不敢言。员外只是满面陪笑道：“老师莫焦燥，今日且少宽容，待明日我办些旗鼓，请几个亲邻，送你们起程。”

正讲处，那老妪又出来道：“老师父，到舍几日了？”三藏道：“已半月矣。”老妪道：“这半月算我员外的功德，老身也有些针线钱儿，也愿斋老师父半月。”说不了，寇栋兄弟又出来道：“四位老爷，家父斋僧二十余年，更不曾遇着好人，今幸圆满，四位下降，诚然是蓬屋生辉。学生年幼，不知因果，常闻得有云，公修公得，婆修婆得，不修不得。我家父家母各求因果，就是愚兄弟也省得有些束修钱儿，也只望供养老爷半月，方才送行。”三藏道：“令堂老菩萨盛情，已不敢领，怎么又承贤昆玉厚爱？决不敢领。今日定要起身，万勿见罪，不然，久违钦限，罪不容诛矣。”那老妪与二子见他执性不住，便恼起来道：“好意留他，他这等执性要去，要去便就去了罢！只管劳叨甚么！”母子遂抽身进去。

员外又见他师徒们烦恼，再也不敢苦留，遂此出了经堂，分付书办写帖儿，邀请邻里亲戚，明早奉送唐朝老师西行。一壁厢又叫庖人安排筵宴，管办的置办彩旗，觅一班鼓手、乐人，请一班和尚、道士，限明日巳时，俱要整齐。众人俱领命去讫，不多时，天又晚了。吃了晚斋，各归寝处。

你看那些管事的家僮，东走西跑，上呼下应。一直忙到天明，将至巳时，各项俱完。唐僧师徒早起，收拾行李、马匹伺候。只要起身。员外又请至后面大厂厅内，那里面又铺设了筵宴，比斋堂相待更是不同。长老正与员外作礼。只见客俱到了。却是那请来的左邻右舍、亲眷朋友，一齐都向长老礼拜。拜毕叙坐，只见堂下鼓瑟吹笙，堂上弦歌酒宴。这一席盛宴，果不比泛常。

长老领罢，谢了员外和众人，一同出门。那门外摆着彩旗宝盖，鼓手乐人，两班僧道，众等让长老四众前行。只闻得鼓乐喧天，旗旛蔽日，人烟凑集，车马骈填，都来看寇员外迎送唐僧。这一场富贵无比！那一班僧打一套佛曲；那一班道吹一道玄音，俱送出府城门外。行至十里长亭，又设有素筵，擎杯把盏，劝饮相别。那员外噙着泪道：“老师取经回来，是必到舍再住几日，以了我寇洪之心。”三藏感之不尽道：“我若到灵山，得见佛祖，首表员外之大德。回时定踵门叩谢!”说说话儿,不觉的又有二三里路,长老恳切拜辞,那员外才放声大哭而转。这正是“有愿斋僧归妙觉,无缘得见佛如来”。

却说他师徒四众,行有四五十里之地,天色将晚。长老道:“天晚了,何方借宿?”八戒努着嘴道:“放了现成茶饭不吃,清凉瓦屋不住,却要走甚么路,如今天晚,倘下起雨来,却如之何?”三藏骂道:“泼孽畜,又来抱怨了! 常言道,长安虽好,不是久恋之家。待我们有缘拜了佛祖,取得真经,那时回转大唐,奏过主公,将那御厨里饭,凭你吃上几年,胀死你这孽畜,教你做个饱鬼!”那呆子吸吸的暗笑。不敢复言

行者举目遥观,只见大路旁有几间房宇,急对师父道:“那里安歇。”长老至前,见是一座倒塌的牌坊,坊上有一旧扁,乃“华光行院”四字。长老下了马道:“华光菩萨是火焰五光佛的徒弟,因剿除毒火鬼王,降了职,化做五显灵官,此间必有庙祝。”遂一齐进去,但见廊房俱倒,墙壁皆倾,更不见人之踪迹,只是杂草丛蒿。欲抽身而出,不期天上黑云盖顶,大雨淋漓。没奈何,却在那破房之下,将就躲避。密密寂寂,不敢高声,恐有妖邪知觉。坐的坐,站的站,苦捱了一夜未睡。咦! 真个是:泰中还有否,乐处又逢悲。毕竟不知天晓还是如何,且听下回分解。

第九十七回　金酬外护遭魔毒　圣显幽魂救本原

且不言唐僧等在华光破屋中，苦捱夜雨存身。却说铜台府地灵县城内有伙贼徒，专以打劫为生。他算道本城那家是第一个财主，那家是第二个财主，好去下手。内有一人道："也不用缉访算计，只有今日送那唐朝和尚的寇家，十分富厚。我们乘此夜雨，街上人也不防备，火甲等也不巡逻，去劫他些金银用度，岂不美哉！"众贼欢喜齐心，都带了凶器、火把，冒雨前来，打开寇家大门，呐喊杀入。慌得他家里大小男女，俱躲个干净。妈妈儿躲在床底，老头儿闪在门后，寇梁、寇栋与几个儿女都四散逃命。那伙贼，拿着刀，点着火，将他家金银宝贝，首饰衣服，器皿家火，尽情搜劫。那员外割舍不得，拚了命，走出门来对众贼哀告道："列位大王，勾你用的便罢，还留几件衣物与我老汉送终。"那贼那容分说，赶上前，把寇员外撩阴一脚踢翻在地，可怜三魂渺渺归阴府，七魄悠悠别世人！众贼得了手，越城而出，冒着雨连夜奔西而去。那寇家僮仆见贼退了，方敢出头。及看时，老员外已死在地下，放声哭道："天呀！主人公已打死了！"众皆伏尸而哭，悲悲啼啼。

将四更时，那妈妈想恨唐僧等不受他的斋供，因为花扑扑的送他，惹出这场灾祸，便生妒害之心，欲陷他四众，扶着寇梁道："儿阿，不须哭了。你老子今日也斋僧，明日也斋僧，岂知今日做圆满，斋着这一伙送命僧也！"他兄弟道："母亲，怎么是送命僧？"妈妈道："贼势凶勇，杀进房来，我躲在床下，留心向灯火处看得明白，你说是谁？点火的是唐僧，持刀的是猪八戒，搬金银的是沙和尚，打死你父亲的是孙行者。"二子听言，认了真实道："母亲既然看得明白，必定是了。他在我家住了半月，将门墙巷道俱看熟了，财动人心，所以乘此夜雨，复到我家，既劫去财物，又害了父亲，此情何毒！待天明到府里递失状坐名告他。"寇栋道："失状如何写？"寇梁道："就依母亲之言。"写道:“唐僧点着火,八戒叫杀人。沙和尚劫出金银去,孙行者打死我父亲。”一家子炒炒闹闹,不觉天晓。一壁厢买办棺木;一壁厢赴府投告。原来这铜台府刺史正直贤良。名声素著。当时坐了堂,抬出放告牌。这寇家兄弟抱牌而入,跪倒高叫道:“爷爷,小的每是告强盗劫财杀人重情事。”刺史接上状去看了,问了备细,即叫点起马步快手民壮,共有百五十人,各执锋利器械,出西门一直追赶唐僧四众。

却说他师徒们,在那破屋下挨至天晓方才出门,上路奔西。可可的那些强盗当夜系出城外,也向这条路上,走过华光院西去,有二十里远近,藏于山凹中,分拨金银等物。分还未了,忽见唐僧四众前来,众贼心犹不歇,指定唐僧道:“那不是昨日送行的和尚来了!”众贼笑道:“来得好!来得好!我们也总是干这没天理的买卖。这些和尚沿路来,又在寇家许久,不知身边有多少东西,我们索性去截住他,夺了盘缠,抢了白马凑分,却不是好?”众贼遂持兵器,呐一声喊,跑上大路,一字儿摆开,叫道:“和尚,不要走!快留下买路钱,饶你性命!”唬得唐僧在马上乱战,行者笑道:“师父莫怕,等老孙去问他一问。”

即走近前,叉手当胸道:“列位是做甚么的?”贼徒喝道:“这厮不知死活,敢来问我!你额颅下没眼,不认得我是大王爷爷!快将买路钱来,放你过去!”行者闻言,满面陪笑道:“你原来是剪径的强盗!”贼徒发狠叫:“杀了!”行者假惊恐道:“大王!大王!我是乡村中的和尚,不会说话,冲撞莫怪!若要买路钱,不要问那三个,只消问我。我是个管帐的,凡有经钱、衬钱,化缘布施的,都在包袱中,尽是我管出入。那骑马的虽是我师父,他却只会念经,不管闲事。那个黑脸的,是我半路上收的个后生,只会养马。那个长嘴的,是我雇的长工,只会挑担。你把三个放过去,我将盘缠衣钵尽情送你。”众贼听说:“这个和尚倒是个老实头儿。既如此,饶了你命,教那三个丢下行李,放他过去。”行者回头使个眼色,沙僧就丢了行李担子,与三藏牵着马,同八戒往西径走。行者低头打开包袱,就地挝把尘土,往上一洒,念个咒语,乃是个定身法儿,喝一声:“住!”那伙贼共有三十来名,一个个睁着眼,撒着手,直直的站定,不能言动。行者跳出路口:

"师父，回来！回来！"长老勒回马到眼前，问："悟空，何事？"行者道："你们看这些贼是怎的说？"八戒近前推着他，叫道："强盗，你怎的不动弹了？"那贼浑然无知，不言不语。八戒道："好是痴哑了！"行者笑道："是老孙使个定身法儿定住也。师父请下马坐着。常言道，只有错拿，没有错放。兄弟，你们把贼都放倒捆了，等我且审他一审。"即拔下些毫毛，变作三十条绳索，一齐把贼扳翻，都四马攒蹄捆住，却又念念解咒，那伙贼渐渐苏醒。

行者执着棒喝道："毛贼，你们一起有多少人？做了几年买卖？打劫了有多少东西？可曾杀伤人口？还是初犯，却是二犯，三犯？一一从实供来。"众贼叫道："爷爷，我们不是久惯做贼的，都是好人家子弟。只因不才，将父祖家业花费尽了，无钱使用。访知寇员外家豪富，昨去打劫得些金银服饰，在这里正自分赃，忽见老爷们来。内中有认得是寇家送行的，必定身边有物；又见行李沉重，人心不足，故又来邀截。岂知老爷有大法力，将我们捆住。万望老爷慈悲，收去那劫的财物，饶了我等性命罢！"

三藏听说是寇家劫的财物，猛吃一惊，慌忙站起道："悟空，寇员外十分好善，如何招此灾厄？"行者笑道："只为送我们起身，那等奢华炫耀，惊动了人的眼目，所以这伙贼徒就去下手。今又幸遇着我们，夺下这许多东西。"三藏道："我们感他厚情，无以为报，不如将此财物送还他家，却不是一件好事？"行者依言，即与八戒、沙僧，去山凹里取将那些赃物，收拾了，驮在马上。又教八戒挑了一担金银，沙僧挑着自己行李。行者欲将这伙强盗打死，又恐师父怪他伤生，只得将身一抖，收上毫毛。那伙贼松了手脚，爬起来，一个个落草逃生而去。这唐僧转步回身，将财物送还员外。这一去，却似飞蛾投火，反受其殃。

师徒们正行处，忽见那枪刀簇簇而来。三藏大惊道："徒弟，你看那兵器簇拥，是甚好歹？"八戒道："祸来了，这是放去的强盗，他伙些人，转过路来与我们斗杀也！"沙僧道："那来的不是贼势。大哥，你仔细观之。"行者悄悄的向沙僧道："师父的灾星又到了，此必是捕贼的官兵。"言未了，众兵一拥近前，撒开圈子阵，把他师徒围住叫道："好和尚，劫掠了人家的东西，还在这里摇摆哩！"一齐下手，先把唐僧抓下马来，用绳捆了，又把行者三人，也都捆起，穿上扛子，两个抬一个，赶着马，夺了担，径转府城。只见那：唐三藏，战兢兢，滴泪难言。猪八戒，絮叨叨，心中抱怨。沙和尚，囊突突，意下踌躇。孙行者，笑唏唏，要施手段。众官兵攒拥扛抬，须臾间拿到城里，径自解上黄堂报道："老爷，民快人等，捕获强盗来了。"那刺史端坐堂上，赏劳了民快，捡看了贼赃，即叫寇家领去，却将三藏等提近厅前，问道："你这起和尚，口称是东土远来，向西天拜佛，却原来是些打家劫舍之贼！"三藏道："大人容告：贫僧实不是贼，随身见有通关文牒可照。只因寇员外家斋我等半月，情意深重，我等路遇强盗，夺转打劫的财物，因送还寇家报恩，不期民快人等捉获，以为是贼，实不是贼。望大人详察。"刺史道："你这厮见官兵捕获，却巧言报恩。既是路遇强盗，何不连他捉来？如何只是你四众！你看寇梁递有失状，坐名告你，你还敢展辩？"三藏看了状子，魂飞魄丧，叫："悟空，你何不上来折辩！"行者道："有赃是实，折辩何为！"刺史道："正是阿！赃证见存，还敢抵赖？"叫手下："拿脑箍来，把这秃贼的光头箍他一箍，然后再打！"行者想道："虽是我师父该有此难，却不可教他受苦。"他见那皂隶们收拾脑箍，即便开口道："大人且莫箍那个和尚。昨夜打劫寇家，点火的也是我，持刀的也是我，劫财杀人的也是我。我是个贼头，要打只打我，与他们无干，但只不放我便是。"刺史闻言就教先箍起这个来。皂隶们齐动手，把行者套上脑箍，收紧了一勒，扢扑的把索子断了。又结又箍，又扢扑的断了。一连箍了三四次，他的头皮，也不曾皱皱儿。却又换索子再结时，只听得有人来报道："老爷，都下陈少保爷爷到了，请老爷出郭迎接。"那刺史即命刑房吏："把贼收监，好生看辖，待我接过上司，再行拷问。"刑房吏遂将唐僧四众，推进监门。八戒沙僧将自己行李担进随身。

三藏道："徒弟，这是怎么起的？"行者笑道："师父，进去进去！这里没狗叫，倒好耍子！"可怜把四众捉将进去，一个个都推入辖床，扣拽了滚肚、敌脑、扳胸，禁子们又来乱打。三藏苦痛难忍，只叫："悟空！怎的好！"行者道："他打是要钱哩。常言道，好处安身，苦处用钱。如今与他些钱,便罢了。”三藏道:“我的钱自何来?”行者道:“若没钱,衣物也是,把那袈裟与了他罢。”三藏听说就如刀刺其心,一时间见他打不过,无奈只得开言道:“悟空,随你罢。”行者便叫:“列位长官,不必打了。我们那两个包袱中,有一件锦襕袈裟,价值千金。你们解开拿了去罢。”众禁子听言,一齐动手,把两个包袱解看。虽有几件布衣,俱不值钱,只见几层油纸包裹着,内中霞光焰焰,知是好物。抖开看时,只见:巧妙明珠缀,稀奇佛宝攒。盘龙铺绣结,飞凤锦边襕。众皆争看,又惊动本司狱官,走来喝道:“你们在此嚷甚的?”禁子们跪道:“老爹,才方提控,送下四个和尚,乃是大伙强盗。他见我们打了他几下,把这件衣服与我们。若众人扯破分之,其实可惜;若独归一人,众人无利。幸老爹来,凭老爹做个劈着。”狱官见了,乃是一件袈裟,又打开袋内关文一看,见有各国的宝印花押,道:“早是我来看呀!不然,你们都撞出事来了。这和尚不是强盗,切莫动他衣物,待明日大爷再审,方知端的。”众禁子听言,将包袱照旧包裹,交与狱官收讫。

渐渐天晚,听得楼头起鼓,火甲巡更。捱至四更三点,行者见他们都睡着,他暗想:“师父该有这一夜牢狱之灾,老孙不开口使法力者,盖为此耳。如今四更已过,灾将满矣,我须去打点打点,天明好出牢门。”他即将身小一小,脱出辖床,摇身一变,变做个猛虫儿,从瓦缝里飞出。见那星光月皎,他认了方向,径飞向寇家门首,只见那街西下一家儿灯火明亮。又飞近他门口看时,原来是个做豆腐的,见一个老头儿烧火,妈妈儿挤浆。那老儿忽的叫声:“妈妈,寇大官且是有子有财,只是没寿。我和他小时同学读书,我还大他五岁。他老子叫做寇铭,当时也不上千亩田地,放些租帐,也讨不起。他到二十岁时,那铭老儿死了,他掌着家当,其实也是他一步好运。娶的妻是那张旺之女,小名叫做穿针儿,却倒旺夫。自进他门,种田又收,放帐又起;买着的有利,做着的撰钱,被他如今挣了有十万家私。他到四十岁上,就回心向善,斋了万僧,不期昨夜被强盗踢死。可怜!今年才六十四岁,正好享用,何期这等向善,不得好报,乃死于非命?可叹!可叹!”

行者一一听之，却早五更初点。他就飞入寇家，只见那堂屋里已停着棺材，材头摆列着香烛花果，妈妈在傍啼哭；又见他两个儿子也来拜哭，两个媳妇拿两碗饭儿贡献。行者就叮在他材头上，咳嗽了一声。唬得两个媳妇查手舞脚的往外跑，寇梁兄弟伏在地下不敢动，只叫："爹爹，怎么说？"那妈妈子胆大，把材头扑了一把道："老员外，你活了？"行者学着那员外的声音道："我不曾活。"两个儿子一发惊慌，妈妈子硬着胆又问道："员外，你不曾活，如何说话？"行者道："我是阎王差鬼使押将来家与你们讲话的。"说道："那张氏穿针儿枉口诳舌，陷害无辜。"那妈妈子听见叫他小名，慌得跪倒磕头道："好老儿呵！这等大年纪还叫我的小名儿！我那些枉口诳舌，害甚么无辜？"行者喝道："有个甚么唐僧点着火，八戒叫杀人，沙和尚劫出金银去，孙行者打死你父亲？只因你诳言，把那好人受难。那唐朝四位老师，路遇强徒，夺将财物，送来还我，是何等好意！你却假捻失状，着儿子们告官，官府又未详审，把他们监禁。那狱神、土地、城隍俱慌了，坐立不宁，报与阎王。阎王转差鬼使押解我来家，教你们急早解放他去；不然，教我在家搅闹一月，将合门老幼并鸡犬之类，一个也不存留！"寇梁兄弟又磕头哀告道："爹爹请回，切莫伤残老幼，待天明就去本府投递解状，愿认招回，只求存殁均安也。"行者听了即叫："烧纸，我去呀！"他一家儿都来烧纸。

行者一翅飞起，径又飞至刺史住宅里面。低头观看，那房里已有灯光，见刺史已起来了。他就飞进中堂看时，只见中间后壁挂着一轴画儿，是一个官儿骑着一匹点子马，有几个从人，打着一把青伞，搴着一张交椅，更不识是甚么故事，行者就叮在中间。忽然那刺史自房里出来，弯着腰梳洗。行者猛的咳嗽一声，把刺史唬得慌慌张张，走入房内梳洗毕，穿了大衣，即走出来对着画儿焚香祷告道："伯考姜公乾一神位，孝侄姜坤三蒙祖上德荫，忝中甲科，今叨受铜台府刺史，旦夕侍奉香火不绝，为何今日发声？切勿为邪为祟，恐唬家众。"行者暗笑道："此是他大爷的神子！"却就绰着经儿叫道："坤三贤侄，你做官虽承祖荫，一向清廉，怎的昨日无知，把四个圣僧当贼，不审来因，囚于禁内！那狱神、土地不安，报与阎王，阎王差鬼使押我来对你说，教你推情察理，快快解放他；不然，就教你去阴司折证也。”刺史听说，心中悚惧道：“大爷请回，小侄升堂，当就解放。”行者道：“既如此，烧纸来，我去见阎君回话。”刺史复添香烧纸拜谢。

行者又飞出来看时，东方早已发白。及飞到地灵县，又见那合县官都在堂上，他思道：“蠓虫儿说话，被人看见，露出马脚来不好。”他就半空中，改了个大法身，从空里伸下一只脚来，把个县堂蹰满，口中叫道：“众官听着：吾乃玉帝差来的浪荡游神。说你这府监里屈打了取经的佛子，惊动三界诸神不安，教我传说，趁早放他；若还稍迟，教我一脚先踢死府县各官，后蹰死四境居民，把城池都踏为灰烬！”概县官吏人等，慌得一齐跪拜道：“上圣请回。我们如今进府，禀上府尊，即教放出，千万莫动脚，惊死下官。”行者才收了法身，仍变做个蠓虫儿，飞入监中，依旧钻入辖床中间睡着。

却说那刺史升堂，才抬出投文牌去，早有寇梁兄弟抱牌叫喊。将解状递上。刺史发怒道：“你昨日递了失状，就与你拿了贼来，怎么今日又来递解状？”二人滴泪，将他父亲显魂之事说了一遍道：“望老爷方便！方便！”刺史听了，暗想道：“他的父亲，乃是热尸新鬼，显魂报应犹可；我伯父死去五六年了，却怎么今夜也来显魂，教我审放？看起来必是冤枉。”正忖度间，只见那地灵县知县等官，急急跑上堂乱叫道：“老大人，不好了！适才玉帝差浪荡游神下界，教你快放狱中的那几个和尚。他不是强盗，都是取经的佛子。若少迟延，就要踢杀我等官员，还要把城池连百姓尽皆踏为灰烬。”刺史又大惊失色，即叫刑房吏火速写牌，开监提出，八戒愁道：“今日又不知怎的打哩。”行者笑道：“包你一下儿也不敢打，老孙俱已干办停当。上堂切不可下跪，他还要下来请我们上坐，却等我发作他你看。”

说不了，已至堂口，那府县厅衙各官，一见都下来迎接道：“圣僧昨日来时，一则接上司忙迫，二则又见了所获之赃，未及细问端的。”唐僧合掌躬身，又将前情细陈了一遍。众官满口称认，都道：“错了错了！得罪，得罪。”行者近前努目厉声道：“我的白马、行李，快快还我！今日却该我考较你们了！诬拿平人做贼，你们该得何罪？”各官见他作恶，无一个不怕，即便叫牵马取行李来，一一交付明白。你看他三人一个个逞凶，众官只以寇家遮饰。三藏劝解道："徒弟，是也不得明白。我们且到寇家去，一则吊问，二来与他对证对证，看是何人见我做贼。"行者道："说得是，等老孙把那死的叫他起来，看是那个打死他的。"沙僧就在府堂上把唐僧撮上马，吆吆喝喝，一拥而出。那些府县多官，也一一俱到寇家，唬得那寇梁兄弟在门前磕头接进。只见他孝堂之中，一家儿都在孝幔里啼哭，行者叫道："那捏谎害人的妈妈子，且莫哭！等老孙叫你老公来，看他说是那个打死的，羞他一羞！"众官只道行者说的是笑话。行者道："列位大人，请在此略坐一坐，我去去就来。"他跳出门，望空就起。众等方才晓得是个腾云驾雾之仙，一一焚香礼拜。

那大圣一路觔斗云，直至幽冥地界，径撞入森罗殿上，慌得那十殿阎王接见，问及此来何事。行者道："铜台府地灵县斋僧的寇洪之鬼，是那个收了？快点查来与我。"秦广王道："寇洪善士，也不曾有鬼使勾他，他自家到此，遇着地藏王的金衣童子，他引见地藏王去也。"行者即别了，径至翠云宫，见地藏王具言前事，地藏王道："寇洪阳寿，止该卦数，命终不染床席。我因他是个善士，收他做个掌善缘簿子的案长。既大圣来取，我再延他阳寿一纪，教他跟大圣去。"金衣童子遂领出寇洪，见了行者。行者道："你被强盗踢死。此乃阴司地藏王菩萨之处，我老孙特来取你到阳世间，对明此事，既蒙菩萨放回，又延你阳寿一纪，待十二年之后，你再来也。"那员外顶礼不尽。

行者辞谢了菩萨，将他吹化为气，绰于衣袖之间，复返阳间。按落云头进了寇家，即唤八戒捎开材盖，把他魂灵儿推入本身。须臾间，透出气来活了，那员外爬出材来，对唐僧四众磕头道："师父！师父！寇洪死于非命，蒙师父至阴司救活，乃再造之恩！"言谢不已。及回头见各官罗列，即又磕头道："列位老爹都如何在舍？"那刺史也将前事与他说了一遍。那员外跪道："老爹，其实枉了这四位圣僧！那夜有三十多名强盗，明火执杖，劫去家私，是我向贼理说，不期被他一脚踢死，与这四位何干！"叫过妻子来，"你等如何诬告？请老爷治罪。"当时一家老小只是磕头，刺史宽恩免究。寇洪教安排筵宴，酬谢府县厚恩，各各未坐回衙。至次日，再挂斋僧牌，又款留三藏，三藏决不肯住。却又请亲友,办旌幢,如前送行而去。咦！这正是:地阔能存凶恶事,天高不负善心人。逍遥稳步如来径,只到灵山极乐门。毕竟不知此去见佛何如,且听下回分解。

第九十八回 猿熟马驯方脱壳 功成行满见真如

话说唐僧四众别了寇员外，上了大路，果然西方佛地，与他处不同。见了些琪花、瑶草、古柏、苍松，所过地方，家家向善，户户斋僧，每逢山下人修行，又见林间客诵经。师徒们夜宿晓行，又经有六七日，忽见一带高楼，几层杰阁，真个是冲天百尺能凌汉，拔地千寻可摘星。黄鹤信来秋树老，彩鸾书到晚风清。三藏举鞭遥指道："悟空，好去处耶！"行者道："师父，你在那假境界假佛像处，倒强要下拜；今日到了这真境界真佛像处，倒还不下马，何也？"三藏闻言，慌得翻身跳下来，已到了那楼阁门首。只见一个道童，斜立在山门之前应声叫道："那来的莫非是东土取经人么？"长老急抬头观看，却不相识。大圣认得他，即叫："师父，此乃是灵山脚下玉真观金顶大仙，他来接我们哩。"三藏方才醒悟，进前施礼。大仙笑道："圣僧今年才到，我被观音菩萨哄了。他十年前领佛金旨，向东土寻取经人，原说二三年就到我处。我年年等候，杳无消息，不意今日才相逢也。"三藏合掌道："有劳大仙盛意，感激！感激！"遂此四众牵马挑担，同入观里，却又与大仙一一相见。即命看茶摆斋，又叫小童儿烧香汤与圣僧沐浴了，好登佛地。正是那：行满功完宜沐浴，炼驯本性合天真。千辛万苦今方息，九戒三皈始自新。魔尽果然登佛地，灾消故得见沙门。洗尘涤垢全无染，反本还原不坏身。师徒们沐浴了，不觉天色将晚，就于玉真观安歇。

次早，唐僧换了衣服，披上锦襕袈裟，戴了毗卢帽，手持锡杖，登堂拜辞大仙。大仙笑道："昨日蓝缕，今日鲜明，观此相真佛子也。"三藏拜别就行，大仙道："且住，等我送你。"行者道："不劳相送，老孙认得路。"大仙道："你认得的是云路。圣僧还未登云路，当从本路而行。"行者道："这个讲得是，老孙虽走了几遭，只是云来云去，实不曾踏着此地。既有本路，还烦你送送，我师父拜佛心重，幸勿迟疑。"那大仙笑吟吟，携着唐僧手，接引旃檀上法门。原来这条路不出山门，就是观宇中堂穿出后门便是。大仙指着灵山道："圣僧，你看那半天中有祥光五色，瑞蔼千重的，就是灵鹫高峰，佛祖之圣境也。"唐僧见了就拜，行者笑道："师父，还不到拜处哩。常言道，望山走倒马，离此地还有许远，如何就拜！若拜到顶上，得多少头磕是？"大仙道："圣僧，你与大圣、天蓬、卷帘四位，已到福地，望见灵山，我回去也。"三藏遂拜辞而行。

大圣引着唐僧等，徐徐缓步，不上五六里，只见一道活水，响潺潺滚浪飞流，约有八九里宽阔，四无人迹。三藏心惊道："悟空，这路莫非大仙错指了？此水这般宽阔汹涌，又不见舟楫，如何可渡？"行者笑道："不差！你看那壁厢不是一座大桥？要从那桥上行过去，方成正果哩。"长老等即近前看时，桥边有一扁，扁上有"凌云渡"三字，原来是一根独木桥。正是：远看横空如玉栋，近观断水一枯槎。单梁细滑浑难渡，除是神仙步彩霞。三藏心惊道："悟空，这桥不是人走的，我们别寻路径去来。"行者笑道："正是路！正是路！"八戒道："这是路，那个敢走？水面又宽，波浪又涌，独独一根木头，又细又滑，怎生动脚？"行者道："你都站下，等老孙走个儿你看。"他即拽开步跳上桥，摇摇摆摆，须臾跑将过去，在那边招呼道："过来！过来！"唐僧摇手，八戒、沙僧咬指道："难！难！难！"行者又从那边跑过来，拉着八戒道："呆子，跟我走！"那八戒卧倒在地道："滑！滑！滑！走不得！你饶我罢！让我驾风雾过去！"行者按住道："这是甚么去处，许你驾风雾？必须从此桥上走过，方可成佛。"八戒道："哥阿，佛做不成也罢，实是走不得！"

他两个在那桥边扯扯拉拉。忽见那下溜中有一人撑一只船来，叫道："上渡！上渡！"长老大喜道："徒弟，休得乱顽。那里有渡船来了。"他三个同眼观看，那船原来是一只无底的船儿。行者火眼金睛，早已认得是接引佛祖，又称为南无宝幢光王佛。行者却不题破，只管叫："撑拢来！撑拢来！"霎时撑近岸边。三藏见了，又心惊道："你这无底的破船儿，如何渡人？"佛祖道："我这船鸿蒙初判有声名，幸我撑来不变更。有浪有风还自稳，无忧无虑但身轻。六尘不染虚空过，万劫安然自在行。无底船儿难过海，今来古往渡群生。”大圣合掌称谢道：“承盛意接引吾师。师父，上船去，他这船儿虽是无底，却稳；总有风浪，也不得翻。”长老还自迟疑，被行者叉着脖子，往上一推。师父踏不住脚，毂辘的跌在水里，早被撑船人一把扯起，站在船上。师父还抖衣服，抱怨行者。行者却引沙僧、八戒，牵马挑担，也上了船，都立在𦨭䑳之上。那佛祖轻轻用力撑开，只见上溜头泱下一个死尸。长老见了大惊，行者笑道：“师父莫怕，那个原来是你。”八戒、沙僧拍着手也都道：“是你是你！”那撑船的打着号子也说：“那是你！可贺可贺！”

不一时稳稳当当的早过了凌云仙渡。三藏才转身，轻轻的跳上彼岸。诗曰：脱却胎胞骨肉身，相亲相爱是元神。今朝行满方成佛，洗净当年六六尘。此诚所谓广大智慧，登彼岸无极之法。四众上岸回头，连无底船儿都不见了，行者方说是接引佛祖。三藏方才省悟，急转身，反谢了徒弟。行者道：“两不相谢，彼此皆扶持也。我等亏师父解脱，入门修功，幸成了正果；师父也赖我等保护，秉教加持，幸脱了凡胎。师父，你看这面前花草松篁，鸾凤鹤鹿之胜境，比那妖邪显化之处，何善何凶？”三藏称谢不已。一个个身轻体快，步上灵山，早看见雷音古刹，那去处：顶摩霄汉，根接须弥。巧峰排列，怪石参差。悬崖下瑶草琪花，曲径旁紫芝香蕙。浮屠塔显，优钵花香。黄森森金瓦迭鸳鸯，明幌幌花砖嵌玛瑙。数不尽蕊宫珠阙；看不了宝阁珍楼。天王殿上放霞光，护法堂前喷紫焰。正是地胜疑天别，云闲觉昼长。红尘不到诸缘尽，万劫无亏大法堂。师徒们逍逍遥遥，走上灵山之顶，又见青松林下列优婆，翠柏丛中排善士。长老就便施礼，慌得那优婆塞、优婆夷、比丘僧、比丘尼合掌道：“圣僧且休行礼，待见了牟尼，却来相叙。”行者笑道：“早哩！早哩！且去拜上位者。”

那长老手舞足蹈，随着行者，直至雷音寺山门之外。那厢有二大金刚迎住道：“圣僧来耶？”三藏躬身道：“是弟子玄奘到了。”答毕就欲进门，金刚道：“圣僧少待，容禀过再进。”那金刚着一个转山门报与二门上四大金刚，二门上又传入三门上，三山门内原是打供的神僧，急至大雄殿下，报与如来至尊释迦牟尼文佛说：“唐朝取经僧到了。"佛祖大喜，即召聚八菩萨、四金刚、五百阿罗、三千揭谛、十一大曜、十八伽蓝，两行排列，却传金旨，召唐僧进来。这唐僧循规蹈矩，同悟空、悟能、悟净，牵马挑担，径入山门。正是：当年奋志奉钦差，领牒辞王出玉阶。清晓登山迎雾露，黄昏枕石卧云霾。担簦远步三千水，飞锡长行万里崖。念念在心求正果，今朝始得见如来。

四众到大雄宝殿殿前，对如来倒身下拜。拜罢，又向左右再拜。各各三匝已遍，复向佛祖长跪，将通关文牒奉上，如来看了，还递与三藏。三藏頫顖作礼，启上道："弟子玄奘，奉东土大唐皇帝旨意，遥诣宝山，拜求真经，以济众生。望我佛祖垂恩，早赐回国。"如来方开怜悯之口，大发慈悲之心，对三藏言曰："你那东土乃南赡部洲，只因天高地厚，物广人稠，多贪多杀，多淫多诳，多欺多诈；不遵佛教，不向善缘，不敬三光，不重五谷；不忠不孝，不义不仁，瞒心昧己，大斗小秤，害命杀生。造下无边之孽，罪盈恶满，致有地狱之灾，所以永堕幽冥，受那许多碓捣磨舂之苦，变化畜类。有那许多披毛带角之形，将身还债，将肉饲人。其永堕阿鼻，不得超升者，皆此之故也。虽有孔氏在彼立下仁义礼智之教，帝王相继，治有徒流绞斩之刑，其如愚昧不明，放纵无忌之辈何耶！我今有经三藏，可以超脱苦恼，解释灾愆。三藏者，有法一藏，谈天；有论一藏，说地；有经一藏，度鬼。共计三十五部，该一万五千一百四十四卷。真是修真之径，正善之门，凡天下四大部洲之天文、地理、人物、鸟兽、花木、器用、人事，无般不载。汝等远来，待要全付与汝取去，但那方之人，愚蠢村强，毁谤《真言》，不识我沙门之奥旨。"叫："阿难、伽叶，你两个引他四众，到珍楼之下，先将斋食待他。斋罢，开了宝阁，将我那三藏之中三十五部之内，各检几卷与他，教他传流东土，永注洪恩。"

二尊者即奉佛旨，将他四众领至楼下，看不尽那奇珍异宝，百种千般。只见那设供的诸神，铺排斋宴，并皆仙品、仙肴、仙茶、仙果，珍馐百味，与凡世不同。师徒们顶礼了佛恩，随心享用，正是那：宝焰金光映目明，异香奇品总难名。千层杰阁迎眸丽，一派迦音入耳清。蜕却凡胎能不老，吞来仙液得长生。向来受尽千般苦，今日荣华喜道成。这番便宜了八戒、沙僧，佛祖处正寿长生、脱胎换骨之馔，尽着他受用。

二尊者陪奉四众餐毕,却入宝阁,开门登看。那厢有霞光瑞气,罩千重;彩雾祥云,遮万道。经柜上,宝箧外,都贴了红签,楷书着经卷名目。乃是:《涅槃经》一部,七百四十八卷;《菩萨经》一部,一千二十一卷;《虚空藏经》一部,四百卷;《首楞严经》一部,一百一十卷;《恩意经大集》一部,五十卷;《决定经》一部,一百四十卷;《宝藏经》一部,四十五卷;《华严经》一部,五百卷;《礼真如经》一部,九十卷;《大般若经》一部,九百一十六卷;《大光明经》一部,三百卷;《未曾有经》一部,一千一百一十卷;《维摩经》一部,一百七十卷;《三论别经》一部,二百七十卷;《金刚经》一部,一百卷;《正法论经》一部,一百二十卷;《佛本行经》一部,八百卷;《五龙经》一部,三十二卷;《菩萨戒经》一部,一百一十六卷;《大集经》一部,一百三十卷;《摩竭经》一部,三百五十卷;《法华经》一部,一百卷;《瑜伽经》一部,一百卷;《宝常经》一部,三百六十卷;《西天论经》一部,一百三十卷;《僧祇经》一部,一百五十六卷;《佛国杂经》一部,一千九百五十卷;《起信论经》一部,一千卷;《大智度经》一部,一千八十卷;《宝威经》一部,一千二百八十卷;《本阁经》一部,八百五十卷;《正律文经》一部,二百卷;《大孔雀经》一部,二百二十卷;《维识论经》一部,一百卷;《具舍论经》一部,二百卷。

阿难、伽叶引唐僧看遍经名,对唐僧道:“圣僧东土到此,有些甚么人事送我们?快拿出来,好传经与你去。”三藏闻言道:“弟子玄奘,来路迢遥,不曾备得。”二尊者笑道:“好,好,好!白手传经继世,后人当饿死矣!”行者见他讲口扭捏,不肯传经,他忍不住叫道:“师父,我们去告如来,教他自家来把经与老孙也。”阿难道:“莫嚷!此是甚么去处,你还撒野放刁!到这边来接经。”八戒、沙僧劝住了行者,转身来接。一卷卷收在包里,驮在马上,又捆了两担,八戒与沙僧挑着,却来宝座前叩头,谢了如来,一直出门。逢一位佛祖,拜两拜;见一尊菩萨,拜两拜。又到大门,拜了比丘僧、尼,优婆夷、塞,一一相辞,下山奔路。

却说那宝阁上有一尊燃灯古佛,听着那传经之事,心中甚明,原来阿难、伽叶将无字之经传去。他暗笑云:东土众生愚迷,不识无字之经,却不枉费了圣僧这场跋涉?问:“座边有谁在此?”只见白雄尊者闪出。古佛分付道:“你可赶上唐僧,把那无字之经追转,教他再来求取有字之经。”白雄尊者即离了雷音寺山门之外,大作神威。起一阵狂风。

长老正行间,忽闻香风滚滚,只道是佛祖之祯祥,未曾提防。又闻得响一声,半空中伸下一只手来,将马驮的经,轻轻抢去,唬得个三藏捶胸叫唤,行者急赶去如飞。那白雄尊者,见行者赶得将近,恐他棒头上没眼,一时间不分好歹,打伤身体,即将经包捽碎,抛在尘埃。行者见经包破落,又被风吹得飘零,却就按下云头,顾经不去追赶。那白雄尊者收风敛雾,回报古佛不题。

八戒见经本落下,遂与行者收拾背着,来见唐僧。唐僧满眼垂泪道:“徒弟呀!这个极乐世界,也还有凶魔欺害哩!”沙僧接了抱着的散经,打开看时,原来雪白,并无半点字迹,慌忙递与三藏道:“师父,这一卷没字。”行者又打开一卷看时,也无字。三藏叫:“通打开来看看。”卷卷俱是白纸。长老短叹长吁的道:“我东土果是没福!似这般无字的空本,取去何用?怎么敢见唐王!诳君之罪,诚不容诛也!”行者早已知之,对唐僧道:“师父,不消说了,这就是阿难、伽叶那厮,问我要人事没有,故将此白纸本子与我们来了。快回去告在如来之前,问他措财作弊之罪。”八戒嚷道:“正是!正是!”四众急急回山,无好步,忙忙又转上雷音。

不多时,到于山门之外,众皆拱手相迎,笑道:“圣僧是来换经了?”三藏点头称谢。众金刚也不阻挡,让他进去,直至大雄殿前。行者嚷道:“如来!我师徒们受了千辛万苦,万折千磨,自东土拜到此处,蒙如来分付传经,被阿难、伽叶措财不遂,通同作弊,故意将无字的白纸本儿教我们拿去,我们拿他去何用!望如来敕治!”佛祖笑道:“你且休嚷,他两个问你要人事之情,我已知矣。但只是经不可以轻传,亦不可以空取,向时众比丘圣僧下山,曾将此经在舍卫国赵长者家与他诵了一遍,保他家生者安全,亡者超脱,只讨得他三斗三升米粒黄金、白银,我还说他们忒卖贱了,教后代儿孙没钱使用。你如今空手来取,是以传了白本。白本者,乃无字真经,倒也是好的。因你那东土众生,愚迷不悟,只可以此传之耳。”即叫:“阿难、伽叶,快将有字的真经,每部中各检几卷与他,来此报数。”

二尊者复领四众,到珍楼宝阁之下,仍问唐僧要些人事。三藏无物奉承,即命沙僧取出紫金钵盂,双手奉上道:“弟子委是穷寒路遥,不曾备得人事。这钵盂乃唐王亲手所赐,教弟子持此,沿路化斋。今特奉上,聊表寸心,万望尊者以有字真经赐下,庶不孤钦差之意,远涉之劳也。”那阿难接了,但微微而笑。被那些管珍楼的力士,看宝阁的尊者,你抹他脸,我扑他背,弹指的,扭唇的,个个笑道:“不羞!不羞!需索取经的人事!”须臾把脸皮都羞皱了,只是拿着钵盂不放。伽叶却才进阁检经,一一查与三藏,三藏却叫:“徒弟们,你们都好生看看,莫似前番。”他三人接一卷,看一卷,却都是有字的。传了五千零四十八卷,乃一藏之数,收拾齐整驮在马上,剩下的还装了一担,八戒挑着。行者牵了马,沙僧挑着行李,唐僧拿了锡杖,才喜喜欢欢,到我佛如来之前。正是那:真经三藏福无边,可笑阿难却爱钱。白本换来亏古佛,至今东土始流传。

其时如来高升莲座,指令降龙、伏虎二大罗汉敲响云磬,遍请三千诸佛、揭谛、金刚、菩萨、五百尊罗汉、八百比丘僧大众、各天各洞,福地灵山,大小尊者圣僧,该坐的请登宝座,该立的侍立两旁。一时间,天乐遥闻,仙音响亮,满空中祥光迭迭,瑞气重重,诸佛毕集,参见了如来。如来才问:“阿难、伽叶,传了多少经卷与他?可一一报数。”二尊者即开报:“现付去唐朝《涅槃经》四百卷,《菩萨经》三百六十卷,《虚空藏经》二十卷,《首楞严经》三十卷,《恩意经大集》四十卷,《决定经》四十卷,《宝藏经》二十卷,《华严经》八十一卷,《礼真如经》三十卷,《大般若经》六百卷,《大光明经》五十卷,《未曾有经》五百五十卷,《维摩经》三十卷,《三论别经》四十二卷,《金刚经》一卷,《正法论经》二十卷,《佛本行经》一百一十六卷,《五龙经》二十卷,《菩萨戒经》六十卷,《大集经》三十卷,《摩竭经》一百四十卷,《法华经》十卷,《瑜伽经》三十卷,《宝常经》一百七十卷,《西天论经》三十卷,《僧祇经》一百一十卷,《佛国杂经》一千六百三十八卷,

《起信论经》五十卷，《大智度经》九十卷，《宝威经》一百四十卷，《本阁经》五十六卷，《正律文经》十卷，《大孔雀经》十四卷，《维识论经》十卷，《具舍论经》十卷。在藏总经，共三十五部，各部中总检出五千零四十八卷，与圣僧传流东土。现俱收拾整顿于驮担之上，专等谢恩。”

三藏四众拴了马，歇了担，一个个合掌躬身，朝上礼拜。如来对唐僧言曰：“此经功德，不可称量，虽为我门之龟鉴，实乃三教之源流。若到你那南赡部洲，示与一切众生，不可轻慢，非沐浴斋戒，不可开卷，宝之重之！盖此内有成仙了道之奥妙，发明万化之奇方也。”三藏叩头谢恩，信受奉行，依然对佛祖遍礼三匝，领经而去。去到三山门，一一又谢了众圣。

如来因发付唐僧去后，才散了传经之会。旁边闪上观世音菩萨合掌启佛祖道：“弟子当年领了金旨向东土寻取经之人，今已功成，共计一十四年，乃五千零四十日，还少八日，不合藏数。乞准弟子缴还金旨。”如来大喜道：“所言甚当，准缴金旨。”即传八大金刚分付道：“汝等快使神威，驾送圣僧回东，把真经传留，即引圣僧西回，须在八日之内，以完一藏之数，勿得迟违。”金刚随即赶上唐僧，叫道：“取经的，跟我来！”唐僧等俱身轻体健，飘飘荡荡，随着金刚，驾云而起。这才是：见性明心参佛祖，功完行满即飞升。毕竟不知回东土怎生传授，且听下回分解。

第九十九回 九九数完魔刬尽 三三行满道归根

话表八金刚既送唐僧回国不题。那二层门下,有五方揭谛、四值功曹、六丁六甲、护教伽蓝,走向观音菩萨前启道:“弟子等向蒙菩萨法旨,暗中保护圣僧,今日圣僧行满,菩萨缴了佛祖金旨,我等望菩萨准缴法旨。”菩萨亦甚喜道:“准缴,准缴。”又问道:“那唐僧四众,一路上心行何如?”诸神道:“委实心虔志诚,料不能逃菩萨洞察。但只是唐僧受过之苦,真不可言。他一路上历过的灾愆患难,弟子已谨记在此,这就是他灾难的簿子。”菩萨从头细看。上写着:“金蝉遭贬第一难,出胎几杀第二难,满月抛江第三难,寻亲报冤第四难,出城逢虎第五难,落坑折从第六,难双叉岭上第七难,两界山头第八难,陡涧换马第九难,夜被火烧第十难,失却袈裟十一难,收降八戒十二难,黄风怪阻十三难,请求灵吉十四难,流沙难渡十五难,收得沙僧十六难,四圣显化十七难,五庄观中十八难,难活人参十九难,贬退心猿二十难,黑松林失散二十一难,宝象国捎书二十二难,金銮殿变虎二十三难,平顶山逢魔二十四难,莲花洞高悬二十五难,乌鸡国救主二十六难,被魔化身二十七难,号山逢怪二十八难,风摄圣僧二十九难,心猿遭害三十难,请圣降妖三十一难,黑河沉没三十二难,搬运车庭三十三难,大赌输赢三十四难,祛道兴僧三十五难,路逢大水三十六难,身落天河三十七难,鱼篮现身三十八难,金岘山遇怪三十九难,普天神难伏四十难,问佛根源四十一难,吃水遭毒四十二难,西梁国留婚四十三难,琵琶洞受苦四十四难,再贬心猿四十五难,难辨猕猴四十六难,路阻火焰山四十七难,求取芭蕉扇四十八难,收缚魔王四十九难,赛城扫塔五十难,取宝救僧五十一难,棘林吟咏五十二难,小雷音遇难五十三难,诸天神遭困五十四难,稀柿衕秽阻五十五难,朱紫国行医五十六难,拯救疲癃五十七难,降妖取后五十八难,七情迷没五十九难,多目遭伤六十难,路阻狮驼六十一难,怪分三色六十二难,城里通灾六十三难，请佛收魔六十四难，比丘救子六十五难，辨认真邪六十六难，松林救怪六十七难，僧房卧病六十八难，无底洞遭困六十九难，灭法国难行七十难，隐雾山遇魔七十一难，凤仙郡求雨七十二难，失落兵器七十三难，会庆钉钯七十四难，竹节山遭难七十五难，玄英洞受苦七十六难，赶捉犀牛七十七难，天竺招婚七十八难，铜台府监禁七十九难，凌云渡脱胎八十难。这正是：揭谛伽蓝护法多，圣僧历历苦遭魔。路过十万八千里，难簿分明记不讹。菩萨将难簿目过了一遍，急传声道："佛门中九九归真，圣僧受过八十难，还少一难，不得完成此数。"即令揭谛："赶上金刚，还生一难者。"这揭谛得令，飞云驾向东来。一昼夜赶上八大金刚，附耳低言道："如此如此，谨遵菩萨法旨，不得违误。"八金刚闻得此言，刷的把风按下，将他四众，连马与经，坠落在地。噫！正是那：九九归真道行难，坚持笃志立玄关。必须历练邪魔退，方得修持正法还。好把功程勤苦积，莫将经卷等闲看。古来妙合参同契，毫发差时不结丹。

三藏脚踏了凡地，自觉心惊。八戒呵呵大笑道："好！好！好！这正是要快得迟。"沙僧道："想是因我们忒走快了些，教我们在此歇歇哩。"大圣道："这正是俗语云，十日滩头坐，一日行九滩。"三藏道："你三个且休闲讲，认认这是甚么地方。"行者抬头四望道："是这里！是这里！师父，你听听水响。"八戒对沙僧道："水响想是你的祖家了。"行者道："他祖家乃流沙。不是，不是，此通天河也。"三藏道："徒弟呵，仔细看在那岸。"行者纵身跳起看了，下来道："师父，此是通天河西岸。"三藏道："我记起来了，东岸边原有个陈家庄。那年到此，感你救了他儿女，他要造船送我们，幸亏白鼋相渡。我记得西岸上，四无人烟，这番如何是好？"八戒道："只说凡人不作弊，原来这金刚也会作弊。他奉佛旨，教送我们东回，怎么到此半路上就丢下我们？如今进退两难！怎生过去！"沙僧道："二哥，我师父已脱了凡胎，今番断不落水。教师兄同你我都作起摄法，把师父驾过去也。"行者微微笑道："驾不去！驾不去！"你道他怎么说个驾不去？若肯使出神通，就一千个河也过去了。只因心里明白，知道唐僧九九之数未完，还该有一难，故羁留于此。

师徒们口里讲着，足下徐行，直至水边，四无人迹，又没船只。正俱彷徨间，忽听得有人高叫道："唐圣僧，这里来，这里来！"四众皆惊，举头看时，却还是那个大白赖头鼋，在岸边探着头叫道："老师父，我等了你这几年，却才回也？"行者笑道："老鼋，向年累你，今岁又得相逢。"三藏与八戒、沙僧都欢喜不尽。行者道："老鼋，你果有接待之心，可上岸来。"那鼋即纵身爬上来。行者叫把马牵上他身，八戒还蹲在马后，唐僧站在马颈左边，沙僧站在右边。行者一脚踏着老鼋的项，一脚踏着老鼋的头叫道："老鼋，好生走稳着。"那老鼋蹬开四足，踏水面如行平地，将他师徒四众，连马五口，驮在身上，径向东岸而来。诚所谓：不二门中法奥玄，诸魔战退识人天。本来面目今方见，一体原因始得全。果证三乘凭出入，丹成九转任周旋。挑包策杖通休讲，幸喜还元遇老鼋。老鼋驮着他们，行经多半日，将次天晚，好近东岸，忽然问道："老师父，我向年曾央到西方见佛祖如来，与我问声归着之事，何时可得人身可曾问否？"原来那长老自到灵山，专心拜佛取经，他事一毫不理，所以不曾问得老鼋归着，无言可答，却又不敢打诳语，沉吟半晌，不曾答应。老鼋即知不曾替他问，他就将身一晃，唿喇的淬下水去，把他四众连马并经，通皆落水。咦！还喜得唐僧脱了胎，成了道，若似前番，已经沉底。又幸白马是龙，八戒、沙僧会水，行者笑巍巍显大神通，把唐僧扶驾出水，登彼东岸。只是经包、衣服、鞍辔俱尽湿了。

师徒方登岸整理，忽又一阵狂风，天色昏暗，雷电俱作，走石飞沙。唬得那三藏按住经包，沙僧压住经担，八戒牵住白马，行者却双手轮棒，左右护持。原来那风、雾、雷、电乃是些阴魔作耗，欲夺所取之经，劳嚷了一夜，直到天明，却才止息。长老一身水衣，战兢兢的道："悟空，这是怎的起？"行者道："师父，你不知就里，我等保护你取获此经，乃是夺天地造化之功，可与乾坤并久，日月同明，寿享长春，法身不朽，此所为鬼神所忌，欲求暗夺耳。一则这经是水湿透了，二则是你的正法身压住，三则是老孙使纯阳之性，护持定了，及至天明，阳气又盛，所以不能夺去。"三藏、八戒、沙僧方才省悟。少顷，太阳高照，却移经于高崖上，开包晒晾，至今彼处晒经之石尚存。他们又将衣鞋都晒在崖旁，立的立，坐的坐。真个是：一体纯阳接向阳，阴魔不敢逞强梁。晒经石上留遗迹，千古谁人到此方。

他四众检看经本，一一晒晾，早见几个打鱼人，来过河边，内有认得的道："老师父可是前年过此河往西天取经的？"八戒道："正是，正是，你怎么认得我们？"渔人道："我们是陈家庄上人。"八戒道："陈家庄离此有多远？"渔人道："过此冲南有二十里就是也。"八戒道："师父，我们把经搬到陈家庄上晒去。他那里有住坐，又有得吃，就教他家与我们浆浆衣服，却不是好？"三藏道："不去罢，在此晒干了，就收拾找路回也。"那几个渔人行过南冲，恰遇着陈澄，叫道："大老官，前年在你家替祭儿子的师父回来了。"陈澄道："在那里？"渔人道："都在那石上晒经哩。"

陈澄随带了几个佃户，走过冲来，跑近前跪下道："老爷取经回来，功成行满，怎么不到舍下，却在这里盘弄？快请到舍。"行者道："等晒干了经，和你去。"陈澄道："老爷这经典、衣物，如何湿了？"三藏道："昔年亏白鼋驮渡河西，今年又蒙他驮渡河东。已将近岸，被他问昔年托问佛祖之事，我未曾问得，他遂淬在水内，故此湿了。"又将前后事细说了一遍。那陈澄拜请甚恳，三藏无已，遂收拾经卷。不期石上把佛本行经沾住了几卷，遂将经尾沾破了，所以至今本行经不全，晒经石上犹有字迹。三藏懊悔道："是我们怠慢了，不曾看顾得！"行者笑道："不在此！不在此！盖天地不全，这经原是全全的，今沾破了，乃是应不全之奥妙也，岂人力所能与耶！"师徒们收拾毕，同陈澄赴庄。

那庄上人家，一传十，十传百，若老若幼，都来接看。陈清闻说，就摆香案在门前迎迓，又命鼓乐吹打。少顷到了迎入，陈清领合家人眷俱出来拜见，谢昔日救女儿之恩，随命看茶摆斋。三藏自受了佛祖的仙品仙肴，又脱了凡胎，全不思凡间之食。二老苦劝，没奈何，略见他意。大圣自来不吃烟火食，也道："勾了。"沙僧也不甚吃，八戒也不是前番，就放下碗。行者道："呆子也不吃了？"八戒道："不知怎么，脾胃一时就弱了。"遂此收了斋筵，却问取经之事。三藏又细陈了一遍，就欲拜别。

那二老举家,如何肯放!且道:"向蒙救拔儿女,深恩莫报,已创建一座院宇,名曰救生寺,专侍奉香火不绝。"又唤出原替祭之儿女陈关保、一秤金叩谢,复请至寺观看。三藏打开经包,在他家堂前念了一卷《宝常经》。后移至寺中,只见陈家又设馔在此。还不曾坐下,又一起来请。络绎不绝,三藏俱不敢辞,略略见意。

只见那座寺果盖得齐整。三藏看毕上楼,楼上果妆塑着他四众之像。三藏道:"却好!却好!"遂下楼来,下面前殿后廊,还有摆斋的候请。行者却问:"向日大王庙如何了?"众老道:"那庙当年就拆了。老爷,这寺自建立之后,年年成熟,岁岁丰登,都是老爷之福庇。"行者笑道:"此天赐耳,与我们何与!但自今以后,我们保佑你这一方人家,子孙繁衍,六畜安生,年年岁岁,风调雨顺。"众等却叩头拜谢。只见那前前后后,献果献斋的无限。八戒笑道:"我的蹭蹬!那时节吃得,却没人家请。今日吃不得,却一家不了,又一家。"

时已深夜,三藏守定真经,不敢暂离,就于楼下打坐看守。将及三更,三藏悄悄的叫道:"悟空,这里人家,识得我们道成事完了。自古道,真人不露相,露相不真人。恐为久淹,误了大事。"行者道:"师父说得有理,我们趁此夜深,人皆熟睡,寂寂的去了罢。"遂叫起八戒、沙僧,他们俱能会意,大家轻轻的抬垛挑担。到于山门,那门上有锁。行者使个解锁法,开了门,找路望东而去。只听得半空中有八大金刚叫道:"逃走的,跟我来!"那长老闻得香风荡荡,起在空中。这正是:丹成识得本来面,体健如如拜主人。毕竟不知怎生见那唐王,且听下回分解。

第一百回　径回东土　五圣成真

且不言他四众脱身，却说陈家庄救生寺内多人，天晓起来，仍治果肴来献，至楼下，不见了唐僧。众人慌慌张张，莫知所措，叫苦连天的道："清清把个活佛放去了！"寻思无计，将办下的品物，俱抬在楼上祭祀烧纸。以后每年四大祭，二十四小祭。还有那告病，保安，许愿的，无时无日不来烧香祭赛，真个是金炉不断千年火，玉盏常明万载灯。不题。

却说八大金刚使第二阵香风，把他四众，不一日送至东土，渐渐望见长安。原来那太宗自贞观十三年九月望前三日送唐僧出城，至十六年，即差工部官在西安关外起建了望经楼接经，太宗年年亲至其地。恰好那一日御驾复到楼上，忽见正西方满天瑞霭，阵阵香风，金刚停在空中叫道："圣僧，此间乃长安城了。我每不好下去，这里人伶俐，恐泄漏吾相。孙大圣三位也不消去，汝自去传了经与汝主，即便回来。我在霄汉中等你，与你一同缴旨。"大圣道："尊者之言虽当，但吾师如何挑得经担？牵得马匹？须得我等同去一送。烦你在空少等，谅不敢误。"金刚道："前日观音菩萨启过如来，往来不过八日，完满藏数。今已过五日有余，只怕八戒贪图富贵，误了限期。"八戒笑道："师父成佛，我也望成佛，岂有贪恋之理！尊者都在此等我，待交了经，就来与你回向也。"于是呆子挑着担，沙僧牵着马，行者扶着唐僧，都按下云头，落于望经楼边。

太宗同多官一齐见了，即下楼相迎道："御弟来也？"唐僧即倒身下拜，太宗扶起，又问道："此三者何人？"唐僧道："是途中收的徒弟。"太宗大喜，命近侍官："将朕御马扣鞴，请御弟上马，同朕回朝。"唐僧谢了恩，骑上马，大圣轮金箍棒紧随，八戒、沙僧俱扶马挑担，随驾共入长安。真个是：当年清宴乐升平，文武纷纷显俊英。水陆场中僧演法，金銮殿上主差卿。关文敕赐唐三藏，经卷原因配五行。苦炼凶魔种种灭，功成今喜上朝京。

唐僧四众，随驾入朝，满城中无人不知是取经人来了。那唐僧旧住的洪福寺大小僧人，看见几株松树一棵棵头俱向东，惊讶道："怪哉！怪哉！昨夜未曾刮风，如何这树头都扭过来了？"内有三藏的旧徒道："快取衣服来！取经的老师父来了！"众僧问道："你何以知之？"旧徒道："当年师父去时，曾有言道：'我去之后，或三五年，或六七年，但看松树枝头东向，我即回矣。'我师父佛口圣言，故此知之。"急披衣而出，至西街时，早已有人传播说："取经的人适才方到，万岁爷爷接入城来了。"众僧听说，急急跑来，却遇着大驾，不敢近前，随后跟至朝门之外。

唐僧下马，同众进朝。唐僧将龙马与经担，同行者、八戒、沙僧，站在玉阶之下。太宗传宣："御弟上殿。"赐坐，唐僧谢恩坐了，教把经卷抬来。行者等取出，近侍官传上。太宗问："多少经数？怎生取来？"三藏道："臣僧到了灵山，参见佛祖，蒙差阿难、伽叶二尊者先引至珍楼内赐斋，次到宝阁内传经。那尊者需索人事，因未曾备得，不曾送他，他遂将经付与。已谢佛恩东行，忽被妖风抢了经去，小徒疾忙赶夺，却俱抛掷散漫。因展看，皆是无字空本。臣等着惊，复去拜告恳求，佛祖明知，二尊者需索人事，只得将钦赐紫金钵盂送他，方传了有字真经。此经有三十五部，各部中检了几卷传来，共计五千零四十八卷，此数盖合一藏也。"太宗大喜，命光禄寺设宴，在东阁酬谢。又见他三徒立在阶下，容貌异常，便问："高徒皆外国人耶？"长老俯伏道："大徒弟姓孙，法名悟空，臣又呼他为孙行者。他出身原是东胜神洲傲来国花果山水帘洞人氏，因五百年前大闹天宫，被佛祖困压在西番两界山石匣之内，蒙观音菩萨劝善，情愿皈依，是臣到彼救出，甚亏此徒保护。二徒弟姓猪，法名悟能，臣又呼他为猪八戒。他出身原是福陵山云栈洞人氏，因在乌斯藏高老庄上作怪，亦蒙菩萨劝善，亏行者收之，一路上挑担有力，涉水有功。三徒弟姓沙，法名悟净，臣又呼他为沙和尚。他出身原是流沙河作怪者，也蒙菩萨劝善，秉教沙门。那匹马不是主公所赐者。"太宗道："毛片相同，如何不是？"三藏道："臣到蛇盘山鹰愁涧，原马被此马吞之，亏行者请菩萨问此马来历，原是西海龙王之子，因有罪，也蒙菩萨救解，教他与臣作脚力。当时变作原马，毛片相同。幸亏他登山越岭，跋涉崎岖，去时骑坐，来时驮经，亦甚赖其力也。”太宗闻言，称赞不已，又问：“远涉西方，端的路程多少？”三藏道：“总记菩萨之言，有十万八千里之远。途中未曾记数，只知经过了一十四遍寒暑。日日登山涉水，遇怪遭魔。还经过几座国土，俱有照验印信。”叫：“徒弟，将通关文牒取上来，对主公缴纳。”当时递上。太宗看了，乃贞观一十三年九月望前三日给。太宗笑道：“久劳远涉，今已贞观二十七年矣。”牒文上有宝象国印，乌鸡国印，车迟国印，西梁女国印，祭赛国印，朱紫国印，比丘国印，灭法国印，又有玉华州印，天竺国印。太宗览毕收了。

早有当驾官请宴，即下殿携手而行，又问：“高徒能礼貌乎？”三藏道：“小徒俱是山村旷野之妖身，未谙中华圣朝之礼数，万望主公赦罪。”太宗笑道：“不罪他，不罪他，都请到东阁赴宴去也。”三藏又谢了恩，招呼他三众，同到阁内。师徒与文武多官俱侍列左右，太宗皇帝仍坐当中，歌舞吹弹，整齐严肃，遂尽乐一日。正是：君王嘉会赛唐虞，取得真经福有余。千古流传千古盛，佛光普照帝王居。

当日天晚，谢恩宴散。太宗回宫，多官回宅，唐僧等归于洪福寺，只见寺僧磕头迎接。方进山门，众僧道：“师父，这树头儿今早俱忽然向东。我们记得师父之言，遂出城来接，果然到了！”长老喜之不胜，遂入方丈。此时八戒也不嚷茶饭，也不弄喧头，行者、沙僧个个稳重。只因道果完成，自然安静。当晚睡下。

次早，太宗升朝，对群臣言曰：“朕思御弟之功，至深至大，无以为酬。一夜无寐，口占几句俚谈，权表谢意。”命中书官来：“朕念与你书之。”其文云：“盖闻二仪有象，显覆载以含生；四时无形，潜寒暑以化物。是以窥天鉴地，庸愚皆识其端；明阴洞阳，贤哲罕穷其数。然天地包乎阴阳，而易识者，以其有象也；阴阳处乎天地，而难穷者，以其无形也。故知象显可征，虽愚不惑；形潜莫睹，在智犹迷。况乎佛道崇虚，乘幽控寂。弘济万品，典御十方。举威灵而无上，抑神力而无下；大之则弥于宇宙，细之则摄于毫厘。无灭无生，历千劫而不古；若隐若显，运百福而长今。妙道凝玄，遵之莫知其际；法流湛寂，挹之莫测其源。是岂蠢蠢凡愚,区区庸鄙,投其旨趣,能无疑惑者哉!粤稽大教之兴,基乎西土。腾汉庭而皎梦,照东域而流慈。昔者分形分迹之时,言未驰而成化;当常见常隐之世,民仰德而知遵。及乎晦影归真,迁仪越世,金容掩色,不镜三千之光;丽像开图,空端四八之相。于是微言广被,拯含类于三途;遗训遐宣,导群生于十地。然而真教难仰,莫能一其指归;曲学易遵,邪正于焉纷纠。所以空有之论,或习俗而是非;大小之乘,乍沿时而隆替。有玄奘法师者,法门之领袖也。幼怀贞敏,早悟三空之心;长契神清,先苞四忍之行。松风水月,未足比其清华;仙露明珠,讵能方其朗润!故以智通无累,神测未形。超六尘而迥出,只千古而无对。凝心内境,悲正法之陵迟;栖虑玄门,慨深文之讹谬。思欲分条振理,广彼前闻;截伪续真,开兹后学。是以翘心净土,法游西域。乘危远迈,策杖孤征。积雪晨飞,途间失地;惊沙夕起,空外迷天。万里山川,拨烟霞而进影;百重寒暑,蹑霜雨而前踪。诚重劳轻,求深欲达。周游西宇,十有四年。穷历异邦,询求正教。双林八水,味道餐风;鹿苑鹫峰,瞻奇仰异。承至言于先圣,受真教于上贤。探赜妙门,精穷奥业。一乘五律之道,驰骤于心田;八藏三箧之文,波涛于口海。爰自所历之国无涯,求取之经有数。总得大乘要文,凡三十五部,计五千四十八卷,译布中华,宣扬胜业。引慈云于西极,注法雨于东陲。圣教缺而复全,苍生罪而还福。湿火宅之干焰,共拔迷途;朗爱水之昏波,同臻彼岸。是知恶因业坠,善以缘升。升坠之端,惟人自作。譬之桂生高岭,云露方得泫其花;莲出绿波,飞尘不能染其叶。非莲性自洁而桂质本贞,良由所附者高,则微物不能累;所凭者净,则浊类不能沾。夫以卉木无知,犹资善而成善,况乎人伦有识,不缘庆而求庆?方冀兹经流施,并日月而无穷;斯福遐敷,与乾坤而永大!”书毕,即召圣僧。此时长老已在朝门外候谢,闻宣急入,行俯伏之礼。太宗传请上殿,将文字赐与长老览遍。复下谢恩,奏道:“主公文辞高古,理趣渊微,但不知是何名目。”太宗道:“朕夜口占,答谢御弟之意,名曰圣教序,不知好否。”长老叩头,称谢不已。太宗又曰:“朕才愧珪璋,言惭金石。至于内典,尤所未闻。口占叙文,诚为鄙拙。惟恐秽翰墨于金简,标瓦砾于珠林。循躬省虑，靦面恧心。善不足称，虚劳致谢。”

当时多官齐贺，顶礼圣教御文，遍传内外。太宗道：“御弟将真经演诵一番，何如？”长老道：“主公，若演真经，须寻佛地，宝殿非诵经之处。”太宗甚喜，即问当驾官：“长安城中有那座寺院洁净？”班中闪上大学士萧瑀奏道：“城中有一雁塔寺洁净。”太宗即令多官：“把真经各虔捧几卷，同朕到雁塔寺，请御弟谈经去来。”多官遂各各捧着，随太宗驾幸寺中，搭起高台，铺设齐整。长老仍命：“八戒沙僧牵龙马，理行囊，行者在我左右。”又向太宗道：“主公欲将真经传流天下，须当誊录副本，方可布散。原本还当珍藏，不可轻亵。”太宗又笑道：“御弟之言甚当！”随召翰林院及中书科各官誊写真经。又建一寺，在城之东，名曰誊黄寺。

长老捧经卷登台，方欲讽诵，忽闻得香风缭绕，半空中八大金刚现身高叫道：“诵经的，放下经卷，跟我回西去也。”这底下行者三人，连白马平地而起，长老亦将经卷丢下，对太宗稽首道：“万岁保重，臣僧见佛祖去也。”即从台上起于九霄，相随腾空而去，慌得那太宗与多官望空下拜。这正是：圣僧努力取经编，西宇周流十四年。苦历程途遭患难，多经山水受迍邅。功完八九还加九，行满三千及大千。正觉妙文回上国，至今东土永留传。太宗与多官拜毕，即选高僧，就于雁塔寺里，修建水陆大会，看诵《大藏真经》，超脱幽冥业鬼，普施善庆，将誊录过经文，传布天下不题。

却说八大金刚，驾香风，引着长老四众，连马五口，复转灵山，连去连来，适在八日之内。此时灵山诸神，都在佛前听讲。八金刚引他师徒进去，对如来道：“弟子前奉金旨，驾送圣僧等，已到唐国，将经交纳，今特缴旨。”遂叫唐僧等近前受职。如来道：“圣僧，汝前世原是我之二徒，名唤金蝉子。因汝不听说法，轻慢大教，故贬汝灵，转生东土。今喜皈依，秉我迦持，又乘我教，取去真经，甚有功果，加升大职，正果汝为旃檀功德佛。孙悟空，汝因大闹天宫，吾以甚深法力，压在五行山下，幸天灾满足，归于释教，且喜汝隐恶扬善，在途中炼魔降怪有功，全终全始，加升大职，正果汝为斗战胜佛。猪悟能，汝本天河水神，天蓬元帅，为汝蟠桃会上酗酒戏了仙娥，贬汝下界投胎，身如畜类,在福陵山云栈洞造业,幸归大教,入我沙门,保圣僧在路,却又有顽心,色情未泯,因汝挑担有功,加升汝职,正果做净坛使者。”八戒口中嚷道:“他们都成佛,如何把我做个净坛使者?”如来道:“因汝口壮身慵,食肠宽大。盖天下四大部洲,瞻仰吾教者多,凡诸佛事,教汝净坛,乃是个有受用的品级,如何不好!沙悟净,汝本是卷帘大将,因蟠桃会上打碎玻璃盏,贬汝下界,落于流沙河,伤生吃人造孽,幸皈吾教,诚敬迦持,保护圣僧,登山牵马有功,加升大职,正果为金身罗汉。”又叫那白马:“汝本是西洋大海广晋龙王之子,因汝违逆父命,犯了不孝之罪,幸得皈我沙门,亏你驮负圣僧西来,又驮负圣经东去,亦有功者,加升汝职,正果为天龙八部。”

长老四众,俱各叩头谢恩。马亦谢恩讫,仍命揭谛引马下灵山后崖化龙池边,将马推入池中。须臾间,那马打个转身,即退下毛皮,换了头角,浑身上长起金鳞,腮颔下生出银须,一身瑞气,四爪祥云,飞出化龙池,盘绕在山门里擎天华表柱上,诸佛赞扬如来的大法。行者却又对唐僧道:“师父,此时我已成佛,与你一般,莫成你还念甚《紧箍儿咒》勒掯我?趁早儿念个《松箍儿咒》,褪下来,打他粉碎,切莫叫那菩萨再去捉弄他人。”唐僧道:“当时只为你难管,故以此法制之。今已成佛,自然去矣,岂有还在你头上之理!你试摸看。”行者举手一摸,果然无了。此时旃檀佛、斗战佛、净坛使者、金身罗汉,俱正果了本位,天龙马亦自归真。诗曰:一体真如转落尘,合和四相复修身。五行妙色空还寂,百怪虚名总莫论。正果旃檀皈大觉,完成品职脱沉沦。经传天下洪恩远,五圣高居不二门。

五圣果位之时,诸众佛祖、菩萨、圣僧、罗汉、揭谛、比丘、优婆夷塞,各山诸洞神仙、丁甲、功曹、伽蓝、土地,一切得道的仙师,始初俱来听讲,至此各归方位。

大众合掌皈依,都念:南无燃灯上古佛。南无药师琉璃光王佛。南无释迦牟尼佛。南无过去未来现在佛。南无清净喜佛。南无毗卢尸佛。南无宝幢王佛。南无弥勒尊佛。南无阿弥陀佛。南无无量寿佛。南无接引归真佛。南无金刚不坏佛。南无宝光佛。南无龙尊王佛。南无精进善佛。南无宝月光佛。南无现无愚佛。南无婆留那佛。南无那罗延佛。南无功德华佛。南无才功德佛。南无善游步佛。南无旃檀光佛。南无摩尼幢佛。南无慧炬照佛。南无海德光明佛。南无大慈光佛。南无慈力王佛。南无贤善首佛。南无广庄严佛。南无金华光佛。南无才光明佛。南无智慧胜佛。南无世静光佛。南无日月光佛。南无日月珠光佛。南无慧幢胜王佛。南无妙音声佛。南无常光幢佛。南无观世灯佛。南无法胜王佛。南无须弥光佛。南无大慧力王佛。南无金海光佛。南无大通光佛。南无才光佛。南无旃檀功德佛。南无斗战胜佛。南无观世音菩萨。南无大势至菩萨。南无文殊菩萨。南无普贤菩萨。南无清净大海众菩萨。南无莲池海会佛菩萨。南无西天极乐诸菩萨。南无三千揭谛大菩萨。南无五百阿罗大菩萨。南无比丘夷塞尼菩萨。南无无边无量法菩萨。南无金刚大士圣菩萨。南无净坛使者菩萨。南无八宝金身罗汉菩萨。南无八部天龙广力菩萨。如是等一切世界诸佛,愿以此功德,庄严佛净土。上报四重恩,下济三途苦。若有见闻者,悉发菩提心。同生极乐国,尽报此一身。

十方三世一切佛,诸尊菩萨摩诃萨,摩诃般若波罗蜜。

图书在版编目(CIP)数据

西游记/(明)吴承恩著. —长沙:岳麓书社,2012.11(2022.10 重印)

(中国古典小说普及文库)

ISBN 978-7-80761-951-2

Ⅰ. ①西… Ⅱ. ①吴… Ⅲ. ①章回小说—中国—明代 Ⅳ. ①I242.4

中国版本图书馆 CIP 数据核字(2012)第 153378 号

XI YOU JI

西 游 记

作　　者:(明)吴承恩

责任编辑:彭卫才

封面设计:吴颖辉

责任校对:舒　舍

岳麓书社出版发行

地址:湖南省长沙市爱民路 47 号

直销电话:0731-88804152　0731-88885616

邮编:410006

版次:2012 年 11 月第 1 版

印次:2022 年 10 月第 7 次印刷

开本:890mm×1240mm　1/32

印张:19

字数:548 千字

印数:70 001—73 000

ISBN 978-7-80761-951-2

定价:59.80 元

承印:廊坊市博林印务有限公司

如有印装质量问题,请与本社印务部联系

电话:0731-88884129